腹

有

万

卷

气

自

华

阅读说明

■ 总述

综述本章知识要点，使读者对该时期的文艺思潮有宏观了解。

小贴士

在系统讲述文学知识的同时，补充作者或作品的奇闻轶事、典故传说，增强全书可读性。

■ 选目

以典型性和代表性为原则，精选近三千个读者感兴趣的条目。

■ 插图

图片与正文结合，使读者全面了解该知识点所涉及内容。

图片说明 ■

简洁清晰的说明，进一步丰富细节，帮助读者深入了解重要知识。

花最少的时间　读遍西方文学精粹

这块希腊孕育出的沃土，经过意大利的开垦，英法的播种，如今正用她的果实滋养着全人类。

西方文学

一本通

王禹瀚 编著

北方联合出版传媒（集团）股份有限公司
万卷出版公司

ⓒ 王禹翰 2011

图书在版编目（CIP）数据

西方文学一本通/王禹翰编著. 一沈阳：万卷出版公司，2011.9
ISBN 978-7-5470-1616-9

Ⅰ.①西… Ⅱ.①王… Ⅲ.①文学史－西方国家 Ⅳ.①I109
中国版本图书馆CIP数据核字（2011）第148411号

出版发行：北方联合出版传媒（集团）股份有限公司
　　　　　万卷出版公司
　　　　　（地址：沈阳市和平区十一纬路29号　邮编：110003）
印　刷　者：北京中印联印务有限公司
经　销　者：全国新华书店
幅面尺寸：194mm × 285mm
字　　　数：590千字
印　　张：38
出版时间：2011年9月第1版
印刷时间：2010年9月第1次印刷
策　　划：王会鹏　韩师征
责任编辑：杨春光
封面设计：范　娇
版式设计：范　娇
责任校对：李国宽
ISBN 978-7-5470-1616-9
定　　价：29.80元

联系电话：024-23284090
邮购热线：024-23284050
传　　真：024-23284448
E－mail：vpc_tougao@163.com
网　　址：http://www.chinavpc.com

西方文学
XIFANG WENXUE
YI BEN TONG

目录

十九世纪浪漫主义文学

十九世纪后期的现实主义文学

文学典故

文海撷英

西方文学

XIFANG WENXUE

YI BEN TONG

希腊—罗马的影响

　　古希腊、古罗马文学是西方文学的发端，它们代表了人类在童年时期的文明，是世界性的文学奇迹。让人心驰神往的"古希腊时代"是一个朦胧混沌的时代，是一个纯真深刻的时代，是一个谨慎严肃的时代。心灵的遐想在古希腊的文明中心——爱琴海上驰骋，回荡在古希腊神秘的庙宇之中，盘旋在古希腊威严的山峰上空……古希腊那古朴的思想气质成为西方各民族挥之不去的一种情结。

　　英勇善战的古罗马帝国在其强盛时期，它的势力范围包揽整个亚平宁半岛、地中海诸岛以及西亚和北非等广大地区，成为一个地跨欧、亚、非三洲的强大帝国。古希腊和古罗马的经济结构形式是开放的，如果说古希腊带来了民主，那么古罗马则带来了法律和制度。

　　这一切对西方的思想意识、宗教理论、伦理道德、哲学观念、政治法律、文学艺术以及生活方式等各方面，都产生了非常重要又深广的影响。所有这些优越的条件让古希腊、古罗马成为西方文学的源头。

古希腊文学

古希腊文学仿佛一棵根深叶茂的参天大树，浓荫覆盖着整个西方。要阅读西方文学，无论是古是今，不通晓一些它的始祖——古希腊文学——都是有困难的。本章包括古希腊神话、荷马史诗、古希腊悲剧以及古希腊喜剧等充满人文色彩的古希腊文学。

神 话

古希腊神话是世界上最系统，对人类文明影响最深远的神话。它的体系完整宏大，故事内容丰富、寓意深刻，是欧洲文学的起源，是古希腊各民族对世界朴素认识的艺术显现，反映了原始社会时期古希腊人的历史观、宗教观以及道德观。它以口述的形式在古希腊各民族中流传，是古希腊各民族共同创造的精神文化结晶。几千年来，古希腊神话一直以其充满想象的艺术魅力在世界各国代代相传。它是全人类不可再生的文化遗产，是古希腊留给后世的非常宝贵的精神财富，是史无前例的巨大杰作。

古希腊神话的产生、发展经历了相当漫长的时期，这一过程与古希腊各民族的形成

巴特农神庙

是同步的。古希腊神话的最初形态是一些在民间广为流传的故事片断，其中一些成为民间艺人或行吟诗人演唱的重要题材。

古希腊是多民族混居、多种文化交融的地方，所以古希腊神话中的神祇也多来自古希腊以外的地域。这些神话在古希腊各民族的迁徙、征战、交流过程中逐渐传遍整个古希腊世界。古希腊人世世代代口述、传唱这些神话故事，在传唱中又经过不断的加工补充，故事的内容越来越人格化，逐渐形成了一个比较完整的神话系统。神话的最早文字记载见于荷马和赫西奥德的作品。经过埃斯库罗斯、索福克勒斯、欧里庇德斯等诗人的进一步加工整理，古希腊神话完成了从口述文学到书面文学体系的蜕变。

古希腊神话包括宇宙形成、诸神世系、人的起源、诸神争霸、英雄传说、洪水神话和冥府神话等几个类型。

古希腊神话内容包括神的故事和英雄传说两个部分。神的故事涉及宇宙和人类的起源、神的产生及其谱系等内容。传说古希腊

古希腊神话的特点

古希腊神话的显著特点是人神同形同性。古希腊神话中的神祇都具有人的外形和面貌，他们的形象完全和古希腊人是一模一样的。古希腊神话中诸神有人的喜怒哀乐和七情六欲，甚至还放大了人类的许多缺点，比如嫉妒、争强好胜、巧取豪夺等。这些神参与人类的具体事务，分成两派参加人类战争。除去诸神身上的神性光环，他们和人并无二致。神与人的区别仅在于前者永生，后者生命有限。古希腊众神这些鲜明的个性、对待人类欲求的自然态度以及非神秘主义的特征，对西方文学和艺术的发展产生了深远的影响。

有奥林匹斯十二大神，他们掌管自然与生活的各种现象和事物，并组成以宙斯为中心的奥林匹斯神统体系。宙斯是诸神和人类之父，是这个大家族的家长。他的职权广及人类生活的各个层面，他主宰着人间的法律和道德，他在奥林匹斯诸神中拥有最高的权力和尊严。其他主神有海神波塞冬、月神阿耳忒弥斯、爱和美的女神阿佛洛狄忒、工匠和火之神赫菲斯托斯、战神阿瑞斯、神使赫耳墨斯等。奥林匹斯诸神最早都是自然力的象征，后来其中的人文属性逐渐增强。他们的生活习惯是氏族贵族式的，他们的道德规范代表着贵族精神。诸神的层级制度反映了父系社会的等级阶层，这个家族就是人类社会生活的写照。

荷马时期的造型艺术

荷马时期是以荷马史诗的作者来命名的，此时又为氏族社会末期，它是古希腊神话的形成期，也是造型艺术的萌芽期。该时期最早的造型艺术作品多为几何风格的陶瓶，其造型简朴，大小不一，多用于敬神或陪葬。即便是雕刻作品，也多为几何形。因此，这一时期又被称为"几何风格时期"。这时，古希腊半岛的人民继承了原始人的艺术积累，发展了富于想象的传统，盲人诗人荷马把几百年以至上千年来广为流传的民间传说、歌谣和关于对天地起源、历史未来、人生向往等的神话加工总汇，整理出两部不朽的文艺作品，为后来古希腊美术的发展奠定了方向，成为古希腊美术取之不尽的素材与源泉。

荷马史诗

"荷马史诗"即"英雄史诗"，它是古希腊文学辉煌的代表，长期以来被看成是欧洲叙事诗的典范。相传最初由一个名为荷马的游吟诗人所作，因而得名。

荷马史诗分《伊利亚特》和《奥德赛》两部，各 24 卷。《伊利亚特》共计 15693 行，《奥德赛》有 12110 行。这两部史诗最初可能仅是关于古代传说的口头文学，主要借助乐师的背诵得以流传。荷马若确有其人，应为两部史诗的整理定型者，两部史诗根据民间流传

盲人荷马吟唱

的短歌综合汇编而成。这两部史诗都以特洛伊战争为题材，主要记载了古希腊先民在与异族和大自然的斗争过程中所创造的英雄业绩。《伊利亚特》记叙了古希腊人征服特洛伊人的经过，详细描写了阿喀琉斯的愤怒及战后 51 天内发生的事情。《奥德赛》描写了参加特洛伊战争的奥德赛在班师途中迷失道路、辗转回乡的经过及其沿途的所见所闻。荷马史诗通过塑造一系列个性鲜明、英勇善战、拥有无穷力量及智慧的英雄人物，歌颂了古希腊全民族的光荣史迹及勇敢、正义、无私、勤劳的品质，赞扬克服一切困难的乐观主义精神，肯定了人与生活的价值。

荷马史诗的语言质朴、比喻奇特、形象鲜明、情节生动，堪称世界文学中的经典之作、远古社会生活的百科全书。它在西方古典文学史上占有无可取代的地位，被认为是最伟大的古代史诗。荷马史诗不仅在文学艺术方面具有重要价值，在历史学、地理学、考古学和民俗学等方面也有很多研究价值，其影响渗透到古希腊社会生活的各个领域，对后世的文学发展也有着重要影响。

悲　剧

古希腊悲剧起初是源于祭祀酒神狄俄尼索斯的庆典活动。在后来漫长的演进过程中，这种原始的祭祀活动逐渐演变成一种有合唱歌队伴奏，有演员表演，同时依靠幕布、背景、面具等塑造环境的艺术形式，由此成为西方戏剧的雏形。在公元前534年左右，有"古希腊悲剧之祖"之称的狄斯比斯把酒神颂中合唱的赞歌和悲歌改成了对话式的台词，由此开启了古希腊悲剧的时代。后来抒情诗人斯泰西科拉斯（前632—前553年）和阿里昂（生卒年不详）又把随心所欲的狂歌乱舞改成有指挥、有节奏的表演，并将指挥者由最初的一人逐渐增加，同时令指挥者一边指挥，一边念台词。这样指挥者渐渐发展成为悲剧演员。以后的史诗和抒情诗也促进了悲剧的形成与发展。荷马史诗不仅为悲剧提供了素材来源，它的表现形式也为悲剧提供了借鉴。其中史诗中采用的扬抑抑格六音步诗行写成的大段对话，成了悲剧对话的典范。悲剧对话的抑扬格六音步诗行形式又是诗人从抒情诗引入的。悲剧的合唱歌采用抒情诗

俄狄浦斯和斯芬克斯

中合唱琴歌的形式。在以后雅典平民与贵族之间的斗争中又进一步促进了悲剧的发展。公元前6世纪，僭主庇士特拉妥利用"酒神节"作为与贵族斗争的工具。在他的支持下，"酒神颂"成为雅典全民性节庆活动，从而为"酒神节"祭礼向悲剧的转化提供了现实条件。雅典的民主政体将剧场变成政治与教化的讲坛。伯里克利时曾兴建"狄俄尼索斯剧场"，举办盛大的戏剧比赛。当时雅典政府有规定，人民不分贫富，都必须观看戏剧。为补偿平民因看戏耽误的收入，政府还会发给"戏剧观赏津贴"。当时悲剧演员的社会地位很高，受到人们的尊重，悲剧在这种背景下空前繁荣。

在古希腊悲剧艺术极大发展的背景下，古希腊诞生了三位著名的悲剧诗人，他们代

不悲的悲剧

古希腊悲剧不在于写悲，而在于表现崇高的英雄主义。亚里士多德曾认为古希腊悲剧描写的是严肃的事件，是模仿一定长度的动作，其目的是引起怜悯与恐惧，以达到情感的净化。剧中的主人公经常遭到出乎意料的不幸，这种悲剧的冲突于是成了人与命运的冲突。古希腊的"悲剧"先于"喜剧"产生，这是现实。艺术的生发，多与各个民族的心理承受能力相适应。当悲剧形态走向世界时，悲剧精神得以在后世发光，社会、人生的不完美得到揭示，苦难的警钟由此敲响，人对神、命运与自身局限的挑战由此拉开序幕。哭泣过，再微笑，这样的微笑才更为灿烂。

表了古希腊悲剧艺术"兴起——繁荣——衰落"各个时期的最高成就。其一是被誉为"悲剧之父"的埃斯库罗斯,他的代表作有《被缚的普罗米修斯》。其二是被誉为"戏剧艺术的荷马"的索福克勒斯,其代表作有《俄狄浦斯王》,标志着古希腊悲剧艺术结构趋于完美,从而使"俄狄浦斯情结"成为后世心理学家讨论的"恋母情结"的代名词;其三是有"心理戏剧的鼻祖"之称的欧里庇德斯,其代表作是《美狄亚》。三大悲剧家虽然生于一个大时代,但其时代感受各异。埃斯库罗斯的悲剧多取材于神话传说,其结局通常以"不祥"揭示"命运"的必然,被称为"命运悲剧"。索福克勒斯的悲剧虽然也取材于神话传说,但他对人的刻画相当注重独特的个性,故通常被称为"性格悲剧"。欧里庇德斯的悲剧取材广泛,于神话外另加进许多现实内容,由于他的悲剧多以爱情为推动力,且善于对人物性格、命运作奇异处理,因而其悲剧被称为"爱情创造悲剧"。

喜 剧

古希腊喜剧有着悠久的历史。一般认为,喜剧与悲剧同样都源于酒神祭祀,即从祭祀酒神的狂欢歌舞及民间滑稽戏演变而来。早期喜剧内容较为粗俗,服饰夸张、怪诞,有着一个大的男性生殖器象征,剧中多有粗语。后来雅典逐渐发展为喜剧的中心。公元前486年,喜剧在酒神祭祀上首次正式演出。公元前440年左右,喜剧再次在酒神祭祀上演出。参加喜剧演出的演员一般为三四个,有时增加个别配角,此外还有一个24人的合唱队。合唱队在喜剧演出中必不可少,许多剧目都是因合唱队的歌曲而得名,如

《蛙》《鸟》等。喜剧大都反映现实生活,剧中的主人公一般不是神或王侯将相,而只是些普普通通的人,所用语言虽然仍是诗,但更接近日常用语,其结构也比较松散。由于它有比较自由的创作内容,因而其创作方法也较悲剧更为自由。古希腊喜剧产生于雅典民主政治时代,正因如此,它才可以讽喻政治、嘲讽名士,如《云》就有讽刺苏格拉底的内容,《骑士》中抨击了克里翁。当时民主政治的各个方面,几乎都曾以夸张的形式出现在喜剧舞台上,甚至古希腊人所崇拜的某些神,也受到过大为不恭的对待。但是,喜剧并不否认神的存在,也不攻击民主制度。

喜剧一般由六部分组成:序曲,即叙述性的开场;合唱队入场,向观众致词,同时发表剧作者的意见;对驳场,两位剧中人就剧的主旨展开的辩论,一位表示反对,一位表示赞成,通常第一位发言者总是失败者;评议场,所有角色都下场后,合唱队长直接向观众讲话,所谈与剧情关系甚小,随后是合唱;插曲,主要为合唱;终曲,它的突出特点是狂欢,结束时常有放荡不羁的舞蹈。全剧的主题思想主要集中在对驳场。

酒神巴库斯和阿里阿德涅

古罗马文学

古罗马人接过了古希腊文学传承的"第一棒"。古罗马文学主要是指公元前3世纪到公元476年古罗马共和国与古罗马帝国时期统治下的文学，其主要语言为拉丁语，一般划分为早期、共和国时期、奥古斯都时期和帝国时期四个阶段。

萌芽时期

古罗马时期的文化主要是继承古希腊文化而逐渐发展起来的。在古希腊时期，古罗马就曾引入许多古希腊作品，并加以翻译和模仿。在公元前146年古希腊灭亡之后，古罗马更是将全部的古希腊神话、诗歌以及戏剧据为己有。古罗马人找来许多从古希腊俘虏来的奴隶做家庭教师，让他们编剧作诗，并研究各种科学，这使得古罗马文学很早就渗入了古希腊文化的元素。以神话为例，在同古希腊文化接触以后，许多古罗马的神祇便同古希腊神祇结合起来。如古罗马人信奉

罗马斗兽场

的主神朱庇特等同于古希腊的宙斯，他的妻子朱诺则等同于赫拉。至于太阳神阿波罗及文艺女神缪斯等则直接进入古罗马神话，甚至连名字都没有变。

尽管如此，古罗马文学并非全为古希腊文学的仿造品，因为它毕竟基于古罗马社会现实，其采用的语言又为拉丁语。在西方学术界，古罗马文学一直被看成是广义的拉丁文学的一部分，而且有别于古希腊海洋民族，古罗马属于内陆民族，整个民族主要生存方式为耕牧，因而具有上古农民及牧民粗鄙、蒙昧、淳朴等特点。建国以后，古罗马崇尚武力，追求社会与国家、法律与集权的强盛和完美，其文学因而具有更强的理性精神和集体意识，具有庄严崇高的气质，与古希腊文学相比缺少其生动活泼的灵气和儿童式的天真烂漫。同时古罗马文学在艺术上强调和谐、均衡、严整，重视修辞与句法，在技巧上偏于雕琢与矫饰。

在古罗马文学的发展中，公元前3世纪以前属于其发展的萌芽时期。这一时期的文

古罗马的兴盛

古罗马兴起于公元前2世纪左右，此时如古希腊、古埃及、叙利亚、腓尼基、迦太基等一些文明古国，相继被其征服。当时的古罗马王奥古斯都，甚至将领土扩张至地跨欧、亚、非三洲。古罗马帝国进入其空前的膨胀时期。在公元前66年左右，古罗马又相继吞并了约21个邦国。在古罗马的武力征服之下，伴随这种政治作用的是，各邦国文化知识自由交流的机会日益增多，从而使古罗马的文化逐渐吸收各种外来文化，形成自己独特的文化。其中古希腊文化对古罗马影响甚大，古希腊原有的优秀文化，早就经叙利亚、马其顿提倡推行后，在地中海海滨各邦国影响颇深，古罗马征服古希腊后，更加便利了对这种成熟的文化的学习，当时耶稣以后的《圣经·新约》均是以古希腊文写成，可见此种文化在当时的崇高地位。

学基本都为原始形态的口述文学。根据古代文献的记载，古罗马早期文学以诗歌、戏剧和散文为主。早期诗歌主要是劳动者劳作中即兴吟唱的歌曲、祭祀时颂神的赞歌以及宴饮诗歌。其中有些诗歌中记载了古罗马的古老传说，因而对研究古罗马远古历史提供了一定的史料素材。古罗马的戏剧主要起源于农事节庆时民间的歌舞表演。在公元前4世纪左右，古罗马出现了一种类似喜剧的阿特拉剧。古罗马早期散文主要为碑铭、法律文书、记事材料等，后来又开始出现演说词。古罗马的早期文学为之后真正的文学产生奠定了基础。

共和时期

公元前3世纪至公元前1世纪是古罗马文学的发展时期，文化界通常将这一时期称为古罗马文学的"共和时期"。这时期古罗马文学的正式形成与一位名为利维乌斯·安德罗尼斯库的古希腊人是紧密相连的。他翻译了荷马史诗《奥德赛》和大量古希腊抒情诗，成为古罗马文学的奠基人。他的功绩主要在于把古希腊文学中的某些精品介绍给了缺少书面文学传统的古罗马人，从而使古罗马人得以将古希腊的文学艺术移植到本民族的文化中，促使本国文学迅速发展。

此时期主要的文学成就有戏剧、散文和诗歌。早期的古罗马诗人中颇多全能型作家。诗人埃纽斯（前239—前168年）不仅改写并创作过悲剧，而且还创作过戏剧及4至6卷讽刺诗。他的史诗《编年史》追溯古罗马的历史，从文学史角度看，《编年史》摈弃了古老的神农格，采纳了荷马史诗所用的六步音扬抑抑格。但在风格方面，有明显模仿荷马的痕迹。尽管如此，埃纽斯对古罗马文学的影响仍然不可小觑，西塞罗、卢克莱修和维吉尔都曾表示自己受其影响，埃纽斯因而被尊为"古罗马文学之父"。继埃纽斯之后，安

德罗尼库斯又把《奥德赛》译成拉丁文，此文与埃纽斯的《编年史》标志着古罗马诗歌的开端。到共和国中期时，又产生了卢克莱修（约前93—约前50年）的哲理长诗《物性论》和卡图卢斯（约前84—前54年）的优美抒情诗。

古罗马的戏剧直接移植了古希腊戏剧形式。公元前240年，被掳的古希腊人安德罗尼库斯（约前280—前204年）将古希腊的悲剧改编后搬上古罗马舞台，从此开始了古罗马戏剧文学的历史。奈维乌斯（约前270—约前199年）曾学习并模仿古希腊新喜剧，进行喜剧创作。公元前3世纪中叶至前2世纪间，古罗马出现过著名喜剧家泰伦提乌斯（约前186—前161年）和普劳图斯（约前254—前187年），他们根据古希腊新喜剧进行改编，同时糅入古罗马生活元素。普劳图斯还吸收了古罗马民间戏剧的因素，为古罗马化喜剧的形成作出了巨大的贡献。普劳图斯精通古希腊文，他是共和时代最著名的剧作家之一。相传普劳图斯一共著有戏剧130部，他的喜剧主要以古希腊新喜剧作家米南德的风俗喜剧为蓝本，讽刺当时古罗马社会的腐化风习。其主要作品包括《孪生兄弟》《一坛黄金》《吹牛的军人》《驴》《俘虏》《商人》《蝗虫》等。他的喜剧对莎士比亚、莫里哀等戏剧家也曾产生过深远影响。

泰伦提乌斯生于迦太基，本为奴隶，后获释。他一生共写过六部喜剧，包括《婆母》

罗马与母狼

《两兄弟》等代表作品都是由古希腊新喜剧改编或翻译过来的。其喜剧结构严谨、语言文雅，人物内心矛盾刻画细腻，人物形象自然。泰伦斯的剧作对后世的喜剧创作也产生了相当大的影响，法国的莫里哀、英国的斯梯尔和谢里丹都曾模仿过他的作品。公元1世纪左右古希腊式古罗马喜剧逐渐走向衰微。

黄金时期

"黄金时代"指拉丁语和广义的拉丁文学（包括修辞、历史和哲学）发展史上的古典或辉煌时期，这段时期涵盖两位著名人物的活动年代，也就是"西塞罗时期"（前70—前30年）和"奥古斯都时期"（前31—前14年）。这一时期的古罗马在政治上进入了大规模的扩张阶段，并于公元前27年结束其共和制政体，建立帝国。古罗马帝国在屋大维统治时期达到了前所未有的繁荣，这时拉丁语文学及艺术也呈现空前的繁荣。

屋大维统治时期，采取了稳定社会秩序和促进经济发展的措施，这些措施促进了古罗马社会的和平稳定。屋大维本人非常重视文化建设，他笼络大量的文人墨客为自己的文化政策服务，大文豪维吉尔、奥维德、贺拉斯等都曾是他的御用作家。正是由于这个原因，这一时期的文学作品多缺乏共和时代的哲学探索精神及政治辩论热情，而更多注重肯定现存秩序所带来的和平生活和强大国力。这一时期的文学风格也不及前一时期的豪放道劲，但技巧却更加趋于成熟，其形式也更趋完美。

在黄金时代较为著名的抒情诗人主要包括普洛佩提乌斯（前50—前15年）和提布鲁斯（前54—前19年）。前者以创作感情细腻的爱情诗著称，而后者则以描写淳朴的田园风光见长。古罗马的散文继共和时期的发展后，繁荣于"黄金时代"，即共和国末期和屋大维执政时期。这一时期古罗马的政治斗

争、阶级矛盾异常激烈，统治阶级的法律体系日渐形成，这形成了很多政治家热心于雄辩术的研究的氛围，在这种大环境下，散文这一文体得以迅速发展。在这一时期，西塞罗对拉丁语散文的贡献不可磨灭，他为拉丁语文学语言确立了"准确、流畅、雄浑、清新"的原则，其散文风格也对后世产生了深远影响，成了欧洲各民族散文的典范，甚至连他的政敌恺撒也曾公然称赞他："你的功绩高于军事将领，扩大知识领域比之于扩大古罗马帝国的版图，在意义上更为可贵。"

白银时期

屋大维死后的一百年间，古罗马文学进入其发展的"白银时代"，文学开始出现式微迹象。由于这时期古罗马在政治上开始衰弱，其内部矛盾斗争日趋激烈，因而其文学发展的特点渐趋宫廷趣味浓厚，文学创作崇尚文风的花哨及滥用修辞，使得这一时期的文体多显得臃肿。这一特点在2世纪前半叶达到

高潮。这时的贵族青年多以公开朗诵空洞无物的诗歌为时髦，文学这时成为了少数人的消遣。白银时代古罗马成就最高的文学样式主要是反映奴隶主下层思想的讽刺文学和反映旧共和派不满情绪的作品。

这一时期主要的作家是卢肯和朱文纳尔。卢肯（39—65 年）为白银时代最出色的诗人之一，他创作了继《埃涅阿斯纪》之后最优秀的史诗《法萨利亚》。马提阿利（40—104年）则是这一时代优秀的碑铭体诗人，其主要诗作有《碑铭体诗集》（又译作《警句诗集》）12 卷，1500 余首，其作品风格短小精悍，含蓄突兀，富于幽默。朱文纳尔（60—127 年）以讽刺诗著称，是最主要的讽刺诗人，他的作品警句迭出，笔锋犀利，其诗句"即使没有天才，愤怒出诗句"已经成为名言。在 19世纪欧洲资产阶级革命高涨的时期，朱文纳尔的作品受到人们高度重视，席勒、雨果和别林斯基都曾给予很高评价。在抒情诗方面，斯泰提乌斯（45—95 年）较有成就，他以描写有闲阶层生活情趣而见长。

在白银时期，古罗马的戏剧也有一定的发展，塞内卡（4—65 年）为这时期最重要的悲剧作家，他受斯多噶哲学影响，精于修辞和哲学。他的悲剧通常取材于古希腊神话，常常影射现实生活，多以恐怖、流血、鬼魂、巫术场面来渲染悲剧气氛。他主张人们用内心的宁静来驱逐生活中的痛苦，宣传同情、仁爱。他一生共写过 9 部悲剧和 1 部讽刺剧，多半取材于古希腊悲剧。其作品风格崇高严肃，夹杂大量的道德说教，但这也使得他笔下的对话和人物欠缺真实感，其代表作为悲剧《特洛伊妇女》。塞内卡晚年因参加元老院贵族反对尼禄的暴政而遭尼禄赐死。他的悲剧对文艺复兴时期的戏剧产生了很大影响。

研究古罗马白银时期的文学成就，不得不提彼特隆纽斯的《萨蒂里卡》这部传奇式小说。从严格意义上来说，欧洲文学史上的"小说"这一体裁就诞生于古罗马时期。《萨蒂里卡》现存残篇两章，其中广泛记录了意大利南部半古希腊化城市流行的享乐生活。书中人物语言符合方言特点，文笔典雅，机智风趣。尽管其形式与传统意义的小说还有差别，但学术界仍然倾向于将它看做欧洲文学史上的首部流浪汉小说。尽管彼特隆纽斯的《萨蒂里卡》成为了流浪汉小说之祖，然而公认的"小说之父"却是阿普列尤斯（124—175 年）。阿普列尤斯出生于北非的军官家庭，他曾漫游各地，研究过哲学和幻术。他最著名的作品是小说《金驴记》，小说用自叙形式写成，是西方文学史上第一部意义深远的长篇小说。

衰落时期

古罗马文学在经过萌芽时期、共和时期、黄金时期及白银时期以后，到 3—5 世纪时期，古罗马文学开始衰落。从 2 世纪下半叶开始，古罗马国家开始显露出明显的政治、经济危机，致使文学的发展在 3 世纪时遂呈现衰落的趋势，这时只有涅墨西安的狩猎诗和牧歌较为出色。他的诗作模仿维吉尔的《牧歌》，表现了对朴素生活与对自然景色的向往。公元330 年帝都东迁，政治重心东移，基督教成为国教以后，基督教文学在 4—5 世纪时得以迅速发展，因而将世俗文学排挤到了第二位。在基督教的众多作家中，拉克坦提乌斯（？—

塞内卡之死

325 年）文笔纯净，被誉为基督教的西塞罗；奥古斯丁的《忏悔录》也在文学史上占有一

维吉尔

席之地；基洛尼姆斯曾经将《圣经》译成拉丁文，成为后世定本，他对古典拉丁作品的研究为后代提供了许多有用的材料；西多尼乌斯的诗歌和书信也颇具特色。总体来说，基督教作家由于受到宗教影响的原因，其作品内容也受到很多限制，因而其艺术价值一般不高。

在基督教文学兴盛之时，世俗文学虽然受到教会的压抑和排挤，但

它在一定范围内仍有影响。在上流社会继续流行古典拉丁语，语法修辞学校里对古典拉丁作品的阅读也在坚持，而且不少的基督教作家在创作中仍然沿袭传统的修辞手法和诗歌技巧。

4 世纪末，古罗马帝国正式分为东、西两部分，意大利重又成为西罗马的政治中心，宫廷文学开始盛行，诗歌创作以短诗为主。克劳狄安和那马提安是此时期的主要代表诗人。4—5 世纪的古罗马散文受小普林尼和斯维托尼乌斯的风格的影响较大。阿米阿努斯（约 330—约 395 年）成为古罗马最后一位历史散文作家，他续写了塔西佗的《历史》。除此之外，这时散文发展的另一方向是翻译或改写古希腊晚期小说，如《亚历山大的功勋》《狄克提斯》《达勒斯》等。476 年，西罗马帝国灭亡。到中世纪时，仅有少数古典作家的作品得以继续流传。直到文艺复兴之后，古罗马的文学作品才重新被人传诵。综观之，古罗马的文学作品在思想和艺术技巧方面对后代欧洲文学的发展，确实产生了很大的影响。

名家荟萃

早在古希腊文明兴起之前约 800 年，爱琴海地区就孕育了灿烂的克里特文明和迈锡尼文明。古希腊文学对整个欧洲文学乃至西方文学的发展都给予了极大的推动力。后来古希腊被古罗马征服，但古希腊又用自己发达的文化征服了古罗马。古罗马作家在广泛模仿和吸收古希腊文学成就的同时，根据本民族的特点和现实的需要，又创造出独具民族特色的文学。这一时期主要的代表作家有：埃斯库罗斯、索福克勒斯、欧里庇德斯、贺拉斯、维吉尔等。

埃斯库罗斯

埃斯库罗斯（前 525—前 456 年），古希腊三大悲剧家之一。他出生在阿提卡的埃琉西斯一个贵族家庭，青年时期的埃斯库罗斯是在希皮阿斯的暴政下度过的，希波战争

时期他还参加过马拉松战役和萨拉米斯战役。公元前 470 年，埃斯库罗斯应叙拉古僭主希埃隆的邀请赴西西里做客，不久便离开了西西里。公元前 458 年前后他又重赴西西里，最后死在该岛南部的革拉城。现有埃斯库罗斯知名的作品 80 部，其中仅 7 部传世，包括《俄瑞斯忒亚》三联剧（《阿伽门农》《奠酒人》

和《复仇女神》),《波斯人》《乞援人》《七将攻忒拜》和《普罗米修斯》。

埃斯库罗斯创作的悲剧气势磅礴,线条粗犷,其手法大刀阔斧,纵横捭阖。他善于采用被亚里士多德称之为"简单剧"的戏剧形式,虽然他并不注重精雕细琢,忽视内容上的精巧连接,但是他的作品布局开阔豪放。作者充分利用了三部曲各自独立又互相关联的总体格局,通过大容量的构思展现出异常激烈的冲突,从而向观众呈现了一幕幕惊心动魄的戏剧场面。作者成功地把握了作品节奏,即使没有"突转"和"发现"的帮衬,诗人以自己独特的方式,凭着直觉,也能对悲剧艺术的组合形式实现很好的完善。

埃斯库罗斯发掘题材的深广的潜力,长期以来一直为后世剧作家所借鉴。尽管埃斯库罗斯的悲剧描写了人性的阴暗面,但是作为一位虔诚的有神论者,埃斯库罗斯并不消极悲观。实际上,他在承认现实的粗犷、盲目和杂乱的同时,也未放弃希望,他认为谨慎的行为或许能为人消灾避难。此外,普罗米修斯教人谋生的本领,雅典娜裁夺是非的无私,炽热的宗教热情使埃斯库罗斯认为神明引导的公正必将带来人间的幸福。他认为最终发挥作用的是神的意志,告诫人们:对神意的信念,最终会带来公正与和谐的局面。

埃斯库罗斯在新旧思想的斗争中略显保守,他歌颂雅典民主,反对暴政。他的悲剧大部分都取材于神话。尽管埃斯库罗斯的剧作受到后世极高的评价,但不可否认他的创作仅是处于古希腊悲剧的早期发展阶段,可也正是因为他在戏剧中不断增加了演员数量,从而开始了真正的戏剧对话时代,埃斯库罗斯因而被称为"古希腊悲剧的创始人"。据说演员演出时要

阿伽门农的金面具

埃斯库罗斯之死

古希腊三大悲剧家之一的埃斯库罗斯为后世留下许多经典之作,然而这位伟大的戏剧巨匠的谢世也似乎是在向世人开了个悲剧性的玩笑。据说,埃斯库罗斯的去世是因为被一只从天上掉下来的乌龟击中头部而死的。传说,埃斯库罗斯本来是个秃子,一次他在路上走,这时一只老鹰把他的光头误以为是石头,于是就向上扔了一只乌龟,想把乌龟摔碎后吃掉,结果这位悲剧之父就这样被砸死了。

正像戏剧里经典的桥段,每一出悲剧都是戏剧,埃斯库罗斯为世人留下一幕幕悲剧佳作后,他最后也为大家上演了一幕他自己的人生悲剧,他死后被葬在了格拉。

穿高底靴和色彩艳丽的服装也自他而始。

索福克勒斯

索福克勒斯(前496—前406年),雅典民主全盛时期著名的悲剧作家。他曾经在27岁时首次参加悲剧竞赛时便战胜了埃斯库罗斯。阿里斯托芬对他的称赞是"生前完满,身后无憾"。索福克勒斯一生共有100余部戏剧创作,遗憾的是现在只有7部传世,其余都已散佚,在传世的7部剧作中成就最高的当属《安提戈涅》和《俄狄浦斯王》。其中《俄狄浦斯王》又是公认的古希腊悲剧的典范。索福克勒斯的悲剧有"命运悲剧"之称,他常常在作品中突出表现个人意志行为与命运之间的冲突。在索福克勒斯的剧作中,命运的力量是巨大而不可抗拒的,同时也充满了神秘。

索福克勒斯对古希腊戏剧的发展作出了巨大的贡献。其剧作严整的结构是同时代的其他作品所难以企及的。被认为是整个古希腊戏剧的典范的《俄狄浦斯王》,其严密的情节结构以及所表现出的艺术技巧均可与《伊利亚特》相媲美,而索福克勒斯也有"戏剧艺术的

荷马"的美誉。《俄狄浦斯王》的情节错综复杂，但剧作家以其高度的概括能力将问题集中在忒拜王宫前一处，在短时间内便将矛盾层层揭示出来并予以解决，这对后世古典主义戏剧结构的发展是有着深远影响的。与其他悲剧作家的一个明显的区别在于索福克勒斯在他的悲剧中更重视人的作用，而减轻了对神的描写。俄狄浦斯、安提戈涅、克瑞翁等人都是这种艺术主张的代表，他们是敢于向命运挑战的悲情英雄。这种艺术主张无疑表明了索福克勒斯受到包括普罗泰戈拉在内的智者的影响很深，后者所强调的人文精神拓宽了索福克勒斯对神、人关系的思考。在他的作品里，神谕往往是外在的、隐约显现的，而"人"的行动和抗争通常都是占据中心位置的。

在语言与修辞技巧上，索福克勒斯多受荷马的影响。他的隐喻虽不及埃斯库罗斯想象丰富，但他注重精细、准确和贴切。索福克勒斯对包括头韵、谐音、拟声、排比、对称和比喻等各种修辞方法运用较好，同时他还注意对句式结构的设计以及词句位置的安排。索福克勒斯的悲剧堪称雅典全盛时期的社会缩影，他对戏剧艺术最大的贡献不在其开拓性，而在其完善性。他的剧作无论在形式还是内容上都达到了古代世界的最高水平。索福克勒斯的创作标志着古希腊悲剧开始进入成熟阶段。

欧里庇德斯

欧里庇德斯（前485—前406年）是在雅典奴隶制民主国家危机时代产生的一位著名悲剧作家。他一生从未涉足过任何政治活动，而只是醉心于哲学思考。他曾在自己的作品中提出了许多深刻的问题，其中包括神性与人性、战争与和平、民主、妇女问题等。他一生共创作悲剧80余部，现有18部传世，其中较为优秀的有《美狄亚》《特洛伊妇女》等。欧里庇德斯所处的时代正是雅典由表面繁荣日趋走向动荡的时代。伯罗奔尼撒战争爆发以后，各种社会矛盾冲突日益激烈，这时在社会上人们开始出现信仰危机与道德沦丧的现象。在欧里庇德斯的戏剧中，剧作家对古希腊政治现实所持的怀疑态度清晰可见。《美狄亚》被认为是古希腊最动人的悲剧之一，也是西方文学中第一次将妇女作为主要角色来塑造的戏剧作品。由于欧里庇德斯的戏剧风格与传统的悲剧风格有别，因此他生前并未受到多大关注，但死后却获得了很大的名声，他的戏剧在西方戏剧史上占有重要的地位。

欧里庇德斯的作品多对悲剧的批判倾向突出强调，从而在作品中体现了他比前人更进一步的民主思想。他通过剧作宣扬全体公民在法律面前人人平等的思想，在作品内容的安排上，他把创作的重点由写神转到写人，着重描写现实生活中每个普通人。欧里庇德

欧里庇德斯

欧里庇德斯的作品风格

在欧里庇德斯的时代，悲剧已经成为一门艺术，其形式基本完善，而在欧里庇德斯的手里，悲剧又经历了一次革新。欧里庇德斯的悲剧既无埃斯库罗斯那种纯粹、简朴的人物勾勒，也无索福克勒斯悲剧的蓄意安排的大量意外，他的悲剧开场仅为平铺直叙的介绍。这种风格虽为索福克勒斯所不齿，却也独具匠心。排除所谓"苏格拉底式的乐观"，欧里庇德斯的写作风格堪为传统的颠覆。因此有人评论他"蔑视当时的社会和国家政策，对人人赞美的荷马史诗中半人半神抱着极端叛逆精神，而对沉默寡言、不求闻达的普通人，则寄予莫大的同情，在这些超尘脱俗的老实人身上，他找到了他的英雄主义理想"。

斯悲剧的特点就在于他真实地刻画了人物的内心世界，从而使他的剧作具有一种内在的感染力。

西塞罗

西塞罗（前106—前43年）是当时最为著名的散文家，也是古罗马文学黄金时代的政治家和哲学家。他年少时曾学习哲学和法律，并做过一段时间律师。43岁时西塞罗进入政界担任执政官，后来又曾出任过西西里总督。古罗马内战时他曾追

西塞罗

随庞培反对恺撒，力主维护贵族元老派的立场，后来他因政治倾轧而被刺杀。

西塞罗的主要散文成就有演说辞和书信。现存西塞罗的书信约有900封，主要包括《致

阿提库斯书》16卷、《致友人书》16卷。这些书信大多以共和国末期的社会生活为背景，以接近口语的风格，描绘了形形色色的政治人物。其演说辞传世有58篇，主要分为法庭演说和政治演说两类。在这些演说中，最著名的是反对民主派喀提林的4篇及模仿狄摩西尼而作的反对安东尼的14篇。西塞罗还善于运用提问、直接向对方致词、讽刺、比喻等修辞手法，这大大增强了他的演说艺术技巧。西塞罗的演说将古代的雄辩术推到了一个高峰，其演说风格为后世许多作家和演说家奉为榜样。

在政治、法律思想方面，西塞罗的代表作有《论国家》和《论法律》。他认为国家是人民的事务，是人们在正义原则的指引下为求得共同福利而结成的合作集体。西塞罗认为最理想的政体应为"混合政体"，即君主、贵族和民主三种政体的结合，也就是以当时古罗马元老院为首的奴隶主贵族共和国。

在哲学方面，西塞罗的创作有《论至善和至恶》《论神性》等，他主张对各派的学说加以综合，因此他成为古代折中主义最典型的代表。他也是第一个将古希腊哲学术语翻译成拉丁文的人，这种做法对后来哲学与现在哲学术语的发展都有极大影响。在教育方面，西塞罗创作了《论演说家》等，他认为教育的最终目的是培养有文化修养的雄辩家，而训练的方法主要为实地练习。早在古罗马帝国初期法学家兴起之前，西塞罗对自然法和实在法之间的关系已有系统论证，他认为自然法代表理性、正义和神意，是普遍适用、永恒不变的，在国家产生以前自然法就已经存在；实在法必须与自然法相符，否则就不配称为法律。

伊 索

伊索，公元前6世纪古希腊著名的寓言家。据希罗多德记载，他曾经是萨摩斯岛雅

德蒙家的奴隶，后来被德尔菲人杀害。

他小时候最喜欢的事就是听妈妈讲故事，后来他长大了，每当看到有趣的事物，常常能据此编出精彩的故事。传说在雅德蒙给他自由以后，他时常出入吕底亚国王克洛伊索斯的宫廷。还有传说，在庇士特拉妥统治期间，伊索曾经到过雅典访问，他向雅典人讲了《请求派王的青蛙》这个寓言，劝阻他们不要轻易用别人替换庇士特拉妥。13 世纪时，有人发现了一部《伊索传》的抄本，在这本书里，伊索被描绘得丑陋不堪，后来很多有关他的故事也都是从这部传记中产生的。公元前 5 世纪末，"伊索"这个名字已经在古希腊人中广为传颂，这时的古希腊寓言也都开始归在他的名下。1 世纪和 2 世纪时，费德鲁斯和巴布里乌斯分别用拉丁文和古希腊文写成两部诗体的伊索寓言。现在常见的《伊索寓言》实际上应该为后人根据拜占庭僧侣普拉努得斯搜集的寓言及以后陆续发现的古希腊寓言传抄本综合编订的。

伊索寓言大多为动物故事，《狼与小羊》《狮子与野驴》等许多篇多用豺狼、狮子等凶恶的动物比喻人间的权贵，从而反映出作者对权贵的专横、残暴的揭露以及对弱小的同情，表达了伊索平民或奴隶的思想感情；《乌龟与兔》《牧人与野山羊》等篇，则对人们的生活经验进行总结，教会人们为人处世的道理。伊索寓言以短小精悍、比喻恰当、形象生动为特点，法国的拉封丹、德国的莱辛、俄国的克雷洛夫的创作都曾受其影响。耶稣会传教士曾在中国明代时把伊索寓言引入了中国，金尼阁口述的译本《况义》于 1625 年刊行，其中收录寓言 22 则；1840 年出版《意拾蒙引》，收录寓言 81 则；此后又有许多不同的中译本相继问世。

伊索

说谎的放羊娃

从前有个放羊娃每天都要赶着他的羊群到村外很远的地方去放牧。他很调皮，他还喜欢说谎，并经常用这些谎话愚弄别人，放羊的时候无聊了，他就经常大声向村里的人呼救，谎称有狼袭击他的羊群。起初几次，村里人听到呼救都会马上跑来，但是被他嘲笑几次后，就都没趣地走开了。后来，有一天，狼果真来了，它蹿入羊群，大肆咬杀。放羊娃这时害怕了，他对着村里拼命呼喊，可是这时村里人却以为他又在像往常一样说谎、开玩笑，于是没有人理他。结果，他的羊群被狼全吃掉了。这则寓言说明，那些常常说谎的人，即使说真话也很难获得别人的信任。

阿里斯托芬

阿里斯托芬（约前 448—前 380 年），又被译为亚里斯托芬尼，他是一位古希腊喜剧作家。在古代的欧洲，阿里斯托芬曾被认为是古希腊喜剧尤其是旧喜剧最重要的代表，他还因而得名为旧喜剧三位最伟大的诗人之一。在阿里斯托芬死后，柏拉图曾在《会饮篇》中以他为创作原型。阿里斯托芬的作品不仅在当时获得了巨大的社会认可，即便后来在古罗马和亚历山大港，他的戏剧也曾大受欢迎。而且他的戏剧对欧洲的政治幽默（尤其是英国文学）也产生了不小的影响。后来歌德曾经对阿里斯托芬的《鸟》进行艺术加工，而且他还在其前言中称阿里斯托芬为"优雅宠幸的顽童"。海涅也曾在其名作《德国，一个冬天的童话》中称阿里斯托芬为"一名伟大的剧作家"。

一般说来，阿里斯托芬的各个作品结构都较为松散，其安排也不是十分精妙，但是，作者凭借自己超凡的才能和饱满的精神，对各个情景的描写赋予了荒诞无稽的活力，从而使之变得可信，而且又技巧性地抓住了观众的心。阿里斯托芬的作品，堪称为俗与雅、轻松与严肃、丑与美的绝妙结合。阿里斯托芬很受当代人的称颂。鉴于他在喜剧方面的卓越贡献，古雅典人称其为"喜剧之父"。古希腊化时期和古罗马时期的学者对他非凡的智慧、

阿里斯托芬和索福克勒斯

尖锐的讽刺和优美的风格也都十分推崇。到了近代，他的喜剧作品的影响一直没有减弱，德国剧作家拉辛横模仿他的《马蜂》写了《爱打官司的人》，歌德还改编过他的《鸟》，其他也有很多著名作家如斯威夫特、海涅、菲尔丁等也都或多或少受到他的影响。

卢克莱修

卢克莱修（前99—前55年），共和国末期古罗马著名诗人、哲学家、思想家。他继承了古代原子学说，特别是他进一步阐述并发展了伊壁鸠鲁的哲学观点。卢克莱修认为，原子组成了一切物质，无不能生有，有也不能转化为无；原子具有一定的形状、重量，物质的消失并非物质的消灭，而仅是构成物

质的原子发生了分离；原子是永恒的，宇宙是无限的，是变化与发展着的；世界并不是神创造的。他还进一步提出人的灵魂是物质的，也是由原子组成的，这些原子随人体的死亡而死亡，它们不会对死后的生活怀有恐惧。在认识论方面，卢克莱修肯定感知的作用，认为感知是认识外部世界的源泉。他对宗教偏见持强烈的批判立场，认为它是人类罪恶的根源，只要人们对各种自然现象可以正确认识，从而消除对幻象和超人的自然力的崇拜与恐惧，宗教偏见就会消除。因此，卢克莱修在诗中对各种自然现象的解释努力运用原子论和其他物理知识，马克思曾称赞卢克莱修对问题的解释"较深刻"，其中有些理解到现在仍使人感到惊叹。在卢克莱修的诗中还论及世界和生命的起源。虽然他的社会观中有唯心主义的成分，但在人类社会的发展方面他仍然做出过一些有价值的推测。

卢克莱修的哲学长诗有《物性论》，这也是他唯一的传世之作。《物性论》共6卷，每卷千余行，这部作品也是古希腊、古罗马流传至今的唯一完整而系统的哲学长诗。全诗对伊壁鸠鲁的哲学思想和德谟克利特的原子

伊壁鸠鲁

论进行了重点阐述，突出表达了作者物质不灭、凡人无须惧怕死亡的生活观。《物性论》全诗规模宏大，风格崇高，其中有不少形象生动的比喻，从而使抽象的哲学概念变得更加简洁易懂，极富说服力。卢克莱修是古罗马文学史上一位十分著名的智者，维吉尔曾表示对他知晓事物起因的智慧十分羡慕，称卢克莱修是个"幸福的人"。

卡图鲁斯

卡图鲁斯（前84—前54年）生于意大利北部维罗那一个富有的骑士家庭，他是黄金时代成就最高的一位抒情诗人。在他传下的116首抒情诗中，包括时评诗、赠友诗、爱情诗、悼亡诗及各种内容的幽默小诗等多种。内战时期，一部分贵族青年对当时的社会现实极为不满，他们沉溺于爱情生活，追求个人幸福。这时期表现在贵族阶层中的一个突出现象就是旧道德的泯灭和传统伦理观的破产。在文学创作上，除了受当时社会背景的影响，古罗马诗人还受到古希腊新时期侧重内心感受、雕琢辞藻的诗风的极深影响，这些因素共同促成了古罗马抒情诗歌的繁荣。卡图鲁斯就是其中一个重要的抒情诗人。他的时评诗往往笔锋尖锐，矛头直指飞扬跋扈的恺撒；他的赠友诗笔触又较为细腻，情感真挚；而真正让他享誉诗坛的当属他的爱情诗。他在古

维罗纳的阿罗纳圆形剧场

爱情诗与异体诗的分类

关于爱情诗及异体诗的分类大概可以从以下几方面划分：以时间分类，爱情诗可分为古典爱情诗、现代爱情诗及当代爱情诗。以地域和语言划分，有欧美爱情诗、古希腊与雅典爱情诗、古希伯来爱情诗、中国爱情诗等。以种族分类，有汉族爱情诗和少数民族爱情诗。以社会阶层分类，有宫廷爱情诗及民间爱情诗。

以宗教与世俗分类，有圣体爱情诗，如《雅歌》；僧侣爱情诗，如六世达赖喇嘛仓央嘉措的爱情诗。以体裁分类，爱情诗包括自由体爱情诗与格律体爱情诗。其他还有异体诗词的一些划分：如藏头爱情诗、打油爱情诗、谜语爱情诗、道情爱情诗、回文爱情诗、数字诗、预言诗、游仙诗、仿拟诗、剥皮诗等。

罗马时曾和许多贵族有过交往，那时卡图鲁斯爱上了一位容貌美丽、名叫克洛狄亚的贵妇，在诗中他称克洛狄亚为勒斯比亚，他把自己与克洛狄亚从热恋到分离的炽热、复杂的强烈感受统统融合进简洁、优美的诗行里。卡图鲁斯善于运用警句式的语言来表达浓郁热烈、复杂微妙的感情。他的抒情诗对后世欧洲许多伟大诗人都产生过很深的影响。

贺拉斯

贺拉斯（前65—前8年），古罗马诗人。他生于意大利南部的韦努西亚（今韦诺萨）。他起初在古罗马求学，后来去雅典深造，学习文学和哲学。从青年时期起贺拉斯就十分推崇古希腊文化。公元前44年3月，恺撒遇刺后，雅典成为共和派代表人物的活动中心，贺拉斯此时和许多古罗马青年一起，参加了共和派军队，并担任军团司令官。后来共和派战败，之后贺拉斯辗转回到古罗马，这时他开始进行诗歌创作。他的诗歌才能很快引起了维吉尔等人的注意，维吉尔把他举荐给

奥古斯都的亲信麦凯纳斯，此后他的政治倾向由支持共和转向支持帝制，这时期他的诗歌也多是歌颂奥古斯都的统治。

贺拉斯早期创作以讽刺诗和性质与讽刺诗相近的长短句为主，后来他又开始写作抒情诗，他自称为"歌"，而后人根据他的庄重的风格，称之为"颂歌"。在写作中他以古希腊诗歌为典范，广泛地吸收了古希腊抒情诗的各种格律，并成功地运用了拉丁语诗歌创作，贺拉斯把古罗马抒情诗的创作推向了高峰。贺拉斯的作品具体有：《讽刺诗集》2卷，《长短句集》《歌集》4卷，《世纪之歌》《书札》2卷。

这些作品都经过他的亲自校订，并流传至今。《讽刺诗集》和《长短句集》是他的早期作品，作品在题材和思想倾向上比较接近。贺拉斯自称继承了古罗马讽刺诗人卢齐利乌斯的讽刺传统，但他的诗作并不具有前者所特有的抨击时政的色彩，而多以道德说教为

奥古斯都大帝

主。贺拉斯嘲笑吝啬、贪婪、淫靡等各种恶习，他从伊壁鸠鲁的"合理享乐"理论出发，宣扬中庸的生活哲学和闲适的田园之乐，从而反映出古罗马由动乱走向专制的过渡时期人们所普遍持有的消极心理状态。由于他的讽刺诗的内容有别于史诗的语言形式，因此他把自己的讽刺诗集称作《闲谈集》。长短句是一种带有一定讽刺色彩的诗体，这种诗体始自古希腊抒情诗人阿尔基洛科斯。贺拉斯的《长短句集》中，一些写作年代较早的诗，多抒发了诗人谴责内战的情绪，透露了作者对古罗马前途的悲观绝望，表现了贺拉斯一定的共和倾向。而另外一些写作较晚的诗，则多为抒情诗色彩浓厚的作品。

由于他的创作，贺拉斯在古时以及后代西欧一直享有盛誉，他的《纪念碑》一诗的立意曾受到很多欧洲著名诗人的追捧。

维吉尔

维吉尔（前70—前19年）是古罗马最伟大的诗人之一，其史诗《埃涅阿斯纪》也是西方文学史上第一部文人史诗。由于维吉尔出生于农民家庭，所以他的抒情诗多是对浪漫的田园风光的描写。他的代表作品主要包括《牧歌》《农事诗》和《工作与时日》，这些作品主要表达了作者对爱情、时政以及乡村生活的种种感受。其中《牧歌》《农事诗》主要是描写农事活动，而模仿赫西奥德的《工作与时日》则属于"教谕诗"。

维吉尔第一部公开发表的诗集《牧歌》共收录诗歌10首，各首诗具体写作年代不详。维吉尔的《牧歌》主要是通过对一些牧人的生活与爱情的虚构，以对话或对唱的形式，抒发了作者对田园之乐的向往，但其中部分内容也涉及一些政治问题。维吉尔的第二部作品《农事诗》，创作于公元前37—前30年之间，共计4卷，每卷针对一个农业问题进行叙述，分别为种谷、园艺、畜牧和养蜂。维吉尔创

埃涅阿斯像

作此诗与当时奥古斯都提倡振兴农业的努力有关。

维吉尔的代表史诗《埃涅阿斯纪》，学习了荷马史诗的写作手法，全篇都充满了悲天悯人的忧郁基调。在史诗中主人公除了具有勇猛坚韧的性格外，更具备敬神和爱国的精神。维吉尔在公元前29年开始写作此诗，在其逝世前基本完成初稿，逝世后此作品由友人代为发表。全诗12卷，1万余行，主要叙述了在特洛伊城被古希腊军队攻陷后，英雄埃涅阿斯离开故土，历尽艰辛终于到达意大利，最后建立新邦国的故事。史诗借用神话传说歌颂了古罗马国家，从而透露出诗人对奥古斯都统治的历史必然性的肯定。

奥维德

奥维德(前43—约后18年)，古罗马诗人。从18岁左右他开始写诗。他的创作大体可分为三个时期，早期作品以运用哀歌体格律写成的各种爱情诗为主，包括《恋歌》《列女志》《论容饰》《爱的艺术》《爱的医疗》等。其创作成熟时期的作品主要有长诗《变形记》和《岁时记》。后期作品有《哀歌》和《黑海零简》等。完成于公元7年的长诗《变形记》，代表了作者的最高水平，成为其代表作。该书以六音步诗行写成，全诗共分为15卷，主要以爱情故事为主，包括约250个神话故事。故事以时间为顺序进行叙述，从宇宙的创立、大地的形成、人类的出现开始，直至古罗马建立，恺撒遇刺变为星辰，而后奥古斯都顺应天意建立统治为止。该书共有三个部分：第一部分主要讲述了宇宙的创立和黄金、白银、青铜、黑铁四个时代。第二部分为神话英雄故事部分。第三部分是历史故事。故事中的人物有神话中的神、男女英雄和历史人物。作品集古希腊、古罗马神话之大成，每一个故事的讲述都生动有趣，安排巧妙，而且所有的故事都始终围绕"变形"这一个主题，借以阐明"世界一切事物都在变易中形成"的哲理。作者对神、人一视同仁，对他们采取了不恭不敬的态度，其宗旨在于借神的变形来表达事物不断变化的道理，表明了世界从混乱走向文明、古罗马从建城到强盛的同时，人类在逐渐进步，从而表明作者对恺撒统治的反对，以及他将奥古斯都的登位看成是顺应时代的观点。

经典纵览

希腊人是一个可赞美的民族，他们的感觉很灵敏、很精细，所以每当有过度或不合常理的任何事物，必能立刻发觉。他们所最爱的格言中有一句是"不要做太多的事"。罗马文学以希腊文学为基础，这是毫无疑义的。希腊的"英雄诗"与戏剧都是罗马文学最初效仿的对象。罗马文学，虽则有人说是"人工"的，但总还逃不出文学上的一个通则：一切的文学都是先有了诗歌，然后有散文的。

《伊索寓言》

《伊索寓言》原是古希腊民间流传的讽喻故事，后经人加工成为现在流传的《伊索寓言》。它时间跨度大，各篇的倾向也不一样，可能是古希腊人经过相当长的时间集体创作而成，署名在伊索大师名下。

《伊索寓言》突出反映了社会底层人民的生活状态和思想感情。比如揭露了富人的贪婪自私；鞭挞了恶人的残忍本性；肯定了劳动创造的财富；抨击了不平等的社会；讽刺了懦弱和懒惰的人；赞美了各种勇敢的行为。但《伊索寓言》最多的是以动物为喻教人为人处世的道理，通过描写动物之间的关系来表现当时的社会现状，谴责当时社会人压迫人的现象，号召所有受欺凌的人要团结起来与恶势力作斗争。例如，《农夫和蛇》的故事劝诫人们不要对敌人太仁慈；《狗和公鸡与狐狸》告诉人们如何运用智慧去战胜敌人；《狮子与鹿》《捕鸟人与冠雀》《两个锅》等故事揭露了统治者的贪婪残暴。此外，《伊索寓言》中的动物一般都没有固定的性格特征，例如狐狸、狼等，有时被赋予反面性格，有时则受到肯定，通过把动物拟人化来表达作者的某种思想。这些动物故事无疑是虚构的，然而又很自然、逼真。这与后代寓言形成的基本定型的性格特征是不一样的。

《伊索寓言》文字凝练，故事生动，饱含哲理，想象丰富，兼具思想性和艺术性。其中《农夫和蛇》《狐狸和葡萄》《狼和小羊》《龟兔赛跑》《牧童和狼》《农夫和他的孩子们》《蚊子和狮子》等已成为家喻户晓的故事。它不仅成为少年儿童的启蒙教材，而且还是一本生活教科书。在欧洲文学史上，它为后世的寓言创作奠定了基础。世界各国的文学作品甚至政治著作中，都常常引用《伊索寓言》作为说理论证或抨击讽刺的武器。可以说，它开创了欧洲寓言发展史的先河。

费德鲁斯是1世纪的古罗马寓言作家，他直接继承了伊索寓言的传统，称自己的寓言是"伊索式寓言"。巴布里乌斯则是2世纪的古希腊寓言作家，他也引用了很多伊索的寓言故事。文艺复兴过后，对《伊索寓言》抄稿的重新整理和印行在很大程度上也促进

说谎的放羊娃

龟兔赛跑

乌龟和兔子准备第一场比赛。乌龟在赛前积极加紧训练，已经胸有成竹做好了充足的准备。但是兔子却不以为然，根本没把对手放在眼里。比赛正式开始，兔子跑得很快，还不时回头张望，它看到乌龟在后面慢腾腾地向前爬着，心想：冠军一定是属于我的，我先休息一会儿也没关系。于是兔子在路边的一棵树下倒头睡起觉来。这场比赛的结果当然是众所周知的，乌龟因为坚持，丝毫没有懈怠而最终赢得了胜利。

了欧洲寓言创作的发展，先后出现了很多出色的寓言创作者，如法国的拉封丹、德国的莱辛和俄国的克雷洛夫等。伴随着"西学东渐"的热潮，《伊索寓言》在明朝传入我国。第一个来我国的西方传教士利玛窦在中国生活的期间撰写了《畸人十篇》，其中就提到了《伊索寓言》。他之后的传教士庞迪也引用过《伊索寓言》。我国第一个《伊索寓言》的译本是1625年西安刊印的《况义》。清代之后，先后出现了许多种《伊索寓言》的译本。可见《伊索寓言》在我国流传很久，至今仍令人爱不释手。

《伊索寓言》是古希腊人生活和斗争的概括、总结和提炼，是古希腊人留给西方的一笔精神财富。这是世界上拥有读者最多的一本书，它对西方伦理道德和政治思想影响很大。

《俄狄浦斯王》

《俄狄浦斯王》是古希腊剧作家索福克勒斯的作品。它取材于俄狄浦斯杀父娶母的神话故事，表现了人与命运的冲突。该剧通过倒叙的手法，环环相扣，一步步地把戏剧冲突推向悲剧的顶点。

俄狄浦斯的父亲拉伊奥斯国王年轻时劫走了佩洛普斯的儿子克律西波斯，因此遭到了诅咒，他的儿子俄狄浦斯出生时，神谕就预示他会被儿子所杀死。为了躲避命运，拉伊奥斯刺穿了婴儿的脚踝，并命人将他丢弃在野外。然而执行命令的牧人心生怜悯，偷偷地将婴儿转送给科林斯的国王波吕波斯抚养。几年后，不知道科林斯国王与王后并非自己亲生父母的俄狄浦斯，为避免弑父娶母的厄运成真，就离开科林斯并发誓永远不再回来。俄狄浦斯流浪到忒拜附近时，在一个岔路上与一群陌生人发生口角，错杀了人，而这人正是他的亲生父亲拉伊奥斯。

当时赫拉天后为了惩罚俄狄浦斯，便将狮身人面兽斯芬克斯派到忒拜城。狮身人面兽斯芬克斯让每个路过的人解答他出的谜题，否则便将对方撕裂吞食。后来正是俄狄浦斯解开了斯芬克斯之谜，从而解救了忒拜城。他理所当然地继承了王位，并在不知情的情况下娶了自己的亲生母亲，还生了两个女儿

俄狄浦斯

和两个儿子。后来，一向繁荣的忒拜城突然遭到了厄运，牲畜瘟死、土地荒芜、庄稼歉收，全城到处是痛苦的呻吟。无尽的痛苦折磨着百姓，也令爱民如子的国王俄狄浦斯忧心如焚，最后在先知提瑞西阿斯的提示下，俄狄浦斯才知道他是拉伊奥斯的儿子，终究应验了他之前杀父娶母的诅咒。震惊不已的约卡斯塔羞愧得上吊自杀，而同样悲愤不已的俄狄浦斯，则刺瞎了自己的双眼。

《俄狄浦斯王》在情节的完整、结构的严密、布局的巧妙等方面有着很高的艺术成就，不愧是古希腊悲剧的典范，还以对白代替合唱，使戏剧这一艺术形式更为成熟。

《被缚的普罗米修斯》

埃斯库罗斯是古希腊三大悲剧家之一，被称为"悲剧之父"。他的杰作是《普罗米修斯》三部曲，包括《被缚的普罗米修斯》《被释的普罗米修斯》《带火的普罗米修斯》。

赫尔墨斯和小酒神

宙 斯

宙斯为古希腊神话中的主神，他是第三任神王，同时也是奥林匹斯山的最高统治者。宙斯是克洛诺斯和瑞亚的儿子，他掌管天界，因好色而著称，奥林匹斯的许多神祇及很多的古希腊英雄都是他与不同的女人生下的子女。他将雷电作为武器，负责天地间秩序的维护，他还将公牛与鹰作为自己的标志。宙斯的兄弟波塞冬与哈得斯分别负责海洋及冥界的管理，女神赫拉是宙斯最后一位妻子。

宙斯非常残暴想消灭人类，只有普罗米修斯违背宙斯的意愿使人类免于死亡。他让人类获得了智慧和思想，为人类发明了文字和字母，教会了人类驯养家畜和驾船航行，他教会了人类怎样使用药物和利用矿藏，人类因为伟大的普罗米修斯过上了舒适的生活。结果，普罗米修斯因保护人类而受到宙斯残酷的惩罚，威力神和暴力神把普罗米修斯带到遥远荒凉的高加索，手持铁锤、铁链的匠神也跟随他们一起来，他们听从宙斯的命令要把普罗米修斯钉在那里的一处峭壁上。长河神看见这惨不忍睹的景象，劝普罗米修斯向宙斯屈服，并愿意代普罗米修斯向宙斯求情。普罗米修斯瞧不起长河神的软弱，一口回绝了长河神的要求。普罗米修斯告诉长河神的女儿们只有宙斯结婚自己的苦难才能结束，因为宙斯会生一个比他自己还强大的儿子。这时神使赫耳墨斯奉宙斯之命前来，要普罗米修斯说出婚姻会使宙斯失去权力的秘密。普罗米修斯不仅奚落了狐假虎威的赫耳墨斯一顿，他还憎恨所有不公正对待他的神明。赫耳墨斯认为普罗米修斯太固执愚蠢，告诉普罗米修斯，如果他不听规劝，不向宙斯屈服说出秘密的话，宙斯将会用雷霆和电火劈开那片悬崖，把他压在悬崖底下。然而普罗米修斯丝毫不畏惧。于是雷霆阵阵，尘埃滚滚，气流奔腾，大地浑然一片。普罗米修斯沉入深渊。

作品塑造了普罗米修斯这样一位爱护人类、不屈服于暴力的神的光辉形象，虽然情节简单却一直被奉为不朽的经典之作。

阿喀琉斯之死

《伊利亚特》

《伊利亚特》，又译作《伊利昂纪》，它是古希腊重要的文学作品，也是整个西方文学的经典之一。《伊利亚特》共分为24卷，万余行，各卷的长度从429行到999行不等。《伊利亚特》取材于特洛伊战争，史诗以阿喀琉斯和阿伽门农的争吵开始，以赫克托耳的葬礼结束，故事的背景和结局都没有直接叙述。

古希腊联军主将阿喀琉斯英勇善战，所向披靡。后因自己喜爱的一个女俘被统帅阿伽门农夺走，愤怒地退出了战斗，特洛伊人乘机大破希腊联军。在危急关头，阿喀琉斯的好友帕特洛克罗斯穿上阿喀琉斯的盔甲上

阵，被特洛伊大将赫克托耳杀死。阿喀琉斯听到好友阵亡的噩耗，悲痛欲绝，非常悔恨。愤怒地奔向战场为好友报仇，杀死了赫克托耳。为了泄愤，他将赫克托耳的尸体拴上战车绕城三圈。特洛伊老国王夜入阿喀琉斯大帐内要回儿子的尸体。史诗就在赫克托耳的葬礼中结束。

《伊利亚特》布局精巧，结构严谨。它以"阿喀琉斯的愤怒"作为全书的主线，其他人物、事件都围绕这条主线展开，形成了严谨的整体。史诗或用动物的动作，或用生活现象、自然景观作比喻，构成了富有情趣的"荷马式比喻"。

《奥德赛》

《奥德赛》，又译作《奥德修纪》，它是古

海妖塞壬

塞壬是古希腊神话传说中一个人面鸟身的海妖，她是河神埃克罗厄斯的女儿，是在埃克罗厄斯的血液中诞生的美丽妖精。塞壬因为同缪斯比赛音乐落败而被缪斯拔去了双翅，这样她便无法飞得更高。于是，失去翅膀以后的塞壬只好在海岸线附近游弋。她有时还会变幻成美人鱼，以自己天籁般的歌喉吸引过往的水手，从而使他们的航船触礁遇难，这样塞壬便有了果腹之餐。塞壬居住的小岛在墨西拿海峡附近，在那里还居住着另外两个海妖斯基拉与卡吕布狄斯，也正因为如此，那一带的海域早已是遍地受害者的白骨。

海妖塞壬的半身像

奥德修斯在海上漂泊

希腊的最著名的两部史诗之一，传说为盲诗人荷马所作。作品被后人细分为24卷，主要是接续《伊利亚特》的剧情，描写古希腊英雄奥德修斯在特洛伊战争中取得了胜利以及在返航途中历经艰险的故事。

古希腊半岛上的一些部落联合进攻特洛伊。某部落首领奥德修斯刚刚喜得贵子，就与他的妻子分离，到远方打仗去了。战争进入第十年，奥德修斯在木马里藏兵，用木马计，希腊军队里应外合，终于攻陷了敌城，赢得了特洛伊战争。

英雄奥德修斯激怒了海王波塞冬，因而希腊军队在返乡途中遇到了海难全军覆灭，奥德修斯在海上漂泊了十年。当地的贵族都以为他十年不归已经死了，所以许多人在追求他的妻子佩涅洛佩，佩涅洛佩想方设法地拒绝了他们，同时也在盼望奥德修斯能回来。奥德修斯在这十年间遇到了许多困难：他的同伴被独目巨人吃掉了，他的另一个同伴被神女喀尔刻用巫术变成了猪；他还在环绕大地的瀛海边缘看到了许多过去的鬼魂；他还躲过了女妖塞壬迷惑人的歌声；他逃过了怪物卡吕布狄斯和斯基拉，最后奥德修斯在女神卡吕普索那里留了好几年之后，终于回来了。他到了菲埃克斯人的国土，向国王阿尔基诺斯重述了过去几年间的海上历险，阿尔基诺斯派船把他送回了故乡。但是他看到的是另一片景象：那些追求他妻子的求婚人在他的王宫里大吃大喝。于是，奥德修斯打扮成乞丐进入王宫，用计同儿子一起杀死了那一伙横暴的贵族，又和妻子重新团聚。

《金驴记》

《金驴记》又名《变形记》，是古罗马作家阿普列尤斯的代表作，是一部具有冒险色彩的传奇作品，也是一部流浪汉小说。《金驴记》全书共有11卷，取材于古希腊民间传说，它是现存欧洲古代神怪文学中最重要的作品，

阿普列尤斯

阿普列尤斯（约124—170年）是古罗马一位伟大的作家。他出生在北非马达乌拉城一个豪门家庭。父亲去世后，阿普列尤斯赴雅典深造。他知识渊博，爱好广泛，酷爱哲学，并自称为柏拉图派。他早年时曾到处演讲游历，后半生大多是在迦太基度过的，并深得当地人的敬仰，后来在当地还发现过他的两尊雕像。阿普列尤斯一生著述颇丰，哲学、历史、文学、自然科学等均有涉猎，流传下来的著作有《论苏格拉底的神》《论柏拉图及其学说》《论宇宙》《辩护辞》，以及长篇小说《金驴记》、后人摘录他的演说辞而成的《英华集》等。

也是最早的长篇小说，被誉为世界文学史上第一部社会心理小说。《金驴记》真实地反映了2世纪古罗马帝国外省的民俗风情和社会文化心态，语言杂有古语，表现作者的尚古倾向。作品通过古希腊青年卢齐伊试身失败而变成驴，后被伊希斯搭救的故事，告诫人们不要妄自尊大，要相信宗教才能拯救人生。

小说描写贵族青年卢齐伊对魔法非常好奇，在一次远游途中寄宿在朋友家中，错误地把魔药涂在身上变成了一头笨驴，后来遭受到非人生活的艰辛历程，饱受磨难的同时也伴有风流艳事。驴子后来得食埃及女神的玫瑰花环复现人形。

小说采用古希腊神话中变形的手法，揭露了古罗马黑暗的社会现实，强烈地抨击了时弊。小说表现了作者阿普列尤斯丰富的想象力，具有浪漫情调，在文艺复兴时期广为流传，对近代欧洲小说的产生起了重要作用。

《埃涅阿斯纪》

《埃涅阿斯纪》是古罗马作家维吉尔作于公元前30年至前19年的作品。全篇共12卷，约为12000行。小说主要描写了特洛伊英雄

埃涅阿斯

埃涅阿斯在天神的护卫下携家出逃，建立了古罗马城，并在那里开始了朱里安族的统治。

《埃涅阿斯纪》的前六卷模仿《奥德修纪》，写特洛伊王子埃涅阿斯在特洛伊被古希腊军队灭亡后夫妻离散，他携带老父、幼儿、随从以及家族中的其他神祇在海上漂泊了七年，经历千辛万苦后到达了迦太基。女王狄多给予他们盛情款待。他向女王追述了特洛伊战争的失败和自己漂泊的悲惨经历，最后他与女王结婚。但由于神的指令，他必须抛弃狄多到意大利重建邦国，致使狄多自杀。埃涅阿斯到达意大利后，参拜神庙，在神巫的带领下游历了地府，见到了亡父的灵魂，亡父向他预示了古罗马的未来。

《埃涅阿斯纪》的后六卷模仿《伊利亚特》，写主人公埃涅阿斯到了拉丁姆地区，受到了国王拉提努斯的热情款待，神意要他和国王的女儿结婚，这激怒了国王女儿早先的求婚者鲁图利亚王图尔努斯，因而双方产生争执，全诗以埃涅阿斯杀死了图尔努斯而结束。

史诗主人公虔诚、勇敢、克制、大度、仁爱、公正不阿，这是作者所认为的一个理想的政治领袖应该具有的品德。诗人歌颂古罗马祖先建国的功绩，歌颂古罗马的光荣，并说明古罗马称霸的使命是神所决定的。这部史诗的主题是谈帝国的命运。他把埃涅阿斯的儿子尤鲁斯写成是恺撒和屋大维这一族的祖先，因而肯定了屋大维的"神统"。主人公埃涅

阿斯的全部艰辛的经历说明缔造帝国的艰难，所以后人更应珍惜帝国的和平。

维吉尔《埃涅阿斯纪》虽有模仿荷马史诗的痕迹，但全诗强调使命感、责任感，洋溢着严肃哀婉的情调，是典型的古罗马风格。在语言特色和艺术表现上，《埃涅阿斯纪》辞藻华丽。从《埃涅阿斯纪》开始，欧洲文学中第一次出现了所谓责任与爱情的冲突的主题。

《阿卡奈人》

《阿卡奈人》是阿里斯托芬第一部成功的喜剧，它于公元前 425 年演出，此时雅典和斯巴达已经打了六年的内战。本剧的中心思想是反对内战，主张和平。

在"开场"中，一个农民狄开俄波利斯

伯罗奔尼撒同盟

在历史上，斯巴达曾凭借其强大的军事力量，不断外侵。公元前 590 年，斯巴达对提吉亚发起进攻，经过 30 年战争，斯巴达终于迫使提吉亚成为其"盟邦"。若遇战争，提吉亚需向斯巴达提供必需的兵力。公元前 546 年斯巴达又进攻亚哥斯，夺取塞里亚提斯平原后，又使亚哥斯放弃其在伯罗奔尼撒半岛东北部的权利。至此除亚哥斯、阿卡狄亚北部以及阿卡亚外，伯罗奔尼撒半岛上的各邦均接受斯巴达的领导，并组成了伯罗奔尼撒同盟，其中包括科林斯、西息温及麦加拉。此同盟被古希腊人称为"斯巴达人及其同盟者"，这一称呼也充分表明了斯巴达在这个组织中的霸主地位。

斯巴达王爱奥尼达

一大早来到公民大会会场等候开会，因为内战使农民深受苦难，他们迫切需要和平，所以他希望在大会上讨论与斯巴达人议和的问题。可是大会却没有让他满意，竟然不让主张议和的阿非忒俄斯讲话。他给了阿非忒俄斯八块钱币，派他同斯巴达人议和。

在"进场"中，主张向斯巴达人报复的阿卡奈人（即剧中的合唱队）要惩罚主张议和的狄开俄波利斯。他们一边用石头追打狄开俄波利斯，一边指责他叛国。

在"对驳场"中，狄开俄波利斯不得不冒着生命危险去说服他们。他并不想投靠斯巴达人，因为他自己也受到他们的蹂躏。但是战争只是为了互相争夺妓女，事情不能全怪斯巴达人，雅典当局也难辞其咎。狄开俄波利斯这一番话说服了半个歌队，另一半则请出主战派将领拉马科斯。狄开俄波利斯当场和他扭打在一起，并向阿卡奈人指出战争只对像拉马科斯那样只拿官俸而不肯卖命的军官有利。这时原来不服的那些阿卡奈人不再反对和议。

在"插曲"中，表现了双方交易的场面，显示了和平的好处。在"退场"中，在战争中负了伤的拉马科斯瘸着腿走下舞台，而狄开俄波利斯则由两个吹笛女伴着，酒足饭饱，得意洋洋。

《阿卡奈人》的政治作用在于扫除雅典公民中的主战心理，主张和平。阿里斯托芬正是站在这个思想高度来俯视社会现实，才把生活中丑陋的本质挖掘出来的。

中世纪时期的西方文学

　　中世纪是指 5 世纪下半叶到 15 世纪上半叶这一期间，即始于 479 年古罗马帝国崩溃，结束于意大利文艺复兴的黎明，这长达千年的中世纪是一个"信仰时代"。因为基督教正是在这一时期确立了它对西方文化的支配地位。中世纪文学取得的成就为各国的文艺复兴乃至欧洲近代文学奠定了广泛的基础。中世纪文学并不是古希腊、古罗马向文艺复兴过渡的一片空白，欧洲各民族的文学在这一时期都出现过一些有价值又有影响的文学作品。

教会文学

中世纪的教会文学一般是由教会僧侣以拉丁文写成。其内容主要是宣传基督教教义，宣扬神的权威、禁欲主义以及来世思想。其目的在于欺骗民众，从而维护封建统治。这时期教会文学的体裁主要以圣徒传、宗教叙事诗、赞美诗、祈祷文、圣经故事、宗教剧等为主。

中世纪初期基督教文学的兴起以《圣经》的翻译为起点。《圣经》是基督教的思想源泉，它分为《旧约》和《新约》两部分。《旧约》是古希伯来人古代文献的汇编，原为犹太教的经典。《新约》为基督教所增，主要记述耶稣的救世言行及门徒们的传教活动。5世纪初，古罗马的圣哲罗姆（347—420年）把《圣经》翻译成拉丁俗语，即著名的"通俗拉丁语译本圣经"，这部书成为初期基督教文学的名著。此外，圣安布罗斯（约339—397年）的"圣诗"，圣奥古斯丁（354—430年）的《上帝之城》《忏

圣奥古斯丁

基督教文学的影响

作为一个时代的文学思潮，中世纪基督教文学在文学史的发展上，其影响巨大且深远。由于基督教文学为传播教义的重要媒介，因而基督教观念的广泛传播，对当时及后世西方人的价值观念、思维方式及行为规范都或多或少存在影响。基督教精神同时植根于西方文学，从但丁、莎士比亚、弥尔顿到陀思妥耶夫斯基、雨果、托尔斯泰，他们的作品无不充溢着基督教观念。基督教文学的表现形式一方面影响了当时的世俗文学，同时也为后世西方文学提供了借鉴，可以说如果不了解基督教文化，就无法完全理解西方文化与文学。

悔录》，圣帕特里克（389—460年）的书简、忏悔录等作品，都成为了基督教文学写作的先河之作。

6世纪到10世纪间，基督教文学没有太多显著的成就。这时期波伊提乌（约480—524年）的《哲学的慰藉》以散文和韵文相交织的文体，表达借基督教信仰以自慰的思想，被看成是基督教文学的杰作。不列颠诗人凯德蒙（创作时期约658—680年）将《创世纪》《出埃及记》以及《基督与撒旦》等圣经故事改写成押头韵的诗。7世纪时不列颠诗人基尼武甫（生卒年不详）的《基督》《朱利安娜》《爱伦娜》等诗篇歌颂了贞洁、殉教、献身等基督教的美德。这时法国也出现了《圣女欧拉丽赞歌》等作品。10世纪以后，随着基督教影响的扩大，基督教文学日渐繁荣。

圣经故事、圣徒行传、祈祷文、赞美诗、布道文等各种形式的作品在欧洲各国纷纷出现。法兰西《受难曲》《圣徒尼克托行传》等作品久传不衰。阿伯拉德（1079—1142年）的《我的苦难史》也成为欧洲文学的经典。意大利神学家托马斯·阿奎那（1227—1274年）的《神学大全》既为宗教神学名著，又具有重要的文学价值。意大利还出现一种名

为 Lauda 的宗教颂赞诗。这时在西班牙广为流行的是以卡斯蒂利亚语写作的教士诗，如贝尔塞奥（约1198—约1265年）的诗篇《圣母神迹》。不列颠的艾尔弗里克的《布道文集》和《圣徒传》也是中古英语中优秀的作品。到13世纪时基督教文学产生了大众化的新形式——奇迹剧和神秘剧。这两个剧种均起源于教堂唱诗，原本为宗教仪式的一部分，后来演化成有人物、有情节的宗教戏剧。奇迹剧和神秘剧在发展过程中抛弃原来的拉丁文台词，而融入了各地的俗语，这使得它可以在百姓中广泛传播基督教观念，同时也拉开了宗教剧向世俗戏剧转化的序幕。13世纪以后，基督教文学逐渐失去其重要地位。

中世纪基督教文学的内容主要为宣传、阐释基督教教义。它的基本倾向是宣扬来世思想，倡导禁欲主义，歌颂基督教美德。后期作品开始渗入了一些异教或世俗的因素。在写作手法上多采用寓意、梦幻、象征，这利于表现基督的崇高、天国的神秘。

天使之歌

英雄史诗

中世纪在欧洲各国广泛存在着本民族的口头传述文学，这些口头文学成为各民族文学形成、发展的基础。在欧洲各民族国家日渐形成的几个世纪中，各民族口述文学的几种体式日益丰满、完善，继而产生了记述本族英雄人物神奇事迹的长篇叙事诗——英雄史诗。

英雄史诗包括前期和后期两部分。前期英雄史诗成型于中世纪初期，多具有浓厚的神魔色彩和巫术气氛，其中比较著名的有《贝奥武甫》《埃达》等，这些史诗主要讴歌了部落英雄的光荣事迹。后期英雄史诗出现在中世纪中期，其中心主题即爱国主义和英雄主义。代表作品有法国的《罗兰之歌》，西班牙的《熙德之歌》、德国的《尼伯龙根之歌》和俄罗斯的《伊戈尔远征记》。特别值得称道的是中世纪杰出的史诗作品——芬兰史诗《卡列瓦拉》，它由50篇诗歌组成，其中主要诗篇产生于8世纪到10世纪初。

综观英雄史诗的发展历程，早期英雄史诗多描写氏族社会瓦解时期的社会生活及思想意识，具有异教色彩。在长期流传过程中，特别是在封建时期记录的，多渗入了基督教思想以及后来社会的因素。11世纪以后，欧洲封建制度日臻繁盛，各民族中开始出现歌颂封建社会理想英雄人物的史诗，如《罗兰

《贝奥武甫》

《贝奥武甫》是继古希腊、古罗马史诗之后，在欧洲文学史上出现的最早的一部以本民族语言写作的英雄史诗，它也是中世纪英雄叙事诗中保存最为完整的一部著作，全诗共3000多行，大约形成于8世纪前后，10世纪出现该诗作的定本。这部史诗既有历史的因素，同时还包含了传说的内容，在这部史诗中，集中反映了氏族社会末期的生活情况。

之歌》《熙德之歌》《尼伯龙根之歌》及《伊戈尔远征记》，这类史诗可以看成是欧洲各民族高度封建化的产物。由于这时各部落先后从分散状态趋于统一，国家的统一顺应了人民的愿望，是进步的，这时史诗中的英雄多反映这种愿望。他们和前一时期的英雄有别，他们的荣誉观念已经不再局限于狭小范围的部落英雄复仇义务，而开始体现国家观念的内容，他们变成了要求团结、抵御外侮的英雄。同时，在他们身上，封主、封臣的关系表达得淋漓尽致。在基督教的影响下，他们的爱国行为往往表现为反对异教徒的斗争。在此类史诗里，多神教的神话因素相对减少。尽管如此，由于欧洲各主要国家的历史发展不尽相同，因而史诗题材本身的发展情况与写作年代也略有差异。

骑士受封

骑士文学

骑士文学即一切关于骑士的文学作品，它为欧洲中世纪世俗文学之一，是充分表现封建贵族阶级精神特征的文学，它是骑士制度兴盛之后的产物。骑士文学以描写封建骑士忠君、护教、行侠、冒险、恋爱为主题，充满了浪漫传奇的色彩。综观骑士文学，大致包括骑士抒情诗、骑士传奇、骑士小说及后来的反骑士小说，其中的代表作有《破晓歌》《特里斯丹和依瑟》等。

骑士文学盛行于西欧，以反映骑士阶层的生活理想为主要内容。骑士就其出身而言，最早的成员主要是来自中小地主和富裕农民。他们替大封建主打仗，以此获得土地及其他报酬。他们有了土地以后，住进堡垒，剥削农奴，逐渐成为小封建主，因而他们思想上支持封建等级制。后来骑士土地转变为世袭，开始出现固定的骑士阶层。11世纪90年代开始的十字军东征又进一步提高了骑士的社会地位，使他们得以接触东方的生活和文化。骑士精神这时开始形成了。

在骑士精神中，爱情是他们生活的主要内容，表现为对贵妇人的爱慕与崇拜，并积极为她们服务，他们还经常为了爱情去冒险。在当时他们看来，能博取贵妇人的欢心，能在历险中取胜，是骑士的最高荣誉。由于他们处在封建统治阶级的底层，因而他们中有些人仍有锄强扶弱的一面。他们不反对基督教，他们有时甚至会为宗教去冒险。虽然如此，但他们常常摒弃基督教的出世思想及禁欲主义，因为他们要求享受生活，要求文化，正是这些骑士把东方文化带到了当时还处于野蛮状态的西欧国家。他们中曾产生了一些诗人和歌手，他们的诗作多是歌唱现实生活和爱情，歌唱骑士的冒险，但同时不乏浓厚的宗教色彩，弥漫着宗教神秘思想。

谣曲

谣曲是以描写生活的悲剧或历史题材为

主，具有强烈贫民意识的文学作品，其中有很多作品塑造了下层人民喜爱的英雄形象。

在谣曲中最为著名的是英国的一组谣曲——《罗宾汉谣曲》，此作品现存约 40 首，其文学成就在同类作品中堪称佼佼者。这部作品中主要讲述的是一个生活在 12 世纪左右的自由农罗宾汉，由于他不堪忍受封建压迫，逃往绿林，成了"不受法律保护的人"。从此他和一些同样受封建主压迫的农民、手工艺人结伙，经常在绿林、城镇出没，他们专门抢劫财主和大僧侣，帮助受欺凌的穷人，并同追捕他们的官吏、地主、僧侣进行顽强的斗争。在谣曲中罗宾汉射得一手好箭，非常勇敢、机智，他信心百倍地积极与敌人作战。他虽然不愿意为国王服务，并捕食树林中那些属于国王的鹿，但是他并不视国王为敌人。《罗宾汉谣曲》在 14 世纪很受欢迎，在文艺复兴时期及 19 世纪还经常为作家所采用。诸如罗宾汉的传说在许多国家都有传诵，如挪威的神箭手艾吉尔、瑞士的神箭手威廉·忒尔，都是反映农民抗暴斗争的英雄。

分析谣曲的艺术特点可以看出其故事性很强，而且常常出现意外的情节，其中对话丰富，极具抒情性。直到今天，谣曲这一诗歌形式仍然在一些国家广为流行。

城市文学

西欧各国从 11 世纪起，由于手工业与农业的分工以及商业的发展，逐渐产生了城市，从而出现了从事工商业的市民阶级。以后在不断的斗争中城市得以发展，这时，在西欧许多国家还发生了"异端"运动，开始形成世俗文化。

城市文学的产生就是同城市斗争以及"异端"思想密切相连的。为了适应市民对文化娱乐的要求，基于民间文学，10—11 世纪时作为欧洲中世纪世俗文学之一的城市文学出现了。其作者主要是城市里的街头说唱者，在内容上城市文学与教会文学不同，它更加强调现实性，多涉及对僧侣及封建主的嘲弄，着重反映现实生活及市民阶层的思想感情，包括中世纪城市生活和新兴资产阶级思想愿望。其内容形式丰富多样，风格生动活泼。城市文学的出现，在中世纪文化的发展中具有重大意义。它主要运用讽刺的艺术手法，时而尖锐，时而温和，这主要取决于作者的社会立场。

此外，城市文学在一定程度上还接受了封建文学及教会文学的隐喻、寓言、梦境等手法，其风格简单朴素，语言生动鲜明，但有时稍显粗俗。在文学样式上，城市文学创造性地形成了韵文故事、讽刺故事诗等新型体裁，主要包括韵文故事、讽刺故事诗、抒情诗以及市民戏剧等。

由于法国是西欧城市发展最早的国家之一，因而其城市文学的发展也最为突出。"韵文故事"是当时法国最流行的一种城市文学类型，数量很多，但现今多已散佚。它的特点是故事性和讽刺性都非常强。作者将社会生活以生动的语言写成了引人入胜的故事，对骑士和僧侣的丑态揶揄尽致，同时也暴露了市民的贪婪自私。"韵文故事"所反映的社会面很广，从骑士、僧侣、法官到商人、手

道德剧、傻子剧和笑剧

道德剧即通过寓意的手法，来实现对宗教道德或世俗道德的宣扬。傻子剧运用人物的装疯卖傻来暗示市民对封建贵族及教会的不满情绪，具有较强的讽刺性。彼埃尔格兰高尔（约 1475—约 1538 年）曾在其《傻王的把戏》中影射法国国王路易十二，在剧中教皇被称为"顽固人"。

笑剧中的人物一般为市民，主要反映他们的生活与处世态度。在保留下来的笑剧中最优秀的一部为《巴特兰律师的笑剧》，这部笑剧主要是写一个骗上加骗的故事。在这样一部剧本里，作者显然是同情骗术高超的一方，他将机智与狡诈看成一种道德品质加以赞扬。

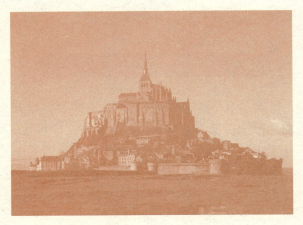

中世纪古城

工业者、农民、仆役以及乞丐都可能成为其描写的对象。其中的代表作有《布吕南》《驴的遗嘱》《以辩论征服天堂的农民》《农民医生》等。在《布吕南》中，作者揭露了乡村教士的贪婪本性，想骗取农民的牛，结果却赔了自己的牛。《驴的遗嘱》谴责了教会以"遗赠"之名，强夺农民的财产。

除了法国比较有特色的"韵文故事"外，在城市文学中还有一种非常重要的民间创作，代表作品有《列那狐传奇》《玫瑰传奇》等经典之作。

名家荟萃

中世纪时代的文学反映了市民的要求，具有反封建、反教会的倾向。这一时期出现了一批向文艺复兴过渡的作家，他们重视现世生活，肯定个人地位。他们的作品继承了城市文学的现实主义因素，反映的现实更为广阔，而且更能凸显时代的特征。主要代表作家有吕特博夫、维庸等。

吕特博夫

在市民抒情诗方面，意大利的"温柔的新体诗派"承袭了普罗旺斯的抒情诗歌的传统，它们将爱情作为主题，作品中多是描写诗人的内心感受，作品风格清新，为中世纪文学向文艺复兴时期的过渡开辟了道路。13世纪以后出现的市民抒情诗在中世纪市民文学中占有重要的地位，其中法国的吕特博夫（约1230—1283年）与维庸（1431—1463年）则为欧洲中世纪最重要的两个市民出身的抒情诗人，他们创作出大量体现下层市民遭遇及感受的诗篇，但同时在这些诗作中也表达了诗人某些消极颓废的情绪。

吕特博夫是一位巴黎行吟诗人，同时还是一名虔诚的基督教徒。由于吕特博夫长期生活于城市下层社会，因此他对当时的黑暗社会生活有真切的体验，在作品中他对教会的腐败进行了辛辣的讽刺针砭，同时还对上层市民的残酷剥削行为进行了尖刻的批判。他慨叹自己贫困潦倒的生活。吕特博夫的各种生活厄运是中世纪城市中下层人民的悲惨处境的真实反映。吕特博夫始终站在维护基督教的忠实教徒的立场上，猛烈抨击社会丑恶，他的作品中不乏其宗教情绪的表达。

吕特博夫为后世留下的作品主要是宗教诗歌与个人抒情诗。他的代表作有《吕特博夫的穷困》《吕特博夫怨歌行》《吕特博夫的婚姻》《吕特博夫之死》，

吕特博夫之死

在这些诗歌中，他坦露了自己的悲苦情怀，同时也记述了人民的日常生活。

维 庸

维庸（1431—1463 年）被认为是法国中世纪一位优秀的抒情诗人。他继承了 13 世纪市民文学的现实主义传统，有别于贵族骑士抒情诗的典雅趣味，发展了市民抒情诗。1461 年维庸完成其代表作《大遗言集》。《大遗言集》全诗集共 186 节八行诗，其中也插入了一些谣曲和长短歌。该诗集抒情、讽刺和哲理于一体，使作者的内在思想感情得以真实而完整地坦露。维庸在诗中诉说了自己的身世，同时也表示了对自己所犯的罪恶的忏悔，流露出作者的悔恨之情。在诗中，维庸在深化主题的基础上，对人的命运进行了思考：无论是贵是贱，是贫是富，是美是丑，在死亡的面前所有人都是平等的。《大遗言集》带有一些神奇的象征色彩，这种象征意义不仅在词汇和意象上有所表现，而且在诗的结构形式上也有所反映。同时，该诗集风格多变，各部分相对独立，时而欢快，时而严肃，时而轻松诙谐，时而沉重压抑，整部作品是现实与想象的结合，粗俗与精细的融合。《大遗言集》是维庸抒情风格的集中体现，从而奠定了他在文学史上的地位。维庸的另一部名篇为《歌昔日女子》，在其中维庸列举了许多

弗朗索瓦一世

贵妇美女，她们生前享尽荣华富贵，但到最后也只能归于一堆尸骨。维庸强烈地感到世间的不平与人间的不公，在作品中他让死神这个谁也摆脱不了的阴影来替天行道，从而表达了作者渴望人间平等的愿望。

维庸的诗鲜明地反映出市民文学的特点：集抒情、讽刺、哀伤与机趣为一体，感情真挚而又不受拘束。在作品中维庸既注重对身边日常生活的描写，又创作了与爱情、青春和梦想有关的许多作品，而在他的诗作中总是充斥着死亡的阴影。维庸有时会玩弄文字游戏，他用粗俗的语言表现真情的实感，同时，作为市民知识分子，维庸也善于刻画人物心理。

经典纵览

西方学术界对中世纪文学的认识和评价经历了一个转变的过程。在 19 世纪以前，人们普遍认为中世纪文学是辉煌的古希腊古罗马文学和发端于意大利的文艺复兴文学之间的低谷。这期间经济停滞、倒退，政治反动，蒙昧主义猖獗，文学成为神学的附庸。但 19 世纪早期的浪漫派作家们在中世纪哥特文化中看到了理想主义、英雄主义、对精神的崇尚和对女性的赞颂，中世纪文学得以重新发掘，并被认为是西方文学史上最重要的流派之一。

《罗兰之歌》

法国英雄史诗，中世纪文学的代表作品。全诗共分为 291 节，长 4002 行，以当时民间语言罗曼语写成。史诗叙述的故事发生在查理大帝时代。查理大帝出兵西班牙，征讨摩尔人即阿拉伯人，历时 7 年，只剩下萨拉戈萨还没有被征服。萨拉戈萨王马尔西勒遣使求和。查理决定派人前去谈判，但大家知道马尔西勒阴险狡诈，去谈判是冒险之事。查理大帝接受其侄儿罗兰的建议，决定让罗兰的继父、查理的妹夫加奈隆前往。加奈隆由此对罗兰怀恨在心，决意报复。在谈判时他和敌人勾结，定下毒计：在查理归国途中袭击他的后队。加奈隆回报查理大帝，说萨拉戈萨的臣服是实情，于是查理决定班师回国，并接受加奈隆的建议由罗兰率领后队。当罗兰的军队行至荆棘谷，突然遭到 10 万摩尔兵的伏击。罗兰率军英勇迎战，但因众寡悬殊，终于全军覆灭，罗兰英勇战死。罗兰的好友奥里维曾三次劝他吹起号角，呼唤查理回兵来救，都被罗兰拒绝。直到最后才吹起号角，但为时已晚。查理大帝赶到，看到的只是遍野横陈的法兰克人的尸体。查理率军追击，大败敌人。回国以后，将卖国贼加奈隆处死。

罗兰的传奇在吟游诗人口中吟唱了一百多年，到十一世纪才出现了最初的抄本。现存主要的有法兰西、英格兰、意大利、尼德兰、日耳曼、威尔士、斯堪的纳维亚等文字写成的八种版本。其中最具价值的抄本是牛津抄本，用盎格鲁－诺曼语写成，共 4002 行，每行句子十个音节，每一节内句数不等，同一节内每句句尾用半谐音一韵到底。牛津抄本在 1836 年由法朗西斯克·米歇尔（1830 或 1833—1905）第一次出版。后经历代专家勘误匡正，渐趋完善。汉译本多是根据牛津版校订本译成的。

《罗兰之歌》具体的创作年代不确定，故事内容也与史实颇不一致，所以作者的身份也很难弄清楚。牛津抄本的最后一句是："杜

查理曼大帝

洛杜斯叙述的故事到此为止。"一般认为杜洛杜斯不是《罗兰之歌》的编撰者，便是抄录者。至于谁是杜洛杜斯历来没有一个肯定的、具有说服力的、为大家所接受的说法。在那个时期的法国历史上，可以与杜洛杜斯这个名字沾边的有古龙勃的杜洛杜斯、安韦尔默的杜洛杜斯、费康的杜洛杜斯。由于《罗兰之歌》最初流传于法国北方诺曼底地区，费康的杜洛杜斯被认为最有可能是那位杜洛杜斯。他是征服者威廉的侄子，起先在费康的三圣寺当修士，随同威廉国王参加过 1066 年的黑斯廷斯战役，后来又在彼得博罗当本堂神甫，所以也称彼得博罗的杜洛杜斯。不管是哪个杜洛杜斯，从他在《罗兰之歌》中留下的印记来看，显然是一位受过良好拉丁教育的僧侣，既潜心教义，也崇尚武道。查理曼的英武神威，奥里维的睿智明理，罗兰的勇敢慷慨，都是他崇尚景仰的品质。

阿方索三世

《熙德之歌》

　　这部作品是西班牙文学史上最早的一部史诗。"熙德"源于阿拉伯文，是对男子的尊称。它本是一部游唱诗，作者是谁，已无从查考。有的文学史研究家认为是教士所作，有的认为是游唱歌手的作品。盛行于 12 世纪的游唱诗均是一些不知姓名的游唱歌手创作的。当时西班牙民众都不识字，他们为了娱乐，同时，也为了得到一些历史知识，很爱听游唱诗人演唱或朗诵。《熙德之歌》是迄今保留最完整的一部游唱诗，写作时间一般认为在 1140—1157 年之间，全诗长达 3700 多行，是根据历史事实写成的。

　　熙德是西班牙著名的民族英雄，原名罗德里戈·鲁伊·地亚斯，1040 年左右生于比瓦尔村，父亲是比瓦尔的贵族。由于他英勇善战，赢得摩尔人的尊敬，称他为"熙德"（阿拉伯语对男子的尊称）。卡斯蒂利亚国王阿方索六世因熙德对摩尔人作战功勋卓著，将自己

的堂妹希梅娜许配他为妻。1080 年，熙德因未经阿方索国王的同意，擅自对托莱多伊斯兰王国发起进攻，引起国王强烈不满，于次年受流放国外的处分。熙德被迫率领一部分亲友和追随者离开卡斯蒂利亚，到占据萨拉戈萨的摩尔国王的军队中效力，并成为国王的保护人，后来脱离了摩尔国王。由于他骁勇、慷慨大方、宽宏大量，许多卡斯蒂利亚和周围各王国的勇士慕名前来投奔，熙德的势力迅速壮大，并不断地与摩尔人作战，屡战屡胜。1094 年，熙德攻下了巴伦西亚及其周围地区，成为这一地区实际上的统治者。1099 年，熙德在巴伦西亚去世，他的妻子希梅娜携其遗体回卡斯蒂利亚。《熙德之歌》便是根据罗德里戈·鲁伊·地亚斯的生平事迹经过艺术加工创作的。

　　《熙德之歌》将主人公熙德作为杰出的民族英雄来加以歌颂，这充分反映了人民大众的感情和愿望。众所周知，自从公元 711 年摩尔人大举入侵西班牙后，西班牙人民长期遭受异族的侵略、压迫和统治，西班牙民众和侵略者摩尔人之间的矛盾成了当时社会的主要矛盾。摆脱异族的欺压，争取独立自由，收复国土，统一祖国是西班牙人民的共同愿望。作为一名封建骑士，熙德远非完美无瑕，但英勇地抗击异族入侵，并取得辉煌的战果这一点毕竟是他一生事迹的主流，因而，人民大众将

他看成英雄，看成是民族解放意愿的体现者，从而在人民中间出现诸多关于熙德的传说。

《熙德之歌》的作者融合了这些民间传说，突出了他英勇战斗、抗击异族入侵、收复国土的一面，将他塑造成反击侵略者的坚强战士和体现卡斯蒂利亚人民传统的忠勇精神的民族英雄。

《尼伯龙根之歌》

尼伯龙根之歌是著名的中世纪德语叙事诗，讲述的是古代勃艮第国王的故事，大约创作于公元791—792年，作者不详，用高地德语写成，全诗共9516行，分为上下两部，第一部为《西格弗里之死》，第二部为《克林希德的复仇》。作者融合了很多异教的故事题材和源自5世纪口头英雄传说，以此为材料创作了这篇史诗。后来这首诗散佚，现行版本的尼伯龙根之歌是大约1190—1200年间由某个奥地利作家重新编纂的，但是大体内容与原诗相同。

《尼伯龙根之歌》讲述了这样一个传说，主要内容是：尼德兰王子齐格飞早年便周游列国四处历险，曾杀死巨龙，占有尼伯龙根族的宝物，这包括魔剑格拉墨和一顶神秘的隐身头盔。

后来齐格飞从鸟儿的啾鸣中听闻勃艮第国王龚特尔的妹妹克琳希德百媚千娇，决意向其求婚，但是国王龚特尔（Gunther）却以齐格飞先助他迎娶冰岛女王布伦希尔特为后作为允婚的条件。而布伦希尔特的招亲要求则是求婚人与她较量三场田径竞赛——标枪、掷石和跳远并三战全胜。凭借隐身盔的魔力，齐格飞暗助龚特尔得偿夙愿。于是两对新人双双在沃尔姆斯完婚。齐格飞自己也娶了克琳希德为妻。10年后，夫妇二人回勃艮第省亲，一次姑嫂发生争执，布伦希尔特得悉龚特尔是依靠齐格飞的力量才娶得她，感到受了侮辱，唆使龚特尔的侍臣哈根杀死了齐格飞，并把他所藏的尼贝龙根宝物沉入莱茵河。13年之后，克琳希德为了复仇，嫁给势力强大的匈奴国王埃采尔。又过了13年，她设计邀请龚特尔等人来匈奴国相聚，指挥军队对他们大肆杀戮，最后抓住哈根，命他说出尼贝龙根宝物的下落，遭到拒绝，于是杀死龚特尔和哈根。她最后也死于部下之手。

人们把这篇史诗称为德语的《伊利亚特》。因为它和希腊著名史诗《伊利亚特》一样，追溯到极远的上古时代，把邈远的神话中遗留下来的历史片段和历史人物结合起来，成为一部体现日耳曼民族品格的伟大诗作。虽然不及《伊利亚特》著名，但在弥漫于其中的悲剧性却胜于前者。这部史诗里充满了对命运的悲剧、对罪行不可避免的报偿、对正与邪光明与黑暗力量无止境的力量交锋的描写。

《伊戈尔远征记》

《伊格尔远征记》，俄罗斯古代英雄史诗，成书于1185—1187年，著者不详。全诗由序诗、中心部分和结尾组成，以12世纪罗斯王公伊戈尔一次失败的远征为史实依据。史诗成书的时代，正是俄罗斯大地上公国林立，相互攻击、残杀的时代。主人公伊戈尔为消除公国的外患——盘踞在黑海沿岸的波洛夫人，率远征军进行征伐。在伊戈尔身上，兼有着为自己民族抗御外敌的英雄气概和追求个人荣誉、轻率行动的性格特征。伊戈尔的远征失败了，他先是成了敌人的阶下囚，后来终于逃回了祖国。史诗最后借基辅大公之口道出了这部作品的要旨：团结起来，为祖国和民族，为伊戈尔的失败复仇。作品在叙述英雄业绩时充溢着爱国主义精神和浓郁的抒情气氛。在作者笔下，俄罗斯大地上的山川风物都具有灵性。作品大量使用了象征、比喻等修辞手法，显示出对于民歌的继承关系，对后代诗人产生了巨大影响。

西方文学

XIFANG WENXUE

YI BEN TONG

文艺复兴时期的西方文学

约翰·西蒙："文艺复兴这一提法意味着欧洲进入了一个生机勃勃的新阶段，暗示着相对中世纪而言，发展得更为充分的智慧和更加自由的才能。"由此可见，文艺复兴在本质上反映的是新兴资产阶级的生活理想和思想感情，它强调的是个性自由与解放，追求的是个人的自由与发展，体现了个人主义的思想本质。在当时的历史条件下，起到了冲破封建枷锁、推动历史前进、解放人们思想的作用。

人文主义的发轫与肇端

14—15世纪时期，经济的繁荣、政治的稳定以及兴盛的对外贸易，为文化的发展创造了有利条件，如果说意大利半岛奏响了欧洲文艺复兴的序曲，那么佛罗伦萨则可以看成是展示演奏的中心与耀眼的舞台。

在人文主义思想的指导下，在佛罗伦萨出现了文艺复兴早期的文学"三杰"，即但丁、彼特拉克和薄伽丘。在西方文学发展史上，但丁是与荷马、莎士比亚齐名的伟大诗人。但丁生活在充满动乱的中世纪末期，他一生创作过许多学术著作及诗歌，其中最为著名的是《新生》和《神曲》。在这些作品中，但丁已经开始渗入人文主义的倾向。其中他的名作《神曲》代表了中世纪文学的最高成就，同时也表现出文艺复兴时期的基本思想特征，故而恩格斯曾称他为"中世纪的最后一位诗人，同时又是新时代的最初一位诗人"。

继但丁之后，14世纪时在佛罗伦萨又出

人文主义作家——卢多维科·阿里奥斯托

在众多的人文主义作家中特别值得一提的是卢多维科·阿里奥斯托，其代表性长诗《疯狂的罗兰》（又名《疯狂的奥兰多》）是一部模仿中世纪传奇的作品，主要借鉴了博亚尔多的长诗《热恋的罗兰》。该诗以查理大帝与撒拉逊人的战争为背景，通过对骑士罗兰与卡泰伊公主安杰丽嘉的爱情以及鲁杰罗与勃拉达曼蒂恋爱的描写，谴责了封建割据，表达了作者对意大利和平与统一的渴望。

现了人文主义文学的奠基人物彼特拉克和薄伽丘。弗兰西斯克·彼特拉克（1304—1374年）是意大利首位人文主义者。他一生致力于古典著作的研究及文学创作。他广泛地搜集并抄录古典著作，同时率先用人文主义观点进行研究与阐释。彼特拉克的主要作品较有代表性的有意大利语抒情诗集《歌集》、拉丁语叙事诗《阿非利加》以及散文《我的秘密》等。在意大利人文主义文学的发展中，彼特拉克被认为是人文主义的鼻祖，有"人文主义之父"之称。他第一个发出了复兴古典文化的号召，力主以"人学"反对"神学"。

乔万尼·薄伽丘（1313—1375年）也是意大利文艺复兴早期的人文主义者。他曾做过商人，担任过佛罗伦萨城邦政府的财政和外交职务，其主要兴趣是文学创作和古典文化研究。这时期薄伽丘的作品较多，包括小说、叙事诗、十四行诗、论文等多种。他在青年时期曾创作过小说《菲洛柯洛》及史诗《苔塞伊达》，但都未能脱离骑士文学的窠臼。其长篇小说《菲亚美达》开始以现实生活为背景，描写人的爱情心理。短篇小说《十日谈》是薄伽丘的代表作，也成为欧洲文学史上第一部现实主义的作品，以托斯卡尼语写成。该作品主要描写了1348年佛罗伦萨发生大瘟疫，10个青年逃到乡间躲避，为了打

彼特拉克

发无聊的时光，他们在乡下住的 10 天，每人每天讲一个故事，总计 100 个故事，《十日谈》因而得名。

15 世纪，意大利文化空前繁荣，这时期诗歌、戏剧、小说成就显著。15—16 世纪，意大利的著名作家有波利齐亚诺（1454—1494 年）、萨凯蒂（约 1330—1400 年）、马基雅弗利（1469—1527 年）、阿里奥斯托（1474—1533 年）、班戴洛（1485—1561 年）和塔索（1544—1595 年）。

15 世纪末，意大利人文主义文学渐趋没落，而阿里奥斯托和塔索的创作则成为意大利文艺复兴时期文学终结的标志。

人文主义的彰显与推崇

法国自 15 世纪中叶结束英法百年战争后，其国力逐渐强盛。到 16 世纪前期，法国已经成为西欧最大的君主专制国家。15 世纪中叶，德意志的金属活版印刷术在法国得以推广，至 15 世纪末随着查理八世入侵意大利战争的展开，意大利的人文主义思想、文化开始传入法国，从而推动了新的思想、文化在法国的发展与传播。16 世纪初法国出现了最早的致力于古典著作研究的人文主义者，这时人文主义者的活动获得了皇室的大力支持，人文主义思潮因而在文化领域迅速兴起。

法国文艺复兴时期的文学发展大致可以分成三个阶段：16 世纪 20 年代至 40 年代为第一阶段，这阶段以拉伯雷为代表的人文主义作

拉伯雷

七星诗社的文学立场

七星诗社的成员紧紧依附王权，推崇古典文化，他们主张统一法兰西民族语言，同时反对采用拉丁语和外国语进行创作，但他们不排斥用古希腊和拉丁语词汇改造旧字、创造新词，希望以此方法来丰富与发展法兰西民族语言。他们代表了法国文艺复兴文学中的贵族倾向，其创作经常充满反封建、反教会的内容，多体现追求现世幸福的人文主义思想主题，同时也规范化了法语的使用。

但是七星诗社歧视劳动人民的语言，蔑视民族文学，他们把文学创作仅仅看成是贵族阶级专有的活动。

家表现了强烈的社会批判倾向，他们的作品常常表达乐观与自信的主题。拉伯雷是继薄伽丘之后杰出的人文主义作家，他也是法国文艺复兴民主派的代表。他曾耗时 20 年时间创作的《巨人传》成为现实与幻想交织的现实主义作品的典范，在欧洲文学史及教育史上占有重要地位。除了拉伯雷的《巨人传》，这时期文学的主要成就还有玛格丽特·德·那瓦尔（1492—1549 年）的《七日谈》，《七日谈》已经初步具备现代短篇小说的许多要素，从而成为法国短篇小说走向成熟的标志。

16 世纪四五十年代，法国的人文主义文学发展进入第二阶段，此时的文学成就主要出自以彼埃尔·德·龙沙（1524—1585 年）、卓阿金·杜·贝雷（1522—1560 年）等组成的七星诗社成员。七星诗社是 16 世纪中期法国的一个文学团体，主要由彼埃尔·德·龙沙、卓阿金·杜·布雷、雷米·贝洛、安东纳·德·巴依夫、朋都士·德·蒂亚尔、爱缔安·若岱尔等人文主义作家和他们的老师若望·多拉 7 人组成。他们大都是上层社会出身，其中龙沙和贝雷是七星诗社的领袖。七星诗社的宗旨为研究并借鉴古希腊古罗马文学，同时对法国诗歌

进行更新。

杜·贝雷执笔的《保卫和发扬法兰西语》是七星诗社的宣言书，之后龙沙又相继发表许多文章和著作，进一步阐述了他们的理论。龙沙是法国近代第一位抒情诗人，他的主要成就是爱情诗。综观法国文艺复兴时期文学兴盛发展的脉络，大致以两派为主，即以"七星诗社"为代表的贵族派和以拉伯雷为代表的民主派。

16世纪60年代末，人文主义文学发展进入第三阶段，即衰落期。蒙田（1533—1592年）是这时期较为著名的人文主义文学的代表，他的3卷《随笔》阐述了他的怀疑论哲学、宗教宽容与改革教育等思想观点。蒙田在创作时旁征博引，其作品涉及甚广，娓娓道来，因而《随笔》在欧洲文学史上产生了深远影响。

人文主义的高峰与辉煌

文艺复兴在意大利开花结果之时，英国还处在骑士文学时代。从15世纪后期英国才开始拉开其文艺复兴文学的帷幕，直至17世纪初落幕。英国文艺复兴倾向可追溯至14世纪末乔叟的作品《坎特伯雷故事集》。杰弗利·乔叟（约1342—1400年）是英国中世纪末的一位伟大诗人。他早期创作深受法国文学和意大利文学影响，14世纪70年代，乔叟两度出访意大利，自此对意大利人文主义文学兴趣浓厚。80年代后期，乔叟的创作进入成熟期，他模仿《十日谈》创作了著名的《坎特伯雷故事集》，书中24个故事为一群从伦敦到坎特伯雷朝圣的人在路上为解闷而轮流讲述的，其中的故事讲述人来自各阶层，从事各种

职业，他们性格鲜明，生动展现了14世纪英国的生活画卷。故事的题材广泛，内容庞杂，有的批判贵族和僧侣的虚伪与罪恶，有的探索爱情和婚姻问题，有的宣扬基督教观念。用中世纪英语写成的《坎特伯雷故事集》，对英国文学语言的发展也奠定了一定的基础。

15世纪末，在英国出现的最早的人文主义者中，托马斯·莫尔（1477—1535年）是其中较为重要的一位。莫尔的代表作是对话体散文《乌托邦》，主要描写了1515年秋季的一天，莫尔遇到一位叫希斯洛特的老人，老人向他讲述了自己的见闻和经历，在讲述中提到了社会问题、政治制度、法律问题等。借助希斯洛特的讲述，莫尔表达了自己的理想。《乌托邦》寄托了作者的人文主义社会理想，这部著作在欧洲思想史上具有重要地位。

16世纪，英国文学进入兴盛时期，这阶段诗歌和戏剧都取得了非凡的成就。继古希腊悲喜剧之后，英国人文主义戏剧达到戏剧发展史上又一次高峰。16世纪早期，古希腊和古罗马戏剧传入英国，舞台上开始出现模仿演出。至伊丽莎白时代，英国戏剧发展成熟。英国传统戏剧与古典戏剧相结合，产生了新型的英国戏剧。16世纪80年代英国出现了一批受过大学教育的剧作家，他们多数为大

托马斯·莫尔与红衣主教

学毕业生，大多数都是在伦敦最优秀的学校接受过人文主义教育的青年知识分子，他们熟悉古代文学和文艺复兴以来的西欧各国文学，对戏剧艺术颇多创新。这一批作家致力于英国戏剧改革，希冀将戏剧艺术提升到一个新高度。他们形成一个新的文学流派，即"大学才子"派，其中主要包括马洛、李利、基德、格林等人。

人文主义的秉承与改造

16世纪初，出现西班牙人文主义者介绍意大利文艺复兴时期文化的潮流，一些诗人模仿古罗马和意大利的诗歌，掀起诗歌改革运动，西班牙出现了"意大利诗派"。

16世纪中叶至17世纪初，西班牙文学进入其"黄金时代"。这时的小说和戏剧都取得了很高成就。在西班牙诞生了具有浓厚现实主义色彩的"流浪汉小说"。流浪汉小说以主人公自述的形式写成，主人公出身下层，衣食无着，四处漂泊，他们接触各色人物，经历诸般世事，因而这种作品能深刻反映社会生活的许多方面。西班牙的第一部流浪汉小说是《小癞子》，小说主要讲述了主人公拉撒路自述的一生经历。小说借助主人公的经历连接广阔的社会画面，表达了作者对教士、贵族的贪婪、虚伪的尖刻嘲讽，文章笔调幽默、机智，妙趣横生。《小癞子》发表后立即受到读者广泛的欢迎，许多作者竞相模仿。以《小癞子》为代表的西班牙流浪汉小说对18世纪的欧洲小说产生了极大影响，在以后笛福、萨勒日等作家的创作中都可见其影响的痕迹。在西班牙人文主义文学的众多作者中，最杰出的人物当属塞万提斯和维加。塞万提斯是西班牙现实主义作家、戏剧家和诗人。他曾创作了大量的诗歌、戏剧和小说，其中以长篇讽刺小说《堂·吉诃德》最为著名，其文学影响也是深远的。

西班牙的民族戏剧成型于16世纪。在此之前，西班牙仅有一些民间流传的初具戏剧形态的宗教演出。15世纪末，诗人胡安·德·恩西纳（1469—1529年）的诗剧创作揭开了西班牙戏剧创作的篇章。16世纪一些戏剧作家纷纷投入创作。在西班牙文学的"黄金时代"，成就最高的剧作家为维加。维加（1562—1635年）的创作极为丰富，据说他共写过1500多个剧本，但现今流传下来的仅有400多个。除了戏剧，这位高产作家还创作了大量的诗歌和小说，其代表作是《羊泉村》。他是西班牙民族戏剧的奠基人，长期以来一直享有"西班牙戏剧之父"的美誉。

人文主义的继承与沿袭

德意志虽然较早受到意大利人文主义的影响，但人文主义在这里的影响和成就却很有限。15世纪中叶，在德意志南方的一些城市出现了最早的人文主义者，其中最著名的代表是约翰·赖希林（1455—1522年）、乌尔里希·冯·胡登（1488—1523年）和伊拉斯谟（1466—1536年）。赖希林、胡登等人的《蒙昧者书简》以机智的讽刺手法进行创作，伊拉斯谟的《愚蠢颂》也是一部讽刺

《梯尔·欧伦斯皮格尔》和《浮士德》

《梯尔·欧伦斯皮格尔》有95个故事，其中以青年农夫欧伦斯皮格尔为主人公，通过其机智、灵敏地对社会上各种人物进行捉弄调侃的故事，以戏谑的方式表达了作者对现实的不满。《浮士德》根据中世纪的真实人物改编，经过艺术加工，作者歌德在浮士德身上附会了许多传说。故事主要描写了浮士德为满足个人私欲而把灵魂出卖给魔鬼的故事。在作品中，浮士德刻画寄托了作者对现实生活的肯定以及其追求享受的人生态度，这是文艺复兴时期的精神代表。浮士德的故事深受人民喜爱，不少作家都曾以浮士德为题材进行创作，最著名的有歌德的《浮士德》。

马丁·路德

教士愚昧无知和腐化堕落的著名作品，这些作品广为流传，成为宗教改革的先导。塞巴斯蒂安·布兰特的讽刺作品《愚人船》也成

为了一个时代的符号。

马丁·路德（1483—1546年）是一位著名的宗教改革家。他曾把《圣经》翻译成德文，他还创作了大量的散文、圣歌、赞美诗。《我主是坚固的堡垒》是路德的诗歌名篇。路德曾为德意志民族语言的统一和规范化作出了巨大的贡献，他的作品成为后来德语文学的典范。

16世纪时德意志文学没有再出现过成就突出的作家或是作品。相较而言，这时期值得一提的只有汉森·萨克斯及其创作的"民间故事书"。

汉森·萨克斯（1494—1576年）的作品主要有工匠诗歌和戏剧。工匠诗歌是指城市手工场中的工匠们所吟唱的歌曲。萨克斯所创作的工匠诗歌在其生前未受到重视，直到18世纪时这种文学形式才被德国人作为德意志文艺复兴时期文学的代表。歌德也曾称赞萨克斯为"真正杰出的诗人"。

16世纪时德意志民间文学十分繁荣，期间出现了许多民间故事书，其中代表性的有《梯尔·欧伦斯皮格尔》《浮士德》等。

名家荟萃

文艺复兴运动中形成的新的思想体系被称为"人文主义"，它是新兴资产阶级反封建、反教会的有力思想武器。它主要强调个性自由与解放。人文主义在西方文学史上是一个伟大的变革，对欧洲乃至人类社会历史的发展都产生了重大而深远的影响。这一时期的主要作家有但丁、薄伽丘、塞万提斯、蒙田等。

但丁·阿利盖里

但丁·阿利盖里（1265—1321年）是意大利中世纪盛期一位伟大的学者、诗人和政论家。他出生于佛罗伦萨一个没落的贵族家庭，少年时代曾接受过良好的教育，很早显露出了其在诗歌方面的才能。但丁学习过修辞学和拉丁文，在研读古典学术、哲学及

神学等方面也颇有造诣。年轻时但丁结识了佛罗伦萨"温柔的新体诗"的代表人物卡瓦尔坎蒂，并与他产生了深厚的友谊，这对他后来从事诗歌创作有很大帮助。

青年时期但丁的爱情生活对他的文学创作也具有极为重要的意义。他曾爱慕过一位叫贝齐的少女，但丁称她为贝娅特丽丝。后来贝娅特丽丝成为了别人的妻子，但在她去世后，但丁仍为她的死肝肠寸断。大约在1292—

1300 年之间，但丁将赞美、怀念贝娅特丽丝的诗歌加以整理汇编，由此诞生了他的第一部诗集《新生》。

但丁曾致力于古代文学、哲学与宗教文献的研读，这不但为他后来的创作奠定了坚实的基础，同时也使他成为当时最早熟悉，并对古代文化产生兴趣的人物，所有这些逐渐使他向百科全书式的学者的方向靠近。但丁晚年专心致力于《神曲》的写作。1321 年他受命出使威尼斯，遗憾的是，由于归途中感染疟疾，不久便离开了人世。

但丁是意大利第一位民族诗人。在他去世后不久，薄伽丘便在佛罗伦萨开设《神曲》讲座，后来又曾为他写了传记。佛罗伦萨市政当局也追认但丁为伟人。但丁的著作所显示出的新思想的萌芽，在文艺复兴时期对人文主义运动产生了深刻影响，他也因此被公认为文艺复兴人文主义者的先驱。

彼特拉克

彼特拉克（1304—1374 年），1304 年 7 月 20 日出生于阿雷佐城，他的父亲是佛罗伦萨的望族、律师。彼特拉克自幼随父亲流亡法国，后来攻读法学。父亲逝世后他专心从事文学活动，并曾到欧洲各国周游。他还当过神甫，由于这一身份，他得以出入教会、宫廷，这种经历为他提出以"人的思想"来代替"神的思想"奠定了基础，彼特拉克因此被称为"人文主义之父"。

彼特拉克是意大利早期文艺复兴时期的一位著名诗人和学者，也是人文主义的奠基者，早期资产阶级艺术和道德观的建立与他也是不可分割的。他一生主要致力于古典著作研究及文学创作。他广泛搜集、抄录古典著作，并率先应用人文主义的观点进行研究和阐释。彼特拉克的代表作品有意大利语抒情诗集《歌集》、拉丁语叙事诗《阿非利加》以及散文《我的秘密》等。

《阿非利加》创作于 1338 年，主要讲述

但 丁

人文主义

人文主义相信人拥有巨大潜力的本性，对宗教的超验价值的观点表示质疑。人文主义的社会价值取向多倾向于对人的个性的关怀，强调对人性尊严的维护，同时主张宽容，反对暴力。人文主义是主张自由平等及自我价值体现的一种哲学思潮和世界观。

人文主义作为一种文化与文学力量在 16 世纪欧洲的文艺复兴时期达到高潮，那时的欧洲对古典文学与艺术充满热情，在当时的社会生活中个人主义迅速增长，多才多艺的男子都追求成为国务活动家、学者、诗人或勇士，他们的这种理想与人文主义的精神实质是一致的。

了古罗马统帅西庇阿战胜迦太基将领汉尼拔的事迹。诗作歌颂了古罗马的伟大业绩，流露出作者对古罗马的景仰之情。由于《阿非利加》的流传，彼特拉克从此名声大震，这部作品还为他赢得了古罗马"桂冠诗人"的荣誉。

《我的秘密》是一部忏悔录式的作品，写于1342年，后来作者又作了修改加工。在作品中作者虚构了与圣奥古斯丁的对话，主要围绕宗教、伦理、人生等问题展开讨论，从而表达了作者挣扎于宗教思想与生活欲望之间的矛盾心理。

彼特拉克的代表作《歌集》据说是源于他对一位法国骑士妻子劳拉的爱慕之情，为了抒发这种爱慕之情，彼特拉克在1330—1374年间相继写了300多首抒情诗以寄托自己的思恋，后来编纂成集。《歌集》分为"圣母劳拉之生"和"圣母劳拉之死"两部分，表达了诗人爱的幸福与失恋的痛苦，《歌集》成为中世纪以来对世俗爱情进行正面歌咏的优秀抒情作品之一。

乔万尼·薄伽丘

乔万尼·薄伽丘（1313—1375年）是意大利文艺复兴时期主要的代表作家之一。他和但丁、彼特拉克合称为意大利文艺复兴的"三杰"。薄伽丘做过商人，曾为佛罗伦萨城邦政府的财政和外交官员，但是他的兴趣主要是文学创作与古典文化的研究。

薄伽丘不仅是位才华横溢的诗人，而且还是位勤勉多产的作家。他既以短篇小说、传奇小说蜚声文坛，又擅长叙事诗、十四行诗、牧歌的写作，且成就卓著。他青年时期曾创作了小说《菲洛柯洛》、史诗《苔塞伊达》等一些骑士文学方面的作品，后来创作的长篇小说《菲亚美达》开始脱离骑士文学的窠臼，转向以现实生活为背景，侧重描写人的爱情心理。

令薄伽丘蜚声文坛的作品当为《十日谈》，

薄伽丘

这部作品以1348年黑死病流行的欧洲为背景，当时有10名青年男女在乡村山上的别墅里避难，他们商定每人每天讲一个故事，这样10天就讲了100个故事，故事内容丰富多样，情节多姿多彩，这便是《十日谈》的主要内容。在《十日谈》中，基督教传教士化身为恶魔的代名词，他们贪财好色，无恶不作。《十日谈》尖刻地批判了宗教守旧的思想，提出了"幸福在人间"的思想，它也成为了文艺复兴的宣言。

托夸多·塔索

塔索（1544—1595年），意大利诗人，文艺复兴晚期代表之一。他出身于富有文化教养的家庭。大学时期攻读法律，但他对古典文化及哲学都很热衷，因而跟人文主义者交往甚密。塔索曾受到阿里奥斯托的影响，创作出了浪漫情调的有关骑士业绩的长诗，其代表作为叙事长诗《被解放的耶路撒冷》。后来他又作为宫廷诗人写过牧歌剧。

《被解放的耶路撒冷》以歌颂的态度叙述了第一次十字军东征中十字军将士在布留尼的率领下，历经各种挫折与残酷的战斗，最终战胜伊斯兰教徒，攻下圣城耶路撒冷的故事。这一主题在当时极具政治意义。当时土耳其断绝了意大利东方贸易商路，进而意大利本土受到威胁，作者就是要以此作唤起英雄精神，以抵抗土耳其的扩张。塔索企图通过基督教与异教的斗争以及两种文化思想的冲突来显示基督教信仰的力量，这与当时天主教反对宗教改革的运动是分不开的。但是塔索所要表达的宗教思想缺乏打动人心的力量，这也表明了此时基督教英雄史诗的创作源泉已开始枯竭，因而塔索塑造的基督教英雄高弗莱多也只能是一个抽象的人物。尽管如此，这部作品在表现非基督教精神的人物形象与场面的某些描写上，仍显示出了它非凡的艺术魅力，闪耀着意大利文艺复兴最后的光芒。

弗朗索瓦·拉伯雷

弗朗索瓦·拉伯雷（约1483—1553年）为法国文艺复兴时期的代表作家之一。拉伯雷同其他文艺复兴时代的巨匠一样，知识渊博，多才多艺，他熟练地掌握古希腊语、拉丁语及意大利语，在神学、法律学和医学等领域也有很深的造诣。而且，他既注重理论也强调实际操作，这也是文艺复兴时代人文主义者共同追求的目标。在他的作品中经常看到抨击、讽刺旧的教育制度的内容，拉伯雷批评墨守成规的人与教会的僵化经院哲学。他强调人的善良本性，重视教育，认为教育决定人的前途，每个人都应有享受教育的权利。他还强调"做你愿意做的事"，这也反映了人文主义者对个性解放的要求。

拉伯雷最为后人称道的是其长篇巨作《巨人传》。1532年，《巨人传》第一部出版，一

年后第二部问世。此书出版后，受到了城市资产阶级及社会下层人民的热烈欢迎，但在教会与贵族间遭到了极端仇视，因此被法院列为"淫书"而遭禁。此后这部书的创作与出版一路波折，但最终还是在人类文明的道路上留下了光辉的一页。

《巨人传》揭露了中世纪教会的黑暗与腐朽，反映了人文主义者对资产阶级个性解放的追求。在拉伯雷的理想社会中，人民是淳朴的，人性是善良的，他理想的行为准则是："你爱做什么，就做什么。"在读拉伯雷的《巨人传》时，人人可以爽朗地笑、快意地笑、尽情地笑，他因此得名"伟大的笑匠"。

托马斯·莫尔

托马斯·莫尔（1477—1535年）为文艺复兴时期重要的一位文学巨匠。他的代表作是对话体散文《乌托邦》，叙述了1515年秋的某天，莫尔与偶遇的一位名叫希斯洛特的老人交谈的故事。希斯洛特是葡萄牙的一位海员，他曾经4次到海外航行，后来他发现了一座神秘的乌托邦岛。在希斯洛特的讲述中涉及社会问题、法律问题以及政治制度

文艺复兴美术三杰

15世纪后期到16世纪前半期，意大利的文艺复兴运动臻于鼎盛，这时也出现了著名的"美术三杰"：达·芬奇、米开朗琪罗与拉斐尔。达·芬奇以《蒙娜丽莎》及《最后的晚餐》等作品而驰名于世。米开朗琪罗既是雕塑家，同时也是画家、建筑师和诗人。其代表作《大卫》的雕像生动传神地表现出人体的健美与力量。拉斐尔既是画家，也是建筑家。在他笔下诞生出众多没有神圣宗教色彩的圣母形象，他的大量圣母画像，与中世纪画家的同类题材有别，均以母性的温情及青春健美而体现人文主义思想。其较为有名的作品是《草地上的圣母》《带金莺的圣母》与《花园中的圣母》。

托马斯·莫尔

等。书中希斯洛特的思想，间接寄托了作者的理想。

《乌托邦》将现实的欧洲国家与完全有序合理的乌托邦相比，在乌托邦，不存在私有财产，宗教绝对宽容。这部作品主要内容在于反映社会对秩序与纪律的需要，自由并不是写作重点。书中所描述的乌托邦能宽容不同的宗教习俗，但无神论者仍是不被接受的。一个人如果不相信上帝或来世，他将会受到质疑，因为以莫尔的逻辑，他将不会得到任何部门的承认。

莫尔以小说为手段描述了一个虚构的理想国家，深刻地讨论了现实中备受争议的事务。书中所表达的乌托邦对宗教的自治是源于圣经自治。

《乌托邦》作为乌托邦文学流派的先行者，详细介绍了理想社会与完善的城市。虽然乌托邦是文艺复兴的产物，但它结合了柏拉图古典完美社会的概念与亚里士多德的古罗马修辞策略，因此其也对欧洲的启蒙运动产生了持续的影响。

莫里哀

塞万提斯（1547—1616年）为西班牙文艺复兴时期的一位小说家、诗人、剧作家，一位享有世界声誉的文学巨匠。塞万提斯出生在西班牙的厄纳勒斯，1568年进入文法学校学习，受教于当时著名的人文主义者欧约斯。在欧约斯的启发下，他逐渐产生了对知识的欲求以及对自由的热爱。塞万提斯学习勤奋，其文学才能很早就开始显现。他青年试笔，中年创作，经过一段低谷后，其创作进入丰盛期。

塞万提斯最早的创作为1569年所作的几首十四行诗，为哀悼西班牙腓力普二世的王后逝世而作，当时得到了欧约斯的高度赞扬。但迫于生计，青年的塞万提斯没有太多精力投入到文学活动，直到中年，他才真正开始了他的文学创作生涯。尽管是自己的兴趣，但是塞万提斯进行创作的直接动因仍是为谋生。1582年，他开始为剧院写剧本，四年中

塞万提斯

共有二三十个剧本问世。由于这些剧本未能出版，绝大多数已经佚失，仅有两部得以保存。小说《堂·吉诃德》被评论家称为文学史上的第一部现代小说。

蒙 田

蒙田（1533—1592年）为法国文艺复兴后一位重要的人文主义作家，不仅在当时，即使是现代人对他也甚为推崇。蒙田是启蒙运动以前法国的一位知识权威与批评家，是一位人类感情的冷峻观察家，同时他对各民族文化，尤其是西方文化也很有研究。

从蒙田的思想与感情来看，人们甚至可以把他看成是在他那个时代出现的一位现代人。蒙田喜欢给人这样一种印象：他不治学，仅是"漫无计划、不讲方法"地偶尔翻书；他写东西不作润色，仅是头脑里一时而发的想法，他只是在"闲话家常，抒写情怀"。其代表作《蒙田随笔全集》正是他这种写作心态与风格的体现。

蒙田在37岁那年过起了隐居生活。他把自己的退隐看成是暮年的开始，即受启示于所谓的"死得其所之艺术"的哲理。他退隐的真正原因是逃避社会，他赞美自由、静谧和闲暇，向往恬适优游的生活。但是他的隐居生活并不消极，除了埋头做学问外，还积极地从事写作。自1572年始一直到1592年谢世，在长达20年的时间里，他以对人生的特殊敏锐力，记录了自己在智力与精神上的发展历程，陆续创作了许多作品，为后人留下了极为宝贵的精神财富。

费力克斯·德·维加

费力克斯·德·维加，西班牙文艺复兴时期著名的剧作家，也是西班牙民族戏剧的创建人。在西班牙，维加是一位与塞万提斯齐名的文学界名家，塞万提斯称他为"自然的奇迹"。

西班牙无敌舰队

为保障本国海上交通线及海外利益，西班牙建立了一支配有100多艘战舰及3000余门大炮，同时拥有数万名士兵的强大海上舰队，极盛时这支舰队的舰船甚至超过千余艘。这支横行于地中海与大西洋的舰队，西班牙骄傲地自称为"无敌舰队"。西班牙无敌舰队以掠夺金银财宝为途径，使西班牙在短时间内迅速成为欧洲最富有的海上帝国。据统计，从1545年到1560年之间，西班牙海军由海外运回的黄金多达5500公斤，白银则达24.6万公斤。

西班牙无敌舰队

西班牙对英作战的时候，维加曾参加西班牙的"无敌舰队"。战后维加离开军队，定居于马德里，开始进行戏剧创作。1609年他完成了文论《当代写作喜剧的新艺术》，其中总结了西班牙民族戏剧的基本原则。后来他又相继写出剧本《贝利法涅斯》和喜剧《干草上的狗》。维加是一位高产的作家，他的代表作是《羊泉村》，这部巨作对整个西班牙民族戏剧的发展产生了深远的影响。

《羊泉村》取材于真实的历史事件，是一部优秀的剧本。之后维加又写出剧本《最好的法官是国王》。1623年，维加的剧本《赛维勒之星》问世，这部作品直接取材于西班牙农民的反抗斗争。此后他陆续写了剧本《带罐的姑娘》和悲剧《不算报复的惩罚》。1635年，在遭遇了晚年的诸多不幸之后，维加病逝于马德里。

杰弗利·乔叟

杰弗利·乔叟（约1342—1400年），英国诗人。他的个人生活十分丰富：1357年乔叟成为宫廷侍童；1359年参加对法作战时被俘，第二年被国王赎回；1361年到1367年他在内殿法学协会受训；此后数次代表爱德华三世出使欧洲多国，他曾到过意大利、比利时、法国等国，这期间他结识了薄伽丘和彼特拉克，这对他的文学创作有很大的帮助。

乔叟的诗歌创作大致可分成三个时期：第一个时期是法国影响时期（1359—1372年），主要翻译并仿效法国诗人的作品，其间乔叟创作了《悼公爵夫人》，并以伦敦方言翻译了法国中世纪长篇叙事诗《玫瑰传奇》等。第二个时期为意大利影响时期（1372—1386年），乔叟接触了资产阶级人文主义的进步思想。这一时期的创作有《百鸟会议》《特罗伊勒斯和克莱西德》《好女人的故事》，都是

《坎特伯雷故事集》内文

作者面向生活现实的创作态度与人文主义观点的反映。第三个时期是成熟时期（1386—1400年），乔叟在这15年间主要从事《坎特伯雷故事集》的创作。无论在内容或是技巧上此时期他都达到了其创作的顶峰。他首创英雄双韵体，并为以后的英国诗人所广泛采用，他被誉为"英国诗歌之父"。

埃德蒙·斯宾塞

埃德蒙·斯宾塞（1552—1599年），英国文艺复兴时期的伟大诗人，他以精湛的诗歌艺术确定了他在英国诗歌史上的重要地位。

斯宾塞的代表作有长篇史诗《仙后》、田园诗集《牧人月历》、组诗《情诗小唱十四行诗集》《祝婚曲》《婚前曲》等，他的诗情感细腻、用词典丽、格律严谨、优美动听，后世的许多英国诗人，包括弥尔顿、雪莱、马洛、济慈等都受到他的影响，斯宾塞因而也有"诗人的诗人"之称。他在长诗《仙后》中探索出一种新的适用于长诗的格律形式，即后世所称的"斯宾塞诗节"。斯宾塞的作品标志着文艺复兴时期英国戏剧文学的高峰。

威廉·莎士比亚

威廉·莎士比亚（1564—1616年）是英国文艺复兴时期一位伟大的戏剧家、诗人，被马克思称为"人类最伟大的戏剧天才"。他出生于英国中部沃里克郡埃文河畔的斯特拉特。由于生活困顿，莎士比亚做过雇佣演员、杂工，他还演过配角，并为剧团改编剧本。1590年莎士比亚的第一部剧作《亨利六世》（中篇）在剧院上演，从此开始了他的戏剧创作生涯。

莎士比亚一生共创作过37部剧本、两首长诗以及154首十四行诗。其创作生涯大致可以分成三个时期：第一时期，历史剧、喜剧时期。这期间的作品主要有长诗《维纳斯

与阿都尼》和《鲁克丽丝受辱记》以及9部历史剧——《亨利六世》（上中下）、《理查三世》《理查二世》《亨利四世》（上中下）以及《亨利五世》。他的历史剧表现出了人文主义政治理想。莎士比亚拥护中央集权，反对封建割据，主张民族统一，拥护贤明君主，同时批判封建暴君。除此之外，莎士比亚还创作了10部喜剧，这些戏剧的基本主题都是歌颂爱情和友谊，包括《仲夏夜之梦》《威尼斯商人》《皆大欢喜》《无事生非》《罗密欧与朱丽叶》《第十二夜》等。

第二时期是其创作的全盛时期，也称为悲剧时期。这些悲剧以表现野心、贪欲的邪恶性为基本主题，代表作品有《哈姆雷特》《奥塞罗》《李尔王》《麦克白》四大悲剧。此外莎士比亚在其最后一部悲剧《雅典的泰门》中对资本主义社会中金钱的作用进行了深刻的揭露。

第三时期为莎士比亚的传奇剧时期。这时期他最重要的思想特征是宽恕与和解。这阶段的代表作有《暴风雨》等传奇剧四部以及历史剧《亨利八世》。此时由于英国处于詹姆士反动统治之下，作者苦于从现实中找不到矛盾的出路，于是开始转向幻想世界，希望通过超自然的力量，以仁爱和宽恕的精神来调和现实的矛盾。

莎士比亚与大麻

经后世研究，南非科学家曾推测出大文豪莎士比亚的创作，可能是源于吸食大麻。研究员从莎士比亚位于英国中部埃文河畔斯特拉特的故居中拿走了几个他曾使用过的烟斗进行化验，最后得出结论，莎翁在其创作过程中极有吸食大麻的可能。

大麻草有迷幻作用，莎翁在其作品中，当他以比喻提及黑暗与精神漫游时，可以推断这是服食大麻后出现的幻觉。在其著名的十四行诗中，科学家指出其作品中有他熟悉迷幻药的蛛丝马迹。

约翰·班扬

约翰·班扬（1628—1688年）为王政复辟时期具有民主倾向的一位清教徒作家。他与莎士比亚齐名，同为英国文艺复兴后期的著名作家。约翰·班扬出身贫苦，受教育很少，性格狂放粗野。

16岁时他跟随英王参加了内战，19岁退役后以补锅为业。在艰难谋生中，他目睹了社会黑暗，对心灵与社会进行探索，这使他很快成为一名仁爱虔诚的教徒。班扬到处布道，他尖刻地抨击社会的贫富不均，抗议富人的罪恶，因而获罪被捕，遭受了长达12年的监禁。尽管如此，他仍未放弃自己的追求，矢志不渝，写出大量的布道辞、小册子，还写出诗集、小说、自传多种，以此向基督的敌人宣战。

在多重的矛盾中，班扬从1656年开始相继完成了《福音真理基要》和《律法和恩典的原则》等书。在后来漫长的监禁中，他还写出了《圣城》和自传体小说《丰盛的恩典》，并于1667年到1672年间完成了《天路历程》的第一部。此部寓言体作品被称为"具有永恒意义的百科全书"，也是英国文学史上里程碑式的篇章。此书中的许多修辞造句后来成了英语世界中广泛引用的谚语、俗语、成语或经典表达手法。

许多文学史家不但将他与莎士比亚、弥尔顿相提并论，还把《天路历程》、奥古斯丁的《忏悔录》和但丁的《神曲》并列为世界三大宗教体文学杰作，班扬也成为公认的英国通俗文学的鼻祖。作为一部具有重要文学价值的作品，《天路历程》突破了民族、种族、宗教以及文化的界限，风靡全球，被尊奉为"人生追寻的指南""心路历程的向导"。

马基亚维利

尼可罗·马基亚维利（1469—1527年）

马基亚维利

是意大利的政治哲学家、音乐家、诗人和浪漫喜剧剧作家。他是意大利文艺复兴中的重要人物，出生在佛罗伦萨一个没落贵族家庭，父亲曾是一名律师，但当他出生后，家中除了四壁图书外已经一无所有，所以他没有多少受教育的机会，完全依靠自学。

1494 年美第奇家族对佛罗伦萨的统治被推翻，成立了共和国。1498 年马基亚维利出任佛罗伦萨共和国第二国务厅的长官，兼任共和国执政委员会秘书，负责外交和国防，经常出使各国，会见过许多执掌政权的人物，成为佛罗伦萨首席执政官的心腹，他看到佛罗伦萨的雇佣军军纪松弛，极力主张建立本国的国民军。1505 年佛罗伦萨通过建立国民军的立法，成立国民军九人指挥委员会，马基亚维利担任委员会秘书，并在征服比萨的战争中，率领军队，亲临前线指挥作战，1509 年比萨投降佛罗伦萨。在神圣罗马帝国皇帝和教皇的矛盾中，他到处出使游说，力图使其和解，避免将佛罗伦萨拖入战争，并加强武装以图自卫。但当他 1511 年前往比萨时，教皇的军队攻陷佛罗伦萨，废黜执政官，美第奇家族重新控制佛罗伦萨。马基亚维利丧失了一切职务。

1513 年马基亚维利被投入监狱，受到严刑拷问，但最终被释放，已经一贫如洗，隐居乡间，开始进行写作，据他给朋友的一封信中描述："傍晚时分，我回到家中的书桌旁，在门口我脱掉沾满灰土的农民的衣服，换上我贵族的宫廷服，我又回到古老的宫廷，遇见过去见过的人们，他们热情地欢迎我，为我提供单人的食物，我和他们交谈，询问他们每次行动的理由，他们宽厚地回答我。在这四个钟头内，我没有感到疲倦，忘掉所有的烦恼，贫穷没有使我沮丧，死亡也没能使我恐惧，我和所有这些大人物在一起。因为但丁曾经说过："从学习产生的知识将永存，而其他的事不会有结果。我记下与他们的谈话，编写一本关于君主的小册子，我倾注了我的全部想法，同时也考虑到他们的臣民，讨论君主究竟是什么？都有什么类型的君主？怎样去理解？怎样保持君主的位置？为什么会丢掉王位？对于君主，尤其是新任的君主，如果我有任何新的思路能让你永远高兴，肯定不会让你不高兴，一定会受到欢迎。"这就是《君主论》的写作动机。

在隐居期间，他完成了两部名著《君主论》和《论蒂托·李维〈罗马史〉的最初十年》。洛伦佐死后，主教朱理·美第奇统治佛罗伦萨，立志改革政治，征询马基亚维利意见。1520 年，他写成《战争之艺术》。1523 年朱理当选教皇，为克莱芒七世，重新起用马基亚维利，让他编写《佛罗伦萨史》，他将新书献给教皇，被赏赐 120 金币，他在《佛罗伦萨史》中描述当时的佛罗伦萨人："他们在穿着和日常生活上，比他们的先辈更自由，在其他方面花费更多，花费在休闲、游戏和女人上的时间和金钱更多，他们的主要目的是有更好的穿着，有更精明的谈吐，谁能以最精明的方式伤害他人，谁就是最能干的人。"并起用他为城防委员会秘书，参加教皇的军队和神圣罗马帝国皇帝作战。1527 年，美第奇家族倒台，佛罗伦萨恢复共和制，马基亚维利想继续为共和国效力，但因为他曾效力于美第奇家族，不被共和国起用，郁悒成疾，58 岁即去世。

伊拉斯谟

伊拉斯谟（约 1466—1536 年）荷兰哲学家，16 世纪初欧洲人文主义运动主要代表人物。约 1466 年 10 月生于鹿特丹一个神甫家庭。青年时代入修道院。1492 年成为神甫。1495 年去巴黎深造，开始接触一些人文主义者。1499 年去英国，结识空想社会主义者托马斯·莫尔。后攻读希腊语和研究宗教改革问题。1506 年赴意大利，因对教会不满于 1509 年返回英国，发表《愚人颂》，强烈指责教会和贵族的腐败，嘲笑经验哲学家和僧侣们愚昧无知的空谈。1511—1514 年在剑桥大学任教。1514 年，修道院要求伊拉斯谟回院，经教皇同意，伊拉斯谟保持了对修道院的独立性。1516 年发表《希腊语圣经新约批注》，对当时的宗教理论进行了深刻的批判。同年回荷兰。后任查理五世顾问，编写教育亲王的教材，还著书指责战争。1521 年前往巴塞尔，继续发表著作。M. 路德领导的宗教改革爆发后，伊拉斯谟觉得关于"文学的黄金时代"即将到来的美梦破灭了，于 1524 年写了《论自由意志》并同路德通信，批评路德。1529 年宗教改革浪潮席卷巴塞尔时，去弗赖堡。1536 年回到巴塞尔。同年 7 月 12 日逝世。他知识渊博，忠于教育事业，一生始终追求个人自由和人格尊严，但忽视自然科学，在政治上对反动势力只会讽刺，而没有像路德那样发动人民。伊拉斯谟是个人文主义者，他的人生目的是回归真理的源泉，在他那个时代这首先是要把几个世纪曲解的《圣经》复其原貌，还其本意，并以他对真理探索的精神把智慧全部传给世人。

伊拉斯谟

经典纵览

文艺复兴时期是思想激荡的时期，人们在教会的束缚中渴望被解救，而知识分子们则将目标锁定了古希腊和古罗马，寻找思想的源头，因此如《神曲》《十日谈》等作品无不体现人的精神。

《歌集》

《歌集》是彼特拉克用意大利文写成的366首抒情诗集。据说在1327年，彼特拉克与一位法国骑士的妻子劳拉相遇，并对她产生了强烈的爱慕之情，在1330—1374年间写了300多首抒情诗来表达自己的爱慕与思恋，后把这些诗篇辑成《歌集》。

《歌集》分为"圣母劳拉之生"和"圣母劳拉之死"两部分，抒发了诗人爱的幸福与失恋的痛苦。《歌集》主要歌咏了他对女友劳拉的爱情，也包括一些政治抒情诗，诗中赞颂祖国，号召和平与统一，揭露教会的腐化堕落。《歌集》反映出诗人内心的矛盾：热爱生活和自然，追求爱情和荣誉，渴望人间的幸福，但又不能和宗教传统及禁欲主义的思想决裂；有爱国热情和民族意识，但又脱离人民，轻视群众。他无法克制对劳拉的强烈感情，同时又因自己对劳拉的这份爱情而产生一种负罪感，心灵始终无法宁静。这些矛盾正是从中古过渡到新时代的广大人文主义者的矛盾。他的抒情诗继承了普罗旺斯和"温柔的新体"诗派的传统，克服了抽象性和隐晦性的寓意，表现了新的人文主义精神，使爱情诗更加接近生活。诗人在劳拉身上寄托了美的精神，同时一再歌颂劳拉的形体之美。

彼特拉克对于自然之美也很敏感，有些诗把歌颂劳拉和描绘自然结合起来，《清、凉、甜蜜的水》这首诗就是一个明显的例子。彼特拉克在叙述内心的变化和抒写爱情的经验方面大大地超过了以前的诗人。这些诗都表现了人文主义者以个人幸福为中心的爱情观念。在《歌集》里，彼特拉克继承了传统的十四行诗形式，使它达到了更完美的境地。在内容和形式方面都为欧洲资产阶级抒情诗开创了道路。《歌集》是中世纪以来对世俗爱情进行正面歌咏的优秀抒情作品，对以后的欧洲诗歌产生了巨大而持久的影响。

《被解放的耶路撒冷》

《被解放的耶路撒冷》是意大利文艺复兴时期最后的著名诗人托夸多·塔索的作品。这部长诗共计20歌，以11世纪第一次十字军东征为题材。故事发生在战争最后一年的春天。布留尼被推选为十字军统帅，率兵东征小亚细亚，围困伊斯兰教徒占据的耶路撒冷。在战斗过程中他们遇到了重重困难：首先是十字军的进攻被以阿拉丁为首的伊斯兰教徒战士们的英勇奋战所阻止；接着是坦克雷德等一批十字军将领中了巫女阿尔米达的魔法被拘禁在一座城堡里；另一名十字军骁将里纳尔多又被美丽的阿尔米达迷惑，陶醉于她"幸运岛"的安乐窝里乐不思归；气候大旱也给十字军的供给带来了困难，而他们最有力的作战武器"攻城机"也被敌人放火烧毁；伊斯兰教徒巫师伊斯梅诺更对森林巧施魔法，使十字军无法用树木制造"攻城机"。面对这些苦难，陷入困境的布留尼在神明的支持下，最终破除魔法，里纳尔多又迷途知返，众将士浴血奋战，最终占领了圣城耶路撒冷。

被解放的耶路撒冷

《被解放的耶路撒冷》中的英雄，虽然个个都是把信仰和民族利益看得重于泰山，不惜捐躯沙场，但他们都拥有很浓厚的伤感和忧郁，常常流露出悲哀的神色。长诗中的人物都向往爱情，但都历经曲折坎坷，却都是有情人难成眷属，这也给长诗染上了一层悲剧的色彩。这些都是长期陷于精神苦闷之中的塔索内心世界的反映，体现了作者由艰辛的命运和辛酸的人生而形成的忧伤和悲观的气质。

《被解放的耶路撒冷》闪耀着文艺复兴的最后的光辉，反映了塔索思想与创作的深刻矛盾，是一部披露人文主义者在当时历史条件下的思想危机的伟大作品。

《十日谈》

《十日谈》是薄伽丘的代表作，同时也是欧洲文学史上第一部伟大的现实主义作品。这是用托斯卡尼语写成的一部短篇小说集。作品主要写1348年在佛罗伦萨发生了一场大瘟疫，10个青年为了躲避瘟疫逃到了乡间，他们在乡下住了10天，每天每人讲述一个故事，总共讲了100个故事，这些故事收集成集子就叫《十日谈》。

《十日谈》中的故事取材十分广泛，题材涉及中世纪传说、东方民间故事、历史事件、现实中的人和事等。薄伽丘在运用和组织这些材料的时候凸显出了它们的现实性，赞美爱情是才智的高尚的源泉。薄伽丘用丰富的生活知识和生动的艺术概括力，塑造了国王、贵族、骑士、僧侣、艺术家、商人、学者、手工业者、农民等不同社会阶层，展示出了意大利广阔的社会生活画面，抒发了文艺复兴初期的自由思想和人文主义精神。

薄伽丘采用故事会的形式，别出心裁地用框架结构把这些故事有机地组成一个严谨的叙述系统。大瘟疫作为一个引子，并指出自然灾难导致社会秩序和人际关系的堕落，这为整部作品奠定了时代背景。主人公们讲述的100个故事除了第一天和第九天没有命题外，其余八天的故事在一个共同的主题下展开。而故事中的人物也常常成为故事的讲述者。这样就构成了大框架中套小框架、故事中套故事的结构，既可鲜明地表达作者的思想情感，也具有引人入胜的艺术魅力。

《十日谈》的语言也很有特色。它以文学古典经典为模范，又吸收了民间口语的特点，语言精练又俏皮生动，描写事件和人物非常形象。《十日谈》为意大利艺术散文的发展奠定了基础，并为欧洲短篇小说创造了新的艺术形式。意大利评论界把薄伽丘的《十日谈》和但丁的《神曲》相媲美，称之为"人曲"。

《十日谈》中的插画

《神曲》

《神曲》是意大利杰出的作家但丁的代表作。神曲原意为"神圣的喜剧"。按照中世纪人们的说法，凡是由苦闷开始而以喜悦结尾的故事就是喜剧。《神曲》的开始是阴森恐怖的地狱，结局却是光明静穆的天堂，全文都用俗语写成，这与当时人们对于喜剧的理解相一致。所以，但丁把他的长诗称为"喜剧"。因长诗的内容都是关于宗教的，所以又冠以"神圣"。

《神曲》大约写于 1307 年。全诗一共分为《地狱》《炼狱》《天堂》三部，由 99 篇诗歌和 1 篇序文组成，共 14233 行，用托斯卡尼语写成。《神曲》的主要情节是诗人梦游三界的故事。但丁以第一人称叙述自己 35 岁时误入一座阴森恐怖的象征罪恶的森林，在一座小山脚下，一只象征贪欲的母狼、一只象征野心的狮子、一只象征逸乐的豹拦住了去路。这时古罗马诗人维吉尔的灵魂引导他穿过地狱、炼狱，然后把他交给当年但丁暗恋的情人贝娅特丽丝的灵魂，陪伴他游历天堂，一直到找到幸福的归宿。

地狱形似一个上宽下窄的漏斗，共分为九层。第一层叫候判所，未受洗礼的古代异教徒都在这里等候上帝的审判。其余八层，有罪的灵魂按照生前所犯的罪孽，包括好色、饕餮、贪婪、愤怒、信奉邪教、强暴、欺诈、背叛，分别接受不同的刑罚。炼狱，又称净界，按照七大罪分为七级，再加上净界山和地上乐园，一共也是九层。在地上乐园，维吉尔逐渐隐退，贝娅特丽丝让但丁喝掉忘川水来忘掉过去的过失，从而获得新生。然后，贝娅特丽丝引导但丁游历天堂九重天。这里就是幸福的灵魂的归宿，他们分别是行善者、虔诚的教士、立功德者、哲学家和神学家、殉教者、正直的君主、修道者、基督和众天使。在九重天之上的天府，但丁见到了三位一体的上帝，但上帝的形象如电光般一闪，瞬间又消失，于是幻象和《神曲》也戛然而止。

《神曲》是一部百科全书式的巨著。但丁把他热烈的激情、广博的学识和关于政治、社会、哲学、宗教的思考全部都融注在地狱、炼狱、天堂的场景中，构成了一部想象瑰丽、规模宏大的史诗。这部作品的主旋律是人类如何走出困境到达真和善的境地。

《神曲》中的插画

《乌托邦》

《乌托邦》是英国空想社会主义者托马斯·莫尔的不朽巨著，书的全名原为《关于最完美的国家制度和乌托邦新岛的有趣的金书》。这部书是莫尔在 1515—1516 年间出使欧洲大陆时用拉丁文写成的。乌托邦一词来自古希腊语的两个词根，合在一起意为"乌有之乡"。《乌托邦》分为两部。上部主要对社会现实进行批判，揭露了亨利八世时代英国社会的矛盾，抨击了专制统治，谴责圈地运动使农民沦为流民的现实社会。下部主要描写乌托邦的理想社会。乌托邦与世隔绝，四周大海环绕，岛上人民生活富裕，民风淳

圈地运动

圈地运动是指 15 世纪末至 19 世纪中期，西欧新兴的资产阶级与新封贵族运用暴力剥夺农民土地的过程。这种情况在英国、法国、德国、荷兰、丹麦等许多资本主义国家先后出现，而其中又以英国的圈地运动最为典型。所谓圈地，就是指用篱笆、栅栏、壕沟等将强占的农民份地及公有地圈占起来，以用作私有的大牧场、大农场。经过圈地运动，大批丧失土地与家园的农民成为了一无所有的雇佣劳动者。圈地运动是英国资本主义发展过程中，资本原始积累的最重要的手段之一，同时也是海外贸易与掠夺的一个重要手段。

朴，人民在农场上劳动，国家事务由贤明的长者组成的议会决定，财产公有，人人平等。莫尔本人是一个信仰很深的人。他曾经想过做牧师，他的小说可能受到基督教的影响。莫尔理想的乌托邦是一个完全理性的共和国，书中描绘了一个他所憧憬的美好社会，那里一切生产资料都归全民所有，生活用品按需分配，人们既从事生产劳动又有充足的时间进行科学研究和娱乐，那里没有酒店、妓院，更没有堕落和罪恶。在战争时期不使用自己的公民而雇用邻近国家好战的士兵。

在《乌托邦》中，莫尔首次用"羊吃人"来揭露"圈地运动"的罪恶，并提出了公有制，讨论了以人为本、和谐共处、婚姻自由、尊重女权、安乐死、宗教多元等与现代人生活息息相关的社会问题。他创造了"乌托邦"一词，开创了空想社会主义的学说，其思想也成为现代社会主义思潮的来源。

《坎特伯雷故事集》

《坎特伯雷故事集》是英国著名作家乔叟的小说。作品描写一群要去坎特伯雷城朝圣的香客聚集在伦敦一家小旅店里。店主人建

议香客们在往返途中每人讲两个故事，看谁讲得最好。他们所讲的故事收为故事集，故事集一共包括 23 个故事，其中最精彩的故事是骑士讲的爱情悲剧故事、教士讲的动物寓言故事、巴斯妇人讲的骑士故事、商人讲的家庭纠纷故事、卖赎罪券者讲的劝世寓言故事、农民讲的感人的爱情和慷慨正义行为的故事。作品广泛地反映了资本主义萌芽时期的英国社会现实，充分揭露了教会的腐败、教士的贪婪和伪善，谴责了扼杀人性的禁欲主义，肯定了美好的爱情生活。

《坎特伯雷故事集》的艺术成就极高，它远远超过了以前同时代的其他英国文学作品，是英国文学史上现实主义的第一部典范。作品将幽默和讽刺结合在一起，喜剧色彩浓厚。不但人物形象鲜明，而且语言生动活泼。整个故事集乔叟是用富有生命力的伦敦方言进行

坎特伯雷教堂

创作的，这为英国文学语言奠定了基础。双韵诗体的艺术形式对后来的英国文学产生了巨大影响，为以后的英国诗人广泛采用，因而乔叟被誉为"英国诗歌之父"。

《威尼斯商人》

《威尼斯商人》是莎士比亚喜剧代表作之一。它是莎士比亚早期的重要作品，大约作于 1596—1597 年。它探求的是金钱这一古老

的话题。剧本的主题是歌颂友谊和爱情，同时也反映了资本主义早期商业资产阶级与高利贷者之间的矛盾，表现了作者对资产阶级社会中金钱、法律和宗教等问题的人文主义思考。全剧结构完美，情节紧张，波澜起伏，人物形象生动感人，对白机智幽默，喜剧气氛很浓。

《威尼斯商人》的主要情节取材于古老的传说。剧情主要是通过三条线索展开的：一条是巴萨尼奥选中铅匣子与鲍西娅结成眷属。鲍西娅美丽、善良、机智，富有才华和胆识。按照她父亲的遗嘱，她得到了一个金盒子、一个银盒子和一个铅盒子。如果有人选择了装着她的画像的盒子，那么她将嫁给那个人。镇上有一个名叫巴萨尼奥的年轻人，他下定决心要赢得鲍西娅。但是，为了达到自己的愿望，他需要一大笔钱。于是他向自己的好友富商安东尼奥借钱。第二条线索是写夏洛克的女儿杰西卡与安东尼奥的友人罗伦佐的恋爱和私奔。夏洛克的女儿杰西卡和自己的爱人罗伦佐私奔了，还偷走了她父亲的钱财和珠宝。而夏洛克也因为失去自己的女儿和钱财而心情烦乱。当他得知安东尼奥在海上的投资全部失败的消息后，他决定向安东尼奥讨回借款。第三条主线是写威尼斯商人安东尼奥为了帮助巴萨尼奥成婚，向高利贷者犹太人夏洛克借钱而引起的"割一磅肉"的契约纠纷。夏洛克因为安东尼奥借钱不要利息而影响高利贷行业，又帮助自己的女儿和

别人私奔而仇恨他，夏洛克还是同意借钱给安东尼奥，而且也不收他的利息。在借约上说三个月期满不还钱，就从安东尼奥身上割下一磅肉抵债。安东尼奥因船失事不能如期还钱，夏洛克就提起公诉，要安东尼奥履行借约，在法庭上，化装成律师的鲍西娅答应夏洛克可以割取安东尼奥的任何一磅肉，条件是不能流下一滴血，因为合约上写的是一磅肉而不包括一滴血，并且宣布以谋害威尼斯市民的罪名，没收夏洛克二分之一的财产，另外二分之一则补偿给安东尼奥，而安东尼奥把这笔意外的财产让给了他的好朋友罗伦佐，最后是皆大欢喜的大结局。

《列那狐的故事》

《列那狐的故事》是一部杰出的民间故事诗，是中世纪市民文学中最重要的反封建的讽刺作品。这部故事诗是由27篇意思连贯的组诗构成的，共3万多行，每篇都以列那狐为主人公。

最初的作者有很多，现在能查到的只有彼尔·德·圣克卢（第二组诗）、里查·德·利松（第十二组诗）和一位神父（第九组诗）。《列那狐的故事》在中世纪的法国几乎家喻户晓，"列那"也成了"狐狸"的专有名词。这部作品问世后，法国有很多著名的诗人为它作续篇，德国、英国、意大利等国都有不同的译本或模仿作品。1794年，德国诗人歌德根据这个故事写成了叙事诗《列那狐》。近代也有法国和欧美作家先后把《列那狐的故事》改写成一部生动优美的散文或童话。《列那狐》故事诗以拟人化的动物为主角继而编排出一系列的故事，但共同的主角都是列那狐。此外，这些故事的内容与中世纪法国的社会生活密切相连，因而具有一定的思想深度。《列那狐》故事诗流传至今的主要有4部：《列那狐传奇》《列那狐加冕》《新列那狐》和《冒充的列那狐》。

威尼斯一景

故事主要描写动物的生活，以狐狸列那和代表贵族的狼伊桑格兰的斗争为主要线索，揭露了复杂的社会矛盾，辛辣地嘲讽了专制的国王、贪婪的贵族和虚伪的教士等。作者简直把中世纪的黑暗社会描绘成一个野兽世界和强盗王国。其中狮王诺勃勒代表最高封建统治者，伊桑格兰狼和勃仑熊代表封建贵族，鸡、兔、鸟代表下层民众，列那狐则代表市民阶级。故事中充满对愚昧无知的封建君主、蛮横的贵族以及教会僧侣的讽刺。故事形象地反映出封建社会是一个黑暗的、充满欺诈、掠夺和弱肉强食的野蛮世界，作者为中世纪法国惨遭剥削和压迫的广大劳动人民发出了愤怒的抗议，故事完全是中世纪法国社会生活的生动写照。

《玫瑰传奇》

《玫瑰传奇》内文

《玫瑰传奇》是 13 世纪法国的寓言长诗，分为上下两卷。上卷有 4000 多行，作者为基洛姆·德·洛利思，作于约 1230 年。下卷有 19000 行，作者是民间诗人让·德·麦恩。

《玫瑰传奇》将强烈的感官色彩与爱情的理想相结合，满足了整个时代表达性爱情感的需求。在这个名副其实的性爱学说的宝库之中，性爱是仪式性的和传奇性的，也是系统的和完整的。肉欲主义最大限度地与纯净的神秘主义融合在一起。性的主题穿着神圣的外衣被象征物和神秘的气氛掩蔽起来。

《玫瑰传奇》的第一部分是洛利思对自己爱情经验的描写。以玫瑰象征贵族妇女，写一个诗人如何爱上玫瑰而又受到阻挠的故事。长诗把故事中所有事物都加以人格化，写"爱人"在梦中游历一座大花园时爱上了盛开的玫瑰花，他得到允许去亲吻玫瑰，可是"恶口"却喋喋不休地发表议论，"嫉妒"把玫瑰囚在塔里，派来"危险""恐惧"和"羞耻"来看管她，"爱人"最后只好离开，沉浸在失望之中。

第二部分主要叙述诗人终于获得玫瑰，并以理性和自然的名义批判了当时社会的不平等

和天主教会的伪善，从而表达了下层市民的社会政治观念。故事主要写"爱人"得到丘比特、维纳斯等爱神的帮助，终于攻进"嫉妒"的塔，和玫瑰相会。洛利思在诗的开始说诗中包括所有的恋爱艺术，但他追求的是贵族的优雅爱情。麦恩却表示反对典雅爱情，宣传新的爱情观，把爱情视为感官享乐。另外，麦恩在诗中汇集了极为丰富的材料，他突破爱情题材，广泛谈及人生世相，揭露贵族和僧侣的伪善、贪婪，对封建统治者表示不满和谴责。《玫瑰传奇》成功地运用了梦幻、隐喻、象征等手法。诗人乔叟曾把这首长诗介绍到英国，就连乔叟自己的创作都受到了《玫瑰传奇》的影响。

《巨人传》

弗朗索瓦·拉伯雷是法国文艺复兴时期最著名的人文主义作家。他的《巨人传》是一部讴歌人性的百科全书式的作品。《巨人传》不仅显示出作家渊博的学识，更体现了作家渴望"让人的灵魂充满真理和知识"的思想。

在小说中，拉伯雷批判了教会的虚伪和残酷，痛斥了天主教毒害儿童的经院教育。小说中提出的"依愿行事"的口号，充分反映了新兴资产阶级的愿望，充分体现了人文主义者对人、人性和人的创造力的肯定。

《巨人传》共分为五部分，前两部分通过叙述卡冈都亚和庞大固埃的出生、教育经历和丰功伟绩来阐释人文主义学说的种种主张。小说的主人公、父子两代巨人卡冈都亚和庞大固埃都具有不同寻常的体魄和力量，在他们身上，拉伯雷不仅讴歌了人的价值和伟大，更着重强调了人文主义的教育思想。几十年的经院教育把原本聪慧过人的卡冈都亚变成了呆头呆脑、糊里糊涂的人，作家想证明只有接受人文主义教育才能变成名副其实的"巨人"。 小说中的特来美修道院是拉伯雷想象中的人文主义理想国。这座修道院唯一的院规是"想做什么就做什么"。创立修道院的约翰修士则是这种人文主义的理想人物。这个形象和中世纪的精神贵族僧侣阶层迥然不同，是一个符合人文主义"人情"的标准形象。

后三部分以庞大固埃与巴汝奇等伙伴为研究婚姻难题寻访神瓶而周游列国为线索，揭露和抨击了中世纪的种种社会弊端。后三部分的中心人物巴汝奇就是法国文学中的第一个市民典型形象。他聪明、狡黠、自私、贪财；他不承认任何传统道德和社会法律，敢于肆无忌惮地"亵渎神圣"；他满脑子刁钻古怪的主意，遇到危险还十分胆小……在《巨人传》中，几乎所有的主要人物都带有理想主义色彩，只有巴汝奇是个现实的人，具有真实的个性，具有真实的优点和缺点。这个形象是费加罗、弗隆坦等典型的前身。他是法国文学中出现的第一个现实主义典型。

故事情节和妙趣横生的独特风格，赢得了几个世纪以来广大读者的厚爱，并在世界文学史上占据无可替代的地位。

《蒙田随笔》

米歇尔·德·蒙田是法国文艺复兴时期的代表人物，他的人文思想大都反映了他的哲学观点。蒙田出生在传统天主教家庭，从小就受过良好的教育，曾经做过律师。但他37岁以后就在他祖先的领地隐居，主要从事思考和写作。他传世的作品主要是《随笔录》。

《随笔录》共3卷，107章，百万字左右。书的法文名字有"试作""试验""尝试"之意。这表明作者是以平易近人的态度来写作的。他不是在进行说教，也不是在讲深刻的道理，更不是炫耀自己的博学。作品全篇娓娓道来，像是在和读者当面聊天一样。此书的行文也是变化多端的，但论述十分精辟，在欧美文学史乃至世界文学史上都占有十分重要的地位。其内容概括起来大致分为三方面：首先是作者所感受到的自我；其次是他所感受到的人类的生存状态和思想感情；最后是他所理解的现实世界。蒙田以他智慧的眼光，观察和审视着大千世界的芸芸众生，思索着人类的历史进程。从古希腊时代到16世纪，从古代的埃及和波斯到他所居住的法国，他的作品一览无余，具有深刻的社会批判性和高度的思想独立性。因此《随笔录》是一本看似平凡却又意蕴深长的文学作品。

本书是作者的思想记录，作为西方最优秀的随笔作品之一，本书先后被译为几十种文字，现在仍广为传诵。

《巨人传》中的插图

《愚人颂》

《愚人颂》荷兰哲学家伊拉斯谟的唯一的至今仍在广泛阅读的作品。伊拉斯谟为荷兰著名的人文主义者，是当时荷兰思想界的主帅，被誉为"16 世纪的伏尔泰"。据说，《愚人颂》是他在去英国拜访莫逆之交托马斯·莫尔爵士的短短 7 天时间内完成的。

在《愚人颂》里，伊拉斯谟首先认为，推动世界运动的是非理性的、愚蠢的欲望。接着，他假想了这样一个场景：拟人化了的愚笨（"愚人"），身着学者的长袍，但头上却戴着顶愚人的帽子，在自恋、遗忘、懒惰、享乐、肉欲、酣睡、娇纵和疯狂等侍从的簇拥下登上讲台，面对一批假想的各个阶层、各种身份的听众侃侃而谈。在接下来横扫一切的讽刺中，伊拉斯谟借愚人之口，嘲讽了他那个时代所有的制度、风俗、人和信念，矛头还涉及婚姻、战争、国家主义、律师、科学家、学者、神学家、国王和教皇们。

在伊拉斯谟看来，试图揭开大自然奥秘，探索未知世界的科学家也是同等滑稽可笑的：当他们为自己建立了无数个领域时，当他们好像手拿皮尺，一寸寸的测量太阳、月亮、星星和其他天体时，当他们解释雷电、风雨、日月食和其他神秘现象成因时，他们毫不犹豫，似乎他们是赋予创造力的大自然的私人秘书，是上帝的议会代表下凡人间。当他们大吹大擂时，大自然却洋洋洒洒地嘲笑他们，笑他们臆断。

由此可见，人类的每一次追求都受到了愚人的"关照"。类似的还有捞钱的商人、追求永恒的诗人、好大喜功的武士、一听到骰子滚动声便"心跳加速"的赌徒，这些人及其他人的命运都受到过愚人主宰。《愚人颂》有较大篇幅是愚人对教会和基督教教义的论

伊拉斯谟

述。那些神圣的名字和经典、教皇和主教们的显赫地位和世俗观念都未能逃过伊拉斯谟的辛辣利笔：他们把目不识丁看做是一种圣绩。他们在教堂里像公驴般叫喊着赞美诗。他们对其含义丝毫不知，却还以为那种声音对神圣人们悦耳。托钵僧们沿街号叫……是一群肮脏、无知、厚颜无耻的无赖。伊拉斯谟的同时代人对《愚人颂》有的乐于称道，有的则愤而指责。但不管怎样，这本书广受关注，仅作者在世时就出版了 43 版。

《愚人颂》的伟大之处在于文艺复兴初期，它就拉开了人文主义的序幕。它对时代的针砭虽是微妙而间接的，但它不失其强大的效力。正如 20 世纪伟大作家斯蒂芬·茨威格所指出的："《愚人颂》除去其狂欢节的面具，便是当时最危险的书之一。在我们看来，它仿佛是诙谐的烟花，其实却是一颗轰开通向德国宗教改革之路的炸弹。"

西方文学
XIFANG WENXUE
YI BEN TONG

十七世纪古典主义文学

　　17世纪，欧洲各国的政治、经济、文化的发展极不平衡。由于商道的转移、战乱、反动势力日益强大等原因，意大利、德国、西班牙等国经济发展减缓，也先后失去了文化上的先进地位。相反，英国的资本主义则在快速发展，"光荣革命"之后建立了资产阶级的君主立宪政权。法国的资本主义发展则不如英国，但却走在欧洲大陆的最前头，资产阶级与贵族阶级的力量对比渐趋平衡，形成了专制王权一统天下的新局面。与此相适应，英国，特别是法国的文学取得了本世纪文学的最高成就。17世纪欧洲文学深受这种历史境遇的影响，出现了古典主义文学、巴洛克文学和清教徒文学三种鼎立的文学形式。

古典主义文学

古典主义文学是指 17 世纪流行于西欧特别是法国的一个重要的文学思潮，因其在文艺理论及创作实践上以古希腊、古罗马文学为典范，故而得名。它继承了文艺复兴的崇古传统，发展成歌功颂德的宫廷文艺。古典主义挑选题材严格，讲究典雅和规范化，具有政治上拥护王权、思想上崇尚理性、艺术上模仿古人的基本特征，特别是它提出了"三一律"等戏剧创作规则。

古典主义文学以法国成就尤为突出。法国古典主义文学兴起于 17 世纪 30—40 年代，在 60—70 年代达到极盛。弗朗索瓦·德·马莱布是法国古典主义文学的开创者，他反对七星诗社丰富语言的方法，不主张运用古字、复合字、技术用语等，他提倡语言的准确、明晰、和谐、庄重，从而达到语言的"纯洁"化。在诗歌创作上，他也反对七星诗社所主张的跨行、元音重复，他主张用韵严格，对诗节的长短严格规定，倾向于冷漠地表达，他认

高乃依

为诗歌主要应为说理。马莱布奏响了法国古典主义的旋律，继此之后法国古典主义悲剧也取得了辉煌的成就，其创始人是皮埃尔·高乃依（1606—1684 年）。高乃依写过 30 多个剧本，较为重要的有《熙德之歌》《贺拉斯》《西拿》《波利耶克特》。他的突出风格是庄严崇高，这也成为古典主义所追求的理想美。其剧本题材与内容崇高庄严，高乃依主张悲剧应该写"著名的、非同寻常的、严峻的情节"，其情节的"猛烈程度能与责任和血亲的法则相对抗"。高乃依之后古典主义悲剧的第二个代表是让·拉辛（1639—1699 年）。他创作的《安德罗玛克》以女主人公为保全儿子生命所作的努力为主线，刻画了为满足自己情欲而不顾国家利益和义务的人物形象，谴责了贵族阶级的情欲横流。拉辛的后期作品还有《爱丝苔尔》《阿塔莉》，这时拉辛将"三一律"运用到出神入化的地步，从而把古典主义悲剧艺术的发展推向高峰。此外，拉辛沿袭古希腊悲剧的命运观念，其剧本着重描绘导致悲剧的必然过程，这使得拉辛的剧本更具悲剧性。除了诗歌和戏剧，这时期法国古典主义的散文创作也较有特色，代表人物有布莱兹·帕斯卡尔（1623—1662 年）、拉法耶特

夫人（1634—1693年）、让·德·拉布吕耶尔（1645—1696年）、弗朗索瓦·德·费纳龙（1651—1715年）等。

在英国，古典主义文学也取得了一定的成就，但它模仿法国古典主义的痕迹比较明显，独创性不高。约翰·德莱顿（1631—1700年）是英国古典主义的倡导者与实践者。这时德国的约翰·克里斯托弗·高特舍特（1700—1766年）的《批判诗学试论》推崇理性，倡导"三一律"，对德国民族语言的规范及剧坛的整顿都作出了贡献，他的理论推动了启蒙精神的发扬。古典主义在欧洲流行了200多年，后来被19世纪的浪漫主义思潮所取代。

巴洛克建筑的凡尔赛宫

巴洛克文学

巴洛克文学产生于16世纪下半叶，17世纪上半叶时达到兴盛。"巴洛克"一词来源于西班牙文，16世纪时首先出现在首饰行业中，意即"一颗不圆的珍珠"。而后这个词的含义几经变化，现在人们多把16世纪的建筑称为具有巴洛克风格的造型艺术，这种艺术以富丽繁复、精雕细刻为特点。巴洛克文学的风格与此相仿，故而得名。

巴洛克文学源于西班牙和意大利，盛于法国。意大利巴洛克文学的代表是贾姆巴蒂斯塔·马里诺（1569—1625年）。他的长诗

《阿多尼斯》叙述了爱神维纳斯与美少年阿多尼斯之间的爱情纠葛，其中作者还编织了许多插曲，诗句华丽，形成一种"马里诺诗体"，并引起各国诗人的纷纷仿效。

在西班牙巴洛克文学的发展历程中有两个代表人物，即诗人贡戈拉·伊·阿尔戈特（1561—1627年）和佩特罗·卡尔德隆（1600—1681年）。阿尔戈特的歌谣和十四行诗风格幽默、活泼。他的成就主要是叙事诗与寓言诗。其作品《孤独》描写了渔民与惊涛骇浪的搏斗，文中比喻新奇，典故冷僻，形象奇特，词汇夸张，句式对偶，形成了"夸饰主义"，又名"贡戈拉主义"，这种文学手法因此成为17世纪西班牙文学中巴洛克时期的代表倾向，影响深远。佩特罗·卡尔德隆是继维加之后西班牙又一位著名戏剧家和诗人。他的《人生如梦》描写了波兰王子塞希斯蒙多的不平凡经历。在文中王子是人生的象征，他的反抗表示对宿命论的否定，但其不足之处是作者仅希冀在宗教中寻找出路。剧本结构严谨，词藻精美，经常以象征和隐喻来加强效果。总体说来，巴洛克文学发展了一种新的美学趣味和倾向，它不甘于固有的价值体系，它的出现是与当时的社会愿望和需要相适应的。巴洛克文学的成就不高，有重大影响和重要价值的作家及作品并不多，尽管如此，巴洛克文学的艺术手法对于19世纪浪漫主义文学的产生仍起到了直接的推动作用，

三一律

三一律（three unities）是西方戏剧结构理论之一，亦称"三整一律"。是一种关于戏剧结构的规则。先由文艺复兴时期意大利戏剧理论家提出，后由法国古典主义戏剧家确定和推行。要求戏剧创作在时间、地点和情节三者之间保持一致性。即要求一出戏所叙述的故事发生在一天（一昼夜）之内，地点在一个场景，情节服从于一个主题。法国古典主义戏剧理论家布瓦洛把它解释为："要用一地、一天内完成的一个故事从开头直到末尾维持着舞台充实。"

对 19 世纪以来的拉美文学也有深刻影响。

清教徒文学

17 世纪的英国文学以反映清教徒思想的作品最为出色，它是英国资产阶级革命的产物。这场革命披着宗教的外衣而展开，斗争主要是在保王的国教与革命的清教之间进行。清教徒反对国教奢华的宗教仪式及贵族侈靡的生活方式，他们敌视戏剧娱乐活动，提倡勤俭节约，鼓励资本积累。清教徒的思想是17 世纪英国资产阶级人生观的代表，反映了时代的精神。伊丽莎白女王憎恨清教徒，斯图亚特王朝也加紧迫害清教徒。

清教徒乘坐的五月花号

及至 17 世纪 40 年代，资产阶级终于竖起清教的旗帜，他们以《圣经》武装思想，掀起了反对封建专制的革命运动。在这种背景下遂产生了清教徒文学，其中以约翰·弥尔顿(1608—1674 年)和约翰·班扬(1628—1688 年)为代表。弥尔顿，清教徒公证人家庭出身，他一直积极投身于反封建的政治斗争，曾发表过《论出版自由》《为英国人民声辩》《论国王和官吏的职权》等雄健泼辣的政论文章。他晚年失明，经本人口授完成了三大诗作：《失乐园》《复乐园》和《力士参孙》。作于 1667 年的《失乐园》是一部宏大的史诗，取材于《圣经》，总计一万行。

这部史诗的价值在于其赞美了撒旦的反抗。史诗中虽然有歌颂上帝的诗句，但都显得苍白无力，弥尔顿实际上是把上帝塑造成暴君的形象，描绘撒旦与上帝的对抗洋溢着炽烈的感情。在《失乐园》中弥尔顿歌颂了撒旦的有勇有谋，敢作敢为，不屈不挠，从而将其塑造成一个革命战士的形象，体现了诗人清教徒的革命思想。史诗还采用了抑扬格五音步无韵诗体，行文气势磅礴，热情澎湃。这三部长诗集中表现了诗人对复辟时期现实的不满，以及对清教徒思想的赞颂。在创作风格上弥尔顿继承了荷马史诗的优秀传统，在描绘场面时多运用丰富的想象力，从而使人物的性格刻画更鲜明，同时他还接受了中世纪文学的象征和寓意手法。

这种史诗形式为 19 世纪的新型史诗和诗体小说开辟了道路。与弥尔顿同时代的班扬也是个清教徒作家，他曾因宣扬清教思想而遭 12 年囚禁。他创作的《天路历程》以梦境寓意的形式，揭示了复辟时期腐败与淫乱的社会风气和人民不满的现实。

名家荟萃

> 理性时代的基本精神是"理性"至上。作家创作的使命在于尽可能地表达现象背后的绝对概念。他们把古希腊、古罗马的大作家的作品奉为圭臬。语言简洁明朗，反对含糊晦涩。读者和观众都只限于国君、封建贵族以及资产阶级上层。主要作家有弥尔顿、高乃依、莫里哀、布瓦洛等。

约翰·弥尔顿

弥尔顿（1608—1674年），17世纪英国杰出的诗人、政论家与思想家。他出身于伦敦一个富裕的公证人之家，自幼接受良好教育。1625年弥尔顿进入剑桥大学基督学院学习，1632年获硕士学位后，他居家潜心从事文学、哲学、历史和宗教的研究，并立志以荷马为榜样，努力实现其为"最优美、最高尚的事物及作品"树立楷模的理想。

弥尔顿早期创作多为抒情诗，代表作有

约翰·弥尔顿

《圣诞清晨歌》《快乐的人》《幽思的人》《利西达斯》和诗剧《科马斯》。这些诗歌主要以田园山水、宇宙星空的无限美好与遥邈神秘、哲人逸士的遐想悲思和自然之子的怡然自得为题材，同时也表现了纯贞战胜诱惑的高洁品质与生命化为永恒的悲悼意识。在这些诗中蕴涵着追求人生的纯真欢乐和崇高不朽，是基督教忧郁沉思与古希腊明快哲理两种精神品质的融会贯通。弥尔顿的诗歌语言华美，意境深远，音韵清和，风格甜美。

弥尔顿中期作品以政论散文为主，主要有《论出版自由》《论教会必须反对主教制》《为英国人声辩》《偶像破坏者》《建立共和国的简易办法》和《再为英国人声辩》。这些作品皆观点鲜明、言辞激烈、论证有力，集中地表达了作者的政治理想与自由精神。弥尔顿晚年放弃了青年时创作英国史诗的宏愿，转而从《圣经》里取材，并写出了著名的三大诗篇，他因此被看做是伟大的宗教诗人。

彼埃尔·高乃依

彼埃尔·高乃依（1606—1684年），法国古典主义悲剧的奠基人。他出身于贵族家庭，曾在耶稣会学校读书，是一位虔诚的天主教徒，后来高乃依学习法律，从事了20余年的律师工作。

629年，高乃依的处女作喜剧《梅里特》上演，此后他又相继创作了几部喜剧，不久他又按照三一律开始写作悲剧。高乃依一生

贺拉斯兄弟宣誓

大约创作了 30 多个剧本。由于他生活的年代是法国君主专制上升时期，因此他的作品多对处于剧烈冲突中的英雄人物所表现的个性魅力与精神力量着力描写，从而讴歌他们的坚毅品质和克制力，颂扬家族荣誉、国家利益对个人情感与个人利益的胜利。

1636 年，高乃依的悲剧《熙德之歌》上演，此剧为古典主义戏剧奠定了基础。后来高乃依又改变创作倾向，相继发表了《贺拉斯》《西拿》《波利耶克特》等剧作，与之前的《熙德之歌》一起构成其闻名的四大悲剧。《贺拉斯》中塑造了一个宽容大量的君主形象。《西拿》为宗教悲剧，其中颂扬了为基督教事业而献身的精神。《波利耶克特》中刻画了理想的公民典型。在高乃依的创作中，《庞贝之死》成为其前期创作风格的落幕之作。此后，高乃依转而追求创作上复杂离奇的情节、光怪陆离的布景，而对人物性格的塑造越来越忽视。1674 年高乃依写出了最后一个剧本《苏雷纳》后结束了他的戏剧创作生涯。

让·拉辛

让·拉辛（1639—1699 年），法国古典主义繁荣时期的悲剧作家，他一生共创作过 11 部悲剧和 1 部喜剧。他生活的年代是法国王权专制盛极而衰的时期，因此，他的作品多是围绕被情欲淹没理智的王公、贵妇而展开，其剧作多是以悲惨的结局来强调理性的重要性。拉辛对封建统治阶级进行无情的揭露；因而他的作品民主色彩较为鲜明、强烈。

在艺术上，拉辛的文笔委婉细腻，富于抒情，

亚历山大半身像

尤以描写贵妇人的心理而见长。

在拉辛的创作生涯中，其早期悲剧《忒拜依特》和《亚历山大大帝》已显露出个人风格，这使他与反对文艺创作的冉森派的关

《安德罗玛克》

《安德罗玛克》是拉辛的悲剧代表作，在这部作品中，拉辛辛辣地鞭笞了情欲横流和理性泯灭的贵族人物。剧作中的主人公安德罗玛克是赫克托耳的妻子，底比斯国王厄提昂之女。她温柔善良，聪明勇敢，以对丈夫的忠贞而著称。

该剧取材于古希腊的传说：特洛伊城王子赫克托耳的妻子安德罗玛克不幸落到卑吕斯手里，卑吕斯一下迷恋上了她，于是卑吕斯准备抛弃他的未婚妻赫米欧娜。而这时肩负着重大使命的古希腊使臣俄瑞斯忒斯正巧是赫米欧娜的情人，这样一场惊心动魄的争斗就此拉开了帷幕。

系就此破裂。1667—1677年，这期间拉辛的创作进入旺盛期，拉辛写出了《安德罗玛克》《布里塔尼居斯》《贝蕾妮丝》《巴雅泽》《米特里达特》《依菲革涅亚》《淮德拉》等7部悲剧和喜剧《讼棍》。

《安德罗玛克》和《淮德拉》是拉辛的代表作，均取材于古希腊故事，为五幕韵文悲剧，揭露了王公贵族和宫廷贵妇的淫乱生活，具有强烈的反封建的民主思想。由于《安德罗玛克》的上演成功，拉辛因此于1673年入选为法兰西学院院士。但《淮德拉》演出后，在一小撮反动贵族的激烈攻击下，拉辛被迫搁笔达12年。

莫里哀

莫里哀（1622—1673年）出生于一个富裕的家庭，他自幼接受过良好的教育。中学毕业后，他没有选择父亲为他设想的发展道路，而是选择将戏剧作为自己的终身职业。他不仅投身于当时人称之为"下等人"的行业，而且他还与戏剧班子中的一位年轻女"戏子"恋爱了。1643年，莫里哀和一些青年戏剧爱好者组织了一个"光耀剧团"。由于缺乏经验，导致经营惨淡，负债累累。

由于莫里哀是剧团的对外负责人，他因此遭受了几天的囹圄之苦。此后带着对戏剧的追求，莫里哀和一些戏剧爱好者开始游历法国，他们长期深入生活，经常和地方上的一些官绅打交道，并逐渐接触到了社会的下层，这为莫里哀的戏剧创作积累了丰富的经验与素材。1652年，他再次成为光耀剧团的团长，带领剧团在外省巡回演出。其间，他既为团长，又是演员，既负责导演工作，同时还编写剧本，莫里哀身兼数职，可谓十足的"戏人"。苍天不负苦心人，他在外省编写的喜剧《多情的医生》于1658年在巴黎罗浮宫演出时，旗开得胜，从此莫里哀一举成名，法王路易十四还将他的剧团留在了首都。

莫里哀一生创作的喜剧大约有30部，其中不少已经失传，这些剧作主要包括：《丈夫学堂》《太太学堂》《太太学堂的批评》《凡尔赛宫即兴》《可笑的女子》《女学者》《伪君子》《唐璜》《吝啬鬼》《愤世嫉俗》《屈打成医》《乔治·唐丹》《司卡班的诡计》《贵人迷》和《无病找病》等。其中《伪君子》是莫里哀创作高峰时期的代表作，在欧洲的戏剧发展史中占有很高的地位。

约翰·德莱顿

约翰·德莱顿（1631—1700年）是17世纪后期英国著名诗人、剧作家与批评家。1659年，他曾写出《纪念护国公逝世的英雄诗》，将之献给克伦威尔。翌年，斯图亚特王朝复辟后，他又立即写出颂诗《回来的星辰》，借以欢呼查理二世的复位，凭此德莱顿

斯图亚特王朝第一任国王詹姆士一世

于 1663 年被选为英国皇家学会会员。1668
年他又被封为桂冠诗人，嗣后德莱顿成为了
皇家史官。因为德莱顿是清教徒家庭出身，
他曾写出诗歌《俗人的宗教》来攻击天主教，
但当詹姆士二世于 1687 年将英国变为天主教
国家时，他又改信天主教，不仅写出了《牝
鹿与豹》一诗赞颂古罗马的天主教会，同时
还辱骂英国国教。

1688 年詹姆士二世逊位，德莱顿渐沦困
境，桂冠诗人资格也被褫夺。德莱顿写过很
多政论诗，其取材于《圣经》大卫王故事的《押
沙龙与阿奇托菲尔》，攻击了力图确立蒙茅斯
公爵为王位继承人的辉格党，这部作品也被
看成是他出色的讽刺诗。1682 年德莱顿发表
长诗《奖章》，长诗以《致辉格党人》为序。
在诗中德莱顿再次猛烈抨击了辉格党。他还
曾为庆贺圣西西莉亚日写出短诗《亚历山大
的宴会》和《圣西西莉亚之歌》，这都是他颂
诗中的佳作。

德莱顿一生写有 30 部悲剧、喜剧以及歌
剧，其中许多为"英雄剧"。他的"英雄剧"
均以对偶诗体写成，多为赞颂骑士和贵妇之
恋，反映了爱情和荣誉之间的矛盾，较好的
有《格拉纳达的征服》和《奥伦—蔡比》。他
还曾将莎士比亚的《安东尼和克利俄佩特拉》
以"三一律"的形式改写成了一部古典主义
悲剧《一切为了爱情》。德莱顿是英国文学批
评的创始人。他的《悲剧批评基础》和《论
戏剧诗》宣传法国古典主义文学的主张，强
调戏剧人物和环境间的复杂关系，提出情节
的可能性与惊异性相统一的观点。

亚历山大 · 蒲柏

蒲柏（1688—1744 年），18 世纪英国
诗人，出生在政治上受歧视的天主教徒家庭。
12 岁时蒲柏患重病，从此居家读书。16 岁时
他开始写诗。23 岁时发表了诗篇《批评论》，

蒲柏的墓

开始在文坛上崭露头角。后来他结交了斯威
夫特、艾迪生等许多作家，遂以写诗和翻译
古典作品为生，并成为了当时尚不多见的职
业作家。蒲柏在文学上崇奉新古典主义，讲
法则，重节制，这也与当时提倡理性的英国
上层社会是相符合的。他的作品精雕细琢，
意境虽不高远，气魄也不雄奇，但其技巧圆熟。
蒲柏的代表作有讽刺长诗《鬈发遇劫记》，诗
人称其为"英雄滑稽诗"。

这部作品温和地批评了英国上流社会的
无聊生活。除此之外，蒲柏还有哲理诗《人论》
《与阿布斯诺博士书》《道德论》和讽刺长诗《愚
人志》等。另外，蒲柏还曾编纂莎士比亚的
戏剧集。蒲柏还曾为牛顿写出著名的墓志铭：
"自然和自然法则隐藏在暗处，上帝说'让牛
顿来'，然后所有的都暴露出来了。"

蒲柏是首位受到欧洲大陆关注的英国诗
人，他的著作在欧洲被翻译成很多种文字。
18 世纪蒲柏声名远播，其模仿者甚众。后来
浪漫主义诗人兴起，对他作品中的意境与辞
藻大加批驳。19 世纪后半叶，批评家阿诺德
甚至认为蒲柏的作品只能称为散文，而不是
诗歌。20 世纪后，蒲柏的文名复震，多数批
评家对他的抒情与思想表达虽不认同，但其
善以议论和哲理入诗，其精练、锋利的语句
仍得到广泛认同，而其对英雄双韵体的运用
尤为纯熟。

让·德·拉封丹

拉封丹（1621—1695 年）是一位著名的法国作家，他成功地将寓言这种文学体裁真正提升到了诗的地位。他首先以诗体写作，然后又把叙事与想象都引入到寓言中。拉封丹的寓言具有政治、道德、哲理多方面的意义，他力图深刻反映 17 世纪下半叶的法国社会。他于 1668 年到 1694 年间创作的《寓言诗》是"一部巨型喜剧，幕数上百，宇宙是它的舞台，人、神、兽，一切都在其中扮演某个角色"。他的素材与同时代许多作品一样，皆以过去的文学文本为主要素材，其中包括伊索、阿维耶努斯、费德尔等历代寓言家的作品、民间传说、历史作品以及古印度的《光明书》等。

拉封丹《寓言诗》的末篇《法官、医生和隐者》主要描写了三个虔诚的教徒寻找拯救灵魂途径的故事。其中一个当法官，一个当医生，虽然他们走的是行善积德的路，可结果吃尽辛苦还落尽埋怨。最后他们认识到隐居乡间的教徒才是真正的智者。《寓言诗》对社会人生进行了辛辣的讽刺，以这样一篇作结，可谓意义深远。拉封丹自幼生活于乡间，因此他对田野、山林、溪水有很深的感情，当他感到社会充满荒唐、丑恶甚至邪佞时，淳朴安宁的乡村生活自然就成为其人生的绿洲，这种安逸简单的生活也被他看成是走向彼岸世界的起点。

17 世纪古典主义的绘画

布瓦洛

布瓦洛（1636—1711 年），法国著名诗人、文艺批评家、美学家，有古典主义的立法者和发言人之称。其最重要的文艺理论专著是他发表于 1674 年的《诗艺》。这部作品集中表达了他的哲学和美学思想，在布瓦洛分为四章的《诗艺》中，他严格地划分了各种体裁，精辟论述了三一律，将古希腊、古罗马作家奉为典范。由于此书与路易十四"太阳王"时代的需要相适应，因而《诗艺》成为古典主义的美学法典。

在 17 世纪上半叶的法国文坛，代表王权利益的古典主义与代表封建贵族利益的贵族沙龙文学分庭抗礼。此时，布瓦洛作为古典主义的文艺理论家，旗帜鲜明地为古典主义立法，其《讽刺诗》辛辣地挖苦了贵族沙龙文学的代表作家夏普兰，迫使夏普兰承认自己并非诗才。

布瓦洛还在笛卡尔唯理主义哲学的基础上，继承了古希腊、古罗马尤其是贺拉斯的理论传统，总结了法国古典主义文学的创作经验，鲜明地提出了自己的美学思想。将"理性"视为一切的准绳，这也成为他文艺创作的根本原则。

在文艺作品讨论上，他认为文艺创作应以古人为师，他认为古希腊、古罗马的许多作品体现了普遍的理性与自然人性，因而具有高度的真实性。他还认为悲剧是"高雅"的体裁，应以崇高、悲壮的诗体来表现宫廷生活；而喜剧作为"卑俗"的体裁，仅用日常的语言来表现下层社会生活即可。布瓦洛的美学理论是一个矛盾的理论体系，它对欧洲文坛影响深远，促进了法国古典主义文艺尤其是戏剧的发展。

罗蒙诺索夫

罗蒙诺索夫（1711—1765 年）是 18 世纪俄国著名的科学家、诗人和语言学家。他于 1711 年 11 月 19 日出生在俄国阿尔汉格尔斯克省一个富裕的渔民家庭。

由于当时阿尔汉格尔斯克是俄国最大的海港城市，英、荷等国的商船经常往来于此，这种开放的环境对罗蒙诺索夫的兴趣和志向有很大影响。从 10 岁起与父亲共同捕鱼的生活，锻炼了他坚忍不拔的性格，同时美妙多变的自然景色也开阔了他的视野。

罗蒙诺索夫从小就有强烈的求知欲，为了能不断地学习，他顽强地战胜艰苦的生活条件，在求知的道路上不断前进。1741 年，罗蒙诺索夫到彼得堡科学院，从此，在这里正式开始了卓有成效的科学研究工作与社会活动。

罗蒙诺索夫怀着一颗深深的赤子之心，毕生的活动都是为改变俄国的落后面貌而努力。当时，在彼得堡科学院有一些外国人，他们鄙视科学文化落后的俄国。罗蒙诺索夫

罗蒙诺索夫

罗蒙诺索夫的其他成就

罗蒙诺索夫不仅在文学方面做出了突出的成绩，在其他方面取得的成绩也不容小觑。在物理学方面，罗蒙诺索夫创立了热的动力学说，他从本质上解释了热的现象，认为热是物质自身内部的运动。他还提出了气体分子运动论，罗蒙诺索夫认为空气微粒对容器壁的撞击是因空气产生的压力造成的。1741 年，他创立了物质结构的原子—分子学说，他认为分子由极小的粒子即原子组成，若物质仅由同一种粒子组成，它便为单质；若物质由几种不同粒子组成，它便为化合物，物质的性质并非偶然形成，而是取决于组成物体微粒的性质……这些理论为俄国物理化学的发展奠定了基础。

从工作的第一天起，就立志为俄国科学文化的独立发展贡献自己的全部。在罗蒙诺索夫的一生中，他在物理、化学方面都作出了杰出的贡献，在语言学、文学以及哲学方面也颇有建树，除此他的研究还涉及天文、历史、矿物、地质、航海等许多方面。罗蒙诺索夫为后人留下了大量的经典著作，为俄罗斯文化的发展增添了光辉的一页。

由于他在俄国科学史的发展中作出了巨大的贡献，尤其他对质量守恒定律和对俄罗斯语法的系统编辑，使他获得了"俄国科学史上的彼得大帝"的美誉。

由于罗蒙诺索夫的渊博学识，俄罗斯诗人普希金曾将他比作"俄罗斯的第一所大学"，普希金还称赞"他是修辞学家、机械学家、化学家、矿物学家、历史学家、艺术家和诗人，他对一切都曾亲身体验过并深入地研究过"。

苏马罗科夫

苏马罗科夫（1717—1777 年），俄国诗人、剧作家与戏剧活动家，也是俄国古典主义戏剧的主要代表。1747 年，苏马罗科夫写出其

第一部悲剧《霍列夫》。1756 年，他被任命为俄国国立剧院的院长。后来他因为触犯了伊丽莎白女皇而被解职。苏马罗科夫一生共写过《霍烈夫》《冒名为皇的季米特利》《西纳夫和特鲁沃尔》等 9 部悲剧以及《特列斯季尼乌斯》《长舌妇》《监护人》《无谓的争吵》等 12 部喜剧。其代表作为悲剧《冒名为皇的季米特利》。

在《霍烈夫》中，霍烈夫虽然和札甫洛赫的女儿结了婚，但依然奉基依大公的命令去征服札甫洛赫的军队。虽然他尽力想避免战争，但是又不得不奉命出征。后来基依听信了霍烈夫叛变的谣言，杀死了他的妻子。霍烈夫得胜归来后，看到妻子被杀无奈在绝望中自杀。剧本以古典主义的方法，表达了理智战胜私情、责任超过爱情的主题。同时剧本还通过对基依大公暴虐的刻画，寄托了作家反对女皇的情绪。该剧主要取材于基辅罗斯时代的历史，在剧中作者深刻探讨了个人对国家民族的公民责任感的问题。

而《冒名为皇的季米特利》通过对 17 世纪俄国著名"混乱时代"的描写，再次反映了作者反沙皇暴政的思想。除了在悲剧上颇有建树，苏马罗科夫还经常以喜剧的形式对贵族的愚昧、盲目模仿西方等进行讽刺。他的剧本有些人物和情节借用了莫里哀的喜剧，如《疑心自己当乌龟的人》等。他后期的喜剧，俄国民族的特点鲜明，其中吸收了不少民间戏剧的因素，如《长舌妇》等。除戏剧作品外，苏马罗科夫还进行过寓言和抒情诗的创作。

圣西门

圣西门 1760 年 10 月 17 日生于法国巴黎一个贵族家庭，他早年曾以此为荣，并自豪地说："我是查理大帝的后裔。"幼年在家里受过正规的教育，著名启蒙思想家、百科全书派的达兰贝尔曾当过他的家庭教师，给他以重大影响。

圣西门 17 岁加入了法国军队，被送往美国援助独立战争（支援北美殖民地反英起义的远征兵团）。于 1783 年返回法国。1789 年法国革命爆发，许多贵族纷纷逃往国外。圣西门被囚禁一年（1793 年至 1794 年期间），他被释放后，在短暂的时间内通过投机土地发财，办了一个豪华的巴黎沙龙，吸引了许多知识分子，目的在于学习自然科学和社会研究工作，为实现他"改进人类文明"和"改进最穷苦阶级的精神和物质状况"的许多设想而做基础准备，但他的资金很快耗尽，生活贫困。

1802 年至 1814 年间，圣西门研究实证科学和实验科学，试图从这些理论中找到解决社会问题的办法，并逐渐发展和完善了他的思想体系，预见到许多社会主义原则，如：社会"阶级"划分、大规模的"工业化"、"欧洲的重组"、"历史进化观"、"国家计划管理"等。他在 1825 年完成代表作《新基督教》。马克思在《资本论》中曾经指出：圣西门在他的最后一本著作《新基督教》中，直接作

圣西门

为工人阶级的代言人出现，宣告他的最终目的是无产阶级的解放。

圣西门认为法国革命不仅是贵族和市民等级之间的斗争，而且是贵族、市民等级和无产者之间的斗争。他指出这次革命只产生了新的奴役形式，即"新封建制度"。他预言，旧的社会制度必将为理想的实业制度所代替。圣西门设想的未来的理想制度是一种"实业制度"。在实业制度下，由实业者和学者掌握社会政治、经济、文化各方面的权力；社会的唯一目的应当是尽善尽美地运用科学、艺术和手工业的知识来满足人们的需要，特别是满足人数最多的最贫穷阶级的物质生活和精神生活的需要；人人都要劳动，经济按计划发展，个人收入应同他的才能和贡献成正比。不承认任何特权。在理想社会中，政治学将成为生产的科学，政治将为经济所包容，对人的统治将变成对物的管理和对生产过程的领导。由于历史的局限性，圣西门把从事产业活动的资产者看成是和工农一样的劳动者或"实业者"。并寄希望于统治阶级的理性和善心，幻想国王和资产者会帮助无产阶级建立实业制度。这就使得他的社会主义学说不能不流于空想。

拉布吕耶尔

拉布吕耶尔（1645—1696 年）法国作家。出生于巴黎一个资产阶级家庭。以继承的遗产买一官职。1684 年经博叙埃主教推荐当波旁公爵孙子的老师，后任公爵的侍从，因而获得小贵族身份。拉布吕耶尔独身到老，没有成家。平日除办理公务外，把全部时间都用在著书上。他写作《品格论》，秘不告人。1688 年这部批评世道人心的书初版问世，引起人们广泛的注意。从 1688 到 1696 年，《品格论》重版 9 次，每次重版，他都增加新材料。第 9 版出书时，篇幅已经比初版增加了 3 倍。

《品格论》是一部针砭时弊的散文集。拉布吕耶尔生活在路易十四朝时期。到了这位"太阳王"的晚年，法国中央集权的君主专制统治已经盛极而衰，弊病百出。拉布吕耶尔通过他的作品，希望能够振奋人心，挽回颓势。《品格论》共 16 章。第 1 章《论思想著作》（或译《论精神产品》），提出了作者的古典主义的文学观点，认为作家的任务在于用明白晓畅的文字表达理性主义的见解。在最后一章《思想坚强的人们》中，作者一面反对无神论，一面提出他心目中的理性主义的理想人物形象和理想的品格。

这部书主要由两种文体组成：格言式的简短段落和某些典型人物的肖像。格言体是概括性很强的文体，精练、深刻，充分表现古典主义语言明朗清晰、简练精确的文风。肖像部分则往往以真人真事为蓝本，但不用真实姓名。作者只用寥寥几笔，刻画出一种典型品格的典型人物，从而形象地批评某种时弊或某种"品格"，一针见血，发人深省。《品格论》是法国文学史上一部划时代的散文名著，对后世影响甚大。例如 18 世纪孟德斯鸠的《波斯人信札》，在文章体例和散文风格上直接承受了《品格论》的影响。

博叙埃

法国作家、演说家（宣道者）。生于长袍贵族家庭，10 岁出家，为修道院学生。年轻时期勤奋好学，知识渊博。1652 年完成学业，被任命为教士。他在外省执行教士职务时，以口才出众的宣道者闻名。1659 年博叙埃升任巴黎的教职。1662 年第一次面对国王路易十四宣道，受到赞扬。1670 至 1680 年，他以主教身份任太子太傅之职，编写了一系列教材，如拉丁语法、世界史、政治史、宗教史等，后均作为他的著作陆续出版。他是严格的天主教正统派，坚决反对新教，曾发表反对新教的专著《新教教会改易史》（1688 年）和维护天主教纯洁性的若干卫道著作。他宣教的讲演稿具有很高的文学价值。他一生宣道的讲演次数极多，讲演稿流传至今的约计200篇。他的讲演内容包括各个方面：阐述《圣经》教理；针砭时弊，宣扬宗教道德观；或给当时死去的权贵名人致的悼词等。有几篇悼词曾经传诵一时。他是辩才横溢的演说家，他的宣道词不但雄辩，而且富于感情，被认为17世纪法国古典文学的卓越散文作品。

帕斯卡

　　帕斯卡是法国著名的数学家、物理学家、哲学家和散文家。1623年6月19日诞生于法国多姆山省克莱蒙费朗城。帕斯卡没有受过正规的学校教育。他4岁时母亲病故，由受过高等教育、担任政府官员的父亲和两个姐姐负责对他进行教育和培养。他父亲是一位受人尊敬的数学家，在其精心的教育下，帕斯卡很小时就精通欧几里得几何，他自己独立地发现出欧几里得的前32条定理，而且顺序也完全正确。12岁独自发现了"三角形的内角和等于180度"后，开始师从父亲学习数学。1631年帕斯卡随家移居巴黎。父亲发现帕斯卡很有出息，在他16岁那年，满心喜欢地带他参加巴数学家和物理学家小组（法国巴黎科学院的前身）的学术活动，让他开开眼界，17岁时帕斯卡写成了数学水平很高的《圆锥截线论》一文，这是他研究德扎尔格关于综合射影几何的经典工作的结果。

　　1641年帕斯卡又随家移居鲁昂。随后在他短暂的一生中帕斯卡成为了杰出的科学家，1663年后帕斯卡转入了神学研究，1655年他进入神学中心披特垒阿尔。他从怀疑论出发，认为感性和理性知识都不可靠，从而得出信仰高于一切的结论。1662年8月19日帕斯卡逝世，终年39岁。

　　帕斯卡在他撰写的哲学名著《思想录》里，帕斯卡留给世人一句名言："人只不过是一根芦苇，是自然界最脆弱的东西，但他是一根

帕斯卡

有思想的芦苇。"思想录是天才的逻辑思维以日常语言形式的杰出表现。一些日常的问题，当用逻辑的形式予以表述时，是那样的深刻而又富有则哲理。例如，他说："使一个人从虚无中诞生，和使一个人从虚无中复活，哪一个更困难？"

乔纳森·斯威夫特

　　乔纳森·斯威夫特（1667—1745年），是18世纪英国著名的讽刺作家和政治家，出生于爱尔兰的都柏林，父母都是英国人。斯威夫特早年生活贫苦，因父亲早亡，他很早就寄居在伯父家中。他从小就喜爱学习历史诗歌，14岁入都柏林的三一学院学习哲学和神学，1686、1692和1701年分别获得都柏林三一学院学士学位、牛津大学硕士学位和三一学院神学博士学位。1688年，回到英国，在吞浦尔爵士家中做私人秘书，并开始接触当时的政治，养成了分析事物的才能和敏锐的观察能力。此间还曾任英国国教会教士以及乡村牧师等。1710年到1714年为托利党内阁大臣主

都柏林市景

编《考察报》，托利党人失势后，他回到爱尔兰，在都柏林做圣帕特尼克大教堂的副主教。斯威夫特以大量政论和讽刺诗等抨击地主豪绅和英国殖民主义政策，受到读者热烈欢迎。而他的讽刺小说则影响更为深广，所以高尔基称他为世界"伟大文学创造者之一"。

在英国当了几年政论家后，斯威夫特的影响达到了顶点。这时，爱尔兰人民在英国政府专制统治之下的痛苦生活得到了他的同情。于是，斯威夫特站在爱尔兰人的立场上，猛烈地攻击英国政府，为爱尔兰人民争取早日独立和自由摇旗呐喊，还赢得了"伟大的爱尔兰的爱国者"的称号。从1720年开始，斯威夫特写了一系列文章和讽刺诗，攻击英国的殖民政策，成为受爱尔兰人民拥戴的爱国志士。

斯威夫特最著名的文学作品是寓言小说《格列佛游记》。该书的创作大约开始于1720年，出版于1726年，包括四个部分，每一部分都是英国医生格列佛的航海漂流旅行记录。作者借托船长格列佛之口逼真地描述了在四次航海中的奇异经历，通过这种幻想旅行的方式来影射现实，极尽讽刺之能事，对英国的君主政体、司法制度、殖民政策和社会风尚进行了揭露。

斯威夫特晚景凄凉。他年轻就患脑病，晚年耳聋头痛日益加剧，最后几年精神失常，时常昏睡。这位杰出的讽刺作家于1745年10月19日逝世。

劳恩斯·斯特恩

劳伦斯·斯特恩（Laurence Sterne，1713—1768年）出生于南爱尔兰，由于家境贫寒，他在亲戚资助下进入剑桥大学耶鲁学院。在此，他广读诗书，研究了大量经典文学作品，学习了笛卡尔等人的哲学思想。1737年，斯特恩毕业，此后的20年他一直担任约克郡的牧师。期间，他涉及了农业、狩猎和政治，并尝试了写作。1759年，斯特恩出版了一本名为《政治的罗曼司》的小册子，并因此而初露头角。1760年，他发表了《特·项狄的生平与见解》（即《项狄传》）第一、第二卷，使他由一个乡村牧师一跃成为名人。这部小说引起极大反响，其怪异的、与众不同的趣味深受那些厌烦了陈旧庸俗小说读者的欢迎。

1761年，斯特恩发表了《项狄传》第三至第六卷，遭到一些批评家的抨击；1762年，他在法国养病，遍游了美丽的法国和意大利，也就在这游历的过程中，他与有夫之妇德雷珀夫人一见钟情，并以此为鉴写出了著名的《感伤旅程》。1765年，出版《项狄传》第七、八卷，1767年出版第九卷，1768年斯特恩客死伦敦。在斯特恩54年的人生旅程中，许多作家对其产生了较大影响。

早期作家塞万提斯的作品《堂·吉诃德》深得斯特恩喜爱。从他塑造人物的一些喜剧手法中，我们可以明显看出塞万提斯的影子，甚至他笔下的"约瑞克牧师"与堂·吉诃德也有一定的可比之处。塞万提斯式的幽默与讽刺，促使他对一些细小的枝节进行了详尽的描绘与诠释。另一位以讽刺见长的作家拉伯雷也使斯特恩受益匪浅。斯特恩曾写过一篇《拉伯雷风格之片断》。《项狄传》不仅继承了《巨人传》风格中的诸多因素，而且它夸张的、过度的、纵意的语言铺叙大大超过《巨人传》，形成了自己的特色。另外，法国散文家蒙田的《随感录》也使斯特恩的创作风格日趋成熟。像他们一样，斯特恩的创作也属于以广博的知识和才智这一传统使人发笑的类型。通过对一些医学、法律和宗教上的论题的不断讽刺，我们可以感到，斯特恩看待理论及其实际运用等问题的透彻性。斯特恩对英国哲学家约翰·洛克及其理论表现出极大兴趣。他对此有深刻的理解，这是他哲学思想的来源之一。

经典纵览

古希腊和罗马的作品重新被奉读，人们急切地渴望从书中寻找到生活的意义，在人的意义和作用被强调后，生活的意义就突出了，由此《失乐园》等一批作品相继问世，给世界带来了问号和叹号。

《失乐园》

《失乐园》是一部长诗，是英国诗人弥尔顿的代表作。它取材于《圣经·创世纪》中关于人类始祖亚当和夏娃受魔鬼撒旦诱惑而堕落进而被逐出伊甸园的故事，长达万言，共十二章，共有一万多行。《失乐园》主要写的也是亚当和夏娃偷食禁果而被上帝逐出乐园的故事。

故事的梗概大致是这样的：上帝宣布其独子为统率天国的首领。大天使不服，领导起义和上帝作战，于是被打到地狱里遭受苦难。但是大天使却在地狱自立为魔王撒旦，还大兴土木修建"万魔殿"。他还想出间接报复的办法，就是毁灭上帝创造的人类。上帝知道了撒旦的这个阴谋，但为考验人类对他的信仰，就没有阻挠撒旦。撒旦冲过混沌，潜入人世，来到亚当、夏娃居住的乐园。上帝派遣拉法尔天使告诉亚当面临的危险，同时把上帝创造世界和人类的经过告诉他。但是亚当和夏娃意志不坚，最终受到撒旦的引诱，吃了禁果。于是上帝决定惩罚他们，命迈克尔天使把他们逐出乐园。在放逐前，迈克尔把人类将要遭遇的灾难告诉了他们。

诗中的撒旦是一个十分复杂的艺术形象。弥尔顿在思想上要批判野心勃勃的撒旦，感情上却同情他所处的地位，因为撒旦受上帝惩罚，很像资产阶级受封建贵族的压迫。在形象上，撒旦又完全是一个受迫害的革命者。这个形象十分雄伟，在凶险的地狱背景衬托下，他的战斗决心表现得更鲜明。他有威力，有意志，桀骜不驯，顽强坚韧，具有无畏的勇气，同时撒旦作为超人的魔鬼，与神圣、崇高的上帝作对的恶势力，又骄矜自负，暴烈残忍，奸诈阴邪，放纵情欲，作威作福，具有可怕的嫉妒心、无厌的权势欲和狂热的毁灭欲。他的强大威力和顽强意志使他的邪恶具有了更加巨大的，甚至是人类难以抵挡的

撒旦

撒旦，即《圣经》中的恶魔，曾为上帝座前的六翼天使，主要负责在人间放置诱惑，但是后来他堕落为魔鬼，从此便被看成是与光明力量对抗的邪恶、黑暗之源。"魔鬼撒旦"，是一个普及的错误观念，这与基督教的刻意误导有关。撒旦在《塔纳赫经》中的最初形象，更加接近于一位考验人类信仰的天使。他曾在上帝的授意下，给人间带来灾难与诱惑，并引导地狱的恶魔蛊惑人类犯罪，从而他会将那些犯罪的人带入地狱。撒旦兼具"诱惑者"与"告发者"的双重身份，他不仅负责诱惑那些信仰不坚定的人类，还会在世界末日的时候，向上帝告发人类的各种罪行。

《失乐园》中的插图

破坏力。正是这种恶的精神，诱使人类的始祖堕落而失去乐园，也诱使资产阶级革命者在精神上沉沦而导致革命失败。

从这种意义上讲，《失乐园》是一部借宗教题材表现诗人在王政复辟后对革命失败深刻反思的作品，贯注着诗人的革命热情和对革命失败的沉痛挽悼。然而诗人写这首诗的目的是想说明人类不幸的根源。他认为人类由于缺乏理性，意志薄弱，经不起外界的引诱，因而丧失了乐园。夏娃的堕落是由于盲目求知，妄想成神。亚当的堕落是由于溺爱妻子，感情冲动。撒旦的堕落是由于野心勃勃，骄傲自满。诗人通过他们的种种遭遇，暗示了英国资产阶级革命也会因为道德堕落、骄奢淫逸而惨遭失败。

弥尔顿继承了 16 世纪的人文主义思想，接受了 17 世纪新科学的成就。他肯定人生，但否定无限制的享乐。他肯定人的进取心与自豪感，但否定由此演变出来的野心和骄傲。他肯定科学，但认为科学并不代表一切，有科学而没有正义和理想，人类是不会得到和平与幸福的。在《失乐园》里，弥尔顿显示

了高超的艺术技巧。诗人以革命热情和高远的想象塑造出一系列经典的人物形象，如撒旦、亚当、夏娃等；描绘了壮阔的背景，如地狱、混沌、人间等。诗中运用了璀璨瑰丽、富有抒情气氛的比喻，独特的拉丁语的句法和雄浑洪亮的音调等。在结构上，《失乐园》承继了古希腊、古罗马史诗的传统，成为英国文学中一部杰出的史诗。《失乐园》场景阔大，规模宏伟，人物神奇，节奏奔腾，气势汹涌，被誉为西方文学史上文人史诗的典范。

《寓言诗》

《寓言诗》的作者是法国著名诗人拉封丹。拉封丹的寓言善于运用诗的语言对已有的民间故事情节进行再创造。他的寓言诗对 17 世纪法国社会的丑陋现象进行了大胆的揭露和讽刺。《寓言诗》的故事都很有深意，如其中的《一场比赛》讲述"北风"和"太阳"之间的故事，"北风"和"太阳"展开了一场看谁先让行人脱下衣服的比赛。北风"狂啸怒吼"，行人却把外套越裹越紧。而太阳将阳光洒到了行人的肩头，行人就把外套脱了下来。寓言结尾揭示了"暴力只是吓人，温和倒能得胜"的道理。另外在《角的风波》里更是深刻地揭露了社会的黑暗现实：狮子因为一只有角的动物顶破自己而大为恼火，便下令驱逐领地里有角的动物。在河边喝水的兔子看到了自己的耳朵便忧心忡忡地逃出了这个领地，因为"人家会把耳朵说成角的呀，也许还会说得很可怕"。

《寓言诗》的末篇《法官、医生和隐者》写三个虔诚的教徒寻找拯救灵魂的途径的故事，其中一个决定当法官，一个决定当医生，他们一直在行善积德，费尽辛苦后终于认识到隐居乡间的教徒才是真正的智者（阿里斯托芬、莎士比亚、卢梭、哈代等也对乡村自然生活抱以高度的赞美和认同）。《寓言诗》在对社会人生作了十分辛辣的讽刺之后，以这样的一

篇来结束不能不说颇具深意。拉封丹自幼生活在乡间，对山林、溪水、田野有很特殊的感情，当他觉得社会充满荒唐、丑恶甚至邪佞时，便自然而然地把相对淳朴安宁的乡村当做自己人生的绿洲，也当做走向彼岸世界的新起点。

《伪君子》

《伪君子》是法国剧作家莫里哀的代表作，作者主要通过破落贵族答尔丢夫所做的一系列坏事，深刻地揭露了法国贵族社会的伪善，一针见血地指出了宗教的危害性和欺骗性。

在《伪君子》中，最主要的人物是宗教骗子答尔丢夫，他道貌岸然，实际上却贪财好色。他披着宗教的外衣，假意对上帝虔诚，但是实际上他只是以上帝的名义来招摇撞骗。奥尔贡把伪善的答尔丢夫当做圣人，把自己的一切秘密和财产都告诉了他。答尔丢夫不但靠自己的花言巧语让奥尔贡把揭露真相的儿子赶出了家门，而且还骗得奥尔贡把女儿嫁给了他。答尔丢夫企图对奥尔贡的妻子图谋不轨，奥尔贡家心直口快的女仆桃莉娜看清了奥尔贡的真实面目，最后奥尔贡终于认清了答尔丢夫的真正面目。可是答尔丢夫已经拥有了奥尔贡的财产，并且还有能置奥尔贡于死地的证据。然而，英明的王爷发现答尔丢夫是个诡计多端的伪君子，结果不但奥尔贡的罪行得以赦免，而且答尔丢夫也被送进了监狱。整个故事至此圆满地结束了。

剧作深刻揭露了教会的丑陋和虚伪，答尔丢夫逐渐成为"伪君子"的代名词。剧作结构严谨，人物性格和矛盾冲突鲜明突出，语言机智幽默，手法夸张滑稽，风格泼辣尖锐，对其后的喜剧发展有着深远而广泛的影响。莫里哀的喜剧在风趣和粗犷之中不乏严肃。在法国，他代表着"法兰西精神"。其作品已被译成许多种语言，是世界各国舞台上经常演出的剧目。

《格列佛游记》是乔纳森·斯威夫特的一部杰出的游记体讽刺小说，以较为完美的艺术形式表达了作者的思想观念，作者用丰富的讽刺手法和虚构幻想的离奇情节，深刻地剖析了当时的英国社会现实。

这部书完成于1726年。《格列佛游记》的构思源于与朋友的一次聚会，斯威夫特谈到当时的政界种种贪婪无耻的行径时激动万分嬉笑怒骂间，信笔开始了第一卷的创作。成熟后经过无数次的增删修改终于1726年匿名发表，并立刻在英国社会引起了很大的争议。

该书讲述了雷米尔鲁·格列佛的冒险故事。格列佛生于洛丁加姆州，从14岁开始在英国与荷兰的大学中念书，后来以外科医生的身份到船上工作，经过数次航行后在伦敦定居，和一位叫做玛丽·巴尔顿的女孩结婚，开业，在不久后的1699年5月4号乘羚羊号航向南方……船起初平安无事，后来，不幸在顺达列岛遇难，漂流到里里帕岛上。岛上居民身高都只有6寸左右，因此，和他这英国人相比较，他真是硕大无比啊！后来，他又起航，但却在巨人岛——布罗布丁鲁那克

莫里哀头像

岛搁浅了。那里的国王身高有60尺之巨，这会儿加里巴又变成"小人"了。接着，他又展开了第三次航行，他来到了飞岛，那是个与世隔绝的世界，人们的观念封闭阻塞。在岛上盘桓数日后，他出发到海上浏览，到过日本，也到过那古那古国。在那古那古国又见到另一个奇怪的民族，这些人无论死神怎么纠缠，他们只需发出一种奇怪的哀鸣就不会死了。主角对这种情形感到十分惊讶！

格列佛最后航行到一个费那鲁的地方，那里的人外形好像马，有高度的智慧、自制力、礼节，就像生存在幻境中似的，他知道他们是亚佛族，对人类十分排斥。在岛上生活了一阵子后，他回到故乡，这时，他竟被传染似的，连自己的家人他都觉得十分怪异。

《项狄传》

《项狄传》是斯特恩最主要的作品，可以说是英国文学史上最离奇的小说，全书既无主人公的生平，也没有他的见解，有些人甚至怀疑它到底算不算小说，因为假如不细看的话，《项狄传》好似大杂烩：第一、第二卷写主人公出生、命名。到第六卷他还只是个幼童，以后便不再出现了。主要人物是父亲沃尔特是个学究，为教育儿子，正慢慢、慢慢地创作一部《项狄百科全书》。项狄的鼻子在出生时被斯洛普医生钳扁了，五岁时，项狄下体又受到伤害。叔叔托比，是个退伍军人，唯一喜爱的就是回顾、研究他所经历过的数次战役和战斗中所用枪械；他的随从特立姆下士，一个和善单纯、心地善良的人；瓦特曼寡妇爱上了托比，而托比却一无所知，当他明白了寡妇的意图后，竟从此对她感到平淡无奇。

从某种意义上说，任何企图使《项狄传》的混乱变成简单都会违背小说揭示的主题。这部小说的句子相当长，松散而杂乱无章。小说中很多不相干的联系以及不合时宜的非逻辑的特性让人捉摸不透，就好像斯特恩一边

想着一边写着，笔随思想走，而不是将头脑中已存的构思理顺写出来。他跟着他的想象，领着他进入荒诞的想象世界。斯特恩常常偏离正在谈论的东西，而总是去论及各种枝节事件，有的枝外生枝，节中有节。有的他只闲插进几句话，有时他则在许多章之后才能回到正题上。这样做的结果是使事件处于悬置状态。实际上，《项狄传》的枝节问题就是它的精髓。

《项狄传》的结构是一种模仿人类本身意识运作的模式，正如人类言辞行动受非意识的、非理性动机影响的方式。斯特恩关心的是尽力将人脑中纷繁、无规律的事情表达出来；他的写作素材是零散的，不连贯的，因为现实生活中人的思想就是不连贯的、无规律的。

斯特恩的创造力，他在主观思想和形式上的改革，在被忽视，甚至遭批评、否定了近一个世纪后才在现代小说，尤其是心理小说、意识流小说中重新显露出来。韦勒克和沃伦给予了高度的评价："斯特恩是史诗般叙述的浪漫而滑稽方式的缔造者……斯特恩写了一部关于小说的小说，开启了一扇门，心理体验小说已经通过这扇门走到了今天。"

《波斯人信札》

《波斯人信札》是18世纪法国著名的启蒙思想家孟德斯鸠的唯一的一部文学作品。全书由160余封书信所组成，主要是两个波斯人郁斯贝克和黎加游历欧洲，特别是游历法国期间，与波斯国内人的通信，以及两个人不在一起时相互间的通信，还有他们与少数侨居国外的波斯人和外交官的通信。小说通过郁斯贝克在巴黎的所见所闻，以令人着迷的笔力描绘了18世纪初巴黎现实生活的画卷。小说中所描绘流血、肉欲和死亡使人百读不厌，黑白阉奴与后房被囚妻妾的对话，身处异国他乡的主人的绵绵情话使人常读常

孟德斯鸠

新。《波斯人信札》"写得令人难以置信的大胆"，是启蒙运动时期第一部重要的文学作品，开了理性批判的先河。

《波斯人信札》的重心，是有关西方，尤其是有关法国的内容。孟德斯鸠借具有民主进步思想的郁斯贝克的观察和议论，发表自己对社会、政治、政体、法律、宗教等基本问题的观点和政见。另外，书信体小说在 18世纪的法国十分盛行。这本书可以说是一部游记与政论相结合的小说，也可以说是一部哲理小说，它为 18 世纪的法国文学所特具的哲理小说体裁奠定了基础。

西方文学

XIFANG WENXUE

YI BEN TONG

十八世纪启蒙主义文学

　　18 世纪产生了一场资产阶级的政治思想文化运动。这是继文艺复兴运动之后出现的更为猛烈、更为深刻、更为全面的思想解放运动，这是对文艺复兴运动在新的历史条件下的继承和发展，它这就是启蒙运动。启蒙就是启迪蒙昧，从而获得知识和光明，它表现在文化领域就是以近代的科学文化知识去启迪被封建统治麻痹的愚昧心灵，并以理性的光辉照亮思想的殿堂。

狂飙突进运动

18世纪德国还未摆脱"三十年战争"的阴影，整个国家分裂为数以百计的小邦国及一些帝国城市，国家的分裂由此导致了经济的落后。尽管德国的政治闭塞混乱，但德国知识界却在英法启蒙运动的影响下率先觉醒。对比落后的社会现实，许多学者开始构建精神领域里的理想王国，由此造成了德国的社会鄙陋和文学辉煌的强烈反差。德国启蒙文学首要的任务便是要为消灭封建割据、实现民族统一而努力奋斗，创造具有近代意义的民族文学，宣传弘扬自我、突出个性反抗的反叛精神，以唤起鄙俗气息严重的市民阶级的觉醒。

应时代发展的要求，18世纪70年代，德国在全国范围内兴起了一场声势浩大的文学启蒙运动，这也是德国文学史上首次全国性的文学运动，即狂飙突进运动。"狂飙突进"的名称源于作家克林格的剧本《狂飙与突进》。运动的参加者反对封建枷锁，他们鼓吹个性，崇拜天才，主张民族统一，提倡创作具有民族风格的文学。他们还重视学习中世纪流传下来的民歌和民谣。他们学习了卢梭"返归自然"的思想，将现实社会的文明视为假文明，主张建立合乎"自然人性"的理想社会，歌颂大自然、儿童及淳朴的人民。狂飙突进运动促进了德国民族意识与个性的觉醒，它对德国的启蒙文学向更为繁荣的新阶段发展起到了推动作用。

狂飙运动中的作家多为市民阶级出身的青年，歌德和席勒以其高水平的创作成为这一运动的中坚力量，而赫尔德（1744—1803年）则成为了这一运动的理论家，他曾于1770年与歌德相会在斯特拉斯堡，标志着狂飙运动的开始。赫尔德在《论德国现代文学片断》等著作中，大篇幅地论述了文学的民族性、个性、天才与自然性，他极力推崇荷马、

莎士比亚，对后来的狂飙突进作家产生了极大的影响。尽管狂飙突进运动写下了德国启蒙文学发展中辉煌的一页，但是后来由于德国社会的落后，该运动终未能发展为政治革命，到18世纪80年代中期之后此运动逐渐沉寂下来。

百科全书派

在18世纪法国启蒙运动的发展中，百科全书派成为了一面色彩鲜艳的旗帜。它有别于一般的文学流派，此文学流派因其成员参与编纂、出版《百科全书》的活动而得名。

百科全书派的领袖狄德罗出生于法国朗格尔，19岁时获得了巴黎大学文学硕士学位。在之后自谋生路期间，他得以广泛接触社会，从而磨炼了自己的斗志。1743年，他结识了卢梭。1745年，他应出版商之请，开始负责《百科全书》的编纂工作。在此期间，狄德罗还创作了许多杰出的哲学著作，如《哲学思想录》《论盲人书简》《怀疑论者的散步》等，由于书中宣传了无神论思想，因而触怒了当权者，

狄德罗

狄德罗与《百科全书》

1751—1772 年，《百科全书》总计出版了 28 卷，1776—1780 年间此书又增补 7 卷。《百科全书》的出版为 1789 年的法国大革命做了充分的舆论准备。狄德罗也因此成为 18 世纪法国现实主义文学的重要代表人物，其小说《修女》《拉摩的侄儿》《宿命论者雅克》等均受到了广泛的关注。与此同时，狄德罗在戏剧艺术、文艺批评及美学思想等很多方面也都成绩突出。

结果狄德罗被判入狱 3 个月。出狱后，他更加坚定《百科全书》的编纂，决心通过此书的出版，引起人们思想方法的改变，从而带来人类精神革命。他集中了一批志同道合者，以传播知识为手段，向反动的宗教与社会势力发起猛烈进攻。参加这项工作的人员极为广泛，包括文学家、旅行家、工程师、航海家、医师和军事家等，几乎涵盖了各个知识领域具有先进思想的一切杰出代表。其中启蒙主义作家孟德斯鸠和伏尔泰曾为《百科全书》写过文艺批评和历史的稿件，卢梭参与了音乐方面条目的编写，哲学家爱尔维修、霍尔巴哈以及空想社会主义者摩莱里、马布利等人，也都是《百科全书》哲学方面的编纂者。虽然他们的观点不尽相同，但彼此能相互协作。从此，以《百科全书》的编写和出版为中心，形成了法国启蒙运动的高潮，参加《百科全书》编写的这些人士在历史上被称为"百科全书派"。

百科全书派的核心是以狄德罗为首的一批唯物主义者，他们基本具有反对封建特权制度和天主教会的政治倾向，百科全书派向往合理的社会，他们认为人的本性是美好的，在人们的努力下世界是可以被建成幸福之地的，世界上的罪恶归根结底都是源于教育和有害的制度。他们还提出迷信、成见与愚昧无知是人类的大敌，主张一切制度和观点都

应在理性的审判庭上接受批判与衡量。百科全书派推崇机械工艺，重视体力劳动，这种思想孕育了资产阶级务实谋利的精神。

感伤主义文学

感伤主义文学是 18 世纪 60 年代至 80 年代末在欧洲产生的资产阶级启蒙运动中的一种文艺思潮，又称主情主义。这种文学思潮因排斥理性，崇尚感性，有时也被称为前浪漫主义。感伤主义最早源于英国，后来传入法国、俄国及德国等主要欧洲国家。

产业革命以后，现实矛盾不断加剧，这时人们对理性社会逐渐产生怀疑，但实际中又苦于无从解决，因而人们只得寄希望于艺术和情感，借以表达对现实的不满与逃避。感伤主义这一潮流的出现在文学形式方面将欧洲引入了一个新的阶段。此思潮不仅成为 19 世纪初欧洲声势浩大的浪漫主义文学运动

伏尔泰

的先驱，而且也可以将它看成是现代派文学的源头。传统小说多是基于情节的发展，遵循因果规律，力图重组现实生活；而感伤主义却开辟了一种以心理为载体，同时融入外部现实世界的投影的新的叙事方式。

"感伤主义"因英国作家劳伦斯·斯泰恩的小说《感伤旅行》而得名。由于英国资本主义的迅速发展，社会矛盾日益加剧，中下层资产阶级文人对当时的社会贫富不均深感不安，他们担心自身的社会地位与物质生活失去保障，其感伤情绪逐渐堆积并日渐浓厚，于是在文学上便出现了这种感伤主义的情绪表现。感伤主义作家夸大感情的作用，他们追求对人物的心情和不幸遭遇的细致描写，

从而引起读者的同情和强烈共鸣，作者希望表现的是他们对社会现实的不满及对劳动人民的怜悯之心，因而这类作品具有鲜明的资产阶级人道主义思想，突出反映了新兴资产阶级的愿望与要求。他们多以生、死、黑夜、孤独等为题材，抒发自己的哀思与失意，这时期作品通常格调悲哀，语言晦暗，弥漫着悲观失望的情调。感伤主义的作品还多以第一人称形式叙述，作者喜用哀歌、旅行日记、回忆录、书简等文学体裁。

在众多的感伤主义文学的作者中，比较有代表性的是英国的斯特恩、哥尔斯密斯、葛雷，法国的卢梭、伏尔泰，俄国的卡拉姆津，德国的里希特等。

名家荟萃

启蒙文学是席卷整个欧洲的启蒙思想在文学上的延伸和体现，在文学上，主张崇尚个人自由，崇尚回归自然等。从纵向上看，启蒙文学继承了 17 世纪法国古典主义文学的某些特征，但也已经具备了近代文学的诸多元素，起到了承上启下的重要作用。欧洲各国中以法国成就最高，英国和德国次之，在俄国和意大利等国也有相应地发展。这一时期的代表作家主要有孟德斯鸠、伏尔泰、狄德罗、卢梭、博马舍等。

孟德斯鸠

孟德斯鸠（1689—1755 年）是法国第一个启蒙作家。他出身贵族，有多年的司法工作经验。他的思想较为保守，改良妥协的色彩浓厚。其唯一的文学作品《波斯人信札》是一部通过文学形象表达的政论，全书包括 160 封书信，没有完整的故事情节，仅通过一些零散的故事、寓言、见闻对法国封建朝廷和社会生活方面中种种弊端进行揭发与批判。这部揭露性与讽刺性都很强的作品，不但在思想内容上具有进步意义，其明快、清新的散文风格对法国文学也产生了深远影响。它是法国启蒙文学首部重要作品，孟德斯鸠因

此成为哲理小说的开创者。

孟德斯鸠的一生都在为新兴资产阶级的利益而战斗。他以自己犀利的文笔，勇猛而机智地抨击了腐朽的封建专制主义与宗教僧侣主义。同时他在各个科学领域也进行了不倦的探索，并撰写出很多有价值的著作，具有代表性的就是《论法的精神》。

由于孟德斯鸠出身贵族家庭，这在政治上使他成为新兴资产阶级温和派的代表，因此他很难看到群众的力量，表现在思想中就是他具有十分明显的不彻底性与妥协性。尽管他比其他许多启蒙思想家更深刻地提出了社会发展的规律性与动力问题，但是他不能正确地解决这个问题，而且在社会观方面孟德斯鸠是个唯心主义者。

孟德斯鸠

孟德斯鸠的思想对后世思想家理论的形成产生了重大影响。其对封建专制主义与宗教神学的批判，他的自然法理论以及他有关自由、平等、私有制的论断等，曾深深影响了后世很多的法国唯物主义者，如狄德罗、霍尔巴赫、爱尔维修等。

伏尔泰

伏尔泰（1694—1778 年）是 18 世纪法国声望最高的启蒙作家。他毕生坚持反封建王权与天主教会的斗争，但他同时赞成"开明君主"与自然神论。伏尔泰世界观最鲜明的特征是反教权主义。伏尔泰是法国上层资产阶级利益的代表，其思想和立场都较为保守，然而他在 18 世纪法国启蒙运动中无疑起到了一个领袖和导师的作用。他在历史的舞台上崭露头角早于"百科全书派"和卢梭，而且其活动时间也很长，横亘了整个 18 世纪的四分之三。

除此之外，其活动的领域也十分广泛。他不仅积极参加当时的社会政治斗争，同时也是一位哲学家、政论家、历史学家；其文学创作更是极为广泛，不论悲剧、喜剧、史诗，或者是哲理小说，都有所涉猎。其中哲理小说是伏尔泰开创的一种新的文学体裁，也是他在文学上最为重要的贡献。他的哲理小说继承了拉伯雷的讽刺幽默的传统，同时吸取了英国斯威夫特的手法，以戏谑的笔调讲述荒诞不经的故事，从而达到对现实的影射和讽刺，以阐明深刻的哲理，这成了伏尔泰小说的独特风格。伏尔泰在当时有很大影响，整个欧洲都在倾听他的声音，他被看成是当时思想界的泰斗。尽管如此，他一生精力还是放在了悲剧的写作上，而且自己有时还会亲自参加演出。在他的 15 部悲剧中，最著名的有《俄狄浦斯王》《查伊尔》《布鲁特》《恺撒之死》等。

德尼·狄德罗

德尼·狄德罗（1713—1784 年）是法国启蒙思想家之中最为杰出的唯物主义者与无神论者，他在美学、哲学、戏剧理论和小说许多方面都有所建树。

狄德罗曾与达朗贝（1717—1783 年）共同主编《百科全书》，以介绍当时学术活动中的各种新思潮，《百科全书》因此成为批判传统制度与意识形态的檄文。而且围绕《百科全书》的编辑与出版，在思想界形成了"百科全书派"，从而将启蒙运动推向了高潮。在主编《百科全书》的 25 年中，狄德罗深受弗朗西斯·培根和霍布斯以及洛克等人的影响，特别是培根关于编辑百科全书的思想，使他更坚定地树立了献身《百科全书》事业的信心。除主编《百科全书》外，狄德罗还撰写了许多著作，在他的《对自然的解释》《论盲人书简》《怀疑者漫步》《生理学的基础》《哲学思想录》《关于物质和运动的哲学原理》《拉摩的侄儿》《达朗贝尔和狄德罗的谈话》等著作中，他重点表述了自己的唯物主义哲学思想；而在《美之根源及性质的哲学的研究》《谈演员》《论

狄德罗

戏剧艺术》《天才》《绘画论》等著作中，狄德罗又表述了自己的"美在关系"的美学思想。

狄德罗还试图摆脱古典主义戏剧的清规戒律，他创立一种新的戏剧形式——"正剧"，以这种形式他分别写出了《私生子》和《一家之长》两个剧本。

狄德罗的文学成就主要表现在他的三部哲理小说《修女》《拉摩的侄儿》和《宿命论者雅克》上。这些小说尖锐地揭露了修道院的黑暗、封建制度的腐朽以及贵族的堕落。《拉摩的侄儿》以对话体的形式，将人物的经历、思想性格和对现实的描绘，全部通过人物个性化的语言表现出来，显示了作者非凡的艺术才能。

雅克·卢梭

雅克·卢梭（1712—1778年）是法国著名的启蒙思想家、哲学家、文学家、教育家，是启蒙运动中民主倾向最强的代表，也是 18 世纪法国大革命的思想先驱。他出身于日内瓦的平民家庭，后来他有机会系统地学习了天文、历史、地理、化学、物理、音乐和拉丁文；而且深受伏尔泰哲学思想的影响。1741 年，卢梭结识了狄德罗等百科全书派的思想家，从此他的启蒙思想日渐形成。《论科学与艺术》与《论人类不平等的起源和基础》两篇文章表现出卢梭惊世骇俗的叛逆思想，从而奠定了他在欧洲思想史上的崇高地位。其政治名著《社会契约论》以社会契约学说来解决国家的起源与本质问题。在文学艺术方面，他推崇"自然感情"。其著作主要有哲学小说《爱弥尔》、书信体小说《新爱洛绮丝》和自传体小说《忏悔录》。

在哲学上，卢梭认为认识来源于感觉，他坚持"自然神论"；强调人性善，信仰高于理性。在社会观上，卢梭主张社会契约论，提倡建立资产阶级"理性王国"；宣扬平等自由，反对大私有制的压迫；提出"天赋人权说"，反对专制和暴政。在教育上，卢梭主张教育的目的是培养自然人；反对封建教育对儿童

卢梭的女子教育

卢梭有关女子教育的观点正是从他"遵循自然"和"归于自然"的基本思想中引申出来的。他认为一切男女的两性特征，都应当看做是自然的安排并应得到相应的尊重。他对男女差别的基本看法是，男子是积极主动和身强力壮的，而女子则是消极被动又身体柔弱的。卢梭虽然认为女子显得柔弱，但是他同时也认为女子可以支配强者；女子是孩子与父亲之间的纽带；生儿育女、帮助并体贴丈夫都是她们应尽的自然义务。女子可以学习很多的东西，但是她们仅能学习适合她们学习的东西。

在女子教育问题上，卢梭总的倾向是保守的。小家碧玉或是贤妻良母成为其对女子教育的目标。尽管如此，卢梭的观点对当时贵族妇女奢侈放荡、不事家务的风气来说，也是一种反传统观点了。

卢 梭

的戕害与轻视，要求提高儿童在教育中的地位；同时还提出改革教育内容和方法，以顺应儿童的本性，使他们的身心得以自由发展，这反映出资产阶级以及广大劳动人民要求从封建专制主义下解放出来的愿望。

博马舍

博马舍（1732—1799年）是18世纪后期法国的喜剧家。1767年他发表了第一个剧本《欧仁妮》，自1773年开始他先后发表四部《备忘录》，主要以对封建法庭黑暗内幕的揭露为主要内容。其代表性作品有喜剧《塞维尔的理发师》和《费加罗的婚礼》。其中《塞维尔的理发师》因为公开抨击

了当时的贵族政治，遭禁演三年。作于1784年的《费加罗的婚礼》刚开始也由于批评贵族而与《塞维尔的理发师》遭到同样的命运。

这两部喜剧在后来分别由罗西尼和莫扎特改编成了著名的歌剧。博马舍晚期的作品有写费加罗的第三部剧本《有罪的母亲》，但无论思想性或艺术性都大不如前两部。作为博马舍巨大戏剧贡献的"费加罗三部曲"，尤其是前两部，不仅透彻地表达了先进的启蒙思想，而且其在艺术上取得的成就也是非凡的。博马舍采用古典主义的喜剧形式深刻表达了启蒙运动的思想内容，并且使此两者实现了有机的统一。博马舍的戏剧兼有莎士比亚戏剧的生动性与丰富性的特点，在他的喜剧中通常含有笑剧的成分，而且博马舍还不时穿插一些民间小调的歌曲或节日的舞蹈，因而其戏剧总是充斥着浓郁的生活气息。在博马舍的戏剧中，人物形象个性鲜明，他既克服了古典主义戏剧中人物性格类型化的弱点，同时也克服了启蒙文学作品中将人物只当做传达作者思想的单纯传声筒的弊病。其剧情逻辑性强，矛盾鲜明突出，而且结构十分严谨。

博马舍的喜剧是古典主义戏剧向近代戏剧转变的标志，他的剧作对以后欧洲现实主义戏剧的发展产生了深远的影响。

《费加罗的婚礼》剧照

沃尔夫冈·冯·歌德

歌德（1749—1832 年）是 18 世纪中叶到 19 世纪初期在欧洲影响很深的一位剧作家、思想家、诗人。他所生活的时代正是欧洲社会动荡与变革的年代，当时封建制度日趋崩溃，革命力量不断高涨，在这种社会环境下歌德的思想不断受到先进思潮的影响，深化了他对社会的认识。除了戏剧、诗歌、小说外，歌德在文艺理论、历史学、哲学、造型设计等许多方面，都取得了卓越的成就。

歌德是德国狂飙突进运动的主将，他在其一系列作品中呼唤自由，歌颂反抗。《少年维特之烦恼》发表后，立即轰动了全德乃至全欧，它表现出觉醒的市民阶级知识分子在当时的封建社会中精神的苦闷。小说对封建道德与等级观念的激烈反抗以及对个性解放和发展"天才"的强烈要求，是当时觉醒的一批知识分子内心的呼声，因此得到当时进步人士的欢呼喝彩。这部书信体小说使当时很多人都爱不释手，就连戎马倥偬一生的拿破仑也随身携带。恩格斯曾称赞它绝不是"一部平凡感伤的爱情小说"，而是"建立了一个最伟大的批判的功绩"。

歌德用 58 年时间完成的诗剧《浮士德》，成为其一生丰富思想的总结和艺术探索的结晶，堪与荷马的史诗、莎士比亚的戏剧相媲美。《浮士德》向人们展示了一个不断探索人生真谛和不断进取的人物形象。主人公浮士德博士在年届百岁、双目失明时，仍然坚信，人生应当"每天每日去开拓生活和自由，然后才能作自由和生活的享受"，这正是对资产阶级上升时期追求真理、自强不息的精神的刻画，同时也反映了德意志民族的优秀传统。

席　勒

席勒（1759—1805 年）是 18 世纪德国一位杰出的诗人和戏剧家。他早期较为成功的剧作是《强盗》与《阴谋与爱情》。《强盗》创作于 1780 年到 1781 年间，其中塑造了一个有理想、有作为的卡尔这一进步青年的形象。卡尔因为弟弟弗兰茨的离间，为家庭所不容而流落为强盗。整部剧的反暴政倾向十分鲜明。恩格斯称赞席勒是"歌颂一个向全社会公开宣战的豪侠的青年"。创作于 1783 年的市民悲剧《阴谋与爱情》是席勒青年时代最成功的代表作，这也是"德国第一部有政治倾向的戏剧"。在剧中小公国宰相瓦尔特的儿子斐迪南和市民音乐师的女儿路易丝不顾阶级的差别真诚相爱了，瓦尔特和他的秘书伍尔特以阴谋手段破坏两人的爱情，斐迪南中计，毒死了自己和路易丝。悲剧将 18 世纪德国的社会矛盾搬上舞台，以艺术的形式揭露了封建统治者的暴行，从而表达了作者对市民阶级反抗精神的歌颂。作家将宫廷的政治阴谋与爱情悲剧组织在一起，大大增强了剧本的揭露力量。在艺术表现上戏剧的人物性格复杂性、矛盾性突出。作者着力通过对矛盾斗争的描写实现对人物的刻画，进而使人物立体感十足。

《浮士德》中的插图

席勒故居

　　席勒后期还创作了历史剧三部曲《华伦斯坦》《奥尔良的姑娘》与《威廉·退尔》等。在《威廉·退尔》中，席勒巧妙地将14世纪瑞士人民反抗异族侵略斗争的历史与瑞士民间关于退尔的传说结合起来，进而创作了一部歌颂民族解放斗争的史诗剧。剧中众多人物形象鲜明，威廉·退尔的性格变化更是被刻画得尤为细致、真实，表现了作者的现实主义技巧。

莱　辛

　　戈特霍尔德·埃菲莱姆·莱辛（1729—1781年）是德国民族文学的奠基人。莱辛是一位涉猎很广的作家、批评家与思想家。作为德国启蒙运动的领导人物，他成为思考市民自我意识的先驱者。在他的理论和批评作品中经常出现习惯性运用的滑稽、讽刺和准确的论证。他的作品中的对白的修辞富有特点，一方面坚持从不同的角度观察事物，另一方面又从争论对手的论据中探寻真理的踪迹。在莱辛看来，真理永远不会受制于人，真理一直处于变化中，人类在面对真理时只存在对它的不断接近。

　　对于戏剧莱辛很早就产生了兴趣，他不论是在其以戏剧为主题的理论、批评文章中，还是他个人的作品中，都在为发展一种德意志的新市民戏剧而努力。他反对占统治地位的戈特歇德及其弟子的文学理论，尤其反对模仿法国戏剧，莱辛主张反思亚里士多德的古典主义原则，同时也赞成借鉴莎士比亚的作品。

　　莱辛的《萨拉·萨姆逊小姐》和《爱米丽雅·迦洛蒂》被看做是当时最早的市民悲剧，《明娜·冯·巴恩赫姆》又成为德国很多古典主义戏剧的榜样。莱辛的《智者纳旦》是第一部探讨世界观的观念剧，而他的理论著作《拉奥孔》与《汉堡剧评》又为讨论美学与文学理论的原则做出了范例。此外，莱辛还参与对占统治地位的学术观点的论战，他还支持对其他世界性宗教的宽容。在《论人类的教育》中，莱辛系统地表示了自己的观点。

丹尼尔·笛福

　　丹尼尔·笛福（1660—1731年），英国小说家，英国启蒙运动中现实主义小说的奠基人，有"小说之父"之誉。

　　笛福出生在伦敦，他原姓福，1703年以后自称笛福。笛福只接受了中等教育，没有机会接受大学古典文学教育。笛福一直坚持他有别于国教信仰的立场，在政治上倾向于辉格党。在经过多年的牧师生活后，笛福认为自己并不适合宗教生活，于是他开始经商。后来由于生意的失败，32岁的笛福负债累累，为了养家糊口他不得不重新考虑自己的生活。由于笛福一直热衷于政治，他开始通过为报社撰写政论性文章来谋生。由于笛福的文章

笛 福

初显现。

《一只澡盆的故事》表面上是讲三兄弟背弃亡父遗嘱的故事，实质上作者是以此模仿了宗教论争，进而讽刺了那些道貌岸然的自命为基督教正宗者，揭露他们对教义阳奉阴违的行径。该书长期以来成为英国启蒙主义者们攻击教会的重要武器。在《书的战争》中，斯威夫特将矛头直指当时贫乏的学术、浅薄的文学批评与各种社会恶习，批评了当时学究式的烦琐考证与脱离实际的学术研究，同时提出了文艺和科学应当为人民服务的观点。

在斯威夫特的晚期作品中，多是表达了作者对英国统治集团的腐朽政治的斥责，同时还在一定程度上揭露了资产阶级唯利是图的剥削本质。就在此时期，斯威夫特于1726年完成了他的不朽讽刺杰作《格列佛游记》。此后他又陆续写出许多满怀忧愤的讽刺作品。其中最为著名的是写于1729年的一个名为《一个使爱尔兰的穷孩子不致成为他们父母的负担的平凡的建议》的小册子。斯威夫特用"反语法"明确地指出了爱尔兰人民贫困的程度，

经常抨击国王与执政党，因而他数次入狱。由于政论文章不仅给他带来了麻烦而且还使债务不断增加，迫于生活的现实，笛福只好转向小说创作。

1719年，年近60岁的笛福发表了他的第一部小说，后来这部小说成为世界上著名的冒险小说之一，即《鲁滨逊漂流记》。在几百年后的今天，这部小说仍然深受人们的欢迎。《鲁滨逊漂流记》中塑造的鲁滨逊是欧洲文学史上首个资产阶级的正面形象。这部小说的成功不仅给笛福带来了极高的声誉，而且还帮他偿还了部分债务。此后，笛福陆续写出了《莫尔·佛兰德斯》《杰克上校》以及另外两部关于鲁滨逊的小说。

斯威夫特

斯威夫特（1667—1745年）是激进的民主派，他也是英国讽刺文学的创始人。斯威夫特很早就接触到了当时的社会政治，这十分有利于他的分析才能与观察力的养成。斯威夫特相继写出的两部讽刺作品《一只澡盆的故事》与《书的战争》是其讽刺才华的最

斯威夫特生平简介

斯威夫特出生于爱尔兰都柏林。他出生时，父亲已经去世七个月，仅由妈妈照顾。其启蒙教育也是由叔叔对他进行的。后来斯威夫特进入都柏林的三一学院。1689年起他成为坦普尔爵士的私人秘书，从此在摩尔庄园居住下来。

不久他厌倦私人秘书的工作，于是离开摩尔庄园，加入到英国国教会做教士。1695年他成为一名牧师。1696年他完成了《书的战争》。1701年斯威夫特重返伦敦，他开始结交一些执政的辉格党人士，并匿名发表了《关于雅典、古罗马时期分歧、斗争的论述》。1704年斯威夫特将《书的战争》《一只澡盆的故事》及《圣灵的机械作用》三篇讽刺文章汇集出版。1710年开始，由于辉格党政治观念的改变，斯威夫特与辉格党分裂，此后他还受到托利党的拉拢。

《格列佛游记》的模型

有力地控诉了残酷剥削爱尔兰人民的英国统治者。

亨利·菲尔丁

菲尔丁（1707—1754 年），英国著名的戏剧家、小说家。菲尔丁出生于一个贵族家庭，其父为上校军官，母亲是一位大法官的女儿。少年时代菲尔丁家境富裕，曾受教于一个牧师，随后到伊顿公学接受中等教育。早在他20 岁的时候，他的处女作——五幕喜剧《带着各种假面具的爱情》就在伦敦上演了，此剧共演出 28 场。所以，他毅然选择了将创作戏剧作为自己的职业。由于他谈吐幽默、才学渊博，所以他立即受到了文艺界的热烈欢迎，于是菲尔丁正式踏上了伦敦剧坛。

最初菲尔丁翻译改编了莫里哀的喜剧《屈打成医》与《吝啬鬼》，接着他成功地写出了

喜剧《生气的丈夫》和《法律公子》，从此菲尔丁与舞台建立起亲密的关系，成为职业剧作家。从 1730 年到 1737 年，菲尔丁共写出 25 部剧本。这些剧本无情地谴责了贵族阶级的道德腐化，辛辣地揭露了英国政府的贪污腐败。在艺术手法上，菲尔丁广泛地吸收了民间戏剧的手法，将诙谐怪诞的成分和现实生活中的重大政治问题杂糅在一起，从而创造出社会政治喜剧这一新体裁，菲尔丁也因此锋芒毕露。他的社会与政治喜剧触怒了当权的辉格党首领，菲尔丁的戏剧因而受到当权者的不断打压，最后他不得不被迫结束戏剧生涯。不久菲尔丁改学法律，他仅用三年时间就完成了学校七年的课程，并于 1740 年取得律师资格。之后菲尔丁担任过伦敦威斯敏斯特区的法官，后来还训练了一批侦察犯罪活动的侦探警察。菲尔丁的这种职业经历使他加深了对社会的认识，从而为他的创作积累了广泛的素材。值得一提的是，菲尔丁的长篇小说《弃儿汤姆·琼斯》代表了 18 世纪英国现实主义小说的最高成就，这部小说通过讲述弃儿汤姆·琼斯和乡绅女儿苏菲亚·卫斯登的恋爱故事，描绘了 18 世纪中叶英国广阔而真实的社会图景。

伊顿公学

经典纵览

这个时代之所以伟大，是因为众多的经典作品在此时诞生，无论是哲学还是文学作品都在回答一个问题，我们的生活怎么了，我们的社会怎么了，人们一遍遍地阅读《论法的精神》《社会契约论》等，人们被这些作品带入了全新的时代。

《赫尔曼和多罗泰》

《赫尔曼和多罗泰》是德国文学家歌德在1797年完成的一部长篇叙事诗，也译作《赫尔曼与窦绿苔》。这部叙事诗共分为九歌。每一歌不以数字命名，而用一个缪斯的名字作为代称。因为缪斯女神正好一共有9位，她们是宙斯的9个女儿。不过长诗在次序安排方面，却与传统的顺序有些不同。

长诗主要描写法国大革命时期的德国某小镇上有一个家境富裕的年轻人与莱茵河左岸逃难过来的一个姑娘之间发生的爱情故事。长诗描绘了战争给人民带来的灾难：全城空巷有如一座荒坟，逃难者四处奔走，妇女和小孩放声号啕，老人和病人呻吟不绝。同时，作者颂扬了赫尔曼一家安分守己的保守生活和恬静、幸福的田园景象，以此来反衬革命战争的残酷和非人道。这首诗用原始牧歌和田园诗的形式写成，景物描绘自然生动，融汇了风情画的蕴藉、小市民所追求的恬静生活与作者本人怡然自得的状态，处处弥漫着强烈的抒情和浓郁的诗意。

尽管这部叙事诗因为歌颂了保守思想而有其庸俗的一面，但从艺术角度来看，却是一部写得颇为成功的优秀作品。梅林曾经这样评价："歌德的《赫尔曼和多罗泰》一诗在古典的形式里注入了现代生活的内容，其技巧与《伊菲革涅亚》和《塔索》不同。这部篇幅不大的叙事诗形式均匀严整，卓尔不群，犹如荷马史诗质朴简洁，比那种追奇猎险的

浪漫主义高出太多。"《赫尔曼和多罗泰》出版后，颇受读者的欢迎，但当时有些文学家批评它模仿福斯的《路易赛》。连克洛卜施托克也怀有偏见地贬低歌德而抬高《路易赛》。这也可能是因为歌德曾经对当时的文学家进行攻击，树敌很多的原因。但威廉·施莱格尔和洪堡却公正地认为这部叙事诗是一部完

法国大革命

法国大革命即1789年法国爆发的一场革命，经此革命，法国的君主专制政体被推翻。当时，路易十六因为财政问题，被迫召开三级会议，但是在一些问题上国王与第三等级发生冲突，于是第三等级代表宣布成立国民议会。7月9日国民议会又改称制宪议会，并要求制定宪法，以限制王权。7月12日，巴黎市民举行了声势浩大的示威游行以支持制宪议会。次日，巴黎市民同来自德意志及瑞士的国王雇佣军展开战斗，当天夜里革命群众就控制了巴黎的大部分地区。7月14日革命群众又攻克了象征封建与君主专制统治的巴士底狱，大革命取得初步胜利。此后革命逐渐展开。

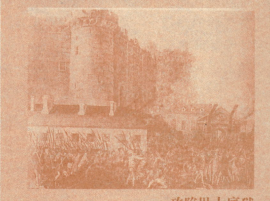

攻陷巴士底狱

美的艺术品。

不久，好评击退了恶意的攻击，这部作品不仅在国内备受欢迎，而且很快就蜚声国外。英国、法国、丹麦、意大利都相继出版了很多译本。歌德尤为喜爱1822年出版的拉丁文译本。1825年1月18日，他对爱克曼说："我特别喜爱这部诗的拉丁文译本，我觉得它显得更高尚，仿佛回到了这种诗的原始牧歌和田园诗的形式。"

《浮士德》

《浮士德》是歌德花了60年时间完成一部诗剧。作品长达12111行，第一部不分幕，25场。第二部分五幕，27场。全剧并没有首尾连贯的情节，而是以浮士德的思想发展为线索。

浮士德是一个自强不息、不断追求真理的人，他经历了书斋生活、爱情生活、政治生活、追求古典美和建功立业五个人生阶段。这五个阶段都有很深刻的现实依据，高度浓缩了从文艺复兴到19世纪初期几百年间欧洲资产阶级不断探索和奋斗的精神历程。浮士德可说是一个象征性的艺术形象，歌德是把他作为全人类命运的一个化身来加以塑造的。浮士德从阴暗的书斋走出，迈向大自然和广阔的现实人生，体现了从文艺复兴、宗教改革，直到"狂飙突进"运动资产阶级思想觉醒，批判黑暗现实的反封建精神；浮士德与玛格丽特的爱情悲剧，则是反思和否定狭隘的利己主义；浮士德从政的失败，表明了启蒙时期开明君主虚幻的政治理想；浮士德与海伦的不幸结局，则宣告了古典主义理想的幻灭。最终，浮士德在发动群众改造自然，创建人间乐园的伟大事业中找到了人生的真理，从他身上依稀可见19世纪空想社会主义者在呼唤未来。

浮士德的形象还有更高的哲学含义。"浮士德精神"是一种永不满足，不断克服困难

《浮士德》中的插画

和超越自我的可贵精神。"浮士德难题"代表人类共同的难题，它是每个人在寻找人生价值时都无法逃避的，即自然欲求与道德灵境、个人幸福与社会责任之间的两难选择。这些二元对立的矛盾给浮士德乃至所有人都提出了一个棘手的问题。

在《浮士德》中，这一矛盾贯穿了主人公的毕生追求，体现为浮士德的内心冲突和他与靡非斯特的冲突。靡非斯特是"一切的障碍之父"的化身，浮士德依靠不断追求的性格终于挣脱了"可能堕落为恶魔的奴隶"的命运，实现了人生的价值和理想。

当然，《浮士德》也体现了资产阶级固有的软弱性、妥协性和掠夺性。而且用典极多，象征纷繁，作品晦涩。尤其是第二部，浮士德的形象有些抽象化、概念化的倾向，给一般读者的阅读和理解造成了极大的困难。但瑕不掩瑜，《浮士德》内容宏伟，构思巧妙，风格多变，融现实主义与浪漫主义于一体，

将真实的描写与奔放的想象、当代的生活与古代的神话传说相结合，善于运用矛盾对比的方法安排场面，风格时庄时谐，有讽有颂，达到了极高的艺术境界，为后世所称颂。

《拉奥孔》

《拉奥孔》是德国启蒙文学的杰出代表莱辛所著，副标题是"论诗与画的界限"。莱辛从比较"拉奥孔"这个题材在古典雕刻和古典诗中的不同处理，论证了诗和造型艺术的区别，阐述了各类艺术的一般性和特殊性，并批判了文克尔曼"高尚的单纯和静穆的伟大"的古典主义观点。

莱辛认为一切艺术皆"模仿自然"，都是现实的再现和反映，这是艺术的共同规律。只是绘画、雕刻以色彩和线条为媒介，诉诸视觉，其擅长的题材是并列于空间中的全部或部分"物体的属性"，其特有的效果是描绘人物性格和特征；诗以语言和声音为媒介，诉诸听觉，其擅长的题材是持续于时间中的全部或部分"事物的运动"，其特有的效果是展示性格的

《拉奥孔》中的插图

变化和动作的过程。作者还讨论了空间艺术的绘画、雕刻和时间艺术的诗是完全可以突破各自的界限而相互补充的。雕刻和绘画可寓动于静，能让观者通过看到物体在其运动过程中最富于暗示性的一刻，去想象物体在过去和未来的状态。

诗可化静为动，能赋予物体的某一部分以生动如画的感性形象。从各类艺术所表现的美学理想看诗画的区别，"表达物体的美是绘画的使命"，美是造型艺术的最高法则；但诗所模仿的对象却不限于美，其他诸如丑、悲、喜、崇高与滑稽都可入诗。《拉奥孔》批判了文克尔曼的古典主义理论和其他一些从法国移植来的古典主义理论。歌德说："这部著作把我们从一种可怜的视域中引到思想自由的原野。"莱辛的诗画理论对后世影响深远。

《汉堡剧评》

《汉堡剧评》是德国剧作家、文艺理论家莱辛继《拉奥孔》之后的又一部重要理论著作，它是为汉堡民主剧院历次演出而撰写的评论，共 104 篇，它们是现实主义戏剧理论的重要文献，也是最早、最成功地描述德国资产阶级民族戏剧发展的作品，在欧洲美学发展史上占有重要地位。

作者针对德国当时的社会背景和戏剧界的现实状况，广泛而深刻地探索和讨论了现实主义戏剧的诸多问题，他强调戏剧的教育作用，认为戏剧是教育人民大众的行之有效的办法，他提倡戏剧应以普通市民的故事为题材，认为市民的命运比帝王将相的命运更让人激动，更容易引起人们的同情。他主张戏剧应忠实地反映丰富多彩的生活，人物刻画既要有个性又要合乎自然和逻辑，他反对古典主义戏剧所崇尚的矫揉造作和故弄玄虚。同时，作者还主张在描绘客观世界时必须要分清主次，抓住本质的东西。

关于历史剧，莱辛认为采用历史故事不

必刻意追求历史细节的真实，但人物性格却应该符合他所处的历史和时代环境，要刻画出特定环境中特定人物应有的性格。歌德、海涅、席勒等许多文学大家都从莱辛这部著作中得到借鉴，现代戏剧大师布莱希特也从中为他的"史诗剧"理论找到了许多依据，可见其影响之深远。

《少年维特之烦恼》

《少年维特之烦恼》是德国文学家歌德的一部影响强烈而深远的短篇小说。小说的主人公维特是18世纪德国进步青年的一个典型形象。他出身平民，博学多才，重感情，热爱人生，向往自由而美满的生活。但当时社会官场的腐败、贵族的偏见、小市民的平庸，这一令人窒息的环境使他不能容忍下去。他与周围的现实格格不入，他感到孤独而彷徨。就在这时他遇到了贤淑而善良的绿蒂，绿蒂的身上有着人类的纯真质朴的自然本性，这深深地吸引着维特。于是维特便把自己全部的热情和无限的崇拜都寄托在绿蒂身上，对她一片痴心。但绿蒂无力反抗当时的传统观念，嫁给了一个贵族青年。事业和爱情的接连打击，使维特看透了人生乃至社会，他陷入了悲观绝望的深渊，最后含恨结束了年轻而短暂的生命。

少年维特的烦恼，表现了个性自由与封建社会的尖锐冲突，唤起了人们对封建等级制度、伦理道德以及其他种种不合理现象的憎恨与批判。

维特的形象代表了当时德国正在觉醒的青年一代，他们追求个性解放，要求摆脱封建制度的桎梏，但又缺乏足够的斗争意志；他们看不清前进的方向，无力改变现有的社会现状，因而思想上普遍感到苦闷和彷徨。

《少年维特之烦恼》是采用书信及日记片断的方式写作而成，小说把叙事、描写、抒情、议论有机地融为一体，尽情地抒发作者的思想感受。小说中对自然景物的描写也非常出色，寄情于景，情景交融，把逼真的现实感和强烈的感情力量结合为一体，对浪漫主义文学的形成产生了很大影响。

歌德故居

西方文学

XIFANG WENXUE

YI BEN TONG

十九世纪浪漫主义文学

浪漫主义文学是指 18 世纪末 19 世纪初在欧洲流行的一种文学思潮。浪漫主义作家尽管各有不同的倾向，但作为一个文学流派，他们又有其共同的特征。浪漫主义文学强调感情的抒发，偏重理想的追求，有很强的主观性；题材上主要表现自然景物和乡间的淳朴生活，歌颂和讴歌大自然的美好；善用夸张手法，追求自由。

耶拿派

德国是浪漫主义思潮的发源地。其落后的政治经济、资产阶级的软弱以及本国唯心主义哲学的盛行，决定了德国早期的浪漫主义文学充满了浓厚的唯心主义思想和宗教色彩。19世纪在耶拿创办的《雅典女神神殿》杂志上，"浪漫主义"这个名称首次被提出，而且作者们还系统地阐述了他们的浪漫主义文学主张，此流派继而因耶拿创办的杂志而得名。

"耶拿派"是18世纪末德国浪漫主义文学最早的一个流派。这个流派的作家首先提出浪漫主义的概念，比较详尽地阐述了浪漫主义的文学主张。耶拿派反对古典主义，提倡绝对自由的创作，他们放纵主观幻想，追求神秘与奇异。

这一流派的理论奠基人是施莱格尔兄弟，此外还有诺瓦利斯、蒂克等代表成员。耶拿派宣扬浪漫主义的诗作必然是"无限的和自由的"，他们鼓吹文学与宗教的结合。在政治上耶拿派高举"复兴德国民族精神"的旗号，追求实现封建制度的巩固。耶拿派理论上的代表人物还有弗·史雷格尔，他曾赞扬过法国革命，后来他放弃激进主义，逐渐形成了消极浪漫主义的理论。他主张人的主观精神可以支配一切，将诗人的为所欲为，不能忍受任何约束的行为视作首要的创作法则，他的文艺理论在西方曾经产生过较为深远的影响。

在耶拿派创作的作品中最具代表性的作品是诺瓦利斯的《夜的颂歌》。在这部作品中作者表达了消极的人生态度，诺瓦利斯歌颂死亡，颠倒梦境与现实，在他看来梦便是现实，而生活则成为了梦境。他未完成的长篇小说《亨利希·冯·奥夫特尔丁根》，也是消极浪漫主义纲领的代表作品。小说描写了主人公一生都在苦苦追求一朵神秘的"兰花"，在作品中这朵空幻的兰花成为了浪漫主义者所渴望与憧憬的真理、爱情和诗的神秘象征。

综观耶拿派的浪漫主义理论及其创作实践，因其本身总是充斥着浓厚的唯心主义思想和宗教色彩，因此在一定程度上可以说这类作品对宗法制度和封建关系起到了维护作用。

海德尔堡浪漫派

19世纪时一批作家在海德堡创办了《隐士报》，形成了一个新的文学派别——海德尔堡浪漫派。1805年以后形成的"海德尔堡浪漫派"，以克莱门斯·布伦塔诺（1778—1842年）和阿希姆·冯·阿尔尼姆（1781—1838年）为主要代表。布伦塔诺的抒情诗《催眠歌》《罗雷莱》，颇具民歌风味，其诗情浓郁。后来布伦塔诺与阿尔尼姆还合作出版了民歌集《男孩的神奇号角》，其中他们搜集了德国近三百年的民歌，同时二人还进行了许多的文学改写和再创作，丰富了德语诗歌宝库。

在"海德尔堡浪漫派"中，雅各布·格林（1785—1863年）和威廉·格林（1786—1859年）也是当时较为著名的语言学家和民间文学研究者，格林两兄弟编成的《儿童与家庭童话集》，其中所搜集的童话成为世界文化遗产中的瑰宝。其中有许多作品成为童话作品中的典范，如《灰姑娘》《白雪公主》等。这些童话讲究语言平易、通俗、生动，在结构上形成了有代表性的"童话模式"。约瑟夫·冯·艾兴多夫（1788—1857年）也是海德尔堡浪漫派的一个抒情诗人，他的诗主要以自然景色的描写为主。

其创作于1826年的小说《一个无用人的生涯》将现实与梦幻、诗与插曲结合起来，全文充满了浪漫的情调。1809年以后，德国浪漫主义以柏林为中心得到进一步发展。在这批文学作家中，克莱斯特（1777—1811年）

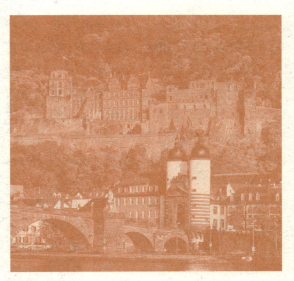

海德堡

的喜剧《破瓮记》抨击了普鲁士官场和司法制度的腐败，全剧以民间喜剧的幽默讽刺为特色。同时期的霍夫曼（1776—1822 年）创作的《金罐》充满了童话色彩。他的另一部作品《小查克斯》又以离奇怪诞的写作手法，无情地鞭笞了 19 世纪德国乌烟瘴气的社会现实，从而表达了作者对真善美终将战胜假恶丑的坚定信念。后来的沙米索（1781—1838 年）曾作《彼得·施莱米尔的奇妙故事》，作者以辛辣的笔调，嘲讽并批判了拜金主义的丑恶。

湖畔派

湖畔派是指 19 世纪在英国浪漫主义运动中较早产生的一个文学流派。其主要代表有华兹华斯（1770—1850 年）、柯勒律治（1772—1834 年）和骚塞（1774—1843 年）。由于他们三人都曾在英国西北部的昆布兰湖区隐居过，并先后在格拉斯米尔和文德美尔两个湖畔居住，他们以诗赞美湖光山色，因而有"湖畔派诗人"之称。

湖畔派的诞生以华兹华斯和柯勒律治在 1798 年出版的《抒情歌谣集》为标志。后来华兹华斯于 1800 年在诗集再版时撰写的《序言》成为英国浪漫主义向古典主义宣战的艺术纲领，后来华兹华斯还被授予"桂冠诗人"的称号。由于湖畔派诗人反对古典主义传统法则，他们宣扬浪漫主义的艺术手法，故湖畔派诗人又有"浪漫派的反抗"之称。湖畔派诗人都具有"回到大自然中去"的思想倾向。在诗歌选材上，他们提倡以描写下层人民的日常生活为主，强调内心的深刻探索与感情的自然流露；在诗体方面，他们又主张发展民间诗歌的艺术传统；在语言上采用民间口语，并充分发挥诗人的想象力。湖畔派的理论与实践结束了英国古典主义诗学的统治时代，这一流派对英国诗歌的改革和发展产生了很大影响。

湖畔派诗人起初对法国革命表示同情，后来随着革命的深入，他们因为害怕革命而退却，进而逃避现实，眷恋过去；他们对中世纪的宗法制过分美化，幻想从古老的封建社会中寻找精神的安慰与寄托。当湖畔派诗人的这种消极倾向日益明显的时候，青年诗

华兹华斯

99

桂冠诗人

"桂冠"的称号源于中世纪的大学，当学生掌握了语法、修辞和诗歌后，学校校长会为他戴上桂冠，桂冠是学生获得学位的一个标志。然而在传统上，"桂冠诗人"的使用并不严谨，获得此称号的诗人有高尔、利德盖特、斯凯尔顿和伯纳德·安得烈亚斯等。本·琼森曾在宫中任职，由于他善于写作颂词，因而他认为自己是一名正式的桂冠诗人。直到 1668 年，约翰·德莱顿被正式任命为第一位桂冠诗人，1692 年，经官方认定，桂冠诗人不再由一人担任，年薪定为 100 英镑，以后未曾变更。

人拜伦、雪莱在文坛上日渐显露锋芒，他们与湖畔派诗人展开辩论。拜伦在其 1809 年完成的讽刺长诗《英格兰诗人和苏格兰评论家》中，不仅回击了消极浪漫主义者对其诗作的诋毁，而且严厉谴责了湖畔派诗人的消极倾向。由于他们敢于向湖畔派诗人宣战作斗争，因而受到英国绅士们的斥责，称之为撒旦，即文学史上的"撒旦派"。

一般说，湖畔派诗人代表了消极浪漫主义倾向，而撒旦派倾向于积极的浪漫主义精神。虽然湖畔派诗人在与古典主义的斗争中曾作出过贡献，其在诗歌艺术上也较有造诣，但其历史地位远逊于撒旦派。

名家荟萃

浪漫主义作为一种文学的表现方式和一种文学观念，在世界各个民族的文学发展史初期就已出现。但作为一个明确的文学概念和一种文学思潮，却是在后来的发展中逐渐被确定的。浪漫主义文学最早产生于德国，随后在欧洲各国都有不同程度地发展。代表作家主要有德国的海涅，英国的拜伦、雪莱，法国的雨果，俄国的普希金，美国的惠特曼等。

乔治·戈登·拜伦

乔治·戈登·拜伦（1788—1824 年）是著名的英国浪漫主义诗人和追求民主与自由的战士。拜伦一生写有大量出色的抒情诗，其中包括爱情诗、友谊诗、政治抒情诗、咏史诗以及杂感诗等。拜伦还是一位不拘泥于任何成规的自由不羁的浪漫诗人，他所作的长篇作品常常打破诗体界限，将叙事、抒情甚至讽刺自由融合，他的主观情绪也会在他的诗作中尽兴发挥，从而形成了痛快淋漓、自由挥洒的独特风格。

拜伦

拜伦热爱自由，他不仅支持英国的民主改革，而且对希腊的独立运动也十分同情，1823 年拜伦号召成立一支义勇军，前往希腊支援作战，但是这位伟大的文学巨匠却因这次支援作战而于次年在希腊谢世。拜伦的代表作包括叙事体抒情诗《恰尔德·哈洛尔德游记》、讽刺性叙事诗《唐璜》、抒情诗剧《曼弗雷德》、讽刺诗《审判的幻景》等。

这些作品代表了拜伦的最高文学成就，其中《唐璜》为其上乘之作。在诗歌中，他塑造了一批"拜伦式英雄"。他们狂热、孤傲、浪漫，同时又充满了反抗精神。他们内心充满了苦闷和孤独，但是又蔑视弱小的社会群体，恰尔德·哈洛尔德就是拜伦诗歌中第一个典型的"拜伦式英雄"。

在拜伦的诗作中最有代表性和战斗性，

同时也是最辉煌的当属他的长诗《唐璜》。尽管这是一部未完之作，但诗中以生动形象的笔调描绘了西班牙贵族子弟唐璜的游历、恋爱与冒险等浪漫故事，从而揭露了社会中丑恶、黑暗、虚伪的一面，为自由、解放和幸福的斗争奏响了战歌。由此可见，拜伦不仅是一位伟大的诗人，还是一个为理想而战斗的勇士。

波西·比希·雪莱

波西·比希·雪莱（1792—1822年），是英国文学史上最有才华的一位抒情诗人，他更有"诗人中的诗人"之美誉。雪莱一生见识广泛，他不仅是个柏拉图主义者，还是个伟大的理想主义者。他创作的诗歌积极向上，节奏明快。雪莱出生在贵族家庭，曾就读于伊顿大学与牛津大学。由于他深受民主主义和空想社会主义思想的影响，因而强烈地反对一切奴役和压迫，主张通过教育来实现社会的改造。雪莱的第一首著名长诗是创作于1813年的《麦布女王》，在这首诗中作者描写了英国民间传说中的仙女麦布女王带领少女艾安蒂的灵魂到宇宙中去观察人类的"过去""现代"与"将来"的故事，表达了诗人对暴政、战争、宗教和资本主义金钱关系的批判和其社会改革的思想。

除此，雪莱还为世人留下了许多脍炙人口的抒情诗，诗人往往通过这些抒情诗中对自然风光的描写来抒发激情，展望未来。《西风颂》是雪莱众多诗篇中流传很广的名篇，诗中作者用西风扫落叶的摧枯拉朽之势来比喻革命力量必将摧毁一切旧事物，他还用西风吹送种子比喻革命思想的传播，其中"如果冬天已经来到，春天还会遥远吗"一句表达了诗人对未来、对革命充满必胜的信心。雪莱杰出的抒情诗还有《云》《致云雀》等。

除此雪莱还写下两部重要的长诗《解放了的普罗米修斯》与《钦契》。《解放了的普

雪　莱

罗米修斯》与《麦布女王》相同，终未能公开出版，而雪莱最成熟、结构最完美的作品当属《钦契》，这部作品也被英国的评论家称为"当代最恶劣的作品，似出于恶魔之手"。

约翰·济慈

济慈（1795—1821年）是英国文学史上优秀的抒情诗人之一，是与雪莱、拜伦齐名的一位伟大诗人。济慈虽然在人生的道路上只走过25个年头，但是他为后世留下的诗篇一直誉满人间。

济慈的诗被认为是对西方浪漫主义诗歌特色的完美体现，他也因此被推崇为欧洲浪漫主义运动的杰出代表。济慈出身于下层社会，未受过太多教育，但他决心献身于崇高的诗歌事业。他从莎士比亚、斯宾塞、但丁等人的作品中学习创作，他的诗往往具有逼真的意象以及鲜明的感性美。济慈经常以神话传说来表达哲理，其著名的长诗《伊莎贝拉》便是取材于薄伽丘的《十日谈》，其中讲述了伊莎贝拉的兄弟们杀死她的情人，后来她的

济 慈

情人和她在梦里相会的故事，作者借助中世纪的题材对现实社会的丑恶进行批判，同时歌颂美妙的爱情。

济慈热爱美，追求美好的理想，在诗中他精心地描绘美的境界。但是他认为，美的理想仅能通过痛苦才可获得，不表达"人心的痛苦和斗争"的诗歌是不完美的，而且他还认为，美不可能脱离真理而存在，"美就是真理，真理也就是美"。在这种原则的指导下，济慈创作出大量不朽的抒情诗，如《秋颂》《哀感》《古希腊古瓮颂》《夜莺颂》《忧郁颂》《心灵》等。济慈的诗作形象动人，想象丰富，色彩感及立体感很强，感染力强，他的诗对后世产生了极大影响。

瓦尔特·司各特

瓦尔特·司各特（1771—1832年）是19世纪英国著名的历史小说家、作家、诗人。司各特早期创作以长诗为主，多富有浪漫主义色彩，例如《最后一个行吟诗人之歌》和《湖上夫人》等。自1814年起司各特开始写小说。

他写的小说主要为历史小说，其中以描写家乡苏格兰历史的作品为多数，如《罗伯·罗依》《清教徒》及《米德洛西恩的监狱》等。司各特还写出许多有关英国与法国历史的小说，代表性的作品有《艾凡赫》《肯尼沃尔思》和《昆丁·达沃德》等。司各特的小说多以重大的历史事件为主题，以对社会矛盾与民族矛盾的揭露为主，其小说中经常描写广阔的群众场面，并将农民或其他被压迫者塑造成小说的中心人物。

司各特的历史小说宏伟壮丽，气势磅礴，出色地反映了苏格兰、英格兰以及欧洲历史上很多重大转折时刻的矛盾冲突。司各特的作品总是将历史事件与故事人物悲欢离合的曲折遭遇巧妙地结合在一起，经他的描写，历史事件不再枯燥单调。他的长诗还受到了哥特派前浪漫主义的影响，作品极富浪漫主义情调，诗中还表达出作者对苏格兰风光的热爱与对古代骑士理想的向往。

司各特是欧洲历史小说的创始人，英国的狄更斯、斯蒂文森，法国的雨果、巴尔扎克，俄国的普希金，意大利的曼佐尼，美国的库柏等许多著名作家都曾受到司各特的深刻影响。

历史小说

历史小说是指取材于历史人物或历史事件的小说。它往往采用忠实于历史事实及逼真的细节等手段，以达到对历史风俗与社会概况的艺术再现。历史小说与历史著作不同，它可以有细节上的想象与虚构，允许适当的艺术夸张及必要的集中，但在大的史实方面则不允许杜撰或篡改。历史小说可以涉及真实的历史人物，也会用虚构的人物与真实人物相混合。它要求作者以现实为立足点去回顾历史，严格遵循历史的本来面貌去描写，对一定历史时期的社会生活面貌达到一定的再现。此类小说揭示历史发展的必然趋势，从而使读者了解历史并受到启示。

夏多布里昂

夏多布里昂（1768—1848 年）是法国浪漫主义文学的先驱，他也是没落贵族在文学领域里的代表。他的思想保守，政治上拥护波旁王朝。中学毕业后夏多布里昂曾乘船去美洲探险，这次旅行为他后来的创作提供了丰富的素材。后来回国后在当时的政治环境下，他由于参加了孔德亲王的侨民团而先后逃亡到布鲁塞尔和伦敦，在大约八年的流亡生活中他写出了《革命论》等著作。1800 年夏多布里昂回到法国，1801 年他发表了《基督教真谛》中的一章《阿达拉》。《阿达拉》这部中篇小说与创作于 1802 年的《勒内》成为法国浪漫主义文学最早的成果，在这两部小说中都表达了作者反启蒙主义的倾向。

《阿达拉》描写了世俗爱情和宗教信仰的矛盾。《勒内》则是《阿达拉》的续篇，其中的主人公勒内是欧洲文学史上第一个表现出"世纪病"特征的浪漫主义"英雄"形象。勒内是一个出身于没落贵族家庭，经受过大革命冲击而丧失了一切的青年，他在前途无望而又

夏多布里昂

处于悲观绝望的状态时，最终在基督教中找到了精神的归宿。在这部作品中夏多布里昂赋予没落阶级的阴郁心情以诗情画意。在艺术上，夏多布里昂扩大了对自然美描写的范围，在浪漫主义文学中他最先歌颂废墟、萧条与荒凉之美。他的散文富有抒情诗的节奏，在浪漫主义诗歌的创作中有很大影响。1814 年夏多布里昂发表了《论波拿巴和波旁王室》，并因此受到波旁王朝的重用，后来他出任驻柏林、伦敦大使及外交部长，直至 1830 年七月革命后夏多布里昂结束了他的政治生涯，自此他开始闭门写作 6 卷巨著《墓中回忆录》。

斯塔尔夫人

斯塔尔夫人（1766—1817 年）是法国大革命时期著名的评论家和小说家。在政治上她是一个温和派，具有资产阶级自由主义的思想。由于深受启蒙思想的影响，因而她拥护法国大革命。

她的重要的小说有《黛尔芬》。在这部小说中斯塔尔夫人描写了一个聪明、感情丰富而又极有个性的贵族女子的爱情悲剧，这是其深受卢梭《新爱洛绮丝》影响的表现。另一部小说《柯丽娜》写的是一个才华出众的女子因为社会的偏见，最后悲哀死去的故事。在斯塔尔夫人的小说中塑造了很多热情奔放的妇女形象，讲述了她们不美满的爱情及戏剧性的经历。她们在爱情上坚定地按照自己的心意，即使同社会上的习惯势力或公众的成见发生矛盾时，她们也不愿违背自己的心愿。这也成为当时浪漫主义小说中深受读者欢迎的主题之一。两部小说的女主人公形象均是斯塔尔夫人个人性格与理想的反映，因此这两部小说可以说都带有自传的成分。

除此斯塔尔夫人的著作还有《论文学与社会建制的关系》（简称《论文学》）和《论德国》。在《论文学与社会建制的关系》中，作者基于狄德罗有关文学和社会风尚相互联

系的论点，评论了从古希腊直到18世纪的西欧文学，同时论述了欧洲北方和南方的文学，以及古典主义和浪漫主义文学，在这种论述中作者表达了对浪漫主义的偏爱。

《论德国》全称为《论德国与德国人的风俗》，其中第一章指出了德国人的理想主义，他们重感情，且富有艺术才能。这种严肃的态度与法国人的轻率、机巧的气质形成鲜明对比。第二章为文学艺术的专论，详细介绍了德国的小说、诗歌、美术、戏剧及史学著作，同时介绍了包括歌德、莱辛、席勒等许多德国著名作家。第三章对德国的哲学和伦理学做出了评论，相较于实验哲学作者认为德国人更喜爱抽象探索，同时阐明18世纪德国哲学对德国文学艺术所产生的影响。最后一章阐述了宗教与热情，表明德国人倾向于"神秘感"与热情，作者歌颂了热情的积极作用。这部作品对19世纪初期法国浪漫主义文学的发展也起到了促进作用。

拉马丁

拉马丁（1790—1869年），19世纪法国著名的浪漫主义抒情诗人。他出身于贵族家庭，其幼年是在宁静的乡村度过的，他十分喜爱《圣经》及夏多布里昂等人的浪漫主义作品。在政治上拉马丁坚持资产阶级自由主义立场，他向往宗法社会，宣扬人道主义，主张诗歌应该服务社会。他认为诗歌是强烈感情的自然流露，而不是技巧问题。1820年，拉马丁的第一部诗集《沉思集》问世。在诗中诗人歌颂了爱情、死亡、自然与上帝，他认为人生是失落与痛苦的根源，为一部极具划时代意义的作品。之后拉马丁还发表了《新沉思集》《诗与宗教的和谐集》等风靡一时的优秀诗作，诗人仍继续之前的创作主题，但作品中表露出的日趋明朗的宗教信念逐渐冲淡了忧郁的氛围。拉马丁的诗歌多为其感情的自然流露，经常给人以轻灵、飘逸的感觉。他注重内心

拉马丁的政治生活

法国大革命时拉马丁因为保卫路易十六而被捕，波旁王朝复辟后他加入王家禁卫军，拿破仑百日统治时期他又曾流亡于瑞士，路易十八第二次复辟后，拉马丁重返巴黎，并进入上流社会。

1830年法国七月革命后他在政治立场上开始转向资产阶级自由派。1833年拉马丁成为议员，1848年二月革命后拉马丁进入临时政府，成为实际上的首脑，后来在总统选举中他败于拿破仑三世。

路易十六被处死

感受的抒发，其语言朴素。《沉思集》被视为重新打开法国抒情诗的源泉，它也为浪漫主义诗歌的发展开辟了新的天地。另外，拉马丁还写有长诗《约瑟兰》《天使谪凡记》以及小说《葛莱齐拉》等。

贝朗瑞

贝朗瑞（1780—1857年），法国歌谣诗人。1799年到1813年是其歌谣创作的探索阶段，此时他的作品大部分以歌唱青春、欢乐、美酒和爱情为主，例如《欢乐的罗歇》《春与秋》《瞎眼的妈妈》等。贝朗瑞还有一些作品，特别是帝国末年的《就算是这个样！》《议员》《好友罗班》等，作者对当时的社会丑恶现象进行了无情的揭露。

第一首典型的贝朗瑞式政治歌谣为创作于1813年的《意弗托国王》，其中作者塑造了一个爱好和平、善良简朴的老好人国王的形象，与现实生活中骄横奢侈、穷兵黩武的

拿破仑皇帝形成了鲜明的对照，这首歌谣也成为了贝朗瑞的成名之作。贝朗瑞歌谣创作的鼎盛阶段在法国波旁王朝复辟时期，这时他的作品以强烈反对封建复辟为基本特色。其最初将矛头指向以武力扶持波旁王室复辟的欧洲封建势力的反法联盟，他的《高卢人和法兰克人》就揭露了俄国人和撒克逊人侵略法国的野心，号召法国人民英勇抗战。后来他将攻击的主要目标转向复辟统治的两大支柱，即封建贵族与反动教会。这时期的作品有《白帽徽》《加拉巴侯爵》《贵族狗告状》。在贝朗瑞抨击反动教会的歌谣中，最出色的作品还有《传教士》《草索僧》《主教和诗人》《教皇的儿子》等，这些作品都是对封建教权主义者的有力打击。在1830年的7月革命中，贝朗瑞的政治歌谣对革命的发展起到了战斗号角的作用。

七月王朝时期，贝朗瑞的思想状况是复杂的，19世纪30年代初的《狂人》《历史的四个时代》等，抒发了作者空想社会主义的思想。他同时也有宣扬慈善主义与博爱主义的《不幸者》，有基督教社会主义倾向的《圣经》，甚至还创作过对人民起义反感的《收葡萄》。七月王朝末期，人民的革命情绪再度高涨，贝朗瑞重又振作起革命民主精神，他以《洪水》一诗预言了1848年二月革命的爆发。

在贝朗瑞歌谣创作的每个阶段，他始终坚持各民族人民团结的主题。他写过《新命令》《给比利时人的劝告》《柏沙拉》等诗，表达了对正义的弱小民族的声援。1818年，贝朗瑞还针对欧洲封建君主的神圣同盟，写出《各国人民的神圣同盟》，他还因此获得了马克思的热情称赞。贝朗瑞将法国的歌谣创作提升到前所未有的高度，其对19世纪上半叶法国的进步诗人及诗歌都有较大影响。

莱蒙托夫

米哈伊尔·尤利耶维奇·莱蒙托夫

莱蒙托夫

（1814—1841年）是继普希金之后俄国又一位伟大的诗人、优秀作家。1828年莱蒙托夫进入莫斯科贵族寄宿中学学习，在这里他对普希金和拜伦的作品产生了极大的兴趣，他不仅系统地研究他们的作品，还开始从事个人写诗的创作，这时期他的主要作品有《海盗》《奥列格》《罪犯》。

后来莱蒙托夫考入莫斯科大学，之后他开始进行抒情诗的创作。1837年1月27日普希金在决斗中受了重伤，两天后不幸谢世，莱蒙托夫得知消息后悲愤至极，写下了《诗人之死》，这令他一举成名，但同时也激怒了沙皇。1837年2月18日莱蒙托夫被捕，后来由于外祖母四处奔走，1838年4月莱蒙托夫得以回到彼得堡。1840年他生平唯一一部诗集发行。1840年2月，莱蒙托夫又与法国公使之子巴兰特发生了冲突，因为莱蒙托夫朝天放了一枪，所以他被交付到军事法庭。1840年4月，莱蒙托夫第二次被流放到高加索。7月他参加了高加索山民的战斗及瓦列里

莱蒙托夫的童年生活

米哈伊尔·尤利耶维奇·莱蒙托夫（1814—1841年）出生在莫斯科。他父亲是一名退役大尉，而母亲是奔萨女地主的独生女及唯一继承人。但是父母的婚姻并不美满，莱蒙托夫的母亲很早就去世了，他是在外祖母的抚养下长大的。

莱蒙托夫的童年是在奔萨州阿尔谢尼耶娃的塔尔罕内庄园里度过的。他接受到了首都式的家庭教育，从小就可以流利地说法语及德语。1825年夏，莱蒙托夫跟随外祖母到高加索疗养，高加索的自然风光及山民生活的记忆在其早期作品中均有印记。

克战役。1841年2月初，莱蒙托夫返回彼得堡，他的英勇事迹备受肯定。

莱蒙托夫的诗多表现出他对专制的愤懑、对自由的追求和对行动的渴望，其诗作感情强烈，情调忧郁，《乌云》《希望》《又寂寞又悲伤》《帆》等都是他动人的抒情诗，《童僧》《恶魔》为他优秀的叙事诗。

华盛顿·欧文

华盛顿·欧文（1783—1859年）是19世纪美国著名作家。欧文出身于纽约一个富商家庭，少年时就十分喜爱阅读英国作家司各特、拜伦以及彭斯等人的作品。其处女作《纽约外史》以轻松幽默的语言，辛辣地讽刺了荷兰殖民者的罪行，揭露出了他们对善良的印第安人的无情掠夺与迫害。欧文运用本国题材写出的《纽约外史》是一部极

华盛顿·欧文

具民族特色的作品，对于推动美国民族文学的发展有着不容忽视的意义。1820年，欧文的《见闻札记》出版，立即引起欧洲及美国文学界的重视，也正是这部作品奠定了欧文在美国文学史上的地位。《见闻札记》为欧文的代表作，其中包括小说、杂感、散文等32篇，作者以幽默风趣的笔调与富于幻想的浪漫色彩，描写了英国及美国古老的风俗习惯和善良淳朴的旧式人物。之后，欧文又陆续创作了许多作品，如《攻克格拉纳达》《阿尔罕伯拉》《哥伦布传》等。

欧文是一位杰出的散文大师，同时也是美国文学奠基人之一。他的文笔自然优雅，清新精致，总是流露出温和的幽默。欧文的作品通常着笔于风土人情、民间习俗以及优美的传说，其文章充满了浓郁的民族生活情趣与浪漫的色彩，有"美国神话"之称。1859年11月28日，欧文与世长辞。为了怀念这位伟大的作家，美国人民在纽约降半旗志哀，而欧文的许多优秀作品至今被广为传诵，成了美国文学史上的瑰宝。欧文是美国首位获得国际声誉的作家，他优美的"欧文式"散文在19世纪成了英语散文的典范，他本人也被尊为"美国文学之父"。

库柏

詹姆斯·费尼莫·库柏（1789—1851年）是美国首位运用民族题材进行创作的小说家。他最初的三部小说包括反映独立战争历史的《间谍》、描写边疆题材的《开拓者》和讲述海上冒险的《水手》，这三部小说在美国甚至欧洲都引起了巨大的反响。

库柏的代表作是由《拓荒者》《最后的莫希干人》《大草原》《探路人》及《杀鹿者》所组成的五部曲，作者以开拓西部边疆为社会背景，通过对主人公纳蒂·班波的经历的描写，深刻地揭露了殖民者的残暴与贪婪，无情鞭挞了美国资本原始积累时期、现代资产阶级的血腥发家史和他们犯下的种种罪行；库柏同时热情赞扬了印第安人的勇敢、淳朴及他们对班波的友谊。作家以司各特式的生动和曲折来布局谋篇，注重情节的变化，又未忽略浪漫的气氛，从而使作品极富吸引力。库柏的这些小说被视为美国西部打斗小说的滥觞。

库柏的写作生涯起源于其31岁时。他的第一部小说《戒备》于1820年自费出版后，反响不大，后来他在妻子鼓励下，改变创作方向，写了一部其认为"应当是纯粹美国式的以爱国为主题的书"，也就是《间谍》。之后库柏的创作道路越走越远，终成一代大师。

在库柏 30 年的创作生涯中他共写了 50 多部小说及其他许多著作，库柏的作品对美国西部小说的发展产生了很大影响。

埃德加 · 爱伦 · 坡

爱伦 · 坡

埃德加 · 爱伦 · 坡（1809—1849 年），美国早期浪漫主义文学最重要的一位作家，他的创作与理论在西方文学的发展中产生了长远而深刻的影响。爱伦 · 坡把文艺创作看成是独立自在的美的创造，他宣扬"纯艺术"，强调艺术的快感作用。他在 1846 年写出的《创作哲学》和 1850 年写出的《诗的原理》等文章中都比较系统地论述了自己的文艺观与创作思想。

爱伦 · 坡的主要创作成就是诗歌和短篇小说。他早期的诗集《帖木儿》《艾尔阿拉夫》和《诗集》等都深受弥尔顿及英国浪漫主义诗人的影响，其最著名的诗为创作于 1845 年的《乌鸦》。爱伦 · 坡是第一个自觉地将短篇小说作为一种独立的文学体裁加以运用的人，他还是提出短篇小说创作理论的作家。在他

埃德加 · 爱伦 · 坡奖

埃德加 · 爱伦 · 坡奖即埃德加奖，该奖由美国侦探作家协会于 1946 年创立。大奖以世界侦探小说的开山鼻祖——埃德加 · 爱伦 · 坡的名字命名，由美国侦探作家协会颁授。

每年美国侦探作家协会都会指定成员组成委员会以裁定获奖作品。此奖奖项主要包括最佳小说、最佳处女作、最佳罪案实录、最佳平装初版、最佳短篇、最佳评论或传记、最佳电视剧集、最佳电视片或短剧、最佳少儿侦探小说、最佳青年侦探小说、最佳电影、最佳舞台剧等。

埃德加 · 爱伦 · 坡奖自设立以来，备受推崇。全世界的侦探小说作家均以获得此奖为最高荣耀。侦探小说迷也都会以获奖作品作为自己阅读的风向标。埃德加 · 爱伦 · 坡最佳小说奖还被称为侦探小说领域的奥斯卡奖。

大约 20 年的创作生涯中，爱伦 · 坡写出近 70 个短篇小说。他的小说就如诗歌般，着意渲染怪诞、神秘、恐怖的气氛，从中可以清楚地看到德国霍夫曼与英国哥特式小说的影响。

《厄舍古屋的倒塌》《莉盖娅》《红色死亡假面舞会》《黑猫》《一桶酒的故事》等都为其短篇小说中的力作。爱伦 · 坡也成为美国南方怪诞小说传统的开创者。爱伦 · 坡这些小说的共同点是：将死亡作为主要内容，并把死亡与不可理喻的神秘与无法解释的怪诞融合在一起，进而让人产生一种毛骨悚然、不寒而栗的恐惧感；对人心中的邪恶进行探索，以期说明人心底的邪恶是人的病态及无理性的隐密的原始动机。

爱伦 · 坡也是侦探小说的鼻祖，《失窃的信》《莫格街谋杀案》《金甲虫》就是他在这方面的代表作。这些作品以细微的心理分析与严密的逻辑推理见长，爱伦 · 坡的这些侦探小说的写作手法对西方侦探小说技巧方面的发展有极大的影响。

维克多 · 雨果

维克多 · 雨果（1802—1885 年），19 世纪浪漫主义文学运动的领袖，人道主义的杰出代表，他还有"法兰西的莎士比亚"之称。

雨果出生在法国东部的杜省贝桑松，他的父亲是拿破仑手下的一名将军。幼年时的雨果曾随父亲到西班牙驻军，10 岁时雨果回到巴黎上学，20 岁时他出版了诗集《颂诗集》，因歌颂波旁王朝复辟，获得路易十八的赞赏，后来雨果陆续写了许多异国情调的诗歌。之后雨果对波旁王朝与七月王朝都倍感失望，开始成为共和主义者，他还写出了许多诗剧与剧本，还有几部具有鲜明的特色并贯彻其政治主张的小说。

1841 年雨果当选为法兰西学院院士，1845 年他出任上院议员，1848 年法国二月革命后，雨果又出任共和国议会代表。1851 年

拿破仑三世称帝时，雨果因极力反对而被迫流亡国外。在流亡期间他写下《惩罚集》这部政治讽刺诗，在这部作品中他对拿破仑三世的每则施政纲领条文都大加讽刺，还将拿破仑一世的功绩与拿破仑三世的耻辱对比评论。1870 年拿破仑三世被推翻后，雨果返回巴黎。

雨果一生著作丰富，几乎涉及文学所有的领域，人道主义是贯穿雨果毕生活动与创作的主导思想，雨果坚决地反对暴力，他主张以爱制"恶"。在评论家看来，雨果的创作思想与现代思想最为接近，在他死后法国举国致哀，他被安葬在聚集法国名人纪念牌的"先贤祠"。雨果的创作历程超过 60 年，其作品多达 79 卷，包括诗歌 26 卷、小说 20 卷、剧本 12 卷、哲理论著 21 卷，给法国文学甚至人类文化宝库都增添了一份十分辉煌的文化遗产。雨果代表作有：长篇小说《巴黎圣母院》《悲惨世界》《笑面人》《九三年》《海上劳工》；短篇小说《"诺曼底"号遇难记》；诗集《光与影》等。

乔治 · 桑

乔治 · 桑（1804—1876 年），法国著名小说家。乔治 · 桑在迅速地结束自己的短暂婚姻后，曾移居巴黎。在那里为了生活，她开始笔耕不辍，写出了大量内容丰富、文笔秀美、情节迷人的风情小说，并从此确立了自己在法国文坛上的地位。从乔治 · 桑初期的作品中可以看出她受卢梭、夏多布里昂和拜伦的影响很深。法国七月革命后不久，乔治 · 桑又发表了第一部长篇小说《安蒂亚娜》，一举成名，从此一发不可收。

乔治 · 桑是一位多产的作家，她一生写出 100 卷以上的文艺作品、20 卷的回忆录以及大量的书简与政论文章。其小说创作大致可以分为四个阶段：早期作品以激情小说为主，代表作品有《安蒂亚娜》《莱莉亚》《华伦蒂娜》等，主要是描写在爱情上遭遇不幸的女性，

雨 果

在对生活感到失望后，重又不懈追求独立与自由，作品中充满了青春的热情和反抗的意志。其创作第二阶段为空想社会主义小说时期，这一时期的代表作有《安吉堡的磨工》《木工小史》《康素爱萝》等。在这些作品里，她提出了资本主义社会中妇女命运的问题，尽管作者未能明确指出解放的道路，但她的作品毕竟深刻揭露了当时社会的罪恶，并攻击了资本主义的财产制度与婚姻制度，而且乔治·桑还提出了空想社会主义的理想。乔治·桑创作第三阶段的作品为田园小说，代表作有《魔沼》《小法岱特》与《弃儿弗朗索瓦》。乔治·桑的田园小说以抒情见长，她善于描绘大自然的绮丽风光，渲染农村静谧的气氛，她的田园小说总是充满浓郁的浪漫色彩。乔治·桑创作的第四阶段其作品主要为传奇小说，代表作有《金色树林的美男子》。

乔治·桑是同时代人公认的最伟大的作家之一，在一定意义上讲，她可称得上是一位女性解放的先驱。尤其在两性关系上，她强调女性的主导地位。雨果曾评价她说："她在我们这个时代具有独一无二的地位。特别是，其他伟人都是男子，唯独她是女性。"

亨利希·海涅

亨利希·海涅（1797—1856年）是法国著名的作家，他的创作可分为三个阶段：

第一阶段（1816—1830年）海涅的创作以抒情诗为主。海涅是在浪漫派诗歌的影响下才开始创作的，虽然受其影响，但是海涅对其中消极的倾向进行了抵制与批判。海涅于1827年出版了诗集《歌集》，在国内反响强烈。这部作品民歌风格浓郁，同时充满了浓厚的浪漫主义色彩。在这一阶段海涅的创作除了诗歌外，还有散文游记，如《哈尔茨山游记》《从慕尼黑到热那亚的旅行》等。他的游记文字也都十分优美，充满了诗情画意。

第二阶段（1830—1848年）是海涅创作

普拉腾事件

海涅是一名犹太人，因而曾受到诗人奥古斯特·格拉夫·冯·普拉腾的公开攻击。但是海涅未被他吓退，他立即将普拉腾是同性恋的事实公之于众，这使得普拉腾在社会上的威望一落千丈。在宗教的信仰方面，海涅曾多次明确抱怨皈依基督教，其原因之一就是他的预期与现实丝毫不符合。后来海涅曾多次努力，试图谋求国家公职。但是最后这些尝试均以失败告终，当他经过冷静思考后，他作出了一个在当时的条件下看来是相当不寻常的决定，他决定通过做自由职业作家以赚取生活费。

的黄金时期，这一阶段他的创作不仅数量多，而且水平高。由于他是犹太人，在德国深受歧视，所以他从小就看到了德国黑暗的社会现实，他对爆发过资产阶级大革命的法国充满了向往。1830年法国人民发动七月革命推翻了复辟王朝，海涅大受鼓舞，于是在第二年到巴黎定居。这一时期他的作品有诗歌《德国——一个冬天的童话》和《西里西亚的纺织工人》；论文《论德国宗教和哲学的历史》和《论浪漫派》。在巴黎，海涅和雨果、巴尔扎克、肖邦、乔治·桑等建立了亲密的友谊；后来他还结识了马克思和恩格斯，这对海涅的思想与创作产生了很大的影响。

第三阶段（1848—1856年）是海涅创作的末期，在这8年中海涅因身体状况每况愈下，1848年革命的失败也使他内心极度痛苦。这些灰暗消极的情绪对他的创作产生了恶劣的影响，这一时期他的代表作有诗集《罗曼采罗》。

普希金

亚历山大·谢尔盖耶维奇·普希金（1799—1837年）是俄罗斯著名的文学家、

普希金

伟大的诗人，同时也是现代俄国文学的创始人，19世纪俄国浪漫主义文学的杰出代表，现实主义文学的奠基人，现代标准俄语的创始人，其拥有"俄国文学之父""俄国诗歌的太阳"等诸多美誉。普希金创立了俄国民族文学与文学语言，他在诗歌、戏剧、小说乃至童话等多个文学领域都为俄罗斯文学树立了典范。高尔基曾称普希金为"一切开端的开端"。

普希金出生于莫斯科一个贵族地主家庭。当时俄国一些著名作家，如卡拉姆辛、赫拉斯科夫、得米特里耶夫、巴丘希科夫、茹科夫斯基等，经常出入普希金家，在他们营造的文学氛围中，普希金开始对文学产生了极大的兴趣。童年的普希金阅读了大量的法文与俄文文学名著。普希金一生写有八百多篇抒情诗。这些诗内容丰富，涉猎的生活面也极为广泛，其中有对祖国的热爱、有对专制的揭露、有对被奴役者的哀怜、有对人生的感叹、有对自由的呼唤，也有对爱情的倾述和自然风光的描绘等。诗的形式也多种多样，有颂诗、悲歌、赠答诗、讽刺诗以及警句等。

普希金除了进行诗歌创作外，他还从事小说写作，其代表性作品有长篇小说《上尉的女儿》、诗体小说《叶甫盖尼·奥涅金》、中篇小说《杜布罗夫斯基》和《别尔金小说集》等。

惠特曼

惠特曼（1819—1892年），美国诗人，出生于美国长岛一个海滨村庄。他的父亲是当地农民。惠特曼5岁时全家迁移到布鲁克林，父亲在当地做木工，承建房屋，惠特曼的小学生活也是在那儿度过的。由于生活穷困，惠特曼仅读了5年小学。后来他当过信差，学过排字，还做过乡村教师和编辑。这段生活经历使他得以广泛地接触人民，深入生活，接触大自然，为他后来的诗歌创作提供了大量的生活素材。1841年以后，惠特曼重返纽约，他开始做印刷工人，不久他又改做记者，并开始从事写作。几年以后，惠特曼成了一家比较有名望的报纸《鹭鹰报》的主笔，此时他不断撰写反对奴隶制、反对雇主剥削的相关论文及短评。19世纪40年代末他加入了"自由土地党"，开始反对美国的蓄奴制，极力提倡土地改革。1848年西欧各国爆发革命，这种革命

美国的蓄奴制

蓄奴制，简而言之即奴隶拥有者合法拥有奴隶的制度，其中包括奴隶的买卖环节，而且蓄奴制若无特指，一般意义上均是指美国的蓄奴制。大约从17世纪开始，在西方世界就出现了罪恶的贩卖黑奴贸易，而且黑奴的去向绝大部分为美洲，美国南北战争的爆发，其主要原因也是由于蓄奴制。由于美国当时北方工业比较发达，且正值上升阶段，需要社会提供大量自由劳动力；而这时的南方主要以农业为主，各种植园奴隶主为了维系庄园的利益，他们蓄养大量的奴隶，并将他们禁锢在庄园中无偿劳作，因此在经济发展的需要上南北方产生了冲突，由此便爆发了美国历史上的南北战争。此战以北方胜利而告终，林肯总统最后宣布废除蓄奴制。

形势对惠特曼的影响很大。他开始在报纸上发表讴歌欧洲革命的文章，同时他还写下不少诗篇来表达自己的心境，其中包括《欧洲》《近代的岁月》《法兰西》等。惠特曼的第一部诗集《草叶集》1855 年在纽约出版，其中包括 12 首诗作；1882 年再版时，已增至 372 首。

1861 年美国南北战争爆发后，他创作了真实记录这次战争的《鼓专用集》；林肯被刺后，他又写下了沉痛表达对林肯纪念和哀思的《啊，船长！我的船长！》《今天的军营静悄悄》等著名诗篇；在其闻名的《神秘的号手》一诗中，惠特曼还乐观地描绘出未来的自由世界。

惠特曼

惠特曼是著名的美国民主诗人，他歌颂民主自由，表达了美国人民对民主的渴望，同时赞美人民的创造性劳动，给人以积极向上的感觉。

华兹华斯

华兹华斯（1770—1850 年），英国桂冠诗人，生于律师之家，1783 年他的父亲去世，他和弟兄们由舅父照管，1787 年他进剑桥大学圣约翰学院学习，大学毕业后去法国，住在布卢瓦，结识了许多温和派的吉伦特党人。他对法国革命怀有热情，认为这场革命表现了人性的完美，将拯救帝制之下处于水深火热中的人民。

1792 年华兹华斯回到伦敦，1798 年 9 月至 1799 年春，华兹华斯同妹妹多萝西去德国小住，创作了《采干果》《露斯》和短诗《露西》组诗，同时开始写作长诗《序曲》。1803 年华兹华斯游历苏格兰，这段时间，华兹华斯写了许多以自然与人生关系为主题的诗歌，中心思想是大自然是人生欢乐和智慧的源。1807 年他出版两卷本诗集，这部诗集的出版，结束从 1797 至 1807 年他创作生命最旺盛的 10 年。

华兹华斯认为"所有的好诗都是强烈情感的自然流露"，主张诗人"选用人们真正用的语言"来写"普通生活里的事件和情境"，而反对以 18 世纪格雷为代表的"诗歌词藻"。他进而论述诗和诗人的崇高地位，认为"诗是一切知识的开始和终结，它同人心一样不朽"，而诗人则是"人性的最坚强的保护者，是支持者和维护者。他所到之处都播下人的情谊和爱"。此后，华兹华斯的诗歌在深度与广度方面得到进一步的发展，在描写自然风光、平民事物之中寓有深意，寄托着自我反思和人生探索的哲理思维。完成于 1805 年、发表于 1850 年的长诗《序曲》则是他最具有代表性的作品。

华兹华斯

华兹华斯与柯尔律治、骚塞三人都喜爱大自然，厌恶资本主义的城市文明和冷酷的金钱关系，他们远离城市，隐居在昆布兰湖区和格拉斯米尔湖区，被称为"湖畔派"诗人，他们也是英国文学中最早出现的浪漫主义作家。

柯勒律治

塞缪尔·泰勒·柯勒律治（1772—1834年），英国诗人和评论家，柯勒律治生于德文郡，是一位农村牧师的小儿子，九岁时父亲去世。

1791年，柯勒律治入读剑桥大学，他在那里过得并不开心，两年后参军入伍。然而他很快就被部队勒令退伍，又回到了剑桥大学。1794年，他遇到了罗伯特·骚塞，他们俩计划在美国的萨斯奎哈纳河畔建一个理想社会，并且写了一部关于罗伯斯庇尔和法国革命的剧作。到了1797年夏，柯勒律治与威廉·华兹华斯及其妹妹多萝西成了亲密的朋友。柯勒律治用了不到一年的时间就创作完成了他的那些重要诗作。《古舟子咏》发表在《抒情歌谣集》（1798年）中，该卷诗集主要由华兹华斯撰写。也正是在这段时期，柯勒律治创作了他未完成的诗作《克里斯特贝尔》的第一部分、梦境般的片段《忽必烈汗》以及其他一些次要的诗作。

柯勒律治的名著《古舟子咏》是一首令人难以忘怀的音乐叙事诗，该诗简洁的结构和朴素的语言向人们讲述了一个生动的罪与赎罪的故事。在这首诗中，一位古代水手讲述了他在一次航海中故意杀死一只信天翁的故事（水手们认为它是象征好运的一种鸟）。这个水手经受了无数肉体和精神上的折磨后，才逐渐明白"人、鸟和兽类"作为上帝的创造物存在着超自然的联系。这首诗有许多超自然的人物和事件，充满激昂的语调，男主人公自我纠缠，所有这一切都构成了浪漫主义文学的标志。英国浪漫主义运动中，柯勒

律治在诗歌和评论方面都占有重要地位。他认为莎士比亚是旷世奇才，并得到广泛认可。一生致力于把伊曼纽尔·康德以及其他德国哲学家的理论介绍给英国读者。

《古舟子咏》中的插图

彭斯

罗伯特·彭斯（1759—1796年）苏格兰农民诗人，在英国文学史上占有特殊重要的地位。他复活并丰富了苏格兰民歌；他的诗歌富有音乐性，可以歌唱。1759年，罗伯特·彭斯出生于苏格兰西南部的艾尔郡的一个佃农家庭。从小在田里干活，幼时只上过2年多的学，好在父亲虽为辛苦操劳的农民，却也明白知识对于孩子的意义，夜来在繁重的劳作结束后，他亲自教彭斯文法及神学知识。12岁后又继续前往离家很远的村落上学，彭斯学习英文之余还学习了优美的法文。辛

彭斯

劳终生，但博览群书，天文地理、各国文学无不涉猎，也喜爱苏格兰民歌和民间故事。

1783 年彭斯开始写诗。1786 年出版《主要用苏格兰方言写的诗集》，集中收有《两只狗》《一朵红红的玫瑰》《致小鼠》《致山中雏菊》《致虱子》等优秀的苏格兰比兴诗，辛辣的讽刺诗《圣节集市》，歌颂农民及优美大自然的《农民的星期六夜晚》等诗篇，引起轰动。1788 年，彭斯考取税务局职员，1789 年谋得一个小税务官的职位，每周要骑马上班。就在那一段飞扬驰骋的日子里，他有了灵感，在给友人的一封信中，他写出了《友谊天长地久》。彭斯后半生主要收集苏格兰民间歌曲和词作，为约翰逊编辑了 6 卷本的《苏格兰音乐总汇》（1787—1808 年），为汤姆森编辑了 8 册《原始的苏格兰歌曲选集》（1793—1818 年），使许多将要失传的民歌得以保存。每年的 1 月 25 日，苏格兰人民还会举行盛大的欢庆，纪念这位浪漫的诗人。

彭斯的诗歌作品多使用苏格兰方言，并多为抒情短诗，如歌颂爱情的名篇《我的爱人像朵红红的玫瑰》和抒发爱国热情的《苏格兰人》等。他还创作了不少讽刺诗（如《威利长老的祈祷》），诗札（如《致拉布雷克书》）和叙事诗（如《两只狗》和《快活的乞丐》）。作品表达了平民阶级的思想感情，同情下层人民疾苦，同时以健康、自然的方式体现了追求"美酒、女人和歌"的快乐主义人生哲学。彭斯富有敏锐的幽默感。对苏格兰乡村生活的生动描写使他的诗歌作品具有民族特色和艺术魅力。

裴多菲

裴多菲·山陀尔 1823 年 1 月 1 日生于屠户家庭，奥地利帝国统治下的多瑙河畔的阿伏德平原上的一个匈牙利小城——萨堡德沙拉斯，父亲是一名贫苦的斯拉夫族屠户，母亲是马扎尔族的一名农奴，按照当时的法律他的家庭处在社会最底层。

裴多菲

少年时期曾流浪，做过演员，当过兵。1842 年发表作品诗歌《酒徒》，开始写作生涯。他认为"只有人民的诗，才是真正的诗"。早期作品中有《谷子成熟了》《我走进厨房》《傍晚》等 50 多首诗，被李斯特等作曲家谱曲传唱，已经成了匈牙利的民歌。1844 年，裴多菲在诗人弗勒斯马尔蒂的资助下，出版第一本《诗集》以及散文作品《旅行札记》，奠定了他在匈牙利文学中的地位，并受到德国诗人海涅的高度评价。裴多菲后在布达佩斯参加和领导激进青年组织"青年匈牙利"，从事革命活动，曾在国内进行长途旅行，用革命诗篇号召匈牙利人民反对奥地利的民族压迫。1847 年起诗歌创作涉及当时政事，如《致十九世纪的诗人》《以人民的名义》等诗篇，抒发了时代的声音。1848 年 3 月 15 日裴多菲领导有学生参加的无产阶级和小资产阶级的反抗奥地利的市民起义，向起义者朗诵政治诗篇《民族之歌》，并写下诗篇《大海沸腾了》《把国王吊上绞架》，激励人民为争取民族自由和独立而斗争，被誉为"匈牙利自由的第一个吼声"，9 月，加入革命军队，投身匈牙利民族独立战争。在 1848 年至 1849 年由科苏特领导的民族解放战争中，裴多菲于 1849 年 1 月参加了贝姆将军的部队，作为贝姆将军的少校副官同俄奥联军英勇奋战，1849 年 7 月，创作了最后一首诗歌《恐怖的时刻》，同年 7 月 31 日在瑟什堡战役中失踪，多数学者认为他牺牲在瑟什堡大血战中，尸体埋葬在 1050 名英烈的大坟冢中。

裴多菲的贡献主要是在诗歌创作方面，尤其是在抒情诗方面，一生除创作大量革命诗歌外，还写有政论、戏剧、小说和散文等多种，一生中写了约 1000 首抒情诗和 8 部叙事长诗，其中最著名的有《雅诺什勇士》(一译《勇敢的约翰》)和《使徒》，对匈牙利文学的发展具有重大影响，他的政论文章揭露了敌人，鼓舞了人民，起过积极的作用。欧洲一些文艺评论家称赞裴多菲是"马扎尔的抒情诗王"。

爱默生

拉尔夫·沃尔多·爱默生 (1803—1882 年)，生于波士顿。美国思想家、文学家，诗人。爱默生是确立美国文化精神的代表人物。美国前总统林肯称他为"美国的孔子"、"美国文明之父"。1803 年 5 月 6 日出生于马萨诸塞州波士顿附近的康考德村，在 1817 年 10 月爱默生 14 岁时，他入读哈佛大学并且被任命为新生代表，这个身份让他获得免费住宿的机会。为了增添微薄的薪水，寒假期间他会到 Ripley 伯父在马萨诸塞州瓦胜市的学校进行辅导及教学事务。在校期间，他阅读了大量英国浪漫主义作家的作

爱默生

品，丰富了思想，开阔了视野。1821 年爱默生从哈佛大学毕业后，他协助自己的兄弟在

母亲的家中设立一所给年轻女性就读的学校，这是在他于切尔姆斯福德设立自己的学校以后的事；当爱默生的兄弟前往格丁根读神学时，爱默生负责主持这所学校。之后数年，爱默生都过着担任校长的日子，然后进了哈佛大学神学院，并于 1829 年以一位论派牧师的形象崭露头角。

在 1832 年至 1833 年间，爱默生到欧洲旅游，这段经历记载在《英国人的性格》(1856 年)中。在旅途中结识了浪漫主义先驱华滋华斯和柯尔律治，接受了他们的先验论思想，对他思想体系的形成具有很大影响。爱默生回到波士顿后，在康考德一带从事布道。这时他的演说更接近于亚里士多德学派风格，重要演讲稿有《历史的哲学》《人类文化》《目前时代》等。爱默生经常和他的朋友梭罗、霍桑、阿尔柯、玛格利特等人举行小型聚会，探讨神学、哲学和社会学问题。这种聚会当时被称为"超验主义俱乐部"，爱默生也自然而然地成为超验主义的领袖。

1837 年爱默生以《美国学者》为题发表了一篇著名的演讲辞，宣告美国文学已脱离英国文学而独立，告诫美国学者不要让学究习气蔓延，不要盲目地追随传统，不要进行纯粹的模仿。另外这篇讲辞还抨击了美国社会的拜金主义，强调人的价值。被誉为美国思想文化领域的"独立宣言"。一年之后，爱默生在《神学院献辞》中批评了基督教唯一神教派死气沉沉的局面，竭力推崇人的至高无上，提倡靠直觉认识真理。"相信你自己的思想，相信你内心深处认为对你合适的东西对一切人都适用……"文学批评家劳伦斯·布尔在《爱默生传》所说，爱默生与他的学说，是美国最重要的世俗宗教。

爱默生集散文作家、思想家、诗人于一身，他的诗歌、散文独具特色，注重思想内容而没有过分注重词藻的华丽，行文犹如格言，哲理深入浅出，说服力强，且有典型的"爱默生风格"。有人这样评价他的文字"爱默生似乎

只写警句"，他的文字所透出的气质难以形容：既充满专制式的不容置疑，又具有开放式的民主精神；既有贵族式的傲慢，更具有平民式的直接；既清晰易懂，又常常夹杂着某种神秘主义……一个人能在一篇文章中塞入那么多的警句实在是了不起的，那些值得在清晨诵读的句子为什么总能够振奋人心，岁月不是为他蒙上灰尘，而是映衬得他熠熠闪光。

梅尔维尔

　　1819年8月1日生于纽约，15岁离开学校，做过银行小职员、皮货店店员和教师。1839年在一条去英国利物浦的商船上充当服务员，接触海洋，对他以后的创作产生了影响。1841年他22岁时再度航海，在捕鲸船"阿古希耐"号上充当水手，航行于南太平洋一带。他后来的杰作《白鲸》取材于这次海上生活。1842年7月离船，曾为南太平洋马克萨斯群岛有食人生番之称的泰皮族所俘虏。脱逃后于当年8月在一条澳大利亚商船上做水手，因违犯纪律，被囚在塔希提岛。越狱后在当地各岛漫游，所闻所见后来写进他的《欧穆》一书中。11月，他到一艘捕鲸船上做投叉手。1843年8月又在一艘军舰上做水手，1844年10月在波士顿退伍。后开始写作。

　　梅尔维尔最初的两本书《泰皮》（1846年）和《欧穆》（1847年），是根据他在泰皮和塔希提的见闻经过艺术加工而写成的游记。1847年梅尔维尔开始创作《玛地》，并同纽约文艺界接触，经常为文艺刊物写稿。1849年梅尔维尔出版《雷得本》，1850年出版《白外衣》，都写航海生活，也都获得好评。这年夏天他与霍桑相识，两人成为邻居和朋友。1851年梅尔维尔出版他最重要的作品《白鲸》，这部小说以充实的思想内容、史诗般的规模和沉郁瑰奇的文笔，成为杰出的作品，但在当时却没有得到重视。

　　梅尔维尔的小说作品还有《皮埃尔》（1852

年）和《伊斯雷尔·波特》（1855年）。他的短篇小说和散文有《代笔者巴特贝》（1853年）、《迷惘的岛屿》（1854年）、《班尼托·西兰诺》（1855）等，后来集成《广场故事》于1856年出版。1857年出版的长篇小说《骗子的化装表演》。他去世前所写的一部长篇小说是《毕利·伯德》（1924年），在他死后30多年才出版。梅尔维尔晚年转而写诗。1866至1885年在纽约任海关检查员。1866年他自费印行第1部诗集《战事集》。1876年又自费出版以宗教为题材的18000行长诗《克拉瑞尔》，1888年和1891年自费出版诗集《约韩·玛尔和其他水手》和诗集《梯摩里昂》，各印25册。

　　梅尔维尔于1891年9月28日去世。一生潦倒不得志，他的作品在当时大多也不受欢迎，直至20世纪20年代以后才逐渐引起注意。

霍桑

　　霍桑出生于美国马萨诸塞州塞勒姆镇。他的祖辈为著名的1692年塞勒姆驱巫案的三名法官之一。父亲是个船长，在霍桑4岁的时候死于海上，霍桑在母亲抚养下长大。1821年霍桑在亲戚资助下进入缅因州的博多因学院，在学校中他与朗费罗与富兰克林·皮尔斯成为好友。1824年大学毕业，霍桑回到故乡，开始写作。完成一些短篇故事之后，他开始尝试把自己在博多因学院的经验写成

萨勒姆镇

小说，这就是长篇小说《范肖》，于1828年不署名发表，但是没有引起注意。霍桑将没有卖出去的小说全部付之一炬。

1836年霍桑在海关任职。1837年他出版了两卷本短篇小说集《重讲一遍的故事》，开始正式署上自己的名字。其中《教长的黑纱》一篇最为人称道。1841年霍桑曾参加超验主义者创办的布鲁克农场。1842年7月9日他结婚，婚姻非常美满。两人到马萨诸塞州的康科德村老牧师住宅居住三年，期间霍桑完成短篇小说集《古宅青苔》（1843年）。其中的短篇小说《小伙子布朗》《拉伯西尼医生的女儿》很受欢迎。

1846年霍桑又到海关任职。他的邻居是作家爱默生、梭罗等人。1848年由于政见与当局不同，失去海关的职务，便致力于创作活动，写出了他最重要的长篇小说《红字》（1850年）。当年霍桑在野餐中偶然遇到了居住在附近的麦尔维尔并成为好友。麦尔维尔对霍桑的《古宅青苔》很是赞扬，并且在给霍桑的信里提到了自己的小说《白鲸》的写作。爱伦坡也对《重讲一遍的故事》和《古宅青苔》非常感兴趣，写了很多评论。

《红字》发表后获得巨大成功，霍桑继而创作了不少作品。其中《带有七个尖角阁的房子》和《福谷传奇》。1853年皮尔斯就任美国总统后，霍桑被任命为驻英国利物浦的领事。1857年皮尔斯离任，霍桑侨居意大利，创作了另一部讨论善恶问题的长篇小说《玉石雕像》。1860年霍桑返回美国，在康科德定居，坚持写作。1864年5月19日霍桑与皮尔斯结伴旅游途中，在美国新罕布什尔州朴茨茅斯去世。

经典纵览

诗歌是这一时期的代表体裁，海涅、拜伦、雪莱、普希金等都在用诗歌讲述这个世界，抒发对这个世界的热爱，许多如《西风颂》《九三年》《巴黎圣母院》等优秀作品诞生于此。

《曼弗雷德》

《曼弗雷德》是英国浪漫主义诗人拜伦最优秀的一部诗剧，它是受到歌德《浮士德》的启发而创作出来的。《曼弗雷德》的主人公曼弗雷德则是一个桀骜不驯的个人英雄。他是一个既不愿妥协，又找不到出路的孤独的叛逆者。他是诗人拜伦自己的写照。整个诗剧是诗人的自我剖白。

拜伦用了很怪异的故事来把抽象的思想形象化。曼弗雷德有一个容貌神情都与他一模一样的继妹，她叫做安丝塔帝。曼弗雷德和她发生了恋爱关系。从此以后他精神上就非常痛苦，总也无法平静。他还不肯依赖宗教以求灵魂上的安静。他在阿尔卑斯山独居时遇到了七个精灵。精灵们允诺可以给曼弗雷德任何东西。但曼弗雷德说他什么都不要，只求能忘了自己。因为他认为把自己忘掉了，一切痛苦也就没有了。精灵们问他忘掉自己是不是就指死亡，曼弗雷德又说不是，原因是死后而灵魂不灭，仍然不能把自己真正忘掉，所以他这样一直很苦闷。有一天他想从岩石上跳下去，但是一个猎人又阻止了他。后来他呼叫安丝塔帝的灵魂请求宽恕，但也没有效果。这时，恶魔来了，曼弗雷德说道："你也不能左右我。我所做的事都已经做过了。我甘心忍受着自己的苦痛。心，本来就是苦痛的根源。去吧，现在'死'的决定权不在你的手上而在我的手上了。"曼弗雷德就是这样永远也无法得到安宁的人，他尝试过埋头研究科学来求得内心的安宁，然而从知识内也不能得到幸福，"知识的树，终非生命的树"。曼弗雷德最后就在这样的苦闷中死去。

《哈洛尔德游记》

《恰尔德·哈洛尔德游记》是英国浪漫主义文学的杰出代表拜伦在 1809—1811 年间游历西班牙、希腊、土耳其等国，因为受到各国人民反侵略的鼓舞而创作的。《恰尔德·哈洛尔德游记》以哈洛尔德到南欧国家的旅游见闻为基本情节，反映了欧洲 19 世纪一系列重大事件，着重抒发了诗人对欧洲现实的深思与批判，歌颂了民主自由和民族解放的主题。诗的第一章主要是在葡萄牙和西班牙旅行途中的见闻，反映了西班牙人民遭受拿破仑侵略的状况和对自由的渴望。第二章是主人公在希腊和阿尔巴尼亚旅游时的所见所闻，描写了希腊人民遭受奴役的悲惨命运，从而歌颂了阿尔巴尼亚人民对敌英勇反抗的斗争精神。

第三章是在比利时和瑞士旅游时的所见所闻，进而对欧洲发生过的重大历史事件进行批判。第四章写在意大利的见闻，鼓舞当地人民推翻奥地利的黑暗统治，实现民族的统一和解放。整个诗歌是拜伦 1809—1811 年间第一次国外旅行和 1816 年旅居异邦后的见闻和感受的杰作。《恰尔德·哈洛尔德游记》的第一章、第二章在 1812 年 2 月刚刚问世就引起了文坛的轰动，拜伦也一跃成为伦敦社交界的明星。然而，拜伦的诗一直是对这个社会及其统治阶级的虚伪及邪恶表示抗议的。

哈洛尔德的形象在欧洲文学发展中具有许多新特点。他是一个贵族社会的叛逆者。他去海外旅行是为了寻找自由，但最后依然是孤独地到处漂泊。哈洛尔德的形象具有典型意义，概括了当时英国以及欧洲其他国家的进步知识分子不满现实、追求自由却又找不到出口的共同特征，反映了他们的孤独苦闷而又清高冷漠的"时代忧郁症"。

在作品中，诗人还直接向读者抒发感受，

西班牙侵略者镇压马德里起义

通过抒情主人公的形象展现了诗人精神的另一个方面。与消极冷漠的哈洛尔德不同，抒情主人公是一位感情炽烈、精力充沛、渴望自由的歌手。在旅程中，他对面前的一切事物都作积极的评论，热烈称赞人民反侵略的斗争，热情歌颂自由和正义。《恰尔德·哈洛尔德游记》情节是为诗人的主观抒情所决定的。长诗的这种结构充分显示了拜伦的自由精神，也体现了浪漫主义文学的特点，是诗歌形式的创新。

《唐璜》

《唐璜》是英国杰出诗人拜伦的一部没有写完的长篇叙事诗。《唐璜》分为 16 章，约 16000 多行，其长度在世界诗歌史上也是屈指可数的。传说唐璜是中世纪西班牙塞维利亚地区的一个放荡不羁的无赖，常被用做淫荡与放纵的代名词。以这个人物为形象的文学作品在西方不胜枚举。

拜伦的《唐璜》以 18 世纪末的欧洲为背景，同时诗人也融入了欧洲过去特别是诗人自己生活的时代，因而展现了更为广阔的历史面貌，包括了丰富的思想意义。唐璜出生在西班牙一个贵族家庭，英俊而敏感，16 岁就与一位妇女发生关系，于是母亲把他送到国外。但途中轮船由于遇到风暴而沉入大海，幸亏被海盗之女海盗搭救，两人坠入爱河。

但海盗却将唐璜捆上船，运到君士坦丁堡的奴隶市场卖给王宫的太监。唐璜逃出王宫，正好遇到与土耳其交战的俄国军队。他就加入俄军，由于英勇作战深得叶卡捷琳娜女皇的宠爱。后患病，医生建议唐璜出国疗养，于是女皇派他出使英国。

唐璜是一个叛逆者形象。他虽出身贵族，却与上流社会格格不入。他善良，具有正义感，又富有同情心。在轮船遇难时，他搭救落水的侍从。在俄军中，他从哥萨克的刀下救出一个土耳其女孩。他还是一个博学多才、坚毅勇敢的青年。唐璜虽然行为放纵，但用情真诚。总之，唐璜是一个具有民主思想的自由主义者。唐璜就是诗人自己的化身。

可以说，《唐璜》的主人公形象是最拜伦式的，艺术风格也是最拜伦化的。长诗最出色地体现了诗人无拘无束的自由个性，在叙述故事的情节时随时穿插抒情、议论，笔墨纵横，尽情挥洒，整部诗像一串奇光异彩的珠宝项链，五光十色地串连在主人公传奇经历的线索上。为了表现自由的主题，长诗的格调也是自由变化的，主人公的故事传奇、惊险，而诗的整体时而是悲剧式的、时而是英雄史诗式的、时而是艳情的、时而又是宗教的，风格上有时慷慨高歌，有时则哀婉感伤。另外在《唐璜》中讽刺达到了炉火纯青的程度。长诗在幽默、谐谑、嘲弄之间含讥带刺，插科打诨尽情针砭。长诗的语言酣畅自如，处处闪烁着卓越的智慧，格律优美而富于变化，表现出诗人高超的语言驾驭能力。总之，《唐璜》是一部把诗人的才华发挥得淋漓尽致的浪漫主义杰作。乔治·桑普森在《简明剑桥英国文学史》中写道："诗中题材和风格变化无穷，格律的创新也层出不穷。无论从哪个角度看，《唐璜》都是独一无二的杰作。"

《西风颂》

《西风颂》是英国伟大抒情诗人雪莱"三

诗人雪莱

大颂"诗歌中的一首，写于1819年。当时诗人正旅居意大利，处于创作的高峰期。这首诗既是雪莱"骄傲而不驯的灵魂"的自白，也是时代精神的写照。诗人凭借自己的才能，借助自然的精灵让自己的生命与鼓荡的西风相呼相应，用气势恢弘的篇章谱写出了生命的旋律和心灵的狂舞。

诗歌共分为五节，前三节写"西风"。诗人用优美而蓬勃的想象力勾勒出了西风的形象。诗人用气势恢弘的诗句和强烈撼人的激情，把西风的狂烈和急于扫除旧世界创造新世界的形象展现在人们的面前。诗句比喻奇特，形象鲜明，无论是枯叶的腐朽、狂女的头发，还是黑色的雨、夜的世界无不深深地震撼着人们的心灵。

诗歌的后两段主要描写诗人与西风的应和。"我摔倒在生活的荆棘上，我流血了！"每一句令人心碎的诗句都说出了诗人不羁心灵的创伤。但尽管这样，诗人还是愿意被西风吹拂，愿意把自己即将逝去的生命撕碎来感受西风的精神和西风的气息；诗人愿意奉献自己的一切，为即将到来的春天。在诗的结尾，诗人以预言家的身份高喊："要是冬天已经来了，西风啊，春日还会远吗？"诗中的西风已经成了一种象征，它是一种无处不在的宇宙精神，一种打破旧世界创造新世界的西风精神。诗人以西风自喻，表达了自己对新生活的信念和向旧世界宣战的决心。

《傲慢与偏见》

《傲慢与偏见》是简·奥斯丁的代表作。这部作品以日常生活为素材，摒弃了当时社会流行的感伤小说矫揉造作的写作方法，如实地反映了18世纪末到19世纪初处于保守和闭塞状态下的英国乡镇生活和那里的世态人情。这部社会风情画式的小说不仅在当时引起了巨大反响，时至今日仍给读者留下独特的艺术享受。

小说主要讲述了班纳特太太的五个女儿。班纳特太太热衷于为自己的女儿物色好的对象。新来的邻居彬格莱是个有钱的单身汉，他立即成了班纳特太太的目标。在一次舞会上，彬格莱对班纳特家的大女儿简一见钟情。简的妹妹伊丽莎白喜欢彬格莱的好友达西。但达西非常骄傲。伊丽莎白决定不去理睬这个傲慢的家伙。可是不久，达西又喜欢上了活泼可爱的伊丽莎白，在另一次舞会上主动

简·奥斯丁

请她跳舞，却遭到伊丽莎白的拒绝，达西狼狈不堪。彬格莱的妹妹卡罗琳也在追求达西，她嫉妒伊丽莎白。在妹妹和好友达西的怂恿下，彬格莱不辞而别去了伦敦，但简对他依然一片深情。

第二年夏天，伊丽莎白随舅父母来到达西的庄园。她突然发现达西改变了很多，不仅在当地很受人们尊敬，而且对妹妹乔治娅娜也非常爱护。这时，伊丽莎白接到家信，说小妹丽迪娅和身负累累赌债的威肯私奔了。这种家丑使伊丽莎白非常难堪，以为达西会瞧不起自己。但出乎她意料的是，达西不仅替威肯还清赌债，还给了他一笔巨款，让他与丽迪娅结婚。彬格莱和简也经过一番曲折后言归于好。一对曾因傲慢和偏见而延搁婚事的有情人终成眷属。

奥斯丁善于将日常最平凡的人物塑造成性格鲜明的形象，不论是伊丽莎白、达西，还是威肯、柯林斯，都写得真实动人。同时，奥斯丁的语言是经过锤炼的，她善于运用幽默、讽刺，常用风趣诙谐的语言来烘托人物的性格特征。这种艺术创新使她的作品具有自己独特的风格。

《简·爱》

《简·爱》是19世纪英国著名的女作家夏洛蒂·勃朗特的代表作。总体上说，《简·爱》是夏洛蒂·勃朗特"诗意的自传"。小说阐释了人的价值需要用尊严和爱来共同维护的主题。

小说讲述的是女主人公简·爱的成长历程，她从小失去父母，寄住在舅妈里德太太的家里，不平等的对待让她饱受欺凌，小小年纪就承受了别人无法想象的委屈和痛苦。她再也不想待在里德太太的家里了，里德太太就把她送进达罗沃德孤儿院。孤儿院院长是个冷酷的伪君子，他用各种办法摧残孤儿的精神和肉体。简·爱与孤儿海伦结成好友。

但海伦在一场传染性的伤寒中死去，这对简·爱是很大的打击。成年后，她来到桑菲尔德贵族庄园做家庭教师，庄园主人罗切斯特是个性格忧郁而又喜怒无常的人，简·爱以真挚的情感和高尚的品德赢得了主人的尊敬和爱恋，谁料命运对她如此残忍，就在婚礼的当天，一位不速之客闯进了教堂，告诉她罗切斯特有一个患有遗传性精神病的合法妻子。罗切斯特也承认了这一事实。

简·爱悲痛欲绝地离开了桑菲尔德庄园。后被圣约翰和他的两个妹妹收留。一天，圣约翰准备去印度传教，临行前向简·爱求婚，但他坦率地告诉她，他要娶她是因为他需要一个很有教养的助手。简·爱在恩情与爱情之间徘徊，迟迟不肯答应他。就在简·爱即将作出决定的时候，她又想起了罗切斯特。她决定回到罗切斯特的身边。当简·爱回到桑菲尔德庄园时，整个庄园已经成为一片废墟。原来几个月前，在一个风雨交加的夜晚，疯女人伯莎放火烧毁了整个庄园，罗切斯特为了救她，被烧伤了一只手臂并且眼睛也瞎了，正孤独地生活在几英里外的一个农场里。简·爱赶到农场，向他吐露自己的爱情，他们的真爱终于有了最好的结果。简·爱为这场婚姻付出了巨大的代价，但自始至终她都一直坚持着自己的信念，执著于自己的理想。

《茶花女》

《茶花女》是法国剧作家、小说家小仲马的代表作。《茶花女》就是根据他亲身经历所写的一部力作。这本书的第一页就是小仲马写的一首诗，名叫《献给玛丽·杜普莱西》。玛丽·杜普莱西就是书中茶花女的原型。《茶花女》主要是在描述巴黎妓女玛格丽特和纯情青年阿尔芒之间缠绵悱恻、缱绻动人的爱情故事。

贫苦的乡下姑娘玛格丽特来到巴黎后，由于长得花容月貌，成为上流社会红极一时

小仲马

的社交明星。她总是戴着一束茶花，被称为"茶花女"。玛格丽特是巴黎上流社会中的社交明星。她那非凡的美貌和超群的聪慧，使她成为富贵子弟争相追逐的对象。自从与阿尔芒结识后，阿尔芒的真挚与专一令玛格丽特深深感动，两个人倾心相爱。他们远离繁华闹市，在巴黎郊区过起了朴素无华的田园生活。玛格丽特受到创伤的心灵也开始慢慢愈合，并决心彻底改掉过去的习惯，永远和阿尔芒在一起，享受一个正常女人的真正生活。不幸的是，阿尔芒父亲的出现粉碎了她的美梦，阿尔芒的父亲为了家庭的声誉恳请玛格丽特离开阿尔芒。为成全阿尔芒家庭的幸福，玛格丽特被迫离开了阿尔芒，事后遭到不知内情的阿尔芒的种种侮辱和伤害，终因心力交瘁，饮恨黄泉。

玛格丽特死后只有一个好心的邻居米利为她入殓。米利还把玛格丽特生前的一本日记交给了阿尔芒。在日记中，阿尔芒才了解到了她高尚的心灵。阿尔芒怀着无限的悔恨与惆怅，专门为玛格丽特迁坟安葬，并在她的坟前摆满了白色的茶花。

这部小说自1848年发表后，立即获得巨大的成功；小仲马于1852年改编成剧本上演，再次引起巨大轰动，人人交口称赞。意大利著名作曲家威尔第于1853年把它改编成

歌剧，歌剧《茶花女》风靡一时，成为世界著名歌剧之一。《茶花女》从小说到剧本再到歌剧，三者都有不朽的艺术价值，这恐怕是世界上独一无二的文艺现象。

《巴黎圣母院》

《巴黎圣母院》是雨果第一部具有人道主义和浪漫主义色彩的现实主义作品。小说艺术地再现了15世纪路易十一统治时期的历史画面。小说以不同寻常的紧张情节和夸张的人物形象，描写了善良的无辜者在中世纪封建专制制度下所遭受的摧残和迫害。

《巴黎圣母院》描述的是一个浪漫又悲惨的爱情故事。小说的女主人公爱斯梅哈尔达是一个以在巴黎街头卖艺为生的美丽又善良的吉卜赛姑娘。赤贫的青年诗人比埃尔·甘果瓦偶然同她相遇，并在一个更偶然的场合成了她名义上的丈夫。

加西莫多是巴黎圣母院的敲钟人，相貌奇丑无比，他暗恋着爱斯梅哈尔达，他被巴黎圣母院的副主教克洛德收为义子，而克洛德也千方百计想占有爱斯梅哈尔达。法比是国王侍卫队队长，虽然已有娇美的未婚妻却生性风流，喜欢拈花惹草。爱斯梅哈尔达也爱上了他，这引起了克洛德的嫉妒，他趁着爱斯梅哈尔达与法比幽会时，刺伤了法比然后嫁祸给爱斯梅哈尔达，并要挟她以身相许。

巴黎圣母院

但是，爱斯梅哈尔达拒绝了他，最后克洛德竟亲手把这个善良可爱的少女送上了绞刑架。眼看爱斯梅哈尔达遭到陷害，加西莫多用巧计将她救出，并让她在圣母院一间密室里避难。敲钟人用自己淳朴和真诚的感情去保护她。不久吉卜赛人的领袖克罗班前来攻打圣母院，意图解救爱斯梅哈尔达。法比率领卫队击溃了吉卜赛人。自知无力对抗军队的加西莫多以为法比是来解救爱斯梅哈尔达的，就让克洛德把爱斯梅哈尔达交给了法比。没想到法比由于不敢再触怒未婚妻而宣布将爱斯梅哈尔达处死。当悲愤之中的加西莫多无意中发现自己的"义父"和"恩人"远望着绞刑架上的吉卜赛姑娘却发出了恶魔般的狞笑时，他突然明白了一切。加西莫多亲手将克洛德从高耸入云的钟塔上推了下去。但这样还是没能挽救爱人的生命，他抱着爱斯梅哈尔达的遗体躲藏在巴黎公墓的地窖里与爱斯梅哈尔达一起化为了生死相依的尘土。

作者以浓烈的色彩描绘了中世纪特征鲜明而绚丽的城市图景，给读者展现了一个充满绚烂和奇特声响的世界。这部作品是运用浪漫主义对照原则的艺术范本。

《呼啸山庄》

《呼啸山庄》的作者是英国19世纪著名诗人和小说家艾米莉·勃朗特。小说通过一个爱情悲剧反映了这个畸形可怖的社会及被这个社会所扭曲了的人性。

整个故事的情节主要是通过四个阶段逐步展开的：第一阶段讲述了希克厉与凯瑟琳朝夕相处的童年生活，一个弃儿和一个小姐在这种特殊环境中的特殊感情。呼啸山庄有着三百年的历史，以前的主人从街头捡来一个吉卜赛人的弃儿，收他做养子，这就是希克厉。希克厉一到这家就受到庄主儿子享德莱的欺负和虐待，可享德莱的妹妹凯瑟琳却与希克厉疯狂地坠入爱河。

第二阶段着重描写了虚荣的凯瑟琳背弃了希克厉，成为画眉山庄的女主人。一次，他们到画眉山庄玩，凯瑟琳被狗咬伤，主人林敦夫妇热情地留她养伤，而希克厉被当成坏小子赶跑了。凯瑟琳养伤回来后变得温文尔雅。她真心爱的是希克厉，但碍于身份和面子嫁给了林敦的儿子埃德加，成为了画眉山庄的女主人。

第三阶段以大量笔墨描绘希克厉的复仇计划。数年后，希克厉以一个潇洒英俊而又很有钱的青年突然出现在画眉山庄。这引起了埃德加的妹妹伊莎贝拉的爱慕。他为了报仇和伊莎贝拉结婚了，婚后常常虐待伊莎贝拉。他还用计使享德莱破产，最后他成了呼啸山庄的主人。此时凯瑟琳正值临产，希克厉趁埃德加不在家，进入了画眉山庄，他们疯狂地拥抱着，不知是爱还是恨。当天夜里，凯瑟琳昏迷中生下一个女孩便死去了。伊莎贝拉忍受不了丈夫的虐待，逃到伦敦附近生下了小林敦。凯瑟琳的女儿也已成为一个美丽的少女，希克厉逼迫她和小林敦结婚。几个月后，埃德加也死了，希克厉作为小林敦的父亲搬进了画眉山庄。不久小林敦也死了，小凯瑟琳成了年轻的寡妇。

最后阶段交代了希克厉的死亡。小凯瑟琳和享德莱的儿子哈里顿就像当年的希克厉和凯瑟琳一样，希克厉有意把哈里顿培养成粗野的孩子，还疯狂地阻止他和小凯瑟琳交往。当他了解哈里顿和小凯瑟琳相爱后，当他从小凯瑟琳的眼里看到凯瑟琳的影子时，他渴望着和凯瑟琳的孤魂在一起。山坡上有三座坟墓：凯瑟琳在中间，一边是林敦，一边是希克厉。这便是小说对爱与恨最美的诠释。

希克厉的一爱一恨到最后的人性复苏，既是小说的精髓，又是贯穿始终的一条主线。作者依此脉络谋篇布局，把场景安排得变幻莫测，有时在阴云密布的旷野，有时又在阴森惨暗的庭院，故事始终被笼罩在一种神秘和恐怖的气氛之中。小说开始曾被人当做是

艾米莉·勃朗特

女作家脱离现实的天真幻想，但小说中所描写英国的社会现象和激烈的阶级斗争，使它不久便被评论界高度肯定，并受到各国读者的热烈欢迎。

《乌鸦》

《乌鸦》是19世纪美国诗人、小说家和文学评论家埃德加·爱伦·坡于1845年创作的诗。《乌鸦》主要叙述的是一位处于丧亲之痛中的男子在孤苦无奈、心灰意冷的深夜与一只乌鸦邂逅的故事。凄怆疑惧的诗歌基调源于一种不可逆转的绝望，随着乌鸦一声声的"永不复生"而加深，直至绝望到无以复加的终行。诗人在一个孤寂沉闷的午夜独坐，面对如烟的往事昏昏欲睡，突然听到轻轻的仿佛敲门的声音，然而开门一看，却空

无一人，依然是沉沉的暗夜。诗人在这恐惧的夜里联想到死去的爱人。当他再次听到"敲门声"时，他打开窗户发现了一只乌鸦。诗中的乌鸦象征着一种神秘莫测而又不祥的外在力量。诗的大部分篇幅是诗人的沉思及与落在女神像上的乌鸦的对话。这首诗字面上悼念死去的爱人，实际上弥漫着一种无所不包的悲凉情绪，这是对人生失意和对美的追求无望的一种失落。

"12月的一个深夜，又黑又冷"是叙述者凄苦难耐的心理写照。正是这种心境引来了乌鸦，它站立在女神的塑像上，一次又一次地传达着冥界的信息，一次又一次地用沙哑刺耳的"永不复生"的字眼戳啄着叙述者已完全破碎了的心。

诗中"永不复生"一共重复了11次，它是乌鸦的唯一话语。"永不复生"既是它的名字，也是它对作者每一次询问的回答。乌鸦对诗人的沉思和提问都像念咒似的报以"永不复生"的答话，令人对世界万物悲伤绝望。听起来既答非所问，又答得非常应景。它把一幕原本荒诞的对话推向了对生存价值的哲理思考。"人至爱的一切不也像乌鸦的聒噪那样，一旦逝去就会永不复生。"

可以说《乌鸦》全篇字字珠玑，行行如歌，音韵处理上可以与唐诗《琵琶行》媲美。爱伦·坡更是在音韵的处理上深入地挖掘了英语在诗学上的潜力，他大量使用了头韵、内韵和谐韵，对近似音作了精细而超常的排列。在每一节中都有一系列的短句构成长行，这样连续不断拍成流水行，极贴切地表现了叙述者低回哀婉的语气，读起来一步三叹。此外，爱伦·坡其他的诗也多为脍炙人口的精美篇什，大都形象奇特、气氛凄凉，优美、神秘、词采华丽而富有音乐感。爱伦·坡的诗学理论和诗歌创作为波德莱尔等象征主义者倍加推崇。

《草叶集》

《草叶集》是19世纪美国著名作家惠特曼的浪漫主义诗集，从1855年初版的12首发展到1891—1892年的"临终版"401首，每一首都记录着诗人一生的思想感情和探索历程，同时也反映出了作者生活的时代和国家的面貌。诗集得名于一句诗："哪里有土，哪里有水，哪里就长着草。"草叶是最普通也最有生命力的东西，它象征着当时正在蓬勃向上的美国。诗集通过"自我"感受和"自我"形象，热情地歌颂了资本主义上升时期的美国。

惠特曼从小就热爱民主和自由，《草叶集》是惠特曼一生创作的汇集，也开创了美国民族诗歌的新时代。作品包含着丰富而深刻的思想内容，充分反映了19世纪中期美国的时代精神。诗人站在激进的资产阶级民主主义立场上大力讴歌美国这块"民主的大地"：那里没有奴隶，也没有奴隶的主人，那里人民站起来反对被选人的胡作非为，那里男人女人勇猛地奔赴死的号召，犹如大海的汹涌……那里她们走到公共集会上，有着和男子一样的权利。《草叶集》歌颂了泛神主义，泛神主义是指对大自然的崇拜，以自然万物为神；诗中极力赞美大自然的壮丽、神奇和伟大之处：攀登高山，我小心地爬，手扶着细瘦的

惠特曼故居

小枝，行走在长满青草，树叶轻拂着的小径上，鹌鹑在麦田对着树林鸣叫，蝙蝠在七月的黄昏中飞翔，巨大的金甲虫在黑夜中降落，溪水从老树根涌出慢慢地流到草地上去。

《草叶集》是美国大地上的芳草，永远生机勃勃并散发着诱人的芳香。它也是世界闻名的佳作，美国诗歌史上一座灿烂的里程碑。作者在诗歌形式上进行了大胆的创新，创造了"自由体"的诗歌形式，以断句作为韵律的基础，打破了传统的诗歌格律。诗歌节奏自由奔放，汪洋恣肆，舒卷自如，具有一泻千里的气势和无所不包的容量。

《红字》

《红字》是 19 世纪美国浪漫主义作家纳撒尼尔·霍桑创作于 1851 年的长篇小说。小说揭露了 19 世纪美国资本主义社会的残酷、宗教的欺骗以及道德的虚伪。主人公海丝特崇高纯洁的品行，不但感化了表里不一的狄梅斯迪尔，同时也在感化着这个充满罪恶的社会。

小说主要描写海丝特被狄梅斯迪尔诱骗而怀孕。在远离社会、远离人群、受尽屈辱的环境里，海丝特孤苦而顽强地生活着，女儿珠儿是她唯一的支柱。小珠儿美丽脱俗，精力充沛，性格倔犟，她和海丝特胸前的红字一起闪耀在世人的面前。在清教徒的社会里，女人犯了通奸罪要不可避免地受到审判，并要永远佩戴那个红字，那是耻辱的象征。狄梅斯迪尔牧师是个年轻俊美而又学识渊博的牧师，他善于辞令，有着极高的威望。但自从海丝特因犯通奸罪受审以来，他日趋敏感、忧郁和恐慌。

海丝特这种忍辱负重、代人受过以及不屈不挠的精神，曾一度感动了狄梅斯迪尔。她丈夫齐灵渥斯突然归来，并不择手段地以医生的身份追查狄梅斯迪尔。饱经世故的齐灵渥斯不断地发掘牧师内心的奥秘。随着时间

的推移，齐灵渥斯渐渐地走进了狄梅斯迪尔牧师的心里。一天，齐灵渥斯拨开了正在沉睡的狄梅斯迪尔的法衣，终于发现了狄梅斯迪尔牧师一直以来隐藏的秘密——他的胸口上有着和海丝特一样的红色标记。最后，良心发现的狄梅斯迪尔在自己就任新市长的那天，当众宣布了自己诱骗海丝特的事实，最后死在海丝特的怀抱中。

小说采用象征手法，人物、情节和语言都颇具主观想象色彩，在描写中又非常注重人的心理活动和直觉。因此，它不仅是美国浪漫主义小说的代表作，同时也是美国心理分析小说的开篇之作。

《绿野仙踪》

《绿野仙踪》是由美国作家莱曼·弗兰克·鲍姆所作的童话故事，总共 14 部。故事内容描写了一位善良的姑娘多诺茜被龙卷风刮到一个神奇而陌生的国家——奥兹国，于是找不到回家的路。在奥兹国，多诺茜陆续认识并和没头脑的稻草人、没心脏的铁皮人和胆小的狮子结为朋友，他们四个人在实现愿望的过程中遇到许多奇怪的事情，但他们最终凭借智慧和毅力，互相帮助，如愿地完成自己的心愿。

在堪萨斯州中部的一个农场上，美丽善良的小姑娘多诺茜一直和叔叔、婶婶住在一座小木屋里。草原上总是刮龙卷风，于是叔叔为了躲避龙卷风而在屋中挖了一个地洞。可是，一场突如其来的龙卷风袭击了农场，叔叔婶婶等人都躲进地洞，但是多诺茜为了救她的小狗托托，没来得及躲进地洞，就和木头房子一起被龙卷风抛到一个神奇的国度——奥兹国。

奥兹国是一个矮人国，因为木头房子从天上掉下时正好砸死了东方女巫，这个东方女巫总是危害矮人国，所以多诺茜在矮人国受到了热烈的欢迎。而且，多诺茜还得到一

双银鞋，它是东方女巫的宝物。当多诺茜提出想要回到叔叔、婶婶身边的要求时，一位深受人们爱戴的甘琳女巫给她指引了一条通向翡翠城的道路，让她去寻求奥兹魔法师的帮助。

在去往翡翠城的路上，多诺茜碰见了没有头脑的稻草人、没有心脏的铁皮人和毫无胆量的狮子，并与他们成了好朋友。为实现各自的愿望，四个人结伴而行。最终，这四个人到达了翡翠城，并且战胜东方女巫的妹妹西方女巫。这时，奥兹一一满足了稻草人、铁皮人和狮子的愿望。稻草人发现自己拥有了头脑，铁皮人发现自己拥有健康的心脏，而狮子则有了勇气而成为百兽之王。但遗憾的是，奥兹不能实现多诺茜回家的愿望。最终，多诺西在银鞋魔力的帮助下，飞回到了堪萨斯农场，回到喜爱她的叔叔和婶婶的身边。

《叶甫盖尼·奥涅金》

《叶甫盖尼·奥涅金》，也译作《欧根·奥涅金》，是俄国作家普希金写于1823—1831年的长篇诗体小说，这部作品是俄国现实主义文学的奠基石。

作品中的主人公奥涅金是一个年轻的贵族，他一直过着奢靡的生活，但是当受了进步的启蒙思想、亚当·斯密的《国富论》和卢梭的《社会契约论》、拜伦的自由和个性解放的诗歌的影响后，他对现实的态度也发生了变化。他开始厌倦上流社会生活的空虚和无聊，抱着对新的生活的渴望来到了乡村，试图从事农业改革。但是，华而不实的贵族教育没有赋予他任何实际工作的能力，相反好逸恶劳的习惯又在他身上打下了深深的烙印，加之地主的非难，奥涅金到头来仍处于无聊、苦闷和彷徨的状态之中，还染上了典型的时代忧郁症。在乡下的庄园里，他和连斯基及其未婚妻奥尔伽成为好友。奥尔伽淳朴善良的姐姐达吉雅娜狂热地爱上了奥涅金，但是

这份纯洁的爱情却遭到奥涅金的拒绝。一次家庭宴会，感到一切都无聊透顶的奥涅金故意向奥尔伽献殷勤，这引起了连斯基的愤怒并要求与他决斗，奥涅金在决斗过程中打死了连斯基。追悔莫及之余，奥涅金离开了乡下。几年后在圣彼得堡一个舞会上，奥涅金意外地与已经成为将军夫人的达吉雅娜重逢，这时发现自己深深地爱上了她，但遭到达吉雅娜的强烈回绝。

小说是俄国第一部现实主义的伟大作品，成功塑造了奥涅金这个"多余人"的形象。作品形象地表现了奥涅金的冷漠无聊、连斯基的理想主义、达吉雅娜的纯洁孤寂，广阔地反映了19世纪20年代俄国的社会生活现实，真实地表现了当时俄国青年一代的苦闷、探求以及觉醒，提出了许多重要的社会问题，因此别林斯基把它称为"俄罗斯生活的百科全书和最富人民性的作品"。

普希金像

西方文学
XIFANG WENXUE
YI BEN TONG

十九世纪后期的现实主义文学

　　现实主义是 19 世纪西方文学中的一个重要思潮，也是 19 世纪西方文学的主流，代表着近代欧美文学发展的高峰。现实主义文学具有强烈的社会批判性，为此高尔基将其命名为"批判现实主义"。现实主义不仅再现了不同的社会现实，还对社会现实进行了深刻的批判，同时它还深刻地揭示了资本主义社会的人与人、人与社会之间的矛盾关系，从而表现出深刻的人道主义精神；它追求艺术的真实，主张通过塑造典型环境中的典型性格，全面而真实地反映整个社会时代的风貌。它在叙事艺术、人物描写以及情节结构等方面都丰富了小说的表现力，并使长篇小说走向了繁荣。

青年德意志派

1830 年法国七月革命以后，受民主主义作家伯尔纳和海涅的影响，德国相继出现了一批进行创作的青年作者，这些作家的思想倾向大致相似，"青年德意志派"便是对他们的总称。

"青年德意志"这个名称最早见于鲁道夫·温巴尔格的论文集《美学的征讨》中的献词："献给你，青年德意志……"当时德国文学界由于受到七月革命的鼓舞，思想自由的空气甚浓，这时许多青年人开始以黑格尔的哲学思想为依据，借以提出改革或革命的要求。新崛起的这批年轻作家要求摆脱一切教条的束缚，他们主张政治上采取自由主义，要求文学关注社会、针砭时弊。不久在这批青年作家内部出现分歧，由于沃尔夫冈·门采尔对古茨柯等人的攻击，1835 年 11 月普鲁士内阁指令查禁以古茨柯为代表的一批文学青年的作品。同年 12 月 10 日德意志联邦议会再次通过决议，声称在德国已经形成了一个名为"青年德意志"的文学流派，并把古茨柯、海涅、温巴尔格、劳伯和蒙特等 5 位作家列入此流派，将放肆攻击基督教、贬低现存的社会关系，破坏秩序和道德等作为他们的罪名，并要求各邦对他们进行惩处。后来禁令渐渐放松，终于在 1842 年取消了这个禁令。

青年德意志作家的共同之处在于他们对当时的政治问题十分关心，并且他们还主张文学应该面向现实生活，以文艺为工具，借此传达他们关于政治及社会改革的自由思想，他们反对如教会、封建道德和反动势力等落后的事物，他们的作品具有很强的倾向性，尽管如此，青年德意志派在艺术上的表现却很平庸，其创作的作品文学价值都不高。这派作家的政治态度初时较为激进，自从 1835 年作品被禁之后，他们中的许多人出现不同程

门采儿的绘画

度的与反动势力妥协的现象。在"青年德意志派"中，最正直的作家当属温巴尔格。他是铁匠的儿子，1834 年他写出较有价值的《美学的征讨》，在作品中体现了作者针对现实的美学理论，表达了温巴尔格反对当时大学里空洞无物的形式主义的美学教程的立场。温巴尔格从歌德、拜伦、海涅三位作家的作品里引申出自身的美学原则，曾获得歌德、海涅很高的评价。除了正直的温巴尔格外，"青年德意志派"中较有才华的作家是卡尔·古茨柯。1835 年他写作了长篇小说《多疑女人瓦莉》，对传统的道德观念进行了猛烈攻击。

纯艺术派

在 19 世纪中期的俄罗斯诗坛上出现了标榜"纯艺术"的诗歌流派，此派的主要代表有费特、迈科夫、阿·康·托尔斯泰、波隆斯基等，这一派的理论家则有德鲁日宁、鲍特金等。"纯艺术派"主张诗歌应塑造永恒的主题，他们反对诗歌的政治倾向性，认为政治会对诗歌发展造成妨碍。

叔本华

该派核心人物费特曾指出：艺术的任务就是表现美，除此之外，艺术再无其他目的。这就是他艺术观的精髓，与同时代现实主义大师屠格涅夫所提倡的艺术的任务就是留住瞬间的美不谋而合。他的艺术原则还在《只是在面对你的笑靥》一诗中表现得淋漓尽致。其中"只有歌才需要美，而美却不需要歌"的诗句更是广为流传。19世纪70年代，费特成为叔本华的狂热崇拜者，他甚至骄傲地宣称："纯粹地并始终如一的叔本华学说，艺术和美的事物把我们从无穷欲望的恼人世界带入纯粹直观的无意识世界；观赏西斯廷圣母、聆听贝多芬、阅读莎士比亚，不是为了获得

"纯艺术派"的文学影响

"纯艺术派"尽管脱离时代与生活，片面宣扬"为艺术而艺术"的唯心美学，但它的历史贡献仍不可否认：费特与他的盟友曾经以精美绝伦的吟唱为俄罗斯送来令人迷醉的"小夜曲"，同时他们也为白银时代诗歌的辉煌奠定了基础。在曾经政治风向一边倒的局势下，他们坚定地追求自己的审美趣味与艺术理想，这种难能可贵的勇气及诗人品格尤为令人称颂。

下一个位置或任何利益。"应强调的是，费特心中的美并非是一种抽象的认识，也没有人为强加上去的政治色彩，他所说的美就是生活的美、艺术的美，是与自然与人的情感不可分离的美。在表明自己美学观的同时，费特还提出了自己的情感论。他认为，诗歌的要义不在于表达真情实感，而是传达真情实感。这与列夫·托尔斯泰在《艺术论》中关于"艺术是感情的传达"的论断有异曲同工之妙。费特的情感论摒弃了欧洲模仿论的传统，实际上是艺术本质论的转移。

废奴派

自19世纪20年代起，废除蓄奴制的问题日益成为社会舆论的焦点。30年代之后，美国北部废除黑奴的呼声越来越强烈。黑人的处境激起了许多作家的同情，从爱默生、朗费罗到惠特曼都曾以反对蓄奴为主题进行过创作。1833年在美国出现了反蓄奴制协会，北方关于宣传废奴的刊物也屡见不鲜，废奴问题开始成为当时热点的文学主题，这样"废奴文学"应运而生。废奴派作家站在民主主义和人道主义的立场上，揭露蓄奴制的罪恶，他们同情黑人奴隶，强烈要求解放黑奴。希尔德列斯(1807—1865年)的长篇小说《白奴》被看做是"第一部十足的反蓄奴制小说"。废奴文学在文学史上开创了美国19世纪批判现实主义文学的先河。斯陀夫人（1811—1896年）的长篇小说《汤姆叔叔的小屋》（又名《黑奴吁天录》）是废奴文学最高成就的代表，其影响之大，林肯总统甚至曾戏称斯陀夫人是"写了一本书，酿成一场大战的小妇人"。《汤姆叔叔的小屋》的全书都弥漫着同一个主题，即奴隶制度的罪恶与不道德。尽管斯陀夫人在她的文字里也渗透了其写作的次要主题——譬如母亲的道德权威以及由基督教提供拯救的可能性——但这些次要主题仍与她强调的废奴思想紧密相连。几乎在小说的每

林肯向幕僚们宣读解放黑奴宣言

一页，斯陀夫人都在积极宣传着"奴隶制度不道德"这一主题，为了表达得更加淋漓尽致，有时她甚至会改变故事叙述的口吻，从而向人们"布道"奴隶制的破坏天性。譬如，在文中对汤姆乘船前往南方州的故事叙述中，作者就别出心裁以一名白人女性的口吻说道："奴隶制的最可怕之处就在于对感情和亲情的践踏——比如拆散人家的骨肉。"除此以外，在全书中为了形象刻画黑奴制度拆散他人家庭的悲惨，从而实现对奴隶制度罪恶的抨击，作者还精心设计了许多精彩描写。文中那句"在自由的土地上，逃亡者们安全了"极具震撼作用。

废奴文学严格来说虽然是美国批判现实主义的萌芽，但它仍然不乏强烈的浪漫色彩。它以废除奴隶制度，揭露并控诉奴隶主罪行为目的，是19世纪上半叶美国资产阶级的进步文学潮流。除了影响较大的《汤姆叔叔的小屋》，废奴文学的优秀作品还有朗费罗的《奴役篇》、爱默生的《波士顿颂》、惠特曼的《桴

鼓集》等。

宪章派

19世纪40—50年代，英国产生了宪章运动。参与宪章运动的成员为了进行鼓动宣传，他们经常在群众集会上发表演说，创办报刊，撰写诗歌、小说、杂文和文艺评论等文章。由此在文学史上也形成了一个新的文学流派——宪章派。宪章派文学的形式丰富多样，其中以诗歌为其最主要的组成部分。

宪章派的诗歌内容丰富，题材广泛，它的特点第一在于作品往往具有鲜明的政治倾向性。作品的诞生通常是与宪章运动密切配合并积极为其服务。第二，宪章派的诗歌还具有强烈的战斗性。宪章派诗歌是政治斗争的产物，它多取材于现实的革命斗争，以迅速反映当时斗争中的迫切问题及重要事件为主题，诗歌中充溢着乐观主义的精神和激励战斗的号召。第三，宪章派诗歌不乏广泛的群众基础。它的内容多是群众所熟悉与关心的热门问题，在形式上诗歌广泛采用为大众所喜闻乐见的歌谣体和圣诗体，其语言通俗易懂。第四，宪章派诗歌自始至终都有国际主义精神的贯穿。其中很多作品号召欧洲各国人民团结起来，共同奋斗，以争取胜利，对

宪章文学的局限性

英国的宪章运动是第一次无产阶级的革命运动，它必然具有一定的历史局限性，因而就此产生的宪章文学不可避免地受到资产阶级与小资产阶级人道主义、宗教迷信及改良主义的影响，这在文学作品中多有反映，如有些诗歌对资本主义制度就表现出和平与改革的幻想，宪章派作家还有寄希望于上帝的"恩泽"等思想。但是，由于宪章派文学作为无产阶级文学的萌芽，它为以后的巴黎公社文学及一切社会主义文学的发展开辟了道路，因而其在英国文学史上与世界文学史上的地位十分重要。

外国受压迫的人民宪章派表示了深切的同情。

不仅在诗歌内容上宪章派成绩斐然，其诗歌在艺术成就方面也具有相当高的水平，其中很多诗歌极具抒情性，富有深厚的情感，在词汇运用上也比较丰富，诗律也简洁生动。尽管有些是仿效彭斯、拜伦和雪莱的作品，但仍有许多作品形成了自己独特的风格和新颖的意境。在为数众多的宪章派诗人之中，比较突出和著名的有厄内斯特·琼斯、威廉·詹姆斯·林敦和杰拉尔德·梅西。其代表作分别为《未来之歌》《各民族的挽歌》和《自由的呼声与爱情抒情集》等。

巴黎公社成立

（1836—1903年）、克洛维斯·于格（1851—1907年）、女英雄路易丝·米歇尔、昂利·布里萨克（1826—1906年）、欧仁·沙特兰（1829—1902年），以及鲁瓦、奥利维耶·苏埃特尔、埃蒂耶纳·卡尔亚、埃米尔·德勒、塞内沙尔、拉绍塞等。他们曾创作了大量关于公社革命的诗作，其中以朴素的歌谣居多数，巴黎公社文学的作家们将现实主义与浪漫主义相结合，丰富了这一文学流派的创作面貌。

巴黎公社文学

巴黎公社文学是指1871年巴黎公社革命的参与者所从事的与这一伟大历史运动有关的文学创作。它高举为公社革命事业服务的鲜明旗帜，从而开辟了法国无产阶级文学的新纪元。

巴黎公社文学曾取得多方面的成就。公社委员于勒·瓦莱斯创作了著名的自传性三部曲《雅克·万特拉》，其中在第三部《起义者》中，瓦莱斯生动地再现了巴黎无产阶级从公社前夕到五月流血周的全部壮丽的斗争史实。他以公社的战斗活动为主线写下了许多精彩的杂文，他还创作过一部题为"巴黎公社"的剧本，其中塑造了公社革命者形象。此外还有不少公社幸存者为后世留下了许多具有文学品位的回忆录及历史著作，例如马克西姆·维约姆（1844—1920年）的《我在公社时期的红皮日记》、昂利·罗什福尔（1830—1913年）的《我的生活中的遭遇》及普罗斯佩·利萨加莱（1838—1901年）的《1871年公社史》。尽管如此，巴黎公社文学中最丰富最充满战斗活力的当属诗歌。

巴黎公社拥有以《国际歌》的作者、公社委员欧仁·鲍狄埃为首的一支庞大的诗人队伍。其中重要的成员有巴蒂斯特·克莱芒

自然主义文学

自然主义文学是现实主义文学通过对实证主义、遗传学说和决定论观点的吸收而演变出的新的文学流派。19世纪下半叶，法国文学界实证主义、唯意志论和直觉主义等哲学思潮大行其道，19世纪欧洲文学的浪漫主义和现实主义两大支流纷纷遭到质疑，单纯的浪漫激情或是赤裸的现实揭露已无法满足知识阶层对文化新秩序的渴求，于是浪漫主义和现实主义开始紧密与流行的科学理念、哲学思潮结合，从而导致一些新的文艺流派的衍生，自然主义就是其中最重要的一个流派。

法国哲学家孔德（1789—1857年）的实证主义是自然主义的理论基础。孔德是经典社会学的创始人之一，他曾主张只关注具体事实和现象的研究，而放弃对事实和现象领域内的本质与规律性的追究。这种观点实际上已经开始显现了自然主义的显著特征。此后法国文学批评家泰纳（1828—1893年）吸收并发扬了孔德观点，提出了著名的"种族、环境、时代"三要素说。他强调人主要受到特定时代、特定环境和特定种族的影响，忽

略了人的社会属性。

19世纪下半叶，自然科学迅速发展，其中以遗传学上取得的巨大进展为重要代表。遗传学家吕斯卡的《自然遗传论》认为一切肉体的和精神的病例都与遗传有关，并将遗传分为先天和后天两种。同时他还指出遗传可表现在外部相似或内部相似，一个家族成员的过失会对整个家族造成影响，其作用几乎囊括社会、政治、世俗等一切方面。

此外，自然主义文学还受到了医学上决定论的影响。克洛德·贝纳尔（1813—1878年）的《实验医学研究导论》以实验方法来对抗片面的经验论与唯理论，此方法论即为决定论。左拉的《卢贡·马卡尔家族》就是基于此理论得以建构起来的。

自然主义文学家们早期受近代法国文学中的现实主义影响很深，他们十分推崇巴尔扎克、司汤达和福楼拜等作家。左拉将巴尔扎克视为自然主义小说之父。而福楼拜的《包法利夫人》则被自然主义者奉为典范。自然主义作家主张作者应完全消失于叙述后面，做冷漠的解剖学者。1880年左拉发表了《实验小说》和《自然主义小说家》两部论文集，正式提出了"自然主义"这一概念。在富尔蒂埃尔的词典中，对"自然主义"的解释是："通过机理法则解释现象，不去寻求天生的原因。"左拉将此概念引入文学，用以提倡一种追求纯粹的客观性和真实性、从生理学和遗传学的角度去理解人的行动的创作理念。

批判现实主义

批判现实主义是对西欧文学中现实主义传统的继承与发展，它特指19世纪在欧洲形成的一种文艺思潮和创作手法。最早提出"现实主义是批判的"论断是法国的蒲鲁东（1809—1865年），他在《艺术的社会使命》中首次提出此说法，但是由于蒲鲁东是无政府主义的创始人，后来他又成为第二帝国的

司汤达

代言人，而且在《哲学的贫困》一书中曾受到过马克思的批判，其名声欠佳，因此这时蒲鲁东的批判现实主义的提法并未引起人们的关注。此后，文学界公认高尔基是正式提出批判现实主义并给它明确定义的第一人。高尔基曾经指出："资产阶级的'浪子'的现实主义，是批判的现实主义；批判的现实主义揭发了社会的恶习，描写了个人在家庭传统、宗教教条和法规压制下的'生活和冒险'，却不能够给人指出一条出路。批判一切现存的事物倒是容易，但除了肯定社会生活以及一般'存在'显然毫无意义以外，却没有什么可以肯定的。"批判现实主义思潮在欧洲曾经取得了巨大的成就。

自19世纪20年代起，批判现实主义开始形成并获得了初步发展，到了40年代以后，批判现实主义成为继浪漫主义之后欧洲文学的主要潮流。高尔基称"批判现实主义"是"19世纪一个主要的，而且是最壮阔，最有益的文学流派"。批判现实主义的发源地在法国，司汤达以其小说《红与黑》为这种文艺思潮奠定了基础，而后巴尔扎克创作的《人间喜剧》

则成为批判现实主义的最高成就。此外，在西方文坛中，福楼拜、梅里美、左拉、莫泊桑、都德、小仲马以及罗曼·罗兰等，他们的思想以及其作品都闪耀着批判现实主义的光辉，从而造就了欧洲19世纪批判现实主义波澜壮阔的艺术洪流。

同时代的作家中，在英国，较有代表性的是狄更斯和萨克雷。他们是当时中小资产阶级利益的代表，对资本主义社会现实的罪恶与腐败，他们进行了无情的揭露与批判。狄更斯著名的小说有《大卫·科波菲尔》《艰难时世》和《双城记》等。萨克雷的代表作为《名利场》。此外，夏洛蒂·勃朗特和盖斯凯尔夫人等人，也都凭借优秀的文学作品而加入到批判现实主义作家的行列。马克思曾称他们是属于"现代英国的一批杰出的小说家"，而且进一步指出："他们在自己卓越的、描写生动的书籍中向世界揭示的政治和社会真理，比一切职业政客、政论家以及道学家加在一起所揭示的还要多。"

社会主义现实主义

"社会主义现实主义"是文学艺术的创作方法之一。此术语定义于1932年至1934年在苏联文艺界关于创作方法问题的讨论过程中，由作家和理论家提出，最后经斯大林同意并确定下来。关于社会主义现实主义的定义，1934年全苏第一次作家代表大会通过的苏联作家协会章程里表述如下："社会主义现实主义，作为苏联文学与苏联文学批评的基本方法，要求艺术家从现实的革命发展中真实地、历史具体地去描写现实；同时，艺术描写的真实性和历史具体性必须与用社会主义精神从思想上改造和教育劳动人民的任务结合起来。社会主义现实主义保证艺术创作有特殊的可能性去发挥创造的主动性，去选择各种各样的形式、风格和体裁。"

虽然社会主义现实主义的创作方法在20

世纪30年代得以确立，但实际上它的基本特点在理论确立之前就已经产生，并在部分作家的创作实践中初步形成。它是历史的产物，它因"已经有了革命的社会主义创造的事实"而出现。在无产阶级革命成熟的时期，高尔基的《母亲》得以酝酿成型，这部作品具有深厚的现实基础。《母亲》的产生开启了世界艺术史上一个崭新的时代，高尔基也被公认为社会主义现实主义文学的奠基人。

社会主义现实主义基本的思想原则是：将马克思主义世界观作为思想指南，认定"生活是连续不断的运动、变化"，"社会主义现实主义把现实理解为一种发展，一种在对立物的不断斗争中进行的运动"。因此，社会主义现实主义方法最基本的特点是以革命发展的观点，从矛盾斗争的角度去观察生活、描写生活，进而揭示生活的本质与趋势。社会主义现实主义提出坚持列宁的党性原则。20世纪50—60年代，苏联文艺界出现了围绕社会主义现实主义问题产生的争论，其中一部

伏契克

高尔基

高尔基（1868—1936 年），苏联杰出的社会主义现实主义文学奠基人，无产阶级革命文学的导师，苏联文学的创始人。

他早年丧父，寄居在外祖父家，其童年与少年时代都是在旧社会底层度过的。这些不平凡的经历在其自传体三部曲中都有生动的记述。辛酸的生活历练使他对社会底层人民的痛苦生活有了深切的体验，这也为他以后的创作积累了丰富的素材。1892 年，高尔基发表了处女作《马卡尔·楚德拉》。在其早期作品中，较为著名的有《伊则吉尔老婆子》《鹰之歌》和《切尔卡什》，均为 1895 年发表。1899 年，高尔基完成其第一部长篇小说《福马·高尔杰耶夫》。1901 年，高尔基又发表了著名散文诗《海燕之歌》，他以这篇充满豪情的革命檄文，来迎接 20 世纪的无产阶级革命风暴。

联文艺界关于社会主义现实主义的意见渐趋一致，最终经过长期反复的争论，一种新的观点逐渐形成，即文艺理论家德·马尔科夫提出的把社会主义现实主义看做是"真实地描写生活的历史地开放的体系"的观点。对此观点的解释，他认为，社会主义现实主义不能局限于一种表现生活的形式，即以生活本身的形式表现生活，他主张应当以"广泛的真实性"为准则，应允许以浪漫主义的形式，假设幻想的形式，甚至怪诞的形式来表现生活。社会主义现实主义不仅可以从古典艺术遗产里吸取养料，还可以从现代一切艺术流派中受益。社会主义现实主义应当成为"开放的美学体系""它对客观地认识不断发展的现实生活来说是没有止境的，题材的选择是没有限制的"。尽管社会主义现实主义具有"开放性"的特质，但它应注意以"广泛真实的标准"为边界。

分人继续坚持社会主义现实主义为苏联文学和文学批评的基本原则，另一部分人则认为社会主义现实主义成了"僵死的规则""教条""公式"等，他们要求重新审议这一原则。从这个时期起，苏联文艺界开始了创作方法多元论的局面。从 60 年代末到 70 年代初，苏

社会主义现实主义最早确立是在苏联，后来这一文艺思潮得到其他国家许多作家的赞成和拥护，开始成为国际文学现象。巴比塞、阿拉贡、贝希尔、安娜·西格斯、布莱希特、布雷德尔、伏契克、尼克索以及聂鲁达等都被认为是社会主义现实主义的作家。

名家荟萃

现实主义的发展以 19 世纪 60 年代为界，分为前后两个时期。前期的中心在英、法等国，代表作家有司汤达、巴尔扎克、福楼拜等；后期的中心在俄国、北欧以及美国等国，代表作家有列夫·托尔斯泰、陀思妥耶夫斯基、马克·吐温等。

司汤达

司汤达（1783—1842 年），法国 19 世纪杰出的批判现实主义作家。司汤达的一生虽然短暂，而且在文学上起步也很晚，但他给人类留下的精神遗产却是巨大的：数部长篇，

数十个短篇及故事，数百万字的文论、随笔与游记、散文。

司汤达的本名亨利·贝尔。1783 年他出生在法国格勒诺布尔市。司汤达从 1817 年起开始发表作品，其完成于意大利的处女作名为《意大利绘画史》。不久，他首次在其发表的游记《古罗马、那不勒斯和佛罗伦萨》

时使用司汤达这个笔名。从 1823 年到 1825
年，他陆续发表了许多文章，这些文章后来
被收在文论集《拉辛和莎士比亚》中。不久，
司汤达又转入小说创作。1827 年他发表了《阿
尔芒斯》，1829 年发表著名短篇小说《瓦尼
娜·瓦尼尼》。其代表作《红与黑》于 1829
年动笔。1832 年到 1842 年，是司汤达最为
困难的岁月，经济的压力、疾病的折磨，使
司汤达疲于应付，然而这段时期也是他最重
要的创作阶段。此时他写出了长篇小说《吕
西安·娄万》(又名《红与白》)、《巴马修道
院》，长篇自传《亨利·勃吕拉传》，同时还
有多篇短篇小说问世。

　　司汤达的名声是伴着他的长篇小说而响
彻文坛的。其长篇代表作《红与黑》，传世
一百多年，魅力丝毫未减。他的短篇小说也
十分精彩，其代表作有《瓦尼娜·瓦尼尼》
《艾蕾》等，都是脍炙人口的佳作，堪称世界
短篇小说花园中的奇葩。它们与梅里美的《塔
芒戈》《马特奥·法尔戈纳》，巴尔扎克的《戈
布塞克》一起，成为法国短篇小说创作成熟
的标志。

巴尔扎克

扎克最终走上现实主义文学创作道路。

　　1829 年他出版了长篇小说《最后一个舒
昂党人》，在法国文学界初次崭露头角。1831
年巴尔扎克又发表了长篇小说《驴皮记》，这
部小说为他赢得声誉，使他成为法国最负盛
名的作家之一。巴尔扎克很早的时候就有把

巴尔扎克

　　巴尔扎克（1799—1850 年），法国 19
世纪伟大的批判现实主义作家，欧洲批判现
实主义文学的奠基人。他创作的《人间喜剧》
被誉为法国社会的"百科全书"，整部作品共
有 91 部小说，其中写了 2400 多个人物，生
动形象地向读者展示了 19 世纪上半叶法国社
会的生活画卷。

　　巴尔扎克于 1799 年出生在法国中部的图
尔城。17 岁时他进入法科学校就读，课余时
间还在律师事务所及公证人事务所工作过，同
时他还获得在巴黎大学旁听文学讲座的机会，
并获得了文学学士衔。20 岁时巴尔扎克开始
从事文学创作，当时他曾以笔名发表过许多
剧本和小说。经过不断的探索与磨炼，巴尔

巴尔扎克的挚友贝尔尼夫人

　　1822 年当巴尔扎克处于生活的困境，痛苦
绝望之时，他结识了贝尔尼夫人。他坦承是贝
尔尼夫人使他成为了作家，无论在精神上还是
在生活方面，他都得到了贝尔尼夫人莫大的帮
助。贝尔尼夫人曾资助巴尔扎克搞实业，失败后，
贝尔尼夫人又鼓励巴尔扎克进行文学创作。后
来在巴尔扎克的小说《朱安党人》受到批评时，
贝尔尼夫人及时地给予了他更大的鼓励："干下
去吧，亲爱的，群众都在四面八方看着你，但
并未高叫着赞美你。"受到鼓舞的巴尔扎克恢复
了信心，他鼓起勇气，坚定地向自己的目标前进，
终于创作出大量的名作。

自己的作品连成一个有机整体的设想。1841年他受但丁《神曲》的启示，正式将自己作品的总名定为《人间喜剧》，他还在《〈人间喜剧〉前言》中宣称要做社会历史的"书记"；巴尔扎克肯定社会环境对人的陶冶，因此他着力于"人物和他们的思想的物质表现"；他强调作家要具有"透视力"与"想象力"；他还特别注重对地理环境与人物形体的确切描写。从1829年到1849年，巴尔扎克为《人间喜剧》共写出91部作品，包括长篇、中篇、短篇小说及随笔许多，分为《风俗研究》《哲学研究》与《分析研究》三个部分。此外，其著名的长篇小说有《欧也妮·葛朗台》《高老头》《农民》《幻灭》《贝姨》等。

福楼拜

福楼拜

福楼拜（1821—1880年），19世纪中后期法国重要的现实主义小说家。在现实主义向现代主义转型的过程中，福楼拜起到了承前启后的作用，他是19世纪现实主义的杰出代表，也是现实主义的集大成者，同时被誉为现代主义的"鼻祖"。他主张的"客观化写作"为现代主义叙述中零焦聚的应用提供了典范。出于对现实与历史的厌恶，福楼拜在创作中非常重视对日常生活的描绘，这使得其作品在情节构造上呈现一种日常化的趋势。这一创作手法对现代主义作家也有很大启发，并最终导致了"淡化情节"的现代主义创作手法的出现。

福楼拜的作品反映了1848年到1871年间法国时代风貌的变化，文章揭露了丑恶黑暗的资产阶级社会。福楼拜的"客观而无动于衷"的创作理论及精雕细琢的艺术风格，成为法国文学史上一面鲜明的旗帜。由于童年生活的培养，福楼拜从小就具有实验主义的倾向，他具有缜密的观察力，这与宗教格格不入。福楼拜在思想上还受到了斯宾诺莎无神论思想的许多影响，这些在他的作品中

也得到了鲜明的反映。

19世纪五六十年代，福楼拜完成了三部主要作品：《包法利夫人》《萨朗波》与《情感教育》。《包法利夫人》发表后，在当时的法国文坛轰动一时。但是这部作品很快受到当局的指控，其罪名是诽谤宗教，败坏道德。当局还要求法庭对"主犯福楼拜，必须从严惩办"，幸而有律师塞纳为他辩护，福楼拜才免受惩处。但是在"政府攻击、报纸谩骂、教士仇视"的巨大压力下，福楼拜最终放弃了现实题材的创作，转而从事写作古代题材的作品。经过六年的艰苦创作，其著名的历史小说《萨朗波》最终问世。

左 拉

左拉（1840—1902年），法国作家，自然主义文学流派的领军人物。莫泊桑在其文

章中对左拉的描写是这样的："左拉中等身材，微微发胖，有一副朴实但很固执的面庞，他的头像虽然与古代意大利版画中人物的头颅一样不漂亮，却表现出他聪慧和坚强的性格。在他那很发达的脑门儿上竖立着很短的头发，直挺挺的鼻子像是被人很突然地在那长满浓密的胡子的嘴上一刀切断了。这张肥胖但很坚毅的脸的下半部覆盖着修得很短的胡须，黑色的眼睛虽然近视，但透着十分尖锐的探求的目光。"由于生活的艰辛，左拉很早就体验到了劳苦大众的生活，这为他日后的文学创作做了充分的准备。

1864 年左拉的第一部短篇小说集《给妮侬的故事》出版，翌年他又写了一部自传体小说《克洛德的忏悔》，由于此书内容淫秽，引起了警方注意，后来他被迫辞职。19 世纪工业革命的出现促使现实主义作家注重对社会生活各个方面的描写。这时左拉将这种现实主义手法提升到更新的阶段。他强调资料考证与客观描写，以科学的哲学观点来对人生全面解释；他还从纯物质的角度去看待人

左　拉

莫泊桑和福楼拜的师生情

自从莫泊桑拜师福楼拜以后，每到星期日他都会带着新习作，从巴黎长途奔波到福楼拜的住处，认真聆听福楼拜对他上一周习作的点评。福楼拜对莫泊桑的要求十分严格，最突出的事情就是对他观察力的培养。一次，福楼拜建议莫泊桑骑马出去跑一圈，一两个钟头回来后，将自己看到的一切记述下来。莫泊桑就按照这个办法锻炼自己的观察力长达一年。不仅如此，福楼拜还让他通过聆听大街的马车声来训练观察力。莫泊桑认真遵从师教，逐渐形成了自己敏锐的观察力。

的行为和表现。1867 年，左拉首次将他的科学理论付诸实践，于是一部令人毛骨悚然的小说《黛莱丝·拉甘》发表了，翌年他又写出另一部科学实证小说《玛德莱纳·菲拉》。1877 年，左拉第七部研究酗酒后果的《小酒店》问世，从此一举成名。随后，他又用 16 年时间相继写出《娜娜》《萌芽》《金钱》《崩溃》《巴斯卡医师》等。

居伊·德·莫泊桑

居伊·德·莫泊桑（1850—1893 年），19 世纪后半期法国著名的批判现实主义作家，曾师从著名作家福楼拜。莫泊桑的文学成就以短篇小说最为出色，他与契诃夫、欧·亨利并列为世界三大短篇小说巨匠。莫泊桑善于从平凡琐碎的事物中截取具有典型意义的片断，进而从小事中便可实现对真实生活的概括。莫泊桑的短篇小说构思独特，情节多变，其描写细致生动，刻画世态人情惟妙惟肖，令人读后回味无穷。1878 年，莫泊桑在教育部工作之余开始从事写作。那时，他的舅舅，也是莫泊桑文学上的导师——大文学家福楼拜，给了他很大的帮助。莫泊桑非常听从严师的教诲，他的每篇习作都会送给福楼拜审阅。

虽然福楼拜审阅了莫泊桑很多作品，但是并不建议他立即发表。因此，在 19 世纪 70 年代时，莫泊桑的著述虽然颇丰，但发表的却有限，这一阶段也是他文学创作的准备阶段。他曾以《羊脂球》入选《梅塘晚会》短篇小说集，从而一跃登上法国文坛。80 年代莫泊桑进入其创作盛期。10 年的时间里，他写出了 6 部长篇小说《一生》《漂亮朋友》《皮埃尔和若望》《温泉》《我们的心》《像死一般坚强》。在这些作品中作者揭露了第三共和国的黑暗内幕，以及内阁要员从金融巨头的利益出发，欺骗议会与民众，从而发动侵略非洲殖民地的帝国主义战争；莫泊桑抨击了统治集团的贪婪、腐朽、尔虞我诈。莫泊桑还创作了大约 350 部中短篇小说，他在对上层统治者及其毒化下的社会风气揭露的同时，还对被侮辱与被损害的小人物寄予了深切同情。

莫泊桑短篇小说的主题大致分为：讽刺虚荣心与拜金主义，如《项链》《我的叔叔于勒》；描写劳动人民的悲惨遭遇，歌颂其正直、宽厚、淳朴的品格，如《归来》；描写普法战争，从而表达法国人民的爱国情绪，如《羊脂球》。

罗曼·罗兰

罗曼·罗兰（1866—1944 年），法国思想家、批判现实主义作家、文学家、音乐评论家。罗曼·罗兰曾在巴黎高等师范学校及巴黎大学讲授艺术史，同时从事文艺创作。这时期他写下 7 个剧本，均取材于历史上的英雄事件，他试图实现以

罗曼·罗兰

"革命戏剧"对抗陈腐的戏剧艺术。

罗曼·罗兰的创作以 20 世纪 30 年代为界大致分前后两个时期。其前期作品包括：基本都取材于法国大革命的《革命戏剧集》，其中包括《七月十四日》《群狼》《丹东》等 8 个剧本；《贝多芬传》《米开朗琪罗传》和《托尔斯泰传》3 部英雄传记；同时还有长篇小说《约翰·克利斯朵夫》、中篇小说《哥拉·布勒尼翁》，以及一系列反对战争、反对暴力的作品。罗曼·罗兰的后期作品包括长篇小说《母与子》4 部：《阿耐蒂和西勒维》和《夏天》等。1931 年，罗曼·罗兰发表了《向过去告别》一文，深刻地批判自己过去所走过的道路，从此他积极参加反对帝国主义的战争和保卫和平的活动。此后，罗曼·罗兰逐渐成为一名进步的反帝、反法西斯的文艺战士。

罗曼·罗兰的代表作《约翰·克利斯朵夫》被高尔基称为"长篇叙事诗"，同时还有 20 世纪最伟大的小说之誉。《约翰·克利斯朵夫》共 10 卷，它将主人公约翰·克利斯朵夫的生平作为主线，描述了一位音乐天才的成长、奋斗与终告失败的故事，同时作者还对法国、德国、意大利、瑞士等国的社会现实，作了不同程度的描绘，从而控诉了资本主义社会对艺术的摧残。自《约翰·克利斯朵夫》始，罗曼·罗兰开创了自己独特的小说风格。凭借此书，罗曼·罗兰获得了 1913 年法兰西学士院文学奖，1915 年他再次获得诺贝尔文学奖。

果戈理

果戈理（1809—1852 年），俄国 19 世纪上半叶优秀的讽刺作家，讽刺文学流派的开拓者，批判现实主义文学的奠基人。果戈理出生在乌克兰一个地主家庭，中学毕业后他受十二月党人革命运动的影响来到彼得堡。他曾做过小公务员，薪俸微薄，生活拮据，这令他得以亲身体验了"小人物"的悲哀，也

让他目睹了官僚的荒淫无耻、腐败堕落、贪赃枉法。1831年果戈理辞职后专门从事文学创作。

1831年到1832年，果戈理的处女作短篇小说集《狄康卡近乡夜话》问世，在书中果戈理赞扬了乌克兰人民的勤劳、善良与智慧，深刻地揭露了封建主义及金钱势力的罪恶。1835年，果戈理中篇小说集《米尔戈罗德》和《彼得堡的故事》的出版给他带来极大的声誉。《米尔戈罗德》共收入四篇小说，其中历史题材的《塔拉斯·布尔巴》，塑造了布尔巴这一哥萨克英雄形象，从而颂扬了民族解放斗争与人民的爱国主义精神。《彼得堡的故事》取材于当时的现实生活，展示了生活在专制制度下"小人物"的悲哀，其中尤以《狂人日记》《鼻子》和《外套》最为出色。

果戈理

《狂人日记》艺术构思独特，形式荒诞。小说的主人公是一个身份低微、安分守己的小公务员，其深受阶级社会重重压迫，处处被人侮辱蹂躏，最后被逼发疯。《外套》的主人公则是地位卑微的小官吏，他唯一的生存乐趣就是攒一点钱做一件外套。不料新外套刚上身便被人劫走，最后主人公含恨死去。

屠格涅夫

屠格涅夫（1818—1883年），19世纪俄国著名的批判现实主义作家、剧作家和诗人。1833年屠格涅夫进入莫斯科大学文学系，一年后他转入彼得堡大学哲学系，毕业后屠格涅夫又到德国柏林大学攻读哲学、历史和拉丁文。1838年屠格涅夫前往柏林大学学习黑格尔哲学。在欧洲学习期间屠格涅夫见到了更加现代化的社会制度，回国后他极力主张俄国向西方学习，废除包括农奴制在内的封建制度，因此他也被视为"欧化"的知识分子。

1847年到1851年，屠格涅夫在进步刊物《现代人》上发表了成名作《猎人笔记》。该作品以一个猎人在狩猎时所写的随笔形式出现，其中包括25个短篇故事，全书在描写乡村山川风貌、生活习俗并刻画农民形象的同时，深刻揭露出地主阶级的色厉内荏，暴露出他们丑恶残暴的本性，全文充满对备受欺凌的劳动人民的同情，歌颂了他们的聪明智慧与良好品德。该作品反农奴制的倾向触怒了当局，当局以屠格涅夫违反审查条例为由，将其逮捕。在监禁的日子里，屠格涅夫写出了著名的反农奴制短篇小说《木木》。

19世纪50—70年代，屠格涅夫的创作进入旺盛时期，他相继发表了长篇小说《罗亭》《贵族之家》《前夜》《父与子》等。其中《罗亭》为其第一部长篇小说，小说中塑造了继奥涅金、皮却林之后的又一个"多余的人"。《父与子》是屠格涅夫的代表作，作品中表达了代表不同的社会阶级"父与子"的关系，描

"幽灵"火车之谜

在欧洲东部及俄罗斯，"幽灵"火车之谜是较为奇特的神秘现象之一，与俄罗斯著名作家果戈理头骨遗失相关的火车失踪事件也是其中之一。

果戈理于1852年去世。后来当他的遗体被发掘出来时，人们发现他的头骨不翼而飞。几经波折，果戈理的亲戚海军军官亚诺斯基找到了头骨，并准备带回到他驻防的意大利。他与弟弟及几位朋友一同登上回意大利的火车。当火车快要进入一个长长的隧道时，军官的弟弟想和他的朋友们开个玩笑，于是他偷拿了装果戈理头骨的匣子，想搞个恶作剧。这时有一股奇怪的黏性白雾似乎要吞没整列火车，他还回忆了当时旅客们那种无法言表的恐惧与惊慌。在这列火车的106名乘客之中，仅有两人在火车奇怪地消失前因为跳下火车而得以生还。

写了亲英派自由主义贵族的代表基尔沙诺夫的"老朽"，同时塑造了一代新人代表——平民知识分子巴扎罗夫，这部小说问世后在文学界立即引起了剧烈的争论。

屠格涅夫是一位具有独特艺术风格的作家，他以细腻的心理描写和抒情见长。其小说结构严谨，情节紧凑，人物生动，他不仅善于细致雕琢女性的艺术形象，而且对旖旎的大自然的描写也总是充满了诗情画意。

车尔尼雪夫斯基

尼古拉·车尔尼雪夫斯基（1828—1889 年），俄国革命家、哲学家、批评家和作家。1828 年 7 月车尔尼雪夫斯基出生在萨拉托夫城一个神父家庭。18 岁时他进入彼得堡大学文史系，从此有了经常接近先进知识分子团体彼得拉舍夫斯基小组的机会。从那时开始，车尔尼雪夫斯基开始潜心研究黑格尔的唯心主义哲学以及费尔巴哈的唯物主义哲学，对法国空想社会主义也产生了浓厚的兴趣。1850 年车尔尼雪夫斯基大学毕业，翌年他重返萨拉托夫，并坚持宣传进步思想。

1853 年车尔尼雪夫斯基成为《祖国纪事》与《现代人》两家进步杂志的撰稿人。1855 年他又发表了著名的学位论文《艺术对现实的审美关系》。这篇论文是车尔尼雪夫斯基向黑格尔唯心主义美学所进行的大胆挑战，在文

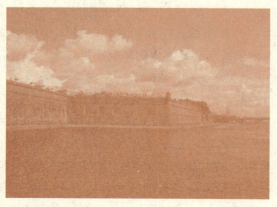

彼得保罗要塞

章中车尔尼雪夫斯基提出了"美是生活"的定义。1856 年在车尔尼雪夫斯基的影响下，《现代人》成了宣传革命思想的强大阵地，同年冬车尔尼雪夫斯基发表论文《俄国文学果戈理时期概观》，在论文中他系统地探讨了俄国文学批评思想的发展。1862 年车尔尼雪夫斯基不幸被沙皇政府逮捕后关入彼得保罗要塞。1864 年他被判服七年苦役同时终身流放西伯利亚。在囚禁和流放的日子中，他毫不沮丧，写出了许多充满革命激情的优秀作品，如《怎么办？》《序幕》。1889 年车尔尼雪夫斯基获准返乡。

陀思妥耶夫斯基

费奥多尔·米哈伊洛维奇·陀思妥耶夫斯基（1821—1881 年）堪称 19 世纪俄国文坛上一颗耀眼的明星，他与列夫·托尔斯泰、屠格涅夫等人齐名，是俄国文学史上的卓越代表，也是俄国文学史上最复杂、最具矛盾的作家之一。

正如有人所言，"托尔斯泰代表了俄罗斯文学的广度，陀思妥耶夫斯基则代表了

陀思妥耶夫斯基

俄罗斯文学的深度"。1843 年时，陀思妥耶夫斯基翻译了巴尔扎克的小说《欧也妮·葛朗台》，但在当时并未引起太多关注。不久陀思妥耶夫斯基完成了他的第一部作品、书信体短篇小说《穷人》。《穷人》连载于期刊上，反响强烈。杂志主编读完小说后兴奋地说："又一个果戈理出现了！"《穷人》的单行本一年后正式出版，这部小说也使陀思妥耶夫斯基在 24 岁时就成了文学界的名人。

1847 年陀思妥耶夫斯基对空想社会主义产生了兴趣，他还参加了彼得堡拉舍夫斯基

遗憾离开了深爱他的读者。

幸运的转折

陀思妥耶夫斯基20多岁时曾写过名为《穷人》的中篇小说，当时他将这部稿子投给了《祖国纪事》。编辑格利罗维奇与涅克拉索夫看过这部稿子后，激动得不能自已，将《穷人》拿给当时著名的文艺评论家别林斯基看，并高声宣布："新的果戈理出现了。"别林斯基起初不以为然，但当他读完以后也是激动得语无伦次，他中肯地对陀思妥耶夫斯基说道："你会成为一个伟大的作家。"正是因为有了这样的转折，也正是受到这样的鼓励，陀思妥耶夫斯基更坚定了自己创作的信心，后来他写出大量优秀的小说，终于成为19世纪俄国经典作家，并被西方现代派奉为鼻祖。

小组的革命活动。后来由于一些政治上的原因，陀思妥耶夫斯基开始反省自己。1861年他发表了第一部长篇小说《被侮辱与被损害的》。这部作品成了他创作前后期的过渡作品，在这部小说中既有作者前期对社会苦难人民的刻画，又有后期宗教和哲学的探讨。

1866年陀思妥耶夫斯基的代表作《罪与罚》出版，这部小说可以看成是近代世界推理小说的鼻祖。陀思妥耶夫斯基的大量世界文学杰作都是先发表于报章文艺副刊，后来才受到俄国大众的追捧，最后由出版社出版。陀思妥耶夫斯基的小说受欢迎时，常常由他以口述的方式，同时三位秘书分别代笔，这种写作现象也堪称文学特技。后来陀思妥耶夫斯基曾和一名速记学校的高才生安娜，两人合作在一个月内完成了《赌徒》，并于1867年出版。1868年他又完成了《白痴》。1872年《群魔》问世。1873年陀思妥耶夫斯基开始创办《作家日记》期刊，颇受欢迎。1880年他发表了其创作生涯后期最为重要的作品《卡拉马佐夫兄弟》。1881年陀思妥耶夫斯基准备写作《卡拉马佐夫兄弟》第二部。但不幸的是，这位伟大的作家还未动笔，便带着

列夫·托尔斯泰（1828—1910年）是19世纪末20世纪初俄国最伟大的文学家，也是世界文学史上优秀的作家之一。他曾写下著名的自传体小说三部曲：《童年》《少年》《青年》。托尔斯泰创作了"世界文学中第一流的作品"，他也因此被称颂为"最清醒的现实主义"的"天才艺术家"。托尔斯泰的代表作主要有长篇小说《战争与和平》《安娜·卡列尼娜》《复活》等，同时也创作了大量的童话。综观托尔斯泰的创作，大致可分为三个阶段：

早期创作阶段（1851—1862年），这是他的探索、实验与成长的时期。此时托尔斯泰的思想及艺术风格一直在发展变化，个别作品还带有模仿的痕迹。而且他之后作品中的一些基调与特色在这时粗具雏形。托尔斯泰早在1847年时便开始写日记，以后直到晚年也仍然坚持。他的日记与书信几乎占其文

托尔斯泰

学遗产的二分之一。日记是托尔斯泰朝夕反省并不断进行探索的心灵记录，同时也是锻炼写作，通过自身研究人的内心的手段，像《昨天的故事》那样的早期作品，便是由日记扩充、经艺术加工而成的。

中期创作阶段（1863—1880年），这是托尔斯泰才华充分发展、艺术达到炉火纯青的时期，同时也是其思想上发生激烈矛盾、紧张探索与酝酿转变的时期。这时他的注意力逐渐转移到1812年卫国战争上，由此便有了后来的《战争与和平》。

晚期创作阶段（1881—1910年），这时期托尔斯泰总的倾向是，一方面注重揭露当代社会的种种罪恶现象，另一方面开始积极表达自己的新认识，并宣传自己的宗教思想。此阶段他的创作是多方面的，有戏剧、中短篇和长篇小说、民间故事等，而这时期在他的创作中占重要位置的则是政论与论文。

契诃夫

安东·巴甫洛维奇·契诃夫（1860—1904年），俄国小说家、戏剧家，19世纪俄国批判现实主义代表作家、短篇小说艺术大师。契诃夫与法国的莫泊桑、美国的欧·亨利并称为世界三大短篇小说巨匠。

契诃夫早期作品多为短篇小说，如《胖子和瘦子》《小职员之死》《凡卡》《苦恼》，这些作品主要再现了"小人物"的不幸与软弱以及小市民的庸俗猥琐和劳动人民的悲惨生活。在《变色龙》与《普里希别叶夫中

契诃夫

士》中，契诃夫揭露了忠实维护专制暴政的奴才以及其专横跋扈、暴戾恣睢的丑恶嘴脸，同时表达了黑暗时代的反动精神特征。1890年，契诃夫到政治犯人流放地库页岛考察，回来后创作出表现重大社会课题的作品，如《第六病室》，书中猛烈抨击了沙皇专制暴政；《带阁楼的房子》，深刻揭露了沙俄社会对人的才能、青春与幸福的毁灭。契诃夫的小说简练朴素，短小精悍，其结构紧凑，语言明快，笔调幽默，情节生动，寓意深刻。他善于从日常琐事中发现具有典型意义的人与事，他常常对幽默可笑的情节进行艺术概括，从而塑造出完整的典型形象，进而反映出当时的俄国社会状况。契诃夫的《装在套子里的人》成了畏首畏尾、因循守旧、害怕变革者的符号象征。

契诃夫在创作后期逐渐转向戏剧，这时他相继创作出《伊凡诺夫》《海鸥》《万尼亚舅舅》《三姊妹》《樱桃园》等，这些作品多以俄国1905年大革命前夕知识分子的苦闷与追求为主题。其剧作充满了浓郁的抒情及丰富的潜台词，读后令人回味无穷。

马克·吐温

马克·吐温（1835—1910年），原名萨缪尔·兰亨·克莱门斯，美国幽默大师、小说家、作家，同时也是著名的演说家。马克·吐温是19世纪后期美国现实主义文学的优秀代表。马克·吐温的第一部巨著《卡城名蛙》，于1865年在《纽约周六报刊》首次出版。这以后，马克·吐温曾先后在《沙里缅度联邦报》及《加利福尼亚大地报》工作，由于当时的工作性质，使得他有机会到各处游历，做巡回记者时，他不断寄出信件到报社出版，经常是讽刺又幽默地记录了自己的所见所闻。后来他又乘船到费城，这一游历导致了《傻子旅行》的诞生。1872年，马克·吐温出版了他的第二部旅行文学著作《艰苦岁月》，

并以此作为《傻子旅行》的续集。这部书通过"傻子"对欧洲及中东许多国家的批评，讽刺了美国和西方社会。之后马克·吐温发表了《镀金时代》，此书也是马克·吐温唯一一本与别人合作写成的书。

马克·吐温

马克·吐温之后又写出两本著作，均取材于他在密西西比河的经历。《密西西比河的旧日时光》是马克·吐温最具特色的浪漫主义醒悟。继此他还写了《汤姆·索亚历险记》，这本书描写了他在汉尼拔的童年时光。

马克·吐温之后出版了《哈克贝利·芬恩历险记》，这本书问世以后，令他获得了很大的声誉，使其在美国文坛上的地位得到进一步巩固。《哈克贝利·芬恩历险记》后来成为美国大部分学校的必修课本。马克·吐温最后一部作品是由他口述的自传。由于出版要求作品格式要符合一般要求，后来一些案卷经保管人及编辑者整理后，其中一些幽默字句就被删掉了。

马克·吐温的写作风格总体上是融幽默和讽刺于一体，其作品既富有独特的个人机智和妙语，又不乏深刻的社会洞察及剖析，他给后人留下的既是辛辣的幽默，同时又是悲天悯人的严肃。

都 德

都德（1840—1897年）是19世纪法国著名的现实主义作家、小说家。都德在他17岁时带着诗作《女恋人》来到巴黎，从此开始了他的文艺创作之路。1866年散文和故事集《磨坊书简》出版后，为都德赢得了小说家的声誉。继《磨坊书简》发表两年以后，都德又出版了自己的第一部长篇小说《小东西》，并因此获得了更广泛的声誉。

《小东西》以半自传的形式记叙了作者青少年时期因家道中落，而不得不为生计疲于奔命的经历，在文章中作者以俏皮及幽默的笔调刻画出资本主义社会人与人之间的冷酷关系。这部小说被认为是都德的代表作，集中表现了都德的艺术风格，即不带恶意的讽刺与含蓄的感伤，也就是所谓含泪微笑，都德因此还获得"法国的狄更斯"之称。

1870年普法战争爆发后，都德应征入伍。战争生活为他的写作提供了丰富的题材。后来都德还曾以战争为题材创作了许多爱国主义的短篇。1873年都德发表了著名的短篇小说集《月曜日故事集》，其中大多便是以这次战争为背景。其中的《最后一课》与《柏林之围》更是由于具有深刻的爱国主义内容与精湛的艺术技巧而备受好评，这两篇小说也成了世界短篇小说中的杰作。都德的短篇委婉曲折，具有暗示性的独特风格。1878年、1896年他又先后发表了《故事选》和《冬天故事》。

都德长篇小说多产的时期是在普法战争之后，这期间他共创作了12部长篇小说，其中较为优秀的有讽刺资产阶级庸人的《达拉斯贡的戴达伦》，揭露资产阶级腐朽家庭生活的《小弟罗蒙与长兄黎斯雷》，以及刻画巧于钻营的资产阶级政客的《努马·卢梅斯当》《不朽者》《萨福》等。

都德的创作倾向，总体上讲，对资本主义现实是批判的。但遗憾的是，他的社会视野不够宽广，其批判力度也欠深刻，这导致

都 德

他对社会现实的揭露多局限在社会世态与人情习俗上。他经常是将自己熟悉的小人物作为描写对象，并以亲切又略带幽默的眼光观察他们。他的观察细致入微，善于从生活中挖掘具有独特意味的东西，再以自然平易的风格来表现，而自己的感情则深入字里行间，这使他的作品总是带有一种柔和的诗意及动人的魅力。

梅里美

普罗斯佩·梅里美（1803—1870 年）法国现实主义作家，中短篇小说大师，剧作家，历史学家。

梅里美生于法国巴黎一个知识分子家庭，家境富裕。1819 年他进入巴黎大学学习法律同时通晓掌握了英语、西班牙语、意大利语、俄语、希腊语与拉丁语。并对古典文学哲学和各国的神秘思想多有涉猎。大学毕业后，他在商业部任职，工作之余经常出入文学团体，结识了司汤达、夏多布里昂作家，自己也开始将写作作为业余爱好。1829 年他发表了长篇小说《查理九世时代轶事》，内容为"圣巴托罗缪之夜"。

1834 年梅里美被任命为历史文物总督察官，他漫游了西班牙、英国、意大利、希腊及土耳其等国。在对当地文物进行考察之余，他广泛接触各阶层民众，了解轶闻趣事，民间风俗，写了大量的游记，同时积累了小说创作的素材。1829 年梅里美写出了《马铁奥·法尔科内》，故事精彩，人物形象鲜明，成为他的代表作品之一。他再接再厉，在同一年又完成了两篇杰作《塔芒戈》与《费德里哥》。梅里美的女儿嫁给了拿破仑三世，成为了国丈。据说梅里美是法国女作家乔治·桑的情人。

梅里美终身衣食无忧，学识渊博，是法国现实主义文学中鲜有的学者型作家。他文字底蕴深厚，虽然不具备司汤达、巴尔扎克

等人的锐利批判锋芒，但他在小说中将瑰丽的异域风光，引人入胜的故事情节和性格不循常规的人物结合起来，形成鲜明的画面，是法国现实主义文学中难得一见的手笔，所以仅以十几个短篇就奠定了在法国文学史上颇高的地位。他的代表作《卡门》经法国音乐家比才改编成同名歌剧而取得世界性声誉，"卡门"这一形象亦成为西方文学史上的一个典型。

简·奥斯丁

简·奥斯丁（1775—1817 年）是英国著名女性小说家，她的作品主要关注乡绅家庭女性的婚姻和生活，以女性特有的细致入微的观察力和活泼风趣的文字真实地描绘了她周围世界的小天地。

奥斯丁终身未婚，家道小康。由于居住在乡村小镇，接触到的是中小地主、牧师等人物以及他们恬静、舒适的生活环境，因此她的作品里没有重大的社会矛盾。她以女性

简·奥斯丁

特有的细致入微的观察力，真实地描绘了她周围世界的小天地，尤其是绅士淑女间的婚姻和爱情风波。她的作品格调轻松诙谐，富有喜剧性冲突，深受读者欢迎。从18世纪末到19世纪初，庸俗无聊的"感伤小说"和"哥特小说"充斥英国文坛，而奥斯汀的小说破旧立新，一反常规地展现了当时尚未受到资本主义工业革命冲击的英国乡村中产阶级的日常生活和田园风光。她的作品往往通过喜剧性的场面嘲讽人们的愚蠢、自私、势利和盲目自信等可鄙可笑的弱点。奥斯丁的小说出现在19世纪初叶，一扫风行一时的假浪漫主义潮流，继承和发展了英国18世纪优秀的现实主义传统，为19世纪现实主义小说的高潮做了准备。虽然其作品反映的广度和深度有限，但她的作品如"两寸牙雕"，从一个小窗口中窥视到整个社会形态和人情世故，对改变当时小说创作中的庸俗风气起了好的作用，在英国小说的发展史上有承上启下的意义。

简·奥斯丁在英国文学中的地位却随时间的过去而日益显得重要，以致竟有批评家认为，"英国作家当中其手法最接近于莎士比亚的，无疑就要数简·奥斯丁了，这位女性堪称是英国之骄傲。她为我们创造出了一大批的人物……"（托·巴·麦考莱语）。另一位将她与莎士比亚相比的是现代美国的批评家艾德蒙·威尔逊。他说："一百多年来，英国曾发生过几次趣味上的革命。文学口味的翻新影响了几乎所有作家的声望，唯独莎士比亚与简·奥斯丁是经久不衰。"赞赏奥斯丁的作家，从瓦尔特·司各特开始，可以说是绵延不绝，粗略一排就有：特洛罗普、乔治·艾略特、柯勒律奇、勃朗宁夫人、骚塞、爱·摩·福斯特等位。但是她的杰出与伟大之处究竟表现在哪些方面，也不是一下说得清楚的。弗吉尼亚·吴尔芙就曾说过："在所有的伟大的作家中，她的伟大之处是最最难以捕捉到的。"

到了20世纪，人们更加认识到她是英国摄政王时期（1810—1820年）最敏锐的观察者，她严肃地分析了当时社会的性质和文化的质量，记录了旧社会向现代社会的转变。现代评论家也赞佩奥斯丁小说的高超的组织结构，以及她能于平凡而狭窄有限的情节中揭示生活的悲喜剧的精湛技巧。

萨克雷

萨克雷

萨克雷（1811—1863年）英国作家。1811年7月18日生于印度加尔各答附近的阿里帕，1863年12月24日卒于伦敦。父亲为英国东印度公司官员。4岁丧父，继父为富商，萨克雷得以在英国查特豪斯公学及剑桥大学三一学院接受系统教育，出入上流社会，并赴欧洲大陆游学。离开大学后，曾尝试办报，并在巴黎学习绘画。1833年以后，所得遗产挥霍殆尽，先后任《弗雷泽杂志》和《笨拙》杂志专栏作者，撰写了大量中短篇小说、长篇小说、散文、游记、书评。1847年以后开始创作长篇连载小说《名利场》，1851—1853年在本国及美国举办文学讲座，其讲稿发表的有《18世纪的英国幽默作家》。1859—1862年任《康希尔杂志》主编。

长篇小说《名利场》是萨克雷的成名作和代表作。它以辛辣讽刺的手法，真实描绘了1810—1820年摄政王时期英国上流社会没落贵族和资产阶级暴发户等各色人物的丑恶嘴脸和弱肉强食、尔虞我诈的人际关系。这部小说篇幅宏大，场面壮观，情节复杂，心理刻画深入，其尖锐泼辣的讽刺风格更为精彩。萨克雷因《名利场》叱咤文坛，与狄更斯齐名。萨克雷还创作有长篇小说《彭登尼斯》《亨利·埃斯蒙德》《纽克姆一家》《弗吉尼亚人》，中篇小说《巴利·林顿的遭遇》，短篇小说集《势利眼集》等。其中以《亨利·埃斯蒙德》和《纽克姆一家》最为出色。萨克雷以英国有教养的绅士所特有的机智幽默甚至玩世不恭的态度无情地展示生活的真实，是对英国18世纪由斯威夫特、菲尔丁、斯特恩等人开创的讽刺小说传统的继承和发扬。他成为英国19世纪小说发展高峰时期的重要作家。

萧伯纳

萧伯纳（1856—1950年），直译为乔治·伯纳·萧，爱尔兰剧作家，1925年"因为作品具有理想主义和人道主义"而获诺贝尔文学奖，是英国现代杰出的现实主义戏剧作家，是世界著名的擅长幽默与讽刺的语言大师。

萧伯纳出生于爱尔兰的首都都柏林一个小公务员家里。他的父亲是个没落贵族，母亲出身于高贵的乡绅世家，从小受过严格的上等教育。由于家里太穷，15岁的萧伯纳不得不辍学。为了维持生活，他进入都柏林的汤森地产公司当学徒。万般无奈的萧伯纳想以写作谋生，但是他并不顺利，他接着写了5部长篇小说，全部被60家出版社所拒绝，这令他更加沮丧。

19世纪的英国戏剧一蹶不振，萧伯纳嘲笑它们是迎合低级趣味的"糖果店"，他认为戏剧应该依赖对立思想的冲突和不同意见的辩论来展开。不过，当他听了评剧家朗诵了易卜生的剧本《培尔·金特》后，感受到"一刹那间，这位伟大诗人的魔力打开了我的眼睛"。才开始对戏剧产生浓厚的兴趣，安下心来研究易卜生的剧本，并写下了《易卜生主义的精华》一书，这部书在欧洲戏剧史上有着重要的地位。在易卜生的影响下，萧伯纳看清了戏剧这个武器，不仅能扫荡英国舞台

萧伯纳

的污秽，而且能倾诉自己对这个黑暗现实社会的不满，于是，他立志要革新英国的戏剧。

1892年，萧伯纳正式开始创作剧本，他的第一个戏剧集《不愉快的戏剧集》，其中包括《鳏夫的财产》《华伦夫人的职业》《荡子》三个剧本；第二个戏剧集包含有《武器与人》等4部剧本；第三个戏剧集《为清教徒而写的戏剧集》包含《魔鬼的门徒》等3个剧本。他的戏剧果真改变了19世纪末英国舞台的阴霾状况，他本人也成为了戏剧界的革新家，掀开了英国戏剧史的新一页。

1925年，萧伯纳获得了诺贝尔文学奖，他把这笔约合8000英镑的奖金捐给了瑞典的穷作家们。1950年11月2日，萧伯纳在赫特福德郡埃奥特圣劳伦斯寓所因病逝世，终年94岁。萧伯纳毕生创造幽默，他的墓志铭虽只有一句话，但恰巧体现了他的风格："我早就知道无论我活多久，这种事情迟早总会发生的。"

经典纵览

资本主义的发展将人们带入了金钱时代，现实的残酷使众多作家开始思考制度对于人的影响，许多伟大的作品如《战争与和平》《包法利夫人》《红与黑》《卡拉马佐夫兄弟》都详细分析了这一困扰我们的问题。

《大卫·科波菲尔》

《大卫·科波菲尔》是19世纪英国批判现实主义大师狄更斯的一部代表作。狄更斯的小说总是好人历尽磨难最后有情人终成眷属。在这部具有强烈自传色彩的小说里，狄更斯借用"小大卫自身的人生经验"，从诸多方面回顾和总结了自己一生的道路，充分反映了他的人生哲学和道德理想。

大卫·科波菲尔从小就失去了父亲，他在母亲及女仆辟果提的照顾下长大。不久，母亲改嫁，后父摩德斯通异常凶狠贪婪，他把大卫看做是累赘，婚前就把大卫送到辟果提的哥哥的家里。辟果提是个正直善良的渔民，住在雅茅斯海边一座用破船改造成的小屋里，与收养的一对孤儿海穆和爱弥丽相依为命，大卫就和他们一起过着清苦而和睦的生活。母亲去世后，后父马上把不满10岁的大卫送去当洗刷酒瓶的童工，让他过着悲惨的生活。

大卫历尽艰辛，最后找到了姨婆贝西小姐。生性怪僻但心地善良的贝西小姐收留了大卫。大卫求学期间，寄宿在姨婆的律师威克菲尔家里，与他的女儿安妮斯结下深厚的情谊。但他很讨厌律师所的书记希普。大卫中学毕业后外出旅行，听说和海穆订婚的爱弥丽竟在结婚前夕与斯提福兹私奔国外。大卫回到伦敦，在斯本罗律师事务所任见习生。

他从安妮斯口中得知希普设计陷害威克菲尔律师，姨婆贝西小姐也濒临破产。这时，大卫再次遇见了希普的秘书密考伯，密考伯经过激烈的思想斗争，揭露了希普的种种阴谋。希普被判终身监禁，贝西小姐送了密考伯一笔金钱以表示感谢。最后大卫与安妮斯结成良缘，与姨婆贝西和女仆辟果提愉快地生活在一起。

《大卫·科波菲尔》通过主人公大卫一生的悲欢离合，多角度地揭示了当时社会的真实面貌，突出表现了金钱对婚姻、家庭乃至社会的腐蚀作用。狄更斯正是站在人道主义的立场上暴露了金钱的罪恶，从而揭开"维多利亚盛世"的美丽帷幕，显现出隐藏在背后的社会真相。

狄更斯故居

《雾都孤儿》

《雾都孤儿》是由狄更斯所作。他的第一部长篇小说是《匹克威克外传》，此书获得巨大的成功，《雾都孤儿》是他的第二部长篇小说。狄更斯在作品中能够直面人生，并真实表现当时伦敦贫民窟中的悲惨生活。狄更斯通过作品去抗议社会的不公，以此唤起社会舆论并推行社会改革，救助贫民。

《雾都孤儿》是以雾都伦敦作为故事背景，讲述一个孤儿悲惨的身世和遭遇。主人公奥利弗·特威斯特是一名生在济贫院的孤儿，他在孤儿院忍饥挨饿并备受凌辱，由于受不了棺材店老板娘、教区执事邦布儿等人的虐待而一个人逃往伦敦，但不幸受骗而误入贼窟。

窃贼团伙首领费金企图把奥利弗训练为扒手。奥利弗跟随窃贼伙伴上街时，他被误认为偷盗布朗洛的手绢而被警察逮捕，不过好在有个书摊老板证明他是无辜的，他才被释放，并来到布朗洛家而受到细心的照顾。窃贼团伙害怕奥利弗会泄露团伙的秘密，所以趁奥利弗外出时，用计让他重新陷入贼窟。

某次，奥利弗在被他人胁迫下对一座大宅院行窃。但凑巧的是，奥利弗受伤了，而好心的主人梅丽夫人及其养女罗斯小姐收留并保护了他。但奥利弗的异母兄长蒙克斯却收买费金，让奥利弗变成不可救药的罪犯，以霸占奥利弗名下的全部遗产。但蒙克斯的阴谋并没有得逞，在好人的帮助下，奥利弗不仅获得了自己名下的财产，还被布朗洛收为养子，从此结束了他苦难的童年。

在《雾都孤儿》这本书中，奥利弗、罗斯小姐等人是善良的化身，他们生在苦难之中，但他们的心中始终留有一片纯洁的天地，种种磨难并没让他们堕落，却更让他们显示出人性的善良。小说通过描写正义与邪恶之间的斗争，赞扬人们正直和善良的本性，也抨击治安警察的专横和当时英国慈善机构的虚伪。

《德伯家的苔丝》

托马斯·哈代是 19 世纪英国杰出的现实主义伟大作家。《德伯家的苔丝》是哈代非常有名的"威塞克斯系列"中的一部力作。

小说描述了一位纯洁善良的姑娘的悲剧命运。主人公苔丝是一位美丽的农家少女，因受东家恶少亚雷的诱迫而失身怀孕。从此，这一耻辱的事实剥夺了她接受真正爱情的权利，因为在新婚之夜，当善良的苔丝将她以前的感情经历如实地告诉他的丈夫的时候，她遭到了她丈夫安玑·克莱的无情遗弃，尽管安玑·克莱自己也曾和一个不相识的女人放荡地生活过。安玑·克莱抛弃苔丝一个人去了外国。一天，在苔丝去安玑家打听消息回来的路上，突然发现毁掉她贞操的亚雷居然成了牧师，还满口仁义道德地向别人传教。亚雷还妄想纠缠苔丝。苔丝又气又怕，就马上给丈夫写了一封长信，恳求克莱迅速回来保护自己。克莱在巴西历尽磨难，贫困交加。他也后悔当时遗弃苔丝的鲁莽行为，决定返回英国与苔丝言归于好。但这时苔丝的父亲突然去世，房子又被房主收回，全家无处栖身，生活无望。亚雷乘虚而入，在这困难关头无耻地用金钱诱逼苔丝和他同居。在绝望

德伯家的苔丝

中，苔丝亲手杀死亚雷后，与克莱在荒漠的原野里度过了几天逃亡的快乐生活。最后在一个静谧的黎明，苔丝为了自己真正的爱情，在与丈夫短暂欢聚后，走上了绞刑台。克莱遵照苔丝的遗愿，带着忏悔的心情和苔丝的妹妹开始了新的生活。

苔丝的悲剧，不仅仅是社会悲剧和性格悲剧，而且也是命运的悲剧。她的毁灭是必然的，是资本主义社会无法逃避的症结。

《儿子与情人》

戴维·赫伯特·劳伦斯的成名作《儿子和情人》是根据作者早年的独特家庭经历写成的自传体小说。小说故事精彩，情节曲折生动、扣人心弦。这本书的真正意义是想让世间的男女都能充分地、完整地、纯洁地、无瑕地去思考事情。

小说主人公的父亲是一位浑浑噩噩的煤矿工人。而主人公的母亲是一位受过良好教育的中产阶级知识分子，她一直不满意自己粗俗的丈夫。对丈夫的失望使她在精神上受到压抑，她将希望寄托在儿子身上。她竭力阻止儿子下井挖煤，千方百计督促他们跳出下层人的圈子。起初她钟爱大儿子威廉，不幸威廉早夭，于是她对小儿子保罗产生了强烈的感情。保罗则在幼年时崇拜母亲，长大后，他的恋爱生活受到了母亲极大的影响。保罗的情感没有办法得到升华，他的性心理也无法成熟起来，这导致了他一生的悲剧。和女友米莉安的交往过程也是年轻的保罗经历精神痛苦的过程。他们是一对很相配的恋人。然而可悲的是，米莉安也像保罗的母亲一样企图从精神上占有保罗，从灵魂上吞噬保罗。在他和米莉安俨然像一对夫妇在亲戚家生活的日子里，保罗得到了米莉安的肉体，而在精神上却仍然属于自己的母亲。事实上，肉体间的苟合更加速了他们之间爱情悲剧的进程。保罗的另外一个女朋友叫克拉拉，她是一个注重感性生活的人，身上有风尘人物的气息，她带给保罗许多生理上的欢乐。

克拉拉向保罗揭示了男女关系的一个重要方面，帮他打碎了他母亲加在他身上的枷锁。但克拉拉缺乏的是精神的一面，也不是保罗的理想伴侣。在这一次次灵与肉的冲撞之后，小说中的主要人物一个个都伤痕累累，无论是肉体上还是精神上都遭受了巨大的摧残。保罗的父亲在家里、在亲人面前永远是格格不入的"边缘人"。保罗的母亲在精神上从来就没有一个"真正的丈夫"，只能从儿子那里寻找感情的慰藉，而这种努力又常常被其他女人所挫败，后来导致心理和生理衰竭，得了不治之症。米莉安最终也没有得到保罗的心。只沉迷于肉体欲望的克拉拉也很快地结束了与保罗的关系，回到了性格粗俗、暴烈、无所作为的丈夫身边。其实，在人们赖以繁衍生息的大自然被破坏，在人性被扭曲，在人类的和谐关系不断被威胁的社会里，灵与肉的争斗本来就是残酷无情的，到头来谁也成不了一个完整的人。而这样模糊不清的结尾正反映了劳伦斯同样迷惘的心态。

《无名的裘德》

《无名的裘德》由托马斯·哈代所著，是一部时间跨度较长的长篇小说。《无名的裘德》是哈代最优秀的代表作品之一，作者自称它是"灵与肉的生死搏斗"。

故事刚开始的时候，男主人公裘德才11岁，是一个孤儿，既孤苦贫困又多愁善感，在他年幼时就已经拥有上进的宏愿。长大之后，他刚开始是乡村面包店的小伙计，然后成为石匠学徒，但他仍然在艰苦的工作之余，自学了许多东西。裘德非常聪明，并得到老师费洛特孙的鼓励，立志进基督寺学院修习神学。经过努力，裘德排除各种障碍来到知识圣地的基督寺求学，但是却仍然因为自己是石匠的身份而不能跨进高等学府的大门。在爱情方面，裘德受到粗俗的酒吧侍女阿拉贝拉的诱惑，并同她结了婚。但是没过不久，阿拉贝拉就另觅新欢。后来，裘德遇到表妹苏·布莱德赫并彼此相爱。苏·布莱德赫是一个受过师范教育的圣像工艺师，她比裘德更加能接受新思潮的洗礼。苏·布莱德赫聪敏善感并拥有独立的思想和人格，蔑视僵化的世俗和宗教。但是，苏·布莱德赫和裘德的爱情却被教会不容、世俗不齿。

裘德在现实中，不能实现自己的愿望，而且没有谋到职位，就连贷款都不能成功。更让人感到心痛的是，在这种绝望的境遇中，裘德的长子、妹妹和弟弟一同吊死。苏·布莱德赫遭此惨变后，终于向命运和教会屈服，并离开了她所深爱的裘德，从此之后，她变得消沉，她的身上也不再拥有自由的思想和独立的人格。裘德也放弃了自己，终日酗酒，抑郁成疾，还没到 30 岁就含恨而亡。裘德和苏·布莱德赫的悲惨经历，是 19 世纪后半叶英国乡村教育逐渐普及后，一代知识青年劳动者要求改变自身地位但却不能获得社会认同的缩影。在现实社会中，这种类型的青年男女经过自我奋斗，当然也有成功者，但却非常少。在一般情况下，有志青年总受当时社会条件的制约，虽然付出高昂和惨痛的代价，也很难如愿。

《包法利夫人》

《包法利夫人》是法国写实主义的泰斗福楼拜的代表作。小说描写的是一位小资产阶级妇女爱玛因为不满足平庸的生活而自甘堕落的过程。作品虽然写的是一个很常见的桃色事件，但是作者的笔触涉及旁人尚未涉及的敏感区域。

爱玛的死不仅仅是她自身的悲剧，更是那个时代的悲剧。作者用细腻的笔触描写了主人公从纯真到堕落，从堕落到毁灭的过程，揭露资本主义制度腐蚀人的灵魂的罪恶本质。

爱玛是外省一个富裕农民的女儿，在修道院度过青年时代，饱读浪漫派作品。成年后聪慧秀丽的爱玛，嫁给了平凡的小镇医生包法利。平淡的生活与庸俗的丈夫，使她大失所望。一天，包法利医生接到了一位贵族的晚会邀请，参加的都是衣着华丽的贵族男女，爱玛被其中一位举止优雅的贵族绅士邀请一起跳舞。这一晚使她对这种上流社会的生活有了更清楚、更强烈的向往。她开始追求这样的生活状态，她先后成为地主罗多尔夫与书记员莱昂的情人。为了取悦莱昂，维持奢华的生活，她不但挥霍了丈夫的财产，还借了高利贷。后来高利贷向她逼债，陷入困境的爱玛向自己的情人求助。可是莱昂躲得无影无踪，在罗多尔夫那里也同样遭到拒绝。直到这时爱玛才突然意识到：爱情不过是梦幻中的游戏，当利益摆在面前的时候，它就变得一文不值。爱玛绝望地回到家里，吞下了砒霜，痛苦地离开了这个她曾经向往和迷恋的世界。包法利医生卖尽全部家产清偿她留下的债务，在经受了太多的打击之后，这个可怜的老实人也死了。他和爱玛的女儿被一个远房姨母收养，后来被送进了一家纱厂。

《包法利夫人》成为继《人间喜剧》和《红与黑》之后，19 世纪批判现实主义的又一部杰出作品。《包法利夫人》不仅思想上具有强烈的现实意义和批判效果，而且在艺术风格上也取得了革新性的成果，在世界文坛上，获得了普遍赞誉和高度评价。

《约翰·克利斯朵夫》

《约翰·克利斯朵夫》是诺贝尔文学奖获得者罗曼·罗兰的长篇小说。作品主人公约翰·克利斯朵夫出生于一个音乐世家，其祖父和父亲都曾经是公爵的御用乐师，但后来家道中落了。小克利斯朵夫由于出众的音乐天赋被邀请到公爵府演奏，被夸赞为"在世的莫扎特"。11 岁时，他被任命为宫廷音乐联合会的第二小提琴手。这时，他的家境愈发贫寒，父母先后去世，克利斯朵夫的童年就在痛苦与贫穷中结束了。此后，克利斯朵夫又经历了两次失败的爱情，他心烦意乱，意志消沉，整天和一些不三不四的人混在一起，还因为在酒馆里借酒消愁时替一位姑娘打抱不平，和一帮大兵发生冲突而闯下大祸，最后他只好逃往巴黎避难。

在巴黎，克利斯朵夫陷入了生活的困境。他不得不到一个汽车制造商家里找到了份教钢琴的工作。制造商善良的外甥女葛拉齐亚十分同情克利斯朵夫。克利斯朵夫继续着他的音乐创作，他用交响诗的形式写成了一幕音乐剧。然而因为他拒绝了一个庸俗肉麻的女演员出演自己的音乐剧，又给自己平添了麻烦，结果演出被人搞得一团糟，他气得中途退场。由于这次不成功的音乐会，他教音乐课的几份工作也丢了，生活再一次陷入了窘境。在一个音乐会上，克利斯朵夫和青年诗人奥里维一见如故。

不久，克利斯朵夫创作的《大卫》出版，他再次赢得了"天才"的称号，生活也有些好转。但不谙世故的克利斯朵夫还是被人利用，卷入一个又一个的是非之争，幸亏葛拉齐亚暗中帮忙，他才又一次脱身。然而他的好友奥里维在一次"五一"节示威游行中死于军警的乱刀之下，他出于自卫打死了那里的警察，最后又不得已逃亡到瑞士。

在瑞士，克利斯朵夫思念奥里维，悲痛欲绝。一个夏日的傍晚，他外出散步时与丧夫的葛拉齐亚偶遇，两人沉浸在重逢的喜悦之中。然而，由于葛拉齐亚的儿子仇视克利斯朵夫，二人始终无法结合。岁月流逝，克利斯朵夫老了，他不再充满激情了。当克利斯朵夫从瑞士的隐居生活重新回到法国时，他的反抗精神已经完全消失，他甚至还讥讽像他当年那样反抗社会的新一代。晚年，他避居意大利专心致力于宗教音乐的创作，不问世事，进入了"清明高远的境界"。

莫扎特

《红与黑》

《红与黑》是法国作家司汤达所写的批判现实主义文学的奠基之作，也是19世纪欧洲文学史中第一部批判现实主义的杰作。小说围绕着"少年野心家"于连一生的奋斗经历，鲜明地勾勒出了19世纪20—30年代期间法国社会的广阔图景，深刻地提示了波旁王朝复辟时期的法国社会各阶层错综复杂的矛盾关系。

小说主人公于连是韦里埃小城一个木匠的儿子，年轻英俊、精明能干，从小就一直希望通过个人奋斗跻身上流社会。于连由于精通拉丁文被选为市长的家庭教师，出于对市长的报复心理和冒险心态，于连和市长夫人之间产生了暧昧关系。市长夫人的女仆爱丽沙也爱上了于连，爱丽沙得到了一笔遗产，要西朗神父转达她对于连的爱慕，于连拒绝了女仆爱丽沙的爱情。市长夫人得知此事心里异常高兴，

一股幸福的流泉泻落在她的心海里，她

发觉自己对他产生了一种从未有过的一种感情。事情败露后，于连进入贝尚松神学院，他投拜在神父西朗的门下，钻研起神学来。他仗着惊人的好记性把一本拉丁文《圣经》全背下来，这事轰动了全城。彼拉神父介绍于连为德·拉莫尔侯爵当秘书，于连每天的工作就是为他抄写稿件和公文。侯爵对于连十分满意，派他去管理自己两个省的田庄，还负责自己与贝尚松代理主教福力列之间的诉讼通信。后又派他到伦敦去搞外交，赠给他一枚十字勋章，这使于连感到获得了极大的成功。于连在贵族社会的熏陶下，很快学会了巴黎上流社会的艺术，成了一个花花公子，他赢得了侯爵小姐玛特儿的芳心。二人秘密结婚，于连也因此得到了骑士称号、中尉军衔和2.06万法郎年收入的庄园。但是好景不长，正当于连踌躇满志之际，他却又陷入了贵族阶级和教会所设下的圈套。

最后，愤怒之下的于连行刺从中作梗的市长夫人，终被送上断头台，成为统治阶级阴谋的牺牲品。

《欧也妮·葛朗台》

《欧也妮·葛朗台》是19世纪法国伟大的文学家巴尔扎克于1883写的。此篇是巴尔扎克最得意的长篇小说之一。小说把心理分析、风俗描绘、细节刻画、哲学议论融为一体，在思想或艺术方面都取得了巨大的艺术成就。

西欧的神学院

小说主人公葛朗台贪婪、狡黠、吝啬，金钱成为他唯一的信仰，独自观摩金子成了他的癖好，临终前还不忘吩咐女儿看住金子。葛朗台本是一个箍桶匠，他40岁时娶了一个有钱的木材商的女儿，他拥有县里最好的葡萄园、一座修院和几块分种田。后又得到岳母、太太的外公和自己外婆的三笔遗产，从而拥有了"新贵"头衔，成为县里"纳税最多"的人，甚至他的说话、穿着、姿势都是地方上的金科玉律。但他的吝啬也是远近闻名的。他亲自定量分发每顿饭的食物和每天点的蜡烛。他克扣妻子的费用，给妻子的零用钱每次不超过6法郎。至于在葛朗台家辛勤工作了30年的仆人拿侬，一年的工薪就只有60法郎。可怜的拿侬老是赤着脚，穿着破衣衫，睡在过道底下的一个昏暗的小房间里。葛朗台作为世界级的吝啬鬼当之无愧。葛朗台的女儿欧也妮爱慕她的表兄查理。葛朗台从侄儿查理那里得知弟弟负债破产，但他对弟弟的死讯无动于衷，只是热衷于他的生意。

查理决定到海外经商，欧也妮依依不舍。查理走后，欧也妮感到十分空虚。1822年，葛朗台太太去世。1827年，葛朗台已经年迈，他不得不让女儿参与管理一些田产的事务。弥留之际，他吩咐女儿一定要看住金子。葛朗台死后，欧也妮给了拿侬1200法郎，促成了拿侬和田产看守人高诺阿莱的婚姻。欧也妮虽有偌大家产，但她仍思念着查理。而查理却把她忘得一干二净。随后欧也妮在悲伤中嫁给了公证人克罗旭，但条件是一直保持童贞。欧也妮33岁时当了寡妇，富有寡居的她仍然过着以前拮据的生活。可她办了很多公益事业：建了一所养老院、八处教会小学和一所图书馆。这就是欧也妮的一生：天生的贤妻良母却既无丈夫，又无女儿。

《基督山伯爵》

《基督山伯爵》是法国作家大仲马的代表

作。作品一共分为四部。第一部写的是主人公在狱中的遭遇和越狱后的报恩行动。其余三部叙述主人公复仇的曲折过程。小说是以基督山伯爵报恩复仇为主线的，情节离奇却不违反生活真实，出色地运用了"悬念""发现""突发""戏剧"等手法，这使小说充满了叙述的张力，洋溢着叙述本身的美感。《基督山伯爵》是通俗小说中的典范。这部小说出版后被翻译成几十种文字出版，多次被拍成电影，赢得了广大读者和观众的青睐。

埃及王号大副爱德蒙·邓蒂斯受船主委托，为拿破仑党人送了一封信，遭到两个卑鄙小人和法官的陷害，被打入孤岛上的死牢。邓蒂斯在死牢里度过了 14 年的时光。狱友法里亚神甫向他传授了各种知识，邓蒂斯学会了好几种语言，并得知了一个秘密：在一个叫做基督山的小岛上埋藏着一笔巨大的财富。邓蒂斯越狱后找到了宝藏，成了亿万富翁。从此，邓蒂斯完全是一个新人：有渊博的知识、高雅的外表和无数的财富，只是内心充满了仇恨。在复仇之前，邓蒂斯决定先要报恩。邓蒂斯替埃及王号的船主还清了债务，送给他女儿一笔优厚的嫁妆，还送给他一艘新的埃及王号。此时，陷害邓蒂斯入狱的维尔弗成了巴黎法院检察官，邓格拉斯成了银行家，弗南成了伯爵，三人都飞黄腾达，地位显赫。为了报仇邓蒂斯化名基督山伯爵，身份是银行家。

基督山伯爵揭露了弗南以前在古希腊出卖和杀害了阿里总督的事实，审查委员会一致认为弗南犯了暴行迫害罪和判逆罪，这使得弗南名誉扫地，无奈之下他开枪自杀了。基督山伯爵的第二个仇人就是邓格拉斯。邓格拉斯将女儿嫁给逃犯假扮的"亲王之子"。在婚礼上，宪兵逮捕了这个逃犯，让邓格拉斯出了很大的丑。邓格拉斯窃取了济贫机构的 500 万法郎逃往意大利。途中他落在了基督山伯爵的强盗朋友的手上。基督山伯爵最大的仇人是维尔弗，他用了更残忍的手段彻底

大仲马

摧毁了维尔弗的一切。基督山伯爵大仇已报，他深深地感谢上帝。

《小酒店》

法国自然主义作家左拉写于 1876 年的小说《小酒店》是颇具代表性的作品，也正是这部作品使他一举成名。

《小酒店》是左拉的系列作品《卢贡·马卡尔家族》的第七部。左拉在自序中说，这部小说"是我的作品中最为谨严的一部"，"是一部描绘现实的作品，是第一部不说谎的、有人民气息的描写人民的小说"。小说的女主角绮尔维丝是马卡尔家族的第三代，也是《萌芽》中主人公艾蒂安以及《娜娜》的主角的母亲。

《小酒店》中的故事发生在 1860 年前后，当时，正值拿破仑三世统治法国的极盛时期。这一时期，法国的资本主义正逐步发展起来，手工业工人则开始走向没落。用左拉的话说，他所要描写的是"我们城郊的腐败环境中一个工人家庭的不幸的衰落情况。酗酒和不事生产的结果，使家庭关系也变得十分恶劣，使男女杂居，无所不为，使道德观念日渐沦丧，

到最后就是羞辱和死亡"。小说中的男主人公古波和女主人公绮尔维丝原本是勤劳本分的工人，两人组成了一个幸福的家庭，但自从古波出了工伤事故以后，两人逐渐懒散沦落，开始酗酒，结果导致他们贫困潦倒，直到最后发疯死亡。绮尔维丝由一个温柔自重、受人尊敬的女性，最后沦落成为一个寡廉鲜耻的乞丐，其悲剧性命运的成因，就是由于其自身性格的一味宽容忍让、没有原则，以及对当时机器化大生产条件下的工人命运认识不清造成的。

左拉的本意是想以自然科学尤其是遗传学的观点，来解释贫困环境中酗酒的恶习怎样使人走向堕落。自然主义客观冷静的叙事要求使得整部作品中充满了真实精确的细节描写。这部小说如同男女主人公一生的纪录片，又像是一幅表现当时社会风貌的画卷，下层民众的创伤在此暴露无遗。这就使该作品的

实际意义远远超出了作家的本意，从而形成了人道主义的心灵震撼。

左拉认为，小说家的职责就是如实地感受和表现自然，世上再没有比真实更具说服力的东西了。在这个世界上，人是最宝贵的，而一个人，尤其是像古波和绮尔维丝这样的普通人的毁灭之路是尤其能够打动读者的。主人公的堕落固然要归咎于他们自身的所作所为，但自始至终，绮尔维丝对于生活并没有过分苛求，她的理想只是解决温饱，不挨男人的打，她个人的堕落乃是整个世界堕落的一部分。因此，《小酒店》不只是一部道德劝诫之作，它之所以能够得到世界范围内的赞赏，更多的是得益于作家人道主义的创作精神。

《米龙老爹》

《米龙老爹》是法国19世纪著名小说家莫泊桑的代表作。小说讲述了普法战争中一个普通的法国农民米龙老爹孤军奋战的故事，成功地塑造了一个大义凛然、机智勇敢的英雄形象，展现了法国人民勇敢抗击侵略者的英雄主义精神以及他们积极维护民族尊严的爱国主义精神。

小说采取倒叙的形式叙写儿子对父亲的回忆。全篇小说按行文顺序分为四个部分三个层次。在第一层次中米龙老爹的性格已初具轮廓，后两部分更加深入地刻画，这样使得米龙老爹的形象更为丰满、具体和生动。第一部分：引题叙写现实场景。作者首先描写了一幅法国诺曼底的田园风光，由远及近地表现了一幅农家乐的场景。然后写主人在享用午餐时面对葡萄藤触景生情的情景，他想起了自己的父亲，就是当年在这块土地上牺牲的米龙老爹。这段文字看似闲笔，实则有十分丰富的内在意义，他将现实的生活和沦陷时腥风血雨的岁月进行了对比，暗寓着幸存者以及他们的后代对壮烈牺牲的米龙老爹的怀念之情。这在意念和感情上为后面的

左拉的《爱情一叶》

1876年，左拉发表了《小酒店》，将资本主义社会中下层民众的贫困与不幸赤裸裸地暴露于世人面前，立刻引起轩然大波。文艺批评家阿尔塔·米罗的批评最为尖锐，他说："这不是现实主义手法，而是肮脏的描写；这不是裸体展示，而是色情表演。"然而这部描写巴黎平民的文献小说赢得了福楼拜、莫泊桑、马拉美、龚古尔兄弟等一代大师的赞扬。

左拉因《小酒店》而声名鹊起，同时也背上了"不道德"作家的坏名声。有人说他的小说语言粗鄙下流，内容淫秽污浊。左拉为了驳斥这些侮蔑，同时也为了展示自己多方面的写作才能，他便写下了《爱情一叶》。左拉在给莱翁·埃尼克的信中说："我将要写一些崭新的东西。我要在自己的系列小说中囊括进各种各样的声调，这就可以说明我为什么即使写得不够满意，也永不后悔写出了《爱情一叶》这部书。"从1877年11月到1878年4月，左拉的《爱情一叶》以连载小说形式刊登于《大众财富》杂志。

普鲁士骑兵的战斗

故事情节作了铺垫。

第二部分：审问，用笔墨追忆到往昔。主要描写普鲁士侵略者对米龙老爹的态度由夸奖、信任到怀疑，再到逮捕、审问的整个发展过程以及米龙老爹对自己的所做所为供认不讳的故事。自从普军占领这块土地，他们就受到了米龙老爹的殷勤款待，所以他们对米龙老爹满是夸奖之辞，但不久之后十几名普鲁士骑兵突然失踪甚至丧生，于是侵略者就开始对每一个法兰西人心存戒备。米龙老爹终因脸上出现刀痕而遭到被逮捕的厄运。普军团长亲自审问米龙老爹，他只不过是想从这个老农夫这里找到一些与案情有关的线索，然后抓到凶手，没料想这个一直殷勤款待他们的矮瘦老农夫竟然一口承认自己就是谋杀那些普军的人，只是在最后一次失手时，脸上被砍伤留下疤痕。

第三部分：米龙老爹的口供。主要写他复仇的心理和他杀害普鲁士骑兵的过程。重点写他第一次得手的细节和最后一次不幸的败露。普军做梦也没有想到，就是这样一个外表愚钝的乡下老头先后一共杀死了16个普军骑兵。这一部分主要刻画老人的勇敢和机智。

第四部分：审问现场。主要叙述米龙老爹的慷慨就义。他坦然地交代了自己复仇的动机，拒绝了求生的希望。最后以他啐了普军团长一口后壮烈牺牲为结尾。

《漂亮朋友》

莫泊桑是世界上著名的短篇小说大师，正因为如此，他的长篇小说成就才被其短篇小说的艺术光芒所掩盖，较少受到人们的重视。其实，莫泊桑在长篇小说的创作上也是颇有建树的，他创作的《漂亮朋友》(又译作《俊友》)便是一部代表性的作品。此部小说是他在1885年发表的第二部长篇作品，在此作品中，莫泊桑将目光投向新闻界与政界，其中丰富多彩的内容，堪称揭露深刻、讽刺犀利的社会小说中的经典。

在《漂亮朋友》中，作者塑造了一个有着漂亮外表但不择手段追求名利的无耻之徒——乔治·杜洛阿的形象。杜洛阿原本是一个乡镇酒店老板的儿子，他曾在法国驻阿尔及利亚的殖民军中服役两年，是一位下级军官。服役期满从非洲归来以后，他来到巴黎，在一个铁路局当职员，收入十分低微。通过友人介绍，杜洛阿进入《法兰西生活报》做编辑，他善于利用自己漂亮的外貌及其高超的取悦女人的手段，来勾引上流社会的女子，并以此作为跳板，实现他飞黄腾达的梦想。在小说的最后，杜洛阿拐走了报馆老板的女儿，并迫使老板将女儿嫁给他，自己则顺利地成了该报的总编辑。在小说结尾处，莫泊桑还巧妙地埋下伏笔：在一个天气晴朗的秋日，杜洛阿与西茶茵在教堂中举行了盛大的婚礼，杜洛阿看着参观典礼的群众，感觉自己变成了世界的主人和统治者，确信自己不久以后就会进到众议院里去。

小说暗示杜洛阿即将当上参议员和内阁部长，他的发展真可谓前途无量。《漂亮朋友》是一部具有很强揭露性的小说，在1885年5月出版后立即引起轰动，这部书在几个月的时间内再版达30余次。作者通过塑造一些现代冒险家的典型，揭露了法国上流社会的荒淫、空虚和堕落，展现了资产阶级政客的厚颜无耻与丑恶的灵魂，反映了法国第三共和国的政治与经济的复杂现象，为读者展现了一幅19世纪末法国的社会历史画卷。《漂亮朋友》在世界上有着十分深远、广泛的影响，具有极强的现实意义。

《飘》

《飘》是美国著名女作家玛格丽特·米歇尔创作的一部反映南北战争题材的长篇小说。小说赢得了普利策文学奖，根据《飘》改编而成的电影《乱世佳人》也最终获得多项奥斯卡大奖。

小说以女主人公郝思嘉的爱情经历和人生遭遇为主线，通过塔拉庄园和奥克斯庄园的兴衰，生动地反映了奴隶主阶级由疯狂挑起战争直至失败灭亡，奴隶主生活由骄奢淫逸到穷途末路，奴隶制经济被资本主义经济所代替这一美国南方的社会现实。因此，它既是一部人类美好爱情的颂歌，也是一部反映当时政治、经济、道德等诸多方面的历史画卷。

在南部佐治亚州的塔拉庄园里，千金小姐郝思嘉对艾希利一片倾心。但艾希利却喜欢温柔善良的韩媚兰。结果心高气盛的郝思嘉嫁给了韩媚兰的弟弟查尔斯。内战刚刚爆发，艾希利和查尔斯都应征上了前线。查尔斯在战争中死去，郝思嘉成了寡妇。在一次舞会上，郝思嘉拒绝了风度翩翩的商人白瑞德。战争夺去了很多人的生命，郝思嘉和韩媚兰自愿加入了护士的行列。战争结束后，郝思嘉挑起了养活全家人的生活重担，她去找白瑞德借钱，不巧白瑞德却被关进了监狱。为了重振家业，郝思嘉嫁给了本来要迎娶她妹妹的暴发户弗兰克。后来，弗兰克因加入反政府的秘密组织中弹而亡，再次成为寡妇的郝思嘉又嫁给了重获自由的白瑞德，婚后不久，白瑞德发现郝思嘉仍然暗恋着艾希利。这时他们的女儿邦妮又因一次意外坠马摔死了。经过一系列的变故，郝思嘉终于明白，她对艾希利的爱只是虚幻的泡影，她真正爱的是白瑞德。可白瑞德已不再相信她，他离开了郝思嘉。郝思嘉站在浓雾迷漫的院中，想起了父亲曾经对她说过的一句话："世界上只有土地与明天同在。"她决定守在她的土地上重新创造新的生活。

《汤姆叔叔的小屋》

《汤姆叔叔的小屋》又译作《黑奴吁天录》或《汤姆大伯的小屋》，它是美国著名现实主义女作家哈里耶特·比彻·斯陀的代表作。小说无情地揭露了美国南方奴隶制度的残酷，是美国第一部具有鲜明民主倾向的作品。由于此书的时代背景正值美国南北方矛盾渐趋缓之时，所以近代史学家一致认为《汤姆叔叔的小屋》是美国南北战争的导火索之一，

玛格丽特·米歇尔

林肯总统也曾经把斯陀夫人称为"发动南北战争的妇人",这本书的影响力可见一斑。

奴隶汤姆自幼就被奴隶主灌输要敬畏上帝、逆来顺受和忠于主人之类的基督教说教。他被转卖到新奥尔良成了奴隶贩子海利的奴隶。在一次溺水事故中,由于汤姆勇敢地救了一个奴隶主的小女儿的命,女孩的父亲圣·克莱从海利手中将汤姆买过来做家仆。汤姆和小女孩建立了深厚的友谊。不久小女孩突然病死,圣·克莱为了满足小女儿的愿望,决定解放汤姆和其他黑奴。可是还没有来得及办理好相关的法律手续,圣·克莱不幸在一次意外事故中死掉。

圣·克莱的妻子又将他们送到黑奴市场拍卖。汤姆又落到了一个极端凶狠的红河种植场的奴隶主莱格利手中。莱格利根本不把黑奴当做人。汤姆忍受着非人的折磨的同时并没有想要为自己找一条生路,而是默默地奉行着忠于主人的原则。这个种植场的两个女奴为了求生而逃跑。莱格利怀疑是汤姆暗中帮助她们逃走,于是就把汤姆绑起来鞭打。在汤姆奄奄一息的时候,他过去的主人乔治·谢尔比赶来赎回汤姆,因为汤姆是小谢尔比小时候的仆人和玩伴,但是还没来得及接受这个好心人迟来的援助,汤姆就遍体鳞伤地离开了人世。乔治·谢尔比狠狠地把莱格利打倒在地,就地埋葬了汤姆。回到家乡肯塔基后,小谢尔比以汤姆叔叔的名义解放了他名下的所有黑奴。

《汤姆·索耶历险记》

《汤姆·索耶历险记》是美国批判现实主义文学的奠基人马克·吐温的四大名著之一。作品文字清新,角度独特,被视为美国文学史上具有划时代意义的现实主义小说。马克·吐温被誉为"美国文学中的林肯"。小说对美国虚伪庸俗的社会和伪善的宗教仪式进行了深刻的讽刺和批判。

故事发生在19世纪上半叶密西西比河畔的一个小镇上。以汤姆·索耶为首的一群孩子为了摆脱枯燥无味的功课、虚伪的教义和呆板的生活环境,做出了种种冒险经历。这部小说满足了男孩子们从儿时开始对于名望、英雄主义以及金银财富的强烈愿望,生动地再现了南北战争前的美国的一个边疆小镇的生活景象,既给人以美的享受,

马克·吐温像

又极大地满足了人们的怀旧心理。作品中所描写的汤姆和其他孩子们的行为和心理活动具有十分普遍的意义,能够激发很多人的回忆。此外,小说的结构也十分完整。它有"四个叙述单元"和"四条情节线索":汤姆和贝姆的故事、汤姆和穆夫·波特的故事、杰克逊岛的插曲以及导致发现财富的一系列事件。这四条情节线索有机地交织在一起,使全书有很强的戏剧色彩。值得一提的是,小说以一个成年人的角度来叙述一个小男孩的故事,小说中的心理描写也比较细致。《汤姆·索耶历险记》既是对美国早年边疆生活的纪念,又是一部构思完美、人物形象生动的小说,同时又具有较高的审美价值和艺术价值。

《安娜·卡列尼娜》

《安娜·卡列尼娜》是俄国文学史上最伟大的文豪之一列夫·托尔斯泰的现实主义长篇小说。小说通过女主人公安娜在追求爱情的过程中屡遭失败的悲惨命运和列文在农村进行改革这两条主线,描绘了俄国从莫斯科到外省乡村广阔而丰富的社会画面,是一部社会百科全书式的作品。

19世纪俄国的上流社会里,高层首长亚

历山大·卡列宁的妻子安娜从彼得堡乘车到莫斯科去为哥嫂调解家庭纷争，在车站她邂逅了风流倜傥的军官渥伦斯基。渥伦斯基毕业于贵族军官学校，后经常涉足莫斯科的社交界，他的翩翩风度也深深地吸引了吉提，但他并无意与她结婚。而深爱着吉提的康斯坦丁·列文也从外省来到莫斯科，他打算向吉提求婚。但早倾心于渥伦斯基的吉提拒绝了他。在一次舞会上，吉提发现渥伦斯基和安娜非常亲热，这使她感到很郁闷。安娜不愿看到吉提痛苦，劝慰了兄嫂一番，就回彼得堡去了。没想到，渥伦斯基也来到彼得堡，开始热烈地追求安娜，这引起了上流社会的流言飞语。这同样也引起了安娜的丈夫亚历山大·卡列宁的不满。卡列宁其貌不扬，在官场中却是个地位显赫的人物，他责备妻子行为有失检点，要她注意社会性的舆论，但安娜还是与渥伦斯基保持联系。渥伦斯基的热情彻底唤醒了安娜沉睡已久的爱情，二人产生了真挚的爱情。虽然安娜勇敢地告诉丈夫所有的实情并希望能离婚，但看重社会地位的卡列宁还是难以忍受这样的耻辱，他以最心爱的儿子威胁安娜。但此刻的安娜已离家与渥伦斯基同居并怀了他的孩子，不幸流产后得了后遗症，又对酒与药物产生了依赖性，经过重重困难后，安娜的精神压力变得越来越大。后来，渥伦斯基也由于承受不了社会压力开始对她冷淡起来。安娜内心无法获得满足和平衡，她失

去了家庭、儿子和社会地位，现在连仅剩的爱情也要失去了。最后身着一袭黑色长裙的安娜，在铁轨前让飞驰而过的火车结束了自己绝望的爱情与生命，这段为道德和世间所不容的婚外恋由安娜自己独立承担了后果。

《死魂灵》

《死魂灵》是俄国作家果戈理的代表作，这部小说也是俄国批判现实主义文学发展的奠基石，是果戈理现实主义创作发展的高峰。别林斯基曾经高度赞扬它是"俄国文坛上具有划时代意义的巨著"。

小说主人公乞乞科夫在官场混迹多年，练就了一身投机钻营、招摇撞骗的本领。当时俄国每十年进行一次人口登记，但在两次登记之间已经死去的农奴在法律上仍被当做活人登记，有的地主曾经利用这样的法律漏洞把这样的农奴当做抵押向国家银行借款。俄国的地主们把他们的农奴叫做"魂灵"，乞乞科夫也决定到偏僻的省份去收购"死魂灵"来牟取暴利。乞乞科夫先是用一个多星期的时间打通了从上层的省长到下层的建筑技师的大小官员的关系，而后又到市郊向地主们收买已经死去但尚未注销户口的死魂灵，准备把他们当做活的农奴抵押给监管委员会以骗取大笔押金。他走访了一个又一个地主，有懒散的梦想家玛尼罗夫、有愚昧和贪财的柯罗博奇卡、有喜爱撒谎打赌的酒鬼诺兹德列夫、有粗鲁顽固的索巴克维奇，还有爱财如命的吝啬鬼普柳什金等，乞乞科夫经过激烈的讨价还价，终于买到了一大批死魂灵，当他高高兴兴地凭着自己早已打通的关系迅速办好了法定的买卖手续后，其罪恶勾当被人揭穿，检察官竟然被谣传吓死，乞乞科夫也只好匆忙逃走。

果戈理采用辛辣的讽刺手法，对形形色色的地主、腐化堕落的官吏以及广大农奴的悲惨处境进行了极为细致而全面的描绘，使

托尔斯泰故居

《在俄罗斯乡村》

他们成为俄国批判现实主义文学中不朽的艺术典型。《死魂灵》的发表震撼了整个俄国，它以深刻的思想内容、鲜明的批判倾向和巨大的艺术力量成为俄国批判现实主义文学的杰作，是俄国文学乃至世界文学的典范。

《父与子》

《父与子》是俄国著名作家屠格涅夫的代表作。《父与子》创作于1860年8月至1861年8月，经几番修改后，于1862年在《俄罗斯导报》上发表。

小说的主题是父与子的冲突。巴扎罗夫是19世纪60年代的激进知识分子。巴威尔和尼古拉则代表了保守的自由主义贵族。父辈们在对待年轻人的态度上各有不同，尼古拉比较温和，想跟上时代但却不太成功。巴威尔则固执己见，信奉贵族自由主义，看不惯年轻人的反叛，父辈与子辈的冲突就此展开。巴扎罗夫充满自信，具有犀利的眼光。他和阿尔卡狄家的仆人们相处得很愉快。他与巴威尔的论战充分表现了他的精神力量和批判精神。巴扎罗夫以他特有的简洁语言有力地回击巴威尔，体现了年轻一代独立思考的处世态度和初生牛犊不怕虎的斗争精神，也不乏年轻人不成熟的思想。但总体上，巴扎罗夫是平民知识分子的"新人"的形象，他性格

的突出特征具有鲜明的革命色彩，不仅激烈地批判现存的制度，还蔑视贵族阶级。巴扎罗夫坚信真理掌握在自己手中，坚信自己是拯救时代的英雄，他有权蔑视贵族阶级。他与巴威尔的决斗充分表现出了英雄的胜利姿态。最后巴威尔也不得不承认自己的光荣已成往事。最可贵的是，他以平民的身份而自豪，他跟人民保持着密切的关系。巴扎罗夫不是优秀贵族分子的追随者和崇拜者，这是平民觉醒的一个重要标志。

屠格涅夫对巴扎罗夫所代表的平民知识分子有一种情不自禁的向往，他钦佩他们的个人品质和牺牲精神，但并不赞成他们提出的社会政治主张。这位温和的自由主义贵族作家害怕暴力和革命，所以他认为他们的观点必然导致他们的悲剧，因此他安排了巴扎罗夫的失恋、悲观乃至最后的死亡。巴扎罗夫性格上的不一致正好折射出作家对民主主义者的矛盾态度。

《罪与罚》

《罪与罚》是俄国19世纪文坛上享有世界声誉的小说家陀思妥耶夫斯基的代表作，这部作品标志着作者艺术风格的成熟，是一部卓越的社会心理小说。

小说讲述的是在彼得堡贫民区的一家公寓里，一个穷大学生拉斯柯尔尼科夫正在经历着一场痛苦而激烈的思想斗争。他是法律系的学生，因家境贫寒而被迫辍学，依靠母亲和妹妹从原本拮据的生活费中节省下来的钱勉强维持生活。拉斯柯尔尼科夫决定做一个不平凡的人，离他家不远处有一个当铺，老板娘是个心狠手辣的高利贷者。一天晚上，他将她和她的妹妹杀死。次日清晨，他无意中听到警官在谈论昨晚的凶杀案，他吓得昏厥过去，后来病情有所好转，但内心却一直处于更痛苦的状态中。

律师卢仁想用欺骗手段娶拉斯柯尔尼科

陀思妥耶夫斯基

夫的妹妹杜尼娅，拉斯柯尔尼科夫不仅强烈反对，还当众揭穿了卢仁的无耻行为。拉斯柯尔尼科夫杀人后，尽管没露痕迹，但是却无法摆脱良心的谴责，他感到自己原先的一切美好的感情都随之消失了，这是比法律惩罚更严厉的良心谴责。拉斯柯尔民科夫意识到自己想做个不平凡的人的"实验"终于失败了。他怀着痛苦的心情来到为了家中的生计牺牲自己去做妓女的索尼娅处，受到索尼娅宗教思想的感化，终于说出了他犯罪的真相与动机。在索尼娅的劝说下，他向警方投案自首。

拉斯柯尔尼科夫被判处8年的苦役，出来后他来到了西伯利亚。他与索尼娅在河边偶遇，他们决心以忏悔的心情向上帝祷告来获取精神上的新生。

活画面。

小说的主人公阿廖沙自幼被母亲瓦尔瓦拉寄养在外祖父卡什林的家中。外祖父年轻时，是一个纤夫，后来开了一个染坊。阿廖沙来到外祖父家时，外祖父已经家道中落，外祖父也变得愈加专横暴躁。阿廖沙的两个舅舅米哈伊尔和雅科夫为了侵吞阿廖沙母亲的嫁妆而不断地吵架。在这个家庭里，阿廖沙看到了充满仇恨的人际关系。一天，他的表哥怂恿他把一块白桌布投进染缸里染成了蓝色，结果被外祖父打得失去了知觉，还大病了一场。从此，阿廖沙就开始怀着胆怯的心情观察周围的人们。唯一能给他带来欢乐的就是乐观淳朴的老工人葛利高里和外祖母。外祖母善良公正，热爱生活，还知道很多优美的民间故事。后来，外祖父迁居到卡那特街，招了两个房客。一个是绰号叫"好事情"的进步知识分子，他是阿廖沙所遇到的第一个优秀人物。另一个是抢劫教堂后伪装成车夫的彼得，他的残忍和奴隶习气引起了阿廖沙的反感。后来母亲再嫁，由于婚后生活不幸福，阿廖沙的母亲对阿廖沙常常表现出冷酷和不公平。阿廖沙感受不到家中应有的温暖，在学校也受到老师和同学的歧视和刁难。因此，在阿廖沙的心灵中，恨的情感慢慢代替了爱。由于和继父合不来，阿廖沙又回到了外祖父家中，这时外祖父已经破产。他们的生活也越来越困苦。为了养活全家，阿廖沙放学后和邻居的孩子们一起卖破烂。其中，他也感受到了友谊和同情。后来，他以优异的成绩读完了三年级，就永远地离开了学校课堂。这时候阿廖沙母亲逝世，他埋葬了母亲以后，继续谋生。

《童年》

《童年》是苏联无产阶级文学导师高尔基自传体三部曲中的"童年部分"。小说写的是高尔基幼年时期从3岁至10岁这段时间的生

《静静的顿河》

《静静的顿河》是苏联著名作家肖洛霍夫的一部长篇小说。此书一共分为四部分，共用了12年的时间才创作完成。肖洛霍夫这

部处女作一经问世，立刻引起国内外的轰动，被人称做"取得空前成就的苏联文学"。此书于1941年获得斯大林奖金，1965年肖洛霍夫因此书获得了诺贝尔文学奖，并成为第一位获此殊荣的苏联作家。

在顿河沿岸的鞑靼部落里，年轻的葛利高里·麦列霍夫爱上了邻居阿斯塔霍夫的妻子阿克西妮娅，他们的事情很快传遍了整个部落。他的父亲立即帮他娶了一位富农之女娜塔莉亚为妻，娜塔莉亚贤淑善良，她受到全家人的喜爱。但葛利高里迷恋阿克西妮娅而不能自拔，于是，葛利高里不顾一切与阿克西妮娅私奔了。娜塔莉亚在绝望之余想到了自杀，但没有成功。不久葛利高里被征召入伍，阿克西妮娅在少主人的诱惑下，又陷入缠绵的热恋之中。受伤返乡后获悉此事的葛利高里非常愤怒，于是他决定回到顿河岸的父亲那里。这时娜塔莉亚已为他生下一对孪生姊妹。后来，俄国发生大革命，葛利高里加入红军担任连长，但又再度负伤返乡。战后，他与阿克西妮娅在倾废的村庄再度重逢。此时已经怀孕的娜塔莉亚得知丈夫的心还是在阿克西妮娅的身上时非常绝望，堕胎失败而死。葛利高里后来加入了叛军，并当上了师长。而红军的势力后来大涨，如排山倒海般很快地控制了整条顿河，身为叛军的葛利高里只好带着阿克西妮娅逃亡，但逃到海边的时候，听到要逮捕的风声，因他以前曾有反革命行为，这时，他不得不加入匪徒组织，再度与

红军对抗。可是此时的匪徒们已经军纪散漫，葛利高里决定还是带阿克西妮娅逃跑，重新寻找属于两人的新天地。他们本想趁着暗夜骑马逃走，不料却被红军发现，阿克西妮娅被子弹击中而失去生命。此时的葛利高里也没有了活下去的希望，他辗转流落各地，最后，身心疲惫的他又回到了顿河岸的家。这时家里的父母、兄嫂、妻女都已不在人世，他唯一拥有的就是年幼的儿子米夏洛。

列宁和高尔基

二十世纪现代主义文学

现代主义文学思潮有着复杂的背景，严格地说，它是由美术、音乐、戏剧和建筑等诸多方面的现代主义创作手法会聚而成的一股文艺思潮。现代主义的派别和旗号也丰富多彩，如表现主义、未来主义、象征主义、意象派以及意识流等。现代主义的审美意识同样有着相当复杂的倾向。许多作家把对丑和恶的愤怒态度表现在作品里。在形式上，正如索尔·贝娄所说："奇特的脚穿着奇特的鞋。"

前期象征派

前期象征派是指 19 世纪 50 年代产生于法国的一个文学思潮和流派。19 世纪中叶，波德莱尔提出"通感"论，自此波德莱尔被认为是象征派的先驱，诗人让·莫雷亚斯《象征主义宣言》的发表，又成为象征派出现的标志。

19 世纪 60 年代以后，被称为"诗歌三王"的魏尔伦、兰波和马拉美的创作分别从不同方面发展了波德莱尔的美学思想及创作倾向，成为象征主义的典型代表。保尔·魏尔伦（1844—1896 年）擅长抒情诗，他的《忧郁诗章》《佳节集》《美好的歌》《无言的情歌》抒写了作者的忧思、爱情和失恋，作品极富音乐性，同时魏尔伦还注意诗歌与绘画的结合。《泪洒在我的心头》写作真挚深沉，抒发了作者爱情受挫后内心的痛苦，文中采用大量谐韵和叠韵，从而营造出了凄怆的气氛和意境。《智慧集》是魏尔伦的创作高峰，其用词平易，感情真挚，诗句短促，意象明晰。阿瑟·兰波（1854—1891 年）从 16 岁就开始写诗，他锐意创新，《元音字母》发现字母丰富的象征意义，《奥菲莉亚》对自尽的悲剧人

波德莱尔

物掬一捧同情泪，《惊惶的孩子们》表达了作者对遭受饥寒交迫的穷苦小孩的无限同情，《醉船》中作者用一条醉船来象征人的精神状态，描写了人的异化。象征派的领袖斯泰凡·马拉美（1842—1898 年）也创作了许多著名的作品，《海风》表达诗人离开书斋，徜徉于波浪起伏、海鸟翱翔的大海，探寻异国风光的理想。《窗户》通过描写一个垂死的人对医院的厌倦，象征了人们对日常生活的倦怠，徒劳地希望获得逃离。《蓝天》又表达了诗人挣扎于虚幻的理想的痛苦。长诗《希罗多德之歌》（1869 年，未完）中的少女象征不可企及的美，它困扰着诗人。马拉美在创作过程中，他的诗越来越趋向晦涩难懂，《天鹅》《她纯洁的指甲……》就是其独特写作风格的代表。作品解释多元，押韵巧妙，正是由于这种难度极大的写作，马拉美发展了一种独特的诗歌表现形式，从而显示了其高超的技巧。

1891 年，象征派发生分裂，实际上这时作为流派的前期象征主义已经解体。但是由于其美学思想及艺术风格对世界许多国家影响甚广，至 20 世纪初继而产生了与之相承接的后期象征主义。

前期象征派的思想艺术特点

前期象征派的思想艺术特点主要包括对城市中丑恶现象的大量描写，而且除了关注外界事物的丑，它还把精神状态的忧郁等情感作为另一种丑的表现；注重挖掘人的精神世界，同时还注意到不同的艺术手段之间的相通之处以及不同的语言组合所能产生巨大的效果，即所谓的通感和"语言炼金术"；追求诗歌的音乐效果，诗画协调，在语言与韵律上力求达到精益求精，其诗歌形式追求简练精粹、工整优雅；视神秘为诗歌的本性，宣扬读者应透过表面形式去寻找本质的东西，这就要求读者要充分发挥想象，以便理解诗歌的真义。

颓废主义

颓废主义或称颓废派，源自拉丁文 Decadentia，其本义为堕落、颓废。19 世纪下半叶欧洲的资产阶级知识分子苦于对社会现实的不满而又无能为力，因而产生了苦闷彷徨的情绪，这种情绪反映在文艺领域中即产生了一种新的文艺思潮——"颓废主义"。

这种思想最早表现在法国诗人波德莱尔及象征主义者马拉美等人的创作中，因而在后人的评价中，象征主义与颓废主义往往被视为一体。

颓废主义以主观唯心主义、非理性主义为思想基础。颓废主义者这个名称在 1880 年最初是用于一群放浪的法国青年诗人身上。魏尔伦在 1886 年创办了《颓废者》杂志，并欣然接受了此称号。颓废主义者多反对文艺以自然主义对现实生活进行描写，他们主张"为艺术而艺术"，认为文学艺术应独立于生活目的与道德的约束，颓废主义者片面强调艺术的超功利性，从而否定了文艺的社会作用，否定理性认识对文艺的作用，他们宣扬悲观、颓废的情绪，颓废主义者特别注意从病态的或变态的人类情感中或是与死亡、恐怖有关的主题中来寻求创作的灵感。

在之后的英国唯美主义运动中颓废主义有了进一步发展。王尔德在其长篇小说《道林·格雷的肖像》中描写了主人公的烦躁不安、精神混乱与道德败坏，这几乎成为了世纪末颓废主义者的典型写照。19 世纪末欧洲

王尔德

各文艺流派与颓废主义源出一处，大量作品多具有颓废倾向，因而在文学史上颓废派文艺又有世纪末文艺之称。此后在第一、二次世界大战后流行的各现代艺术流派，如表现主义、·未来主义、存在主义、超现实主义，也都有不同程度、不同形式颓废主义的表现。

未来主义

未来主义是 20 世纪初由意大利流行到欧洲各国的现代主义文学流派。未来主义否定传统文化，提倡彻底抛弃艺术遗产。这一流派歌颂机械文明与都市的混乱，赞美"速度美"与"力量"。未来主义者还主张打破传统的形式规范，在艺术创作上随心所欲地运用自由不羁的语句。未来主义的创始人及理论家是意大利的菲利波·托马索·马里奈蒂。

1909 年他发表了论文《未来主义宣言》标志着这一流派的诞生。未来主义的一些基本原则经马里奈蒂总结，即对陈旧思想的憎恶，尤其突出对陈旧的政治与艺术传统的憎恶。马里奈蒂及其追随者们表达了对速度、科技和暴力等元素的狂热喜爱。在未来主义者的眼中，汽车、飞机、工业化的城镇等都充满了迷人的魅力，因为这些都是人类依靠技术的进步征服了自然的象征。未来主义者们戏称沉溺于昔日时光的行为是"过去主义"，这类人一并被称为"过去主义者"。这些"过去主义者"主要是指那些对未来主义的画展或演出没有兴趣的人们。

法国的阿波利奈尔曾开创立体未来主义，其代表作《醇酒集》引起了现代诗的结构变化。俄国诗人马雅可夫斯基早期的一些诗作也都属于未来主义的范畴，如《穿裤子的云》。此外，赫列勃尼科夫也是俄国未来主义的代表性诗人。尽管未来主义有明显的文化虚无主义倾向，但它的创新性试验也使艺术表现手法得以扩大。20 世纪其他许多文艺思潮也受到了未来主义的影响，其中包括艺术装饰、旋涡

俄国未来主义代表——马雅可夫斯基

在俄国，未来主义文学的代表人物为马雅可夫斯基。在其早期的诗作《夜》中，马雅可夫斯基细致地描写了旧俄都市的景色，并以嘲讽的口吻描绘了夜都市纸醉金迷的人群、娼妓与赌棍。然而他最杰出的未来主义诗作是发表于1915年的长诗《穿裤子的云》，此作堪称苏联未来主义文学的纲领性作品。

1925年，马雅可夫斯基发表公开宣言，"未来主义和苏联政府不能携手并进，现在我要与未来主义作斗争"，但实际上他始终未放弃未来主义的一些表现手法。1930年2月，马雅可夫斯基遭人诋毁，他因此也被排除在无产阶级作家行列之外，同年自杀。

主义画派、构成主义和超现实主义。

未来主义作为一种艺术思潮自20年代开始衰落，至今基本销声匿迹，很多未来主义艺术家在两次世界大战中丧生。但是未来主义所倡导的一些元素却始终在西方文化中占有一席之地。

达达主义

达达主义是20世纪初在欧洲产生的一种现代主义的文艺流派。1915年，一群年轻的艺术家在瑞士苏黎世组织了一个文学团体，他们把在辞典中随意翻到的一个法语词"Dada"作为此团体的名称。1919年，这批作家又在法国巴黎成立了"达达"集团，从而形成了达达主义流派。

达达主义，源于法语"达达"（dada），意为糊涂、空灵、无所谓。它以婴儿最初的发音来表示婴儿对周围事物的纯生理反应。此流派宣称作家进行文艺创作，也应像婴儿学语那样，排除思想干扰，只表现官能感触到的印象。查拉在达达主义的草拟《宣言》中，曾为"达达"作出这样的解释："这是忍耐不住的痛苦的号叫，这是各种束缚、矛盾、荒诞东西和不合逻辑事物的交织；这就是生活。"后来有人还对此作出进一步的阐述："达达，即什么也感觉不到，什么也不是，是虚无，是乌有。"达达主义的目的以及他们对新视觉幻象与新内容的愿望，表明了这一文学流派主张以批判的观念对传统的再审视，他们力图摆脱反主流的文化形式。达达破坏的冲动对当代文化造成了重要影响，它成了本世纪艺术的中心论题之一。

达达主义者对一切事物都采取虚无主义的态度，他们经常用帕斯卡的一句名言来自我表白："我甚至不愿知道在我以前还有别的人。"在回顾达达主义运动时查拉曾说："目的在于设法证明在各种情况下，诗歌是一种活的力量，文字无非是诗歌的偶然的、丝毫不是非此不可的寄托；无非是诗歌这种自然性事物的表达方式，由于找不到合适的形容词，我们只好叫它为达达。"

达达主义者以破坏一切为行动准则。他们提倡：艺术伤口应如炮弹，将人打死后，还应焚尸、销魂灭迹；地球上不应该留下人类的任何痕迹。他们主张否定一切，破坏一切，打倒一切。因此，在文学上达达主义是虚无主义的具体表现。它反映了一战期间西方一些青年苦闷的心理和空虚的精神状态。自从1919年在巴黎出现达达团体以后，巴黎成了这一流派的活动基地，其喉舌则为文艺杂志

达达主义的没落

达达主义虽然曾一度受到人们的广泛关注，但其终因精神空虚而未能长久。在1921年时，巴黎出现了一些大学生，他们抬着象征"达达"的纸人，将纸人扔进塞纳河"淹死"，这表示达达主义开始受到一些青年人的憎恨。1923年，达达主义流派的成员举行了最后的一次集会而后宣告该流派解散，此后它的许多成员随即转向，加入到超现实主义作家的行列。

《文学》。这一流派的代表作家主要有布勒东、阿拉贡、苏波、艾吕雅、皮卡比亚等。

超现实主义

超现实主义是两次世界大战期间从法国流传至欧美的现代主义文学流派，它由达达主义发展而来。超现实主义试图从理性的樊篱中将文艺创作解放出来，使之成为一种自发性的心理活动过程，以便表现一种更高更真实的"现实"，即"超现实"。所谓超现实即强调表现超现实、超理性的无意识世界和梦幻世界；这一流派主张文学创作应以纯精神的自动反应进行，广泛提倡使用"自动写作法"与"梦幻记录法"，其作品多为晦涩艰深的风格，同时不乏离奇神秘的艺术效果。超现实主义的创始人和理论家安德烈·布勒东曾于1919年与苏波合写了首部超现实主义小说《磁场》。在法国，路易·阿拉贡和保尔·艾吕雅也是超现实主义的重要代表作家。后来的荒诞派、黑色幽默和魔幻现实主义都受到超现实主义很深的影响。

超现实主义文学强调对现实主义和传统小说的否定，它敌视一切道德传统，认为传统的即平庸、仇恨的根源，而小说能成为文学的宠儿，就在于它适应了读者合乎逻辑地反映生活的追求。超现实主义要求打破旧有的一切，追求"纯精神的自动反应，力图通过这种反应，以口头的、书面的或其他任何形式表达思维的实际功能。它不受理智的任何监督，不考虑任何美学上或道德方面的后果，将这思维记录下来"。它还对潜意识和梦幻加以强调，提倡"事物的巧合"，倡导"自动写作法"。超现实主义者通常会在咖啡馆、电影院等公共场所寻找和搜集人的思维的原始状态，并以此创作，这一流派的代表作有布勒东在1928年发表的小说《娜嘉》。20世纪20年代末以后，超现实主义运动内部产生了分裂。1930年布勒东发表《超现实主义第

布勒东

布勒东（1896—1966年），法国作家。1915年期间他曾在一个精神病院里潜心研究弗洛伊德的理论。1919年3月他和友人共同创办了《文学》杂志，同时参加了以查拉为首的达达主义运动，1922年布勒东同达达主义决裂。1924年他正式发表《超现实主义宣言》，并创办《超现实主义革命》杂志。1927年到1933年之间，他发表了《超现实主义和绘画》《娜嘉》《超现实主义第二宣言》和《白发左轮枪》等许多作品，同时布勒东创办了杂志《为革命服务的超现实主义》。第二次世界大战期间布勒东应征入伍，复员后他仍然坚持超现实主义运动。布勒东一生都在坚持超现实主义，直至谢世。

二宣言》，重申运动原则：反抗的绝对性、不顺从的彻底性及对规章制度的破坏性。此后运动转入低潮，其成员几乎仅有布勒东一人。1946年布勒东辗转回到法国后，继续开办杂志，同时举办许多作品展览会并发表广播讲话，从而带来了超现实主义运动的又一个浪潮，其影响波及欧美许多国家，但声势已远逊于20年代。

超现实主义颇具吸引力和生命力，其在文学史上存在的时间较长，而且对不少的现代派都产生了理论影响。

后期象征主义

后期象征主义是20世纪20年代至40年代活跃于西方文坛的一个影响极大的文学流派，它继承并发展了前期象征主义，从而使象征主义更趋完美，内涵也更为深广，其现代主义特征更强。由于受到所处时代的影响，与前期象征主义相比，后期象征主义具有自身明显的特点。除了波及国家更多、诗人队伍更大，后期象征主义的美学原则与各国各自国情与诗歌传统的结合更为复杂外，"它所

里尔克

涉及的题材更重大，主题色彩更鲜明，现代意识更强，表现手法更熟练"。后期象征主义仍然坚持以象征暗示的方法来反映内心"最高的真实"，此流派反对对主观精神自由与无

限的过多强调，以至于形成了过分抽象化的倾向，后期象征主义既反对因过于强调客观事物的形象、具体而导致的平淡无意蕴，同时又反对前期象征主义的隐晦艰深，他们主张情与理、主观与客观、有限与无限的统一。后期象征主义摆脱了个人情感的小圈子的束缚，对社会的与时代的总体精神的表现更为突出。在创作方法上，后期象征主义实现了从简单象征发展到意象象征，从个别象征发展到普遍象征，从情感象征发展到情感与理智并举的转变，因而更具有思辨性与哲理性。

虽然后期象征主义在早期象征主义的基础上有所突破与发展，并形成了自己的特点，但是它仍未能完全逃离前期象征主义的框架，例如，艺术手法上，二者同样注重强调象征对象，并极力主张绘声绘色地表现抽象概念的特质，二者都重视主观的认识作用和艺术想象的创造作用。在强调诗歌音乐性与神秘主义的特性方面，二者也是一脉相承的。

总之，现实还是非现实（或超现实）成为后期象征主义与超现实主义的分水岭。后期象征主义的诗歌在法国的重要代表有瓦莱里和佩斯等人，在西方其他国家，代表性人物有奥地利的里尔克、英国的叶芝、美国的艾略特和比利时的维尔哈伦等，其中以艾略特的《荒原》尤为经典。

野兽派

野兽派反对学院派，他们批判感动力稀薄、表现不甚深入的印象派画风，野兽派成员继续后印象主义凡·高、塞尚、高更等人的探索，他们力图实现更为强烈的艺术表现。此派的画家主要吸收东方及非洲黑人雕刻艺术的表现手法，他们强调纯粹的造型表现，在色彩使用上，野兽派多用红、黄、青、绿等醒目的色彩。他们将这些原色并列，同时加大笔触，从而达到个性的表现。野兽派有时还会以最小限度的描绘，表现最大限度的美感，他们的作品通常具有明显的这种倾向。

表现主义

表现主义是 20 世纪初到 30 年代在欧美一些国家广为流行的现代主义文学艺术流派，第一次世界大战以后这一流派在德国及奥地利流行甚广。它首先在美术界产生，后来音乐、文学、戏剧甚至电影等领域都受到了此艺术流派的影响。"表现主义"最初是 1901 年在巴黎举办的马蒂斯画展上埃尔维一组油画的总题名。1911 年希勒尔在《暴风》杂志上刊登文章，第一次用"表现主义"称呼柏林的先锋派作家。1914 年以后，"表现主义"一词逐渐受到人们的普遍承认与采用。1905年德国相继出现桥社、青骑士社等表现主义社团。它们的美学目标和艺术追求不仅与法国的野兽主义相仿，而且还带有浓厚的北欧色彩与德意志民族传统特色。表现主义深受工业科技的影响，突出强调物体的静态美。

表现主义并不是一个完全协调统一的运动，其成员的政治信仰与哲学观点大相径庭。但他们基本都受到康德哲学、柏格森的直觉主义及弗洛伊德精神分析学的影响，在强调反传统、反社会现状，要求改革与"革命"的观点上，他们的观点是一致的。在创作上，他们不仅仅局限于对客观事物的摹写，而且要求表现事物的内在实质；要求突破对人的行为及所处环境的描绘从而实现对人的灵魂的揭示；要求突破对暂时现象和偶然现象的记叙以展示其永恒的品质。表现主义在诗歌、小说和戏剧等领域都产生过许多有影响的作家和作品。其诗歌主题多表现对都市喧嚣的厌恶，暴露了大城市的混乱、堕落与罪恶，作品总是充满了隐逸的伤感情绪或是对"普遍的人性"的宣扬。代表人物有奥地利的特拉克尔和德国的海姆、贝恩等。表现主义的小说，其人物与故事的描述都是对现实生活异乎寻常的变形或扭曲，从而揭示了工业社会的异化现象以及人类丧失自我的严重精神危机。在小说创作上成绩较为突出的是奥地利的卡夫卡。表现主义戏剧内容荒诞离奇，结构松

散，场次之间逻辑联系散乱，情节变化突兀。表现人物思想感情多运用简短、快速、高声调、强节奏的冗长内心独白，同时还注意运用大量灯光、音乐、假面等来增强语言的效果。代表人物有德国的托勒尔，美国的奥尼尔等。

意识流

"意识流"一词最初为心理学词汇，1918年梅·辛克莱评论英国陶罗赛·瑞恰生的小说《旅程》时首次将此词语引入文学界。至20世纪20年代"意识流"成为英、法、美等国流行的一种现代主义文学流派。

意识流文学是现代主义文学的一个重要分支，它泛指注重描绘人物意识流动状态的文学作品，既包括清醒的意识，又包括无意识、梦幻意识和语言前意识。在这个文学流派的发展中，小说的成就最为显著，此外在戏剧、诗歌方面也有表现。意识流小说就文体特征而言，由于它通常以人物的意识活动为结构中心来展示人物持续流动的感觉和思想，并且经常借助自由联想来完成叙事内容的转换，因此，这类小说总是打破传统小说正常的时空次序，而时常出现过去、现在乃至未来的大跨度跳跃。在小说中，作者对人物的心理、思绪描写经常是飘忽变幻，在情节段落安排上也是交叉拼接，现实情景、感觉印象以及回忆、向往等经常以交织叠合的形式出现，小说象征性意象以及心理独白的多重展示，常常使叙事显得扑朔迷离。因此，面对此类文章时，解读者应对人物多层次的感觉印象、心理图像等贯穿起来的意识中心尽可能准确把握，以便从中寻找人物意识流动的线索，这是对意识流小说正确解读的关键。除了文体特征，意识流小说在创作技巧上也独树一帜，它大量运用内心独白、自由联想以及象征暗示的手法，其语言、文体和标点等方面都极具创新性。

意识流小说的先驱是法国的马塞尔·普鲁斯特，他的《追忆似水年华》是对其"主观

表现主义画作

真实论"最成功的实践。爱尔兰的詹姆斯·乔伊斯和美国的威廉·福克纳也都是意识流小说的杰出代表，他们的代表作分别为《尤利西斯》和《喧哗与骚动》。此外意识流文学重要的作家还有英国女作家弗吉尼亚·伍尔夫等。此后意识流的创作方法被现代作家广泛采用，"意识流"后来成了现代小说的基本创作方法之一。

意象主义

意象主义，是指20世纪初在英国及美国诗坛上广为流行的一个现代诗歌流派，此流派被视为整个英美现代诗歌的发端。意象派在法国象征主义及中国古典诗歌的影响下，曾兴起过反对学院派风格，反对抽象说教，反对陈旧题材与表现形式的诗歌运动。他们主张诗歌应通过浓缩凝练的表达方式来描述意象，以客观准确的意象取代主客之间的情绪表达，以便更形象地刻画诗人的心理，这一诗歌流派集中体现了以"物象诗"为主要倾向的西方现代诗的基本特征。该派的领袖人物是美国的诗人艾兹拉·庞德。

1913年休姆、庞德和弗林特等人在伦敦发表了意象主义的三点宣言，他们提倡对主客观事物的直接表现，同时剔除一切无助于"表现"的词语，应以口语节奏代替传统格律。庞德还曾把"意象"称为"一刹那间思想和感情的复合体"。1914—1918年间由艾·洛威尔主持，《意象派诗选》出版了5卷，20世纪30年代又推出1卷。

除了庞德，属于这支流派的诗人还有英国的理查奥尔丁顿和戴维·赫伯特·劳伦斯，美国的希尔达·杜利特尔与威廉·卡洛斯·威廉斯等。他们强调用视觉意象引起联想，借以表达一瞬间的直觉和思想。这种文学手法多用于自由体写作短小篇章。据庞德等自称，意象主义的发展曾受到中国旧诗和日本俳句中运用意象方法的影响。这一流

戴维·赫伯特·劳伦斯

戴维·赫伯特·劳伦斯（1885—1930年），英国杰出的文学家、诗人。他出生在一个矿工家庭，在当时十分注重出身、教养的英国社会，虽然劳伦斯没有名门望族的背景，但是生长在那个时代的劳伦斯是与众不同的，福特·马多克斯·休弗曾高度评价："他是个天才，是个浸透情欲的天才。"

在英国文学的发展历程中，劳伦斯可以称得上是20世纪英国最独特同时也是最富争议的作家之一，他曾创作出很多脍炙人口的名篇，其中《误入歧途的女人》《查泰莱夫人的情人》《恋爱中的女人》《儿子与情人》《虹》等均有中译本。

派对英美现代诗歌口语运用、自由体发展及意象铸造方面颇有影响。意象派对我国"五四"前后的诗歌界也产生了广泛影响。

迷惘的一代

迷惘的一代，又称迷失的一代。它有别于有组织、有共同纲领的团体，此派即第一次世界大战以后在美国出现并风靡世界的一个文学流派。"迷惘的一代"这个名词源自侨居巴黎的美国女作家格特鲁德·斯泰因。一次她指着海明威等人说："你们都是迷惘的一代。"海明威后来把这句话作为他的长篇小说《太阳照常升起》的题词，于是"迷惘的一代"就成为了一个文学流派的名称。

"迷惘的

海明威

一代"的作家其共同点即对帝国主义战争的厌恶，但是他们又苦于找不到出路。第一次世界大战爆发时，这些年轻人基本上都是20岁左右，他们在美国政府"拯救世界民主"的口号蛊惑下，怀着民主的理想，积极奔赴欧洲战场。他们在亲眼目睹了人类空前的大屠杀后，发现战争远非他们理想的那种英雄事业，所谓"光荣""民主""牺牲"无非是蒙蔽人民的借口。许多作家在战争中遭受了种种苦难，他们了解到普通士兵中日益高涨的反战情绪，理想与现实的差距给他们的心灵留下了无法医治的伤痛。因此"迷惘的一代"作家其作品多是以反映这些思想感情为主。例如，爱·肯明斯的《巨大的房间》、约翰·多斯·帕索斯的《三个士兵》、威廉·福克纳的《士兵的报酬》与《萨托里斯》。海明威是"迷惘的一代"的代表作家，其作品中迷惘、悲观的情绪甚为浓厚。

"迷惘的一代"不仅包括参加过欧洲大战的那些作家，也包括没有参加过战争，但同样对前途感到迷惘与迟疑的20世纪20年代的作家，如司科特·菲茨杰拉德、托马斯·艾略特及托马斯·沃尔夫等。"迷惘的一代"作家在艺术上各具特色，他们的主要成就闪烁于20年代；30年代以后，他们的创作倾向，包括海明威在内，都有所改变，之后便分道

扬镳了。

垮掉的一代

垮掉的一代是第二次世界大战以后在美国出现的一个现代主义文学流派。"垮掉的一代"这个词最早是由凯鲁亚克在1948年"发明"的，后来他的朋友约翰·克莱隆·霍姆斯为纽约《时代杂志》写了一篇题为"This is Beat Generation"的文章。Beat这个词在此译作"垮掉"，此后，"垮掉的一代"的称谓借助各种媒体开始流传。"垮掉的一代"实际上是"迷惘的一代"的对照。"迷惘的一代"主要是指第一次世界大战后成长起来的年轻人，他们因战争的创伤而对生活失去信念，但他们仍保留了对人性的渴望。"垮掉的一代"与之不同，他们中许多人已经丧失了对人性最基本的理解，以"垮掉的一代"作为其称谓正是表达了公众对他们的失望与不满。

"垮掉的一代"的成员大多是玩世不恭的浪荡公子，他们笃信自由主义。他们通常秉承自发的文学创作理念，有时甚至非常混乱。因此"垮掉的一代"的作家们所创作的作品经常备受争议，因为这些作品通常违反传统创作的常规，在结构与形式上常常是杂乱无章，语言粗糙甚至粗鄙。之所以将这样一小群潦倒的作家、学生、骗徒以及吸毒者作为"一代"提出来，是因为这个人群的意识形态对二战后美国后现代主义文化的形成具有举足轻重的作用。在西方文学领域里，"垮掉的一代"被视为后现代主义文学的一个重要分支，它也成为美国文学历史上的重要流派之一。"垮掉的一代"对后世西方文化产生过深远影响，因此在文学发展中经常被文化研究学者们看做是第一支真正意义上的后现代"亚文化"。

此文艺流派的重要文学作品主要包括杰克·凯鲁亚克（1922—1969年）的《在路上》、艾伦·金斯堡（1926—1997年）的《号叫》以及威廉·博罗斯（1914—1997年）的《裸

格特鲁德·斯泰因

格特鲁德·斯泰因在西方文学史上被视为对20世纪西方文学具有重要影响的人物之一。她曾在巴黎成功创立了一个有名的沙龙，并在此期间不断写作，但未能全部出版。

她的创作永远不会特意迎合大众，斯泰因的写作总是直指人类心灵深处的思想与情感。其作品总会彰显出独特的思想及变革意识，甚至有时会掩盖住其作品本身的光芒。她的著作有《法国巴黎》《地理与戏剧》《三幕剧中四圣人》《露西·丘奇温厚地》《毕加索》及《我见过的战争》。

体午餐》等。后两部作品曾由于内容"猥亵"而引起法庭注意，它们也推动了此类文学作品在美国出版的合法化进程。

存在主义

存在主义文学是西方现代主义的一个重要流派，这一提法最初因阐述存在主义哲学思想而出现于法国，它的思想渊源主要为克尔恺郭尔的神秘主义、尼采的唯意志论以及胡塞尔的现象学等。

存在主义的产生与其所处的时代背景密不可分：第一次世界大战后继欧洲资产阶级文明的终结，人类历史迎来了现代时期，这时人们出现了异化自我的现象，于是作为化解自我异化感觉的理论，存在主义就应运而生了。

海德格尔是存在主义的主要创始人，而将这一思想流派发扬光大的则是萨特。"存在先于本质"即萨特最著名的倡议。存在主义否认神或任何预先定义的规则的存在。萨特还特别强调反对人生中一切"阻逆"因素的存在，因为它们造成了人的自由选择的余地的

克尔恺郭尔

存在主义的先驱——海德格尔

海德格尔（1889—1976年）从存在的角度对西方的哲学史进行解构，他认为人类的历史即存在的真理被遗忘的历史。海德格尔还视"泰初之道"为世界的本原。他的这种哲学核心同中国的老子有很多相似之处。

海德格尔的哲学观有：时间性是人的存在方式；世界是形而上与形而下的统一，是一切关系与意义的总和。海德格尔从胡塞尔的现象学出发，同时他还将胡塞尔的视域扩大到整个生活世界，并更深入推至生活世界的视域，即存在，他还从中国的老庄哲学中得到启示，以此来追问存在，其著作有《存在与时间》。

缩小。如果没有这些阻力，那么一个人选择走哪一条路就成了他唯一要解决的问题。然而人是自由的，即使他深陷于自欺之中，他仍然不会丧失潜力与可能。加缪也曾提出："他人是地狱。"这一观点从表面看似乎与"人有选择的自由"观点相矛盾，但归根结底每个人虽然选择是自由的，但对于选择后的结果，每个人却要承担无法逃避的责任，人在选择的过程中，面对的最大问题其实是他人的选择，因为人们有自己选择的自由，因而必定对他人的自由造成影响，所以有"他人是地狱"的提法。

"存在主义"的代表性作家有法国的让·保罗·萨特、阿尔贝·加缪以及西蒙娜·德·波伏瓦等。而美国的诺曼·梅勒、索尔·贝娄，法国的雷蒙·盖夫、梅洛·庞蒂，英国的戈尔丁等都是具有明显存在主义倾向的作家。存在主义思潮流派，对后现代主义其他文学流派也都产生了直接而重要的影响。

荒诞派戏剧

荒诞派戏剧是第二次世界大战以后在西

方戏剧界最有影响力的流派之一，它也是20世纪50年代兴起于法国的反传统戏剧流派，而后在西方戏剧舞台上盛行的一种文艺思潮流派，又被称为"反戏剧派"。"荒诞派戏剧"多受到存在主义哲学思想的影响，它是存在主义在戏剧舞台上的形象变体。这种艺术开始出现时曾遭到批评界的冷遇，后来才逐渐获得社会承认，并在世界上不少的国家竞相上演。1950年剧作家尤奈斯库的《秃头歌女》问世，后来贝克特又凭借剧作《等待戈多》轰动法国舞台，1961年英国批评家艾思林推出了《荒诞戏剧》一书，此类作品终于得到理论上的概括，并正式得名。此后，荒诞派戏剧逐渐进入其成熟和全盛阶段。

荒诞派戏剧家提倡纯粹的戏剧性，宣扬借助直喻把握世界，他们放弃形象塑造与戏剧冲突，在表现现实的丑恶与恐怖、人生的痛苦与绝望时，多运用支离破碎的舞台直观场景、奇特怪异的道具、颠三倒四的对话以及混乱不堪的思维，从而实现一种抽象的荒诞效果。这一流派的代表作家有尤奈斯库、贝克特等人。尤奈斯库、贝克特等人多是以因面对人生存条件的荒诞不经而引起的抽象恐惧不安之感为主题。他们在表达此类主题时，经常故意避开合乎逻辑的结构和明智的理性，而通常是直接以形象来表现对理性的怀疑与否定。他们极力要表现的是"原子时代的失去理性的宇宙"。在他们的剧作中，作者经常将戏剧发展中明确的时间和地点抽掉，同时将行动压缩至最小极限，甚至取消。这样他们创作的剧作多没有戏剧性事件，没有剧情转折、起伏跌宕，没有结局。他们仅是以抽象的、还原到人的原型的形象来代替对人物性格的描绘与概括。他们笔下的人物通常都没有固定姓名，而仅以教授、女生、房客、女仆，甚至是字母来标志。在他们看来语言不再是人们交流思想的媒介，他们借助语言本身的空洞无物，使存在的空虚得以形象显示；他们还会以松散又毫无意义的语言、多次重复的词句或是反复再现的语音，来夸大语言的机械表象，从而达到以滑稽可笑、荒谬绝伦的语言体现人生荒诞性的目的。

荒诞派戏剧通常没有完整的故事或情节，缺乏可以清晰辨认的人物，经常运用的是毫无伦次的胡言乱语，它是艺术中最概念化的一种形式。荒诞派戏剧表现的通常是我们想逃避却又无法逃避的命运。荒诞派戏剧是一种体验，它使人们展示应付现实的能力时体验到尊严，无论现实多么乏味，人们都应该具有无所畏惧、不抱幻想、坦然接受并嘲笑它的能力。荒诞派戏剧可以看成是战后西方社会的一面哈哈镜，它曲折地反映了战后一代对资本主义现实生活感到荒诞与虚无的内心世界。这一流派被认为是战后西方社会思想意识舞台艺术最有代表性的反映。

由于在当时的西方社会这一戏剧流派所反映的精神空虚具有广泛的普遍性，因此，继法国荒诞派戏剧之后，西方各国在20世纪五六十年代相继出现许多荒诞派剧作家，法国荒诞派戏剧因而成为西方具有国际影响的文学潮流。

贝克特

新小说

新小说派是指20世纪50—60年代在法国文学界出现的一个新的小说创作流派。而新小说在法国具体流行时期，基本是在1953—1960年间。它提倡新的时代要采取新的表现手法，而视所谓小说的情节、人物、意义等

杜拉斯

为过时的概念。他们颠覆小说体裁，耗散小说的情节，膨胀小说的话语，消解小说的意义。

新小说派在思想上主要受到弗洛伊德心理分析学、柏格森生命力学说与直觉主义以及胡塞尔的现象学的影响。在文学艺术上它继承了一战后的意识流派小说与超现实主义的观点及一些创作方法。新小说派对小说艺术反映社会现实的作用持否定态度，他们钻入自我的意识中寻求"真实"，他们脱离现实，脱离读者。

以娜塔丽·萨洛特、阿兰·罗布·格里耶、米歇尔·布陶、克洛德·西蒙和玛格丽特·杜拉斯等为代表的一批新小说作家，对19世纪现实主义的文学传统公开表示决裂，他们探索新的小说表现手法和语言，追求对事物"真实"面貌的描绘，以达到对一个前人所未发现的客观存在的内心世界的刻画。这一"新小说派"因此还被法国文学评论家称之为"反传统小说派"。

这一流派在20世纪50年代刚出现时曾不断遭到质疑，多被认为是"荒诞""古怪""好像发精神病"。但到了60年代，新小说派被看成是第二次世界大战以后法国文学的一个极具代表性的流派。这一派的小说和理论，不仅在西欧、美国和日本传播甚广，其影响还遍及波兰、捷克等东欧、中南欧国家。

黑色幽默

黑色幽默是20世纪60年代出现在美国的一个重要的文学流派，因1965年弗里德曼辑印的小说片断集《黑色幽默》而得名，又有"黑色喜剧""病态幽默"之称。它是60年代美国小说创作中极具代表性的流派之一。进入70年代以后，"黑色幽默"的声势渐衰，但不时仍有新作问世，这一思想流派在美国文学中的影响至今仍然存在。

黑色幽默的小说家对人物周围世界的荒谬及社会对个人的压迫往往进行突出描写，他们以一种无可奈何的嘲讽态度来表现环境和个人（即"自我"）之间的互不协调，而且他们还把这种互不协调的现象加以放大、扭曲，甚至变为畸形，从而使这种不协调显得更为荒诞不经，滑稽可笑，给人一种沉重和苦闷的感觉。因此，有部分评论家还把"黑色幽默"称为"绞架下的幽默"或是"大难临头时的幽默"。黑色幽默作家注重塑造一些乖僻的"反英雄"人物，借助他们可笑的言行以影射社会现实，从而表达作家对社会问题的观点。在描写手法方面，"黑色幽默"作家也突破传统，他们创作的小说经常出现缺乏逻辑联系的情节，他们常常将现实生活与幻想和回忆混合起来叙述，把严肃的哲理和插科打诨融为一体。例如海勒的《第二十二条军规》、品钦的《万有引力之虹》、小伏尼格的《第一流的早餐》都是黑色幽默代表性的作品。有些黑色幽默小说还嘲笑人类的精神危机，如巴

克洛德·西蒙的《草》

新小说派代表人物克洛德·西蒙的《草》以西蒙成长的法国南方为背景，同时取材于一位普通老妇人的平淡生活。在这部小说中西蒙首次广泛地采用了类似于电影的"闪回"技巧，其中清晰地表达出作者浓郁的生活悲剧感。

在作品中，作者这样描述道："容忍历史（不是顺从于它，而是容忍）就是创造历史。"西蒙认为，人在生活中经常会遇到一些意料不到的事，这些突发事件，无论是好是坏，都最终使得人们所从事的活动除痛苦之外又蒙上一种冒险色彩。

斯的《烟草经纪人》和珀迪的《凯柏特·赖特开始了》。

作为一种美学形式，黑色幽默属于喜剧的范畴，但它又是一种带有悲剧色彩的变态的喜剧。分析黑色幽默的产生，与20世纪60年代美国的动荡不安是不可分割的。当代资本主义社会荒谬可笑的事物以及"喜剧性"的矛盾并非作家们凭主观意志所能创造，它们一般都是社会生活的反映。这种反映虽然具有一定的社会意义与认识价值，作家对包括统治阶级在内的一切权威进行了抨击，但是实际上他们所强调的社会环境是很难改变的，这就导致了作品中经常充溢着悲观绝望的情绪。

魔幻现实主义

魔幻现实主义文学是20世纪50年代崛起于现代拉丁美洲文坛，同时极具撼动世界轰动效应的现代派文学重要流派，这一文学流派至今在世界文坛上影响颇深。魔幻现实主义文学一词最早见于《魔幻现实主义·后期表现主义·当前欧洲绘画的若干问题》，这是德国文艺评论家弗朗茨·罗研究德国及欧洲后期表现主义绘画的论著。弗朗茨·罗在表述魔幻现实的含义时指出，"魔幻"一词，"是为了指出神秘并不是经过表现后才来到世界上的，而是活动着并隐藏在其中"。后来，这部著作经西班牙的《西方》杂志翻译，于是"魔幻现实主义"一词开始进入到西班牙文学艺术领域。后来委内瑞拉的作家彼特里又将此术语推广运用于拉美文学。魔幻现实主义根植于拉美黑暗的寡头统治现实，它同时融汇、吸纳古印第安文学、现实主义文学及西方现代派文学的有益经验，将幻象、神话与现实融会贯通，并大胆借鉴了象征、寓意、意识流等西方现代派文学的各种表现技巧和手法，突出了鲜明独异的拉美地域色彩。

魔幻现实主义的创作原则即"变现实为幻想而不失其真实"。其中最根本的核心是"真实"，所有魔幻现实主义作家都基于此原则进行创作。无论作品采用了怎样的"魔幻""神奇"手段，创

胡安·鲁尔福

作的最终目的都是反映并揭露拉丁美洲黑暗的社会现实。在体裁上魔幻现实主义文学以小说为主。此类作品大多借助神奇、魔幻的手法来反映拉丁美洲各国的现实生活，"把神奇和怪诞的人物和情节，以及各种超自然的现象插入到反映现实的叙事和描写中，使拉丁美洲现实的政治社会变成了一种现代神话，既有离奇幻想的意境，又有现实主义的情节和场面，人鬼难分，幻觉和现实相混"。从而形成了魔幻与现实融为一体、"魔幻"又不失真实的独特艺术风格。从本质上说，魔幻现实主义文学所要表现的，并非魔幻，而是现实。"魔幻"仅是表现手法，反映"现实"才是最终目的。

属于这一流派的代表作家及作品有：危地马拉作家米格尔·安赫尔·阿斯图里亚斯的小说《总统先生》、墨西哥作家胡安·鲁尔福的小说《佩德罗·帕拉莫》、秘鲁作家马利奥·略萨的小说《城市与狗》以及哥伦比亚作家加西亚·马尔克斯的小说《百年孤独》等。

新现实主义

新现实主义是20世纪40年代中期在意大利兴起的一种文艺思潮。它是抵抗运动的产物，是对抵抗运动的理想与要求的反映。从诞生到衰退这一文艺思潮大致历经十余年，

卡尔维诺

并经过了不同发展阶段。拥护这一派的作家多为经过反法西斯战争洗礼的进步作家、艺术家，他们高举争取社会进步、民主、平等的思想旗帜，坚持以忠实地反映历史真实与社会现实为艺术纲领。在选择题材上，新现实主义者着重突出南方问题，成功塑造了现代意大利文学史上反法西斯战士、游击队员、夺取土地的暴动者等一批新主人公形象。新现实主义的作品形式大体有特写、回忆录、长篇小说等，其语言真挚、朴实，生活气息浓郁，闪耀着民主精神的光芒。由于他们的努力，使意大利文学重回现实主义的道路，并具有了新的特征，因此得名新现实主义。

尽管如此，早期新现实主义的作品仍然存在不容忽视的缺陷。新现实主义作家不能正确、深刻地理解自己描绘的事实，他们缺乏对事实本身的艺术概括与揭示。他们虽然尖锐地提出问题，但却无法挖掘问题的症结，更不清楚解决办法，因而在他们的作品中常常流露出小资产阶级意识与哀伤的情调。因

此，新现实主义者对资本主义制度的批判是软弱的、有限度的。

新现实主义者继承了 19 世纪末 20 世纪初意大利真实主义文学的传统，开创了战后意大利文学的新局面。这一流派不仅影响了同时代的作家，当代许多著名作家，如莫拉维亚、普拉托利尼、维多里尼、卡尔维诺等，其成就的取得也在一定程度上与新现实主义是不可分割的。

新浪漫主义

新浪漫主义是 19 世纪末 20 世纪初在欧洲广为流行的一种文学流派。在德国和奥地利新浪漫主义常常被认为是象征主义文学的一部分。新浪漫主义诗歌主张艺术产品的产出过程，就是在单纯实践态度与符号化态度之间的转化，是取消了感觉的理性秩序，而使诗人与读者共同达到本性的还原，进而投身于原始混沌幻想的一种直接感知与审美的过程。在语言的具体运用上，新浪漫主义提出了"反修辞"的特种修辞概念，他们同时认为，辞格、辞藻与辞趣在诗人的创作过程中应该有同等的机会被自动或自觉地使用。因此，这些修辞具有同等重要的意义。新浪漫主义进一步提出诗歌创作必须抒情。他们的这一主张是基于其艺术本源、语言动机及文化背景而提出的，这种提法同时囊括了纯粹抒情诗以及由边缘艺术领域衍生发展而来的诗小说、散文诗、现代诗剧艺术和有声诗歌等多种形式。新浪漫主义反对将"唯灵"或"唯美"作为新生代诗歌的方向。他们更赞成诗人在自由本性的驱使下，以艺术规律来驾驭语言文字，以美学的角度来对艺术产品的真伪进行品评，高举真诚的诗歌创作的旗帜。

"新浪漫主义"的作品多着力于对心灵的刻画与揭示，强调神秘的直觉体验，对反映客观现实世界的内容则多予以回避。但是，这种文学创作的理念导致了新浪漫主义者对奇

特怪异的情节和语言之美刻意追求，致使作品往往晦涩难懂。他们还以叔本华悲观主义和尼采的超人哲学作为其思想理论基础。这一派的代表作家有德国诗人盖欧尔格、英国小说家斯蒂文森、比利时剧作家梅特林克等。

决意派

决意派是20世纪60年代在加拿大魁北克地区出现的一个激进文学流派。这一文学流派的成员以《决意》杂志（1963—1968年）为核心进行创作，其成员主要为加拿大法语区的青年作家。

在第二次世界大战后国际民族解放运动日渐高涨的形势下，法裔加拿大人的民族意识逐渐觉醒。他们开始寻求摆脱英国和美国的影响，为成为一个有独立语言文化的政治实体而努力。60年代伴随魁北克的政治、经济形势的急剧变化，这种要求也发生了改变。1963年，一些青年作家，根据法国作家萨特提出的"我们作家在写作生涯中，在文章和著作中，每天都要表明我们的主意"，他们以"表明主意"为名称，创办了《决意》杂志及决意出版社。

他们认为文学作品应基于鲜明的立场，认为资产阶级自由派所进行的反教会统治及争取民族独立的革命太平静、不彻底，他们认为反教会、争取民族独立的斗争应该与争取社会主义的斗争紧密结合；他们强调作家的创作应以现实为出发点，注重为"此时""此地"写作，对逃避现实、缅怀过去的做法他们通常持反对态度；他们赞同以蒙特利尔工人区流行的称之为"朱阿勒"的口语进行写作。"朱阿勒"是一种混杂大量英语词汇，在发音、语法方面均不符合法语规范的通俗口语，他们主张以这种语言写作，并非对"朱阿勒"的肯定，而只是希望通过此种语言形式来揭露魁北克在文化语言方面受压制、被奴役的现状。《决意》杂志曾就"朱阿勒"能否作为文学语言展开讨论，此讨论在魁北克社会引起了巨大反响，在唤醒魁北克人的民族意识方面起到了推动作用，反映了魁北克人对自己身份确认的愿望。

蒙特利尔文学社

蒙特利尔文学社是19世纪末20世纪初在加拿大蒙特利尔市兴起的文学团体。1867年加拿大改为联邦制，魁北克省加入联邦政府，从而改变了法裔人由于殖民统治而造成的长期与外界完全隔绝的局面。这时魁北克出现了一批知识分子，他们不满于加拿大法语文学的现状，要求更广泛了解各国的文化新发展，以便丰富本民族的文学。1895年冬，蒙特利尔文学社正式成立，其成员有学生、艺术家、新闻记者、律师和医生等，著名诗人弗雷歇特任该社的名誉主席。蒙特利尔文学社的成员定期举行聚会，对国际上文学艺术和科学的最新成就及时介绍，同时他们也介绍本地区青年诗人的创作，该社成员经常以公开演出或朗诵的形式传播魁北克作家的剧作或诗歌，这在魁北克文化界产生了极大影响。文学社还曾经出版过两期社刊——《拉姆泽堡之夜》和《蒙特利尔文学社之夜》，上面主要刊登了社员的创作及评论文章。20世纪初他们还曾出版文学刊物《乡土》，提倡乡土文学。

蒙特利尔市政厅

文学社积极鼓励青年作家进行创作,他们的创新主张,打破了文学上长期以来沉寂的局面,从而推动了20世纪加拿大法语文学的发展。

文学社最有成就的诗人是埃米尔·内利冈,他被认为是加拿大法语文学中最具才华的诗人。他的诗深受法国象征派诗人影响,多讲究色彩、音韵与意境,着重表达诗人挣扎于现实与理想的不可调和的矛盾中间所产生的内心痛苦,其著名的诗篇有《饮酒抒情》《金舟》等。除了内利冈以外,文学社还有沙尔·吉尔、阿蒂·德·比西耶尔、贡扎夫·德索尼耶、让·沙博诺和日耳曼·博利约等许多诗人。

西欧派

西欧派是19世纪40—50年代在俄国农奴制衰落、资本主义发展时期出现的一个思想派别。1836年自恰达耶夫的《哲学书简》问世后在学术界引起了激烈论战,此论战对西欧派的形成具有一定的推动作用,1841年左右西欧派正式形成于莫斯科。同斯拉夫派相反,西欧派坚决主张俄国走西欧的资本主义道路。参与此派的成员多为贵族地主家庭出身,他们具有强烈的自由主义倾向,其中包括教授格拉诺夫斯基、谢·索洛维约夫、卡维林、政治家和作家恰达耶夫、安年科夫、屠格涅夫、卡特科夫、鲍特金等许多文化名人,在思想上接近西欧派的还有格里戈罗维奇、冈察洛夫、德鲁日宁、迈科夫、涅克拉索夫、帕纳耶夫、皮谢姆斯基等。19世纪40年代时出现了批判反动的官方思想体系和保守的斯拉夫派的运动,尽管作为新兴的革命民主主义的代表,但这时赫尔岑、别林斯基和奥加辽夫仍与西欧派保持行动一致。

西欧派的主要论坛有《祖国纪事》《现代人》和《俄国导报》等杂志,另外还包括涅克拉索夫编辑的丛刊《彼得堡风貌素描》和《彼得堡文集》。虽然同为一个派别的成员,但是实际上这一派成分复杂,他们意见也不尽相同,其共同的观点主要有:主张在自由派贵族的协同下政府及早废除农奴制,从而代之以雇佣劳动制;抨击君主专制政体,积极要求实行英、法式的君主立宪或议会制政体,同时强调资产阶级法治与民主的优越性与重要性。虽然有各种政治要求,但他们只希望通过普及教育和科学、加强社会舆论对政府的监督等和平途径来实现,他们对以革命手段实现政治变革极度排斥。他们希望沙皇效法彼得一世,大力改革,迅速发展工商业与新式交通运输。在哲学领域,西欧派推崇黑格尔、谢林、孔德等哲学家,其历史观点基本与基佐、梯叶里等相近。在文学方面,西欧派维护现实主义原则和果戈理的创作,他们成了自然

彼得一世

阿克梅派

阿克梅派是20世纪初俄国的一个现代主义诗歌流派。"阿克梅"源于古希腊文，即"最高级""顶峰"之意。该派的代表人物有古米廖夫、阿赫马托娃、戈罗杰茨基、曼杰利什坦姆等人。他们围绕《阿波罗》杂志（1909—1917年）联系在一起，并成立了"诗人车间"小组。阿克梅派的诗人均对原始生物的自然因素表示崇拜，因而也被称为"亚当主义"。阿克梅派成员企图实现美学和俄罗斯象征派诗学的革新，他们追求雕塑式的艺术形象与预言式的诗歌语言，同时反对对神秘"来世"的迷恋，反对热衷隐喻及象征手法的实现，阿克梅派主张"返回"人世、"返回"物质世界，他们的诗歌语言通常具有明确的含义。

派的主力。西欧派的言论和活动，对当时的文化发展具有一定的进步意义。

19世纪50年代末，面对农民起义形势的不断高涨，西欧派与斯拉夫派之间的矛盾逐渐缓和，双方在反对车尔尼雪夫斯基和赫尔岑为首的革命民主派方面达成了一致。1861年俄国农奴制废除后，西欧派遂不复存在。

新批评派

新批评派是20世纪20—50年代在英美批评界影响较大的一支批评流派，它得名于美国约·兰塞姆所著的论文集《新批评》。这部文集对托马斯·艾略特等人的批评见解与以文字分析为主的批评方法大加赞扬，因而被称之为"新批评"，以区别于19世纪以来学院派提出的传统的批评。

20世纪初英国作家休姆和美国作家庞德提出了强调准确的意象和语言艺术的主张，这成为新批评派理论的开端。20年代艾略特和理查兹又分别提出象征主义的诗歌主张和文字分析的批评方法，从而为新批评派的发展又进一步奠定了基本理论基础，二人自此也成为新批评派的主要代表人物。新批评派成员众多，主张庞杂，但他们具有一些共同的倾向：他们往往以象征派的美学观点为立足点，把作品看成是独立的、客观的象征物，是与外界绝缘的自给自足的有机体，并称为"有机形式主义"；他们还认为文学的本质无非就是一种特殊的语言形式，批评的任务即对作品进行文字分析，探究作品各部分间的相互作用与隐秘关系，即"字义分析"。新批评派以象征主义的美学理论为基础，在具体方法上主要采用字义分析进行评论。

艾略特的著名论文《传统与个人才能》从反浪漫主义的角度提出了"非人格化"的学说。针对浪漫主义者提出的诗歌是诗人感情表现的观点，艾略特认为主观的感受仅为素材，要想真正进入作品，必须要经过非人格化的，将个人情绪转变为普遍性、艺术性情绪，将经验转化为艺术的过程。对浪漫派主张的直接抒情的表现手法，艾略特在《哈姆雷特》一文中指出："在艺术形式中唯一表现情绪的途径是寻找'客观对应物'。"这正符合象征主义以特定事物来暗示情思的创作方法。

理查兹还曾提出诗歌语言是一种特殊的、不反映客观真实的情绪性语言，他认为诗歌文字由于受上下文的影响而多具有复杂的意义，这些见解的提出对新批评派强调文字分析和诗歌含义的丰富性与复杂性起到了推动作用。除了艾略特和理查兹两位新批评派的代表作家，20世纪三四十年代新批评派还涌现出很多卓有成就的作家，主要有燕卜荪、兰塞姆、布鲁克斯、泰特等。

精神分析派

精神分析派即将弗洛伊德精神分析学理论应用于文学作品分析的现代批评流派。精神分析学的创始人弗洛伊德（1856—1939年）曾是维也纳的一位精神病医生，他当时正处在近代科学，尤其是生命科学蓬勃发展的兴旺时期。在当时的学术界，达尔文进化论的提出将人与其他生命形式有机地联系起来，使人最终成为自然科学研究的对象。德国科学家费希纳也对人的精神活动可以进行定量分析作出了论证，从而使当时的心理学取得了与其他自然科学同等的地位。

所谓精神分析，就是指通过心理现象的分析达到对隐匿在内心深处的精神原因的揭示。弗洛伊德认为，这些原因基本都是深藏在潜意识领域，而且大多与性欲有关，此两点构成了弗洛伊德精神分析学理论的基本前提。弗洛伊德特别强调精神活动的潜意识方面，他将人的精神活动比作一座冰山，露于水面之上的是意识领域，仅占很小的部分。淹没于意识水平之下的为潜意识领域，是精神活动的绝大部分，而且是具有重要决定意义的部分。对于潜意识领域他还进一步加以区分，把十分容易进入意识领域的部分称为"前意

识"，而将很难或很少进入意识领域的部分称为"潜意识"。弗洛伊德认为精神过程主要受三个决定因素的影响，即"本我""自我"和"超我"。"本我"经常处于隐意识领域，"自我"和"超自我"一般来讲则可以进入意识领域，一个人的性格和心理状态的形成主要取决于这三者之间的关系。

虽然精神分析派的解释稍显牵强，但它的某些概念和术语被现代各种新的批评流派广泛地运用，例如，梅尔维尔在《白鲸》中就采用了本我、自我、超我的理论。

黑幕揭发运动

黑幕揭发运动是19世纪末20世纪初美国在社会问题成堆的历史环境下，一批新闻记者和文学家等知识分子主要针对当时的社会弊端而发起的一场社会文化批判运动。"黑幕揭发"是当时美国的新闻记者参与社会并监督其发展的主要运作方式，这场运动直接推动了美国进步主义的改革。其中致力于社会改革和社会正义的作家、新闻工作者被称为"黑幕揭发者"，其代表人物为辛克莱。他们广泛利用当时已经大众化的传媒——期刊，借助深度的解析与犀利的言论抨击了在社会转型过程中所产生的种种不公和腐败现象，这些黑幕揭发者还与政界、商界及知识界的其他进步力量团结一起，他们通过激活公众舆论、促使民众觉醒及支持立法等各种方式，抑制了社会达尔文主义思潮的传播，避免了当时可能出现的社会失序倾向，从而巩固了生产力发展的成果和既有的社会体制。

黑幕揭发者主要对国家政府、地方机构以及大工业集团中存在的营私舞弊现象进行尖刻的揭露，他们还借助这种宣传的影响力进而迫使有关部门对相关问题予以解决。从其渗透面来讲，黑幕揭发者们不仅善于发现问题并及时督促政府解决了其中的相当一部分，同时他们的举措还对当时的社会价值转

弗洛伊德

型以及社会良知的觉醒起到了一定的催化作用，实质上黑幕揭发运动可以看成是20世纪初在美国掀起的一场新文化运动。

不可否认，为了追求轰动的效应，一些黑幕揭发者在报道中多采取了煽情的手法，但从总体上看，黑幕揭发者的主流目标在于对社会黑暗的积极批判以及对麻木民众的唤醒。此后美国发生的进步主义改革在很大程度上与黑幕揭发运动都是不可分离的。尽管黑幕揭发运动历时不久，然而其影响的深广度在新闻和文学史界则是罕见的，在动荡又复杂的社会变革中黑幕揭发运动的发起有助于美国人形成共识，它为最终完成社会转型进行了全民族的心理调适准备。黑幕揭发报道也成为美国当今威力最强大的新闻舆论监督样式——调查性报道的先声。

名家荟萃

后现代文学不依据任何已经死去的或正在活着的理论。在体裁上，它对传统的小说、诗歌和戏剧等形式乃至"叙述"本身进行解构，它解构一切。因此，后现代主义文学是一种"破坏性"的文学，也即某种意义上的"反文学"。主要作家有卡夫卡、艾略特、加缪、贝克特、马尔克斯等。

托马斯·艾略特

托马斯·艾略特（1888—1965年），英国著名现代派诗人与文艺评论家。1906年艾略特进入哈佛大学学习哲学，后来他又到英国牛津大学学习。1908年艾略特开始创作。其作品有诗集《普鲁弗洛克及其他所见》《四个四重奏》《诗集》等。艾略特的代表作是长诗《荒原》，表达了西方的一代人在精神上的幻灭，此诗也被视为西方现代文学中具有划时代意义的作品。1948年艾略特因"革新现代诗，功绩卓著的先驱"，荣获诺贝尔文学奖。

艾略特的诗歌生涯大致可以分成三个阶段。其早期作品多为情调低沉，诗人常以联想、隐喻及暗示等手法来表达现代人的苦闷。其成名作《普鲁弗洛克的情歌》以内心独白来表现主人公渴望爱情但又恐惧爱情的矛盾心理，以此表达了现代人的空虚与怯懦。此诗后来收入到他的第一部诗集《普鲁弗洛克及其他所见》中。同时期艾略特还出版了另一部作品《诗集》，这也是反映第一次世界大战后西方知识分子悲观与失望的作品，在英美文坛颇受好评。

1922年到1929年，艾略特的创作进入重要时期，这时他的诗歌无论技巧或内容都趋向复杂化。其代表作有《荒原》和《空心人》，这两部作品集中表现了西方人在面对现代文明时希望渺茫、濒临崩溃的困境，同时也反映了他们极度空虚的生存状态。

1929年以后，艾略特对诗歌的艺术探索仍在进行，同时他的思想也发生了变化。其长诗《圣灰星期三》宗教色彩浓厚，诗人试图从宗教中寻求解脱。《四个四重奏》为艾略特创作后期的重要作品，这是一组以四个地点为标题的哲学宗教冥想诗。每一首诗诗人都在模仿贝多芬的四重奏，在诗歌中作者抒发了人生的幻灭感，宣扬基督教的谦卑与灵魂自救，有些批评家将此诗视为艾略特的登峰造极之作。

弗兰兹·卡夫卡

弗兰兹·卡夫卡（1883—1924年），奥地利小说家。卡夫卡文笔明净而又想象奇诡，

卡夫卡

经常采用寓言体，而对其背后的寓意却很难定论。卡夫卡的作品多是极具深意地抒发其愤世嫉俗的决心与勇气，他别开生面的写作手法，使 20 世纪各个写作流派纷纷将其追认为先驱。

1904 年，卡夫卡开始发表小说，其早期作品多受表现主义的影响。1912 年他的短篇《判决》发表，从此卡夫卡建立了自己独特的文风。卡夫卡和法国作家马赛尔·普鲁斯特、爱尔兰作家詹姆斯·乔伊斯三人并称为西方现代主义文学的先驱与大师。

卡夫卡并不是个多产的作家，但他对后世文学却产生了极为深远的影响。卡夫卡以创作为乐，但他并不是为了追求作品的发表或个人的成就。他工作之余的创作多是为了寄托思想感情或排遣忧郁苦闷。卡夫卡的很多作品都是随意写来，并无结尾，他在临终前曾嘱托挚友布洛德将其作品全部烧毁，但是后来布洛德出于友谊和崇敬之情，并未烧

毁他的作品，而是将其整理出版了 9 卷的《卡夫卡全集》，此书的发表立即引起文坛的轰动。

卡夫卡的代表作为《变形记》，在这部作品中作者将长期受到沉重的肉体及精神上的压迫的人异化为非人。它主要描述了人与人之间的孤独感和陌生感，即强调人与人之间，感情淡化、竞争激化、关系恶化，这种关系既荒谬又难以沟通。在《变形记》中所描写的推销员一觉醒来发现自己变成了甲虫，尽管他保有人的情感和心理，但他的外形已经异化为虫，变形后的他完全被世界遗弃。书中通过推销员的变形折射出西方人当时真实的生存状态。卡夫卡的小说不是单纯阐述事实，而是寄托了他对这个世界的抗拒，表达他追寻人性完善的思想。

卡夫卡还写过一些揭示现实世界的荒诞与非理性的小说，如《判决》和《乡村医生》，在这些作品中，现实与非现实的因素交织，透过这些荒诞的细节与神秘的迷雾，卡夫卡要表达的是：人类患了非常严重的病，肌体已经无可救药。而人类社会的一些病症也是医生所无能为力的，医生最后只能无奈地变成流浪者。

让·保罗·萨特

让·保罗·萨特（1905—1980 年），法国著名思想家、作家，存在主义哲学大师。萨特的事业可以分为两个阶段，第一阶段他的代表作是《存在与虚无》，萨特信仰人的基本自由，他一直都在思考着自己所看到的难以忍受的自由的本性；在其事业的第二阶段，萨特作为一个政治贤人而闻名，尽管他信奉共产主义，但从未正式加入任何共产党组织。萨特一生都在追求实现他的存在主义思想与他所信奉的共产主义原则的统一。

萨特出生在巴黎的一个海军军官家庭，他很小时就阅读了大量的文学作品。中学时代萨特接触了柏格森、叔本华、尼采等人的著

作。成年后萨特有机会在中学任教，在此期间陆续发表了他的第一批哲学著作《论想象》《自我的超越性》《情绪理论初探》《胡塞尔现象学的一个基本概念：意向性》等。1943年，萨特的哲学巨著《存在与虚无》出版，从此奠定了萨特无神论存在主义的哲学体系。

20世纪40年代，萨特不仅在战场，同时也在文坛上参与反法西斯战斗。20世纪50年代，萨特是西方社会主义最积极的鼓吹者之一。60年代后期，法国经常发生学潮及工潮，而这时的萨特又成为运动中的精神领袖。

萨特主张"哲学家应该是一个战斗的人"，他在战后的历次斗争中都坚决地站在正义的

萨 特

一边，同情各种被剥夺权利的人，反对冷战。萨特先后访问过北欧、美国、中国以及古巴，在苏联入侵捷克后，他毅然断绝了和苏联的关系，他的反对德国法西斯占领的剧本《苍蝇》在捷克上演之后，立即成为当时反对苏联占领的代言，并受到了捷克人的热烈欢迎。1971年以后，萨特不仅积极参加革命，而且他还亲自走上街头，兜售左翼书刊，提出"用行动来承担义务而不是言辞"。

阿尔贝·加缪

阿尔贝·加缪（1913—1960年），法

国作家。1935年加缪开始从事戏剧活动，他曾创办过剧团，写过剧本，还当过演员。戏剧在加缪一生的创作中占据非常重要的地位。他的主要剧本有《误会》《戒严》《卡利古拉》及《正义》等。除了从事戏剧创作，加缪还写出大量的小说。其中篇小说《局外人》不仅成为他的成名作，而且也成了荒诞小说的经典之作。该作和同年发表的哲学论文集《西西弗斯的神话》，在欧美文坛引起了极大的轰动。加缪的长篇小说《鼠疫》曾经荣获法国批评奖，而且正是由于此作的闻名，加缪在西方当代文学中的重要地位得以进一步确立，并获得诺贝尔文学奖。

加缪在20世纪50年代以前，一直被世人看成是存在主义者，尽管他多次否认。1951年加缪发表其哲学论文《反抗者》，从而开启了一场他与萨特等人长达一年之久的论战，论战后加缪与萨特决裂，此时人们才发现，加缪实际上是荒诞哲学及其文学的代表人物。

加缪创作的特色是他善于以白描的手法，极其客观地展示人物的一言一行。其文笔简洁、朴实、明快，保持了传统的优雅笔调与纯正风格。在加缪短暂的创作生涯中，他所赢得的荣誉远远超过了前辈。他的哲学和文学作品极大地影响了后期的荒诞派戏剧及新小说的创作。评论家认为在加缪的作品中渗透了适应工业时代要求的新人道主义的精神。而萨特对其的评价则是：加缪在一个把现实主义当做金牛膜拜的时代里，坚决肯定了精神世界的存在。

西蒙娜·德·波伏瓦

西蒙娜·德·波伏瓦（1908—1986年），20世纪法国最具影响力的女性之一，存在主义学者、文学家。19岁时，波伏瓦发表了一项个人"独立宣言"，她宣称"我绝不让我的生命屈从于他人的意志"。波伏瓦头脑明晰、意志坚强，她具有旺盛的生命力与强烈的好

奇心，她一生写下了许多作品。她曾被法国前总统密特朗称为"法国和全世界的最杰出作家"。

波伏瓦出生在一个比较守旧的富裕家庭，她有很强的独立性，从小就拒绝了父母对她的事业及婚姻的安排，与萨特相识后，两人由于共同的爱好和共同的志向，很快结成了生活的伴侣。后来萨特去世后波伏瓦写出了《永别的仪式》，以此作为对她与萨特共同生活的最后日子的回忆，其中表达了作者对萨特强烈的爱情。

波伏瓦将存在主义哲学与现实道德联结在一起，并以此创作了多部小说及论文。她的小说《达官贵人》曾获得法国最高文学奖——龚古尔文学奖。小说的主旨是为了说明知识分子不可能同时为革命和真理服务。此外波伏瓦还写过小说如《女宾》《人不免一死》《他人的血》《名士风流》以及论文《存在主义理论与各民族的智慧》《建立一种模棱两可的伦理学》《皮鲁斯与斯内阿斯》等，在其作品中她提出了道德规范和存在主义理论之间的关系，为此她还一直被人们看成是第二个萨特。

波伏瓦的代表作是她的论著《第二性》，这部作品也被认为是女权运动的"圣经"。在这本书中，波伏瓦认为除了天生的性别差异，女性的所有性别特征均是社会造成的，男性

萨特与波伏瓦的墓

亦然。波伏瓦不同意恩格斯所说的人类社会从母系氏族社会向父系氏族社会的过渡是男人重获权力。她认为妇女要实现真正的解放必须要拥有自由选择生育的权利，并逐渐中性化。波伏瓦的这本书对20世纪60年代以来的女权运动起了很大推动作用。

塞缪尔·贝克特

塞缪尔·贝克特（1906—1989年），法国作家。贝克特出生在爱尔兰都柏林的一个犹太家庭，父亲是测量员，母亲是位虔诚的教徒。1927年贝克特从都柏林三一学院毕业，同时他获得了法文及意大利文的硕士学位。1928年贝克特到巴黎高等师范学院与巴黎大学任教，这段期间他结识了爱尔兰小说家詹姆斯·乔伊斯，精通数国语言的贝克特被派作乔伊斯的助手，主要负责整理《芬内根的觉醒》的手稿。1931年，贝克特返回都柏林，在三一学院任教的同时开始研究法国哲学家

《第二性》

《第二性》是波伏瓦的代表作品。此书被誉为"有史以来讨论妇女的最理智、最健全、最富于智慧的一本书"，甚至被尊为西方妇女的"圣经"。作品涵盖了哲学、文学、历史、生物学、古代神话以及风俗等文化内容，纵论了在原始社会一直到现代社会的历史演变中，广大妇女的地位、处境以及权利的实际情况，探讨了女性作为个体，在其发展史所显示的性别差异。《第二性》可以堪称为一部俯瞰整个女性世界的百科全书，她揭开了妇女文化运动向性别歧视宣战的序幕。

笛卡尔，不久获得了哲学硕士学位。1932年贝克特到欧洲游历。后来德国占领法国，他因参加抵抗运动，遭到法西斯的追捕，于是被迫隐居乡下。第二次世界大战结束后，贝克特曾短暂地为爱尔兰红十字会工作过，不久他回到巴黎。贝克特所有的经历后来都成了他进行创作的素材，在返回巴黎后不久，他开始专职写作，成为职业作家。

贝克特在创作上受乔伊斯、普鲁斯特及卡夫卡的影响很大，他的主要作品有评论集《普鲁斯特》；诗作《婊子镜》；短篇小说集《贝拉夸的一生》《第一次爱情》；中篇四部曲《初恋》《被逐者》《结局》《镇静剂》；长篇小说《瓦特》《莫菲》，三部曲《马洛伊》《马洛伊之死》《无名的人》和《恶语来自偏见》《如此情况》等。在这些小说中作者以惊人的诙谐及幽默表现出了人生的荒诞、乏味与难以捉摸，其中《马洛伊》三部曲在评论界最受重视，被视为20世纪的杰作。

除了诗歌和小说，贝克特在戏剧方面的成就也很突出，他的剧本主要有《等待戈多》《剧终》《最后一盘磁带》《最后一局》《尸骸》《哑剧I》《哑剧II》《呵，美好的日子》《歌词和乐谱》等，这些剧作无论从内容还是形式上都是反传统的，因此贝克特的戏剧也被称为"反戏剧"。其中贝克特的成名作《等待戈多》于1953年在巴黎上演时引起了巨大的轰动，连演了300多场，这部剧作成了战后法国舞台上最叫座的一出戏，贝克特也因此名噪一时，成了法国文坛上的风云人物。由于"他那具有奇特形式的小说和戏剧作品，使现代人从精神困乏中得到振奋"，1969年贝克特获得诺贝尔文学奖。

波德莱尔

夏尔·皮埃尔·波德莱尔（1821—1867年），19世纪法国著名的现代派诗人，象征派诗歌的先驱，其代表作为《恶之花》。

波德莱尔在成年后，继承了父亲的遗产，他经常与巴黎文人艺术家交游，过着波希米亚人式的浪荡生活，他的主要诗篇也都是在内心矛盾及苦闷的气氛中创作出来的。最终奠定波德莱尔在法国文坛上重要地位的作品，是他的诗集《恶之花》。这部诗集在1857年初版时，仅收录了100首诗，至1861年再版时，已经增为129首，后来《恶之花》多次再版，陆续增益。但是由于这本诗集曾一度被认为是淫秽读物，诗集出版后曾被当时政府查禁了其中的6首诗，并予以罚款。

此事对波德莱尔的冲击很大。从题材上看，《恶之花》赞美醇酒、美人，强调官能的陶醉，诗人表达了自己愤世嫉俗，对现实生活厌倦及逃避的态度。可以看出波德莱尔对现实生活极为不满，对客观世界采取了绝望的反抗态度。他揭露生活阴暗的一面，歌唱丑恶事物，他甚至不厌其烦地描写一具《腐尸》蛆虫成堆，恶臭触鼻，以表现其独特的爱情观，他的诗是对资产阶级传统美学观点的冲击。

波德莱尔不但是法国象征派诗歌的先驱，而且还是现代主义的创始人之一。现代主义主张美学的美丑善恶，同一般世俗的美丑善

法国象征派诗歌

象征诗歌起源于19世纪中叶的法国，波德莱尔《恶之花》的出版成为象征诗的起点。作为独立的诗歌派别。象征诗有其基本又独特的艺术个性，它不同于现实主义诗歌对社会现实的客观描述，也有别于浪漫主义诗歌的直抒胸臆，它主张以有声有色的具体物象来实现诗人微妙内心世界的暗示。象征派诗歌还以人的感受同自然物象相契合的表现形式，来展示个人细微平凡的生活体验与复杂变幻的心态。20世纪20年代，这一艺术形式经李金发介绍到我国，另外此派诗歌的代表还有冯乃超、王独清、穆木天及戴望舒等人。象征派诗歌尽管对我国的新诗发展起过一定作用，但由于它在一定程度上脱离实际、脱离群众，因而未能成为新诗的主流。

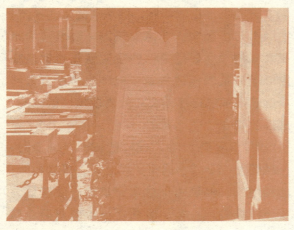

波德莱尔的墓

恶概念有别，现代主义所谓美和善，是指诗人以最适于表现内心隐秘及真实感情的艺术手法，独特又完美地反映自己的精神境界。《恶之花》便出色地完成了这样的美学使命。除了《恶之花》外，波德莱尔还发表过一些表现自己风格的散文诗集《巴黎的忧郁》与《人为的天堂》。他的文学与美术评论集《美学管窥》和《浪漫主义艺术》在法国文艺评论史上也具有重要地位。波德莱尔还曾翻译过美国诗人、小说家和文学评论家爱伦·坡的《怪异故事集》与《怪异故事续集》。

波德莱尔对象征主义诗歌的主要贡献，表现为他针对浪漫主义的重情感提出了重灵性。所谓灵性，即思想。波德莱尔习惯围绕一个思想而组织形象，即使在某些偏重描写的诗歌中，他也时常由于提出了某些观念而改变了整首诗的含义。

威廉·勃特勒·叶芝

威廉·勃特勒·叶芝（1865—1939年），爱尔兰剧作家、诗人。他也是"爱尔兰文艺复兴运动"的领袖，艾比剧院的创建者之一。叶芝在17岁时开始写诗，其早期作品多带有唯美主义的倾向及浪漫主义色彩。叶芝后期的作品则更多地将现实主义、象征主义与哲理思考融为一体，叶芝经常以洗练的口语和含

义丰富的象征手法，来表现善恶、美丑、生死、灵肉的矛盾统一。

1887年叶芝开始从事专门的诗歌创作，艾略特曾称他为"当代最伟大的诗人"。1896年，叶芝结识了贵族出身的剧作家格雷戈里夫人，他一生的创作可以说都是得力于她的支持。格雷戈里夫人的柯尔庄园也被叶芝视为崇高的艺术乐园。在这一时期叶芝的创作虽然还没有摆脱19世纪后期浪漫主义与唯美主义的影响，但他的诗作仍然不失质朴，同时又富于生气，其代表性诗作有《茵斯弗利岛》《当你老了》等。1899年，叶芝和格雷戈里夫人、约翰·辛格等进行创办爱尔兰国家剧场的活动，并于1904年正式成立了艾比剧院。这期间，他也创作了一些反映爱尔兰历史与农民生活的戏剧，主要的诗剧有《胡里痕的凯瑟琳》《黛尔丽德》等，另外还有诗集《芦苇中的风》《责任》《绿盔》《在七座森林中》等。叶芝及其友人的创作活动，在文学史的发展中被称为"爱尔兰文艺复兴运动"。

1923年，"由于他那些始终充满灵感的诗，它们通过高度的艺术形式展现了整个民

叶 芝

族的精神"，叶芝荣获诺贝尔文学奖。1928年叶芝又发表了诗集《古堡》，成为他创作上进入成熟期的峰巅之作，在这部诗集中收录有著名诗篇《在学童之间》《驶向拜占庭》《丽达与天鹅》及《古堡》等。晚年，叶芝虽然遭受病痛的折磨，但是他在创作上的热情丝毫不减，甚为活跃。这时期他的重要诗集有《回梯》《新诗集》，另还有诗剧《炼狱》、散文剧《窗根上的世界》等。

庞　德

庞德（1885—1972年），美国优秀诗人，意象派运动的主要发起人，现代文学的领袖。1885年10月30日庞德出生在美国艾奥瓦州的海利镇。他曾先后就读于宾西法尼亚州立大学与哈密尔顿大学。1908年庞德移居英国，在那里庞德受芬诺洛萨的影响开始从事意象派创作。1921年庞德再次迁居巴黎，在巴黎和伦敦期间庞德除了从事创作外，他还大力发掘与扶植人才。庞德与欧美文学界人士交往甚深，对打破英美文学尤其是英美诗歌的沉寂局面，以及促进美国文学的"复兴"作出了重要的贡献。庞德和其他艺术界名家的广泛联系，对欧美各国现代主义思潮的形成与发展也起到了十分重要的作用。后来庞德开始思考一些社会问题，如贫困、文艺的衰落等，遗憾的是这些探索使他逐渐仇视现代工商业社会并最终令他走上了反犹主义的道路。在二战期间他强烈地抨击美国的政策，战后，被美军逮捕，后因医生证明其精神失常，再加上海明威及弗罗斯特等名人的奔走，庞德最后只被关入一家精神病院。

庞德是叶芝的学生、艾略特的同学、詹姆斯·乔伊斯的挚友、海明威的老师，在创作上他们互相影响。庞德主要作品包括《献祭》《反击》《面具》《休·西尔文·毛伯莱》以及《诗章》等。他的意象派作品广泛汲取了某些日本诗歌如俳句诗的写作形式和特点。

庞德在其长诗《诗章》中曾阐述了孔子学说，在1915年出版的《中国》中翻译了十几首中国古诗。此外庞德还曾经翻译过《论语》《大学》《中庸》等。

弗吉尼亚·伍尔夫

弗吉尼亚·伍尔夫（1882—1941年），英国现代女作家，意识流小说大师。出生于伦敦的伍尔夫从小是在家中接受教育的，结婚以前她的名字为艾德琳·弗吉尼亚·斯蒂芬。1895年伍尔夫的母亲去世之后，她的精神状况极度恶化。1904年她的

伍尔夫

父亲（著名的编辑与文学批评家莱斯利·斯蒂芬爵士）去世以后，迁居到布卢姆茨伯里，后来她和几位朋友共同创立了布卢姆茨伯里派文人团体。伍尔夫在1905年开始了她的职业写作生涯，起初负责为《泰晤士报文学增刊》撰稿。

1915年，伍尔夫的第一部小说《远航》出版，其后她的作品都深受评论界及众多读者的喜爱。伍尔夫的作品还有长篇小说《雅各的房间》《到灯塔去》《黛洛卫夫人》《岁月》《奥兰多》《海浪》和《幕间》。其短篇小说有《墙上的斑点》与《邱园记事》等。

伍尔夫在英国的文学史上占有举足轻重的地位，她更被称为"在黑暗中把英国语言的光辉更向前推进了一步"。

伍尔夫曾被誉为20世纪最伟大的小说家之一，她也是现代主义文学潮流的先锋。她对英语语言革新贡献很大，爱德华·摩根·福斯特曾称她将英语"朝着光明的方向推进了

一小步"。在其小说中伍尔夫尝试运用意识流的写作方法，以此去描绘人们心底的潜意识。但是实际上她本人并不完全赞同某些现代主义作者，如乔伊斯等。伍尔夫在文学上的成就与创新性至今影响显著。二战后她的声望有所下降，后来随着 70 年代女权运动的兴起，她再次成为文学界关注的对象。

马塞尔·普鲁斯特

马塞尔·普鲁斯特（1871—1922 年），20 世纪法国伟大的小说家，意识流小说大师。

1896 年到 1940 年，普鲁斯特撰写了长篇自传体小说《让·桑特依》，这部自传是他对童年时代的回忆。普鲁斯特还翻译了英国美学家约翰·罗斯金的著作《亚眠人的圣经》和《芝麻和百合花》。后来普鲁斯特在他的父母去世后，开始闭门写作，那段时间他除写出了阐述美学观点的论文《驳圣·勃夫》，还开始了其文学巨著《追忆似水年华》的创作。自此，他将毕生精力都投入到这部作品的创作中。

《追忆似水年华》与一般的小说布局有别，它的写作是在回忆中向纵深开掘。为了实现对这个被遗忘了的世界的开拓，作者采用的方法可分为三个步骤：一是感性回忆。普鲁斯特认为，唯有感性的回忆才可以对那些人们认为已经消逝了的东西赋予某种生命力。这个阶段普鲁斯特称之为"感悟"。二是"分析"，作者提出对这样得到的印象要反复思考，并以文字记录，这也是一个再创造的过程。三为"表达"，作者通过感性回忆使往昔复活，他还用艺术及诗意加以改造，从而使逝去的世界重回眼前。《追忆似水年华》没有连贯性的故事，中间时常插入各种倒叙、感想、议论甚至离题的叙述，也缺乏激动人心的情节，没有所谓的进展、高潮与结局。普鲁斯特十分厌恶应作品需要而虚构情节，他感兴趣的只是人物的内心世界，是真实的生活。

普鲁斯特是一位具有独特风格的语言大

著名的"普鲁斯特问卷"

普鲁斯特问卷是由一系列问题组成的，其中的问题包括被提问者的生活、思想、价值观以及人生经验等。因《追忆似水年华》而闻名的普鲁斯特并非此问卷的发明者，但这份问卷由于其特别的答案而闻名，并在当年的巴黎人沙龙中甚为流行。因此后人将此问卷命名为"普鲁斯特问卷"。以一份普鲁斯特问卷为例：

1. 你最希望自己拥有哪种才华？
2. 你最恐惧的事情是什么？
3. 你目前的心境如何？
4. 你最钦佩的人是谁？
5. 你认为自己最突出的成绩是什么？
6. 你最不满意自己的哪个特点？
7. 你最喜欢的旅行是哪次？
8. 你最接受不了的为人处世方式是什么？
9. 你最珍惜的东西是什么？
10. 你最奢侈的消费是什么？
11. 你认为最浅程度的痛苦是什么？
……

师。他的句子总会给人蜿蜒伸展的感觉，但有时他的语句也极为简洁灵活，锋利辛辣。普鲁斯特语言生动丰富，准确流畅，闪烁着他智慧的光芒。普鲁斯特的特色还体现在他对每一个感知、每一个人物、每一个寓言的精细描写，而且在他的书中读者总会感到那种流动的真实感。一般认为普鲁斯特受约翰·罗斯金的影响很大，这种影响奠定了他以直觉串流写作思绪的基础。

约瑟夫·海勒

约瑟夫·海勒（1923—1999 年），美国小说家，"黑色幽默"的代表作家之一。其代表作为《第二十二条军规》。约瑟夫·海勒的长篇小说《第二十二条军规》主要描写了第二次世界大战时美国一支空军中队的内幕。海勒通过超现实的描写，以存在主义的观点，向读者展示了一幅喻指人类世界混乱、疯狂的图画，同时还表达了作者对这个令人嘲笑的荒谬世界无可奈何的态度。海勒开辟了欧美讽刺小说的新写法，他的创作通常是从超现实的角度，运用夸张的手法将现实漫画化，并将幽默、荒诞与无可奈何的讽刺综合在一起，其创作影响了一大批作家。海勒也因此成为 20 世纪 60 年代黑色幽默文学流派的代表性人物。而"第二十二条军规"这一语汇，作为"无法摆脱的困境"的代名词，逐渐在美国人的日常口语中广泛运用。

继《第二十二条军规》后，海勒又写出了《出了毛病》，这部作品的主人公是美国一家大公司的经理，他虽然表面上生活优裕，工作一帆风顺，但实际上他为了应付现实中的风风雨雨，内心早已充满了空虚、软弱与丑恶，在现实和内心的平衡上，主人公最终使自己陷入进退两难的困地。这部作品通过夸张的手法描写了人物的恐惧感，从而表现了中产阶级的思想危机与沮丧心境。

约瑟夫·海勒刻意追求实现作家和表现内容间的"审美距离"，他总是恰到好处地"后退一步"，运用冷漠克制及假装无所知的态度来抒写人间的不幸。海勒是犹太人的后裔，他与生俱来便具有犹太人的随机敏捷的幽默感，但他并不信奉那个民族的宗教。他自称为美国犹太人，然而他从未写过真正的犹太民族的经历。他唯一一部涉及犹太人的作品是《像戈尔德一样好》，其中描写了住在科尼岛的东欧犹太人。

马尔克斯

加夫列尔·加西亚·马尔克斯（1928—），哥伦比亚作家，记者，20 世纪拉丁美洲魔幻现实主义文学的杰出代表之一。马尔克斯生于马格达莱纳省阿拉卡塔卡镇，13岁时，马尔克斯迁居首都波哥大，并到教会学校读书。18 岁时马尔克斯进入国立波哥大大学攻读法律，后来他加入了自由党。1948 年，哥伦比亚发生内战，马尔克斯中途辍学。之后不久，他进入报界，成为《观察家报》的一名记者，这时他开始从事文学创作。1972 年马尔克斯荣获拉美文学最高奖——委内瑞拉加列戈斯文学奖。1982 年马尔克斯又获诺贝尔文学奖及哥伦比亚语言科学院名誉院士称号。

马尔克斯的代表作是长篇小说《百年孤独》，这部小说还被誉为"再现拉丁美洲历史社会图景的鸿篇巨制"。在《百年孤独》发表之前，马尔克斯在拉丁美洲文坛之外的知名度并不高。但是《百年孤独》甫一面世立即引起了拉丁美洲文坛甚至整个西班牙语世界的震惊，此书在短时间内被翻译成多种语言广为传颂。马尔克斯也因此一跃成为炙手可热的世界级作家。《百年孤独》的故事发生在虚构的马孔多镇，其中主要描述了布恩迪亚家族百年七代的兴衰、荣辱、爱恨与福祸，以及文化和人性中根深蒂固的孤独。该作品的内容涉及社会与家庭生活的许多方面，可以说此书堪为拉丁美洲历史文化的缩影。《百年孤独》风格独特，气势恢弘，奇幻诡丽。在文中粗犷处仅寥寥数笔便可勾勒出数十年内战的血腥冷酷；细腻处则会将热恋中情欲煎熬描写得如泣如诉；奇诡处则可看到人间鬼界过去未来的变幻莫测。文章轻灵厚重，是公认的魔幻现实主义最具代表性的作品，也是 20 世纪现代文学中不容错过的佳作。

除此之外，马尔克斯还写有短篇小说《第三次无可奈何》《格兰德大妈的葬礼》等；中篇小说《伊莎白尔在马贡多的观雨独白》《周末后的一天》《枯枝败叶》《一件事先张扬的凶杀案》等以及长篇小说《恶时辰》《霍乱时期的爱情》《迷宫中的将军》《家长的没落》。

欧内斯特·海明威

欧内斯特·海明威（1899—1961 年），

美国记者、作家,"新闻体"小说的创始人、20 世纪世界著名的小说家之一。1954 年海明威成为诺贝尔文学奖获得者。

1939 年至 1960 年期间,海明威定居古巴,他称自己为"普通的古巴人"。在该期间他写下了闻名于世的代表作《老人与海》。古巴革命胜利之后,海明威曾经和古巴革命的领导人菲德尔·卡斯特罗会面。

海明威的一生之中曾经荣获许多奖项:第一次世界大战期间他被授予银制勇敢勋章;1953 年,海明威又以《老人与海》获得普利策奖;1954 年,《老人与海》再次使海明威获得诺贝尔文学奖。

海明威的写作以惜墨如金且轻描淡写而自成风格,他的创作对美国文学及 20 世纪文学的发展产生了极为深远的影响。海明威的写作风格主要受他在《堪城星报》做记者时的影响,后来他的写作都在沿用其在报社工作时用的写作风格:"句子要写得简洁,文章开首之段落要短,用强有力的字眼,思想要正面。"

海明威直接又简洁的写作风格是其对后世作者影响最大的地方。他很少在字眼的装饰性上浪费时间,而通常以简明的句子讲述人们在生活中所表现的勇气、力量与尊严的故事。1940 年海明威发表了《丧钟为谁而鸣》。这是一部描述西班牙内战的作品,在作品中

海明威在工作

海明威表达了影响西班牙人的佛朗哥极权统治,同时还指出这一政权也影响了许多其他国家的人。该书在西班牙内战的大背景下,描写了满怀理想的美国青年约丹从志愿参战,到逃亡时因受伤而被遗弃在后方,后来他独自与敌人火拼,最后无奈以自杀了结生命的悲剧,故事情节复杂,人物描写生动。

波德莱尔

夏尔·皮埃尔·波德莱尔(1821—1867 年),法国 19 世纪最著名的现代派诗人,象征派诗歌先驱,代表作有《恶之花》。波德莱尔生于巴黎。幼年丧父,成年以后,波德莱尔继承了生父的遗产,和巴黎文人艺术家交游,过着波希米亚人式的浪荡生活。他的主要诗篇都是在这种内心矛盾和苦闷的气氛中创作的。

波德莱尔不但是法国象征派诗歌的先驱,而且是现代主义的创始人之一。现代主义认为,美学上的善恶美丑,与一般世俗的美丑善恶概念不同。现代主义所谓美与善,是指诗人用最适合于表现他内心隐秘和真实的感情的艺术手法,独特地完美地显示自己的精神境界。《恶之花》出色地完成这样的美学使命。

海明威与死亡

海明威的一生是充满传奇的一生:他参加过两次世界大战及西班牙内战,他与英国重量级拳王搏击过,在非洲他还跟凶恶的豹子交过手……这些都是与死亡有关的经历。1961 年,当海明威成为一个 72 岁的老人时,在疾病的折磨下,他对这个世界已经没有留恋了。一天早上起床后,他穿着睡衣,走到楼梯口。他再一次审视这个世界,最后,他将目光锁定在墙壁的双管猎枪上。他面带微笑取下猎枪,含住了枪口,然后扣动了扳机。

这部诗集 1857 年初版问世时，只收 100 首诗。1861 年再版时，增为 129 首。以后多次重版，陆续有所增益。其中诗集一度被认为是淫秽的读物，被当时政府禁了其中的 6 首诗，并进行罚款。此事对波德莱尔冲击颇大。

波德莱尔除诗集《恶之花》以外，还发表了独具一格的散文诗集《巴黎的忧郁》（1869 年）和《人为的天堂》（1860 年）。他的文学和美术评论集《美学管窥》（1868 年）和《浪漫主义艺术》在法国的文艺评论史上也有一定的地位。波德莱尔还翻译美国诗人、小说家、文学评论家爱伦 · 坡的《怪异故事集》和《怪异故事续集》。

波德莱尔对象征主义诗歌的贡献之一，是他针对浪漫主义的重情感而提出重灵性。所谓灵性，其实就是思想。他总是围绕着一个思想组织形象，即使在某些偏重描写的诗中，也往往由于提出了某种观念而改变了整首诗的含义。

斯特林堡

奥古斯特 · 斯特林堡（1849—1912 年），瑞典戏剧家、小说家、诗人。 1870 年写出第一部剧作《在罗马》并搬上皇家剧院的舞台，大大地激发了创作热情，又写了《被放逐者》。后经一番创作和生活的转折，1889 年在哥本哈根成立了一座实验剧院，揭幕之日上演了他的名剧《朱丽小姐》。1907 年，他和法尔克合作，成立了对他的剧作进行实验演出的剧院，再一次发挥了他天才的创造力，两年内写下了 10 部剧本。

他是继易卜生之后的又一位北欧戏剧大师，仅剧作就有 60 多部。各个时期的主要作品有《奥洛夫老师》《父亲》《借方与贷方》、三部曲《到大马士革去》《古斯塔夫 · 瓦萨》《厄里克十四》《一出梦的戏剧》《鬼魂奏鸣曲》等。斯特林堡是位具有独创性的戏剧家，对现代欧美戏剧有广泛的影响。他的主要剧本已有中译本，并被搬上中国舞台。

斯特林堡作为世界文学史上的巨擘，一直被视为怪人和疯子。与世长辞后，他的作品和功绩才渐渐受到重视，在瑞典出版了七十五卷本的斯特林堡全集。然而他复杂神秘的人生，随着 "2005 斯特林堡在中国" 活动的举办，以及《斯特林堡文集》五卷本的推出，再次掀起了一股飓风。尼采发疯前在致发疯前的斯特林堡的一封信中谈到，个性是一个人成为人的标志，没有个性的人等于零。同样是他俩朋友的评论家勃兰兑斯说，无数个没有个性的人加在一起还是等于零。这种天才论以大众为死敌，毫无沟通的可能——斯特林堡正是一个太有个性而使世人难以理解的 "人民公敌"。尽管如此，斯特林堡如是说，"我是瑞典最炽烈的火焰"。那种压抑、愤怒得快要爆炸的气息一直荡漾在他身体内部。

斯特林堡

尤金·奥尼尔

尤金·奥尼尔（1888—1953 年）美国著名剧作家，表现主义文学的代表作家。评论界曾指出："在奥尼尔之前，美国只有剧场；在奥尼尔之后，美国才有戏剧。"

奥尼尔出身于演员家庭，其父因收入所迫，一生专演《基督山伯爵》，虚耗了才华。奥尼尔不愿走父亲的老路，未念完大学便去闯荡江湖。1910 年，他去商船上当海员，一年的海上生活给他以后的创作提供了大量素材。后因患病住院，疗养期间阅读了希腊悲剧和莎士比亚、易卜生、斯特林堡等众多名家的剧作，开始习作戏剧。不久进入著名的哈佛大学"第 47 号戏剧研习班"，在贝克教授指导下，剧作水平大有提高。其时，美国实验性的小剧团运动方兴未艾，初创的普罗温斯顿剧团上演了奥尼尔第一部成熟的作品《东航加迪夫》（1914 年），开始引起公众的注意。他创作的初期（1913—1919 年）主要写航海生活的独幕剧，以自然主义手法，如实地描写海上生活的艰辛单调，特别是刻画了海员孤苦无望，自暴自弃的心态。风格上近似抒情散文。虽然题材狭窄，手法较单调，但是比之迎合市民趣味的商业戏剧却有意义得多，主要作品还有《渴》《遥远的归途》和《加勒比斯之月》等。

1920 年，奥尼尔的《天边外》在百老汇上演，并获普利策奖，由此奠定了他在美国戏剧界的地位。奥尼尔创作的鼎盛期（1920—1938 年）不仅题材和主题丰富多样，而且形式上也从早期的以自然主义为主，发展成一种糅合着象征主义、表现主义和意识流手法等现代艺术意识和技巧的新型风格。其中《琼斯皇》（1920 年）以非洲战鼓的节奏变化，呈示逃犯内心的惊慌、焦虑直至疯狂的情绪波动。《毛猿》（1922 年）广泛运用了象征手法，以邮船象征社会，大炉间象征牢笼，扬

奥尼尔

克象征人类，使作品的思想内涵更为丰富。《大神布朗》（1925 年）借用非洲黑人的面具表现人物的潜意识和人格分裂状况。这一时期，他创作了 20 多部戏剧，其中很多成了美国戏剧史上的经典，重要的剧作还有《安娜·克利斯蒂》《榆树下的欲望》（1924 年）、《奇异的插曲》和《悲悼》（1931 年）等。1936 年获诺贝尔文学奖。

奥尼尔一生坚持不懈地革新戏剧艺术。他把戏剧从 19 世纪的传统束缚中解放出来，使之在现实生活中扎根、成长。他首次把现实主义乃至自然主义的传统手法运用于美国戏剧的创作中，他的艺术风格以多种多样和精深圆熟而著称。另外，奥尼尔对美国戏剧的发展也有划时代的影响。在 19 世纪，虽有几位剧作家的潜心创作、惨淡经营，但美国剧坛的成就不大，美国戏剧远远不能同美国小说和诗歌相提并论。当时的剧作家和演员多刻意追求浪漫的情节和华丽的布景，直到 1916 年普罗文斯敦剧社上演奥尼尔的独幕剧《东航加迪夫》

以后，在美国剧作家—首先是奥尼尔努力下，美国戏剧才逐步取得了不比小说和诗歌逊色的成绩，并赢得了国际性的声誉。

特拉克尔

特拉克尔，1887年生于萨尔茨堡，父亲是一个小五金商人，特拉克尔早从17岁时就开始写诗，1913年即出版了其处女作品集《诗集》，两年后又出版了第二本诗集《塞巴斯蒂安在梦中》（1915年），在所有现代德语作家当中，特拉克尔无疑是最富于传奇色彩的诗人。作为早期表现主义诗歌的先驱，他尽管像一颗流星英年早逝，然而却留下了不少动人的诗篇，在世界文坛上产生了非常重大的影响。

特拉克尔于1908年进入维也纳大学学习药物学，且于两年后获得硕士学位。这是他第一次离开家乡，然而维也纳并不令他喜欢，奥匈帝国的首都也是一片没落的景象。1914年特拉克尔赴柏林探望因流产而卧病在床的妹妹格蕾特。为了救助陷于穷困的妹妹，他四处奔走，可是屡遭拒绝，于世间的冷酷无情，认识得无比清楚。他本人也遭到四方歧视，连一份工作都不能寻得，全靠菲克尔的热心周济。7月，刚继承了一大笔遗产的哲学家维特根斯坦广散其财，捐赠10万克隆金币，委托菲克尔救济穷困的奥地利艺术家，特拉克尔和里尔克分别得到了2万克隆。虽然获得巨资，但是特拉克尔早就对世界充满了怀疑和绝望，第一次世界大战爆发以后，他毅然从军，担任了随军药剂师，并亲历了血肉横飞的格罗德克战役。在10多天里，他必须一个人照料80多个残肢断臂，狂呼号叫的伤员。这份巨大的刺激使特拉克尔精神失常，企图自杀，幸而被阻止，于是他自己也住进了克拉考战地医院的精神病科。这时他的诗歌陆续在《燃烧者》上发表，如《梦幻与迷狂》《启示与末日》等。10月24日和25日菲克尔赴

克拉考探望特拉克尔，27日特拉克尔寄给菲克尔最后两首诗《怨》和《格罗德克》，并写道："自你看望我以来，我的心情加倍地悲伤。我觉得自己几乎已经处于世界彼岸。最后我想补充一句，倘若我死去，我钟爱的妹妹格蕾特应该继承我拥有的所有钱财和其他杂物。"1914年11月3日，特拉克尔死于因过量注射可卡因而造成的心脏麻痹。翌年，《燃烧者》发表了他的最后七首诗，《塞巴斯蒂安在梦中》也由库尔特·沃尔夫出版社出版。

他的哀荣虽然来得太迟，自一战以后却上升得无比迅速。现代音乐巨匠韦伯恩更特地为他的诗歌谱曲，这些艺术歌曲的杰作同样广为流传。犹如维特根斯坦以一册70页的《逻辑哲学论》称雄哲学界，特拉克尔也凭借两本薄薄的诗集，首首珠玑的诗作，持据20世纪德语诗歌王国的桂冠，以至于今日的德语诗歌界竟有"特拉克尔教派"一说。

威廉·福克纳

威廉·福克纳（1897—1962年），美国作家，一生共写了19部长篇小说与近百篇短篇小说，其中15部长篇与绝大多数短篇的故事都发生在约克纳帕塔法县，称为约克纳帕塔法世系。其主要脉络是这个县杰弗逊镇及其郊区的属于不同社会阶层的若干个家族的几代人的故事，时间从1800年起直到第二次世界大战以后。世系中共600多个有名有姓的人物在各个长篇、短篇小说中穿插交替出现。

福克纳深受家庭传统和南方风土人情的影响。他的作品中有南方人特有的幽默感，深入刻画黑人与白人的地位、相处、矛盾等敏感问题，生动描绘出惟妙惟肖的南方人形象。福克纳笔下的剧情浸染着人物的复杂心理变化，细腻的感情描写穿插其中。他的作品最大的外在特点是绵延婉转及结构极为繁复的长句子和反复斟酌推敲后选取的精巧词汇。他一生多产，令很多美国作家艳羡不已，

福克纳

心活动来塑造人物与表现时代精神的。他还根据自己对现代哲学、现代心理学对人的更深层的理解，形成了一种认知生活的独特眼光。并根据这种独特的眼光，相应地创造与采用了一系列新的小说技法，帮助他充分表现出现代人与现代生活的复杂性。在文学语言的运用与创作上，福克纳也堪称大师。他的语言丰富多彩，能提供多种风格的艺术珍品。

1930年代，中国对福克纳有过零星的介绍与评论，真正的译介与研究始于80年代。这以后有了福克纳一些代表作品的中译本出版，与此同时，对福克纳的研究也取得了相当的进展。

不过也有很多人对其持批评态度。他和风格简洁明了、干脆利落的海明威更是两个极端。一般认为他是1930年代唯一一位真正意义上的美国现代主义作家，与欧洲文学试验者乔伊斯、伍尔芙、普鲁斯特等人遥相呼应，大量运用意识流、多角度叙述和陈述中时间推移等富有创新性的文学手法。

福克纳逝世后，美国以及世界上其他国家对他的评价越来越高，对他的研究本身已经成为一门学问。各国不断翻译、介绍他的作品，有些地区（特别是拉美）的作家的创作明显受到他的影响。福克纳已经成为一个现代经典作家，被认为既深刻地反映了社会历史，同时又是个现代意识很强的作家。他写了现代社会中人与人的沟通与疏远，人如何追求、保持自己的"人性"；揭示了西方社会中人性受扭曲与异化的问题。评论家还认为，福克纳是挖掘与表现人的内心世界的高手。在许多情况下，他是通过表现人物的内

哈罗德·品特

1930年10月10日，哈罗德·品特生于伦敦东部哈克尼一个犹太人的家庭。他的整个青少年时期，都是在第二次世界大战的阴云下度过的，这些都对他后来的创作产生了潜在的影响。1948年，品特曾到英国皇家艺术学院进行过短暂的学习。1957年，品特写出了第一个剧本《房间》。正是在这部剧作中，品特植入了日常生活背后的恐惧以及荒谬。2005年，瑞典皇家文学院授予哈罗德·品特诺贝尔文学奖的理由是——"他的戏剧发现了在日常废话掩盖下的惊心动魄之处，并强行打开了压抑者关闭的房间。"

品特早年深受荒诞派戏剧代表人物塞缪尔·贝克特的影响，后来两人更成为深交。他积极进行新的戏剧实验，向英国的戏剧传统挑战，很快便引起了人们的注目。这些剧的情节往往把一些无伤大雅的情况，逐渐变化成荒诞的局面，剧中人物的行为有时令观众、甚至剧中其他角色费解。品特的作品新颖精练，形式多样，有独幕和多幕舞台剧，也有电视剧和广播剧；早期主要作品有《房屋》《送莱升降机》《生日晚会》《看管人》《侏儒》《搜

集证据》《茶会》《归家》《昔日》和《虚无乡》等。其中三幕剧《看管人》曾于 1960 年作为最佳剧本赢得晚会标准戏剧奖和纽约报纸同业公会的专栏奖，可以说是他最成功的剧作之一。两幕剧《归家》1967 年获百老汇剧评家奖。

上世纪 70 年代起，品特有更多机会导演，并成为了国立皇家剧院的副导演。该时期他的剧作篇幅逐渐变得短小，更为政治化，看起来像某种寓言。同时，作品开始具有明显的左派倾向，对充斥世界的不公正境况进行了严厉抨击，他的激进言行也常见于英国媒体。可以说，品特这时的风格已从荒诞派逐渐向政治戏剧过渡。

品特是个崇尚人权和反战的作家，他曾公开反对北约空袭塞尔维亚。并曾与其他名人因伊拉克战事，要求弹劾首相贝里雅，指责其为"战犯"，并称美国为"一个被许多罪犯治理的国家"。2003 年，品特出版了一部诗歌选集《战争》，表达了他对伊拉克战争的强烈抗议，次年这部诗集获得了威尔弗雷德·欧文奖。"你的脑袋卷进沙里 / 你的脑袋是泥土的池塘 / 你的脑袋是尘埃中的一个污点 / 你的目光已经熄灭而你的鼻子 / 仅仅嗅到死者的臭气 / 而所有死亡的空气都活着 / 伴随着美国上帝的气息。"2008 年 12 月 24 日死于癌症，享年 78 岁。这位被誉为萧伯纳之后英国最重要的剧作家一生获奖无数，其中还包括奥地利文学奖、莎士比亚奖、欧洲文学大奖、皮兰德娄奖、大卫·科恩大不列颠文学奖、劳伦斯·奥利佛奖以及莫里哀终身成就奖等。

阿兰·罗布－格里耶

1922 年 8 月 18 日阿兰·罗布－格里耶出生于法国西部菲尼斯泰尔省港口城市布雷斯特的一个小商人家庭，青少年时期在巴黎接受了系统教育。二战期间曾在德国坦克厂做镟工，1945 年在法国国立农艺学院毕业后。先后在国家统计局和在"殖民地水果和柑橘类研究所"供职。到过摩洛哥、几内亚、瓜特德鲁普和马提尼克。1950 年，由于健康原因被迫从安的列斯群岛返回法国，在回国的船上开始创作《橡皮》，回国后辞去工作以全身心投入小说创作。并于三年后发表其成名作《橡皮》，这是他发表的第一部新小说作品。1955 年因发表《窥视者》而获当年法国"批评家奖"。同年，担任巴黎午夜出版社文学顾问，并同时从事写作及摄制电影。

格里耶的论文《未来小说的一条道路》和《自然、人道主义、悲剧》被视为新小说派的理论宣言。他在论文中提出了建立新的小说体系。他认为这个世界是独立于人之外的事物构成的，人则是处在物质包围之中，因而主张打倒巴尔扎克，反对现实主义的小说传统，要把人和物区分开，要着重物质世界的描写。按照其创作理论写出的作品没有明确的主题，没有连贯的情节，人物没有思想感情，而作者更不表现自己的倾向和感情，只注重客观冷静的描写，取消时空界限。他的作品描写十分细致，甚至流于繁琐。他此后的小说还有《嫉妒》，

哈罗德·品特

以香港为背景的《幽会的房子》《纽约的革命计划》等。20世纪后期，他创作了称作"传奇"的自传性三部曲：《重现的镜子》《昂热丽克或迷醉》和《科兰特的最后日子》，后来他以"幻想式自传"称之。

2008年2月18日，罗布－格里耶在法国卡尔瓦多斯省西部城市卡昂逝世，享年85岁。作为法国"新小说"流派的创始人，格里耶反对传统叙事，他被认为是世界上最重要的先锋作家之一，而这名文坛"坏孩子"的辞世，让中外文学人士哀悼"法国新小说时代结束了"。

格里耶

格里耶在文学世界中选择孤独，却被世界奉若神明，虽然大部分人并不能将自己的耐心坚持到书的一半，而格里耶也乐意享受这样的名声。罗布－格里耶承认自己的命运"出乎意料"。"在文学中我所感兴趣的是布朗肖和雷蒙·卢塞尔。他们的作品在所谓的文学中没有或者几乎没有位置，然而，我欣赏的正是这些作品。当我开始写作时，我感到自己注定处在这沉默的、严肃，而艰苦的以及半秘密的状况中。然而，所发生的一切却完全相反。我的书确实引起了震动，致使我立即出了名。不过人们并不怎么读我的书，可能是因为他们感到这类文学很难懂吧。"罗布－格里耶说。格里耶的小说对于小说艺术本身进行了深入的挑战，反叛、思考和建设，具有英勇强悍的新英格兰极端个人主义传统和坚强的艺术开拓精神，强有力地显示出伟大的艺术家在短暂的数十年的文学生命历程中的艺术自觉和尼采艺术哲学当中艺术家享有的奴隶主道德。

阿波利奈尔

纪尧姆·阿波利奈尔（1880—1918年），法国诗人。母亲是波兰贵族。阿波利奈尔是他母亲和一个意大利军官（一说是主教）的私生子。在户籍上，他姓母姓德·科斯特罗维茨基。阿波利奈尔从小在法国上学。1895年到巴黎，当过银行小职员、书店小伙计、记者，并曾给有钱人家照看小孩（"家庭教师"）。1914年第一次世界大战爆发，阿波利奈尔从军，入法国籍。1916年在前线受重伤，转移到后方医疗。1918年和一位法国女子结婚，婚后不久因病逝世。

阿波利奈尔的作品相当庞杂，最重要的是诗歌。诗集有《动物小唱》《醇酒集》《美好的文字》及小说集《异端派首领与公司》《被杀害的诗人》等。他虽然以诗歌闻名于世，但却是从小说开始文学创作的。其中的两个短篇都颇具寓意。《阿姆斯特丹的水手》讲一个无辜的水手莫名其妙地陷入了一桩绑架杀人案，只有一只鹦鹉作为此案的见证，时时重复死者的最后一声叹息："我是清白的！"实在是黑色幽默。《被神化了的残疾人》讲一个不幸的人在失去了左手左脚及左眼左耳后，竟也失去了对于时间的概念，却不料在众人眼中成了一个永恒者。人似乎只有摆脱常人的某种负担，才能走向神圣在代表作《醇酒集》中，诗人力求从传统诗律中得到解放，重视诗歌内在的节奏与旋律，从而开辟了现代诗结构革新的方向。《醇酒集》由于采用了新的节奏，和谐地表现了纯朴、自然、清新、亲切的意境，使这部诗集成为法国抒情诗发展历程上新的标志。他的诗歌题材广泛，风格各异，尤其是他尝试用诗句来构成图案的"图画诗"，对后来诗歌形式的发展产生了巨大影响；而他的小说故事离奇，富于悬念，以诙谐、戏谑及嘲讽的文笔，展示人物内心世界，于荒谬悖理中透出矛盾而真实的内心世界。小说与诗歌同时构思，同时写作，因此在灵感、思想、风格等方面相互触摸，相得益彰。《美好的文字》包括许多短诗，是诗人在战壕里匆匆写成的。这部产生于战争烽火中的诗集，标志着现代诗在诗体与格律上的第一次彻底的解放。有些诗将诗句分散排列成奇异的图像，被称为"立体诗"。《醇酒集》和《美好的文字》对法国现代诗的发展影响极为深远。阿波利奈尔还有剧作《蒂雷西亚的乳房》，被认为超现实主义的发轫。

杰克·凯鲁亚克

杰克·凯鲁亚克（1922—1969年），是美国"垮掉的一代"的代表人物。他的主要作品有自传体小说《在路上》《达摩流浪者》《荒凉天使》《孤独旅者》等。他以离经叛道、惊世骇俗的生活方式与文学主张，震撼了20世纪五六十年代美国主流文化的价值观与社会观。凯鲁亚克在小说中创造了一种全新的自动写作手法——"狂野散文"，他的"生活实录"小说往往带有一种漫无情节的随意性和挑衅性，颠覆了传统的写作风格。其疏狂漫游、沉思顿悟的人生成为"垮掉的一代"的一种理想。

凯鲁亚克生于马萨诸塞州洛厄尔城的一个信奉天主教的工人家庭。第二次世界大战期间，他曾在美国海军服役，1942年为《太阳报》的体育记者，战后从事写作。1952年，他在旧金山南太平洋铁路上当过搬运工，游历过美国各地和墨西哥，也曾去美国博物馆寻根。凯鲁亚克是美国50年代中期崛起的"垮掉的一代"的重要代表人物之一，他一生共创作了18部小说，大多带有自传性质。他的第一部小说《乡村与城市》是一部按照风俗和历史事件的编年体例来描写家庭和社会的史诗，当时并未引起社会的注意。《在路上》则是在几个星期之内写成的，以后几年没有再修改，小说结构松散，断断续续，描写一群年轻人的荒诞不经的生活经历，反映了战后美国青年的精神空虚和浑浑噩噩的状态。凯鲁亚克的第三部小说《地下室居民》叙述了一群"垮掉分子"在旧金山整日酗酒，纵欲、吸毒的所谓生活。《达摩流浪者》（1958）题材与上一篇小说相似，但蕴涵着某种高深的东方哲理。接着，凯鲁亚克又有两部小说闪电般地问世《萨克斯医生》（1959）和《麦琪·卡西迪》（1959）均包含着作者的自传成分，充斥着失去信仰的年轻人的苦闷、彷徨和消极对抗情绪。总之，凯鲁亚克的作品艺术性稍差，但对社会现实有独到的认识。

杰克总是不停地在写，无论在做什么时。乔伊斯·约翰逊说："对于凯鲁亚克，写作是一场反抗虚无感和绝望感的战争，它们经常淹没他，无论他的生活看上去多么安稳。他曾经说，当他老了后，他绝不会感到厌倦，因为他可以捧读自己过去的所有冒险史。"但是，真实情况并非如此，《在路上》的成功没有给凯鲁亚克带来他所期望的承认，作为一名"严肃"作家所应该受到的承认，或许，这是在凯鲁亚克生命里的一个致命的情结。凯鲁亚克曾在给友人的信中写道："我不再beat了，我有了钱、职业，我感到更加孤独，比我从前凌晨三点在时代广场'漫游'或者身无分文深夜在高速公路上挡顺风车的日子还要孤独。这是件怪事。我从来不是一个'反叛者'，我只是一个快乐的、害羞的、笨拙的、真心诚意的傻瓜，并且我还会一直是。"去世前，除了妻子和母亲，再也无人和他交谈。他坐在房间里，拉下窗帘遮蔽阳光，看关掉声音的电视，留声机上用最大的音量播放着亨德尔的《弥赛亚》。

凯鲁亚克（右）

经典纵览

20 世纪是无法定义的世纪，许多改变在快速发生，两次毁灭人类的战争在这个世纪爆发，人们对于消灭阶级和剥削是如此热衷，因此文学作品也表现得千奇百怪、大反传统，如卡夫卡的《变形记》，加缪的《鼠疫》、贝克特的《等待戈多》都有这些荒诞的倾向。

《月亮和六便士》

《月亮和六便士》是威廉·萨默赛特·毛姆完成于 1919 年的长篇力作。这部小说以情节入胜、文字深刻引起了文坛轰动。毛姆采用第一人称，借"我"之口，叙述了整个故事情节，有人认为这篇小说的原型是法国印象派画家高更，这更增加了小说的传奇色彩，从而受到了全世界读者的关注。

查理斯·思特里克兰德夫妇是一对令人羡慕的夫妻，他们的生活幸福而平静。但突然有一天丈夫查理斯·思特里克兰德留下一封信不辞而别去了巴黎。思特里克兰德太太十分困惑。作为他们的好朋友，"我"去巴黎去找思特里克兰德先生问个清楚。但出人意料的是，他住在一座破烂的小楼里，他说他离开家的真正原因是对绘画的热爱。他的这种对于艺术的热情感动了"我"。回到伦敦之后，"我"向思特里克兰德太太如实地讲了她丈夫的现状，并建议她离婚。此后，她把两个孩子交给了她的姐姐来抚养。她自己则开始自力更生。有一次，思特里克兰德得了重病，"我"的画家朋友施特略夫把他接到自己的家里。痊愈后的思特里克兰德不但霸占了施特略夫的画室，还把他的妻子勃朗什·施特略夫当成模特儿作画。勃朗什爱上了思特里克兰德，而思特里克兰德为勃朗什作画只是满足他的创作欲望。最后勃朗什·施特略夫陷入情网不能自拔，只能以自杀来解决痛苦。后来思特里克兰德在一个小岛上娶了一个土著

毛姆

姑娘爱塔，他们在一起生活了三年，爱塔还生了个孩子。这三年是他的创作最为丰富的时间，也是他一生中最幸福快乐的时光。但好景不长，他得了非常严重的麻风病，无法治愈，爱塔一直陪伴在他身旁。"我"终于理解了思特里克兰德，他是为画而生，为画而死的。他的灵魂最终在绘画中得到了安息。

《爱丽丝漫游奇境记》

《爱丽丝漫游奇境记》是英国魔幻文学的代表作和世界十大著名哲理童话之一。这本书极富想象力和各种隐喻，不仅受到各个时代儿童的欢迎，同时也被认为是一部严肃的文学作品。

《爱丽丝漫游奇境记》的作者刘易斯·卡洛尔是一位数学家，在牛津大学任数学讲师并发表过数学著作。刘易斯·卡洛尔不善与人交往，生性腼腆但却在小说、诗歌和逻辑等多个领域有很深的造诣，同时他还是优秀的儿童像摄影师。《爱丽丝漫游奇境记》是他给友人罗宾逊的三个小女儿即兴所讲的故事。其中的二女儿爱丽丝非常喜欢这个故事，让卡洛尔把所讲的故事写下来给她看。于是，卡洛尔就将这个故事写成文字，并在后面加上插图送给了爱丽丝。在朋友的鼓励下，卡罗尔对手稿进行修订、扩充和润色后，在1865年正式出版，这部小说一经出版就成为英国的畅销书。卡罗尔随后又写了一部《爱丽丝镜中奇遇记》，它与《爱丽丝漫游奇境记》一起流行于世。刘易斯·卡洛尔被称为幻想文学的始祖，在这篇童话中，他突破以往儿童故事中的道德说教，而是用魔幻和荒诞的写法进行天马行空的创作。

《爱丽丝漫游奇境记》讲述了一个名叫爱丽丝的小姑娘和姐姐在河边看书时睡着了，她在梦境中追逐一只穿着背心的兔子，但一不小心掉进了兔子洞，于是来到一个非常奇妙的世界，并开始了惊险而漫长的旅行。在这个奇妙的童话世界里，爱丽丝一会儿变大一会儿变小，甚至自己竟然掉进由自己的眼泪流成的池塘中。在这个奇幻的故事中，她还遇见爱说教的公爵夫人、神秘的柴郡猫、神话人物格里芬和假海龟以及总是要砍他人脑袋的扑克牌女王和许多扑克牌士兵。随后，爱丽丝还参加了一个疯狂茶会、一场奇怪的槌球赛和一场莫名的审判。爱丽丝直到与女王发生冲突时才清醒过来，发现自己原来仍然躺在河边，姐姐正拂去她脸上的落叶。

《苹果树》

《苹果树》，由英国小说家、剧作家约翰·高尔斯华绥所著。高尔斯华绥是1932年诺贝尔文学奖的得主，他的作品大部分以19世纪末20世纪初的英国社会作为背景，对道德问题和社会问题用自然主义的方法进行剖析，并揭露和批判资本主义的社会和法律制度。

《苹果树》是一部中篇小说，作者认为这是他最好的故事之一，通篇文字优美、耐人寻味。《苹果树》主要描写刚毕业的大学生艾舍斯特在一次乡村旅行中因为"怜悯"爱上一个淳朴的农村姑娘梅根，而且这个乡村姑娘也非常爱他。于是，两人在苹果树下一吻定情，这个大学生就想与这个乡村姑娘结婚。但是，第二天艾舍斯特去城里办事情，又遇到了其他让他心动的女子，艾舍斯特于是彻底离开了梅根。第二年，艾舍斯特与朋友的妹妹结了婚，但故事并没有结束。26年过去了，他与妻子为庆祝他们结婚25年的纪念日就开车来到初次见面的城市。他们把车子停在一个岔路口，岔路对面有个坟墓。按照当地习俗，这应该是一个自杀者的坟墓。

艾舍斯特躺在坟墓旁边的草地上，回忆

约翰·高尔斯华绥

着他年轻时候在这里的浪漫时光。回忆的片段闪过后，艾舍斯特看见了他以前认识的一个跛子，但这个跛子现在已经不认识他了。跛子告诉他，梅根死了，埋在岔路口的坟墓里。世上一切的事物仍旧存在，但已没有了生活中最美好的东西——"那苹果树、那歌声和那金子"。《苹果树》表现出浪漫化的现实主义倾向，作者在故事中描写了艾舍斯特和梅根的爱情悲剧，而这出悲剧的根本原因就是不平等的人性阶级对待。值得注意的是，故事开头就是艾舍斯特对"怜悯"的讨论，他认为怜悯"至少是蚌里的珍珠"。作者在写给哈代的信中曾说："蚌因珠而病，但珠是最美丽的东西，它比蚌本身更加珍贵。"因此，可以从小说中捕捉到作者的审美观念和道德批判。艾舍斯特具有两面性的性格：一方面是不负责任，自私自利，喜欢自欺欺人和为自己辩护；另一方面是沉溺在所谓的"骑士精神"和"怜悯"中而不能自拔。

在这部作品中，高尔斯华绥的小说艺术达到了炉火纯青的程度。整部作品的故事以回忆的手法娓娓道来，其中不仅有充满诗情画意的田园牧歌式恋情，而且还有男主人公那哀婉、惆怅和悔恨的心情，以及描写那带有神秘色彩的大自然，在作品中这些描写达到了水乳交融的境界。当然，高尔斯华绥本身还是被资本主义道德意识所束缚的。一方面，他认识到资本主义社会已经腐朽和衰落，并勇敢揭示出这种现象；另一方面，他尽力想要去挽救资本主义制度，为这个阶级寻找出路。

总之在这篇小说中，人与人之间、人与自然之间的温馨和神秘，给读者留下非常深刻的印象。整篇小说都充满对生活的诗性感悟和对于人性的丰富体验和理解。

《荒原》

《荒原》是象征主义文学中最具代表性的作品，在现代英美诗歌当中具有里程碑的意义，同时也是诗人艾略特的成名作和影响最为深远的作品。

全诗分为五章。第一章是《死者葬仪》，艾略特以"荒原"来象征战后的欧洲文明，它需要春天，需要生命，而现实则满是枯萎与凄凉，弥漫于城市中的庸俗和低级的欲念，不生也不死，没有丝毫生命的气息。在第二章《对弈》中，诗人对照上流社会妇女和酒吧间里下层社会男女的生活，显得同样低级和虚无。第三章是《火诫》，描写情欲之火所造成的庸俗、猥亵、空虚而毫无真实可言的爱。第四章《水里的死亡》篇幅最短，仅有10行，然而行行都是含义深刻的象征。在这一章中，诗人指出死亡是无法避免的，他笔下的海既象征着情欲——它夺去了人的生命，同时也是炼狱——它能够让人清楚地认识到自己生前的罪恶。第五章《雷霆的话》再次回到欧洲是一片干旱的荒原这一主题，诗人对革命浪潮感到深深的恐惧，极力宣扬宗教的"给予、同情和克制"，认为只有这样，人们才能摆脱不死不活的处境而获得永恒的宁静。

枯萎的荒原——庸俗、丑恶、虽生犹死的人们——复活的希望，这条主线贯穿了全诗朦胧阴郁的画面，深刻地表现了物欲横流、道德沦丧、精神堕落、生活猥琐、丑恶阴暗的西方社会的原貌，传达出一战后西方人对于世界、对于现实的厌恶和普遍的失望情绪，表现了那一时代人们的精神病态与精神危机，进而对现代西方文明加以否定。但是，诗歌把西方社会的堕落归因于人的"原罪"，而把恢复宗教精神作为拯救世界、拯救现代人的不二法门。

在艺术成就方面，《荒原》明显超过现代派的其他诗作，具有极高的借鉴价值。这首抒情长诗风格多变，表现手法更是不拘一格，融入了意象主义、象征主义以及玄学派的一些特点。诗中的抒情与讽刺，陈述与咏叹，庄严典雅的诗句和滑稽可笑的市井俗语，交织成为五彩缤纷的绚丽景象。艾略特在诗中引用了 36 位作家、56 部作品及 6 种外文，如此大量的典故，再加上比喻、联想、暗示、对应等象征主义表现手法以及时空交错、意象叠加等现代诗歌表现手段，更使诗歌显得丰富多彩。他还大胆使用了象征中套象征、神话里套神话、神话与现实交错、古今杂糅、虚实融汇的艺术手法，极大丰富了诗歌的表现手段，拓展并深化了诗歌的思想内涵。但是，由于《荒原》用典过多，想象、联想及暗示有很大的随意性，因而造成诗歌晦涩难懂，多数读者都因此望而却步。尽管《荒原》思想内容和艺术手法有一些不足之处，但其成就是主要的，它深深地影响了现代主义的各个流派，为西方现代主义文学的发展作出了不可磨灭的贡献。

《追忆似水年华》

《追忆似水年华》是法国意识流作家马塞尔·普鲁斯特的一部具有独特风格的长篇小说，作品不仅再现了客观世界，同时也展现了叙述者的主观心理，记录了叙述者对客观世界的内心感受。

全书以"我"为叙述主体，将其所思所感所见所闻融为一体，既有对社会生活和人情世态的真实描写，又是一次自我追求和自我意识的内心经历。除叙事以外，还夹杂有大量的抒情和议论。整部作品没有主人公，也没有完整的情节，更没有贯穿始终的主线。整个小说可以说是在一个主体上派生出许多独立成篇的其他小说，也可以说是一部交织着好几个主题曲的巨大交响乐。

小说中的叙述者"我"是一个家境富裕而又身体羸弱的年轻人，自幼就爱好书画，经常涉足巴黎上层社会，频繁往来于各种社交场合，并钟情于犹太富商的女儿吉尔伯特，但不久这段感情就以失败告终。他还在家乡贡柏莱小住过，在海滨胜地巴培克疗养过。

他又结识了另一位同性恋少女阿尔伯蒂，为了纠正她的变态心理，就决定娶她为妻。他把阿尔伯蒂关在自己的家中，然而阿尔伯蒂却逃跑了，于是他到处寻找她，后来获悉阿尔伯蒂骑马时掉下摔死了。在悲痛中他终于认识到自己真正的禀赋是进行文学创作，他把他所经历的悲欢苦乐作为文学创作的材料，他的情感和往日的苦痛在文学创作中得到了慰藉。

作者描写了庞杂的人物事件，有姿色迷人又无聊庸俗的盖尔芒夫人，有道德堕落又行为诡异的变性人查琉斯男爵，有纵情声色的浪荡公子斯万，又有贫苦的下层的劳动者等。此外，小说还描写了一些与上流社会有关系的作家、艺术家，他们大都生前落魄失意，而作品却永世长存。小说通过上千个人物的活动，真实、细致、冷静地再现了法国上流社会的生活习俗和人情世态。因此有些西方评论家把它与巴尔扎克的《人间喜剧》相提并论，称之为"风流喜剧"。

在小说中，叙述者"我"的生活经历并不是全书的主要篇幅。作者大量采用了"自由联想"的方式，故事套故事，故事与故事交叉重叠，展示了一幅 19 世纪与 20 世纪之交法国上流社会的生活图景，从而形成作品的自由流畅，这就是意识流小说的基本特征。因此，这部小说开创了意识流小说的先河，并宣告了"意识流小说"文学流派的形成。

《局外人》

《局外人》是法国作家加缪的成名作，也是存在主义文学的代表作之一。它形象地阐释了存在主义哲学对于"荒谬"概念的理解：人和世界是分离的，世界是毫无意义的，而人对这个荒诞的世界是无能为力的，因此人不抱任何希望，对一切事物都麻木不仁。

全书分为两个部分，第一部分以时间为序叙述莫尔索的母亲去世和他在海滩上杀死

加缪在创作

阿拉伯人的故事。这种叙述只是莫尔索内心自我意识的流露，他所叙述的一个接一个的事件和对话给人以一种不连贯的荒谬之感，而唯一的真实存在就是大海、阳光，而大自然却压倒了他，使他莫名其妙地杀了人。

在第二部分里，牢房代替了大海，社会意识代替了莫尔索的自发意识。司法机关利用在莫尔索身上过去偶然发生的一些事件把他虚构成一个连他自己都认不出来的罪犯形象，即把对一切毫不在乎的莫尔索硬说成一个蓄意杀人、冷酷无情的魔鬼。因为审讯不是从调查杀人案件入手，而是千方百计把杀人、他母亲的死以及他和玛丽之间的关系——联系在一起。所以看起来有罪的反而不是莫尔索，而是法庭上的法官和检察官。

加缪以同情的笔调赞扬了莫尔索蔑视死亡、蔑视宗教的傲然态度，这正是对20世纪30—40年代期间资本主义世界的揭露和强烈的反抗。这种反抗虽然有些消极，但却深刻地反映了第二次世界大战爆发后在西方资本主义社会里蔓延的不安和绝望的心理，因此具有深刻的现实意义。

小说采用第一人称叙述，作者从不分析主人公的内心思想感情，而是将其内心感受与外部描写巧妙地相结合，其中有对美国作家福克纳、海明威等人的写作技巧的借鉴。关于审讯和判决的段落则显然受到了卡夫卡的创作的影响。主人公在自己不自觉的情况下"犯罪"，又有西默农的侦探小说的影子。总之，《局外人》的奇特而又新颖的笔调包含了深刻的意义。

《秃头歌女》

《秃头歌女》是法国剧作家尤奈斯库所著的一部荒诞派戏剧。作者反对传统的戏剧形式，主张自成的一套"反戏剧"理论，而《秃头歌女》是他将这一戏剧理论化为实践的第一部作品。

《秃头歌女》1950年在巴黎首映时，引起人们的争论。此剧描写了一对典型的英国中产阶级夫妇与另一对典型的英国中产阶级夫妇之间的对话。一位男士和一位女士在进行着无聊的对话，聊着聊着他们发现自己和对方竟然住在同一条街道的同一幢房子里，更不可思议的是还住在同一个房间里，直至发展到最后双方才明白他们是一对感情淡漠到如同陌生人一般的夫妇。

尤奈斯库就是通过不断重复这样无聊的对话阐释了现代社会"荒诞不经的人生"。看似无聊、平淡、荒唐的对话，却印证着他极为深刻的人生经历，揭示出了人类精神生活的空虚和相互之间的冷漠，进而表现了二战后西方社会出现的精神危机和社会中人们走投无路的绝望。

全剧没有情节故事，也没有人物性格。只是将剧中人物凑在一起画出一幅平庸中产阶级的整体肖像图。作家通过这部戏剧讽刺的是现代文明社会里"英国式"的中产阶级的生活格调，人物都是模式化、格式化的温文尔雅的中产阶级。作家以嘲弄的口吻写"英国绅士风度"和"英国式"生活。作者还进一步讽刺了中产阶级的生命内容。台上人物的谈话主题是无聊而琐碎的；他们谈话的范围是狭义而低级的；这都表现了台上人的整个思想状态和精神状态。台上人物谈话的焦点是平庸的晚饭、平庸的遭遇、平庸的报纸、平庸的新闻以及平庸的争论。上台的人物和没有上台的人物共同构成一个漫无边际的平庸世界，完全看不见人的个性价值。此外，剧作家还讽刺了当今社会人与人的关系。朝夕相处的马丁夫妇却像陌生人一样互相聊天。相敬如宾的史密斯夫妇没有任何真实情感。作家就是通过这样的荒诞人物、荒诞言语以及荒诞行为辛辣地讽刺了现代社会人与人之间的荒漠。人类的生命就是在不可理喻的世界里徘徊着。从全面的戏弄到彻底的悲哀是《秃头歌女》向观众展示的当代文明社会的全景图。

《喧哗与骚动》

《喧哗与骚动》是美国小说家威廉·福克纳的代表作。《喧哗与骚动》是福克纳第一部成熟的佳作，也是作家花费心血最多、本人最喜欢的一部小说。

小说讲述的是南方没落地主康普生一家的生活遭遇。全书一共分为四个部分，分别用四种不同的口吻来叙述：班吉、昆丁、杰生以及作者自己。四个部分的叙事都十分符合人物的性格和身份。老康普生贪杯嗜酒、游手好闲，他的妻子冷酷自私、怨天尤人。长子昆丁绝望地坚守南方的旧传统，他因痛恨风流成性的妹妹凯蒂有悖淑女的风范，竟然溺水自杀。次子杰生贪婪冷酷，三子班吉则是个白痴，33岁却只有3岁儿童的智商。本书通过这三个儿子的内心独白，围绕凯蒂的堕落逐步展开，结尾由黑人女佣迪尔西对前三部分的"有限视角"作以补充。作者描写的重点不在于凯蒂母女堕落的故事本身，而是该事件在不同人的内心产生的影响。作者是由内向外叙述的，叙述者头脑思绪的不断

变化是构成作品内容发展的主线。

作者采用变换口气、字体、称谓等方式表现文中跳跃变幻的思绪。小说大量运用多角度的叙述方法和"复合式"意识流的表现手法，是意识流小说乃至现代派小说的经典著作。

《愤怒的葡萄》

《愤怒的葡萄》是美国作家斯坦培克于1939年所著的长篇小说。作品可以说是美国20世纪30年代经济大萧条时期的一部史诗，细腻而深刻地浓缩了一个时代的社会状况。

经济大萧条时期，被大企业财团的垄断兼并的各个中小农户，他们朝不保夕，纷纷破产。成千上万的家庭一下子没了土地，到处流离失所。此时正好收到西部加利福尼亚征召工人的传单，上面对薪资的叙述相当诱人。于是，大家都怀着对这个"西部"的美好憧憬，家家老少挤在一辆车中前往"美丽的"加利福尼亚去开创另一番新天地，其中最典型的就是约德一家人。小说主人公约德刑满释放回到家中，发现空无一人，于是乘坐一辆破旧的汽车到西部的一个农场做工。在颠簸的旅程中约德的爷爷和奶奶相继逝世，他们的破烂卡车也经常出问题，幸亏在一次寻找服务站的过程中遇到了威尔逊夫妇，从此

大萧条时期

大萧条，即指1929年到1933年之间的全球性经济大衰退。这次经济大萧条比历史上任何一次经济衰退都影响深远。以农产品价格的下跌为起点，在危机开始时，无论是欧洲、美洲还是大洋洲，农业衰退都因为金融的大崩溃而进一步恶化。尤其是美国，在1929年10月还发生了令人恐慌的华尔街股市暴跌。在这场危机中，受波及的所有国家中，经济衰退的直接后果便是大规模失业。此外大萧条对拉丁美洲也产生了重大影响，据估计，在大萧条时期，世界的经济损失多达2500亿美元。

美国经济大萧条

两家人在路上彼此照顾。终于，经过非常艰苦崎岖的路程后，一大片果园、成行的柳树、一列列的桃树出现了他们的面前，他们以为幸福的日子快要到来，但不知还有一波波的难关迎面而来。他们一家人在西部拼命地干活，结果只能勉强糊口，农场主还不断地压低他们的工资。农工们奋起反抗，举行罢工，警察前来镇压，同情农工的牧师凯绥被武装流氓打死。约德将凶手击毙，只得再次背井离乡。

这部作品，反映了广大美国人民对现存社会的日益不满和叛逆精神，现实虽不如理想，但他们并不放弃希望，具有鲜明的时代特征。为此，斯坦培克成了"被压迫者的代言人"。在艺术上，再现了美国30年代大萧条时的现实生活，在人物形象的塑造上，注重人物的外部特征。此外，讽刺手法和象征手法在作品中也得到了很好的运用。

《麦田守望者》

《麦田守望者》是美国作家塞林格的唯一一部长篇小说，虽然只有十几万字，虽然争议很大，但这部小说却是美国最受欢迎的畅销书之一。这部小说来自于作者年轻时的一段经历，它客观而又深刻地指出了青少年在成长过程中所面临的种种问题。它在美国社会上和文学界都产生过巨大影响。

这部小说在1951年刚一问世，立即引起巨大轰动。主人公读书不用功，还抽烟、酗酒、搞女人，满口粗话，张口就"他妈的"，主人公的经历和思想在青少年中引起强烈共鸣。他们纷纷模仿主人公霍尔顿的装束打扮，讲"霍尔顿式"的语言。家长们认为这是一本坏书。但无论如何，这部小说经过了时间的考验，不愧为美国当代文学中的"现代经典小说"之一。现在大多数美国中学和高等学校已把它列为必读书，正如有的评论家所说，它"影响了好几代的美国青年"。

本书以主人公霍尔顿自叙的语气讲述自己被学校开除后在纽约城游荡的经历和心灵感受。霍尔顿是个性格复杂而又矛盾的青少年的典型形象。他有一颗纯洁善良又渴望美好生活的童心。他十分反感那些热衷于谈论女人和酒的人，他非常厌恶校长的虚伪和势利。他对妹妹百般呵护。他渴望终生做一个"麦田里的守望者"，挽救那些要掉下悬崖的孩子。可是，愤世嫉俗的思想和易冲动的青春期心理又使得他不愿意读书，追求刺激，玩世不

塞林格

恭；他抽烟、酗酒、打架，甚至和妓女调情。他觉得老师、父母要他读书的原因是要他"出人头地……以便将来可以买辆什么混账凯迪拉克"。他认为成人的社会里每一个人都是"假仁假义的伪君子"。他看不惯现实社会中的世态人情，渴望的是淳朴和真诚，但遇到的都是虚伪和欺骗，而他又无法改变现实社会，所以只好苦闷、彷徨、放纵，甚至想逃离这个虚伪的现实世界去到穷乡僻壤装成一个聋哑人。

作者巧妙地结合了"生活流"和"意识流"，创造了一种新颖的艺术风格。全书通过第一人称，以一个青少年的口吻叙述了自己的所思所想和所见所闻，也以一个青少年的眼光批判了成人社会的虚伪和欺骗。作者以细腻深刻的笔法剖析了主人公成长过程中的复杂心理，也抓住了主人公青春期的心理特点来表现他的善良和放纵。在语言的运用上，全书平铺直叙，使用了大量的俚语和口语，生动活泼，平易近人，达到了如闻其声、如见其人的文字效果，增加了作品的感染力，激起了读者的强烈共鸣。

《老人与海》

《老人与海》是美国小说家海明威的代表作，也是一部象征性的长篇小说。这部小说是根据一位渔夫的真实经历而创作的，以摄像机般的写实手法记录了桑提亚哥老人捕鱼的全过程，塑造了一个在强压下还可以保持优雅风度、在精神上永远不可被战胜的硬汉形象。这部小说创下48小时售出530万册的纪录！作者在当年就获得了普利策奖，两年后又获得了诺贝尔文学奖。

桑提亚哥是古巴的一个老渔夫，他瘦削憔悴，后颈满是皱纹，脸上长着疙瘩，他孤独地住在一个简陋的小茅棚里。他接连打了84天鱼，但一条鱼也没有捕到。村里很多打鱼的人都笑话他，除了一个叫曼诺林的男孩

子。他和孩子是忘年交。老头教会孩子捕鱼，因而孩子很爱他，在曼诺林的眼里，老头是最好的渔夫。他们打渔不是为了挣钱，而是为了他们共同爱好的事业。老人和孩子相约第85天早晨一起出海。半夜醒后老人踏着月光去叫醒孩子，两人分乘两条船，出港后各自驶向自己选择的海面。这次桑提亚哥钓到了一条无比巨大的马林鱼。这是他从来没看见过也没听说过的比他的船还长两英尺的一条大鱼。鱼的劲很大，拖着小船整整漂流了两天两夜，老人在这两天两夜中经历了从未经受过的艰难考验，终于把大鱼刺死，拴在船头上。然而这时却遇到了鲨鱼，老人又继续与鲨鱼进行了殊死的搏斗，结果鲨鱼把大马林鱼吃光了，老人最后拖着一副光秃秃的鱼骨架和一身的伤回到了家中。

小说以写实的手法给读者展现了文学史上最著名的"硬汉"形象之一。《老人与海》被译成几十种文字，海明威自己认为这部小说"是这一辈子所能写的最好的一部作品"。

《教父》

《教父》是美国作家马里奥·普佐1969年出版的长篇小说，是美国出版界的头号畅销书，曾连续70周排名畅销榜，37年销量达到2000万册。这部小说继承批判现实主义的优良传统，对美国人普遍关心的问题提供了一个极其生动、形象、具有说服力的回答。据小说改编的三部电影有两部获奥斯卡奖。

《教父》的故事客观地把美国社会最隐蔽的本质赤裸裸地揭示了出来，使读者近距离观察到一个令人震颤的黑暗而暴力的非法阶层，献给读者一场凶险生活方式的飨宴。从社会组织关系来看，大多数美国人都有双重身份：一种是公开的社会身份，例如警察、法官、演员、店主、律师，以及议员、报刊编辑、记者、工会头目等，履行本职工作看似"公事公办、铁面无私"，他们按照自己对社会的

贡献领取合法的报酬，这一面实在无可指责；另一种是秘密的集团成员身份，他们暗中与各个地下势力集团关系密切，以公开的身份和合法的形式为自己所属的地下势力集团效忠，从而定期获得巨大的额外报酬，这一面甚至对自己最亲近的人也是要守口如瓶的。

以维托·考利昂为首的地下势力集团主要经营走私、赌场等业务，是纽约五大黑势力集团之一。维托·考利昂人称"教父"，是最大的黑手党头目之一，"教父"是美国社会的灵魂，是美国社会的精神之父。他的小儿子迈克尔是常青藤盟校的优秀毕业生，一直不愿意参与家族事务。在父亲遇刺受重伤后，由长兄桑尼代理处理家族事务，但在谈判时迈克尔出于正义之心暗杀了对方家族的老大以及跟黑社会勾结的警察。他逃到意大利西西里躲避，仇家追踪到这里，炸死了他的妻子。主持家族事务的长兄桑尼也被仇家设计杀害。老教父康复后跟对手谈判求和，逃亡一年之后，迈克尔终于回到美国。老教父死后，迈克尔清除内奸，复仇成功后被尊为新的"教父"。在这场斗争中有黑团伙之间的火并，有走私贩毒的场面，有赌场的烟云，有红灯区的人欲横流。

《教父》这部小说的不同凡响的艺术魅力就在于：尽管描写的全是坏人，但作者竟能让读者不痛恨个别黑手党，而痛恨整个社会制度的龌龊。教父及其继承人迈克尔本来都

西西里岛

是坏透了的黑手党，但是他们与那些在幕后"坐地分赃"的政客相比并不是最坏的。作品通过引人入胜的场面和扣人心弦的情节来吸引读者，作者以艺术的手法让我们透过美国社会生活表面上的璀璨夺目，看到隐匿于深层的阴森恐怖的本质。

《沉默的羔羊》

托马斯·哈里斯，生于1940年，是美国密西西比州人，曾任美联社驻纽约记者兼编辑，负责采编美国和墨西哥的罪案，是一位颇具影响力的新闻从业人员。在文学创作方面，哈里斯以悬疑和惊悚小说见长，《沉默的羔羊》是他最负盛名的作品。

小说的女主人公克拉丽丝·史达琳出身寒微，但她凭借岁月风霜磨砺出来的坚毅与刻苦，读完了弗吉尼亚大学，并且获得了心理学与犯罪学的双专业学位证书，之后进入美国联邦调查局的行为科学研究部——联邦调查局内专门处理系列凶杀案的部门——做了一名实习特工。一次，史达琳接受了一项新任务：寻找一名失踪的妇女，而这个妇女正受到一个喜欢把受害者的皮割下来的变态杀手的威胁；同时，她还负责寻找并逮捕这名绰号为"野牛比尔"的变态杀人犯。

为了了解杀人犯的特殊心理，史达琳来到一所戒备森严的监狱，访问一位曾经非常受人尊敬的精神病专家汉尼拔·莱克特博士，希望通过与莱克特的谈话来了解变态杀手的扭曲心理。莱克特是一位智商极高，思维异常敏捷，但精神变态的中年男子。他沉着、冷静、知识渊博并且足智多谋，但却有吃人肉的恐怖嗜好。他要求史达琳如实地讲述个人经历以换取他的协助。史达琳为莱克特高超的智慧所折服，不由自主地对他产生了一种既同情又憎恨的微妙感情。在多次接触当中，莱克特断断续续地向史达琳提供了一些线索。最终，意志坚强而又富有正义感的史达琳突

破了重重险阻，逮住并击毙了凶犯"野牛比尔"，她也终于可以"睡得很沉，很甜，因为羔羊已经安静"。

《沉默的羔羊》的成功之处，并不在于它的内容本身。就其内容而言，它并没有超出犯罪小说的范畴，但是，它选取了一个独特的角度，不是写一般刑事犯谋财害命等社会犯罪，而是专门写心理变态犯罪，例如由杀人狂、食人狂所引起的犯罪活动。那些犯罪者都带有十分明显的生理、心理变态的特征。因此，这部小说除了为读者勾画了一个变态杀手的疯狂世界，具有其特定的社会意义外，还具有很高的医学心理学、病理学以及行为科学的认识价值。

小说的语言非常口语化，虽然谈不上精彩，但却十分生动，具有很强的可读性。而且，作品塑造出了几个具有独特个性的人物形象，又使该作品能够在读者心目中留下深刻而久远的记忆。在这一点上，《沉默的羔羊》为流行小说作家们提供了一个很好的借鉴。《沉默的羔羊》问世以后，产生了轰动性影响，后来被改编成电影，并荣获1992年第64届奥斯卡最佳影片、最佳导演等5项金像奖。《华盛顿邮报》称哈里斯是"直至今日还在写作的最佳悬疑小说家"。在当下悬疑和惊悚小说的领域里，托马斯·哈里斯占据着至高无上的地位。

《洪堡的礼物》

小说《洪堡的礼物》的作者是美国作家索尔·贝娄（1915—2005年）。贝娄生于加拿大魁北克省的拉辛，他的童年是在蒙特利尔度过的。1924年，贝娄全家迁至美国芝加哥。父亲是从俄国移居来的犹太商人，贝娄是家中四个孩子中最年幼的一个。1933年，贝娄进入芝加哥大学，两年以后，转入伊利诺伊州埃文斯顿的西北大学，并获得人类学和社会学学士学位。同年，又赴麦迪威的威斯康星大学攻读硕士。从1938年开始，贝娄除做过编辑和记者，并于"二战"期间在海上短期服役之外，他的大部分时间都在芝加哥等几所大学任教。

从1941年到1987年的40多年里，贝娄共出版了9部长篇小说，他的代表作《洪堡的礼物》发表于1975年，小说通过对两代作家命运的描写，深刻地揭露了物质世界对精神的压迫与摧残，并明确指出了当代社会的精神危机。

在小说中，曾两次获得普利策奖并荣获法国骑士勋章的中年作家查理·西特林各个方面都在走下坡路：前妻要侵吞他的财产、流氓砸烂了他的高级轿车、现有的情妇贪财成性，而最为重要的是，他什么创造性的东西也写不出来了。西特林对潦倒而亡的前辈诗人——同时也是他的导师和挚友——洪堡一直心怀歉意，洪堡曾经教他认识艺术的力量，并要求他忠于自己的创造性精神，可是，在洪堡贫病交加之际，他却没有伸出援助之手。最后，在物质和精神双重破产的危急情况之下，西特林借助洪堡留给他的一个剧本提纲，终于摆脱了物质危机，同时，他也深深地体

普利策奖

普利策奖是1917年根据美国报业巨头约瑟夫·普利策的遗愿设立的一个奖项。普利策逝世前曾立下遗嘱，将其财产捐赠给哥伦比亚大学，并设立普利策奖。该奖项包括新闻和创作两大类。新闻界的获奖者可以来自任何国籍，但条件是获奖条目必须在美国周报或日报中发表；而创作类当中，除历史奖之外，获奖者必须是美国公民。历史奖获得者只要其作品是关于美国历史的都可以获奖。

从1917年起，普利策奖每年颁发一次。如今，普利策奖象征着美国最优美的文字和最负责任的写作。尤其是新闻奖，更是美国新闻界的最高荣誉，是每一个希望有所作为的美国记者的最高奋斗目标。

索尔·贝娄

会到洪堡当年精神上的痛苦。

贝娄通过洪堡和西特林这两个中产阶级知识分子命运的盛衰史，指出了后工业化社会畸形的物质生活对于伦理传统和创新精神的破坏作用。这部作品体现了作家创作的一贯主题：人如何在纷繁变化的世界中找到一块赖以安身立命的精神家园。从整部作品的情节来看，一味地顺应社会潮流而变成单向度的人，显然是不可取的；从作品的结局来看，贝娄所极力主张的是传统的人道主义，是一种人与人之间普遍的宽容与理解。这就是贝娄所能提供的最好的出路。《洪堡的礼物》以其高度的思想性和现实性，成为贝娄小说中的经典之作，并获得了普利策奖。贝娄也以其卓越的成就而被文学界视为美国当代最负盛名的作家之一。

《根》

1976 年秋，美国著名黑人作家亚历克斯·哈利出版了他写的一部家族史小说《根》。哈利自称他经过长达 12 年的考证和研究，追溯到他六代以上的祖先昆塔·肯特——一个从非洲西海岸被白人掳到北美做奴隶的黑人，详细描述了他原本在非洲的自由人生活，后来他和他的后人在美国奴隶制下的苦难生存历程，以及这个家族重新获得自由以后的经历。该书一经问世，就成为脍炙人口的畅销书。另一方面，它也引起了社会上截然相反的评价，因而成为争论的焦点。

《根》的主题就是关于美国的黑奴制度问题的，有关黑奴制度的问题是美国历史上持续时间最长、争论最为激烈的一个论题。从 17 世纪第一艘满载非洲黑奴的船只驶抵北美洲海岸以来，三百多年间，黑奴制和黑人受压迫的现象就一直是美国社会最为严重的问题。直到 19 世纪 60 年代，空前激烈的国内战争终于结束了这种"有史以来最为卑鄙无耻的奴役人类的形式"，然而，奴隶制的阴影却从来没有从美国的上空消散。

无形的枷锁——对于黑人的压迫与歧视——仍然压在美国黑人的头上。奴隶制是美国种族关系问题的历史根源。因此，奴隶制虽然已被废除一百多年，但直到今天仍是人们极为关注的一个话题。贯穿着《根》的一个主题思想是：人最宝贵的东西，就是认识自己，知道自己是什么人，知道自己从哪里来，而奴隶制的罪恶，就在于它不让黑人知道这一点。哈利说："我们因为缺乏归属感而感到身为黑人是可耻的。"因此，黑人要想得到真正的解放，就必须要寻找自己的"根"。

哈利经过多年的苦心专研，终于寻得了自己的"根"——18 世纪的非洲村落和他的祖先昆塔·肯特。在作品中，他显然把 18 世纪非洲的生活理想化了。但对于文学作品

林肯起草解放黑奴宣言

来说，这是无可厚非的，因为哈利的主观意图就是要打破那种把非洲黑人诬蔑为低等动物的"人猿泰山"式的捏造，而找回黑人的价值与尊严，作者的出发点和大方向是完全正确的。哈利热情地讴歌了他的祖先——非洲的劳动人民，抒写了他们与大自然进行的英勇顽强的搏斗，以及团结一致、爱护集体、珍惜自由、尊重传统、严格地教育年青一代的优良品质。他以极其丰富的想象力塑造了少年昆塔这个质朴而丰满的人物形象，刻画了他充满朝气的个性，以及他对于生活和自由的热爱和美好憧憬，给读者以深刻的印象。这正是全书的精华所在，《根》也因此堪称美国文学中独具一格的经典篇章，它不仅风靡美国，而且引起了全世界的注意。

《钢铁是怎样炼成的》

《钢铁是怎样炼成的》是苏联作家尼古拉·阿历克塞耶维奇·奥斯特洛夫斯基于1933年所著的一部长篇小说。这部小说可以说是一本人生的教科书。

出生于贫困的铁路工人家庭的保尔·柯察金早年丧父，一家人全靠母亲替人洗衣做饭维持生计。12岁时，在车站食堂当杂役的他受尽了侮辱。十月革命爆发后，帝国主义和反动派企图扼杀新生的苏维埃政权。保尔的家乡乌克兰谢别托夫卡镇也经历了外国的武装干涉和内战的混乱岁月。红军解放了谢别托夫卡镇，并留下老布尔什维克朱赫来在这里做地下工作。他在保尔家住了几天，给保尔讲了很多关于革命、工人阶级和阶级斗争的知识。朱赫来是领导保尔走上革命道路的第一人。在一次钓鱼的时候，保尔认识了林务官的女儿冬妮娅。一天，保尔因救了被白匪军抓走的朱赫来而被送进了监狱。在狱中，保尔经受住了严刑拷打。一个二级军官错把保尔当做普通犯人放了出来。保尔在冬妮娅那里住了下来。几天后，保尔的哥哥阿

奥斯特洛夫斯基的墓

尔焦姆又把他送到喀察丁参加红军。保尔参军后表现出色，他在战场上是个敢于冲锋陷阵的干将。在一次激战中，头部受了重伤的保尔不能再回前线战斗了，于是他立即投入到政治宣传员的工作中去。但是在这一段时间里，冬妮娅已和一个有钱的工程师结了婚。

在筑路工作要结束时，保尔的伤寒引发了肺炎，组织上把保尔送回家乡疗养。病好后的他又回到了工作岗位，并且还入了党。但是这时保尔的体质越来越差，党组织不得不解除了他的工作。在海滨疗养时，他爱上了达雅。坚强的保尔又开始从事写作。1927年，保尔已全身瘫痪，又双目失明，但他还是忍受着肉体和精神上的巨大痛苦写作，开始是用硬纸板做成框子来写，后来是自己口述，请人代录。在母亲和妻子的关怀和帮助下，他用生命写成的小说终于得以出版，保尔又拿起新的武器开始了新的生活。

《日瓦戈医生》

《日瓦戈医生》是苏联当代作家帕斯捷尔纳克的一部杰出的长篇小说。西伯利亚富商的儿子尤里·日瓦戈从小就遭到了父亲的遗弃，10岁时又丧母成了孤儿。后又被舅父寄养在莫斯科格罗梅科教授家。教授一家对他很好，让他同自己的女儿东尼娅一起接受教育。日瓦戈在医科大学毕业后当起了外科医生，并与东尼娅结了婚。第一次世界大战爆发后，日瓦戈被征召入伍，在前线的野战医院工作。

十月革命

十月革命，又称"十月社会主义革命"或"布尔什维克革命"，是俄国工农兵在以列宁为领导的布尔什维克指挥下推翻资产阶级临时政府，并建立人类历史上首个无产阶级专政国家的革命。

此次革命发生于1917年11月7日，即俄历10月25日，在列宁与托洛茨基等人的领导下，俄共（布尔什维克）领导全国的工人士兵发起武装起义，并最终成功建立了苏维埃政权。这次革命推翻了克伦斯基领导的资产阶级临时政府。革命胜利后苏维埃俄国随即退出第一次世界大战。这开启了帝国主义链条上薄弱的环节，随后苏维埃俄国又在列宁等的坚强领导下，胜利战胜了各种反革命的武装干涉，在艰苦卓绝的努力下，1922年苏维埃社会主义共和国联盟成立。

十月革命攻克冬宫

十月革命胜利后，日瓦戈从前线回到了莫斯科城。他满怀热忱地迎接新的苏维埃政权的诞生。但革命后的莫斯科由于供给非常困难，日瓦戈一家几乎快要饿死，日瓦戈也染上了伤寒症。这时他同父异母的弟弟叶夫格拉夫·日瓦戈劝他们全家搬到至少不至于饿死的乌拉尔去。1918年4月日瓦戈一家搬到了东尼娅外祖父的领地瓦雷金诺村。虽然这里的生活还能维持，但日瓦戈的心情却感到十分沉闷。他既不能行医，也无法进行创作。

所以他经常到附近的尤里亚金市图书馆里去看书。他在图书馆里邂逅了随同丈夫巴沙·安季波夫一起来到这个城市的拉拉。巴沙·安季波夫参加红军后改名为斯特列利尼科夫，成了红军高级指挥员。不久日瓦戈被游击队劫去当医生。

他在游击队里待了一年多之后又逃回了尤里亚金市。他的岳父和妻子东尼娅已经又返回了莫斯科，并从莫斯科又流亡到国外。随着红军的节节胜利，党外军事专家已成为镇压对象。首当其冲的就是拉拉的丈夫斯特列利尼科夫，但此时他已逃跑，而拉拉和日瓦戈随时有被捕的危险。他们躲到了空无一人的瓦雷金诺村。坑害过他们两人的科马罗夫斯基律师也来到瓦雷金诺并把拉拉骗走。当斯特列利尼科夫也到这儿来寻找自己的妻子时，拉拉已被骗走。斯特列利尼科夫悲痛欲绝开枪自杀。瓦雷金诺只剩下日瓦戈一人。他为了活命徒步走回莫斯科。他在莫斯科又遇见弟弟叶夫格拉夫，弟弟把日瓦戈安置在一家医院里当医生。日瓦戈在上班的第一天心脏病突发，猝然死在人行道上。

《尤利西斯》

《尤利西斯》是爱尔兰作家詹姆斯·乔伊斯在1922年出版的长篇小说。小说以时间为顺序，描述了主人公利奥波德·布卢姆1904年6月16日在都柏林的经历。乔伊斯之所以这样安排是因为这一天是他和他的妻子首次约会的日子。小说的题目来源于古希腊神话中的英雄奥德修斯的拉丁文译名。

布卢姆整天为他妻子莫莉的不检点行为而烦恼，博依兰是莫莉的情人。上午10点，布卢姆收到一个女打字员给他的情书，他看过后把信撕成碎片，然后到教堂去做弥撒。11点，布卢姆乘马车到墓地参加迪格纳穆的葬礼。他回想起自己夭折的儿子和自杀的父亲，他对死亡进行反思，认为人死后最好火葬或海葬。他又想到自己不过是一个广告经纪人，一个漂泊流浪的犹太人。他心中不免一阵凄凉，甚至想到死亡，但马上又回到现实中。中午，布卢姆到《自由报》去向主编说明自己揽来的广告方案，随后又赶到《电讯晚报》报社，遇到了青年诗人斯蒂芬。回家的路上布卢姆在一座纪念碑旁看见斯蒂芬的妹妹在拍卖行准备卖旧家具，顿时一片感慨。下午1点，布卢姆去了一家廉价的小饭馆，这里的人狼吞虎咽，丑态百出。于是他又去了一家高级一点的餐厅，在那里遇到熟人弗林，谈话间弗林问起他的妻子，这使他想起下午4点妻子要与博依兰约会，心里顿感不快。下午2点，斯蒂芬在图书馆里发表关于莎士比亚的议论。下午5点，布卢姆和一个朋友约好在酒吧见面。布卢姆实在无法忍受一个大肆攻击犹太人的无赖。晚上8点，布卢姆被少女格蒂所吸引，但后来发现她竟然是个瘸子。晚上10点，布卢姆到妇产医院去探望难产的麦娜夫人。在道德衰微、家庭分裂、传统观念沦丧的社会里，布卢姆产生幻觉把斯蒂芬当成自己可怜的儿子。天蒙蒙亮时，布卢姆回到家中发现室内的摆设有所变动，他幻想着莫莉与博依兰幽会的情景，但又觉得这也不能全怪莫莉，自己也没有满足她的要求，他愿意再做一次努力。莫莉处于半睡半醒之中，梦中出现了丈夫布卢姆、博依兰、初恋情人和斯蒂芬。她朦胧地感到一种母性的满足和对年轻男子的冲动。不过，她想得最多的还是和她一起生活了10年的丈夫，她觉得他还算是个好丈夫，决心再给他一次机会。

《尤利西斯》是意识流小说的代表作，小说大量运用细节描写和意识流手法构建了一个交错的时空，语言风格独特。

《生命中不能承受之轻》

《生命中不能承受之轻》是全世界公认最受欢迎的畅销书之一，也是捷克作家昆德拉最受欢迎并获得好评最多的作品。这是一部哲学小说，一共分为七章：第一章名为"轻与重"；第二章名为"灵与肉"；第三章名为"误解的词"；第四章名为"灵与肉"；第五章名为"轻与重"；第六章名为"伟大的进军"；第七章名为"卡列宁的微笑"。

《生命中不能承受之轻》描述了1968年苏联入侵捷克，在专横独裁的社会背景下，普通知识分子的命运。作品探讨了爱的真谛，包括男女之爱、朋友之爱和对祖国的爱。每个人对于爱都有自由选择的权利。责任虽然是一个沉重的负担，却也是最真实的。逃脱了负担，人就会变得比大地还轻。昆德拉以"轻与重"、"灵与肉"为主题构成了小说的基本情节。其中人物只是哲学中的代码，情节只是哲学中的情境。小说的主要人物一共有四个：托马斯、特丽莎、弗兰茨和萨宾娜。昆德拉在书中提出轻、重、灵、肉、记忆、眩晕、虚弱、天堂、牧歌等一系列的生存暗码，并与人物一一对应，支撑起他们各自的生存状态。其中女人总渴望承受一个男人的重量。所以，最沉重的负担同时也是最强盛生命力的影像。负担越重，我们的生命就越贴近大地，就越真切实在。相反，当负担完全缺失，人就会变得比空气还轻，就会飘起来，就会远离大地和地上的生命，生命就会由于缺乏绝对的意义而变得没有支撑，甚至不如随风飞舞的羽毛那样有确定的方向。

作品中作者以一个哲人的睿智考虑、审

查和描述人类的生存状态，也成功地把握了政治与性爱两个敏感的领域，并初步形成了"幽默"与"复调"的小说风格。昆德拉善于以反讽的写作手法，用幽默的语调描绘人类的生存状态。他的作品表面随意，实质精致；表面轻松，实质沉重；表面通俗，实质深邃，处处充满了人生的智慧。正因如此，在世界许多国家，一次又一次地掀起了"昆德拉热"。

《变形记》

《变形记》是奥地利小说家弗兰兹·卡夫卡的代表作品之一。卡夫卡是现代主义文学的开山鼻祖。他的文笔明净，想象瑰丽，常采用寓言体，但是故事的寓意见仁见智，尚无统一的定论。《变形记》创作于1912年，发表于1915年。小说描述了一个小职员格里高尔·萨姆沙在一个清晨突然变成一只让家人都厌恶的大甲虫的荒诞情节，撕破了人与人之间交往的面具，即表面上亲亲热热，内心里却非常孤独和陌生，详细而深刻地再现了资本主义社会中人与人之间的冷漠。在看似荒诞的、不合逻辑的世界里描绘出"人类生活的一切活动以及逼真的细节"。小说超越时空的限制，对事件的交代非常模糊，既不指明具体的时间，也没有具体的地点和背景，甚至模糊了幻象与日常生活之间的界限，让虚幻与现实有机地结合成一个整体。

小说分为三部分。第一部分写格里高尔发现自己变成了一只"巨大的甲虫"后惊慌而又忧郁。父亲发现后非常生气地把他赶回自己的卧室。第二部分里，格里高尔彻底变了，他养成了甲虫的生活习性但却还保留着人的意识。他失业了却仍然关心怎样还清父亲所欠下的债务。可是，一个月后，他成了全家的负担。父亲、母亲和妹妹对他的态度都改变了。第三部分写格里高尔一家打工挣的钱无法养活格里高尔。妹妹终于提出把格里高尔赶走。格里高尔饥寒交加陷入绝望之中，他终于死

了。父亲、母亲和妹妹开始过着自己养活自己的新生活。

格里高尔自始至终关心家庭，可是亲人最终抛弃了他，对他的死无动于衷，而且决定去郊游。作者描写这种人与人之间的反差，揭示了人的异化致使亲情淡薄，人性扭曲。《变形记》的主题具有强烈的批判性。作品折射出了西方人当时真实的生存状态。不同的读者从不同的角度会对其创作主题有不同的理解。卡夫卡通过小说并不只是单纯阐述事实，而是在追寻人类人性的完善。

《玩偶之家》

三幕话剧《玩偶之家》是挪威作家易卜生的代表作，商人家庭出身的易卜生是世界近代社会问题剧的始祖。作品主要写主人公娜拉从深爱着丈夫到信赖丈夫，再到与丈夫决裂，最后到离家出走，摆脱玩偶地位的自我觉醒过程，具有极其深刻的社会意义。

剧本结构紧凑，情节集中。全剧采用倒叙的手法，通过债主的要挟，海尔茂收到揭发信，娜拉伪造签名，然后集中刻画他们冲突和决裂的过程。海尔茂律师刚得到银行经理一职，他的妻子娜拉请他帮助老同学林丹太太找一份工作，于是林丹太太接替了小职员柯洛克斯泰的位置。柯洛克斯泰为了报复，他拿着娜拉伪造的字据要挟娜拉，还写了一封揭发信。那字据是娜拉前些年为给丈夫治病而借债，无意中伪造的。海尔茂看了柯洛克斯泰的揭发信后勃然大怒，骂娜拉是"坏东西""罪犯""下贱女人"，还说自己的前程全被毁了。等到林丹太太说服柯洛克斯泰退回字据时，海尔茂快活地叫道："娜拉，我没事了，我饶恕你了。"但这时的娜拉已看清他丈夫的丑恶嘴脸，丈夫关心的只是自己的地位和名誉，所谓"爱"和"关心"都是虚伪的，她只是丈夫的玩偶而已，于是决定离家出走。

《玩偶之家》曾被比作"妇女解放运动的

宣言书"。在这本"宣言书"里，娜拉最终觉悟到自己在家庭中的玩偶地位，并向丈夫正式宣称："首先我是一个跟你一样的人，我要学做一个人。"这句话喊出了广大受压迫的妇女的心声，并作为对以男权为中心的社会传统观念的强烈反叛而引起人们对社会问题的关注。

《总统先生》

《总统先生》是危地马拉作家阿斯图里亚斯写于19世纪二三十年代的代表作。作者主要描写了由一起看似偶然的杀人事件而引发的一场政治阴谋。这个阴谋中各色人等一一登场表演，有趋炎附势之辈，有阴险狡诈之徒，当然也有极少数的心地善良、刚直不阿的人物。和一般的政治阴谋小说不同的是，《总统先生》并没有详细地描绘阴谋的背景，没有强烈地渲染阴谋本身。政治阴谋只是提供了一个平台，在这个平台上，总统亲信、将军、法官、少女、军官、混混、妓女、乞丐……各种角色主动或被动上演着谋杀、诬陷、迫害、爱情、拯救以及死亡的悲剧。然而这些角色都逃不过这场戏的导演和观众——总统先生。"总统先生"虽然着墨不多，只有寥寥几笔而已，但他是个可以翻云覆雨的大人物。

何·帕·松连特上校夜里巡逻时被一个叫佩莱莱的傻子意外打死。总统为了除掉政敌，企图将此事嫁祸给卡纳莱斯将军。但是一直因没有证据而难于下手，于是就让自己的亲信米格尔故意向将军泄密，打算用逃跑的罪名置将军于死地。将军逃跑后就起义了，而米格尔却爱上了将军的女儿卡米拉。为了救得病的卡米拉，米格尔毅然决定与她结婚，总统听说后非常生气，于是故意在《国民报》上报道了米格尔与卡米拉结婚的消息，而且还亲自为他们举行婚礼。已是起义军领导的将军在见报后被此消息气死了。而总统却对米格尔更加关怀，请他们夫妇赴宴，还

派米格尔到美国华盛顿出差。可是暗中却派人将他逮捕入狱，又派一个密探化装成囚犯告诉米格尔关于卡米拉是总统的情妇的消息。米格尔在肉体和精神的双重折磨下，最后终于病死在牢房。狱外的卡米拉到处奔波也得不到丈夫的消息，终于积劳成疾，带着孩子在农村度过了余生。

《百年孤独》

《百年孤独》是加西亚·马尔克斯的代表作，也是拉丁美洲魔幻现实主义文学的代表作，被誉为"再现拉丁美洲社会历史图景"的鸿篇巨制。全书人物众多，内容庞杂，情节曲折离奇。作者大量运用神话故事、民间传说、宗教典故，以及作家独创的以未来回忆过去的倒叙手法。作家通过布恩地亚家族七代人充满神秘色彩的坎坷经历来反映哥伦比亚乃至拉丁美洲的历史进程和社会现实。作者把读者引入到这个匪夷所思的奇迹和真实的社会相交错的生活之中，不仅让人感受到许多血淋淋的现实和荒诞不经的传说，也让人体会到最令人震惊的情感和最深刻的人性。作者因这部小说荣获了1982年诺贝尔文学奖。

西班牙人后裔何塞·阿卡迪奥·布恩迪亚住在一个印第安人的村庄。他由于新婚时妻子拒绝与他同房而受到了邻居阿吉拉尔的耻笑，何塞就杀死了阿吉拉尔。从此，他日夜心神不安。他们只好另寻安身之所。后由于得到梦的启示决定定居在马孔多。何塞是个极富创造性的人，他与马孔多的狭隘落后格格不入，这使他陷入了孤独之中，后来精神失常被家人绑在一棵大树上，几十年后便死去。妻子乌苏拉成为家里的顶梁柱，她活了大概一百多岁。他们有两个男孩和一个女孩。老大何塞·阿卡迪奥是在来马孔多的路上出生的，他固执又缺乏想象力。他渴望浪迹天涯，最后随吉卜赛人出走，最后莫名其妙地被人暗杀了。老二奥良诺生于马孔多，

他能预见未来，整天埋头在实验室里做首饰。他一生遭遇过 14 次暗杀，73 次埋伏和一次枪决，但都奇迹般地活了下来。他先后与 17 个外地女子姘居，一共生下了 17 个男孩。这些男孩以后不约而同回马孔多寻根，却在一星期内全被打死。后来他迷上了炼金术，过着与世隔绝的生活一直到死。老三是女儿阿马兰塔，她爱上了意大利技师，因爱情的不如意，她故意烧伤自己的一只手，终生用黑色绷带缠起来，立誓永不嫁人。她常常感到孤独和苦闷，终日把自己关在房中缝制殓衣，一直到死。

作者就这样一代一代一直记录了布恩迪亚家族七代人的历史。在他译完最后一章的瞬间，一场突如其来的飓风把整个马孔多镇从地球上刮走，从此这个村镇就永远不存在了。

本书用一种让人耳目一新的神秘语言将凝重的历史内涵和庞大的神话隐喻体系贯串起来。在小说中，当事人的苦笑取代了旁观者的眼泪，愚者有着切肤之痛的自我表达取代了智者貌似公允的批判和分析，这使得全篇小说带有深刻反省的客观效果。

西方文学
XIFANG WENXUE
YI BEN TONG

体裁样式

　　文学体裁是指表达作品内容的具体文学样式。体裁是文学作品形式的最外层因素，每一部文学作品都具有一定的体裁形式，同时体裁又是文学作品形态的分类概念，它是在文学的多样化与专门化的相错发展中形成的，几乎在每一种体裁中都拥有内容的某种共同性和一整套合乎逻辑、相对稳定的艺术手法。通常来说，人们把文学体裁分为诗歌、散文、小说、剧本四个大类。

　　体裁作为形式，永远处于一种动态的过程之中，这一过程不仅受到时代及环境的局限，还受到艺术家的表现方法、艺术风格和世界观等的影响。每个时代有每个时代的文学，不同时代的文学都在不同程度上打上了所处时代的烙印，比如古希腊的史诗、文艺复兴时的戏剧等；除此之外，某一文学体裁样式还有着艺术家个人创作的印记，只有通过某一个体裁，艺术家才可以更真实地表达他对社会生活的认识和内心的反思，可以这样认为，通过既定的体裁样式就能看出一个艺术家的生活、思想和审美定式的总貌。比如莎士比亚的戏剧、列夫·托尔斯泰的小说等。

西方史诗

史诗是一种讲述民间传说或歌颂英雄功绩的长篇叙事诗。它是一种庄严的文学体裁，涉及的主题多包括历史事件、民族故事、宗教或传说。史诗一般分为两种，一种为"传统史诗"或"原始史诗"，另一种为"文学史诗"。"史诗"这个词在现代，多用来指虚构的文艺作品，有背景庞大、人物众多、地理虚构、时间跨度大等特点。

原始史诗

原始史诗，又称为传统史诗、英雄史诗或民间史诗。它主要是以口头流传的形式代代相传，随着时间而逐渐增添情节，最后被整理、加工成为以文字记载的一部统一的作品。这类史诗的代表主要有荷马的史诗作品《伊利亚特》和《奥德赛》。

传统史诗主要叙述古代的英雄传说或重大历史事件。它多以古代英雄歌谣为基础，经过集体编创而成，反映人类童年时期的具有重大意义的历史事件或者神话传说。它运用艺术

古巴比伦艺术

虚构手法，塑造很多家喻户晓的英雄形象，结构宏大，充满着幻想和神奇的色彩。现代有时也把有重大影响的、再现一定历史时期生活面貌的、规模宏伟的优秀叙事作品叫做史诗或者史诗式的作品。世界最古老的史诗是巴比伦史诗《吉尔伽美什》，它与口头诗歌有很强的联系。

传统史诗的主要特色是：以军事、民族或宗教的重要人物为中心，通常是半人半神的英雄；庞大的背景和广阔无边的地理环境，包含许多的国家、世界甚至宇宙；英勇的战斗场面或勇敢的壮举；故事中出现神、天使、魔鬼等神灵；充满异国情调的长途旅程；诗人保有客观独立性；传统史诗的题材多为大家耳熟能详的传统故事。

中世纪史诗

中世纪史诗是传统史诗的一种，但是由

《吉尔伽美什》

《吉尔伽美什》是古代巴比伦文学的佳作之一，也是已知世界文学中最早的史诗。早在苏美尔时期史诗就已粗具雏形了。它同早期苏美尔《吉尔伽美什和阿伽》等有着密切的联系。吉尔伽美什的名字被保存在苏美尔最古老的国王名录里。《吉尔伽美什》大体上是古代两河流域神话传说的精华会聚。它内容丰富，这显然不止出自一人之手，而是人民群众集体智慧的结晶，是在口头文学的基础上逐渐发展起来的。史诗共3000余行，用楔形文字分别记述在12块泥板上。《吉尔伽美什》最后完成于大约原始公社制社会末期至奴隶社会的初期。由于形成过程的漫长以及所经历的社会历史阶段的不同，再加上统治阶级以及僧侣的篡改，它的思想内容和艺术结构显得非常复杂，甚至有些地方是相互矛盾的。

中世纪的撒克逊人

于它处于中世纪的黑暗年代而有着自己的独特气质。中世纪史诗大都是歌颂氏族部落英雄和爱国英雄的作品。依据其内容和产生的时间可分为两大类：一类是中世纪早期的英雄史诗，它是氏族社会末期各族人民的口头创作和集体智慧的结晶。作品反映氏族社会瓦解时期各氏族部落的生活，大力歌颂具有传奇色彩的部落英雄，表现出浓郁的集体意识和英雄主义精神。流传于后世的著名的作品有盎格鲁·撒克逊人的《贝奥武甫》、日耳曼人的《希尔德布兰特之歌》、冰岛人的《埃达》和《萨迦》、芬兰人的《卡列瓦拉》等。

另一类是中世纪中期的英雄史诗，它是封建化时代的产物，反映了人们对建立统一国家的憧憬和愿望，表现了爱国英雄抵御外侮、英勇善战的大无畏气概。这类史诗一般都以一定的历史事实为基础，先是在民间流传，大约在12—13世纪期间被文人整理加工成文字，流传于后世的主要有法国的《罗兰之歌》、西班牙的《熙德之歌》、德国的《尼伯龙根之歌》和俄罗斯的《伊戈尔远征记》等。

文人史诗

文人史诗，又称为文学史诗或非原始史诗，它是指文学作家以特定的观念目的有意识地编写而成的史诗。古罗马最为著名的诗人维吉尔创立了欧洲第一部文人史诗——《埃

涅阿斯纪》。文人史诗不同于传统史诗，它的显著特点是更多地注入了作者强烈的思想感情，而且是作者有意识地进行创作。这类史诗的代表有维吉尔的《埃涅阿斯纪》和约翰·弥尔顿的《失乐园》。《埃涅阿斯纪》体现了作者强烈的敬神意识和爱国思想。此外，《失乐园》《复乐园》《力士参孙》是弥尔顿的三部史诗性巨著。清教史诗的精髓在于强调人固有的原罪，即人生来有罪，但是人应该用自己的方式来赎罪。弥尔顿在《失乐园》中用亚当的形象来说明人类不幸的根源，整个史诗贯穿了诗人高昂的革命激情和对英国资产阶级革命的反思。

著名史诗

世界上著名的史诗有：公元前20世纪的苏美尔神话《吉尔伽美什》；公元前19世纪的印度神话《罗摩衍那》；公元前1316年的印度神话《摩诃婆罗多》；公元前8世纪的古希腊神话《伊利亚特》《奥德赛》；公元前1世纪的古罗马史诗《埃涅阿斯纪》；9世纪的英格兰史诗《贝奥武甫》、亚美尼亚史诗《萨逊的大卫》；10世纪的波斯史诗《菲尔多西的列王纪》；11世纪的法兰西史诗《罗兰之歌》；12世纪的西班牙史诗《熙德之歌》、俄罗斯史诗《伊戈尔远征记》；13世纪的北欧神话《埃达》、北欧史诗《萨迦》、日耳曼民间传说《尼伯龙根之歌》等。

罗摩衍那的壁画

西方戏剧

作为一种综合艺术，戏剧融合了多种艺术表现手段：首先是文学，主要指剧本。其次是造型艺术，主要指布景、灯光、道具、服装、化妆等。再次是音乐，主要指戏剧演出中的音响、插曲、配乐等，在戏曲歌剧中，还包括曲调、演唱等。最后是舞蹈，主要指舞剧、戏曲艺术中包含的舞蹈成分，话剧中的动作艺术。戏剧可以从不同方面来分类：按戏剧冲突的性质及效果，可分为悲剧、喜剧和正剧；按容量的大小，可分为多幕剧、独幕剧和小品；按表现形式，可分为话剧、歌剧、诗剧、舞剧、戏曲等；按题材，可分为神话剧、历史剧、传奇剧、市民剧、社会剧、家庭剧、科学幻想剧等。

悲 剧

悲剧是戏剧的主要体裁之一。它源于古希腊，由酒神节祭祀仪式中的酒神颂歌演变而来。悲剧的基本内容是讲述剧中主人公与现实之间不可调和的冲突。主人公大都是人们理想的化身。悲剧以悲惨的结局揭示生活中的罪恶，即把人生最有价值的东西毁灭给人看，从而激起观众的悲愤，达到净化人思想的目的。世界最早的悲剧是古希腊悲剧，欧洲文艺复兴时期，悲剧艺术被以莎士比亚为代表的戏剧家们推向了顶峰。亚里士多德认为：悲剧是对一个严肃的、完整的、有一定长度的行动的模仿；借以引起怜悯与恐惧来净化情感。后世很多美学家、戏剧理论家也曾从不同角度来定义悲剧的本质。因为悲剧的力量就在于主人公有限的生命运动所体现的永恒的人类精神价值。

根据涉及生活范围的不同，悲剧一般分为四种类型。一是英雄悲剧。它往往直接表现各派政治力量、不同阶级之间的正面冲突。二是家庭悲剧。它主要表现家庭之间、家庭内部复杂的伦理关系、不同的价值观念之间的激烈冲突和悲欢离合的爱情故事。三是表现"小人物"平凡命运的悲剧。四是贯穿整个人类社会生活的矛盾冲突，展现着人类从必然王国走向自由王国的艰难历程。

喜 剧

喜剧是戏剧的一种类型，一般以夸张的手法、巧妙的结构、诙谐的台词及对喜剧性格的刻画，来引起人嘲笑丑的、滑稽的，肯定正常的和美好的。根据描写的对象和手法的不同，可以分为讽刺喜剧、抒情喜剧、荒诞喜剧和闹剧等。喜剧往往以代表进步力量的主人公获得胜利为结局。著名的喜剧有《鸟》《伪君子》《钦差大臣》《温莎的风流娘儿们》《一仆二主》《老妇还乡》《巴特兰闹剧》等。欧洲最早的喜剧是古希腊喜剧，以阿里斯托芬为代

酒神祭

滑　稽

　　在西方美学史上，关于滑稽本质的理论大致有三种：一是鄙夷说。霍布斯首先提出，他认为嘲笑是对某些重要人物的尊严的鄙夷，当人们发现自己的处境比自己所遇到的人要优越的时候，就会觉得"荣耀"。柏格森的"机械性压倒生命"的理论与此相类似，他认为人的行为本身是有生命的，如果他突然呈现出无生命的机械活动就惹人发笑。

　　二是乖讹说。这是康德与李普斯所倡导的。他们认为笑是出于对某种期待情景的突然失望，或者由于某种要求被外界所否定。叔本华同样认为滑稽源于发现了根本不存在的联系。三是释放说。由斯宾塞与弗洛伊德所提出的。他们认为当思想从高尚的观念突然转移向卑琐的观念时，过多的神经能量就会溢出来成为笑，换句话说，笑也就是能量的释放。但是以上三种理论各自都只解释了滑稽的一部分，还不能成为滑稽的全部解释。

霍布斯

表；十六七世纪以莎士比亚和莫里哀为代表；18 世纪以意大利的哥尔多尼和法国的博马舍为代表；19 世纪以俄国的果戈理为代表。

　　喜剧的本质特征有三个方面：首先，喜剧只存在于人的行动或社会事件之中，而不存在于纯粹的自然事物之中。其次，喜剧"寓庄于谐"。再次，喜剧主要是以讽刺和幽默为表现形式。总之，喜剧的基本特征是运用各种引人发笑的表现方式和手法，把戏剧的各个环节，诸如语言、动作、人物的外貌及姿态、人物之间的关系、故事情节等都加以喜剧处理，从而使人发笑。

假面剧

　　假面剧是指戴着面具表演的戏剧。它专门用来招待贵族王公，如古希腊悲剧、古罗马闹剧、意大利的即兴喜剧等。假面剧也是1600 年至 1800 年间流行的一种集歌唱、舞蹈、诗歌以及赛会等为一体的综合艺术。它取材于历史或神话故事，主要是以音乐为主，并用朗诵的形式代替对白，同时伴随着众人合跳的假面舞场面，中间还穿插有哑剧或闹剧的戏剧形式。

　　假面剧最初流行于意大利，极盛于英国。英国一些著名的作家如本·琼森、博蒙特、坎皮恩、雪莱、弗莱彻、德克尔等人都曾为之写过剧本。早期耗资最大、最为豪华的假面剧是 1633 年雪莱作的剧本、威廉·劳斯谱曲的《和平的胜利》。此外，亨利·劳斯

卓别林

　　卓别林，1889 年 4 月 16 日生于伦敦，英国喜剧演员、导演、制片人。他幼年丧父，曾在游艺场和巡回剧团打杂。1913 年，随卡尔诺哑剧团去美国演出时，被美国导演塞纳特相中，从此开始了他的电影生涯。他的标志性形象是头戴圆顶礼帽、手持竹手杖、足登大皮靴、鸭子式的走路方式。卓别林喜剧风靡欧美 20 多年，为现代喜剧电影奠定了基础。

　　从 1919 年开始，卓别林独立制片，他一生共拍摄 80 多部喜剧片，其中著名的有《淘金记》《城市之光》《凡尔杜先生》《舞台生涯》《摩登时代》《大独裁者》等。这些影片是卓别林从一个普通的人道主义者到一位伟大的批判现实主义艺术大师的艰辛历程。卓别林以其精湛的表演艺术，无情地鞭挞了法西斯头子希特勒，辛辣地讽刺了资本主义社会的种种弊端，表达了对下层劳动者的深切同情。1972 年，卓别林被授予奥斯卡终身成就奖。

卓别林

在 1634 年为弥尔顿作品谱曲的《科马斯》、1653 年洛克和吉本斯合作的《丘比特与死亡》、1684 年约翰·布洛的《维纳斯和阿多尼斯》等作品都是当时颇有影响的假面剧。

英国杰出的作曲家珀塞尔创作了很多假面剧音乐：1690 年创作的《女预言家》、1691 年创作的《亚瑟国王》、1692 年根据莎士比亚的《仲夏夜之梦》改编的《仙后》、1695 年的《印度女王》和《暴风雨》等，他还创作了堪称 17 世纪歌剧史上最重要遗产的《狄朵与埃涅阿斯》。

哑 剧

哑剧是指不用对话或歌唱而只以动作和表情来表达剧情的戏剧。哑剧的历史悠久，源远流长，"哑剧"一词出自古希腊语，是"模仿者"之意。可以说其最初之意是指表演者，而不是指戏剧剧种本身，但事实上，这种表演方式在古代的中国、波斯以及埃及早已有之。哑剧在古罗马时代最受欢迎。随着古罗马帝国的衰落，哑剧也逐渐销声匿迹。

到了 15 世纪，一个与哑剧相似的新剧种又开始在意大利问世。在这些剧中，人们第一次看到了头戴面具、身穿五颜六色服装的滑稽角色（也叫丑角），哑剧演员这个角色从法国传到英国，然后又作为说话的演员出现于英国舞台之上。约在 18 世纪，哑剧首次以童话题材作为其故事情节，这种剧当时被称为"以丑角表演为主的戏"。到了 19 世纪末叶，哑剧更为复杂，开始出现了机械操纵的舞台布景和新式的舞台灯光。更多的杂剧演员也投入到了哑剧的演出行列之中。今天，哑剧以许多演出中已出现歌曲、笑话或来自影视中的人物为表现对象，著名哑剧表演艺术家有英国的卓别林、法国的马尔索、奥地利的莫尔肖等。

情节剧

情节剧是个合成词，由曲调和戏剧两部分组成。它最初的本意是指带有音乐的戏剧，而剧中的音乐，原是用来填补剧情进行中的空隙的，后来则用来烘托气氛或渲染效果。这种戏剧发展到后来，为了制造轰动的效果，耸人听闻的事件越来越占据戏剧的主要成分，音乐逐渐变得多余而终被取消，情节压倒一切，"情节剧"这个词才被约定俗成。

因此情节剧就演变成了单纯追求轰动效应的一个剧种。情节剧兴起于 18 世纪，恰逢西方工业革命时期，大批文化水平低的农村劳动力流入城市。在当时没有电影的情况下，他们最主要的娱乐方式就是去剧院看戏。而情节剧所写的赏善惩恶的故事，与当时人善恶有报的传统思想意识和欣赏水平又是一致的，因而便逐渐兴盛起来。最早的一出情节剧是法国让·雅克·卢梭在 1775 写的《匹克梅梁》。到了 20 世纪情节剧便开始衰败起来，

卢梭像

其主要原因有三个：其一，情节剧中人物性格单一好像木偶。其二，随着科学技术的进步，在舞台上可以形象逼真地表现一些大场面，于是情节剧演出中一味追求华美壮观的机关布景就显得十分落后，发展到最后为了吸引观众甚至走向了极端，竟把真马真狗等动物和真的贫民居室搬上了舞台。其三，为了引起轰动的剧场效果，其情节和事件有时会牵强附会，鬼魂、女巫、吸血鬼等超自然的东西也搬上舞台，剧情越来越荒诞离奇，而与现实脱节。

滑稽剧

滑稽剧是一种专门以滑稽手段来表现人物的剧种。其社会功能在于用嘲笑来排斥丑行，从而提高人们对丑行的警惕与防范。另一类滑稽，则与友善的嘲笑相对，例如好心善良的人在失误时所表现的窘态。在正直善意的行为中可能由于种种原因而招致一点小小的挫折，在这样的局面中，不符合正常目的的行为常常使人们发笑。在嘲笑丑的行为的同时，却保持着对行为目的的肯定。如马戏团小丑模仿绝技演员时的笨拙举动，就是因为违反常规而造成的不合理、不协调的形式，使人们大笑。滑稽是一种审美范畴。从审美对象来看，它的特征包含某种丑的因素，但丑的分量是无足轻重的；从审美经验来看，它引起主体的嘲笑，表明主体对与丑的形式有关的客观规律有了清醒的认识，并自信能够克服丑的行为，这种冷静理智的态度就是滑稽剧所要传达的本质。

19世纪末期，法国滑稽剧在乔治·菲多的推动下达到了高潮，乔治·菲多通过细致的策划、贴切的舞台效果以及极为简洁的刻画充分而完整地表达了滑稽剧的搞笑效果，滑稽剧的题材通常以家庭生活和越轨的私通为题材，其中夹杂误解、误认等搞笑情节，作品中总是渗透着超乎寻常的智慧。这些在其作品《乐园旅店》与《马克西姆女士》中

马戏团小丑

小丑表演艺术已有数千年的历史，早在约公元前2500年的古埃及就有小丑在宫廷里表演。小丑文化在世界各地都有记载。小丑表演艺术是一种经过不断的创新和演变的艺术门类。在16世纪，意大利的喜剧开始萌芽。此后不久，在欧洲出现了即兴剧场，演出共有三种典型的仆人分别扮演喜剧角色：第一小丑、第二小丑及空想小丑。第一小丑扮演聪明、捣蛋的男仆人；第二小丑扮演愚蠢的男仆人，他经常被第一小丑所戏弄；空想小丑扮演柔弱的女仆人，她是参与和分享诡计成果的人。

都有良好的表现。

境遇剧

境遇剧是存在主义大师萨特对自己戏剧的称谓。其剧作并不是按传统戏剧的原则来处理环境与人物的关系，而是给人物提供一定的环境，让人物在环境中自由选择自己的行动，从而造就人物的本质，表现自己的命运和性格。境遇剧实际上是在演绎萨特自己的存在主义的哲学观点，即存在先于本质、自由选择、"他人即地狱"等。这些剧在公演时曾经造成极强的轰动效应。

境遇剧现在已经被公认为是宣传萨特哲学思想的最有效的工具，《苍蝇》与《禁闭》是萨特的哲学观念在戏剧中的实践。旨在自由的境遇剧具有存在主义哲学思想的载体功能，萨特哲学著作中人的境遇化为其戏剧中的人物的境遇，而人物的"自由选择"也不是一般意义上表现生活现实的戏剧，而是一种超越生活现实的哲学思辨。但萨特境遇剧作在戏剧性上也有局限，即戏剧形式上的保守，宣教使命与艺术性的矛盾，哲学与介入论对于他的作品的消极影响以及他本人在艺术追求中所产生的对自由的困惑。

古希腊女诗人萨福

萨特很擅长通过具体而生动的形象化手段来影响人们的思想。虽然他自称不善于写诗，但戏剧、小说以及传记、评论等却都很擅长，尤其是戏剧，其影响可能胜过他所使用过的其他所有艺术形式，这不仅因为戏剧形式本身的特征以及它在法国的特殊地位，而且跟萨特在戏剧中倾注了很多的心血有很大关系。诉诸戏剧往往就意味着直接诉诸公众。现在收在《萨特戏剧集》中的八部戏剧，几乎每一个上演后都会引起巨大的反响，并且历演不衰，有时甚至他的好几个戏剧同时在巴黎上演，这在戏剧史上也是很少见的现象。

新喜剧

新喜剧是指以描写爱情故事和家庭关系为主要内容而不谈政治的剧种，又称"世态喜剧"。新喜剧是公元前 4 世纪最受人们欢迎

的剧种，剧作家现在知道姓名的就已超过 60 人，而演出过的剧本则在 1400 个左右。但今天有完整剧本传世的作家只有雅典人米南得尔。

新喜剧在形式上与古希腊传统喜剧不同，每个剧本都由几个场次和歌舞队的表演组成，但歌队已变得不是很重要，只不过是用来把剧本分段而已。在内容上，新喜剧关注的总是雅典中产阶级的公民的私务：爱情、钱财或是社会关系等。在精神上，新喜剧不再讽刺批评，而是希望经世济民。新喜剧只是在讲一个又一个的浪漫爱情故事，其中充满了滑稽和胡闹，让新世界追寻新机会、新财富

独 白

独白是指人的自思、自语等内心的活动。它通过人物表白内心来揭示人物隐秘的内心世界，它能充分地展示人物的性格与思想，使读者更深刻地了解人物的精神面貌和思想感情。

独白一共分为三种类型：第一种叫做直接内心独白，即在描写时既无作者介入，又无假设的听众的独白。它可以把意识直接展示给读者。第二种为间接内心独白，即有一位无所不知的作者在其间展示着一些难于理解的素材；作者通过评论和描述来为读者解读独白。第三种为无所不知的描写和戏剧性独白。无所不知的描写是指无所不知的作家介入讲述人物的精神内容和意识活动，通过运用传统的描写以及叙事方法进行描述。戏剧式独白是指无须作者介入其间，直接从人物到读者，但却一直存在着假想的听众。

的观众开怀大笑。新喜剧也常常借用欧里庇德斯所擅长的技巧，如独白与旁白，借以传达剧中人的想法。

荒诞喜剧

荒诞喜剧，又称怪诞喜剧，是指在现代西方社会中，记录人生最深层的苦难并把这种

《等待戈多》的剧照

被扭曲的社会现实以喜剧形式演绎出来的剧种。代表作主要有迪伦马特的《老妇还乡》，这部剧作主要描写了一个衰老的、肢体不全的贵妇为了向早年曾经将自己遗弃的情人报仇而返回故里居伦城。她向居伦城捐赠了10亿镑，并以此来要求居民违反人道，帮助她杀死过去的情人伊尔，伊尔最终成为拜金教祭坛上的牺牲品。贝克特的《等待戈多》也被看做是荒诞喜剧的代表作。在如沙漠一般的舞台上，剧中人物一连串无可奈何而又莫名其妙的行为，讲着不知所云的话语，他们一直在等待着戈多，然而戈多却始终迟迟不来，也不知何时能到来，更不知戈多到底是谁，他们只能这样等待下去。在这部戏剧作品中，发生在人们心中的悲剧意绪统统都化为滑稽的境况，用以隐喻人在现实社会中所处的尴尬境遇，具有深刻的社会现实意义。

讽刺喜剧

讽刺喜剧是以社会生活中的被否定的事物为描写对象。主要人物一心一意所追求的目的都是陈腐的、过时的，甚至是虚幻的，人物活动越是积极主动，他所追求的目标就越是无法实现。失去历史的真实性和现实意义的喜剧活动就构成了讽刺的内涵。代表作有莫里哀的《贵人迷》，作品主要是嘲笑粗俗的资产阶级暴发户竭力追慕贵族上流社会的生活方式；《伪君子》主要是讽刺那已经丧失任何意义的空洞的宗教崇拜。又如果戈理的《钦差大臣》，主要是讽刺沙皇黑暗统治下的官僚体制。

喜剧性人物虽置身于矛盾冲突之中，甚至人物自身就是一个巨大的矛盾体，然而喜剧人物的根本特点就是对此并无自觉的意识，他们不会痛不欲生，更不会深刻地自我反省。《吝啬鬼》中的阿巴贡与儿子发生了冲突，但当他再度与儿子相逢时，父子俩的矛盾却化解了，这便是喜剧人物典型的行事态度。喜剧人物就是这样在主观的虚幻中实现着自我，实现着矛盾的和解，在自我封闭的虚幻中自以为支配着环境，驾驭着自己的命运，由此而得到极大的满足，同时也达到了生活的和谐和心灵的平衡。因此，喜剧常常出现皆大欢喜的结局。

抒情喜剧

抒情喜剧主要是强调人的价值，提倡个性解放，反对禁欲主义。它是在欧洲文艺复兴时期形成的一股强大的思想潮流。在世界喜剧作品的宝库中，戏剧天才莎士比亚的抒情喜剧独树一帜，占有特殊的地位。他创作了一批喜剧作品，主旨在于表现自由自在的生命状态，表现人生的甜美、青春的幸福和无拘无束的享乐。这类作品也可被称为欢乐喜剧。

莎士比亚抒情喜剧的代表作品有《第十二夜》《仲夏夜之梦》《驯悍记》《温莎的风流娘儿们》等。《仲夏夜之梦》中那些阴差

《仲夏夜之梦》的插图

禁欲主义

禁欲主义是指禁止人们肉体欲望的一种道德理论。它起源于古代人忍受现世生活艰难的一种苦行仪式和宗教教义。自公元前6世纪后，它结合了东西方的宗教教义和道德哲学，逐渐演变成一种理论。这种理论的核心观点是认为人的肉体欲望是低贱的、自私的和有害的，是一切罪恶之源，因此节制肉体欲望以及享乐，甚至要放弃一切欲望，才能实现道德的自我完善。西方中世纪的基督教、东方的佛教，特别是中国封建社会的宋明理学的道德说教，将禁欲主义推向了极端。禁欲主义已经成为一种以戒除世俗欢愉为特点的生活方式。那些实践禁欲主义生活方式的人常常会感到他们的所作所为是高尚情操的表现，他们甚至不断地追求这种生活来达到更高的精神层面。

谓的"羊人剧"。闹剧到古罗马时期发展为5个戴面具的定型人物的表演。15世纪开始流行于欧洲。法国中世纪非常流行市民戏剧，大多由城市手工业者演出。其主旨是运用滑稽和夸张的手法来反对宗教的禁欲主义，嘲弄僧侣和显贵人物，赞扬世俗的欢乐，代表作是法国的《巴特兰闹剧》。作品主要表现律师巴特兰为了帮助牧童打赢官司而用计骗取布商的布匹，并帮助牧童摆脱了律师的勒索，把律师教训了一顿。此外，莫里哀的喜剧中也包含着某些闹剧的成分。

由于闹剧里常常穿插着插科打诨这样能引发普通观众的兴趣的场面，所以后世往往

阿利翁

阳错的离奇景象构成了梦幻般的氛围，爱神丘比特的箭刚刚射出，中箭的心在爱的神奇力量的暗示下就会立刻盲目地冲动起来。《第十二夜》中的误会、戏谑、恶作剧，既不会伤人，也没有恶意，人们只是一味地追求开心和取乐，沉浸在美好的岁月之中。

闹　剧

闹剧一词来源于法文和拉丁文，前者意为肉馅，后者意为填馅，又可译作笑剧。闹剧是喜剧的一种，它比一般喜剧更为夸张，一般属于粗俗喜剧之列，即通过逗乐的举动和蠢笨的戏谑使人发笑，通常缺少较深刻的内涵和意蕴。主要人物被作家大肆夸张，而没有较丰富的性格和心理分析。

闹剧源于古希腊的羊人剧。公元前6世纪末，阿利翁在春季大典上表演酒神颂时，即兴编唱诗句以回答歌队长提出的问题，因而就把酒神赞美诗发展成了一种由歌队吟唱、具有叙事性特征的新的艺术样式，这就是所

把那些以插科打诨取胜、充满粗俗的戏谑、人物漫画化、忽视情节合理性、只追求外在喜剧效果的戏剧作品，统称为闹剧。闹剧对后世喜剧创作有明显的影响。

社会问题剧

社会问题剧是挪威戏剧作家易卜生独创的一种戏剧类型。它以尖锐地提出社会生活中人们所关心的现实问题来进行讨论而著称。这些剧本涉及面很广，通常包括当时的政治、

宗教、法律、道德、婚姻、妇女、家庭等一系列社会问题，尖锐深刻，文笔犀利，具有较强的社会批判性，在社会历史进程中有一定的进步意义。

社会问题剧的主要特征是首先提出某个社会问题，接着进行剖析，最后是进行批判或谴责。社会问题剧中的人物与其他剧种的人物不同的是，不具有独立的审美价值，而只是代表某个问题或某种思想的一个符号。剧作家正是通过这些符号和问题来表现其作品的主题。作品提出的社会问题的重大与否决定着这个作品主题的深浅。所以可以这样说，社会问题剧不是真正现实主义的审美戏剧，而是一种模式化的戏剧，它必然导致戏

剧创作的公式化和概念化。

易卜生是社会问题剧的代表作家，其社会问题剧可分为两类：一类为家庭问题剧，代表作有《玩偶之家》《群鬼》等。另一类为政治问题剧，代表作有《社会支柱》《人民公敌》《青年同盟》等。

叙事剧

叙事剧是20世纪德国著名的戏剧理论家和戏剧家布莱希特提出的一种独特的戏剧类别。他认为20世纪需要的并不是亚里士多德式的传统戏剧，而是叙事剧。传统戏剧主要诉诸观众的感情，通过怜悯和恐惧引起感情的净化，以至发生共鸣。而叙事剧主要诉诸观众的理性，让观众在冷静的观看中去思考，在理性的前提下引起观众的共鸣，让观众对舞台所叙述的故事情节有一种"分析的、批判的立场"。在创作上，布莱希特主张破除亚里士多德式的"幻觉"，追求"陌生化效果"，让观众用全新的眼光去观察和理解业已司空见惯的事物。导演和演员有意识地在舞台与观众之间制造一种感情上的距离，这样演员既是角色的扮演者，又是角色的裁判者。观众因此而成为清醒的旁观者，用探讨和批判的态度对待舞台上的每件事情。布莱希特的演剧方法和叙事剧理论为世界戏剧的发展开辟了一条全新的途径。

正剧

正剧，又称严肃喜剧或启蒙戏剧，它是18世纪由德国的莱辛和法国剧作家狄德罗、博马舍共同创建的一种新的戏剧形式。狄德罗的《论戏剧艺术》、莱辛的《汉堡剧评》和博马舍的《〈欧也妮〉序言》等著作系统地阐述了这一戏剧类型的理论主张。其主要论点是：打破悲剧与喜剧之间的严格界限，建立悲剧与喜剧相结合的正剧；戏剧应达到"教

《人民公敌》

《人民公敌》是挪威剧作家亨利·易卜生在1882年时创作的剧本。易卜生在创作《人民公敌》之前，于1881年创作了一个名为《幽灵》的作品，但是《幽灵》挑战了维多利亚时代的道德观，于是引起了社会的争议。此外，剧中提到的梅毒被公众视为猥亵之意，于是易卜生创作出《人民公敌》来回应公众对《幽灵》的反对声音。《人民公敌》是最早的开放式结局的剧作。《人民公敌》指出公众不理性的倾向，以及公众所支持的政治体系的腐败和伪善。故事讲述的是一个勇敢的人在一个容不下相异声音的社会中，依然为追求正义和真相而斗争的故事。易卜生本人的声音是通过剧中主角斯多克芒医生传达出来的。在剧本完成后，易卜生写信给他在哥本哈根的出版商说："我仍然不确定它是喜剧还是正剧。它可能具有很多喜剧的特点，但它也是基于一个严肃的意念完成的。"

易卜生

《费加罗的婚礼》剧照

化观众"的目的，具有鲜明的思想倾向；戏剧要描写日常生活的真实细节，情节要真实而自然；戏剧应以第三等级的普通人为主人公，语言要通俗易懂。正剧的特点是从表现生活的否定方面变为表现生活中肯定的方面，笑不再用来针砭人的恶习、缺点和卑贱，而主要用来颂赞人的美德、才智和自信。代表作品有博马舍的《费加罗的婚礼》、莱辛的《爱米丽雅·迦洛蒂》、狄德罗的《私生子》等。在这类喜剧作品中，尽管也有戏谑和嘲讽的

对象，如《费加罗的婚礼》中贵族思想里对于初夜权的陋习、贵族老爷的朝三暮四，但全剧的主旨却在于表现主人公的机智、勇敢以及对友谊和爱情的忠贞。启蒙戏剧的理论和成就为近代现实主义戏剧奠定了基础。

第三等级

"第三等级"一般是指18世纪末法国资产阶级革命以前由具有纳税义务的人所构成的等级，与那些不必纳税、享有封建特权的人所构成的第一等级（僧侣）、第二等级（贵族）相对立。

第三等级包括农民、小商贩、手工业者、城市贫民和资产阶级等，占法国人口的95%以上。他们均属于被统治阶级，负担国家各种赋税及封建义务，而没有任何权利。第三等级于1302年出席国王腓力四世召开的第一次三级会议，但出席的代表是这一等级中的富裕者，即后来的资产阶级。资产阶级在第三等级中政治上最成熟、经济上最富有，处于领导地位。

18世纪末，在法国资产阶级革命前夕，由资产阶级领导的第三等级已经成为反封建的主力军。

西方小说

小说是以刻画人物形象来反映社会生活的一种文学体裁。小说的三要素是人物、故事情节和环境。

西方小说的发展可以追溯到神话传说。古希腊神话、古罗马神话和北欧神话等都是典型的作品。中世纪的西方小说发展近乎停滞。文艺复兴后，西方小说进入了快速发展的阶段。随之出现的古典主义小说、启蒙主义小说、浪漫主义小说、现实主义小说和批判现实主义小说交替占据小说领域的主导地位。

总体上，西方小说多注重人物的心理描写，强调人物内心的潜意识，善于写出丰满而又复杂的人物性格。情节中还包含着作者的广博知识，涉及社会的诸多方面，人们也可以从一部作品之中获得许多领域的知识。

流浪汉小说

流浪汉小说是16世纪中叶在中世纪市民

文学的影响下产生的一种新型小说，它是欧洲近代小说的一种独特模式，最早出现于西班牙。小说多以无业游民为主人公，作者大都在描写他们的悲剧命运的同时，也描写他

《小癞子》

《小癞子》是 16 世纪中期出版的。当时西班牙文坛盛行英雄美人的传奇故事，渲染勇猛无敌的英雄、才貌无双的佳人，以及崇高的品德、真挚的爱情等，而神奇怪诞的巨人、魔法师、怪兽之类多方作祟，从而造成故事的悲欢离合。到了 60 年代末期，继骑士文学之后，盛行于世的是田园小说，主要写超尘脱俗的牧童牧女谈情说爱的故事。

《小癞子》则超越常规，它不写英雄美人的传奇故事，也不写牧童牧女的爱情生活，而是写一个极其卑贱的穷苦孩子。他伺候了一个又一个主人，亲切感受到了人世间的种种艰苦，却要在这样不容他生存的社会上流浪，挣扎着活下去。这里没有高远的理想，只有平淡的现实；而卑贱的小癞子却替代了那些高贵的伟大人物，成为故事的主角。

小癞子和盲人

们由于生活所迫而进行的欺骗、偷窃以及各种恶劣的行径，表现了他们消极反抗的情绪。在题材上，流浪汉小说与中世纪的民间文学相似，多以描写城市下层人民的生活为中心内容，并且以城市下层人民的视角去观察与分析社会上的丑恶现象。

小说往往采取第一人称的叙述方式，以自传的形式描写主人公的所见所闻，以人物流浪史的方式作为小说的结构，以幽默的风格和简洁流畅的语言广泛地反映当时人们的生活状态和社会风貌。另外，小说十分注重对人物性格的刻画，但主人公的主要性格通常贯穿始终，没有较大的发展。

流浪汉小说已经初步具备近代小说的规模，它对欧洲近代小说的发展，尤其是对长篇小说的结构模式和人物描写产生了积极而深远的影响。流浪汉小说的代表之作是 16 世纪中期流传于西班牙的《小癞子》。

哥特式小说

哥特式小说是 18 世纪末出现在英国的一种凶杀小说。哥特式小说可以说是恐怖和侦探小说的滥觞。显著的哥特式小说元素包括恐怖、神秘、超自然、厄运、死亡、颓废、住着幽灵的老房子和家族诅咒等。

"哥特式"原指欧洲盛行于 12—16 世纪之间，见于教堂和城堡的一种建筑风格。它的特点是拥有高耸的尖顶、厚重的石壁、狭窄的窗户、幽暗的内室、阴森的地道，甚至还有地下藏尸所等。在文艺复兴思想家眼里，这种建筑风格是落后、野蛮和黑暗的代表，因此"哥特式"风格也逐渐被赋予了野蛮、恐怖、落后、神秘等诸多含义。哥特式小说多以中世纪阴森神秘的城堡和摇摇欲坠的修道院为背景，渲染暴力、恐怖、神秘、怪诞和刺激。哥特式小说通过肯定人类从某种极端情感中得到的乐趣来对抗理性和既定的逻辑方式。

代表作是贺拉斯·瓦尔浦尔的《奥特朗托堡》和莱德克利夫的《渥多尔弗的秘密》。莱德克利夫使恐怖的哥特式恶人形象进入了文学领域。维多利亚时代的人们崇尚哀悼仪式、铭记永生及长生不老，哥特式小说的阴

哥特式教堂

哥特式建筑

哥特式建筑是 11 世纪后期起源于法国的一种建筑风格，在 13—15 世纪流行于欧洲。哥特式建筑以其超凡的技术与艺术成就，在建筑史上占据重要的地位。最负盛名的哥特式建筑有意大利米兰大教堂、俄罗斯圣母大教堂、德国科隆大教堂、法国巴黎圣母院、英国威斯敏斯特大教堂等。

哥特式建筑的突出特点是尖塔高耸、尖形拱门、大窗户以及绘有《圣经》故事的玻璃花窗。在设计中，利用飞扶壁、修长的束柱等，营造出修长轻盈的飞天感。另外，使用新的框架结构来增加支撑顶部的力量，使得整个建筑以直升线条、雄伟的外观和教堂内部宽阔的空间取胜，再加上镶嵌彩色玻璃的长窗，使教堂内产生一种十分浓厚的宗教氛围。

郁气质正符合那个时代的审美要求。到 1880 年，哥特式小说作为半正统的文学样式又有了进一步的发展，这时期的作者有罗伯特·路易斯·史蒂文森和亚瑟·米堪及奥斯卡·王尔德。1897 年哥特式最著名的恶人在布兰姆·斯多克的吸血鬼中诞生，恐怖小说作家在某种程度上继承了哥特式的情感。哥特式小说开始让位于现代恐怖小说。

哲理小说

哲理小说是 18 世纪启蒙文学独创的一种新型小说。其创作目的是以鲜明的政治倾向性和教诲性来表明创作者的政治观点和哲学思想，因而具有很强的哲理性、议论性和逻辑性。哲理小说常以传奇的故事，引人入胜的情节和虚构的人物来构造全篇，但哲理小说往往过分注意哲理而疏于对人物性格的刻画和历史环境的描绘，缺乏对环境与人物的细致描写，使得作品往往没有很强的艺术感染力。其艺术性也不在于情节结构的完整和

人物形象的丰满，而在于通过具有明显寓意的形象，表现作者关于哲学、政治以及诸多社会问题的思想和见解，其艺术魅力就在于把深刻的哲理用适当的形象巧妙表达出来的方式和语言艺术，所以叫做哲理小说。小说整体上常用书信体、对话体、游记等多种形式为体裁，具有鲜明的政治倾向性、教诲性、哲理性。孟德斯鸠的《波斯人信札》开哲理

孟德斯鸠

小说之先河，著名的哲理小说还有狄德罗的《拉摩的侄儿》，伏尔泰的《老实人》《天真汉》，卢梭的《爱弥儿》。

性格和环境小说

性格和环境小说是托马斯·哈代一系列小说的统称，包括《林地居民》《绿荫下》《无名的裘德》《远离尘嚣》《还乡》《德伯家的苔丝》《卡斯特桥市长》等 7 部作品。由于小说都以英国西南部威塞克斯地区的农村为背景，所以又被称为"威塞克斯小说"。在威塞克斯系列小说中，哈代生动地展示了威塞克斯乡村人们的生活方式和风俗习惯，再现了威塞克斯的宗法制社会在资本主义侵蚀下逐步走向消亡的历史。此外，哈代认为爱情是人类最强烈的感情，所以这些作品的主题大多是

通过爱情、婚姻等问题来描写人与社会、性格与环境的对立，特别是表现个人对抗社会陈规、宗教法律、道德风俗以及某种神秘力量的悲剧性冲突。

在情节构思上，哈代把有限的威塞克斯的乡村环境与无限的宇宙空间联系在一起，象征性地表现了人对宇宙奥秘的探索，对理想的追求，对幸福的渴望以及对现实环境的不满。

在哈代的小说中，路的描写贯穿在整个情节结构之中。路不仅象征了人生道路的坎坷，也记录了主人公一生的探索，从而使我们可以更为清晰地了解到那个社会的真实情况。从《远离尘嚣》到《无名的裘德》，小说中的空间逐渐被拓宽，威塞克斯已经成为人物情感和社会变迁的地理载体和构建媒介。

作品深刻地反映了资本主义因素侵入英国农村后的社会经济、道德、政治和风俗等各个方面的巨大变化，展示了特定历史时期农村劳动人民的悲惨命运，代表了哈代现实主义创作的最高成就。

巴尔扎克故居

界。

同时，还将人物、情节和环境的细致描写融为一体。让典型性格在典型环境中显示出来，在典型环境中塑造典型性格。可以说，在性格小说中，特别重视横截面的写法，即使在纵的线性情节发展中，也常常横向扩张出广阔的现实生活场景，并在这种场景的转换中多角度地塑造人物性格。性格小说中的杰作是《红与黑》中的于连·索默尔、《欧也妮·葛朗台》中的老葛朗台等。

性格小说

性格小说是以人物为中心的小说，是一种在西方文艺复兴以来逐渐发展起来的小说类型。随着19世纪浪漫主义和现实主义在文学思潮中相继形成独立的体系，重视个性的典型论也得到了相当大的发展，在艺术实践中促进了性格小说的发展。此前的小说虽也写人，但多半是处于从属地位，是为故事的情节发展服务的，而且人物性格总是类型化、定型化的。与故事小说注重共性、普遍性的类型人物不同，性格小说更注重人物的特殊性、复杂性、丰富性和个性。性格小说塑造典型形象，充分揭示复杂性的人物性格。不仅描写人物的行动，还进一步描写人物为什么这样做以及人物这样做的性格因素，力求淋漓尽致地揭示人物丰富而复杂的精神世

性格分类

按照心理学定义，性格是一个人在对现实的稳定态度和习惯了的行为方式中所表现出来的人格特征。心理学家曾以各自的标准和原则对性格的基本类型进行了分类，以下是几种比较有代表性的观点：第一类是从心理机能上把性格分为情感型、理智型和意志型。第二类是从心理活动倾向性上把性格分为内倾型与外倾型。第三类是从个体独立性上把性格分为顺从型、独立型、反抗型。第四类是斯普兰格根据人的不同的价值观将性格分为权力型、理论型、经济型、社会型、审美型和宗教型。第五类是海伦·帕玛根据人的不同的注意力焦点、核心价值观及行为习惯把人的性格分成九种，称为九型性格，即完美型、助人型、成就型、艺术型、理智型、疑惑型、活跃型、领袖型和和平型。

性格小说是小说发展史上的一次飞跃，也是一个重要的发展阶段，一个杰出的典型性格可以永远地流传于世。

复调小说

复调小说是苏联学者巴赫金所提出的概念。复调也叫多声部，原是音乐术语。后来巴赫金借用这一术语来概括陀斯妥耶夫斯基小说的诗学特征，以区别于传统的"独白型"小说。巴赫金认为，独白型小说的一个重要特征就是众多性格和命运构成一个统一的客观世界，在作者统一的主观意志的支配下依次展开。全部事件都是客体对象，主人公也都是客体性的人物形象，主人公的意志统一于作者的意志，主人公完全丧失了自己独立存在的可能性，所有人物都是相对于作者主观意识的客体。虽然这些主人公也在说话，也在发出自己的声音，但他们的声音都是经过作者意志的加工之后才发出的，他们无法塑造出多种不同的声音，因而并不形成自己的独立"声部"，听起来就像是一个声部的合唱。

而陀斯妥耶夫斯基的复调小说则不同。陀斯妥耶夫斯基的小说"有着众多的各自独立而不相融合的声音和意识，是具有充分价值的不同声音组成真正的复调"。这样，小说叙事就在对话的关系上形成了由多个独立声部组成的复调结构。例如在《罪与罚》这部展示了众多人物命运的长篇小说中，我们可以听到各种各样人物的声音：马尔美拉陀夫的声音、马尔美拉陀夫妻子的声音、失去职务的九等文官的声音、穷大学生拉斯柯尔尼科夫的声音、被逼为娼的马尔美拉陀夫的女儿索尼雅的声音等。这种"多声部混成"的复调叙事结构明显地造成了一种对待事物的全新的理解和态度，人物命运、行为、心理乃至与人物相关的现实世界，都以前所未有的复杂性展现在读者的面前。这种复调小说使得小说成为立体式的，可以从不同的角度听到多种不同的声音，看到许多不同的观点之间的交锋。而任何一种观点也都有了生存的可能性，任何一种单一的线性的思维方式或固定不变的道德观念都会受到挑战和对抗。

科幻小说

科学幻想小说，简称科幻小说，主要描写科学技术对个人或社会的影响。科幻小说是西方近代文学出现的一种新体裁。它的情节是以人类或宇宙起源为某种设想，虚构出科技领域或假设性的科技领域的某种新发现。在当代的西方世界，科幻小说是最受读者喜爱的通俗读物之一，其销售量也一直居高不下。

儒勒·凡尔纳

值得一提的是，科幻小说作为一种文艺创作，并不担负着传播科学知识的使命。从抒写幻想的方式来看，它应归属于浪漫主义文学的范畴。因为一些优秀的科幻小说也和优秀的浪漫主义文学一样，扎根于社会现实，来源于日常生活，主要反映社会现实中的矛盾和问题。还有某些杰出的科幻小说，常常能在科学技术的发展方向上，提供很多有参考价值的预见，如潜水艇、机器人、宇宙航行等在尚未发明之前，科幻小说对它们已经进行了生动的描绘。当代西方的科幻小说，由于涉及许多尖端的科研项目，也经常出现似是而非的假科学。

科幻小说分为软科幻小说和硬科幻小说。软科幻小说主要是指情节和题材集中于心理学、哲学、社会学或政治学等倾向的科幻小说分支。软科幻小说中科学技术的含量和物理定律的重要性被降低了。硬科幻小说主要是以物理学、生物学、天文学、化学等自然科学为基础的，以新技术、新发明影响人类社会的科幻作品。以美国著名科幻作家罗伯特·海因莱因为例，他所有小说的背景都是来自未来的世界。他有一幅未来史的图解，里面穿插着重要人物和日期。在这幅奇特的历史画面上，他周密地安排情节发展的每一个细节，从而构筑了一个全新的科幻世界。

克里斯蒂

恐怖小说

恐怖小说属于大众文学，小说内容多以恐怖为主，小说创作的目的是使读者感到恐惧。评论家一致认为恐怖小说大致分为哥特式小说和现代恐怖两种。

著名的恐怖悬疑小说作家有科幻小说的先驱爱伦·坡，被《纽约时报》誉为"现代恐怖小说大师"的斯蒂芬·金，美国著名作家霍华德·菲利普·洛夫克拉夫特和英国著名女性小说家阿加莎·克里斯蒂。值得一提的是，恐怖小说与恐怖电影之间，在怪诞

题材的处理上，有着强烈的文本互涉性。

骑士小说

骑士小说是西班牙15—16世纪流行的描写游侠骑士的小说。中世纪时期，西班牙人民在反抗摩尔人统治的过程中涌现出了骑士集团，他们成为光复运动的主力军。所以在西班牙复兴后，骑士就成为西班牙人理想中的英雄，反映在文学创作上就是骑士小说的盛行。

骑士小说的前身是法国北部的英雄史诗和英国的骑士故事。但有所不同的是史诗中的妇女居次要地位，几乎没有爱情的环节，而骑士小说的主人公则是为美人而赴汤蹈火；史诗的主人公都有崇高的目的，而骑士小说的主人公则只为个人而孤军奋战，有时则纯粹是为了冒险；史诗的故事是依据真实的历史，而骑士小说则是在虚构的环境中展开；史诗中的英雄形象粗犷豪放，而骑士小说的英雄温文尔雅。骑士小说的主题是封建骑士阶层

中世纪骑士

为捍卫爱情、荣誉和宗教而表现出的冒险精神。

　　骑士小说的故事情节大多是：主人公游侠骑士为了博得贵妇的欢心出生入死，历尽各种惊险赢得骑士的最高荣誉之后，凯旋而归成为显赫人物，然后分封给他一些侍从，他再与一位贵妇人或公主成亲。这时，一切宿敌，包括善于施用魔法妖术的敌人，都会被扫荡殆尽。西班牙最早的骑士小说在大约1321年出现，但在15世纪末16世纪初才创作出具有本国特色的骑士文学。当时最为流行的骑士小说有《骑士西法尔》《埃斯普兰迪安的英雄业绩》《阿马迪斯·德·高拉》《帕尔梅林·德·奥利瓦》和《古希腊的堂利苏阿尔特》等。

书信体小说

　　书信体小说是指用书信的形式写成的小说。小说是以第一人称"我"为主人公来讲解故事，塑造形象。不论是写人还是叙事都以"我"的亲身经历和亲眼见闻来展开，使人感到十分亲切，增加了小说的真实感。著名的书信体小说有卢梭的《新爱洛绮丝》和歌德的《少年维特之烦恼》。

　　书信体小说从产生到发展已经有三百多年的历史。尽管书信的起源十分古老，但将其作为文学的一种新文体是在18世纪，在当时的西方取得了长足的进步。从书信体小说的大师及创始人塞缪尔·理查森1741年写作的第一本书信体小说《帕梅拉》开始，后来许多作家相继受其影响写作书信体小说。在这些作家的努力下，书信体小说被推向了高峰。但是书信体小说是有局限的，因为作为小说中的人物一定要有与自己身份相符合的语言，而书信体小说的情节都是体现在人物的书信上，因此作者不能从总体上把握小说。但是书信体小说也有能让小说生动的优点，因为它可以从现在的角度来叙述过去。书信体小说的叙述风格和艺术形式新颖独特，虽历经数百年，却一直久盛不衰，其古老的艺术样式仍为众多文学大家所青睐。

侦探小说

　　侦探小说是西方通俗文学的一种，它与哥特式小说、犯罪小说以及由它们衍生出来的警察小说、间谍小说、悬疑小说都属于惊险神秘小说的范畴。侦探小说的结构、情节、人物，甚至环境都有一定的格局和程式。传统侦探小说的模式由四部分构成：神秘的环境、严密的情节、人物之间的关系和特定的故事背景。

　　19世纪中期，侦探小说开始发展。美国作家埃德加·爱伦·坡是西方侦探小说的鼻祖。他在《莫格街谋杀案》《马里·罗盖特的秘密》和《被窃的信件》里，成功地塑造了第一个业余侦探杜宾的形象，杜宾几乎成了后来侦探小说中侦探形象的典范。爱伦·坡既没有探索社会问题，也没有反映社会现实。与此同时，英国的阿加莎·克里斯蒂是"黄金时代"最有代表性的女作家之一，她善于用扑朔迷离的布局和充满嫌疑的人物来创造假象，最后揭晓令人惊奇的结局。她一生写了近70部侦探小说，塑造了波洛和麦波尔小姐两个侦探形象，她的许多小说如《东方快车谋杀案》《尼罗河惨案》等都拍成了电影。侦探小说目前在西方仍然是很流行的畅销书，在美国差不多占每年图书销售量的四分之一，其中绝大部分都是供读者娱乐消遣的作品。

爱伦·坡

首创了侦探小说的模式，在他的影响下，侦探小说如雨后春笋般流行起来。英国柯南道尔的《福尔摩斯探案》里，以福尔摩斯为主角，以华生作陪衬，他们解决了各种疑难的罪案。福尔摩斯更是成为一个世界性的文学人物。

　　第一次世界大战和第二次世界大战之间的这段时期是西方侦探小说的"黄金时代"，仅在英美两国就出现了数以千计的侦探小说。但这时期的侦探小说更像是一场智力竞赛，

塞缪尔·理查森

　　塞缪尔·理查森（1689—1761年），出生在英格兰德比郡。他没有接受过太多正规教育，而办起了自己的印刷厂和文具店，成了伦敦的知名商人。后来，有两位书商建议理查森编写包含各种主题的示范书信，以此来指导文化水平较低的读者写信。此后，理查森便开始了文学生涯。一个年轻的女仆受到男主人侵犯时写给她父亲以寻找应对办法的一小批书信被理查森写成了一部小说，这就是著名的《帕梅拉》，又名《贞洁得报》。该书取得了巨大的成功，曾风靡一时，为理查森带来了极大的声誉。他的另一部名作《克拉丽莎》（又名《一个少女的历史》）则被称为欧洲最伟大的小说之一。

西方诗歌

　　诗歌是一种有节奏、有韵律并富有感情色彩的语言艺术形式，也是以抒情为主要方式的文学体裁，它高度凝练地反映社会生活。用丰富的想象、富有节奏感和韵律美的语言以及分行排列的形式来抒发作者的思想情感。我们可以从耀眼夺目、数量浩大的诗作中发现许多不朽的传世之作。

普罗旺斯抒情诗

普罗旺斯抒情诗发展于宫廷之中，即中世纪骑士抒情诗，因其主要流行于法国南部的普罗旺斯一带，故此得名。其形式多半是由民歌演化而来。普罗旺斯的诗人是西方文学中最早出现的"行吟诗人"，流传下来的有姓名的

诗人有几百人，但存留的作品却很少。这些诗歌受民间诗歌影响较大，多半表现骑士与贵妇之间缠绵悱恻的爱情以及骑士们为了爱情而去冒险征战和建功立业的骑士精神。在艺术上，骑士抒情诗注重心理描写，感情细腻。13世纪初很多普罗旺斯诗人流亡国外，把这种抒情诗歌传统带到了意大利，推动了意大利文艺复兴时期诗歌的发展。其中最著名的《破晓歌》写的是骑士和贵妇人在破晓时依依惜别的场景。作品肯定了对现世生活和幸福的追求，具有反禁欲主义和反封建等级制度的特色。

东方叙事诗

东方叙事诗是1813—1816年期间英国浪漫主义诗人拜伦完成的一组以东方为背景的异域传奇为题材的故事。叙事诗中的主人公都被称之为"拜伦式的英雄"，因而这些叙事诗又被叫做"叛逆者叙事诗"。主要代表作品是《异教徒》《阿比道斯的新娘》《海盗》《莱拉》《科林斯之围》《巴里西娜》六部。诗作有着非常浓烈的浪漫主义色彩，其中塑造了一系列个性鲜明、极富反抗精神和叛逆精神的拜伦式英雄形象。

普罗旺斯小镇

牧 歌

牧歌是指表现牧人田园生活情趣的文学体裁。诗人往往借助这种体裁将乡村生活的淳朴恬静与城市宫廷生活的腐化堕落形成鲜明的对照。牧歌发源于古代古希腊，公元前3

维吉尔头像

世纪的忒奥克里托斯是最早的牧歌作者。古罗马诗人维吉尔在公元前37年也发表过牧歌，他写的诗歌以简洁的诗句描写理想化的田园和阿卡迪亚的淳朴生活，其中的风景、人物虽然都远离现实生活，但实际上也是借用牧歌的形式来吟咏古罗马帝国的光荣。所以就牧歌这一体裁来讲，维吉尔的牧歌并不及古希腊的牧歌质朴，但它对后代文人的创作却有很深远的影响。文艺复兴时期，牧歌逐渐成为受人喜爱的体裁，不仅有古典式的牧歌，而且还出现了以牧歌为主题的田园小说和田园戏剧。著名的作品有意大利作家桑纳扎罗的《阿卡迪亚》、西班牙作家蒙特马约尔的《狄安娜》、莎士比亚的喜剧《皆大欢喜》等。而弥尔顿在《利西达斯》中讨论了哲学和宗教问题，属于牧歌体的悼亡诗。除此之外，他的《科马斯》也是以牧歌的形式写出青年男女相互戏谑的闹剧。后来，浪漫主义诗歌也多借用牧歌体的形式来表现诗人对自然与社会的态度，著名代表作有歌德的长诗《赫尔曼与窦绿苔》。此外，田园诗情调在近代音乐中也成了一个重要的主题。

自由诗

自由诗相对旧体诗而言又被称为新诗，19世纪末20世纪初源于欧洲。其体裁结构自由灵活，不像格律诗那样有严格、固定的限制和约束。段数、行数、押韵以及字数都没有一定规格，语言自然地形成节奏。一般认为，19世纪的美国诗人惠特曼是自由诗的创始者，其代表作为《草叶集》。

自由诗也有一定的局限，一方面诗的语言和形式缺乏应有的约束，自由成章，语风散漫，总显得平铺直叙。这种过分直露和明快的缺点不仅使诗作本身缺乏应有的意境和深刻的感情，也从整体的构成上丧失了诗歌的美感。另一方面以太多太盛的说理入诗，使理念多于情感，缺乏对现实社会的细致观察和更深刻的分析。

南方组诗

南方组诗泛指普希金流放南方时期所创作的几部著名的叙事诗。普希金在1820年5月来到南俄后，先后在叶卡捷琳诺斯拉夫和基希尼奥夫等地逗留，这期间他曾经到高加索和克里米亚等地。由于南俄一带是十二月党人南社的据点，普希金和他们关系十分密切，因此在思想上也受到了他们的影响。这一时期给普希金印象最深的是流放生活和南方的自然风光，这些在他的创作中都留下了

十二月党人文学

十二月党人是19世纪初期俄国的一批贵族革命家，由于他们在1825年俄历12月14日在彼得堡起义，故而被称为十二月党人。

十二月党人的文学团体包括"俄罗斯文学爱好者同人会"（1816—1825年）和"绿灯社"（1819—1820年）。主要刊物有雷列耶夫和马尔林斯基主编的《北极星》以及丘赫尔别凯和弗·奥陀耶夫斯基主编的《谟涅摩辛涅》。

十二月党人的文学倾向与政治观点是一致的，他们认为文学应当反映时代精神，表现爱国思想和革命精神。十二月党人主张文学的民族独创性，而反对一味地模仿英国和德国诗人；把民间文学看成是诗歌最好的源泉；在文学语言使用的问题上，要求文学作品能被全体人民理解。十二月党人的文学活动为俄国文学向现实主义发展奠定了坚实的基础。

十二月党人广场

痕迹。可以说，在南方流放时期是普希金浪漫主义诗歌创作的高潮。在这几年里，他写下了4部著名的浪漫主义叙事诗：《高加索的俘虏》《强盗兄弟》《巴赫切萨拉伊的泪泉》和《茨冈》。这些南方组诗是普希金浪漫主义诗歌的代表作。这些南方叙事诗中的主人公有着共同的特点：他们性格强悍，感情激进，与黑暗社会势不两立；他们玩世不恭，生活放荡，为非作歹；他们无所事事，无所作为，逃避现实；他们为达到目的不择手段，最后不惜妥协投降；他们追求个性自由，多愁善感，同时具有强烈的叛逆精神，充满对上流社会的怨恨和对淳朴山民和茨冈人民的同情。艺术创作上极富异域色彩，情节离奇，同时又具有鲜明的浪漫主义色彩。

素体诗

素体诗是英语格律诗的一种，每行由 5 个长短格音步，也就是由 10 个音节组成，每首行数不限，句尾不押韵。韵律和格律是作为诗歌音乐性的重要内容，但并不是全部。有些诗人认为格律和韵律在一定程度下会束缚思想，进而影响奔放自然地表达思想，所以他们常常在文学创作中选择放弃尾韵。素体诗就没有尾韵，但并非没有格律，相反素体诗拥有比较固定的格律，即以抑扬格五音步建行。这种诗体为英国文学史铸就了辉煌的篇章。莎士比亚的诗剧中有很多都是以素体诗写成的，弥尔顿的《失乐园》、丁尼生的《尤利西斯》也是用素体诗写成的。

西方散文

西方散文不像中国散文那样可以作为一种独立的文学体裁，它是泛指一切不是韵文的文字作品。因此，非韵文的小说或戏剧作品都可以算是散文，散体的日常应用文字也属散文之列。散文题材广泛，写法也灵活自由，既具有时代的生活气息，又可以看出作家的个人风格。

随　笔

随笔是散文的一种，随笔语言朴素，结构严密。首先，随笔的形式不受体裁的限制，灵活多样，不拘一格，既可以观景抒情，睹物评论，也可以读书谈感想，既可以对一件事情发表一种评论，也可以对同类事进行综合议论；其次，随笔也不受字数的限制，短

蒙　田

《帕斯卡尔思想录》

帕斯卡尔是 17 世纪法国最卓越的数学家、物理学家和哲学家，他对于近代早期的理论科学和实验科学作出了巨大贡献。《帕斯卡尔思想录》是帕斯卡尔生前尚未完成的手稿，充分体现了作者的思想理论精华。该书在笛卡尔的理性主义思潮以外独辟蹊径，一方面继承并发扬了理性主义传统，以理性来批判一切；另一方面，又指出理性本身存在的内在矛盾，并以独特的揭示矛盾的方法，反复阐述人在无限大与无限小这两个极限之间的对立悖反，论证了人既崇高伟大又非常软弱无力的这一悖论。

的可以几十字，长的则可达几百字，篇幅长短是根据所要表达的内容而定的。第三也是最重要的是，写随笔要表达出作者写作的真实意图：或者是一种快乐的心情，或者是一点小感悟，或者是一种新观点，或者是一个哲学道理……总之，如同谈话聊天一样亲切与平易近人。生活随笔就是日常生活中的心情、感悟、新观点或新发现。生活如浩瀚的

大海博大宽广，时时处处事事都可以写成随笔。常见的现代随笔有议论性随笔、记叙性随笔、绘景性随笔、说明性随笔、状物性随笔等。西方随笔作者最著名的是蒙田，以博学著称。他对随笔写作十分娴熟，开创了近代法国随笔式散文的先河。他的语言平易通畅，不加雕饰，文章写得妙趣横生、亲切活泼。他写的《蒙田随笔》充满了作者对人类感情的冷静观察和哲学思考。《蒙田随笔》与《培根人生论》《帕斯卡尔思想录》一起，被人们誉为欧洲近代哲理散文三大经典。

报告文学

报告文学是指从纪实散文和新闻报道中产生并独立出来的一种新闻与文学相结合的散文体裁，也是一种以文学为手段及时反映和评论现实生活中的真人真事的新闻文体，是速写、特写与文艺通讯的总称。作为一种介于通讯和小说之间的文体。它以叙事和纪实为主体，以报告真实事件为己任，既要求作品中占主体的人物与事件必须真实，具有新闻性，又要求经过艺术加工后以形象反映社会生活，其中还要饱含作家的思想倾向和情感态度，兼具文学性。总体来说报告文学有三个基本特征：新闻性、政治性和文学性。这种文体是近代新闻事业发达的产物，曾经一度盛行于20世纪初期的苏联和欧美。代表作品有苏联高尔基的《一月九日》、列宁的《致阿·马·高尔基》，捷克伏契克的《北极占领记》、基希的《列宁同志问候你》和《斗鸡》，美国约翰·赫西的《广岛浩劫》，法国菲利普·图尔农的《法国球星普拉蒂尼》等。

演讲辞

演讲辞俗称演讲稿、演说词、讲话稿，主要是发表主张和建议，提出倡议和号召。演讲人把自己的观点、主张、见解以及思想

列宁

感情传达给与会者，从而产生一定的影响和作用，达到宣传和教育的目的。演讲辞总是以某一种精神鼓舞人，以真切的感情打动人。西方优秀的演讲词有苏格拉底的《在雅典法庭上的演讲》、爱默生的《一个普通美国人的伟大之处》、法朗士的《文学巨匠的良知》、斯大林的《为保卫苏联国土而战斗》、富兰克林《我对这部宪法很满意》、歌德的《在莎士比亚纪念日的讲话》、俾斯麦《"铁与血"演讲辞》、罗伯斯庇尔的《关于对路易十六判刑的意见》以及雨果《巴尔扎克葬词》等。

书信

书信是向某一特定对象传递信息或交流思想感情的应用性文书。书信由笺文和封文两部分组成。笺文就是写在信笺上的文字，即寄信人对收信人的招呼、问候、对话和祝福等。笺文是书信内容的主体部分，书信的繁简、俗雅等风格特征几乎都是由笺文决定的。封文就是写在信封上的文字，即收信人和寄信人的地址、姓名等。封文是写给邮递人员看的，使邮递人员知道信的地址。

一封完整的书信应该是包括笺文和封文，并且将笺文装入写好封文的信封里，然后将封口封好邮寄的。书信是一种比较特别的文体，这主要是因为它的书写者和阅读者的关系非同一般。多数情况下，书信的发送主体和接收主体是一对一的，因此往往带有很强的私密性。书信的另外一个重要特色就是能够充分坦露作者的真情实感，下笔时不必拘束于礼法和格套等形式，或絮絮叨叨，或喷涌而出，一切都以亲切自然为重。西方比较著名的书信是《我的赞誉》，这篇文章是法国著名作家雨果在 1861 年时写给当时参与焚毁北京圆明园的法军上尉巴特勒的一封信。雨果在信中高度赞美了圆明园的历史、文化以及艺术价值，怒斥英法侵略军的无耻罪行。

序 跋

序也叫做"叙"或"引"，它是说明书籍编著情况或出版意图、编次体例以及作者情况等的文章，也可包括对作家作品的评论的和

《爱尔那尼》

《爱尔那尼》是法国作家雨果创作的五幕韵文正剧，于 1830 年 2 月 25 日在法兰西喜剧院首演。该剧以 16 世纪的西班牙为背景，剧中主人公爱尔那尼与国王卡洛斯有杀父之仇，后来与戈梅兹公爵的侄女索尔相爱。不料，老公爵和卡洛斯王也在追求索尔。爱尔那尼的爱情遭到国王的阻挠，后又被公爵破坏，最后，这对恋人在万般无奈之下悲惨地死去。

该剧明确地表现了反封建思想，并打破了古典主义关于悲喜剧的界限，充分运用了对照原则，呈现出丰富多彩的风格，堪称浪漫主义戏剧的杰出代表。该剧在首演时遭到伪古典主义一派的干扰，但在以戈蒂耶为首的浪漫派的喝彩声中，演出最终获得巨大成功。这场"《爱尔那尼》之战"标志着浪漫主义对伪古典主义斗争的胜利，因而成为文学史上重要的事件。

对有关问题的研究阐释。"序"一般写在书籍或文章前面，个别也有列在正文后面的。列于书后的一般被称为"跋"或"后序"。一般这类文章按不同的内容分为说明文或议论文：说明编写目的、编写体例和编写内容的属于说明文；对问题进行阐发的或对作者作品进行评论属于议论文。比较有代表性的作品是法国著名文学家雨果为自己的名著《悲惨世界》和《九三年》等写的序言，通过序言我们可以更好地了解当时的社会背景。1827 年，雨果发表韵文剧本《克伦威尔》及《〈克伦威尔〉序言》。剧本虽未能演出，但那篇序言却被认为是法国浪漫主义的宣言，成为文学史上划时代的文艺论著。1830 年维克多·雨果根据序言中的理论写成了第一个浪漫主义剧本《爱尔那尼》，它的演出标志着浪漫主义对伪古典主义的彻底胜利。

传 记

克伦威尔驱散国会

传记主要是一种记述人物的生平事迹的

文学形式，它是根据各种书面的或是口述的回忆、调查等相关材料，并加以选择性的编排、描写与说明而创作出来的。由于传记和历史关系十分密切，所以某些写作年代久远的传记常被人们当做史料来研究。传记大体上分为两大类：一类是以记述真实的历史事件为主的一般纪传文字；另一类传记作者在记述事件的过程中，可能会渗透自己的某些情感、想象或者推断，这一类属于文学范围。但和小说不同的是，传记一般不要求虚构，纪实性是传记的最基本要求。

人物传记的种类，包括评传、人物小传、人物特写、自传、年谱等。自传体传记是指传

英格丽·褒曼

记作者记载自己的前半生或大半生的生活经历的文章，如《马克·吐温自传》等。采访体传记是指传记的撰写人一般与被立传者并不认识，或者是与被立传者相隔几代的后代，他们主要靠采访被立传者的亲人朋友或是搜集被立传者的各类资料，然后经过撰写人取舍、创造，最后形成传记，如罗曼·罗兰的《名人传》等。还有一种自传体传记和采访体传记融合在一起的传记，如美国作家阿伦·吉伯斯和闻名于世的瑞典电影明星英格丽·褒曼合作写成的《英格丽·褒曼传》等。

回忆录

回忆录是指追记本人或他人过去生活经历和社会活动的一种文体体裁，它具有历史文献的价值，简单地说就是用文字记录下来的对过去的回忆。回忆录注重真实、广泛和突出。真实，就是真实记载作者的经历和感受。真实是指不仅要回忆个人，而且要以个人为主线，串连起与之相关的人和事，广泛涉及生活的各个角落，反映社会历史的真实面目。突出是指回忆录中的人物要处于主要地位，所列事件要典型，要有一定的代表性，提及的其他人物不能平平淡淡地叙述而要有个性。

西方很久以前就出现了回忆录这种文体。公元前4世纪，古希腊哲学家苏格拉底的学生克塞诺芬尼在一本回忆录里比较完整而忠实地记载了苏格拉底的言论和经历，书名为《回忆录》，这也许是历史上最早的以"回忆录"为题名的一本书了。

克塞诺芬尼

克塞诺芬尼（约前565—前473年）是一位游吟诗人。他创作的诗篇有哀歌、讽刺诗，还有关于科罗封和爱利亚城邦的叙事诗。如今保存下来的仅有118行诗。

克塞诺芬尼不仅是一个游吟诗人，更是一位反传统的哲学家。他在其诗篇中批判了古希腊人对于神的传统看法。他认为，人们都是按照自己的模样塑造神的，色雷斯人说他们的神是红头发、蓝眼睛；而埃塞俄比亚人说他们的神是狮子鼻、黑皮肤。他甚至讽刺说，假如马和狮子都有手，并能像人一样用手画画的话，那么马一定会画出马形的神像，狮子则会画出像狮子的神像。克塞诺芬尼的这些思想在西方哲学史上最早表明了是人创造了神，而并非神创造了人。当然，他仍然相信有神，只不过，这个神在形体与心灵上都不像人，它可以用思想力使万物活动，这正是克塞诺芬尼所提出的一个全新的神的观念。

西方文学
XIFANG WENXUE
YI BEN TONG

西方文学理论

文学理论是指有关文学的本质、特征、发展规律以及社会作用的一门学科。它以文学为研究对象，同时把历史的、现实的理论贯串其中，它注重文学作品的逻辑，强调在纷繁复杂的文学现象中，找出文学的本质和普遍规律，揭示不同形态文学的特点。

文学理论研究作为上层建筑，旨在研究作为社会现象的文学所具有的社会功能以及所起的社会作用，其中包括它与其他社会现象共有的功能、作用以及它区别于其他社会现象所独具的功能和作用。文学理论主要研究文学作品的内容、形式及其相互关系；研究文学本身的不同形态，以及它们之间的互相影响、渗透和由此而形成的各种文学种类和体裁；研究文学的创作过程及其规律，其中包括风格和流派等。

文学理论是在文学作品的基础上建立起来的，反过来，它又某种程度上推动了文学作品的不断发展，可以说，它与文学作品相辅相成、密不可分。在本章理论品评里，主要包括文学观念、文学创作、文学本体、文学接受和文学批评五大门类。

文学观念

文学作为人类的一种文化样式，它是具有社会的审美意识、凝聚着个体体验的、沟通人际的情感交流的一种语言艺术门类。这个文学观念包含了五个命题，文学是一种文化样式，文学是一种社会审美意识形态，文学是作家个体的体验的凝聚，文学是作者与读者沟通情感的一种特殊渠道，文学是一种语言艺术。文学观念不是固定的，政治治乱、社会风气、学术倾向、文学变化等都会引起文学观念的变化。即使在同一个时期，几种文学形态与观念并存的局面也是存在的。但文学观念自身演变大致遵循模仿——表现——变形——装饰这一规律。

文学四要素

文学四要素是由美国学者艾布拉姆斯在《镜与灯——浪漫主义文论及批评传统》一书中提出的一种文学理论，即文学是由四个相关的要素构成的一种活动。这四个要素就是世界、作家、作品以及读者。"世界"是指一切文学作品的源泉——生活。生活要经过"作家"的加工和改造才能创造出具有意义的文本，这就是"作品"。作品要有"读者"来欣赏。文学活动系统就是由世界、作家、作品、读者这四个要素组成的一个交往结构。其中，人类所生活的世界是文学活动产生、形成乃至发展的客观基础，它不仅是作品的反映对象，也是读者与作者的基本生存环境；作者则是文学生产的主体，他不仅仅是写出作品的主体，更是创作文学规则并把自己对世界独特的审美体验通过作品传达给读者的主体；读者，作为文学接受的主体，不仅是阅读作品的主体，更是与作者生活在同一世界的主体，双方通过作品进行潜在的精神交流；而作品，作为显示客观世界的"镜"和表现主观世界的"灯"，作为作者创造出的对象和读者阅读时的对象，是使上述一切环节成为可能的必要的中介。作品既是作者本质力量对象化的显现，也是读者本质力量对象化的显现。因此，在文学活动中，主体和对象的关系始终在发展与变化着：一方面是主体的对象化；另一方面又是对象的主体化。正是在二者相互转化的过程中，才生动地显示出了文学所特有的社会的和审美的本质属性。它们之间的相互联系又包含了体验、创作和接受三个过程，这才是完整意义上的文学活动。文学活动不仅是指文学四要素所形成的流程，更重要的是人与对象所建立的诗意联系，是人的本质力量的全部体现。

再现说

再现说是西方最先出现的文学观念，再现说主张文学创作来源于生活，是对生活的模仿和再现。它的理论核心是：在文学四要素中，文学是对世界的"模仿"或"再现"，突出强调了文学作品与外在世界之间的相互关系。主要代表人物以及观点有赫拉克利特的"艺术模仿自然"论点、苏格拉底的"绘画是对所见之物的描绘"论点、柏拉图的"理式模仿"说、亚里士多德的"自然模仿"说等。

再现说在西方是一种源远流长并具有相对统治地位的思想传统，早在古希腊时期就已存在。在苏格拉底之前，古希腊的思想家们认为文艺是模仿自然的，赫拉克利特提出"艺术是模仿自然的，是以自然的面貌出现"

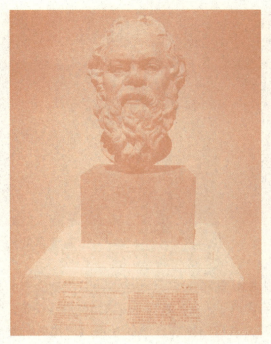

苏格拉底

的观点。到苏格拉底时代，文艺观念出现了人文主义的转向，突出了文艺模仿社会人生这一观点。亚里士多德继承了苏格拉底的这一思想，并对模仿说作出了比较深入的论述。19世纪西方出现了现实主义的文艺思潮，这一方面是对古希腊模仿说的一种延续，另一方面又是站在时代的高度从理论到实践对再

镜与灯

1953年，美国康奈尔大学艾布拉姆斯教授所著的《镜与灯——浪漫主义文论及批评传统》是现代文学理论的力作，它以前沿性的理论和精密的逻辑对当代学者产生重要的影响。

镜与灯，这两个通常用来形容心灵的相对隐喻放在一起来组成这个书名。镜，把心灵当成外界事物的反映者；灯，把心灵当成发光体，认为心灵所感知的事物中也包括心灵本身。《镜与灯——浪漫主义文论及批评传统》主要讨论西方浪漫主义文学批评和文学理论，并从历史发展的角度阐述了"模仿说""实用说""表现说"和"客观说"，而且提出著名的文学四要素理论，即作品、世界、读者和作家。

现说的进一步完善；而俄国的文艺理论家车尔尼雪夫斯基则认为文艺只要是原原本本地复现了生活就达到了文学创作的目的。

表现说

表现说是在文学四要素中着重强调作家与作品之间的关系，也就是认为作品是作家情感的自然流露。表现说的基本倾向是：文学本质上是作家的内心情感世界的外在表现，是情感涌动瞬间的记录，是主观感受和主观体验的产物。表现说产生于19世纪初流行于欧洲的浪漫主义文学思潮。主要代表人物是华兹华斯、柯勒律治、雪莱等人。英国诗人华兹华斯认为"诗是强烈情感的自然表露"。柯勒律治认为"写诗是出于内在的一种本质而不是由任何外界的客观事物所引起的"。雪莱认为"诗是心灵中最善良的最快乐的瞬间的记录"。

柯勒律治的诗歌插图

表现说的合理之处在于它是艺术起源问题的最重要理论之一，因为情感在推动艺术的发生和发展上有着不容忽视的作用，它从本质上体现了艺术的基本特征之一。然而它的不足在于它很难把再现性艺术、创造性艺

术的起源解释清清楚楚。此外，人类表现情感的方式是多种多样的，艺术之外的很多语言动作乃至表情都能够表现情感，只强调感情的冲动和宣泄还不能阐释艺术的真谛。

实用说

实用说始于古希腊、古罗马时期作诗法与修辞学的合并，一直延续到 18 世纪，从其延续的时间和赞成此观点的人数上来看，它已经成为西方世界的主要审美态度。在文学四要素中它主要强调的是读者，即以读者为中心，作品被读者所利用，而文学只是一种工具和手段，文学可以给人带来快感，但是文学的根本目的是外在的，它关心的是作品对读者的作用。它以是否能达到既定目的来判断作品的价值，往往将古典的修辞理论与传统的道德教化理论相结合。

古罗马时期贺拉斯的"寓教于乐"开了西方实用说之先河。启蒙主义时期狄德罗主张用戏剧来移风易俗也属实用说范畴。从贺拉斯到文艺复兴时期的大多批评家以及整个 18 世纪绝大部分批评家都是实用说的支持者。他们认为："诗歌的模仿仅仅是一种手段，其最近的目的就是使人偷快，而最终的目的是教导人们。"贺拉斯则持折中主义看法，他在《诗艺》中说："诗人的目的或是让人获益，或是让人高兴，要不就是将有益的和令人愉快的合为一体。"但是无论如何，他们都认为读者是批评的中心。

《诗艺》

《诗艺》是古罗马重要的文学批评著作，由诗人兼批评家贺拉斯所著，它是一封写给古罗马贵族皮索父子的信简，共 476 行诗，提出有关戏剧和诗创作的原则。《诗艺》分为三个部分。第一部分讲作诗的一般原则；第二部分讲诗歌的形式和技巧；第三部分讲诗

拉斐尔的绘画

人的修养和任务。《诗艺》中还提到文学的教育作用，认为在教育中应该始终贯穿快乐，强调文学应该模仿自然的观点。贺拉斯针对当时社会的恶劣风气，以及当时的戏剧演出舞台只注重华丽布景和热闹场面的特征，提出戏剧应歌颂英雄业绩、宣传公民道德和抒发爱国情怀的主张。贺拉斯认为诗人应该掌握"古希腊的范例"，文学作品应该有"统一与调和的美"等主张，这对古典主义文艺理论产生了巨大影响。

《诗艺》和寓教于乐

"寓教于乐"，是他在《诗艺》中提出的重要观点。诗的作用之一就是诗应该将乐趣和益处带给人们，也应劝谕和帮助读者。"教"，指社会道德教育和文化开发，诗的"教"育就是让人们崇尚美德、正义、秩序和法律。"教"是一种道德目的，但必须通过"乐"的手段才能实现。诗和艺术作品中的教化功能，不能脱离让人享受到愉悦的形象，欣赏者在审美体验和感受中得到艺术的陶冶和教化。如果想在诗中做到"寓教于乐"，诗人除了要加强自身的人格修养，更应该严肃对待艺术创作和遵守特定的规范，既能让诗顺应读者习惯，又能影响读者的心灵和审美情感。

"寓教于乐"的思想对 18 世纪启蒙运动和古典主义的理论与创作产生了深远影响，它至今仍然是衡量艺术作品优劣的标准。

《诗艺》认为文学作品有三种特征：第一要贴近真实，符合自然创造；第二要符合观众的心理期望，众望所归；第三要符合文学艺术创作规则，适度运用修辞。《诗艺》中认为文学艺术是由天才和技艺共同创造出来的。所谓天才就是艺术家的理性判断力。而技艺有三种训练：第一，模仿古希腊的古典作品，并把它作为经典而日夜研究；第二，作者要有独创意识，"不落古希腊人窠臼"；第三，作者要勇于接受批评，并不断修改作品。《诗艺》体现出在传统中寻求创新的现实主义精神，它开启了文艺复兴和古典主义理论之端源，对 16 世纪到 18 世纪的戏剧与诗歌文学创作有着深远影响。

客观说

客观说是指在文学四要素中着重强调作品的地位，它强调作品独立的重要性，即把作品抬到重于一切、高于一切的地位。客观说认为作品一旦从作家的笔下诞生后，它与作家和读者的关系就会完全断裂，就会获得完全客观的性质和独立于一切之外的一种"身份"，这既与原作家毫无关系，也与读者毫不相干。它从外界的参照物中孤立出来，作品本身就是一个"自足体"，即获得完全自足的性质，突出强调了文学文本在文学活动中的地位。文学文本自身这种观念兴起于 20 世纪，代表流派有俄国形式主义、英美新批评以及结构主义等。

俄国形式主义代表人物有坦尼亚诺夫、什克洛夫斯基、艾亨鲍姆和雅各布森等人。他们认为，文学的本质不在于作者的情感或读者的感受，而在于形成作品的技巧和语言。

体验说

体验说是指在文学四要素中着重强调读者对作品的意向性体验，强调读者的感受和

姚 斯

姚斯，德国著名文艺理论家和美学家，接受美学的创立者之一，他的美学思想分为两个时期：前期主要解决"文学史悖论"，后期侧重研究审美经验。

姚斯力图建立比较完善的文学史科学，反对将文学从社会历史中分裂和对立开来，以此解决"文学史"的悖论。姚斯认为新的文学史应该是文学作品的消费史，读者作为消费者在文学史中是一个能动的构成。姚斯把作家、作品和读者相联系，并对文学演变和社会发展进行沟通。姚斯后期转而研究审美经验，他认为审美经验是一个包括生产、接受和交流方面的动态有机整体，这三个方面分别对应创造、美觉和净化三种审美愉悦范畴。

姚斯的主要著作有《文学史作为向文学理论的挑战》《审美经验小辩》《文学范式的改变》《审美经验与文学阐释学》等。

再创造。因为作品的潜在意义不能自己释放出来，而必须依靠大众以他们的审美情趣去选择艺术作品，肯定或是否定作品的艺术价值。大众的审美需求同时也在或隐或显地决定着艺术作品的流传。法国保尔·瓦莱里认为"诗歌中的意义是读者赋予的"；波兰的英加登认为"一部值得肯定的文学作品，其每一个层次都应具有双重性质，即审美价值和艺术价值。前者在艺术作品中以一种潜在的状态呈现出来"。另外，德国接受美学的代表也是体验学说的守护者姚斯认为"一个作品在读者没有阅读之前，都仅仅是个半成品"。

在接受理论中，文学文本和文学作品是两个性质不同的概念：首先，文本是作家创造出来的在读者阅读之前的自在状态；作品是被读者对象化了的文本，它是融合了读者的审美经验、情感以及艺术趣味的审美对象。其次，文本是以文字符号的形式储存有各种各样审美信息的硬载体；作品则是由读者和作家共同创造出来的审美信息的软载体。最

后，文本是一种永久性地独立于接受主体的感知之外的存在；作品则依赖接受主体的积极介入，它存在于读者的审美观照之中，受接受主体的心理结构和思想情感的支配，是一种相对而具体的存在。

文学创作

文学创作是指作家在头脑中对现实生活的审美体验进行加工创造，以语言为工具创造出可供读者欣赏的艺术作品的过程。文学创作作为最基本的文学实践，它是作家对一定社会生活的审美体验的集中反映，既包含对生活的审美认识，又包含着作家自己的审美创造。作家在文学创作中，他的生活积累越深厚，就越能培育出丰硕的果实。因此，作家首先必须投身到社会实践中去。对于文学创作来说，了解人、熟悉人是最重要的工作，作家要善于在社会实践中观察人、剖析人的内心世界，关心人们的各种命运并设身处地地思考不同的性格、不同的心理、不同的情绪、不同的色彩和节奏。总之，在深入生活之中观察、体验、研究、分析各种人物和各种社会现象是文学创作的前提条件。

模仿说

模仿说认为艺术的本质在于对自然和社会生活的模仿或者展现现实世界的客观事物。作为最古老的艺术学说，它在浪漫主义兴起之前一直占据主导地位。"模仿"原本是古希腊语，亚里士多德将其变为文学理论的核心用语。这里面蕴涵了两重含义：其一，文学作品是现存现实的展现；其二，作品本身就是一个实体。模仿说是由古希腊的一些哲学家最早提出的，如德谟克利特认为人从蜘蛛的织网那里学会了织布以及缝补，从鸟儿的鸣叫那里学会了唱歌。又如柏拉图认为一共有三种世界：理念世界、现实世界以及艺术世界。现实世界模仿理念世界，艺术世界模仿现实世界，即艺术世界依存于现实世界，现实世界又依存于理念世界，而理念是永恒不变的，就是理念世界是第一性的，感性世界则是第二性的，而艺术世界则是第三性的。从表面上看，柏拉图肯定了艺术模仿客观世界，看似是肯定了艺术的客观现实基础，但实际上他是否定了客观现实世界的真实性，否定了

亚里士多德

艺术能直接模仿理念的真实性。他所说的模仿只是抄袭感性事物的外貌。甚至认为，艺术家只是像摄影师那样把事物的影子摄进来，并不需要主观的创造，这种观点是反现实主义的。

苏格拉底认为艺术不仅模仿美的外形，

还能模仿人的性格、精神特质和心理活动。亚里士多德认为艺术起源于对现实世界的模仿。

巫术说

巫术说是 20 世纪在西方开始流行的一种理论，这种观点认为艺术起源于原始的巫术活动。英国人类学家爱德华·泰勒和弗雷泽为文学的巫术起源说提供了重要的理论基础。其他代表人物还有雷纳克、萨罗蒙赖纳许和吉德逊。

巫术

巫术，即通过一定的仪式表演，企图借助神秘力量对人或事施加影响或控制的方术。巫术的表演仪式经常采取带有某种象征性的歌舞形式，并运用某种据说赋有巫术魔力的实物和咒语。巫术的主要内容是"降神仪式"和"咒语"。巫术一共包括五种作用：第一种为祈求帮助，它指人们用一定的方式，祈求鬼神或自然力来帮助自己实现某种目的。第二种为招魂，即用巫术把逝去的灵魂给招回来。第三种为诅咒，即借助语言的魔力来加害对方。第四种为驱鬼，即对鬼进行攻击。第五种为辟邪，即利用某种物件来不让邪鬼侵犯自身。

巫术说的合理性在于它肯定了艺术的功利实用性，对现存的"原始艺术品"的许多谜团都进行了有力的解释。巫术活动所创造的文学艺术具有双重的意义：它既能够增加巫术的效果、形象与氛围，又能够把人们带到一种幻觉真实之中，从而宣泄出一种愉快的感觉，最终又使这种感觉转化为一种审美愉悦，这就已经脱离了巫术而成为文学艺术了。但这种理论学说将巫术作为艺术发生的根本原因也是不合理的，一些学者的研究成果已经证明：并不是所有的原始艺术都与巫术相关。

游戏说

游戏说认为艺术起源于游戏。最早从理论上系统阐述游戏说的是德国哲学家康德，他认为艺术与游戏相似，是由自由而产生的活动。之后，席勒也提出了有名的"过剩精力说"，他认为艺术是审美的想象力的游戏活动。英国哲学家斯宾塞进一步发展了席勒的观点，认为人以过剩精力发泄在无用的自由的模仿活动之中。游戏说后期代表人物德国学者谷鲁斯则扬弃了传统游戏说的"无目的"理论，他认为艺术活动并非纯然无功利。谷鲁斯认为过剩精力说很难解释人对游戏的选择性以及废寝忘食的专注，他还认为游戏里隐藏有一定的实用目的，文学艺术创作属于"内模仿"的心理活动，它在本质上与游戏相关联。

游戏说的贡献就在于它突出了文学的无功利性，但仅仅把文学的起源归于游戏又显得过于简单化。游戏说想要从心理学、生理学以及生物学的角度揭示艺术的发生，它将人精神上的"自由"看成是艺术创造的核心，这对于文学创作起着非常积极的作用。但游戏说忽视了更重要

席勒故居

的社会原因，因为它把艺术活动仅仅归结为"天性"，并且解释不了这种"天性"出自何处，这样就很难从根本上解释艺术起源的真正原因。另外，游戏说过分强调劳动与艺术的对立，这也具有一定的片面性。

劳动说

劳动说这种理论认为文学艺术活动起源

马克思

于人类的物质实践活动，劳动是原始艺术最主要的表现对象。俄国学者普列汉诺夫最早从理论上确立文艺的劳动起源说。他详细地阐释了原始艺术的发生问题，原始人的思维与劳动的关系，还特别描述了原始部落音乐活动中的"节奏"与劳动之间的密切关系。

劳动号子

　　劳动号子属于民歌的一种体裁，是产生并应用于劳动的民间歌曲，它具有协调和指挥劳动的实际作用。在集体协作性较强的劳动过程中，为了统一人们的步伐，减轻身体所负的重量，劳动者经常发出吆喝声。这些吆喝声逐渐被劳动人民美化，形成歌曲。于是，从劳动中最初简单的、有节奏的吆喝声，发展成为具有丰富内容的歌词，形成有完整曲调的歌曲，这就是劳动号子。劳动号子体现出劳动人民的力量和智慧，以及劳动人民的英雄气概和乐观精神。

　　劳动号子有独唱、对唱和齐唱等歌唱形式，领唱者通常是集体劳动的指挥者，领唱部分一般是唱词的主要陈述部分。劳动号子拥有比较灵活和自由的音乐，即兴变化的曲调和唱词，经常上扬的旋律。

他的理论学说深刻地揭示了生产实践活动对艺术产生的重要作用，但忽视了作为物质的实践活动和作为精神的文学艺术活动之间存在着诸多中间环节。劳动是人类社会生活最重要的组成部分，但却不是社会生活的全部。劳动说的其他代表人物主要有毕歇尔、希尔恩、马克思、德索等。

　　劳动说的主要观点是：首先，劳动为文学活动提供了先决条件。这一方面在于人要在生存需要基本得到满足后才能从事其他创作活动，另一方面在于人本身就是在这种生产活动中生成的。人在生产劳动中为了生存需要而创造出具有丰富表意功能的语言系统。其次，劳动构成了文学描写的重要内容。史前艺术在内容与形式方面都留下了大量的劳动生产活动的印记。最后，最早的文学形式受到了劳动的制约。各民族最早的文学体裁都是吟唱的诗，早期的文艺都是诗、乐、舞三位一体的。这种早期文艺的形式同劳动过程直接相关。原始人将劳动动作和被狩猎的动物的动作排练成舞蹈，劳动时的号子与呼喊发展为诗歌，而劳动时发出的各种声音和体现的节奏，则为原始人提供了创作的灵感。相对于其他学说，劳动说更具体、更科学地从根本上阐释了文学的起源问题。

陌生化

　　陌生化是指在文学创作中要尽可能地避免"自动化"，也就是说要避免由于经常使用而退去新鲜感的语言，文学创作要有意偏离日常语言以及自动化语言的规范。"陌生化"诗学理论是由俄国形式主义评论家什克洛夫斯基首先提出的。他说："艺术是为恢复人对生活的感觉而存在的。"这在西方诗学发展史上具有里程碑意义，也是西方"陌生化"诗学成熟的标志。"陌生化"是俄国形式主义的核心概念。它强调的是"文学语言不仅制造陌生感，而且它本身也应是陌生的"。陌生化的基本构架是表面上互不相关而内部相互联系的多种因素的对立和冲突，正是这种冲突和对立造成了"陌生化"的表象，从而给人以感官的刺激以及情感的震动。克雷齐在《心理学纲要》中也进一步指出，人们对外界的刺激有"好奇"以及"趋新"等特点，而那些"完全确实的情景（也即无新奇、无挑战、无惊奇）是不太可能引起兴趣或维持兴趣的"。所以新奇的东西才能唤起人们的兴趣，才能在新的视角和新的层面上发掘出自我的本质力量的新层次，而"陌生化"正是化熟悉为新奇的一个有力武器。

文学创作与白日梦

弗洛伊德把人的梦境和文学创作等都归结为性。他认为文学是作家在童年时代形成

弗洛伊德

梦的类型

根据梦的不同内容，人们把梦分为15种类型：第一种为直梦，即梦见什么情境就发生什么情境，梦见什么人物就能见到什么人物。第二种为象梦，即梦的含义在梦中通过象征手段表现出来。第三种为因梦，即在睡眠时，由于五官的刺激而产生的梦。第四种为想梦，即人通过想象所产生的梦，它是人内在精神活动的产物。第五种为精梦，即由不同的精神状态所导致的梦，它是人通过凝思而产生的梦。第六种为性梦，即因人拥有不同的性情和好恶而做的梦。第七种为人梦，即指同样的梦对于不同的人来说，具有不同的意义。第八种为感梦，即因为气候的因素所产生的梦。第九种为时梦，即因为季节的因素而产生的梦。第十种为反梦，即梦境与现实相反。第十一种为托梦，即神灵或祖先通过梦来向人们预告吉凶祸福。第十二种为寄梦，即吉凶祸福在不同人的梦中出现，或者在异地的人也会做同样的梦。第十三种为转梦，即梦有多种不同的内容。第十四种为病梦，即人体病变的征兆，因为人体的阴阳五行失调而形成的梦。第十五种为鬼梦，即噩梦，令人感到非常恐怖的梦。

的无意识的表达，是对无意识的满足，文学就是这种无意识受到压抑后性欲升华的表现。围绕"梦"的理论，弗洛伊德揭示了文学"意象"的心理根据和文学家创作的深层心理动力。在文学批评上，弗洛伊德坚持采用梦的解析法去探索创作素材与作家潜意识之间的关联。《诗人与白日梦》是弗洛伊德在文论方面的代表作。

文学家和普通人一样的是，他们的本能的欲望长期受到压抑，于是他们就试图以自由的主观幻想来解除压抑，宣泄情感，并获得快乐。而他们不同于普通人的地方在于，他们能够寻找到一条与客观现实相妥协的道路，就是通过艺术创造的形式使受压抑的本能获得替代性的满足，并获得社会的认同。也就是说，文学创作的动机就是本能欲望压抑与升华的产物，文学产生的目的在于发泄压抑在无意识深处的潜在欲望，文学艺术作品是作家欲望得到满足的一种方式，也就是说文

学家创作源于"俄狄浦斯情结"，因为它是属于"本我"的一部分，因此时刻支配着较高级的"自我"以及"超我"的行动。弗洛伊德同时还认为，文学创作在本质上和梦一样是潜意识愿望获得的假想满足，每部作品都是一场超现实的幻想。他说："一篇创造性作品正如一场白日梦，是童年时代曾经做过的游戏的继续。夜间的梦与白日梦都是愿望的一种实现方式。"

集体无意识

瑞士心理学家荣格在弗洛伊德个体"无意识"理论的基础上，创造性地提出"集体无意识"这一概念。他认为，"集体无意识"是人类世世代代遗传下来的某种共同的心理体验，从古到今都潜藏在人类心灵深处的某种意象模式。在文学创作中，作家只有作为"集体人"的身份才能捕捉到这种集体无意识。因为"集体无意识"作为一种典型的群体心理现象一直深深地影响着人类的社会、思想乃至行为。"集体无意识"是种族共同的心灵遗留物。它不是个体在后天经验中获得的。它不为个人所觉察、所意识，但却处处制约着个体的精神、心灵和行为方式。

在西方历史上，柏拉图、亚里士多德都从心理学的角度提及过无意识问题；后来，莱

荣格

布尼兹在对统觉、微觉的探讨中，同样触及到意识与无意识的关系问题；19世纪赫尔巴特提出了"意识阈"的概念，并分析了无意识冲破意识阈上升为意识的状态的问题；直到弗洛伊德提出了意识的几个不同层次的观点，使得无意识不再仅被视为一种偶然的心理现象，而作为人的心灵世界中一块尚未被发现的新领域，从而把无意识的研究真正推向了一个新的水平。

荣格提出"集体无意识"有一个基本的目的，即为以精神为基础的心理学找到根据。为此他把无意识这一人的非理性精神现象看做是人性的本原，把假设的集体无意识看做是一种先天的遗传本能。他的一系列观点和论证在总体上都是依存于这一目的的。

物态化

物态化是指作家用语言文字符号将自己的构思成果固定并传达出来的过程，这个过程将属于作家的意象转化为可以为他人所感知的文本。这是构思过程的延续，作家需要

构思

构，既指结构也指整体；思，则以抽象思维作为主导，其中包括形象思维、潜意识思维和灵感思维等心理活动。作者在观察和体验生活的基础上，提炼出文章的主题，并选择最佳表达方式来体现文章意蕴，这种指导写作实践的思维过程就是构思。构思是一种写作独创，当个体生命萌发出创造的意念并将其付之行动。构思的称呼有很多种，比如意念、灵感、创意或创思，虽然称呼不同，但都点明了想法的独特和精华。

对构思的成果进行反复补充、推敲、斟酌乃至修饰。实际上也就是从"心中之象"到"手中之象"的过程，因为作家的构思是在大脑中进行并完成的，是以内部语言的形式存在的，构思形成的意象或意象序列只是观念地存在于作家的大脑中，是比较模糊和粗略的，所以作家构思的成果在物态化的过程中需要通过顺从和转换两种情况进行转化。顺从是指作家在物化过程中顺从情节发展和人物形象本身的逻辑，从而改变构思中业已设计好的人物性格、命运和结局，使这些都服从于人物性格本身的发展。在文学创作的过程中，

由于作家大脑中的人物在物态化过程中逐步变得清晰和确定，人物自身也逐渐变成拥有自身性格逻辑的有完整思想的真正的"人"。如果创作过程进入这一阶段，那么作家的创作过程也进入到了高峰体验。相对来说，转换是将构思结果作以更大范围的乃至更为根本的一种改变。顺从常常涉及的是一个人物，它改变的是人物性格或结局等的某一点，而转换则需要改变整个创作意图。在实际的写作过程中，倘若作家发现构思中形成的创作意图和目的有一些问题，于是在物化阶段就会及时对其做出根本性的改变。

文 学 本 体

　　文学本体，是指关于文学存在本质与本源的理论和学说。文学研究者对文学的理解有不同的角度，因此有关文学本体的看法也是多种多样的。大概有三种关于文学本体的看法：第一是反映论本体论，即文学创造是根据社会生活的反映而进行的，所以文学本体就是社会生活；第二是表现论本体论，即文学创造是表现作家思想感情而进行的，所以文学本体就是作家心灵世界的反映；第三是文本学或现象学的本体论，即文学创造就是根据文学本身而进行的，所以文学本体就是作品自身和文学的审美特性。

文学形象

　　人们在阅读文学文本时，就会在脑海中呈现出某种具体可感的形象，这种艺术概括性的形象不仅能够体现作家的审美理想，甚至能够在脑海中浮现具有人生美感的图画，这种艺术形象就是文学形象。总之，当人的知、情和意与文学文本的内容有着相对应的关系时，就形成文学形象。从修辞学的角度来看，当文学文本的语言具有具体、鲜明和生动的表现力时，就表明这是形象化的语言。

　　文学形象是作者将自身所经

历的现实生活，经过提炼、加工和创造而来的，形象中渗透了作者的思想情感，是一幅具有生动和真实审美价值的图画。文学作品中的形象包括人物、景物、场面和环境及一切有形的物体。成功的文学形象不仅生动再现现

《伏尔加河上的纤夫》

实生活，而且揭示出生活的本质意义，而文学形象的重要主观因素就是作家和读者的审美情趣和意识。

文学形象大体上分为三种不同的类型，即形象、语象和意象。形象，即作者通过语言对事物或事情的描绘，能让人联想到某种相关联的物象。语象，即作者在作品中使用的不是描摹性的语言，而读者却能够具有某种感受和丰富的联想。意象，指为在作品中表现作者的思想感情而创造出一种形象。

文学典型

文学典型，也称为典型性格或典型人物，是一种符合人类审美理想的范式，一种高级形态的文学形象，一种在写实型作品中所呈现出具有丰富意蕴和审美魅力的人物性格。

文学典型具有两种"特征"。第一，文学典型非常生动、具体和独特；第二，文学典型表现出深刻和丰富的内在本质。"特征"是生活现象和本质的凝聚点，一般与个别的重合，形与神的统一，意象与情理的交融。作家在创造典型时，应该准确地捕捉到这个"凝聚点"，并加以扩大、强化和生发，从而塑造出成功的文学典型。

范 式

范式主要是指常规科学所赖以运作的实践规范和理论基础，是指从事某一科学的研究群体所共同遵守的行为方式和世界观。范式的概念和理论由美国著名科学哲学家托马斯·库恩首先提出。库恩指出："按照既定的用法，范式就是一种公认的模式。"范式有三个基本特点：首先，范式在一定程度上具有公认性；其次，范式是一个由基本定律、应用、理论以及相关设备等构成的一个有机整体；最后，范式为科学研究提供了成功的先例。库恩的范式论归结底是一整套理论体系。库恩对范式的强调促进了心理学的理论研究。

文学典型的艺术魅力具有四方面审美效果：第一，文学典型是按人自身的生命形式创造的艺术形象，因而具有一种特殊的艺术魅力，并具有"直观自身"的审美价值。第二，典型具有一定的真实性，并含有深刻的历史意蕴，通过真实描写现实的关系和卓越的个性刻画来揭示出政治和社会的真理。第三，文学典型是人类根据审美理想创造的艺术最高形态，它不仅仅是自然形态，而且是符合人类愿望的审美升华物。第四，文学典型塑造具有独创性的魅力。文学典型是古今唯一的，并且以鲜活的生命形式呈现出独特性。

典型环境

在文学作品中，读者能够感受到现实所存在的关系、人物的真实风貌和人物所生活的环境，这三方面构成了作品中的典型环境。

典型环境有两种，一种是用个别性反映出特定历史时期社会情势的大环境；第二种是由历史环境所形成的个人生活的具体环境。典型环境是文学作品中重要的组成部分，它不仅描述人物活动和故事发生的场所，而且还表现出时代风貌、阶级状况、社会制度和人与人间的关系。任何人都生活在一定的社会现实中，典型环境能产生典型性格，而在典型环境中塑造典型性格，就能表现出典型的社会基础，从而产生典型的社会意义。

历史唯物主义对文学典型的分析主要以马克思和恩格斯为主，他们提出了"真实地再现典型环境中的典型人物"的命题，这为丰富典型理论作出了重大贡献。18 世纪，法国启蒙思想家狄德罗认为，"人物的性格要根据他们的处境来决定"。自然主义者左拉也认为在文学创作中"要让真实的人物在真实的环境中活动"。

典型环境是文学作品中典型人物得以存在的现实基础，典型环境如果缺失，那么典型人物的行动、言谈甚至心理都丧失了针对

恩格斯

象发展，以此强化人的感受和表达能力，让文本中所表现的内容显得直观、感性和深刻。

在文学领域中的象征意象，不仅是特殊的表现方式，也是把意象作为艺术主体的一种思维过程。可见，文学象征意象是表达文本意思之象，主要表达作者的观念和哲理，用象征作为基本艺术手段，而且具有荒诞性和审美求解性的艺术形象。

象征意象具有特殊的意指性和隐喻功能，能够表达出人们的复杂情感和用一般语言所难以言尽的意志理念。文学象征意象及其隐喻的内蕴变化，往往展示着某一时代文学精神和内在特质的变化，也体现了人们"理智与情感的复杂经验"。

文学象征意象的基本艺术特征是：首先是哲理性，即文学象征意象所表达的"意"，也就是人们在社会实践中形成的对事物进行哲理性的思考。其次是象征性，这是文学象征意象的基本表现手段。再次是荒诞性，这是文学象征意象的形象特征。最后是求解性，这是文学象征意象的审美特征。因为创造文学象征意象的主要目的是表达人们的哲理或观念，那么欣赏象征意象艺术的过程，就成为不断追问和求解的审美鉴赏过程。这种审美求解的过程有点像猜谜活动。当文学象征意象以不合常理的形象展现在人们眼前时，就会让人一接触它，头脑中就会产生疑问。

性和依据。而且，典型环境是形成典型人物性格的基础。可见，所谓典型环境，就是在文中形成人物性格"并促使他们行动"的客观条件。

文学象征意象

所谓象征，就是用具体事物来暗示那些不可见也不可理会的事物，人通过这些事物产生联想，从而在象征的主体与客体之间展现出相似性，这些陌生的事物就会向已知的意

意　境

人们在阅读抒情性的作品时，脑海中会呈现出虚实相生、情景交融、体现生命律动和无穷韵味的诗意空间，这种空间就叫做意境。在文学文本中，典型若是以单个形象出现，意境则是用若干形象统一成整体而形成的形象体系。"意境"一词有三种习惯用法：首先是泛指文学作品中的一种抽象界域；其次是泛指人们在各种不同的阶段所拥有的修养造诣；最后是指作者所描写的自然或者人文景物。

诗　学

"诗学"二字原本的意思是"论诗的技艺"。根据古希腊文的词源意义，"诗"有"创造"的含义。"诗"的创造，即指创作一切艺术。艺术属于创造知识，是用塑造艺术形象的方式来再现特殊的事物，并从中显示普遍的情感、活动和意义。可见"诗学"就是研究艺术即创制知识的学问。关于诗学，其代表作是古希腊哲学家亚里士多德的文学和美学作品《诗学》。《诗学》成书于亚里士多德游历外邦返回雅典

亚里士多德和柏拉图

之后，是他成熟时期的哲学思想结晶。《诗学》中主要研究文学创作，尤其研究古希腊古典文学中的悲剧。在《诗学》中，作者认为艺术的本质主要是模仿，诗歌就是模仿可然性

和必然性规律，并认为诗歌比历史更加真实。

《诗学》

《诗学》成书于亚里士多德游历外邦返回雅典之后，是他成熟时期的哲学思想结晶。《诗学》现存的文本是亚里士多德的讲义或其门生的笔记，书中内容具有严密论证的简洁风格，但有些论述比较难以理解。公元 6 世纪，《诗学》译成叙利亚文，10 世纪时被译成阿拉伯文，现存最早的《诗学》抄本是拜占庭人在 11 世纪所抄写的。文艺复兴时期，《诗学》对西欧文学与美学思想的影响越来越强烈，尤其是西欧古典主义美学与文学把它奉为经典。《诗学》主要论述了艺术本性、悲剧意义和艺术功用这三个艺术哲学问题。《诗学》有三个主要美学思想，即模仿说、悲剧论和净化说。

现存的《诗学》一共分为 26 章，内容分为三部分：第一章到第五章主要论述艺术的模仿本性，并区分各种艺术形式，还追溯了艺术的起源、历史和发展。第六章到第二十四章及第二十六章主要论述悲剧的构成要素和特征，并对悲剧和史诗进行比较。第二十五章主要是批评家对诗人的指责，并提出反驳的方法与原则。

叙事学

20 世纪初，西方兴起了叙事学，在叙事方面进行了比较完备的理论探讨。在结构主义和俄国形式主义对文学的双重影响下，叙事学产生了。结构主义强调从语言的内在结构上去考察语言，这对叙事学的产生起到重大影响。俄国形式主义者发现了"情节"和"故事"之间的差异，"故事"即作品描写所有按实际时间顺序排列的事件，"情节"是指事件在作品中出现的实际情况。"故事"和"情节"的概念用来指代作品的素材和表达形式，大致勾勒出故事与话语两个层面，以此突出叙事作品中的技巧。1969 年，法国学者托多罗夫提出"叙事学"的名称，主要研究叙事和叙事文本。"叙事学"在不同词典中有着不同的定义，它在新版《罗伯特法语词典》中的定义是："关于叙事作品、叙述、叙述结构以及叙述性的理论。"而"叙事学"在《大拉鲁斯法语词典》的解释则是："人们有时用它来指称关于文学作品结构的科学研究。"

可见，叙事学就是关于叙述文本的理论，重视研究文本的叙述结构和对叙事文本进行技术分析。叙事学的研究对象局限于神话、民间故事和小说等，它们是以书面语言作为载体的叙事作品。叙事学早期关注的是神话和民间故事，主要的研究目标是"故事"。叙事学发达之后主要研究小说，关心"叙事话语"。叙事学的主要代表人物有普罗普、格雷马斯、列维·斯特劳斯、布雷蒙德、巴特等人。

文学接受

读者作为主体对文学文本进行阅读时，会尽力把握文本内容的深层意蕴，并进行积极能动的阅读和再创造活动，这种有意识的活动就是文学接受，它是读者在自身的审美经验基础上，主动对文学作品的价值、属性和信息进行接纳、选择或抛弃。文学接受的主要形式有文学欣赏、文学阅读、文学批评、文学研究等，并以阅读与欣赏为主。文学接受的四大属性为审美属性、认识属性、价值诠释属性和交流属性。

期待视阈

期待视阈，最初是由接受美学的创始人之一姚斯在《走向接受美学》中提出来的。期待视阈是指读者在接受文学之前或者在阅读文学作品的过程中，由于读者文学阅读经验和个人生活经验等复杂原因，作为接受主体的读者形成一种阅读文本的固定结构图式。期待视阈，也称为期待视野，主要指"读者在阅读理解之前对作品显现方式的定向期待"。它包括人们在以前审美经验基础上的文学期

莫奈的画

文学消费

文学消费有广义与狭义两种含义。文学消费在广义上与"文学生产"相互对应，是欣赏主体对于文学生产特定的结果。也就是说，文学消费既包括人们阅读和欣赏文学作品的活动来满足自身精神需求，又包括购买和占有文学物化形态的活动。

文学消费在狭义上专指精神消费，也就是读者阅读和欣赏文学作品。当然，在狭义上文学消费也专指对文学作品进行购买和占有的消费现象。可见，文学消费是人们为满足自身文化、审美和娱乐等精神需求，从而占有、利用、阅读或欣赏文学产品的一项活动。如果文学创作是艺术生产活动，那么读者阅读和欣赏文学作品的过程则是精神上的消费。文学消费是阅读和欣赏文学作品的活动，它不是孤立的活动，而是文学创作活动的预期后果，是从作者到作品再到读者这一完整的文学过程中的重要环节。

待视野和在人们在日常生活经验基础上的生活期待视野。

接受美学认为，如果一部作品与读者已有的期待视阈相符合时，这部作品就会将读者的期待视阈对象化，读者就会迅速理解作品内容。从文学接受动机出发，期待视阈可分为三大类，即文学的期待、生活的期待和价值的期待。文学的期待是指读者用文学的眼光审视文本时，所产生的对文学文本的审美特质或艺术形式的期待，包括期待作品的

文学性、作品的文体、结构技巧、表现方法、语言特点和艺术感染力等方面。生活的期待是指读者期待作品所表现的生活内容和意义，在这里求知动机起到主要作用。文学作为人类文化形态，作家在作品中所表达的生活情感和情绪，读者有可能没有这方面的体验和体会。于是，读者必然对此产生缺失感，这种缺失感就产生某种生活的期待。可见，生活的期待是将文学活动纳入生活领域，是期待文学作品中所表现的生活内容和蕴涵。价值的期待是指读者期待文学作品的整体价值，此时批评动机起到主要作用。读者在读文学作品之间或之后都会对其作出一定的评鉴，这与读者自己的文化水平和书籍本身的一些客观形象有关系。

接受动机

接受动机，即当读者阅读文学作品时，让读者进行阅读接受活动的心理驱动力。读者在阅读文学文本时，会产生一定的期待，而在这种期待中就会获得相应的信息，而不同的接受动机就会对此产生极大影响，也会影响读者的期待视阈。根据阅读者对文学文本的不同需求，接受动机可分为审美动机、求知动机、受教动机和借鉴动机等。

读者在阅读文本时产生一定的欣赏能力和审美需要，而审美动机就是在审美需要的基础上产生的，并且根据特定的审美对象产生的一种阅读下去的心理动力。审美动机对于读者来说，具有两种重要功能，即指向和调节阅读时的审美活动。另外，除了有意识的审美动机外，审美定式和审美意向都是无意识的审美动机。审美定式是读者对审美活动具有的准备状态，有预先指向的特性。审美意向是读者没有明确意识到的审美需要，这与读者的审美经验与习惯有关。

求知动机是指任何读者在阅读作品时都会产生一定的好奇心和求知欲望，这种求知

经典特征

作为理论术语，经典有如下特征：首先，从本体上来看，经典既是原创性文本与独特性阐释的结合体，又是阐释者与被阐释者文本之间互动的结果。经典通过个人独特的世界观和不可重复的创造，凸显出丰厚的文化底蕴和人性内涵，提出关于人类精神层面的根本性问题。

其次，在存在形态上，经典具有开放性、超越性以及多元性的特征。经典注重人的主体性，是公众话语与个人言说、意识与无意识以及理性与感性相结合的产物。

再次，从价值定位看，经典必然成为民族语言和思想的象征符号。如莎士比亚之于英国和英国文学，普希金之于俄国与俄国文学，他们的经典作品远远超越了个人意义，而上升成

莎士比亚

为一个民族，甚至是全人类的共同标志。

欲望是读者认识客观事物的内部动力。求知动机以获取知识为需要，以理解和掌握知识作为目标，人的认知内驱力是从好奇中产生的。一般说来，读者对作品会产生一定的好奇，所以就会导致探究、研究和学习作品中的内容等求知行为，从而产生求知欲望。受教动机是指读者在遇到经典作品时，意识到自己所懂的知识太少，于是准备从作品中吸取自己所需要的思想或做事的方式，并听从作品中的知识和讲解，从而达到能够让自己获得成功的方法，就好像受到作者的教育一样，所以被称为受教动机。借鉴动机是指读者在看到作品时，会把作品中的人或事当成参照物，从而对照自己的言行，从中吸取经验、教训和益处，以便取长补短，丰富自己。

预备情绪

预备情绪，最初是由波兰现象学家英加登提出的。预备情绪是一种人们在阅读之前的审美心理状态。读者在阅读之前出现了预备情绪，这让读者由关注现实从而跃进为对文本的接受，此时读者真正进入到文学接受的过程。预备情绪具有审美性、朦胧性和期望性的特点。首先是审美性。文学作品中的内容富含某种特殊的性质，而这种性质正好能够打动读者的内心，于是让读者产生一种最初的审美情感。其次是朦胧性。读者对文学作品产生最初的审美情感是停留在直觉和感觉层面的，此时读者与文学作品的情感交流正处在萌芽状态，从而产生一种对文学文本朦胧理解的状态。最后是期望性。读者欣赏文学作品时会产生一种冲动与期望，即掌握文学作品的审美特质，想要深入体验文本的审美特性来满足自己的审美需求，从而扩大由阅读文本而带来的喜悦。

那么，预备情绪是如何产生的呢？从阅读时间来看，读者接受一部艺术作品需要经历三个阶段，而第一阶段就称为"预备情绪阶段"。这种预备情绪是由作品给读者造成的。在文学作品中，词语的奇妙的组合会引起读者的独特情绪。这种独特情绪被称为"预备情绪"，是因它引起了接受者的审美态度。作品在读者和现实世界之间产生一种"离间效果"，这种效果让读者进入"审美孤寂"，从而也唤起读者的"预备情绪"。这种预备情绪让读者在作品中切断同过去和未来之间的联系。这个中断是由作品物性特质的"纯粹呈现"所形成的。例如在文学作品中，词语本身不再是知识、观念、观点和逻辑推论等的字符，而是能够唤起人们的想象并远离日常生活的状态。读者沉浸在文本的内容情感中，所产生的审美态度就是读者的预备情绪。

共　鸣

共鸣，是读者鉴赏文学作品中产生的复杂而常见的现象。当读者阅读文学作品时，作家通过作品中所刻画的形象产生出的艺术风格打动读者的心，从而引起读者思想感情的激荡。这种现象，即文学鉴赏中的共鸣现象。

共鸣是一种精神现象，在读者鉴赏文学作品时，读者的思想感情与作品的情感意蕴达到相同状态，从而产生心灵的共振。共鸣现象的产生一般有以下两个方面的原因：第一方面，作品本身具有的审美价值和艺术特质是引起读者共鸣的重要原因。一般来说，艺术上具有较高水准的文学作品，能产生强烈的艺术感染力，让读者在阅读时不知不觉地就进入作品中的境界、氛围和情调，并被作品的情感所打动、征服和支配。第二方面，读者对作品内容的期待与文本欣赏对象达成某种心灵的感应和认同。

鉴　赏

鉴赏是指人们对艺术形象进行感受、理解和评判的思维过程和活动。人们在鉴赏中的思维活动和感情活动首先从艺术形象的具体感受出发，进而实现由感性阶段上升到理性阶段的飞跃。鉴赏既受到艺术作品的形象和内容的制约，又根据鉴赏者自己的思想感情、艺术观点、生活经验以及艺术兴趣对形象进行补充和丰富。不同阶段、不同民族、不同时代的人，甚至是同一时代同一民族，以及所处相同阶段的人，由于生活习惯、思想感情、经历以及艺术修养、艺术感受能力的不同，在鉴赏上常常会出现相反的评价和感受。

文学批评

　　当读者在看一部文学作品时，就会自觉或不自觉地对其产生文学批评。文学批评是一种人的理性评价认知活动，其主要研究对象是以文学文本为核心，兼顾对其他文学活动，如文学思潮和文学现象等进行理性的以语言为工具的分析，也可以说是对文学文本进行一种从抽象至理性层面和从艺术至技术层面进行评价的精神性活动。可见，文学批评是在读者接受了文学作品的基础上，用特定的理论和方法，对各种文学现象进行研究和评价的文学活动。

　　文学批评具有特殊的意义。首先，文学批评对作家有重要的规范和引导作用。其次，文学批评可以让读者更加深入地了解作品，影响和塑造读者的文学价值观念。最后，文学批评通过分析作品，从而表达某种理想和价值观念。

批评模式

　　人们对文学的认知观念、理论术语和批评方式都具有一定的差异，这种差异体现在文学批评的不同结果上，这种体现就是批评模式。文学批评具有不同的侧重角度，所以文学批评模式大概分为四种类型，即文本系统、作者系统、读者系统和社会历史系统批评模式，而且在每一种系统下，又有许多不同的具体模式。

　　普遍来说，文学批评的模式分为传统批评模式和现代批评模式。传统批评模式分为伦理道德批评、社会历史批评和审美批评。首先是伦理道德批评：伦理道德批评是最早兴起而又具有深远影响的批评模式，它是以一定的道德意识及社会伦理关系作为规范来评价作品，以善和恶作为基本范畴来决定取舍批评对象。伦理道德批评注重实现文学作品的伦理价值和道德教化。其次是社会历史批评：社会历史批评强调文学作品与社会生活之间的关系，文学再现生活，因此文学作品的主要价值在于社会认识功能和历史意义。最后是审美批评：审美批评注重鉴赏文学作品中的美、美的构成和作品的审美价值，强调作品中娱乐和愉悦身心的作用，把文学作品看做是超越真、善而形成的美的鉴赏物，把作品看成是"超功利"的审美对象。

　　现代批评模式分为心理学批评、语言学批评和文化批评。首先是心理学批评：心理学批评是对作家的写作心理及在作品中刻画的人物心理进行分析，从而探求作品所要体现的真实意图，以获得作品的真实价值。其次是语言学批评：语言学批评即用语言的表述取代原来的纯粹理性批评分析。最后是文化批评：文化批评不是成型的流派或模式，而是一种运用文化含义对文本进行深入分析的模式。

俄国形式主义

　　20世纪第一个对世界产生影响的批评模式，就是俄国形式主义。俄国形式主义以胡塞尔的现象学和索绪尔的语言学为理论基础，而未来主义和象征主义是它得以实现的基础。俄国形式主义反对把文学的本质看成是社会、时代或作家心理的一种投影，它认为作品一旦完成就进入自身的规律，而不再与作家的意志和情感产生关联。俄罗斯形式主义的组织形式是"莫斯科语言学学会"和"彼得堡

莫斯科大学

觉，在感觉生活的过程中产生一种审美快感。如果读者的审美感觉过程很长，那么文学作品就具有较强的艺术感染力，在创造作品中使用这种陌生化的手段就会增加感受艺术形式的难度，从而拉长读者的审美欣赏时间，并延长读者的审美过程。总之，俄国形式主义在文学批评上具有独特的见解和强烈的反传统色彩。

诗歌语言研究会"，这两个学会的成员大多为莫斯科大学和彼得堡大学的学生。俄罗斯形式主义重视文学的语言形式，认为文学性是文学的根本，而文学性存在于语言形式之中。

俄国形式主义有三个文学理论主张。首先，文学研究的主题是文学性；其次，艺术的内容不能脱离艺术形式而独立存在。最后，"陌生化"是艺术加工和处理的基本原则。所谓"陌生化"，即通过创造性手段将正常感觉的对象进行重新构造，从而扩大认知文本内容的广度和难度，不断带给读者新鲜感。

俄罗斯形式主义认为文学价值在于让人们通过阅读文学作品，从而恢复对生活的感

形　式

形式的概念最早被古希腊学者亚里士多德使用。培根沿用并赋予其新的内容。在亚里士多德看来，形式、质料和具体的事物都是客观的实体，有时甚至唯有形式才是实体。培根则认为只有物质性的事物才能叫做实体，形式则叫做物质的结构。他坚持形式与性质是不可分的。此外，他还在《新工具论》中明确指出：形式"正是那些支配和构造简单性质的绝对现实的规律"。他认为形式是物体性质的内在根据和基础，是物质内部所固有的本质的力量。物质之所以千差万别，就是由于形式决定的。所以人们只要认识和掌握了形式，就能在相异的实体中抓住事物的统一性，进而可以获得真理，在行动上获得自由。

结构主义

20世纪60年代，法国涌现出一种具有极大影响的社会思潮，并在极短的时间内影响到许多学科，这种思潮就是结构主义。结构主义的代表人物有列维·斯特劳斯和福柯等人。索绪尔的"共时性有机系统"语言概念、雅各布森的语言学——诗学研究和格式塔心理学派的"感知场"概念都是结构主义的理论根源。

结构主义有两种理论特征。第一，在一个研究领域中，需要找出规律，这种规律不需要向外面寻求解释说明，并建立起自己能够解释本身的结构。第二，从自身找出来的实际结构需要能够被形式化，并形成公式而应用这种演绎法。这种从自身寻找出来的"结构"需要三个要素：整体性、具有转换规律或法则和自身调整性。结构主义不是传统意义上单纯的哲学学说，而是人们在各自专业领域里共同应用的研究方法，它的目的就是让社会科学和人文科学如同自然科学一样具有精确化和科学化。

结构主义的研究方法有两个基本特征。第一个基本特征是强调整体性。整体对于局部来说，具有逻辑上的优先。任何事物都是由复杂部分所组成的统一整体，任何一个组成部分的性质只有在一个整体的网络中才能被理解，即与其他部分相联系才能被理解。结构主义方法认为，只有解释存在于部分之间的关系才能正确解释整体和部分。可见，结

福　柯

构主义方法力图研究联结诸要素关系的复杂网络，而非研究整体的诸种要素。第二个基本特征是强调共时性。文本是一个语言系统，这种系统内部各要素是相互联系和同时存在的，所以作为语言系统的文本具有共时性。

原型批评

批评家从后世的文学作品中解读出原始神话的原型，这种原型痕迹的流露形成了一种文学批评，即原型批评。原型批评的主要创始人是加拿大的诺思洛普·弗莱，他在1957年发表了《批评的剖析》，集中阐释了神话原型的批评思想。弗莱认为，文学起源于神话，神话中包含并蕴藏着后代文学发展中的一切形式和主题，所以神话是文学的原型。弗莱认为，神话主要是《圣经》故事和古希腊、古罗马的神话故事，其中《圣经》就是最丰富的神话故事全集。从文学的视角看《圣经》，

诺亚方舟的故事

它是用神话的方式来讲述人类生存的全部历程，即从创世到末世，再到获救。因此，《圣经》的宏伟想象是后世文学想象的集合和母胎。《圣经》用文学方式和隐喻语言全方位关照了人类的生存基本方面，如担心人们的饮食、性的焦虑、行动自由和财产等方面。另外，神话也关心人类的自身产生、发展和归宿，这是神话对人类精神方面的关怀。

在文学批评过程中，原型批评尝试发现文学作品中反复出现的意象、人物类型和叙事结构，并找出这些形态背后的基本形式。原型批评家强调作品中的神话类型，认为这些类型同具体的作品比较起来，它们是更为基本的原型，并且深化这一系列的原型，将它们广泛应用于对作品的分析、阐释和评价上。20世纪60年代，原型批评达到高潮，并对文学研究产生重要的影响。但在70年代后，随着结构主义批评的兴起，原型批评逐渐失去影响。

女权主义批评

女权主义批评是随着西方女权主义运动而兴起的一种文学批评模式。20世纪60年代末70年代初的欧美，女权主义文学批评诞生。女权主义关注女性的生命，也将关注的目光投向弱势的生态、残疾人等。女权主义者认为，先天生理因素不能决定女性气质的形成，而是由后天的文化强制形成女性气质，历史上的女性因为经常被置于男权的阴影中而不能正常显现自己的优势，所以主张应该重新认定女性和女性文学。

女权主义批评借鉴各种批评话语，形成了广泛的影响，不过个别批评者也有着由于急于颠覆传统观点而带来的偏颇。女权主义批评是以妇女为中心的批评，包括妇女形象、女性阅读和女性创作等研究对象。女权主义批评要求以女性的视觉重新对文学作品进行解读，猛烈批判在男性文学中歪曲的妇女形

女权运动

西方的女权运动是随着欧洲封建文化对西方人精神的束缚逐渐松动而开始萌芽的。女权运动者的初衷是：无论男女，自然、造物者和法律对人来说都是公平的。妇女在生活、自由和对幸福的追求上具有与男子同样的权利。英国是女权运动的发源地。1914 年 1 月 11 日，伦敦一个女权运动者冲向白金汉宫，向英王乔治五世请愿，这个事件代表着女权运动进入了飞速发展的时期。美国妇女选举权协会于 1869 年成立。20 世纪初，女权运动在欧美国家广泛开展。作为一种社会文化现象，女权运动是建立在相应发达的社会物质文明基础上的，但同时它也带动了社会文化尤其是人权运动的发展。70 年代后，新女权运动从美国波及到欧洲以及日本、加拿大等国。 联合国曾宣布 1975 年为国际妇女年。

女权主义者安里西·哥内留斯·阿格里帕

象，努力探讨文学中的女性意识，并研究女性特有的写作和表达方式，以及女作家的创作状况。女权主义批评声讨以男性为中心的传统文化对女性创作的压抑，提倡女性主义写作方式。女权主义批评广泛改造和吸收了新马克思主义、解构主义、精神分析和新历史主义等批评思想，增强了颠覆父权中心文化的特性。

大体上，女权主义批评分为法国派和英美派。另外，女同性恋和黑人所提倡的女性主义批评，也用独特的视角和内容丰富了女权主义批评的内容。

新历史主义批评

20 世纪 20 年代，新历史主义批评诞生，这是与传统历史主义批评相对应的一种批评模式。

"新历史主义"这一术语最早见之于格林布莱特 1982 年为《文类》杂志"文艺复兴研究专号"写的一篇导言。新历史主义的特征主要是受惠于福柯的解构主义哲学思想。新历史主义批评关注的焦点是"过去和现在""双向"的辩证对话，通过观察普通人的生活、信札等历史的细节，来注重并揭示出在一定历史时期，文学文本意识形态的分裂状态。新历史主义批评开拓了文学研究的视野，但缺乏从宏观、整体的文学史来观察写作的内容。

新历史主义是反驳如形式主义、结构主义等仅仅强调文学本体论的批评思潮，它是对历史文本加以解释和政治解读的"文化诗学"。新历史主义批评主张在文学研究中加入历史的考察，更认为文学和历史之间并不存在"前景"与"背景"的关系，两者的关系其实是相互作用和影响的。

新历史主义批评强调文化与文学之间的联系，认为文学是属于文化的大网络，并重点考察文学与权力、政治之间的复杂关系，认为文学是社会意识形态作用所产生的结果，同时也参加塑造文学的意识形态。新历史主义在批评实践上带有明显的跨学科特征。比如，把文学文本与书信、宣传手册、游记、医学报告甚至绘画等文本放在一起来加以细读和分析，文学打破了自身统治的界限，从而进入到同其他文化文本进行对话和循环之中。新历史主义批评家中比较具有代表性的有格林布莱特、多利莫尔、蒙托斯、海登·怀特和维勒等人。

后殖民主义批评

在二战之后的冷战和后冷战时期，欧美资本主义国家对"落后"的民族和国家实行文化围剿和渗透的侵略政策，这种侵略政策表现为文化霸权主义、文化殖民主义和文化帝国主义。后殖民主义的理论就是考察昔日欧洲帝国殖民地的文化，如文学、政治、历史等，以及殖民地区与世界各地的文化话语权力关系，并研究种族主义、文化帝国主义等新问题。后殖民主义有多种批评方法，主要采用女权主义、解构主义和后现代主义的方法，以此揭露帝国主义对第三世界进行文化霸权的实质，从而探讨在"后"殖民时期，东、西方之间由"对抗"到"对话"的新型关系。

后殖民有两种含义。第一种含义是时间上的完结，即已经结束了从前的殖民控制。第二种含义是意义的取代，即不再存在殖民主义，它已经被取代。当然，旧殖民者的离开，并不意味着殖民主义的结束。帝国主义对第三世界国家表现为现代的"殖民化"，如在经济上，对第三世界国家进行资本经济上的垄断；在社会和文化上，对第三世界国家进行"西化"

的文化渗透，即移植西方的文化习俗和生活模式，从而瓦解和弱化第三世界国家居民的民族意识。在第三世界的许多地方，跨国资本主义有意识地影响当地现代化的进程，如发展当地技术和经济，建立教堂、学校和医院，并培养知识分子群体。以上这些行为在不同程度上缩小了宗主国和边缘地域之间的差别，稍微软化了帝国主义的强硬统治。可见，现代"殖民化"更具有欺骗性和隐藏性。

总之，后殖民主义批评理论主张消解中心，倡导研究多元文化，强调批判意识形态话语和文化政治，它的主要观点就是批判"东方主义""文化帝国主义""西方神话"和"东方寓言"等。

西方文学
XIFANG WENXUE
YI BEN TONG

文学术语

　　从普遍意义上来说，术语是各门学科中的专门用语。术语是由词或词组组成的，用来正确记录科学、艺术和社会生活等专门领域中的事物、现象、特征和过程。术语有四个特征，即专业性、科学性、单义性和系统性。专业性是指术语是在各行业中专门用来表达特殊概念的词语，因此在有限的通行范围内，使用者较少。科学性是指术语的语义非常准确，不存在模糊或相似的概念。单义性是指术语在某一特定专业内的含义是独特的，不被替代的，但也有某些术语从属于两个或更多的专业。系统性是指只有在整个专业的概念系统中，术语才能被加以规定。

　　西方文学创作中的术语包含很多种类，如人物形象、修辞技巧、原则结构和文字音韵等，这对人们鉴赏西方文本内容提供了丰富的理论基础，同时也让欣赏者从中发现文学创作的科学性和可持续性。

人物形象

文学创作中的人物形象，一般是以生活中的某一个原型为基础，加上作者的概括、想象和虚构而成。人物形象具有典型化和脸谱化，通过文学创作的发展，逐渐形成系列形象而获得创作者的认同。人们通过不同的西方文本高度概括出以下人物形象，如英雄、硬汉子、多余人、黑人性等，这对日后的文学创作提供了形象的创作范本，并且为人们深入了解西方文学提供了更多素材。

拜伦式英雄

"拜伦式英雄"是指19世纪英国浪漫主义诗人拜伦在其作品中所塑造的一系列富有叛逆精神的主人公形象。这些英雄人物大都出自于拜伦的《东方叙事诗》。在《东方叙事诗》中，出现了一大批侠骨柔肠的硬汉，他们当中有海盗、被放逐者、异教徒，大都是高傲、孤独而又倔犟的叛逆者。这些人与当时罪恶的社会势不两立，想要孤军奋战与命运斗争，追求自由，但最后总是以失败而告终。拜伦通过这些形象表现出对社会的反抗精神，同时也反映出自己内心的忧郁、孤独和彷徨。由于这些人物形象具有作者本人的思想特征，因此被称为"拜伦式英雄"。

拜伦著名的抒情长诗《恰尔德·哈洛尔德游记》中的哈洛尔德，《东方叙事诗》之一《海盗》中的主人公康拉德，哲理剧《曼弗雷德》中的主人公曼弗雷德等就是这样的人物形象。这类人物形象的思想性格具有矛盾性：一方面，他们追求幸福

拜伦

的生活，有着火热的激情、强烈的爱情，以及超凡的性格。他们敢于蔑视现行制度，勇于和社会罪恶势力作斗争，立志复仇，所以，他们是罪恶社会的反抗者与复仇者。从这一点上看，这类人物形象是具有进步意义的。但另一方面，这些人物又傲世独立，行踪诡秘，好走极端。他们进行斗争的思想基础是自由主义和个人主义，在斗争中单枪匹马，脱离群众，没有明确的目标，这又往往会给读者带来消极的影响。

俄国诗人普希金和文艺批评家别林斯基都曾指出"拜伦式英雄"思想上的弱点及其危害性。

拜伦与"拜伦式英雄"

在19世纪欧洲浪漫主义诗人当中，拜伦的世界观表现得最为矛盾。他既是一位坚强勇猛的战士，又是一个十分突出的个人主义者。他一再揭露狡诈残忍的资产阶级的罪恶，但一直没有明确的政治方向；他一方面支持被压迫民族的解放斗争，另一方面，又表现出轻视人民群众、高居群众之上的思想；他热情洋溢地讴歌自由，却总是散布愤世嫉俗、悲观绝望的情绪。可以说，世界文学史上著名的"拜伦式英雄"，正是对拜伦本人世界观矛盾最形象的概括。

浮士德精神

"浮士德精神"是德国作家歌德在其诗剧《浮士德》中以艺术手段对时代精神作出的一种提炼与概括。浮士德的一生，先后经历

了知识追求、爱情追求、政治追求、古典美的追求和事业的追求五个阶段。这五个阶段都有其现实依据，高度浓缩了从文艺复兴至19世纪初期的几百年间，德国乃至整个欧洲资产阶级探索和奋头的精神历程。按照赌约的规定，浮士德输了，肉体被毁灭，灵魂则应交付给魔鬼靡非斯特；然而，他一息尚存，就要苦苦探求人生，努力进取，永远都不满足。他力图最大限度地释放生命，进而升腾为一种永不毁灭的"浮士德精神"。因此，其最终的结局是一群天使护卫着浮士德的灵魂升入天界，并且伴随合唱："凡是自强不息的人，到头我辈皆能救。"这表明了歌德对于浮士德追求过程本身的肯定。歌德以此来暗示：人类并没有追求的终极目标，一个人所能达到的极致和最高成就，就在于他自强不息的具有创造性的生活本身；人类社会的进步和发展，就在于人们自身孜孜追求、代代传承的这种"浮士德精神"。不断超越、不断前进，正是人生的价值所在。

"浮士德精神"为西方思想家从宏观上对西方文明进行思考和探索提供了新的途径。但是，歌德把社会发展的源泉归根于人类自

浮士德

强不息、开拓进取的精神，带有浓厚的历史唯心主义色彩。

维特热

歌德的《少年维特之烦恼》发表以后，在德国乃至全欧洲掀起了一股效仿维特的热潮，这种现象被称为"维特热"。

小说主人公维特是18世纪德国进步青年的形象，是觉醒了的一代青年的代表人物，其性格非常具有典型意义。那些对现实不满、渴望美好生活、试图探求人生价值的青年在维特身上找到了共鸣，因此，小说一经出版就受到了狂热的欢迎，并被译成多种文字而风靡整个欧洲。《少年维特之烦恼》被看做是狂飙突进运动中最重要的小说，在当时获得了相当高的发行量，"维特热"由此掀起了高潮，就连歌德本人也没有预料到这部作品能获得如此大的成功。《少年维特之烦恼》的成功不仅仅是一种流行现象，用歌德的话来讲："这本书的影响是巨大的、惊人的、非常好的，因为它产生得正是时候。"

广大青年效仿维特，身穿蓝色的燕尾服、

魔鬼靡非斯特

在《浮士德》中，魔鬼靡非斯特是与浮士德对立的反面人物，是否定精神追求的代表、恶的化身。歌德在塑造这一形象时，把阻碍资本主义发展的一切罪恶都概括在他的身上。靡非斯特否定理性，否定人的努力，不相信人的向善。他利用浮士德迷恋尘世的一面，企图引诱他走向堕落。他深知业已存在的社会弊端，一方面尖锐地揭露社会的罪恶，一方面却又制造罪恶加害于人。

但是，靡非斯特形象否定之中也有肯定，歌德从磨砺和激励人的方面，肯定了他的作用。他与浮士德订立契约，无异于激励浮士德不向罪恶屈服而向善的境界勇敢前进。因此，靡非斯特这一形象是"作恶造善的一体"。

歌德的卷头诗

在"维特热"风行之际，它的一些负面影响也随之产生，一些青年竟然效法维特，轻生自杀。社会上一些歌德的反对者趁机大做文章，诬蔑歌德的创作，说他将青年一代引向歧途。歌德本人也为此痛心不已，他在该书再版时写了一首诗印在卷头："青年男子哪个不善钟情？妙龄女子有谁不善怀春？这是人性中的至纯至真，为何从此总有惨痛飞迸？……请看，他出穴的精灵在向你告白，做一个堂堂的男子汉，不要步我后尘。"从此以后，就再也没有自杀者出现。

黄背心，脚穿皮靴。他们还按照小说中所描述的场景装点着茶壶、茶叶罐、咖啡壶、杯子以及饼干盘。对于当时的有教养的市民来说，喝茶、喝咖啡的时间是接触文学的最美好的时刻。为了记录"维特热"，在韦茨拉尔，除了一本第一版《少年维特之烦恼》外，被展示的还有它的模仿作品、戏仿作品、争鸣文献以及多种文字的翻译本。"维特热"表明歌德的创作具有划时代意义，它使德国文学第一次在欧洲乃至世界产生了巨大而深远的影响。

席勒式

18世纪德国的浪漫主义作家席勒的剧作对后世影响很大。恩格斯称他的剧本《强盗》"歌颂一个向社会公开挑战的豪侠青年"，《阴谋与爱情》则是"德国历史上第一部有政治倾向的戏剧"，这些都得到了文学界的肯定。

但是席勒的剧作也有

其缺点，主要是他的作品中都不同程度地存在着违背生活逻辑、让人物单纯地宣讲作者政治理想、人物缺乏性格真实等现象。这在《唐·卡洛斯》中表现得尤为突出。这种创作方式是席勒美学思想的必然产物。席勒侧重于表现观念理想，强调用主观的方式写作，这为他的作品增添了抒情色彩及动情效果，但同时也影响了其作品的社会历史真实性。

"席勒式"是马克思在《致斐·拉萨尔》信中评论其历史剧《济金根》时提出的一种说法。马克思针对拉萨尔在剧作中对于观念的图解，明确指出："我认为，你最大的缺点就是席勒式地把个人变成了时代精神的单纯的传声筒。"所谓的"席勒式"，主要是指作品中缺少生活真实性，而只是单纯追求抽象的时代精神，从而使作品中的人物变成了这种精神的单纯的传声筒。这其中既有对席勒戏剧不足之处的揭示，更有对拉萨尔将这种缺点进行恶性发展的批评。由此可以看出，马克思所维护并推崇的是现实主义的创作精神。因此，他认为这种"席勒式"的创作理念是一种将主观与客观颠倒、理想与现实关系换位的主观唯心主义倾向，是一种背离文艺创作规律的倾向。

歌德和席勒的雕像

世纪病

"世纪病"也称为"时代病",指孕育于18世纪末法国浪漫主义文学潮流中,盛行于19世纪初,蔓延于20世纪的一种文学现象。19世纪初,欧洲有很多资产阶级进步知识分子既厌倦冷酷的资本主义文明和上流社会虚伪腐败的习俗,又脱离人民,看不到前途,于是纷纷陷入忧郁、孤独和失望之中,这成为英国工业革命和法国大革命之后流行的一种具有典型意义的时代精神和社会心态。他们或是在拿破仑时代成长,仰慕上一辈人的战功与辉煌,但是王权与神权的恢复使他们丧失了信仰,变得无所追求,只有在厌倦与无聊中打发日子;或是生性孤僻、忧郁、内向,与自己所处的现实环境格格不入,只能在孤寂的漂泊中消磨生命。他们都是极具才华的人,但都悲观失望。在现实生活中,他们找不到自己的位置,也找不到生命的意义,他们代表了那个时代青年人普遍的精神状态。

一般认为,法国作家夏多布里昂所著《勒内》中的主人公勒内是文学史上第一个患"世纪病"的人物形象。此后,英国诗人拜伦的《恰尔德·哈洛尔德游记》、俄国诗人普希金的《叶甫盖尼·奥涅金》和法国作家缪塞的《一个世纪儿的忏悔》是19世纪"世纪病"文学具有里程碑意义的名篇。法国作家加缪的中篇小说《局外人》成为20世纪"世纪病"文学的上乘之作。这些作品中的主人公则成为文学史上代表着一个时代风气的经典人物形象。

世纪病患者——缪塞

1833年,缪塞与比他大6岁的乔治·桑相爱了,但是在意大利旅游期间,双方感情破裂。缪塞在1835年、1836年和1837年写下了著名的爱情绝唱——《四夜组诗》,被文学界视为法国浪漫派抒情诗中最真实、最深刻的作品。但这段感情并没有了结。后来,缪塞创作了带有自传性质的小说《一个世纪儿的忏悔》。他塑造了一个对社会不满,却又无意反抗,既追求幸福与自由,却又精神颓废的浪子形象。主人公沃达夫所经受的苦难是社会造成的,但他无法克服的多疑症,则是人与人之间的冲突造成的。最终,只有孤独成了人最亲密的朋友。"世纪病"因此而得名。缪塞自己就是一个典型的"世纪病"患者。

小人物

"小人物"是指19世纪俄国批判现实主义文学所塑造的一系列生活在社会底层的小人物的典型形象。这些人在社会中的官阶、地位都很低下。他们生活困苦,但又安分守己、性格懦弱、逆来顺受、胆小怕事,因此成为"大人物"统治之下被侮辱的牺牲者。作者通过对他们悲惨命运的描写,尖锐地批判了沙皇专制下丑恶、黑暗的社会现实。

1830年,诗人普希金以伊凡·彼得罗维奇·别尔金为笔名发表了小说集《别尔金》,包括五篇短篇小说:《驿站长》《风雪》《射击》《棺材匠》《村姑小姐》。其中影响最大的就是《驿站长》,作品叙述了一个忠厚善良的小人物维林的悲剧人生。他终日辛劳地为旅客服务,遭到往来官吏的侮辱欺凌,在这不平静的生活之中只有单纯美丽的女儿才是他唯一的慰藉。当女儿被拐走之后,他怅然若失,于是想尽办法来到彼得堡,希望找回"迷途的羔羊"——他的女儿杜妮娅。可是,狠心的军官明斯基却拒他于门外。维林孤苦无靠,回去之后不久就由于悲愤过度而死。这部小说鲜明地表现了作者的民主主义思想,开俄国文学史上描写"小人物"的先河。此后,果戈理、陀思妥耶夫斯基、契诃夫等著名作家都在各自的作品中塑造了"小人物"形象,其中比较著名的有巴什马奇金、杰符什金、姚纳等。

"多余人"系列形象

"多余人"系列形象是19世纪前期俄国文学中一个特定的概念，由一组人物群像构成。这一类人都是贵族出身，生活在贵族阶级日趋没落的时代。他们受到进步思想的熏陶，对反动专制政体和农奴制感到窒息。他们不愿与上流社会同流合污，对黑暗保守的现实产生了不满情绪。他们考虑社会问题，探索人生意义，但又不能够彻底摆脱纨绔子弟的自私自利。他们既不能像十二月党人那样立场坚定地揭竿而起，又不甘于沉沦在声色犬马之中虚度光阴，其性格之中充满着矛盾。他们的这种两重性概括了19世纪20年代俄国贵族阶层当中进步青年的共同特征：聪明，睿智，有教养，自命清高，与周围的人格格不入，不能与广大人民站到一起；希望有所作为，但又不能直面现实、深入实际，最终只能一事无成；企图超越腐朽的贵族社会，但最终还是回到污浊的生活中，这样就构成一种生命的"悖论"，他们最终只能成为社会的"多余人"。

普希金在其长篇小说《叶甫盖尼·奥涅

普希金

金》中，成功地塑造了奥涅金这一俄国文学史上首个"多余人"的形象。此外，屠格涅夫《罗亭》中的罗亭、《贵族之家》中的拉夫列茨基、赫尔岑《谁之罪》中的别尔托夫、冈察洛夫《奥勃洛摩夫》中的奥勃洛摩夫、莱蒙托夫《当代英雄》中的毕乔林等都是"多余人"的代表。

"多余人"之后的"新人"

19世纪中叶，俄国批判现实主义文学中的主人公"多余人"形象被"新人"形象取代。这种变化标志着贵族知识分子已经丧失其进步意义，而平民知识分子则开始登上政治舞台。所谓的"新人"，是指平民知识分子，即"自由民主资产阶级中受过教育的代表人物，他们并非贵族，而是官吏、小市民、商人、农民"。屠格涅夫最先反映了这种变化，他在19世纪60年代转向描写"新人"，其作品《前夜》《父与子》中的英沙罗夫、巴扎罗夫成为"新人"最早的代表。车尔尼雪夫斯基在其小说《怎么办？》中塑造了更多性格鲜明的"新人"形象，如拉赫美托夫、罗普霍夫等。

托尔斯泰主义

"托尔斯泰主义"是指列夫·托尔斯泰在19世纪后期世界观转变以后形成的一种思想理论体系。其主要内容首先是道德的自我完善。要想成为一个道德完善的人，就必须经受诸多考验。因为人们心中那个兽性的人会不断出来试图掩盖其温良的本质，诱惑人享乐。因此，当人们认识到自己内心世界的这种二重性，就必须要进行道德的自我完善。托尔斯泰认为，所谓"道德的自我完善"就是抛弃利己主义，转而投身到利他主义中来。一个人如果只为自己而活，为了自己的利益而不惜牺牲他人的幸福，那么他就是一个不道德的人，而生命的真正意义就在于为了他人的幸福而牺牲自己。其次是不以暴力抗恶，这可以看成是利他主义的另一种表现：不能损害他人的利益。托尔斯泰认为，统治者运用暴力来巩固统治是错误的。他在《复活》中强调："要克服使人们饱受灾难的罪恶，唯一可靠的方法，就是向上帝承认自己是有罪的，所以，既不应该惩罚别人，也不能纠正别人。"托尔斯泰的这种观点脱离了社会发展的实际需要，认为革命者以暴力抗恶也是不可取的。因此，他的这种思想具有消极影响。再次是博爱。"博爱"原本是基督教精神的重要组成部分，这也成了托尔斯泰主义的一个重要组成部分。在长篇小说《复活》中，"博爱"几乎与"宽恕"等同，因为一个人如果不能宽恕别人，那么他的内心就很容易被"恨"所占据，"恶"是世界无法和谐的根源，"恨"也是一样，而这种"恨"往往是因为人们遭受了"恶"的摧残而造成的。因此，托尔斯泰认为，人不能通过惩罚、报复别人来消灭"恶"从而实现自己的安宁，任何人都没有这个权利。最后是向精神呼吁。在托尔斯泰看来，人的成长和精神的升华，不仅是对现实"恶"

列夫·托尔斯泰

对托尔斯泰主义的评价

在托尔斯泰 80 寿辰及逝世之后，社会各阶层对他评价不断，反动阶级也乘势以"托尔斯泰主义"为武器来攻击无产阶级革命。在这种背景之下，列宁于 1908—1911 年期间亲笔写出 7 篇评论托尔斯泰的文章。他虽然对托尔斯泰作品的艺术性给予了极高的评价，但对"托尔斯泰主义"却予以坚决否定，认为它反映了托尔斯泰身上所存在的宗法制农民的软弱特点，将托尔斯泰看成是颓废的可怜虫。

列宁认为，"托尔斯泰主义"是"幻想的、含糊的、无声的叹息"，很容易被反动文人所利用，从而成为抵制无产阶级革命的工具。因此他指出："托尔斯泰的学说毫无疑问是空想的，其内容则是反动的。"

的否定，同时也意味着对这种"恶"得以产生的社会根源的否定。小说《复活》中的这一思想是积极而深刻的。在作品中，作者对沙俄时代的一切国家制度、教会制度、社会制度乃至经济制度进行了强烈的批判。但是，否定与批判并不是最有价值的，最重要的是在否定与批判中建立一种新的、值得肯定的东西，而托尔斯泰并没有成功地做到这一点。

以上几个方面，是把对上帝的信仰和道德的自我完善作为改良社会的根本途径。在俄国民主主义革命运动日益高涨、人民日益觉醒的历史背景下，托尔斯泰一方面对沙皇时代的政治、经济、法律、宗教、道德进行最为激烈的批判，表现出十分清醒的"现实主义"，但另一方面，他又极力推行他的"托尔斯泰主义"，虽然动机是好的，但却有着很大的消极影响。

"卡拉马佐夫性格"

"卡拉马佐夫性格"指的是 19 世纪俄国作家陀思妥耶夫斯基在其小说《卡拉马佐夫

兄弟》中所塑造的弥漫于人物身上的具有共通性的一种精神气质。

卡拉马佐夫一家是典型的"偶合家庭"，这是一个人伦颠倒、物欲横流、私念笼罩一切的地主之家。父亲费道尔阴险贪婪，生性暴戾，道德沦丧；费道尔的长子德米特里性情暴烈，生活放荡，反复扬言要杀死自己的父亲，是一个精神上的弑父者；次子伊凡则是一个冷酷、纯粹的"斗室型"思想家，同时也是一个怀疑主义者，他冷眼旁观这场"一条毒蛇吞掉另一条毒蛇的家庭争斗"，是卡拉马佐夫兄弟当中最黑暗的一个；小儿子阿廖沙纯洁善良，谦恭温和，但却是一个梅思金式的废物。他一心周旋于父亲和兄长之间，希望缓和家庭矛盾，但他只不过是一个苍白无力的理想人物；卡拉马佐夫家中的仆人斯米尔加科夫猥琐、卑鄙、狠毒，是一个为所欲为的"恶魔"的化身。卡拉马佐夫一家的这种自私自利、卑鄙无耻、残暴野蛮、骄奢淫逸、骨肉相残、道德沦丧的性格特征是"恶"德的集中体现，这就是所谓的"卡拉马佐夫性格"。

"卡拉马佐夫性格"是俄国农奴制改革以后，社会上人与人之间畸形关系的集中反映。陀思妥耶夫斯基在其作品中对于善恶矛盾性格的组合、深层心理活动的描写，对后世作家产生了深远的影响。

"硬汉子"形象

"硬汉子"是美国作家海明威在其作品中所塑造的一系列形象的统称。海明威在人物选择方面，特别喜欢拳击手、斗牛士、渔夫、猎人、士兵等，这些人以旺盛的精力和惊人的毅力，在与充满敌意的外部世界对抗中进行着殊死的搏斗，他们表现出了共同的性格特征：坚强刚毅、正直勇敢，面对痛苦和死亡没有丝毫畏惧，即便在严酷的悲剧命运中也不失去勇气与尊严，表现出极其优雅的风度。海明威在创作的不同时期，其笔下的"硬

海明威

汉子"形象的内涵也发生着变化。早期的"硬汉子"多是斗牛士或者拳击手，他们性格孤独、倔犟、争强好胜，为了职业荣誉和人格尊严，不惜孤注一掷，以死相拼，最终夺取了胜利。《打不败的人》中的主人公曼努尔就是这类形象的代表。中期的"硬汉子"以《丧钟为谁而鸣》中的乔丹为主要代表，他已经成为一个敢于为了正义、民主和人民的事业而献身的英雄，在他的身上，体现出一种新的时代精神和崇高的信念。晚期的"硬汉子"则以《老人与海》中的桑提亚哥为代表，集中体现了一种不屈不挠、永不服输、压倒命运的永恒的、超时空的伟大力量的存在，具有深沉的哲理性和象征性的意义。

海明威的创作大多从个人经验出发。他

酗酒的硬汉

海明威本人正如他笔下的"硬汉子"那样英勇顽强，但是，他有酗酒的嗜好。少年时他就开始饮酒，成年以后，更是有增无减，有时一个晚上能喝光16杯双份的代基里酒。长期以来，他从早上起床就开始喝酒，一直喝到晚上睡觉。也许是为了支撑他"硬汉子"的形象，海明威提前透支了自己的健康，从而使他在肉体与精神上受到了严重的损伤。酒精除了使他遭遇过无数次的事故之外，还导致了他长年的高血压。早在20世纪30年代末，他就患上了肝病，而肝病是最忌讳饮酒的，可海明威对此却毫不在意，依然我行我素。"硬汉子"心理使他无所顾忌。作家菲茨杰拉德的妻子扎尔达就曾直言不讳地将海明威所谓的"硬汉子气概"斥为"像假支票一样的东西"。

通过一种独特的眼光来审视世界，进而创造出这样一个硬汉的世界。英国作家斯诺曾评价说："海明威是一位伟大的，具有非凡创造力的作家。他的作品所产生的影响遍及整个世界。世界上再没有哪个小说家对别人的写作产生过如此直接而又深刻的影响。"

奥勃洛摩夫性格

奥勃洛摩夫是俄国作家冈察洛夫的小说《奥勃洛摩夫》中的主人公。他接受过良好的教育，天资聪慧，也非常具有上进心。但是，贵族子弟那种长期的寄生生活，使他丧失了实际生活的能力，逐渐精神委靡，思想麻木，整天睡在床上，已然成了一具活尸。这是俄国文学史上最后一个"多余人"的形象，人们称之为"奥勃洛摩夫性格"。

在小说中，奥勃洛摩夫是个富甲一方的地主，可他却长年蜗居在彼得堡，不关心自己的土地，就像寄生虫一样，靠着农民的供养维持生活。在农村已发生了巨变的时代，他却依然留恋着过去，对新的形势一无所知，也毫不理睬。尽管他有着"黄金一般美好的心灵"，却连门都不愿意出，总是喜欢躺在床上。在他看来，睡觉似乎是最有意思的一件事，逛街、看戏和其他一切娱乐项目都与他毫无关系。他整天懒洋洋地胡思乱想，虽然他在心里已经制定了种种整顿自己领地的改良方案，可始终没有付诸实践。他也曾幻想进行一次"改革"，可是保守的观念使他既不能像恶棍塔朗切耶夫说的那样去做投机买卖，也不可能像进步青年希托尔兹所说的那样给农民以自由。他害怕生活中的一丁点儿变动，友谊与爱情都未能使他振作起来。最后，这个善良而又一事无成的人只能默默死去。

"奥勃洛摩夫性格"代表着对于生活失去信心，丧失了激情的人的精神状态。他们在困难面前颓然止步，连试一试的勇气都没有，已经完全失掉了斗志。

《奥勃洛摩夫》

《奥勃洛摩夫》于1859年问世，同时代的斯卡比切夫斯基评价说："只有生活在那个时代，才会理解这部作品在公众中引起了怎样的轰动，并对整个社会产生了怎样使人震惊的影响。它发表在农奴制被消灭前三年社会剧烈动荡的历史时期，当时整个文坛正掀起对昏昏沉沉、怠惰与停滞的讨伐。这部小说如同一枚炸弹，投在了知识分子的圈子里。"作者在《奥勃洛摩夫的梦》一章中形象地说明，奥勃洛摩夫田庄这一典型的地主庄园生活环境正是孕育奥勃洛摩夫性格的摇篮。冈察洛夫正是以其敏锐的洞察力和时代感创作出了这部不朽的名作。

黑人性

黑人性运动是指20世纪30年代初期，旨在恢复黑人价值的文化运动，由塞内加尔的桑戈尔、马提尼克的艾梅·塞泽尔和圭亚那的莱昂·达马于1934年在巴黎创办刊物《黑人大学生》时所发起。

"黑人性"本是一个法语词，来源于塞泽尔于1939年发表的长诗《还乡笔记》。后来，诗人桑戈尔为"黑人性"下了如下的定义："黑人世界的文化价值总和，正像这些价值在黑人的作品、制度以及生活中所表现的那样。"《非洲存在》是黑人性作家的刊物。1948年，由桑戈尔编辑的《黑人和马尔加什法语新诗选》出版，这标志着黑人性文化运动高潮的来临。

黑人性作家主张从非洲传统生活中汲取创作灵感与主题，进而展示黑人的光辉历史和精神力量。桑戈尔的诗、比拉戈·狄奥普编写的故事、巴迪昂的剧本、尼亚奈整理的史诗《松迪亚塔》以及达迪耶的小说等，都是极具鲜明特色的黑人性的经典作品。

一般认为，黑人性运动肯定受到压迫的

黑人的尊严。该运动发起的初期，在团结和动员法属非洲殖民地人民，尤其是知识分子反抗宗主国奴役及种族歧视等方面，具有不可磨灭的历史功绩。然而到了后来，非洲国家陆续独立以后，黑人性受到越来越多的激进青年作家的批评。他们认为，这种理论忽视了社会的发展，而把非洲人民的眼光引向过去，这样就无法解决非洲的现实问题。另外，黑人性从种族立场出发全盘继承传统文化的做法也是错误的。直到今天，非洲文化界对于黑人性的意义和作用等问题，仍然存有争论。

达喀尔南部小镇

总统文学家——桑戈尔

桑戈尔不仅是诗人、文艺理论家，还是一位杰出的政治家。他生于达喀尔南部若亚尔镇的一个商人之家，1933 年在巴黎大学取得了教师的资格，1934 年获得文学学士学位。1935 年以后，在法国做中学教师。1939 年二战爆发后应征入伍，1940 年 6 月在战争中被德军俘虏。1944 年获释，然后回到巴黎继续教学，并参加各种政治活动。1945 年，桑戈尔成为立宪会议员，1960 年当选为塞内加尔共和国总统。桑戈尔在组织非洲民族解放运动方面起着显著的作用。1980 年，他辞去总统职务，开始专心从事文学创作，著有政论集《自由二集：民族和社会主义的非洲道路》（1971 年）。

修 辞 技 巧

修辞，就是根据文章主题创造一定的情境，运用文字、材料、手法等来恰当地表现作者所要表达的内容。修辞可分为两类，即消极修辞和积极修辞。消极修辞的标准是稳密、平匀、通顺和明确。积极修辞是作者根据情景随意运用各种表现手法，运用语言文字的独特性呈现出让人耳目一新的具体形象，并展现出一股动人力量。

荷马式的比喻

荷马史诗中的诗句语言流畅、优美、自然，比喻生动形象，常借用自然界中的动植物来喻人，这种方法被后人赞誉为"荷马式的比喻"。荷马史诗是用质朴、流畅的口语写成的，因而具有明显的口头文学特征。诗人善于使用比喻，整部作品有 180 个。这些比喻多数取材于大自然的景象、狩猎以及农事等方面，在渲染气氛、烘托人物和激发联想等方面，都起到了巨大的作用。由于当时文学还不善于用环境描写的手法，因此这种比喻既可以增强读者的现实感，又能够收到形象化的效果。用自然景象作比喻的，如描写阿喀琉斯盾牌时说："他拿起了那面厚重的盾牌，远远地射出光芒，好像是月亮，又仿佛是水手们在海上被逆风从家乡飘进鱼游的大道时回首望见的那荒凉高原上农场的火光。"用狩猎作比喻的，如墨涅拉俄斯看到赫克托耳冲过来时，拔脚逃跑，诗中是这样描写的："墨涅拉俄斯丢下尸体，掉头就跑，但是他走一路跑一路止不住地回过头去看，就像一头雄狮，被牧人们和他们的猎犬拿着枪从羊栏里赶出来，心里不免带着几分恐惧，可是他实在不太愿意离开那个农场。"用农事作比喻的，如诗中对墨涅拉俄斯杀死欧福耳玻斯的描写："现在一切都浸饱鲜血了，他就像一棵幼树一样躺在那里。就像一个园丁拿了根橄榄树的秧，找了一个空旷的地方栽种着，让它可以更多地吸收水分，那根树秧长成一棵姿态优美的幼树，在阵阵微风中摇曳着，并且已经开出白花了。谁知有一天，忽然刮起了一阵狂风，把这棵幼树连根拔起，直挺挺地倒在地上了。"

"荷马式比喻"是描写性的比喻，上述例子都足以说明这一点。荷马史诗中还使用了一些固定形容词和修饰语，以强调、突出人物的外部特征，如头盔闪亮的赫克托耳、牛眼睛的赫拉、闪眼的雅典娜等，为世界文学史写上了浓墨重彩的一笔。

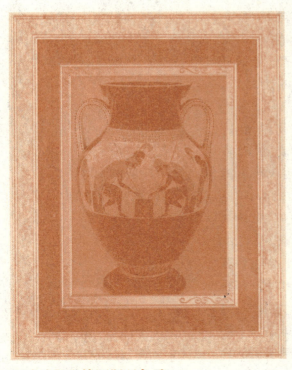

阿喀琉斯和埃阿斯玩色子

荷马史诗的隐喻

"荷马式的比喻"是一种明喻，而史诗的另一特色是在某些程式化的饰词当中包含着隐喻，如以"民众的牧者"比喻首领，以"战争的屏障"比喻善战的勇士等。"铁""青铜""云"等则是诗人时常用来构成隐喻的词汇。

"铁"喻指勇士的力气和意志，也可指严酷的战争和阴沉的天气。青铜是制造兵器的材料。阿喀琉斯曾用"青铜的"嗓音呼喊；被阿伽门农杀死的敌将躺倒在地，享受"青铜的睡眠"。荷马以"云"喻"群"，如埃阿斯把赫克托耳比作"一朵战云"笼罩大地。

西塞罗式的句法

马尔库斯·图留斯·西塞罗（前106—前43年），是古罗马著名的政治家、哲学家和散文作家。西塞罗是古典共和思想最杰出的代表，是古罗马文学黄金时代的天才作家。西塞罗最主要的散文成就是他的书信和演说辞，代表了古罗马散文的最高成就，对后世散文影响很大。他死后留下书信900封，其中比较重要的有《致阿提库斯书》16卷和《致友人书》16卷，这些书信反映了古罗马共和国末期的社会政治生活，勾画了形形色色的政治人物，其风格十分接近口语。他的演说辞共存有58篇，主要包括法庭演说和政治演说两大部分。政治演说中最为著名的是反对民主派喀提林的演说4篇和模仿狄摩西尼风格而作的反对安东尼的演说14篇。他的演说根据修辞程式组织材料，词汇丰富；他还十分讲究句法，一句之中讲求妥帖排列从属子句，局部之间要求对称，以提高说服力度；他在句尾还特别注意音调的抑扬顿挫。这种句法，被称为"西塞罗式的句法"。西塞罗还善于使用提问、比喻、讽刺、直接向对方致辞等多种修辞手段。他认为，演说的目的主

西塞罗

要是打动听者的感情，使其被演说者所征服，而并不是诉诸理性判断，因此，他不惜用诬蔑和歪曲事实的手段来增强其演说的鼓动力量，从而感染观众的情绪，实现演说的终极目的。西塞罗演说文的风格被后世许多作家和演说家奉为榜样。

西塞罗的主要著作

西塞罗的主要著作有：写于公元前 86 年的《论修辞学的发明》；写于公元前 56 年的《论演说家》；写于公元前 51 年的《论共和国》（《论国家》）；写于公元前 46 年的《加图颂词》《布鲁图斯》《斯多亚的悖论》《自我安慰》；写于公元前 45 年的《学院派怀疑论》（《学院派哲学》）、《图斯库勒论辩》；写于公元前 44 年的《老加图：论老年》《论神性》（《论神之本性》）、《论命运》《论名声》《论题篇》《莱伊利乌斯：论友谊》《论责任》。

亚力山大体诗行

法语亚历山大体诗行是指一种包括 12 个音节的一种奇妙的格律诗行。其历史可以追溯到 12 世纪末，因《亚历山大的故事》中的诗行形式而得名；这种诗行甚至可以追溯至 12 世纪初的《查理曼大帝朝圣记》。亚历山大体诗行历经 800 年，中间经过无数诗人的锤炼，充分展现了法语的音韵特色，以及法国人的均衡匀称的美学观，成为法兰西人民引以自豪的格律诗行。

亚历山大体诗行在结构上既能够体现雄伟庄严与沉郁肃穆，又可以表达幽默闲适与轻快诙谐。这主要得益于以下三方面要素的作用：首先是停顿。亚历山大体诗行主要有三种停顿：主要停顿、双顿以及二者同时使用。主要停顿，即把诗行平均分为前后两个六音节的半行；双顿，即两个停顿分别落在第四个和第八个音节之后，将一个诗行均匀地分成三段，每段有四个音节。其中，第一种停顿的使用比较古老。第二种停顿在"七星诗社"作品中出现，到雨果的诗歌中则变得较为常见。第三种停顿实际上

查理曼大帝

尼扎米

尼扎米（114l—1209年），穆斯林诗人、学者，生于阿塞拜疆甘贾（今基洛夫巴德附近）。尼扎米精通波斯语和阿拉伯语，对天文学、数学、哲学和医学均有极深造诣，对伊斯兰教义和历史颇有研究。

尼扎米早年写过抒情诗，得到宫廷贵族的赏识，被称为中亚文学史上的杰出诗人。他的代表作品是叙事诗《五卷诗》，共3万句，以对句韵诗的形式写成。其中第5卷《亚历山大的故事》，叙述了亚历山大王的一生的事迹，并将其塑造成为先知圣哲，奉天命来到人世启迪众生。

尼扎米的诗歌多用比兴手法，描写自然景物和人物形象均细腻逼真。他的作品对中亚各民族的文学创作具有广泛的影响，《五卷诗》后来也成了穆斯林诗人模仿的对象。

让诗人较难平衡诗行的节奏和句子的连贯性。

其次是重音。亚历山大体诗行有两个固定重音，它们分别位于紧邻诗行主要停顿之前的一个音节和诗行结尾处的音节。此外，还有两个以上变化重音（位置不固定），分别位于由诗行主要停顿分成的前后两个半行之中。一般来说，这种变化重音不能落在第五个和第十一个音节上，以避免与固定重音相连。两个重音一般也不能毗邻，以实现音韵的和谐。亚历山大体诗行的固定重音增强了诗行的节奏感，而变化重音带来了诗行的灵活性。最后是倒移。实际上，诗行倒移是一种诗句跨行的做法，即把一行诗的一部分移到下一行。跨行打破了诗行的原有结构，丰富了诗行的节奏，并突出了重要的词义，使诗行中止处显得意犹未尽，从而引发读者的联想。停顿、重音和倒移的协同作用，使诗歌产生了多彩多姿的艺术效果。

通 感

通感原本是心理学上的术语，是指人的五官之间可以彼此相通，各个官能之间可以不分界限。19世纪法国诗人波德莱尔在他的十四行诗《通感》（又译作《应和》）中着重表现了这种关系，因此，后来"通感"就成了欧洲象征主义艺术风格的重要标志。

波德莱尔认为，自然界中的万物之间、人与自然之间、人的各种感官以及各种艺术之间，都有着内在的、隐秘的契合与感应，整个世界就是在这样一种对应中形成的象征体。诗人在这座象征的森林中行走，可以感应并解读自然万物，成为自然这本巨著的"翻译者""辨认者"。波德莱尔的通感理论为象征手法提供了理论基础，成为象征主义诗歌的创作纲领。

人的各种不同的感觉器官，只能对事物的某些特定属性加以感知和认识，因此在人们从感觉、知觉到表象的认识过程中，实际上也是各种感官相通的过程。人类艺术活动的"通感"，实际上就是人类认识活动的一种艺术表现。

通感的哲学基础就是自然界万物普遍相通的原则，任何客观事物都不是孤立的，它们之间有着无法割裂的联系。通感同样也可以用色彩、声音等手段来表达人类的感情，它成了文学创作中一种十分重要的艺术表现手段。通感的使用，可以使读者的各种感官共同参与到对审美对象的感悟中去，从而使作品产生更加丰富和强烈的美感。

象 征

象征是艺术创作的基本手法之一。它是指借助于某一具体、形象的事物的外部特征，寄寓艺术家的某种思想，或表达某种具有特殊意义的事理的艺术创作手法。象征的本体意

法国大革命

义与象征意义之间并没有必然的联系，但是艺术家通过对本体事物特征的突出描绘，会使艺术欣赏者不由自主地产生由此及彼的联想，从而领悟到艺术家所要表达的真正含义。另外，根据传统习惯或一定的社会习俗，选择为广大人民群众所熟知的象征物作为本体，也能够表达一种特定的意蕴。如司汤达在其长篇小说《红与黑》中，以红色来象征革命，以黑色来象征诱惑；在《诺亚方舟》的故事中，鸽子象征和平，并且已被全世界所认可。使用象征这种艺术手法，可以使抽象的概念形象化、具体化，可使深刻、复杂的事理浅显化、单一化，还能够延伸描写的内蕴，创造出一种艺术意境，引起人们的联想，增强作品的表现力及艺术效果。象征可分为暗示性象征和隐寓性象征两种。象征和比喻不同，

它比一般的比喻所概括的内容更深刻、广泛，有些作品的艺术形象，甚至完全是用象征手法表现出来的。

19世纪末，法国及西方几个国家出现了象征主义艺术思潮。这是当时欧洲一些知识分子对于社会生活以及官方沙龙文化不满的反映。他们不敢正视社会现实，也不愿直接表达自己的思想，常常采用象征和寓意的手法，在幻想中虚构另外一个世界，以抒发自己的愿望，这样就产生了现代象征主义艺术流派。

"心灵辩证法"

"心灵辩证法"是列夫·托尔斯泰受到"动态性"艺术思维原则和"主情"式艺术观念的引导和制约，并充分施展自身超凡的"内省力"，进行了深刻的内悟和反省，发扬了对文学传统的创新精神，在多种因素的综合作用下最终形成的，这是属于他自己所特有，是他人难以企及的人物心理表现模式。

"心灵辩证法"最早是车尔尼雪夫斯基在评价托尔斯泰心理描写技巧时使用的一个专门的术语。车尔尼雪夫斯基在《〈童年〉〈少年〉和〈列·尼·托尔斯泰伯爵战争故事集〉》一文中指出："托尔斯泰最感兴趣的是心理活动过程本身，它的形式和规律，用特定的术语来概括，就是心灵辩证法。"按照车尔尼雪夫斯基的看法，托尔斯泰惯于通过对心理变化过程的描写来展现人物的思想性格的演变。

他最感兴趣的就是人物心理变化的过程本身，是这个变化过程的形态和规律，他能够描绘出一系列情感和心理，展示心理的流动形态的多样性及其内在联系，这就是车尔尼雪夫斯基所谓的"心灵辩证法"的基本内容。

在小说《复活》中，"心灵辩证法"最突出地体现在聂赫留朵夫在法庭上与玛斯洛娃相遇的时候，那种复杂而微妙的情感与思绪的变化就写得细致入微，丝丝入扣。聂赫留朵

"象征"一词的来源

"象征"这一名词源于古希腊文 Symbolon，原意是指"一块木板（或是一件陶器）分成两半，主客双方各持一半，再次见面时拼成一块，以示两人友爱"的信物，与中国的"破镜重圆"十分相似。经过长期演变，其意义变成了"以一种形式作为一个概念的习惯性代表"，即引申为某种观念或事物的代表，凡是能够表达某种观念或事物的符号或物品，就叫做"象征"。

他开始掀开内心深处那块遮挡罪恶的幕布，正视自己以前的生活，开始了"灵魂的扫除"。

人物再现法

人物再现法，又叫做人物复现法，就是让同一个人物在不同的作品中连续、反复地出现，每出现一次，就将其性格的一个侧面展示出来。最后，再将这些作品的情节贯串起来，就形成了这个人物的思想发展轨迹，从而多层次、多角度地再现其性格的全部内涵。

人物再现法最早由法国杰出的现实主义作家巴尔扎克在创作《人间喜剧》时所创立，是一种典型的内在结构法。作者让同一个人物在多部作品中出现，每部作品中只展现这个人物某一段或是某一侧面的生活状态，几部作品合在一起就完成了对这个人物生活史的描写，构成一个完整的人物形象。在《人间喜剧》中，有四百多个人物是重复出现的，他们分散在75部小说之中，有些主要人物重复次数多达二三十次。巴尔扎克通过再现人物的足迹，将一系列小说所反映的生活贯穿起来，构成了一个社会整体，这也使《人间喜剧》这部鸿篇巨制通过这种内在的联系成为有机的整体。人物再现法的另外一个作用是丰富了人物典型的塑造。例如拉斯蒂涅，他在《高老头》中只是一个野心家的雏形，而在《纽沁根银行》中，则发展成为野心家的典型代表，在《贝姨》和《阿尔西的议员》中，他又成为一个挤进贵族行列的豺狼般的金融寡头了。巴尔扎克的人物再现法影响深远，后来有很多作家都对此进行了模仿。

托尔斯泰与老子

托尔斯泰有着很深的汉学学养。在中国的古圣先贤中，他最为崇敬的莫过于老子。他曾说："他（老子）教导人们从肉体的生活转向精神的生活。他把自己的学说称做'道'，因为他所有的学说就在于指出这一转化之路，因此老子的学说就叫做《道德经》。"

老子对托尔斯泰的处世思想产生了巨大的影响。在1884年3月10日的日记中，有这样的记载："早上起身，收拾了房间。安德留沙弄翻了墨水瓶。我便责备了

老子

他。我当时的表情一定是恶狠狠的……做人就该像老子所说的如水一般……容器是方的，它呈方形；容器是圆的，它呈圆形。因此，它比世间一切都重要，比一切都强大。"

可见，聂赫留朵夫的忏悔在一定程度上正包含了作家对于老子哲学的理解。

夫对玛斯洛娃既怜悯，又有一种模糊的厌恶感；既对自己过去的所作所为羞愧不已，又怕被玛斯洛娃认出并当众揭发；他盼望着审讯尽快结束，身体不由自主地往后缩，但又无法将目光从玛斯洛娃那双清亮的眼睛上移开。他无法逃避，又不敢承认，既烦躁又担心，甚至不愿相信面前的事实是由他造成的，但他又清楚地认识到自己脱不了干系。于是，

原则结构

结构是指安排和组织文章中的材料，它是文章形式的重要组成部分。结构的基本原则有以下几方面。第一，文章结构应该服从所要表达的主题。第二，文章结构应该从文章全局出发。第三，文章结构应该服从本文文体的特点。第四，文章结构应该适当考虑读者的阅读需求，即文章的结构尽量能够吸引和感染读者。

框架结构

框架结构是叙事文学的一种特有的结构方式。其特点表现在：整部作品有一个总纲性的故事，内部大故事套中故事，中故事又套小故事，小故事有时又包含着小故事，由一个故事引出另外一个故事，每个故事相对独立完整而又上下衔接、前后呼应、紧密相连，构成一个有机的整体，从而把众多内容不同、题材各异的小说或故事联结成为一个整体。

阿拉伯的民间故事集《一千零一夜》就采用了这种结构方式。《神曲》"无疑受到阿拉伯东方文化启发与影响"，也同样具有框架

《神曲》插图

《一千零一夜》的框架结构

《一千零一夜》是中古时期阿拉伯文学中一部规模宏大的民间故事集，是世界文学宝库中一颗璀璨的明珠。《一千零一夜》最为典型的特征是其在叙事方面采用故事套故事的"框架结构"。全书以山鲁佐德的故事为主体框架，包括134个大故事，每个大故事中又有若干个中故事，中故事又套小故事，节外生枝地把数百个故事连成一个有机的整体。值得注意的是，一组故事的连接，往往有结构上的连接点，或外在的或内在的。如在《商人和魔鬼的故事》中，三个老人的故事就是以每个人手中牵着的牲口作为联结点。新的故事群可以在合适的地方不断地插入，这种结构方式非常灵活，全书庞大的结构也显得井然有序。

结构的特征：其一，作品开头讲述"但丁"在人生的中途迷失在一片黑暗的森林里，直到维吉尔受贝娅特丽丝之托前来援救，但丁才从另一条道路走向光明，这可以说是《神曲》中的一个"总纲性"的故事；其二，"但丁"在地狱、炼狱和天堂的见闻与思考，穿插着许许多多、大大小小的故事，它们或是但丁自己的故事，或是但丁遇到的灵魂们生前的故事，或是灵魂们所讲述的其他人的故事。这些都是这个总纲性故事中所套的小故事；其三，在《神曲》这个贯穿三界的梦幻中，其中的《炼狱》还写到"但丁"的三个梦境——第九篇中那个翱翔天际的雄鹰俯冲下来把"但

丁"带到火球旁边、第十九篇中的塞壬唱着让人迷惑的歌曲正准备诱惑"但丁"时被一圣女所救、第二十七篇中年轻漂亮的贵妇人要做成一个花圈以装扮自己——这三个梦境又使《神曲》有了大梦幻套小梦幻之势；其四，整体统观《神曲》，展现在读者眼前的是三个并列而又完全不同的场景——地狱、炼狱和天堂。这三个场景在空间上层递展现，每一个世界都分为九层，每一层中又有许多小场景，从而形成了层中有层、大场景套小场景的叙事格局，而这一点也属于框架结构的表征。

莎士比亚化

"莎士比亚化"是马克思和恩格斯针对戏剧创作中普遍存在的"把个人变成时代精神的单纯的传声筒"的弊端而提出的创作原则。所谓的"莎士比亚化"，其基本内容主要包括以下几点：第一，要求作家们能够像莎士比亚那样，善于从生活实际出发，展现广阔的社会背景，为作品中的人物与事件提供富有时代特征的典型环境。如莎士比亚擅长的"福斯塔夫式的背景"，人物的活动与社会历史背景密不可分，后者为前者服务。

第二，作品的情节应该丰富、生动，人物应该有鲜明的个性，同时要具有典型意义。如在《哈姆雷特》中，以哈姆雷特的复仇为主线，以雷欧提斯为副线。这种丰富的线索，形成了多样化的戏剧冲突，增加了作品的可读性。而哈姆雷特由"快乐王子"向"忧郁王子"的转变，又塑造了这一真实可信、个性鲜明的人物形象。

第三，作品中现实主义的刻画和浪漫主义的氛围要巧妙地结合在一起。

第四，语言要丰富、生动，且富有表现力。如哈姆雷特的语言最初明快，而后来则变得忧郁，其具有独特个性的双关语"生存还是毁灭，这是一个值得思考的问题"，成了文学史上的经典命题。

第五，作家的思想倾向要在对情节和人物的描述中隐蔽而又自然地流露出来。上述几个方面，正是莎士比亚在其戏剧创作中所遵循的现实主义美学原则。

福斯塔夫式的背景

"福斯塔夫式的背景"是恩格斯于1895年5月18日在写给拉萨尔的信中最早提出来的一个概念。恩格斯在信中对拉萨尔的描写局限于官方小圈子的缺点给予了批评，肯定了"福斯塔夫式的背景"，希望他能像莎士比亚一样，将视野扩展到整个社会。

恩格斯指出，在封建社会衰落、解体的历史时期，在贵族与贵族斗争的背后，存在着广大市民和农民的活动，以及由这个活动所构成的平民社会五光十色的背景——恩格斯称之为"福斯塔夫式的背景"，并把对这个背景的描写看成是其作品"莎士比亚化"的重要的内容之一。恩格斯称赞"福斯塔夫式的背景"，就是希望作家在广阔而复杂的社会背景中能够更好地塑造典型，再现生活。

恩格斯对于"福斯塔夫式的背景"的评价

恩格斯对《亨利四世》中以描绘广泛的社会生活来突出主题思想的艺术手法十分重视。他在1859年5月18日致拉萨尔的信中指出："我认为，我们不应当为了观念上的东西而背弃现实主义的东西，为了突出席勒而忘掉莎士比亚，根据我个人对于戏剧的这种看法，介绍那时五光十色的平民社会，会提供内容迥异的材料使剧本生动起来，会为在前台表演的贵族的国民运动提供一副极为宝贵的背景，只有在这种状态之下，才会使这个运动本身呈现出本来面目。在这个封建关系解体的时期，我们从那些流浪的乞丐般的国王、无衣无食的雇佣兵以及形形色色的冒险家身上，还有什么惊人的独特形象不能发现呢！福斯塔夫式的背景在这样的历史剧中必然会比在莎士比亚那里有更为显著的效果。"

亨利四世

福斯塔夫是莎士比亚在其著名的历史剧《亨利四世》和喜剧《温莎的风流娘儿们》中着力塑造的人物形象。福斯塔夫是一个封建社会破落骑士的典型代表，他在封建制度走向没落的时期由贵族社会跌落到平民社会。他的社会关系十分复杂，上与太子关系亲密，

下与小偷、强盗、地痞、流氓、妓女为伍。莎士比亚通过福斯塔夫的活动，向人们展示了当时社会上至宫廷下至酒店、妓院的广阔的社会背景，全景再现了封建制度瓦解时期"五光十色的平民社会"。这为塑造人物和展开戏剧冲突提供了广阔、丰富、生动的社会历史背景，是莎士比亚现实主义艺术的重要成就之一。

美丑对照原则

所谓"美丑对照原则"，就是在文艺作品中大量运用美丽、高尚与丑陋、卑贱的人物或意象进行对比，从而给读者造成极为强烈的心理反差，使故事情节变得跌宕起伏。美丑对照原则是法国作家雨果首先提出并加以倡导的美学观点和创作主张。雨果在《克伦威尔序言》中指出，"万物中的一切并不都是合乎人情的美"，"丑就在美的旁边，畸形贴近优美，粗俗隐藏在崇高的背后，恶与善并存，黑暗与光明相伴"。雨果认为，古典主义只重视崇高文雅的一面，而忽略了"丑怪粗野"的一面，这是违背自然规则的，作为一名艺术家，具有表现丑、恶的权利，因此，雨果力主通过美丑对照来表现艺术真实。这种创作方式在雨果的很多作品中都有所体现，《巴黎圣母院》就是美丑对照原则的成功范例。

《巴黎圣母院》中有几个最典型的代表人物：有外貌奇丑无比但心地纯洁善良的钟楼怪人加西莫多，与之截然相反的衣冠楚楚、道貌岸然的副主教克洛德，也有美貌与善良兼备的吉卜赛女郎爱斯梅哈尔达。这些人构成了美与丑的鲜明对比，而加西莫多作为最鲜明的人物形象，仅在他一个人身上就体现了这种美与丑的极端对立——外表的极度丑陋与内心无比的高尚美好。正是由于作品运用了美丑对照原则，才使得人物形象突出，个性鲜明，进而更深刻地揭示了其中的艺术内涵。

雨果笔下的加西莫多

在《巴黎圣母院》中，雨果是这样描述加西莫多外貌的："……那个四面体的鼻子，那张马蹄形的嘴，小小的左眼被茅草一样的棕红色眉毛所壅塞，右眼则完全被掩盖在一个大瘤子下面，横七竖八的牙齿缺一块掉一块，就像城墙垛一样，生着老茧的嘴巴上被一颗大牙践踏着，伸出来好像大象的长牙……"

"两个肩膀之间长着一个大驼背，前面的鸡胸则给予了平衡。从大腿到脚，整个下肢扭曲得奇形怪状，双腿之间只有膝盖处才勉强接触。从正面看，就像两把镰刀，在刀把处会合……"总之，在加西莫多的身上，集中了人间的一切丑陋，但这奇丑无比的外表下却藏着一颗美好的心灵，这正是所谓"渺小变成了伟大，畸形变成了美好"。

复调结构

"复调"原本是音乐术语，指的是欧洲18世纪以前广泛使用的一种音乐体裁，它与和弦以及十二音律音乐不同，没有主旋律和伴声的区别，所有声音都按照自己的声部行进，相互层叠，从而构成复调体音乐。

俄国著名文学理论家巴赫金借用"复调"一词来概括陀思妥耶夫斯基创作的基本特征，以区别于"那种基本上属于独白型（单旋律）的，已经定型的欧洲小说模式"。巴赫金说："陀思妥耶夫斯基笔下世界的完整统一，不能简单地归结为一个人感情意志的统一，这正如音乐中的复调也不能归结为一个人感情意志的统一一样。"

在巴赫金看来，"独白型"小说的一个典型特征，就是众多命运和性格构成一个统一的客观世界，这一切都在作者统一的意志支配下层层展开。在这类作品中，所有事件都是作为客体对象得以表现的，主人公也都是客体人物形象，都是作者意识的载体。虽然这些人物也在说话，也有自己的声音，但

巴 赫

是他们的声音都是被作者意志"过滤"之后才得以放送的。这种作品只能有限地刻画性格和展开情节，却不能塑造多种不同的声音，因此，并不能形成主人公自己的独立"声部"，听起来就像是同一个声部的合唱。小说主人公的意志实际上统一于作者自身的意识，丧失了独立存在的可能性。

巴赫金认为，作家作为一个叙述人，他并不是全知全能的上帝，不可能将一切事情都看清楚，把一切线索都理清晰，把所有故事都讲述得那么完整，因为他的灵魂深处也有可能是割裂的、自相矛盾的，因此在他进行人物设计和情节讲述的过程中，可能会在不经意间把自己的内心矛盾在故事中表露出来，这不但不是什么坏事，反而可以把自己表露得更加深刻。在复调小说中，作家和作品中的每个人物都像是乐曲中的不同声部，在互不干扰的前提下互相对话、共同存在，共同奏成交响曲，这必然更能够反映出人性在现实社会中的真实状态。

复调音乐的历史发展

专业复调音乐是在欧洲发展起来的。9—15世纪是其孕育期和萌芽期，中世纪教堂的宗教活动促进了这种多声部音乐的快速发展。16—18世纪，复调音乐由意大利的帕里斯特列那、比利时的拉索、德国的巴赫等人推到一个更加辉煌的发展时期。

在中国，复调音乐早就存在于民间音乐当中，如以西南少数民族为代表的多声部民歌。此外，传统音乐中的宗教音乐、戏曲、曲艺音乐和江南丝竹乐等都存在着复调音乐形态。19世纪以来，在东西方文化交融的过程中，欧洲复调音乐的作品及技术理论体系也传入中国，中国音乐家将这一理论体系与中国民族音乐文化相结合，创作出许许多多表现中国社会风貌的佳作，形成了自己独特的新音乐传统。

"冰山原则"

"冰山原则"作为一种文学创作理论，指

的是人的语言对于自身思想的表达程度就好像冰山一样，只有八分之一露在水面以上，有八分之七在水面以下，意思就是说人类的语言是无法尽善尽美地表达思想的，因此对于读者而言，作者也没有必要写得过于直露，因为读者是能够读懂的。"冰山原则"的创作理论是由美国作家海明威最先提出的，在文学理论界产生了很大的影响。

海明威提出的这一创作理论是对自己创作经验的形象总结。1932 年，海明威在一部描写西班牙斗牛士的著作《午后之死》中，提出了著名的"冰山原则"："如果一位散文家对于他所要写的东西心中有数，那么他就可能省略掉他所知道的东西，而读者呢，只要作家写得真实，就会强烈地感觉到他所省略的地方，这就好像作者写出来一样。冰山在海水中移动得十分庄严宏伟，这是因为它只有八分之一的体积露出水面。"

"冰山原则"使海明威形成了别具一格的艺术特色。在文体上，他的风格简约、含蓄、清新而又内涵丰富，他常用电报式的对话、内心独白、意识流手法、象征手法等来表达极为复杂的思想感情。在作品结构上，他往往只截取故事中的一个时间段或一个时间点，集中地反映重大的主题或历史事件。这种海明威式的时间模式和他电报式的文体风格交相辉映，共同构成了海明威作品中独特的"冰山风格"。海明威的"冰山原则"被引用到各种文学理论之中，对现代小说叙事艺术有着深远的影响。

对于"冰山原则"的评价

对于海明威的"冰山原则"，西方批评家进行了非常深入的探讨。美国批评家马尔科姆指出："你从生活当中提取出那些唤起自己情绪的细节，如果你对暴行与恐怖并不熟视无睹，而是按照适当的顺序准确描述出这些细节，那么你就写出了能够唤起读者情绪的东西。这就是海明威在他早期作品中所遵循的方法，这种方法在他自己限定的范围内是非常成功的。甚至在其范围之外，也是很成功的，因为他所勾画的图景表明具有一种十分广泛的暗示力。"

英国批评家贝茨在评价海明威小说时说："掌握了暗示艺术，用一句话来说明两件或两件以上不同事情的艺术，那就是把短篇小说家要做的工作完成了一多半。"

美国批评家艾德尔对"冰山原则"则持否定态度，他认为，这是一种"回避的手法"，是"甩开情绪来造成一种情绪的气氛"。

文字音韵

英语属于印欧语系中日耳曼语族下的西日耳曼语支。英语没有规则的拼写和读音，同一个音可以由多个字母或字母组合发出来。英语句子的结构非常自然和简单，语序合乎自然逻辑思维，倒装现象较少。英语词义随着时代的变化而变化，词总是获得更新的词义，且词义变化非常自然。英语有大量由动词加副词构成的动词词组，这些词组让英语拥有更加灵活的表达力，显得生动活泼。

音 步

在英文诗当中，重读与非重读音节的特殊性组合叫做音步（foot）。一个音步的音节数量一般为两个或三个音节，但原则上不能少于两个或多于三个音节，并且其中有且只有一个音节必须重读。分析英文诗的格律，实际上就是将诗划分成音步，并且计算音步的数量以及区分出是何种音步。这种音步划分叫做"scansion"。根据一首英文诗的音步数量，每个诗行含有一个音步的，称"单音步"（monometer）；每个诗行含有两个音步的，称"双音步"（dimeter）；每个诗行含有三个音步的，称"三音步"（trimeter）；依此类推，还有四音步（tetrameter）、五音步（pentameter）、六音步（hexameter）、七音步（heptameter）以及八音步（octometer）等。

值得注意的是，一个音步并不一定等于一个单词。比如"revolution"这个词，可以分成由两个音节组成的两个音步，即第一个音步是"revo"，第二个音步是"lution"，而每个音步都有两个音节；"revolution"还可以成为由三个音节组成的一个音步，剩余的一个音节，可与下一个单词里的音节进行组合，即第一个音步是"revolu"，而剩下的一个音节"tion"只能与接下来的单词中的第一个音节再组合成为另一个音步。由此可见，音步就是把多音节的单词先按照音节进行分解，然后再以音步中对于音节数量的实际需要为依据，跨越单词的界限（如果必要的话）完成最终的组合。

节的排列方式，可以把音步分成很多不同的种类，即格律。

常见的英文诗格律有四种，第一种为抑扬格（iambus）：一个音步由一个非重读音节加一个重读音节构成。第二种为扬抑格（trochee）：一个音步由一个重读音节加一个非重读音节构成。第三种为抑抑扬格（anapaest）：一个音步由两个非重读音节加一个重读音节构成。第四种为扬抑抑格（dactyl）：一个音步由一个重读音节加两个非重读音节构成。

不常见的格律有三种。第一种为抑抑格（pyrrhic）：一个音步由两个非重读音节构成。第二种为扬扬格（spondee）：一个音步由两个重读音节构成。第三种为抑扬抑格（amphibrach）：一个音步中第一、三个音节为非重读音节，第二个音节为重读音节。英文诗就是依靠这些韵步的配合而产生抑扬顿挫的节奏感的。

诗歌除了要具备一定的格律外，还要押韵，以便产生音乐效果。英文诗的押韵根据单词中音素重复的部位不同而分成不同种

韵 律

在任何语言的诗歌当中，韵律都是必不可少的，它可以增强诗的艺术性和节奏感，这也是诗歌与其他文学体裁的主要区别。英文诗当中的韵律（metre），是依据音步所包含音节的数量以及重读音节的位置而加以区分的。

英语是"重音——音节型"语言，因此有轻读音节和重读音节之分，这是形成英语所特有的抑扬顿挫音韵节奏的关键性因素。同时，这也是英语和法语在语音方面的重要区别之一。法语是"音节型"语言，音节并没有轻重之分，法语韵律的最小单位不是音步，而是音节。英文诗当中以这种轻重音组合成音步，按照每一音步中重读音节与非重读音

建筑中的韵律

韵律并不单单存在于音乐中，也存在于其他艺术媒介当中，如美术、舞蹈、摄影、建筑和一些体育项目等。韵律是使构成系统的元素形成重复的一种重要属性，也是使一系列大体上并不连贯的感受获得规律化的最可靠的方法。正是由于这种对规律性的潜在追求，使人们往往将音乐与建筑这两种不同的艺术门类联系在一起。

建筑的韵律主要表现在重复上：可以是形状相同、间距不同的重复，也可以是间距相同、形状不同的重复，还有可能是其他方式的单元重复。这种重复最重要的条件是单元的相似性，以及间距的规律性；其次便是节奏的合逻辑性。因此，建筑被艺术家们誉为"石头的史诗"和"凝固的音乐"。

类，比较常见的有头韵（alliteration）、尾韵（rhyme）和谐元韵（assonance）。头韵是指词首音素重复，如 grew 和 great；尾韵是指词尾音素重复，如 great 和 bait；谐元韵则是指词中重读元音重复，如 fail 和 great。在一行诗中，可能同时存在多种押韵形式，例如：

The light that lies in women' seyes

——Thomas Moore

在这行诗中，既有头韵 light 和 lies，尾韵 lies 和 eyes，又有谐元韵 light、lies、eyes。英文诗中行与行之间的押韵格式称为韵法（Rhyming Scheme）。较为常见的有隔行押韵（ABCB）、两行转韵（AABB）、隔行交互押韵（ABAB）以及交错押韵（ABBA）。

头　韵

头韵（alliteration）是英语语言学分支文体学中的一个重要术语。头韵作为英语当中最重要的语音修辞手段之一，涵盖了语言的音乐美和整齐美，使语言音义一体、声情交融，具有十分强烈的表现力和感染力。

头韵在英语当中叫做"alliteration"，也称为"initialrhyme"或"head rhyme"，是指两个或两个以上单词的首字母相同，从而形成悦耳的读音。比较常见的押头韵的短语如：first and foremost（首先）、saints and sinners（圣人与罪人）、（with）might and main（尽全力地）、（in）weal and（or）woe（无论是福是祸）等。押头韵的手法可以上溯至古英语时期。5 世纪前后，盎格鲁—撒克逊入侵者为英国人带来了作为现代英语基础的盎格鲁—撒克逊语，大概在那时，盎格鲁—撒克逊人还带来一种新的诗歌形式，其主要的特征就是频繁地使用押头韵的手法。

头韵的结构特点是：仅第一部分或者第一部分辅音群的第一个音素相同。如果第一部分完全缺失，那么就只能让主元音相同。头韵作为加强行内节奏感的一种手段，属于

节奏式辅助因素，这也成为英语追求形式美、音韵美的一个重要表现。

抑扬格五音步

在英语当中，如果一个音步之中有两个音节，且前者轻音，后者重音，那么这种音步就叫做抑扬格音步（iamb, iambic）。轻读为"抑"，重读为"扬"，一轻一重，故称为抑扬格。由于英语中大量单词的发音都是一轻一重，因此用英语写诗，使用抑扬格就显得非常便利。也就是说，抑扬格比较符合英语的发音规律。因此，在英文诗当中，使用频率最高的便是抑扬格，百分之九十左右的英文诗都是用抑扬格写成的。其中，又以抑扬格五音步（iambic Pentameter）居多。

抑扬格五音步有如下几个特点：首先，每一个行诗都有十个音节；其次，每十个音节中分为五个音步；再有，每一个音步之中有两个音节，其中重音落在第二个音节上。以下面一首诗为例：You beat / your pate, and fan / cywit / will come.Knock as / you

盎格鲁—撒克逊人

盎格鲁—撒克逊人的远祖来自欧洲大陆，是日耳曼人当中的盎格鲁人和撒克逊人。大不列颠岛的土著居民是伊比利亚人，来自比利牛斯半岛，他们因创造了巨石文化而闻名于世。后来，克尔特人中的别尔格人、不列颠人等从欧洲大陆进入大不列颠岛，同化了土著居民，形成了盎格鲁—撒克逊人的早期基础。从 5 世纪起，盎格鲁人、撒克逊人进入不列颠，取代了克尔特人。

撒克逊人的生活

扬抑格

扬抑格与抑扬格恰好相反，它是由一个重读音节加一个非重读音节所构成的音步。

英语当中有一些读音为一重一轻的单词，如 many、holy、happy、yonder、flaming、upper、headlong、failing grandeur 等。如果写扬抑格的诗，这类词正好合适。但是，此类词在英语当中的数量非常少，与英语的语言规律不是十分吻合，因此扬抑格诗比较少见。

please，there's no / body / at home.（译文：你拍拍脑袋，认为灵感马上就会来。可无论你怎么敲打，也没有人把门打开。）

这首诗的基本音步类型是抑扬格，每行五音步。因此此诗的格律便是"抑扬格五音步"。抑扬格五音步使用范围很广，英雄双韵体（Heroic Couplet）、十四行诗（sonnet）、素体诗或无韵诗（Blank Verse）等都以抑扬格五音步的诗行写成。

英雄双韵体

英雄双韵体（Heroic Couplet），是由英国诗人乔叟首创的一种英国古典诗体。乔叟在创作《特罗伊勒斯和克莱西德》时，使用了每行十音节、双行一尾韵的诗体，这种诗体被称为"十音节双韵体"，乔叟因此成为英国文学史上第一个使用"十音节双韵体"的诗人。后来，他在诗歌创作过程中经常使用这种诗体，对其传播起到了重要的作用。这种诗体经过逐步发展，演化成了风行于18世纪的"英雄双韵体"。"英雄双韵体"继承了"十音节双韵体"的基本特征，并有所发展。这种诗体每行有五个音步，每个音步又有两个音节，其中第一个是轻音，第二个是重音。"英雄双韵体"的句式均衡、准确、整齐、简洁、考究，具有十分突出的艺术美感，因而受到

广大诗人的喜爱。

新古典主义诗歌的代表亚历山大·蒲柏就多采用"英雄双韵体"，蒲柏在翻译《伊利亚特》时也大胆使用了归化的手法，应用了为英国读者所熟悉的"英雄双韵体"，并取得了巨大的成功。由于乔叟对于英国民族语言和文学的发展具有重大影响，因此被誉为"英

乔叟的诗歌

国诗歌之父"，同时，他也成为了"英雄双韵体"的鼻祖。

十四行诗

十四行诗，也称做"商籁体"，为意大利文 sonetto、法文 sonnet、英文 sonnet 的音译，是流行于欧洲的一种格律严谨的抒情诗体。

十四行诗最初兴起于意大利，后传至欧洲各国。一种类型是由两节四行诗和两节三行诗构成，每行都有十一个音节，其韵式为 ABBA，ABBA，CDE，CDE 或 ABBA，

ABBA，CDC，CDC；另一种类型被称为"莎士比亚体"（shakespearean）或"伊丽莎白体"，由三节四行诗和两行对句构成，每行都有十个音节，其韵式为 ABAB，CDCD，EFEF，GG。

欧洲文艺复兴时期，十四行诗获得广泛的运用。意大利著名诗人彼特拉克是运用这一诗体的主要代表。他一生共写了 375 首十四行诗，汇编成《抒情诗集》，献给他的情人劳拉。他的十四行诗音韵优美，形式整齐，以歌颂爱情、表现其人文主义思想为主要内容。他的诗为欧洲资产阶级抒情诗的发展开辟了一条新路。后来有很多诗人都把彼特拉克的诗作奉为十四行诗的典范，纷纷效法。因此，人们又称十四行诗为"彼特拉克诗体"。

16 世纪初，十四行诗体传到了英国，风靡一时。到了 16 世纪末，十四行诗已成为英国最流行的诗体，并出现了锡德尼、斯宾塞等一大批著名的十四行诗人。莎士比亚进一步发展了这一诗体，一生共写下 154 首十四行诗。莎士比亚的十四行诗改变了彼特拉克的格式，由三节四行诗和两行对句组成，每行诗句有十个抑扬格音节，其押韵格式为 ABAB，CDCD，EFEF，GG。

与彼特拉克相比，莎士比亚的十四行诗更向前迈进一步，其思路曲折多变，主题鲜明丰富，起承转合运用自如，往往在最后两行对句中点明题意。后来，弥尔顿、雪莱、济慈等著名诗人也写过很多优秀的十四行诗。

西方文学

XIFANG WENXUE

YI BEN TONG

文学典故

　　典故，通俗来讲就是典制和掌故。它主要指关于典章制度、历史人物或神话人物的故事和传说。典故的特点是书面化和正规化，它是正统文学的一个分支。

　　典故能运用非常精练的语言来概括故事的含义，而内涵深刻、形象生动的典故会让文章大放华彩，所以这对文学创作来说非常重要。适当运用一些典故可以丰富文学的内容，在约定俗成的词语中表现出丰富的内涵，增加文学内容的韵味和情趣。比如，若想在文本中比喻叛徒，可用"犹大的亲吻"这一典故；若想在文本中比喻文学写作的灵感，可用"缪斯"这一典故；若想在文本中比喻灾难的根源，可用"潘多拉的盒子"这一典故。

　　西方文学典故大都出自古希腊神话、基督教《圣经》、文学作品，以及一些西方谚语和西方游戏。

古希腊神话

古希腊神话包含两个部分，即神的故事和英雄传说。神的故事主要是关注宇宙和人类的起源、神的产生及神的家族谱系等方面。英雄传说则起源于原始人类对祖先的崇拜，是古希腊人对人类在历史发展进程中所遇事件的艺术回顾。古希腊神话中，神与人同性同形，两者仅有生死期限的差别。每个神都拥有鲜明的个性，没有禁欲，甚至没有神秘色彩。本节收录的文学典故主要有潘多拉的盒子、斯芬克斯之谜等。

潘朵拉的盒子

潘多拉盒子又称潘多拉魔盒。潘多拉是古希腊神话中宙斯创造的人间女子，主要是为了报复人类。因为普罗米修斯盗天火给人间惹恼了宙斯，宙斯为惩罚人类，首先命令火神赫菲斯托斯用水土混合根据女神的形象做出一个可爱的女人，又命令爱与美之神阿佛洛狄忒淋上一种令男人疯狂的激素。接着命令女神雅典娜教会女人织出美丽的衣裳。

宙斯又派遣神使赫耳墨斯把狡诈、耍赖、欺骗、偷窃放入女人的性格里。最后给她取名为"潘多拉"，古希腊语"潘"是"所有"的意思，"多拉"是"礼物"的意思，加起来意为"具有一切天赋的女人"。

宙斯在争夺神界时得到了普罗米修斯及其弟弟伊皮米修斯的帮助。"普罗米修斯"是深谋远虑的意思，"伊皮米修斯"是后悔的意思，所以两兄弟的作风就跟其名字一样，有着深谋远虑和后悔的特性。潘多拉被创造之后，因为普罗米修斯拒绝接受，所以一开始就送给了伊皮米修斯。普罗米修斯警告伊皮米修斯千万不要接受宙斯的礼物，尤其是危险的女人。伊皮米修斯不听劝告接受了潘多拉。但是不久就开始后悔了。潘多拉为伊皮米修斯生了七个儿子，宙斯把七个儿子用一个盒子封印在"潘多拉之盒"里。潘多拉对此非常愤怒，就偷偷地把盒子打开想看看自己的

儿子。盒子刚一打开，他的前六个儿子就飞了出去，他们的名字分别叫贪婪、痛苦、杀戮、疾病、恐惧和欲望。从此，他们流落各处祸害人间。潘多拉的第七个儿子叫做希望，但希望还没来得及飞出来，潘多拉就将盒子永远地关上了。故此"潘多拉的盒子"常被用来比喻造成祸害或灾难的根源。

雅典娜

皮格玛利翁效应

皮格玛利翁是古希腊神话中的塞浦路斯国王。相传他性情孤僻，擅长雕刻。他用象牙雕刻了一座他理想中的女性塑像，并为其取名为加勒提亚。他天天和雕像相伴，把他全部的热情和爱恋都寄托在自己雕刻的少女雕像上，爱神阿佛洛狄忒见他感情真挚，就赋予雕像以生命，加勒提亚从架子上走下来，变成了活生生的真人。皮格玛利翁娶她为妻，他们的女儿帕福斯成为塞浦路斯南部海岸同名城市的始祖。后来，"皮格玛利翁效应"指一个人只要对艺术对象有执著的追求精神，就会发生艺术感应。

皮格玛利翁效应，也译为"毕马龙效应"或"比马龙效应"，以美国著名心理学家罗森塔尔和雅各布森在小学教学上的实验结果而得名。1968 年，两位美国心理学家从一所小学一至六年级中各选三个班，在学生中做了一次"发展测验"。他们以赞美的口吻和"权威性的谎言"暗示教师，坚定教师对名单上学生的信心。八个月后，他们又来到这所小学进行复试，结果名单上的学生的成绩有了明显的提高，而且性格也更为开朗。事实上，这是心理学家进行的一次期望性心理实验。虽然教师始终把这些名单隐藏在心里，但掩饰不住的热情仍通过眼神、笑貌、音调传达到这些实验的学生的心中。学生潜移默化地受到影响，因此变得更加自信，于是他们在行动上就更加认真学习，结果都有了很大的进步。这个令人赞叹不已的实验就是"皮格玛利翁效应"。"皮格玛利翁效应"给我们一个积极向上的启示：赞美、信任和期待具有一种能量，它能使人获得积极向上的动力，并尽力达到对方的期待。

缪 斯

缪斯是古希腊神话中九位古老的女神。她们以音乐和诗歌之神阿波罗为首领，分别掌管着历史、抒情诗、悲剧、爱情诗、喜剧、史诗、舞蹈、颂歌和天文。古希腊的诗人、歌手都祈求能从缪斯那里得到灵感。后来，人们就用"缪斯"来比喻文艺创作的灵感。

缪斯作为女神，专门掌管文艺，她天生丽质、气质非凡。阿尔克曼认为她们比宙斯古老，她们是乌拉诺斯和盖娅的女儿。赫西奥德《神谱》记载她们是众神之王宙斯和记忆女神摩涅莫辛涅的

缪 斯

女儿。一般认为最早的阿奥伊德、米雷特和摩涅莫辛涅三个缪斯体现了远古时代人们在崇拜仪式之中所需要的诗歌形式和技巧。后来缪斯发展为九位，最经典的九位缪斯是：掌管音乐的欧忒耳珀、掌管史诗的卡利俄珀、掌管历史的克利俄、掌管抒情诗的埃拉托、掌管悲剧的墨尔波墨涅、掌管圣歌的波吕许尼亚、掌管舞蹈的忒耳西科瑞、掌管喜剧的塔利亚和掌管天文的乌拉尼亚。这九位缪斯体现了古希腊人对诗歌艺术的完整理解。在古希腊以后的艺术中，又把每个缪斯女神与一定的物体放在一起：欧特碧和笛子、卡利俄珀和写字板、克利俄和一卷纸、埃拉托和竖琴、墨尔波墨和面具、波吕许尼亚和庄重的神情、忒耳西科瑞和竖琴、塔利亚和喜剧面具、乌拉尼亚和天球仪。

后来缪斯一直是文学艺术作品中美和艺术的代名词，缪斯不仅是艺术的代表，也是

艺术本身。

美狄亚

美狄亚是古希腊神话中科奇斯岛上会施法术的公主，同时也是太阳神赫利俄斯的后裔。她与来到科奇斯岛寻找金羊毛的伊阿宋王子一见钟情。为帮助伊阿宋得到金羊毛，美狄亚用法术帮助他完成了自己父亲定下的不可能完成的任务，条件就是要伊阿宋同她结婚。取得金羊毛以后，美狄亚和伊阿宋共同踏上了返回古希腊的旅程。美狄亚的父亲得知她逃走的消息，便派她的弟弟前去追赶。美狄亚毫不留情地杀死了自己的弟弟，并将其尸体切开，分割成碎块，抛散在山上各处。前来追赶的父亲和差役忙于收尸，美狄亚以此拖延时间，与伊阿宋一行人离开。

伊阿宋回国以后，美狄亚设计杀了篡夺王位的伊阿宋的叔叔，使伊阿宋重新夺回了王位。但伊阿宋也开始忌惮美狄亚的法术与残酷。几年以后，伊阿宋移情别恋，娶了新妻，美狄亚由爱生恨，于是叫儿子将一件遍染磷火性毒药的新衣服送给伊阿宋的新妻，新妻穿上以后，即被烧死。美狄亚又亲手杀死了自己所生的两个孩子，带着他们的尸体离开伊阿宋，伊阿宋也抑郁而亡。

后来，美狄亚逃到雅典，受到忒修斯的父亲埃勾斯的庇护。当忒修斯前来认父时，美狄亚觉得他对自己不利，便从中阻挠，但最终被忒修斯识破。于是，美狄亚被逐出雅典，以后不知所终。美狄亚后喻指心肠阴险、毒辣，为达到个人的目的而不择手段的女人。

斯芬克斯之谜

"斯芬克斯之谜"出自古希腊神话。在古希腊神话当中，斯芬克斯是一个人面狮身、嗜食人肉的雌性恶兽，代表着神的惩罚。"sphinx"源于古希腊语，意思是"拉紧"，因

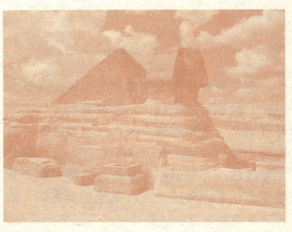

斯芬克斯

为古希腊人把斯芬克斯想象成为一个能够扼人致死的怪物。

传说，天后赫拉曾指派斯芬克斯坐在忒拜城附近的悬崖之上，拦截过往的行人，并用谜语向他们提问，猜不中者就会立即被斯芬克斯吃掉。这个谜语就是："一种什么样的动物早上用四条腿走路，中午用两条腿走路，到了晚上则用三条腿走路？而在他腿最多的时候，也正是他走路速度最慢，体力最为虚弱的时候。"俄狄浦斯路过这里，猜中了正确

埃及的"斯芬克斯"

坐落在开罗西南吉萨大金字塔近旁的狮身人面像，是埃及著名的古迹，它与金字塔同为古埃及文明最具代表性的遗迹。狮身人面像高21米，长57米，仅耳朵就有2米长。除了长达15米的狮爪是用石块镶砌之外，整座像是在一块巨石上雕成的。其面部是古埃及第四王朝法老哈夫拉的脸形。相传公元前2611年，法老哈夫拉巡视自己的陵墓——哈夫拉金字塔工程时，吩咐手下人为自己雕凿石像。工匠们别出心裁地雕凿了一座狮身，而以哈夫拉的面像作为狮子的头。

在古埃及，狮子象征着力量，这座狮身人面像正是古埃及法老的真实写照。狮身人面像坐西向东，蹲伏在哈夫拉的陵墓旁。由于其形状酷似古希腊神话中的怪物斯芬克斯，因此，西方人常以"斯芬克斯"称呼它。

答案，谜底就是——"人"。斯芬克斯见自己的谜语被猜出，羞愧万分，便跳崖而死（一说为被俄狄浦斯杀死）。

俄狄浦斯回答的依据是：在一个人生命的早晨，他还是个孩子，只能用两只手和两条腿爬行；而到了生命的正午，他已步入壮年，只用两条腿就可以走路；到了生命的黄昏，他已年老力衰，只有借助拐杖才能走路，所以说有三只脚。在一个人蠕蠕爬行的幼年时代，正是他走路速度最慢、体力也最为虚弱的时候。这个故事的寓意在于人要认识自己。现在，人们常用"斯芬克斯之谜"来比喻那些神秘、复杂，并且难于理解的问题。

奥吉亚斯的牛圈

"奥吉亚斯的牛圈"出自古希腊神话中关于英雄赫拉克勒斯的传说。奥吉亚斯是海神之子、古希腊西部厄利斯的国王。他拥有一个奇大无比的牛圈，里面他畜养了无数头牛，三十年来从未清扫过，牛粪堆积如山，肮脏不堪。

古希腊神话中的英雄人物赫拉克勒斯，是宙斯与底比斯国王之女阿尔克墨涅所生的儿子。赫拉克勒斯自幼就在名师的传授之下，习得了各种武艺与技能，因而神勇无敌，成为远近闻名的大力士。后来，心胸狭窄的天

赫拉克勒斯

马丁·路德打扫"奥吉亚斯的牛圈"

德国宗教改革运动的领袖马丁·路德于1517年宣布宗教改革纲领，并于1520年写成《致德意志民族的基督教贵族书》，以此反对教皇对于王权的干涉。他还提出了一系列反对天主教教义的主张，极力要求建立新教。从1517年到1533年，马丁·路德将古希伯来语和古希腊语的《圣经》翻译成德语。他的《圣经》译本使下层民众能够援引《圣经》中的章句为本阶级利益辩护，同时，这对于促进德国民族语言的统一也有着重大的影响。因此，恩格斯评价他说："路德不但扫清了教会这个奥吉亚斯的牛圈，同时也扫清了德国语言这个奥吉亚斯的牛圈，他创造了德国现代散文，并且撰写了成为16世纪《马赛曲》的充满胜利信心的赞美诗的词和曲。"

后赫拉对他进行迫害，使他不得不替迈锡尼国王欧律斯透斯服役十多年。赫拉克勒斯抵制了"恶德"女神劝他走享乐道路的诱惑，而是听从了"美德"女神的忠告，决心在逆境中百折不挠，为民造福。

他在十二年中完成了十二项骄人业绩，其中的一项就是在一天之中将奥吉亚斯的牛圈清理干净。赫拉克勒斯先是在牛圈的一端挖了条深沟，引来附近珀涅俄斯河和阿尔裴斯河的水灌入牛圈，而在另一端又挖一出口，使河水得以流经牛圈，借水之力冲洗积粪。这样，他一夜之间将三十年没有清理过的污秽不堪的牛圈打扫得干干净净。奥吉亚斯曾经许诺，事成之后将把牛群的十分之一送给赫拉克勒斯作为酬劳，后来当他得知赫拉克勒斯是奉欧律斯透斯之命来完成此事时，竟自食其言，于是被赫拉克勒斯杀死。

现在，"奥吉亚斯的牛圈"常用来比喻累积成堆或肮脏腐败，并且不

易解决的问题，也可代表某些不良制度、下流习俗以及恶劣作风等。

安泰俄斯

安泰俄斯是古希腊神话中著名的巨人和英雄。根据传说，安泰俄斯是海神波塞冬和大地女神盖娅的儿子，居住在利比亚。他的妻子名叫廷吉斯。安泰俄斯勇猛无比，力大无穷，而且只要他与大地保持接触，他就是不可战胜的，因为这样他就可以从他的母亲——大地女神盖娅那里持续获得无穷无尽的力量。他凭借这一点，强迫每一个经过他土地的人与他比试摔跤，并将他们杀死。他这样做的目的就是收集死者的头骨，好为他的父亲——海神波塞冬建立一座神庙。

后来，古希腊最伟大的英雄赫拉克勒斯路过利比亚，安泰俄斯同样要求与他比试，赫拉克勒斯便与之决斗。在格斗过程中，赫拉克勒斯发现，每当自己把安泰俄斯打倒在地时，安泰俄斯都会马上站起来继续战斗，体力没有丝毫的减损。赫拉克勒斯由此明白了：只要安泰俄斯的身体不离开地面，就可以从大地那里源源不断地获取能量；而一旦他离开了地面，就失去了力量的来源，变得不堪一击。赫拉克勒斯发现了安泰俄斯的这一秘密之后，就将他举到半空中，使其脱离地面。这样，安泰俄斯就无法从母亲盖娅那里获取力量。最后，赫拉克勒斯用力大无穷的双手把他活活扼死了。

现在人们常用这一典故来比喻精神力量不能与物质基础相脱离，一个人的成功同样也不能离开他的祖国和人民的支持。

达摩克利斯之剑

达摩克利斯之剑是指时刻存在的危险。此典出于古希腊的一个历史故事：从前有个国王名叫狄奥尼西奥斯，他统治着西西里最富庶的城市，他拥有一座美丽的宫殿，里面有无数价值连城的珍宝，一大群的侍从随时恭候两旁。达摩克利斯是狄奥尼西奥斯的宠臣，他常取悦国王说："您真是太幸运了，您拥有人类想要的一切，您是世界上最幸福的人。"国王终于听腻了这样的话，对达摩克利斯说："你如果真的以为我比别人幸福的话，那么我愿意和你换一下地位。"于是达摩克利斯穿上了王袍，戴上金制的王冠，坐在宴会厅的桌旁，桌上美味佳肴、鲜花、美酒、稀有的香水、动人的乐曲等应有尽有，他觉得自己是世界上最幸福的人。当他举起酒杯喝酒时却发现天花板上倒悬着一把极为锋利的宝剑，剑柄只有一根马鬃系着，眼看就要掉到头上，刀尖差点碰到了他的头。达摩克利斯立刻身体僵住了，笑容也消失了，脸色煞白，双手颤抖，不想吃也不想喝只想远远地逃出王宫。国王说："怎么了？你是怕那把随时可能掉下来的剑吗？那是我天天看见的，它就一直悬在我的头上，说不定什么时候有什么人就会将那根细线斩断。也许是哪个大臣垂涎我的权力想杀死我，也许有人散布谣言发动百姓来反

达摩克利斯之剑

对我，也许邻国的国王会突然派兵夺取我的王位，也许我的决策失误会使我不得不退位，如果你想做统治者，你就必须得承担各种风险，风险永远伴随着权力。"从此，达摩克利斯非常珍惜自己的生活。

"达摩克利斯之剑"是个非常有名的故事，以后此典故就引申为做坏事的人随时都有可能受到惩罚。此外，这个故事有很深的寓意：首先是一个人拥有多大的权力，那么他就要承担多大的责任。其次是当一个人获取了多少荣誉和地位，他都要付出同样多的代价。再次是当我们羡慕别人拥有了多少的时候，还要想到别人为此付出了多少。最后是当我们想要获取多少时，那我们就必须准备付出多少。

西西弗斯

荷马史诗中的西西弗斯是人间最有智慧而又机巧的人，他是科林斯的缔造者和国王。宙斯掳走河神伊索普斯之女伊琴娜之后，伊索普斯曾到科林斯寻找女儿。西西弗斯得知此事后，以一条四季常流的河川作为交换条件告诉了他女儿的去向。由于西西弗斯泄露了宙斯的秘密，宙斯便派死神把他押下地狱。没想到，西西弗斯却用计将死神绑架，致使人间长期都没有人死去，直到死神被救出，这种情况才结束。西西弗斯也因此被打入冥界。

在被打入冥界之前，西西弗斯告诉妻子墨洛珀不要埋葬他的尸首。进入冥界以后，西西弗斯对冥后帕尔塞福涅说，一个没被埋葬的人是没有资格留在冥界的。他请求给予三天时间还阳以处理自己的后事。没想到，西西弗斯一看到多姿多彩的大地就不想回冥府去了。直到死后，西西弗斯被判逐到地狱那边。由于西西弗斯的行为触怒了众神，诸神为了惩罚他，就要求他把一块巨石推上山顶。西西弗斯每天要把一块异常沉重的大石头推到十分陡的山上，但由于那块巨石太重了，每

次即将推上山顶就无法阻挡地滚下山去，他只能眼看着这块大石头滚到山脚下，自己前功尽弃。西西弗斯就这样永远地，并且没有任何希望地重复着这个没有任何意义的动作。诸神认为再没有比这更为严厉的惩罚了。西西弗斯的生命就在这样一件毫无希望的劳作中慢慢耗尽。后来人们就用西西弗斯的故事来比喻一个人从事着没有任何意义和希望的工作。

阿喀琉斯之踵

"阿喀琉斯之踵"是古希腊神话中的英雄阿喀琉斯身上唯一能被刺伤的地方。阿喀琉斯是阿尔戈英雄珀琉斯和海洋女神忒提斯的儿子，是特洛伊战争中最伟大的英雄，同时也是第二代英雄中的佼佼者。阿喀琉斯刚出生时，他的母亲想使他成为神人，于是在夜里背着他父亲把儿子放在天火中燃烧，要把从他父亲身上继承下来的人类成分烧掉，使他变得圣洁。到了白天，她又用神药为儿子涂抹烧灼的伤口。一次，珀琉斯在暗中偷看。当他看到自己的儿子在烈火中抽搐时，不由得大叫起来。这样一来就妨碍了忒提斯，因此阿喀琉斯身上除了脚踵之外浑身刀枪不入。

后来，阿喀琉斯在奥德修斯的邀请下参加了特洛伊战争，成为古希腊联军的主将。在

冥河之水

关于"阿喀琉斯之踵"，还有另外一种说法："冥河"是地狱所有河流中最著名的一条。据说，在冥河之水浸泡过的人浑身上下都会坚硬无比，刀枪不入。阿喀琉斯在年幼的时候，就被自己的母亲浸入到斯提克斯冥河中。当时，阿喀琉斯的母亲捏住他的脚踵，让他倒悬着接受冥河之水的冲洗，阿喀琉斯身上接触到水的地方，都变得刀枪不入，只有被母亲捏住的脚踵因为没有接触到水，而成为他身上唯一一处会受伤的地方。

战斗中，阿喀琉斯杀敌无数，多次使古希腊联军转败为胜。他在与特洛伊主将赫克托耳的格斗中，由于自己身上刀枪不入，因此赫克托耳无法伤害他，最终，他杀死了赫克托耳。可是后来，庇护赫克托耳的阿波罗用太阳箭射中了阿喀琉斯的脚踵，这位英雄就这样死去了。

阿喀琉斯死后，葬礼十分隆重，古希腊人用温水洗他的身体，为他穿上他的母亲忒提斯送给他的战袍。雅典娜在他的额头上洒落了几滴香膏，以防止尸体腐烂。人们把英雄的尸体放在柴堆的顶上，将柴堆点燃，尸体随之化为灰烬。后来，人们就用"阿喀琉斯之踵"来比喻一个人或一件事唯一致命的弱点。

特洛伊木马

"特洛伊木马"这一名称来源于古希腊神话《木马屠城记》。宙斯原本与忒提斯相恋，但传说忒提斯的儿子（即后来的阿喀琉斯）会比他的父亲还要强大，宙斯怕当年他推翻父亲的事重演，于是就将忒提斯嫁给了著名的英雄珀琉斯，以避免影响他的权力。婚礼上，邀请了很多神，唯独女神厄里斯没有被邀请。她非常生气，便在婚礼上抛出了一个金苹果，上面写着"给最美丽者"。智慧女神雅典娜、爱与美的女神阿佛洛狄忒和天后赫拉都认为自己应该得到这个苹果。最后她们请特洛伊王子帕里斯进行裁决。三位女神都来贿赂帕里斯：雅典娜以天下最聪明的人作贿赂；天后赫拉以王位作贿赂；阿佛洛狄忒则以天下第一美人作贿赂。

最后，帕里斯选择了阿佛洛狄忒。作为回报，阿佛洛狄忒让斯巴达王后——世界上最漂亮的女人海伦和帕里斯坠入爱河。一次，访问斯巴达的时候，帕里斯绑架了海伦，将她带到特洛伊。

帕里斯的行为激怒了斯巴达国王，于是

他联合希腊各城邦向特洛伊宣战。希腊联军围攻特洛伊城，整整十年没有攻下。最后，有人献计制造一只巨大的木马，假装作战马神，让一批勇士藏于木马之中，然后希腊联军大部队假装撤退并将木马弃于特洛伊城外。城中得知敌人撤退的消息后，就将"木马"作为战利品拖入城内。当晚，全城饮酒狂欢。到了午夜时分，全城军民都沉沉睡去，藏于木马之中的勇士打开秘门游绳而下，开启了特洛伊城门并四处纵火，城外的希腊伏兵趁机涌入，里应外合，一举攻下了特洛伊城。

后来，人们常用"特洛伊木马"来比喻在敌方阵营埋下伏兵里应外合的活动。

海妖之歌

塞壬来源于古老的古希腊神话。在神话中，她是一个人面鸟身的海妖。她在大海上飞翔，有着天籁般的歌喉，经常用歌声来诱惑过路的航海者而使船只触礁沉没，船员便成为塞壬的食物。塞壬本是河神埃克罗厄斯的女儿，是从他的血液之中诞生的美丽动人的妖精。在一次与缪斯比赛音乐的时候，塞壬落败而被缪斯拔去双翅，因此无法飞翔。失去翅膀后的塞壬不能飞翔，只能在海岸线附近游弋，有时会幻化为美人鱼，用自己的音乐天赋诱惑过往的水手使之遭受灭顶之灾。塞壬居住的小岛在墨西拿海峡附近，那里还居住着另外两位海妖——卡吕布狄斯和斯基拉。也正因为如此，那一带海域早已堆满了遇难者的白骨。在古希腊神话里，英雄奥德修斯在特洛伊战争结束后，率领船队返回故乡的途中经过墨西拿海峡。

奥德修斯听从了女神卡吕普索的忠告，为对付塞壬等海妖，他事先采取了十分谨慎的防备措施，在船队还没有驶到能听到歌声的地方时，奥德修斯就命令水手把他拴在桅杆上，并吩咐手下人用蜡把他们的耳朵塞住。他还告诫他们，通过死亡岛时千万不要理会他的手势和命令。

不久，死亡岛就进入了他们的视野。奥德修斯听到了海妖那迷人的歌声，他用尽全力挣扎着要解开束缚，并向水手叫喊着让他们驶向正在草地上唱歌的海妖姐妹，但没有人理他。海员们驾驶着船只一路向前，直到再也听不见歌声，他们才为奥德修斯松绑，并取出他们耳朵中的蜡。奥德修斯因此幸免于难。

后来，人们就用"塞壬之歌"或"海妖之歌"来比喻难以抵挡的诱惑。

月 桂

月桂女神的传说源自古希腊神话。一次，阿波罗看见小爱神丘比特正拿着弓箭玩，就不客气地警告他说："弓箭是非常危险的东西，小孩子不要随便玩。"原来丘比特有两支非常特别的箭。凡是被他那支用黄金做成的利箭射到的人，心中会立刻充满恋爱的热情；而被那支用铅做成的钝箭射到的人，就会对爱情十分厌恶。

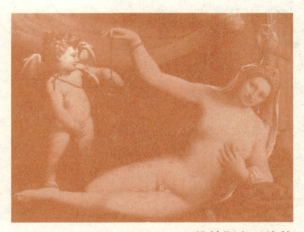

维纳斯和丘比特

丘比特听了阿波罗的话，心里很不服气。他趁阿波罗不注意，便把爱情之箭射向阿波罗。阿波罗心中立刻有了对爱情的强烈渴望。这时，年轻貌美的达芙妮正好走过来，丘比特就把那支铅做的钝箭射向达芙妮。达芙妮被钝箭射中后，马上变得十分厌恶爱情。

这时候，阿波罗已经深深地爱上了达芙妮，立即对她表达爱慕之情。可是达芙妮却厌恶地说："我讨厌爱情！请离我远一点儿！"说着，就向山谷里飞奔而去。可是阿波罗对于追求达芙妮并不死心，他拿起竖琴，弹奏出优美的乐曲。不管谁听到阿波罗的琴声，

古希腊神话中太阳黑子的来历

在另外一个版本的传说中，美丽的月桂女神曾与阿波罗互相爱慕。终于有一天，阿波罗按捺不住自己对月桂女神的爱恋，于是对她展开追求。可是由于阿波罗是太阳神，体内聚集了大量热能，使得月桂女神无法忍受，因为一旦靠近就有被灼伤的危险，于是她大喊救命。她的父亲不忍看女儿遭此痛苦，就将大地劈开一条大缝。月桂女神纵身一跳，便化作了一棵月桂树从裂缝中长出。后来，阿波罗意识到是因为自己太热了才使月桂女神化作一棵大树。他便发誓要为月桂留下一片遮蔽——那就是太阳黑子。

都会不由自主地走到他面前倾听他的演奏。

藏在山里的达芙妮听到了阿波罗优美的琴声，也禁不住陶醉了。于是她走向阿波罗这边来。躲在巨石后面的阿波罗立刻跳了出来，走上前去要拥抱达芙妮。达芙妮看见阿波罗，撒腿就跑。阿波罗在后面紧紧追赶。跑了很远的路，达芙妮已经筋疲力尽。最后她瘫倒在地上，眼看阿波罗就要追上了，她急得大呼"救命"。河神听见了达芙妮的呼喊声，便用神力将她变成一棵月桂树。

只见达芙妮的长发变成了树叶，手腕变成了树枝，双腿变成了树干，双脚和脚趾变成了树根，深深地扎入土里。阿波罗见此情景，懊悔万分。他随即把月桂作为他的标志，并把月桂的枝叶编成桂冠，作为对诗人及优胜者的荣誉奖赏。后来，月桂、桂冠就作为胜利和光荣的象征而流传至今。

文学作品

本节的典故都是出自于一些经典的文学作品，其中有英国作家莎士比亚的《威尼斯商人》，有法国剧作家莫里哀的喜剧《吝啬鬼》，有美国作家海勒的小说《第二十二条军规》，有俄国作家契诃夫的小说《套中人》等，这些作品都是家喻户晓的名著。

夏洛克与一磅肉

夏洛克是英国著名剧作家莎士比亚在其名剧《威尼斯商人》中成功塑造的反面人物。他是一个既贪婪又残忍的犹太富商、高利贷者。安东尼奥是一位正直的威尼斯商人，他反对放高利贷，借给别人钱从不收取利息，这样，就直接影响到夏洛克的贷款业绩，夏洛克因此对他怀恨在心。一次，安东尼奥的好朋友巴萨尼奥因向鲍西娅求婚而向安东尼奥借钱，但是安东尼奥一时资金周转不灵，没办法，他只好向夏洛克去借。夏洛克想趁此机会向安东尼奥实施报复，便强迫他签订了"如果逾期不还钱，就要在债务人的身上割下

一磅肉"的借约。到了规定的期限后，安东尼奥因故没能及时还债，夏洛克便告到法庭，执意要按照借约的规定，非要割下安东尼奥身上的一磅肉不可。巴萨尼奥的新婚妻子鲍西娅聪明伶俐，在这危急关头，她想出了一个好办法。她装扮成律师受理此案。她在法庭上声明，依据法律和借约的规定，夏洛克只许割安东尼奥的肉而不许使他流血，而且割下的肉必须绝对是一磅重，哪怕有一丝一毫的误差或者哪怕流一滴血，夏洛克也应当抵命。由于夏洛克无法做到这一点，故诉讼失败，夏洛克也因此损失了一大笔财产。

后来，人们在写文章时就经常用"夏洛克与一磅肉"的典故，来讽刺、揭露垄断资产阶级或霸权主义者的残忍与贪婪。

阿巴贡

阿巴贡是法国剧作家莫里哀的喜剧《吝啬鬼》中的主人公。阿巴贡生性多疑，且视钱如命，就连"赠你一个早安"也不舍得说，而是说"借你一个早安"。他虽然有家财万贯，但是"一见人伸手，就浑身抽搐"，好像被人挖掉了五脏六腑。为了不花一分钱，他要儿子娶一个非常有钱的寡妇；为了不送陪嫁，他要女儿嫁给一个年过半百的老头；而他自己也想娶一个年轻可爱的姑娘而不费分文。他不给儿子钱花，迫使儿子不得不去借高利贷；为了省菜钱，他把吃素的斋期延长了一倍，让厨师用八个人的饭菜量来招待十位客人；为了节省马料，他半夜去偷喂马的荞麦而被马夫痛打。他时常为自己那一万银币的安全担心，甚至怀疑所有的人都想偷他的钱。

《吝啬鬼》真实地描写了阿巴贡身上"积累欲"与"享受欲"之间的冲突。阿巴贡是要求享乐的，他不仅需要厨师、女仆和马车夫，也要请客喝酒。而且年过花甲，仍贪图女色，看中了年轻貌美的玛丽亚娜。但是这一切的享受都不能威胁到他财富的积累。因此，他让厨师兼做马车夫、在酒中兑水、一心想娶不用花钱的女人。当他的儿子克雷央特以一万银币作为要挟他的条件，让他在要玛丽亚娜还是要那一万银币之间选择时，阿贡毅然决然地放弃了玛丽亚娜。

莫里哀成功地塑造了阿巴贡这一人物形象，使之成为世界文学史上"四大吝啬鬼"之一。"阿巴贡"也因此成了吝啬鬼的代名词。

四大吝啬鬼

在世界文学史上，有四位塑造得非常成功而又极具个性的吝啬鬼形象，为世界文学画廊增添了夺目的光彩。所谓的"四大吝啬鬼"包括：英国戏剧家莎士比亚的喜剧《威尼斯商人》中的夏洛克；法国剧作家莫里哀的喜剧《吝啬鬼》中的阿巴贡；法国作家巴尔扎克的长篇小说《欧也妮·葛朗台》中的葛朗台；俄国作家果戈理的长篇小说《死魂灵》中的泼留希金。

象牙塔

"象牙塔"一词出自19世纪法国著名诗人、文艺批评家圣佩韦·查理·奥古斯丁的书函《致维尔曼》。根据《旧约·雅歌》的第七章第四节记载，睿智而又富有的以色列国王所罗门曾经创作诗歌1005首，其中的《雅歌》全部为爱情之歌。在第五首中，新郎是这样赞美新娘的："……你的颈项如同象牙塔一般；你的眼睛就像希实本巴特那拉并门旁的水池……"奥古斯丁在书函中批评同时代的法国消极浪漫主义诗人维尼作品中呈现出来的悲观、消极的情绪，他主张作家应该从庸俗的资产阶级现实生活当中超脱出来，进入一种不受世俗观念影响的、纯主观幻想的艺术境界，于是他就引用《雅歌》中的"象牙塔"一词来代指这种境界。

"象牙塔"在《致维尔曼》中的本意为忽视现实社会中丑恶悲惨的生活，而将自身隐藏在其理想中的美满境地，以从事艺术创作的一种状态。从此，"象牙塔"就被用来比喻那种与世隔绝的梦幻境地。后来，"象牙塔"一词的含义逐渐被引申，意指超脱于现实社会之外，远离生活，躲进孤独而舒适的个人小天地，完全凭借主观幻想从事创作活动。在现代汉语中，"象牙塔"的外延主要是指"比喻脱离现实生活的文学家和艺术家的小天地"，高等院校、研究机构正是这种地方。

第二十二条军规

"第二十二条军规"出自黑色幽默文学流派的代表作家约瑟夫·海勒的小说《第二十二条军规》。在这部小说中，根据军规，

约瑟夫·海勒

任何人都必须无条件地执行上司的命令。没有任何人敢对卡思卡特上校无限制地提高飞行次数的行为提出抗议，就是因为慑于这条军规的"威力"。尤索林想以健康原因为由回国，军医告诉他这是没有办法做到的。因为军规规定，只有疯子才有资格停飞回国，但同时又规定，每个想停飞回国的人必须由本人提出申请，而能够提出申请的人都不可能是疯子，因此任何人都不可能回国。

一旦陷入这条军规所设下的陷阱，一切想反驳、想投诉、想抗争的行为都是徒劳的。这就是所谓的"第二十二条军规"——一个无法逃避的圈套、一副永远无法挣脱的枷锁。这条抽象的、不成文的军规，是官僚专制主义意志的一种夸张体现。从现实世界来看，它又代表着一种统治世界的疯狂力量，它处处存在，又处处施展着威力。在这条无所不在、无所不能的军规制约下，广大的普通人变成了被任意玩弄、残害的对象。

海勒眼中的《第二十二条军规》

海勒的《第二十二条军规》虽然以二战期间美国空军的一个飞行大队为题材，但实际上并没有关于战争的具体描述。这部小说的要旨，正如作者本人所说的那样，"在《第二十二条军规》当中，我对战争并不感兴趣，我所关注的是官僚权力结构当中的个人关系"。所谓的"第二十二条军规"，实际上并不存在，这一点可以肯定，但这也无济于事。问题是每个人都认为它存在。这就更加糟糕，因为这样就没有具体的对象与条文，可以任人对它进行嘲讽、驳斥、控诉、批评、攻击、修正、憎恨、辱骂、唾弃、撕毁、践踏或者烧掉。

由于作者海勒在这部小说中的成功描写，"第二十二条军规"一词的内涵已远远超出原来作品的范围，已经成为"无辜的人们被异己力量无条件地支配、吞噬"的代名词，它已正式进入美国的日常语言当中。

豌豆公主

"豌豆公主"出自丹麦作家安徒生的同名童话。在很久以前，有一位富裕王国的王子。在他成年时，他的母后认为应该为他娶个妻子了。但是，这位王子不想随随便便找一个女人结婚，而是希望能够找到一个真正的公主来做他未来的妻子。因此，他到世界各地去游历，寻访各个王国，和所有的国王会面，但他还是没有找到他所满意的对象。后来，在一个雷雨交加的夜晚，一位自称是真正的公主的年轻女子前来敲响城堡的门。

可是由于她被雨水浇得十分狼狈，竟然没有人相信她的话。但她还是受到热情招待并住了下来。皇后为了测试这个年轻女子所说的话的真实性，便来到她的卧室里，把二十层床垫、二十层鸭绒被放在这位女子的床铺上，并在其底部放了一颗小豌豆。那个女子就在这张床上睡了一夜。到了第二天，那个女子醒来之后，皇后便过去询问她昨晚睡得如何。女子回答说："唉！很不好！我几乎整夜没有合眼。天知道床里究竟包了些什么。但我只

醋小姐

"醋小姐"一词出自俄国著名作家波米亚洛夫斯基的小说《小市民的幸福》。小说中的女主人公莲诺奇卡是一个精神空虚、目光短浅的"千金小姐"。她由于遭受失恋的打击而成为忧心忡忡、痛苦悲伤的"醋小姐"。后来，人们常以此来比喻装腔作势、矫揉造作的女子，也泛指思想庸俗、目光短浅或感情脆弱、喜怒无常的人。由此可见，"醋小姐"与"豌豆公主"有着很多相同点。

觉得躺在一个很硬的东西上面，我现在全身都很疼痛。真是太糟糕了！"皇后于是立刻决定让自己的儿子娶这个女子为妻，因为只有真正的公主才能够拥有如此细致、敏感的皮肤，才能感受到二十层床垫和二十层鸭绒被下面放着的一颗小豌豆。

现在，"豌豆公主"常用来讽刺那些娇嫩无比、弱不禁风的千金小姐。

红 帆

这个典故出自苏联作家格林的中篇小说《红帆》。

小说中的女主人公阿索莉是一位纯真善良而又身世坎坷的姑娘，她刚出生不久，母亲就去世了；父亲当了十年水手，回到家乡之后靠做玩具模型维持生活，性格孤僻。有一次，幼小的阿索莉在进城送玩具的途中，在树林里不小心丢失了一只小巧洁白的赛艇，那只赛艇上系着用红色的绸料制成的帆篷。小小的红帆在林中的小溪里随风飘走，阿索莉紧追不舍，一直追到入海口，她发现一个陌生人拿起了那只小艇。这个人是一位旅行家，自称是"头号魔法师"，他预言说，若干年以后，当阿索莉长大成人时，将有一位王子乘坐扬着红帆的海船来把她带走。从此以后，阿索莉原本饱受创伤的内心燃起了对幸福生活的无限希望，尽管人们都讥笑她，管她叫"疯子"，可她仍然对预言中的红帆坚信不疑。每当她对生活的重压难以承受时，就会来到海边，等待着黎明，在晨曦中企盼梦幻中的红帆向她驶来。在一次偶然的机会中，格莱船长驾驶着自己的"秘密号"来到海岸高坡的一处树林，发现了正在沉睡中的阿索莉。格莱得知她的情况之后，便作出了来自上天启示的决定。他购买了长达两千米的昂贵的红绸，将"秘密号"装饰得焕然一新。格莱升起了红帆，奏响音乐，扬帆起航了。阿索莉的幻想变成了现实，她终于看见了奇妙的圣境：在渐渐驶近的红帆

船头之上，站立着她日夜期待的王子……

"红帆"现在常用来比喻人们美好的理想。

套中人

"套中人"一词出自俄国作家契诃夫的同名小说。

小说主人公名叫别里科夫，现实生活总令他感到心神不安，让他害怕。为了与世人隔绝，避免受外界的影响，他总是想给自己制造一个安全的套子：哪怕在晴天出门，他也要穿上套鞋，带着雨伞；他的雨伞、怀表甚至削铅笔的小刀等一切能包裹起来的东西也总是装在套子里；就连他的脸好像也装在套子里，因为他习惯于把自己的脸藏在高高竖

套中人

起的衣领里面，戴上黑眼镜；耳朵里还塞上棉花，坐出租马车的时候，总要让车夫马上把车篷支起来。而这一切只是他抵挡恐惧的外在表现。另一方面，凡是被禁止的东西都让他感到清楚明了、心里踏实，而对那些没

有被政府明令禁止的事物，他总是觉得可疑、害怕。他的口头禅是："千万别闹出什么乱子来。"这句话在这部篇幅不长的小说中竟然以不同的方式出现了九次，像咒语一般压得人喘不过气来。他性格孤僻，胆小怕事，害怕社会变革，想做一个纯粹的现行制度之下的"守法良民"。他还辖制着其他人，并不是靠暴力手段，而是在精神上使众人压抑，让大家感到"透不出气"。可以说，别里科夫是被沙皇专制制度毒化了的牺牲品，他既是沙皇专制制度的忠实维护者，更是受害者。

如今，"套中人"已成为墨守成规、因循守旧的同义词，用来比喻那些惧怕一切新鲜事物，反对变革，阻碍社会发展的人。

尼采之死

尼采在 24 岁时就成为了巴塞尔大学的古典哲学教授，但他在 1879 年由于健康问题辞职，后来一直饱受精神疾病的煎熬。从 1889 年 1 月开始，尼采显露出了一些精神状况不稳定的征兆。一天，尼采在都灵街头引起公众骚动后，被意大利警方带回。当天到底发生了什么事情已无从知晓，流传较广的一种说法是尼采在卡罗·阿尔伯托广场上看到一匹马被马夫用鞭子抽打，他突然上前搂住马的脖子痛哭说道："我受苦受难的兄弟啊！"紧接着便瘫倒在地上。从此以后，他的精神再也没有恢复。1900 年，尼采在魏玛咽下最后一口气，后被葬在故乡洛肯镇。

超 人

"超人"一词出自德国哲学家尼采的《查拉图斯特拉如是说》。在尼采看来，"超人"是代表统治阶层的理想化的全才人物。他说："一个人是能够使千万年的历史增添色彩的——也就是说，一个充实、雄厚、伟大、完美的人要胜过无数残缺不全、微不足道的人。"

尼采在其著作中这样描述超人："诚然，人是一条污秽不堪的河流。要想容纳一条污秽的河流而不受到污染，除非你是大海。听啊！我以超人教你们，他就是这样的大海，在他里面，你的大轻蔑将被融入。""人就是一根连接动物和超人的绳子，就像是深渊上方的绳索。走过去很危险，停在中途也很危险，颤抖也很危险，停住同样危险。"

"超人这个词，指的是一种有着最高成就类型的名称，这种人与'现代人''善人''基督徒'，以及其他的虚无主义者相反。但这个词几乎到处都被无知地误解为被查拉图斯特拉所彻底摒弃的那些评价——如将超人误认

《查拉图斯特拉如是说》中的插图

为圣者、半天才的人。还有一些所谓博学的笨蛋，由此猜测我是达尔文主义者，甚至还有人认为我的学说是那不自觉的骗子卡莱尔的英雄崇拜思想，而这种英雄崇拜正是我所深恶痛绝、正欲厌弃的。"

《查拉图斯特拉如是说》中的查拉图斯特拉并非超人，作者尼采本人也不是，尼采认为人类历史上还未曾出现过超人。所谓的超人并不是徒具蛮力的勇夫，或是残忍的暴君，而是勇于作自我超越和价值重估的人。常人对于超人的最大误解就是认为超人是尼采另造的新神，这是他对未来人类的期望。

现在，"超人"一词比喻那些凌驾于万物之上、自命不凡的利己主义者，也指那些能力超群、高于常人的人，以及为了某种信仰而自我磨炼、自我节制，拒绝物质与肉体的诱惑，能够忍受恶劣环境压迫的人。

《鲁滨逊漂流记》中的插图

鲁滨逊和星期五

"鲁滨逊"和"星期五"是英国著名作家笛福的长篇小说《鲁滨逊漂流记》中的人物。

出身于商人家庭的鲁滨逊乘船去非洲做生意时，在海上遇到了风暴，他一个人漂流到一个孤岛上。为了生存下去，他顽强地与大自然进行抗争。他在岛上种植稻子和大麦，并自制木杵、木臼和筛子，加工面粉，做出了粗糙的面包。他捕捉并且驯养野山羊，使其繁殖。他还亲手制作陶器等，以保证自己的生活需要。鲁滨逊一直想离开孤岛。他砍倒一棵大树，用了近半年的时间做成了一只独木舟，但由于船实在太重，无法拖下海去，只能前功尽弃，另造一只小的。

鲁滨逊在这座孤岛上独自生活了17年后，有一天，他发现在岛边海岸上散布着人骨，有生过火的痕迹，原来外岛有一群野人曾在此举行过人肉宴。鲁滨逊万分惊愕。此后他便提高了警惕，更加留心周围的环境。到了第24年，岛上又来了一群野人，他们带着将要被杀死、

吃掉的俘虏。鲁滨逊发现以后，救出了其中的一个。鲁滨逊把这个被救的土人取名为"星期五"。从此以后，"星期五"便成了鲁滨逊忠实的仆人和朋友。接着，鲁滨逊和"星期五"共同救出了"星期五"的父亲和一个西班牙人。不久，有一条英国船停泊在孤岛附近，船上的水手闹事，将船长等三人抛弃在岛上，鲁滨逊和"星期五"帮助船长制伏了那些水手，重新夺回了船只。他把那些水手留在了岛上，自己则带着"星期五"和船长等人离开荒岛回到英国。

后来，人们就常用"鲁滨逊和星期五"这一典故来批评那些企图脱离人民、脱离社会的思想和人。

回到破旧的木盆旁边

这一典故源于普希金的童话诗《渔夫和金鱼的故事》。故事讲一个渔夫和他的老太婆在大海边的"一所破旧的小木棚里"居住，

渔夫每天撒网打鱼，老太婆则天天纺纱织线。他们家里很穷，只有一只破旧的木盆。有一天，渔夫打到一条会说话的金鱼，这条金鱼请求渔夫放了她，并许下有求必应的诺言。渔夫为人忠厚，不索取任何报酬，便将她放回了大海。但是，老太婆得知此事以后却破口大骂，

逼着渔夫去向金鱼索要一只新木盆。金鱼满足了她的要求。但是老太婆随即又破口大骂，让老头儿再去要一座崭新的木房子。金鱼便给了她一座木房子。可是老太婆还不满足，第三次向金鱼提出要求，要做"世袭的贵妇人"。金鱼又满足了她的要求。老太婆当上了贵妇人之后不久，声称"要做个自由自在的女皇"。金鱼再一次满足了她的要求。

后来，老太婆的野心越来越大，"想当海上的女霸王"，并要金鱼亲自服侍她，听她差遣。这一次，金鱼不但没有满足她的要求，还收回了过去送给她的一切。当渔夫从海边回来时，他的眼前"依旧是那个小木房"，老太婆的面前"还是那只破木盆"。金鱼之所以这样做，是因为它已看清楚，老太婆的贪婪之心是永远都不会得到满足的。

现在，人们常用这个典故来比喻"竹篮打水一场空"的经历。

阿拉丁神灯

与普希金笔下的金鱼相似，《一千零一夜》中的阿拉丁神灯同样具有魔力。阿拉丁原本是苏丹国一个裁缝的儿子，一次偶然的机会，他得到了一盏神灯，只要擦亮这盏神灯，一个自称"神灯的奴隶"的巨魔就会出现，他可以满足主人的一切要求。阿拉丁在神灯的帮助下拥有了财富，获得了地位，还娶了自己心仪的公主为妻。后来，他杀死了抢夺神灯的公主的巫师，再一次过上了幸福的生活。人们常用"阿拉丁神灯"来比喻能满足人的一切愿望的东西。

基督教经典

本节典故都是出自于基督教的经典。《圣经》是基督教的正式经典，又名《新旧约全书》，它被奉为神学和教义的根本依据。内容主要包括历史、诗歌、论述、书函、传奇、律法等。其中《旧约》本为犹太教的正式经典，后被基督教定为《圣经》，但基督教认为《旧约》是上帝通过摩西与以色列人所订之约，《新约》则是通过耶稣基督与信者所订立之约。本节收录的文学典故有伊甸园、禁果、十诫等。

伊甸园

据《旧约·创世纪》载，造人是上帝最后的同时也是最神圣的一项工作。起初，天不下雨；可大地却有雾气笼罩，万物滋生。上帝于是用泥土捏出人形，然后在泥坯的鼻中吹入生命的气息，这样就创造出了有灵性的活人。上帝给他取名为"亚当"。

上帝在东方的一片富饶而美丽的平原上为亚当开辟出了一个园子——伊甸园。伊甸园的地上撒满了黄金、玛瑙、珍珠，各种各样的树木从土地里生长出来，开放各种奇花异草，十分好看；树上还结着甜美果实。园子当中还有知善恶树和生命树。

还有四条河在园中淙淙流淌，滋润着大地，这四条河分别为幼发拉底河、底格里斯河、比逊河和基训河。现存的只有幼发拉底河与底格里斯河。作为上帝的恩赐，伊甸园里天不下雨而五谷丰登。

上帝还把各种各样的飞禽走兽放在园子里面，亚当就给这些动物一一取名字。然后，上帝就让疲惫不堪的亚当好好地睡上一觉。就在亚当熟睡的时候，上帝从他身上取下一根肋骨，并用这根肋骨造了夏娃，这样，亚当就有了伴侣而不会孤单了。亚当和夏娃赤身裸体，他们或悠然躺卧，或款款散步，或品尝着园子里甘美的果实。他们就这样在伊甸乐园中过着无忧无虑、和谐美满的幸福生活，履行着上帝分配的任务。后来，人们就用伊甸园来比喻幸福、快乐的所在。

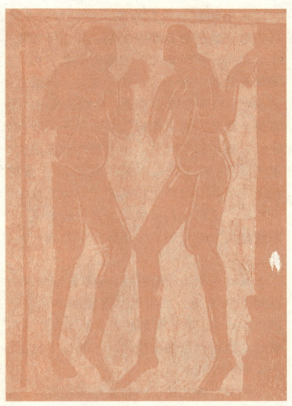

亚当和夏娃

米开朗琪罗的《创世纪》

骨中之骨，肉中之肉

"骨中之骨，肉中之肉"是《旧约·创世纪》中著名的典故。上帝创造了第一个人类——亚当之后，为他建造了伊甸园供他居住、生活。但那时的亚当独自一人，十分孤独，上帝便决定为他再创造一个配偶。于是，在亚当沉睡之际，上帝取下他的一根肋骨，又把他的皮肉合起来。上帝用这根肋骨造了一个女人，取名为"夏娃"，并让二人结为夫妻。上帝把夏娃带到亚当面前，亚当马上意识到这个女人与自己的生命有着密切的联系，他的心中充满了快慰和满足，于是脱口便说："这是我骨中之骨，肉中之肉啊！可以称她为'女人'，因为她是从男人的身上取出来的。"由此看来，男人和女人本为一体，因此男人和女人长大之后都要离开自己的父母，与对方结合，二

人融为一体。

后来，亚当和夏娃由于偷食"知善恶树"上的果子，被上帝逐出伊甸园，来到了尘世。上帝诅咒他们，说从今以后，亚当必须累得满头大汗才能够生存下去，夏娃则必须经受分娩的痛苦。"亚当"的含义是"人"，而"夏娃"的含义是"生命之母"。他们在西方人的传说中，是人类的生命之源，是人类共同的始祖。

后来，人们就用"骨中之骨，肉中之肉"来比喻骨肉相连的亲密关系，也喻指耗费了自己很多心血与精力而获得的成果和最心爱的东西。

禁　果

根据《旧约·创世纪》载，亚当和夏娃在伊甸园中居住，上帝允许他们食用园中的所有果子，但唯独有一棵"知善恶树"上的果子不许他们吃。

亚当和夏娃没有衣服，他们光着身体，自由自在地在伊甸园中生活，与上帝相处得十分和谐。在伊甸园中的所有动物当中，蛇是最邪恶的。有一次，蛇问夏娃，问她是否可以吃到任何想吃的果子。夏娃回答道："那当然，除了'知善恶树'上的果子，我们想吃什么就可以吃什么。但唯独知善恶树上的果子，我们吃了就会死掉。"蛇说："不会的，如果吃了知善恶树上结的果子，你们就会区别善恶，这样你们就跟上帝是一样的了。上帝就是因为这个原因才不让你们吃那知善恶树上的果子的。"

夏娃用充满着渴求的眼神看着知善恶树，被树上水灵灵的果实诱惑得控制不了自己，因为她知道，吃了树上的果子她就会变聪明。最后，她再也忍受不住了，于是摘下树上的一枚果子吃了。

然后，她又摘了一枚递给亚当吃了。之后，他们两个彼此对望，意识到了自己是裸体，也明白了男女有别，于是产生了羞耻感。他

们连忙摘下一些无花果的叶子遮住了自己的身体。上帝知道了这件事以后，便审问亚当。亚当立刻指着夏娃，对上帝说："是这个女人诱骗我吃那棵树上的果子的。"夏娃连忙解释说："是我让他吃的，可是，诱惑我吃那果子的是那条蛇。"于是，上帝对那条蛇下了诅咒，并且把亚当和夏娃都驱赶出了伊甸园。

在基督教经典当中，偷食禁果被认为是人类一切罪恶的开端，后比喻因被禁止而更希望得到的东西。

洗　礼

"洗礼"（也称做浸礼、圣洗）一词的古希腊原文意思是进入或沉入水中，是基督教的传统宗教仪式。"洗礼"源自《圣经》。人类的始祖亚当与夏娃因听信蛇的话而偷吃禁果犯下大罪，这种罪过从此以后便代代相传，称为"原罪"；每个人违背上帝旨意也是犯罪，称为"本罪"。因此，凡是笃信上帝的人，一定要经过洗礼，洗刷原罪与本罪。现在的东正教、天主教以及大部分的基督新教实施的婴儿洗礼在3世纪时就已出现。因对洗礼有着不同的理解，故形成了不同的宗派；而在不同的宗派内部，在基督教历史上也发展出多种不同的教义。对于洗礼的讨论，主要涉及洗礼的效能、施洗的方法，以及婴儿、死人受洗等问题。

进行洗礼仪式时，主洗者要口诵经文，将水倒在、洒向受洗者的头上，或是把受洗者浸入水中，然后扶起来施行。因此洗礼也称为"浸洗"。

《圣经》指出："洗礼原本并不在乎除去肉体的污秽，只求在神的面前有无亏的良心。"洗礼让众多基督徒在众人（包括上帝、人、魔鬼）面前承认自己与耶稣出生入死，承认自己是虔诚的基督徒。另一方面的意义是加入教会，从今以后就要承担起基督徒的责任。一般的基督徒，会把洗礼看做是自己人生的分界线：之前是为自己的享乐而活；洗礼以

尘土之身

在《圣经》中，亚当和夏娃因偷吃了知善恶树的果子而被上帝赶出伊甸园。上帝诅咒：人必须经受土地的折磨。人只能从田里收获果实来充饥，而田里会长满荆棘，人必须通过艰苦劳作，才会种出庄稼养活自己，直到归于泥土。由于人是上帝用泥土造出来的，本是尘土，死后仍旧归于尘土，所以后来人常被称为尘土之身。

无独有偶，在中国神话中，人也是用泥土造成的——女娲抟土造人。可见，在两种文化中，人们对于自身的起源有着极为相似的认识。

米开朗琪罗《逐出伊甸园》

够悔过自新，建立一个新的、理想的世界。

在人类当中，只有诺亚在上帝面前蒙恩。他常劝告周围的人们尽快停止作恶，但别人对他的话都不以为然，继续作恶享乐。于是，上帝选中诺亚一家作为人类的种子而保存下来。上帝告诉他们，七天以后人世间就会有一场大灾难，要他们造一只长300肘、宽50肘、高30肘的方舟，方舟上面要有透光的窗户，旁边还要开一道门。方舟要分上、中、下三层。诺亚一家听了立即照办。

方舟造好以后，诺亚一家按照上帝的叮嘱将各种动物选择一公一母带入方舟躲避起来。2月17日那天，上帝发起了洪水，巨大的水柱从地下喷涌而出，天上大雨日夜下个不停。洪水整整持续了40天，地上最高的山峰也被洪水淹没了，凡是靠肺呼吸的动物都死了，只有方舟里人和动物的种子安然无恙。后来，上帝停止了降水，陆地又露了出来，这时，诺亚全家和那些生物的种子，从方舟里出来。他们在这片新的土地上，继续繁衍生息，创造了新的世界。后来，人们常用"诺亚方舟"来比喻灾难中的避难所或救星。

基督受洗

后，就表示献身给耶稣，要终生为耶稣而活。

后来，"洗礼"一词常用来比喻经受某种锻炼或考验而达到一种更高的境界。

诺亚方舟

"诺亚方舟"出自《旧约·创世纪》。亚当和夏娃由于偷吃禁果，所以被逐出伊甸园。亚当一直活了930岁，他和夏娃所生的子女无数。他们的子孙传宗接代，越来越多，遍布了整个大地。后来，亚当和夏娃的长子该隐杀了弟弟亚伯，揭开了人类自相残杀的序幕。上帝因此诅咒了土地，使人们不得不付出艰苦的劳动才能生存下去，因此人类的怨恨和恶念与日俱增。人们无休止地争斗、掠夺，人世间的罪恶简直到了无以复加的程度。

上帝看到这一切，对人类犯下的罪孽感到十分忧伤，于是要将所造的人和各种动物都从地上消灭。但他又舍不得把世间的一切全部毁掉，而是希望新一代的人类和动物能

和平鸽

"和平鸽"最早出自《旧约·创世纪》中"诺亚方舟"的故事。上帝为惩罚人类，降洪水于大地，只留下诺亚一家乘坐方舟在汪洋中漂泊。大雨下了40天，上帝顾念诺亚一家以及方舟中的飞禽走兽，于是下令止雨兴风。风吹着无边无际的水，水势逐渐消退，诺亚方舟就停靠在亚拉腊山旁边。这样过了几十天，诺亚打开了方舟上面的窗户，放一只乌鸦出去探听消息，但这只乌鸦一去不复返。诺亚便又将一只鸽子放了出去，让它出去看看陆地上的水是否消退了。由于遍地都是水，鸽子找不到落脚的地方，就又飞回到方舟。七天以后，诺亚又放出鸽子，到了黄昏时分，鸽子飞回来了，嘴里衔着一枝新摘下来的翠绿

和平鸽与橄榄枝

后来，人们就常用鸽子与橄榄枝来象征和平。如今，"和平鸽"已成为世界公认的和平的象征。

犹大的亲吻

犹大原是《圣经》中耶稣的亲信弟子十二门徒之一。"犹大的亲吻"是犹大出卖自己的老师耶稣基督的一个暗号。

根据《新约》记载，耶稣基督传布新道虽然受到了广大百姓的热烈拥护，但却引起了犹太教祭司和长老们的仇视。他们为了除掉耶稣，就找来贪财的犹大，想要收买他。犹大对他们说："如果我帮助你们抓捕耶稣，你们能够给我什么？"犹太教祭司就拿了三十块银币给他，让他帮助辨认耶稣。因为一般人都不认识耶稣，犹大又怕兵士天黑看不清楚，就与他们定下了暗号："我见面以后亲吻的那个人就是耶稣。"当耶稣带领着自己的众门徒从大尼出来在橄榄山麓客西马尼园停留时，他对众门徒说："你们在这里做，我到那边去祷告。"他便带着自己的门徒彼得、雅各、约翰一起去。祷告之后，耶稣回到门徒那里，对他们说："你们还在睡觉、休息吗？看吧，我被罪人出卖的时候到了。快起来，我们走吧！

色的橄榄枝，这很明显是鸽子从树上啄下来的。诺亚见此情景，知道洪水已经消退，树木已经露出了水面。又过了七天，诺亚再次放出鸽子，这次鸽子没再回来。到了诺亚601岁那年的1月1日，陆地上的洪水全都消退了。到了2月27日，大地完全干了。上帝这时对诺亚说："你们全家可以出舟了。你要把方舟里的所有飞鸟、走兽和一切爬行生物全都带出来，让它们在地上繁衍生息吧。"于是，诺亚全家和方舟里的其他生物，都按种类出来，开始了新的生活。

该隐杀弟

亚当和夏娃相继生下了该隐和亚伯。该隐是个耕田人，亚伯则是个牧羊人。到了向上帝进贡的那一天，该隐拿了一些土地生产的东西献给上帝，亚伯则献上了一批精选的乳羊。上帝看中了亚伯的供品，却没有相中该隐的礼物。该隐非常生气，他对亚伯说："我们到野外去吧。"两人到了那里，该隐就杀死了自己的弟弟。

后来，上帝知道了该隐杀害亚伯的事情，于是诅咒该隐："你将被流放，离开这块吞噬你兄弟鲜血的土地；你要耕种，地里再也不会长出苗壮的庄稼。你将会成为流浪汉，四处漂泊。"

《最后的晚餐》

《最后的晚餐》是一幅享誉世界的大型壁画，文艺复兴时期由著名画家达·芬奇在米兰的圣玛利亚感恩修道院的食堂墙壁上绘成。

《最后的晚餐》壁画取材于《马太福音》第26章。耶稣在被捕的前夕与十二门徒共进最后一次晚餐时预言"你们当中有一人将出卖我"后，各位门徒显得哀伤、困惑与骚动，纷纷问耶稣："主啊，是我吗？"这幅画描绘了当时的情景。在众门徒中，只有坐在耶稣右侧的叛徒犹大惊慌失措地将身体向后倾，一只手抓着出卖耶稣得来的装有30枚银币的钱袋，面部显得阴沉灰暗。1980年，这幅壁画被列为世界文化遗产。

《最后的晚餐》

看，那个出卖我的人来了！"这时，犹大引着犹太兵包抄过来。犹大见到耶稣后，假装请安，走过去向耶稣亲吻。犹太兵随即一拥而上，将耶稣抓捕。后来，耶稣被钉死在十字架上。犹大以一个亲吻来卖主，何其奸诈！在犯罪的时候还以礼貌的方式欺骗受害者，还想装成顺从的小羊。这种事是被魔鬼控制的人才能做得出来的，因此，按照《圣经》的说法，是魔鬼撒旦附在犹大身上使其做出这件事的。

后来，人们就常用"犹大的亲吻"这一典故来比喻那些无耻之徒的叛变、出卖行为。

十字架

十字架原本是欧洲古代的一种处以死刑的刑具，是一种极为残忍的处决方式，特别流行于波斯帝国、犹太王国、大马士革王国、以色列王国、迦太基以及古罗马等地，通常用来处死异教徒、叛逆者、奴隶以及没有公民权的人。被判处这种刑罚的犯人，都要背着十字架走向刑场，最后死在十字架上。在当时，这种处罚是一种忌讳。由于其消耗的资源十分巨大，因此通常一年之中只会处罚极少数人。而且除非是极度重犯，否则不会采取这种方式。

按照基督教传说，耶稣基督就死于这种

刑罚。耶稣被犹大出卖以后，被犹太教当权者押送到古罗马帝国驻犹太总督彼拉多处，被判处极刑，死在十字架上。耶稣在死后的第三天复活，复活后四十日升天。因此，后人就将十字架看成是耶稣的"苦难像"。337年，古罗马皇帝君士坦丁大帝下令禁止使用此刑，因为他在一场战役前，看到在天空中出现了类似十字架的异常现象。在西方文学当中，十字架常被用来比喻苦难。今天，十字架已成为基督教的信仰标记，而不仅是痛苦与耻辱的象征。基督教信徒在胸前画"十字"或佩戴十字架的目的是以此来坚定信仰、作洁

被钉在十字架上

净之用或用以纪念耶稣为拯救全人类而牺牲。

十 诫

"十诫"出自《圣经》中上帝耶和华在西奈山顶赐予以色列人的先知摩西十诫的故事。

摩西带领以色列人离开埃及三个月之后，到了西奈山，他们便在山下安营。上帝让摩西告诉百姓，要他们保持洁净，因为第三天上帝要对他们讲话。

到了第三天早上，山上雷声大作，营中的百姓都吓得瑟瑟发抖，摩西率领大家走出

"十诫"的存处

据《圣经》记载，"十诫"是上帝亲自用手指写在石板上的，后被放在约柜中。犹太人将其奉为生活的准则，同时，这也是最早的法律条文。摩西在第一次拿到十诫以后，回到以色列部族，他看到以色列人在膜拜一只象征着上帝的金牛犊，便愤然将写有"十诫"的石板摔碎。因此，放在圣幕或约柜中的是第二次制成的石板。

存放这块石板的约柜一直存放在耶路撒冷的圣殿中，直到1世纪，入侵的古罗马军队焚毁了耶路撒冷，圣殿中至圣所存放的约柜也随之消失了。

出埃及记

营地迎接上帝，他们全都站在山下。这时，整个西奈山都在冒烟，并且伴随着剧烈的震动，这是因为上帝在火中降临到西奈山顶上。上帝召摩西来到山顶，对他说："我把你们从埃及的为奴之家带出来，你们必须听从我的命令。"然后便告诉他十条诫命，并要求百姓们在生活中要切实遵行。这"十诫"包括：除耶和华之外，不许再信别的神；不许为自己雕刻偶像，同时也不许跪拜任何偶像；不许妄称耶和华的名字；纪念安息日，守为圣日，每隔七日都要休息一天，接受上帝的再造；孝敬父母；不许杀人；不许奸淫；不许偷盗；不许有欺诈行为，不许做假证陷害人；不许贪恋别人的房产、妻子、仆婢、牛羊等。

摩西下山以后将上帝的命令都告诉了百姓，让他们照着上帝吩咐的去做。百姓们齐声说："上帝之命，我们都必然会遵行。"于是，摩西就成为以色列人最早的立法者，"十诫"也成了以色列人神圣的律法。

生活典故

西方文学典故的来源十分丰富。本节的西方文学典故有的出自西方谚语，有的来自民间的口耳相传，有的出自哲学家的理论，有的出自文化传统，有的来自西方的一种游戏，还有的来自于政治意义等。这些典故不仅丰富了我们的日常语言，更为人类的文学史创造了永垂不朽的经典之作，比如鳄鱼的眼泪、柏拉图式的爱情、圆桌会议等。

鳄鱼的眼泪

"鳄鱼的眼泪"是一句十分著名的西谚。根据古代西方的传说，鳄鱼不但有凶猛残忍的一面，还有奸诈狡猾的一面。当它窥视着人、畜、鱼、兽等捕食对象的时候，总是会先流眼泪，装出悲天悯人的样子，使猎物被它的这种假象所麻痹，进而对它的突然袭击丧失了警惕。这样，猎物在毫无防范的情况下，就会被鳄鱼凶暴地、轻而易举地吞噬掉。还有一种说法是，鳄鱼在捕捉到猎物之后，在贪婪地吞咽食物的同时，会假惺惺地流出眼泪。在古埃及也有文献这样记载："鳄鱼如果在水边发现了人，它就会用尽一切办法将他杀死，然后再流着眼泪把他吃掉。"所以，人们常用"鳄鱼的眼泪"来比喻伪善者的眼泪。

英国学者、神学家亚历山大·尼卡姆大约在1180年写成的博物学著作《物性论》和方济会修道士巴塞洛缪斯于1225年写成的百

鳄鱼的眼泪产生原因

生物学家经研究发现，鳄鱼流的并不是真正的眼泪，而是盐分。由于鳄鱼的肾脏发育不全，而它的体内又有大量多余的盐分，因此它需要通过某种途径将这些多余的盐分排出体外。鳄鱼身上长有一种特殊的腺体，这种腺体恰好长在眼睛里，鳄鱼就通过这种腺体排泄盐液，每当腺体活动时，鳄鱼就像在流泪。

另一种说法是，鳄鱼的眼泪是从瞬膜后面分泌出来的。瞬膜是鳄鱼眼睛里一层透明的眼睑，鳄鱼在水中闭上瞬膜，既可以看清水下情况，又能够保护眼睛；瞬膜的另外一个作用是滋润眼睛，这就需要用眼泪来润滑。因此，鳄鱼在陆地上生活了较长时间以后，就开始流泪了。

科全书《事物本性》中，都对鳄鱼流泪的现象有过描述。在1356年前后出版的讲述东方见闻的《曼德维尔游记》一书中，作者以亲身经历讲述了鳄鱼一边吃人一边哭泣。此书风靡一时，因而使这个传说广为人知。1563年，英国的埃德曼·格林德尔主教第一个用"鳄鱼的眼泪"一语来比喻虚伪。

总之，"鳄鱼的眼泪"喻指虚假的眼泪或伪装的同情，后来就专门用来讽刺那种一面伤害别人，一面又故意装出悲悯善良之态的阴险毒辣的狡诈之徒。

柏拉图式爱情

"柏拉图式爱情"，也称为"柏拉图式恋爱"，是以古希腊著名哲学家柏拉图命名的一种异性间的精神层面的恋爱。柏拉图强调人的绝对精神，追求心灵的沟通，而忽视肉体的享受，排斥肉欲，他认为肉体上的交往、结合是极其肮脏的，只有精神上的爱情才是最纯洁的。

在柏拉图看来，当精神摒弃肉体而向往真理的时候，这时的思想才会是最好的。而当一个人的灵魂被肉体的罪恶所感染时，他追求真理的愿望就得不到满足。当人们没有对肉欲的强烈追求时，心境是非常平和的。所谓的"肉欲"是人性中兽性的表现，是每个生物体共有的本性，人之所以被称为高等动物，就是因为人的本性之中，人性高于兽性。人类的精神交流是美好的，是道德的。

柏拉图式爱情有四个方面的意义：首先是理想的爱情；其次是纯粹精神上的而非肉体的爱情，再次是男女平等的爱情，最后是世界上任何一个人都有其完美的对象，且仅有一个。

在西方爱情文明的发展史上，柏拉图的这种论述被认为是一座丰碑，"柏拉图式爱情"作为一种观念深深地影响了一代又一代西方人。如今，东方人也将他的名字看做"精神恋爱"的同义词。现在，人们常用"柏拉图式爱情"喻指那种极为浪漫或根本无法实现的爱情。

骑士精神

骑士是欧洲中世纪封建贵族当中等级最低、人数最多的一个阶层。他们通过服骑兵兵役来得到国王或大领主的采邑。因为当时欧洲各国实行封建割据，领主们为了扩张势力，就依靠骑射搏击的武功来应对战争。因

骑士宣言

"骑士宣言"是骑士在册封典礼上说的誓词，前半段由领主、主教或被册封者的父亲来说："强敌当前，无畏无惧！果敢忠贞，无愧上帝！耿正诚信，宁死不诳！保卫弱者，无怨天理！这就是你的誓词，要牢牢记住！册封为骑士！"

后半段由受封者说："我将英勇地应对强敌；我将无所保留地对抗罪人；我将为无法战斗的弱者而战；我将帮助那些最需要帮助的人们；我将不伤害妇女和儿童；我将帮助我的骑士弟兄；我将真诚地对待我的朋友；我将忠实地对待爱情。"

此无论国王还是贵族，实际上都是骑士，这就使得骑士的社会地位大大提高了。再加上当时社会有尚武之风，使得骑士很受人仰慕。

骑士们身上披着铠甲，头戴有蒙面罩的兜帽，腰间佩戴着十字柄的直剑，一手执长矛，一手执盾牌，骑着高头大马，威风凛凛。他们经常比武竞技，与上流社会的贵妇人谈情说爱。这成为当时文学创作的重要题材之一，并因此出现了经久不衰的"骑士传奇文学"。后来，欧洲人便把崇尚武艺、除强扶弱、尊重女性、忠于爱情、捍卫荣誉的品质归纳为"骑士精神"。

骑士精神是欧洲上层社会的贵族文化精神，它是建立在个人身份优越感的基础之上的道德和人格精神，同时也积淀了西欧民族远古尚武精神中的某些积极因素。它使现代欧洲人的性格当中既含有优雅的贵族气质，又兼具乐于助人、信守诺言，勇于为理想和荣誉牺牲的豪爽品格。

但是从 18 世纪起，意大利的某些贵族青年效法中世纪骑士的做法，甘愿为一些贵族妇女服役，人们嘲讽地将这些贵族青年称为"侍从骑士"。由此，"骑士精神"成了青年男子甘愿为贵妇人效力并向她们献殷勤的同义语。

圆桌会议

所谓"圆桌会议"，指的是一种平等对话的协商会议形式，是一个所有与会者都围圆桌而坐的会议。在举行国际或国内会议时，为了避免席次争执、表示与会各方地位平等，因此与会者都围圆桌而坐，有时虽然使用方桌但仍摆成圆形。这样能够更好地体现平等原则和协商精神。

据说，这种会议形式源自英国古代亚瑟王的传说。5 世纪，英国国王亚瑟在位期间，他的皇后吉娜薇的父亲有一张极大的圆形桌子，供他手下的骑士聚会时使用。在与吉娜

圆桌会议

薇结婚时，亚瑟从岳父那里得到了这张桌子和众多骑士。

从那时起，圆桌骑士就成了亚瑟王麾下的骑士英豪的群体。他们来自不同的国家，具有不同的信仰。亚瑟王在与他手下的骑士们共商国是时，所有人都围坐在这张圆形的桌子周围，君主与骑士之间不排位次。"圆桌会议"由此得名。圆桌的含义是平等和协商。所有的圆桌骑士彼此间平等，不分主次，并且互为伙伴。不过，在争论中他们也会拥护自己所仰慕的骑士而组成派系，相互攻击。圆桌骑士的人数根据会议不同也有所变化，从12 人到 150 人不等。至今，英国的温切斯特堡还保存着一张这样的圆桌。圆桌会议的精神一直延续下来。第一次世界大战之后，这种会议形式在国际上被广泛采用。

如今，"圆桌会议"已成为平等沟通、意见开放的代名词，同时也成为国家之间以及国家内部的一种重要的协商和讨论形式。

沙 龙

"沙龙"是法语当中"salon"一词的译音，中文意为"客厅"。它本是意大利语，17 世纪时传入法国，最初是罗浮宫画廊的名称，后来专指法国上流社会人物住宅中的豪华客厅。

当时，巴黎上层社会的名人（多半是名媛贵妇）常把客厅作为社会交际场所。进出这里的人，多为诗人、小说家、哲学家、画家、戏剧家、音乐家和评论家等，他们志趣相同，欢聚一堂，或吟诗作画，或欣赏高雅的音乐，或一边喝着饮料，一边就各种感兴趣的问题促膝长谈，无拘无束，各抒己见。正宗的"沙龙"有以下几个特点：要定期举行；时间要在晚上；人数不能太多。

在沙龙文化的范畴内，主导各位权贵、富豪、大文豪、大思想家的并非权威之人，而是一些女性。任何一个知名沙龙的名望都不是来自参与其中的当世名人，也不需要太多贵族的资助，而唯一不能缺少的，就是一位出色的女主人。于是在众多的沙龙之中，形成了这样一个惯例，一个著名的沙龙往往会有一位极其优秀的女主人，如某公爵或伯爵的夫人。而成功地主持一个沙龙可以为她们赢得极佳的社会赞誉，从而透过众多上流社会的名人，她们甚至可以影响一个时代的风气。

后来，人们就习惯于把这种形式的聚会统称为"沙龙"，并常以"沙龙"一词来代表某项活动，如"音乐沙龙"、"文学沙龙"等。

沙龙创始人——德·朗布依埃侯爵夫人

在欧洲文化史上，首座沙龙——朗布依埃院诞生于 16 世纪的法国，由德·朗布依埃侯爵夫人（1588—1655 年）创立。

德·朗布依埃侯爵夫人出身贵族，她厌倦粗鄙的宫廷交际，但又不想远离社交，于是在家中举办沙龙。她的沙龙从 1610 年开始接待宾客，不久就声名鹊起。在她的沙龙里，所有成员都彬彬有礼，使用的语言矫揉造作却又不失典雅优美。他们的话题无所不包，学术、时事、时尚，甚至是流言飞语。德·朗布依埃侯爵夫人将自己高贵文雅、喜好评论以及谈吐锋利等性格特点赋予了沙龙，并决定了后来沙龙的主要特征。

山姆大叔

"山姆大叔"（Uncle Sam）是美国拟人化的形象，同时也作为美国的绰号而被世人熟知。"山姆大叔"这一人物一般被描绘成身着星条旗纹样的礼服，头上戴着星条旗纹样的高礼帽，身材又高又瘦，长着鹰钩鼻，留着山羊胡的一个精神矍铄的老人形象。这一漫画形象是由美国著名画家詹姆斯·蒙哥马

山姆大叔

利·弗拉格（James Mentgomery Flagg）依据自己的相貌为公共资讯委员会而画的。

一般认为，"山姆大叔"这一名称产生于 1812 年美英战争时期。当时，纽约州有一位诚实能干的肉类包装商，名叫撒米尔·威尔逊（Samuel Wilson），人们亲切地称他为"山姆大叔"。他在战争期间担任新泽西州和纽约州的军需检验员，负责在向军队供应的牛肉桶和酒桶上打戳。人们发现，该厂的牛肉桶上都印有"E.A.—U.S."的标记。E.A. 原本是一个

军火承包商的名字，而 U.S. 则是美国的英文缩写。恰巧"山姆大叔"（Uncle Sam）的缩写和美国的缩写（U.S.）相同，后来在一次玩笑中，"山姆大叔"之名很快传开，而后便成了美国的绰号。人们就把美国叫做"山姆大叔"。美国人把山姆大叔吃苦耐劳、诚实可靠以及崇高的爱国主义精神看成是自己民族的骄傲以及共有的品质。1961 年，美国国会正式通过决议，承认"山姆大叔"为美国的民族象征。

多米诺骨牌

多米诺骨牌是一种西洋游戏。实际上，它源自中国古代的"牌九"。宋宣宗二年（1120年），民间出现了"骨牌"游戏。宋高宗时，这种骨牌游戏传入宫中，随即迅速在全国流行。由于当时的骨牌多用牙骨制成，因此骨牌又叫做"牙牌"，民间则称之为"牌九"。

1849 年，意大利传教士多米诺从中国回到了米兰。他拿出很多礼物给家人，但他的女儿小多米诺只喜欢一套 28 张的骨制玩具——牌九。她的男友阿伦德是个性情十分浮躁的人，小多米诺就让他把这些张牌一张一张竖立起来，不许倒下，还要在规定时间内完成，如果不成功，就限制他一周不准参加舞会。经过一个多月的磨炼，阿伦德终于变得做事稳重，性格坚强，这让米兰人大吃一惊。传教士多米诺为了让更多的人喜欢骨牌游戏，便制作了大量的木制骨牌，并发明了多种玩法。不久之后，木制骨牌就在意大利及整个欧洲传播开来，骨牌游戏从此成了欧洲人的一项高雅运动。

后来，人们为了感谢传教士多米诺给他们带来这样一项运动，就将这种骨牌游戏称为"多米诺"。到了 19 世纪，多米诺骨牌游戏已成为世界性的运动。在非奥运项目中，它已成为知名度最高、参与人数最多、扩展地域最广的运动项目。

如今，多米诺骨牌的玩法就是将许多长方形的骨牌竖立起来，按照一定的间距排列成行，轻轻推倒第一张骨牌后，其余的骨牌就会依次纷纷倒下。因此，人们常用"多米诺骨牌效应"喻指一系列的连锁反应，这就等同于人们常说的"牵一发而动全身"。

多米诺骨牌世界纪录

20 世纪的最后几分钟，一项新的多米诺骨牌世界纪录在北京颐和园体育健康城诞生了。中、日、韩三国的 62 名青年学生成功地推倒了340 多万张骨牌，打破了此前由荷兰人保持的297 万张的吉尼斯世界纪录。

2008 年 11 月 19 日，在荷兰陆瓦尔登市，来自十几个国家的 88 名骨牌爱好者为了打破世界纪录，共码放了 432.1 万张骨牌，最后有415.5476 万张被推倒，新的纪录由此诞生。这也是荷兰第九次打破多米诺骨牌世界纪录。

西方文学
XIFANG WENXUE
YI BEN TONG

文海撷英

　　在西方文学的大花园里，各类奇葩数不胜数，争芳斗艳，本章将其分为文学三部曲、文学诺贝尔、文学吉尼斯以及文学并称四部分。这些作品既是文学中的经典作品，又是西方文学最高水平的见证。本章集西方各个时期的文学名篇名作为一体，含英咀华，可以说是此类文学奇葩之园林，让广大爱知之士在世界文学精品的海洋中尽情遨游，撷英拾贝。这些文学奇葩不仅可以作为阅读的精品，还可以让人增长见闻，也可以作为储存常识之用，更可以作为收藏之品，在今后漫漫人生旅途中，暇时启卷，感受造化的神奇和杰出文学家的伟大。

　　文学三部曲指的是同一作家在不同时期创作的一系列作品。文学诺贝尔指的是获得诺贝尔文学奖的作家作品以及他们获得诺贝尔文学奖的理由等。文学吉尼斯是文学之最，它是一个作家或一部作品之所以伟大的意义所在。文学并称是记录有关联的一些作品或作家的合称。这四部分大致地概括了文学奇葩的发展轨迹，能让人从中获得启迪。

文学三部曲

　　"三部曲"是指一个作家所写的内容相对独立而又相互联系的三部文学作品。三部曲作品单独每一部都是完整的，都可以分别出版。作品中的人物、事件、历史、场景等既可以相同，也可以不同。本节涵盖了古希腊埃斯库罗斯的《俄瑞斯忒亚》三部曲、凡尔纳的科幻冒险三部曲、高尔基的自传体三部曲等。

《俄瑞斯忒亚》三部曲

　　《俄瑞斯忒亚》是古希腊"悲剧之父"埃斯库罗斯作品中的翘楚，同时也是现存的唯一一部完整的古希腊三联剧。《俄瑞斯忒亚》三部曲由《阿伽门农》《奠酒人》和《复仇女神》三部分组成，于公元前458年上演，记叙了阿耳戈斯国王阿特柔斯家族复仇的悲惨故事。

　　《阿伽门农》是三部曲当中的第一部，讲述了远征特洛伊的古希腊联军统帅阿伽门农在得胜后返回家乡，被妻子克吕泰墨斯特拉和她的情人埃吉斯托斯所杀。《奠酒人》写了阿伽门农之子俄瑞斯忒亚回国以后，遵照太阳神阿波罗的指令，先杀死了埃吉斯托亚，经过犹豫又杀死了母亲，然后在复仇女神的追踪下逃离。《复仇女神》讲的是俄瑞斯忒亚按照阿波罗的指示前往雅典，求雅典娜相助。后来复仇女神指控了俄瑞斯忒亚，经过法庭审判，定罪票与赦罪票相同，最终，雅典娜投票赦免被告俄瑞斯忒亚。《俄瑞斯忒亚》三部曲反映了父权制在与母权制的斗争中取得了胜利，这也是作品的基本主题。

　　《俄瑞斯忒亚》三部曲线条粗犷，气势磅礴，并不精雕细琢。整个剧作布局开阔，利用三部曲各自独立又彼此关连的格局，借助克吕泰墨斯特拉这一人物在三部剧中的出现贯穿始终，描述了一幕幕扣人心弦的场面，成功地把握了全剧的节奏，很自然地完善了

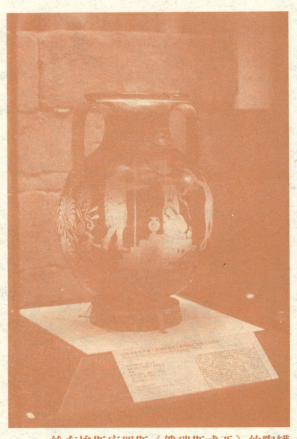

绘有埃斯库罗斯《俄瑞斯忒亚》的陶罐

悲剧艺术的组合形式，将题材的潜力挖掘到了极致，为后来的剧作家提供了宝贵经验。

法国凡尔纳的三部曲

　　儒勒·凡尔纳（1828—1905年），19世纪法国著名的科幻小说和冒险小说作家，被誉为"科幻小说之父"。凡尔纳的著名三部

凡尔纳珍惜时间

长期以来，凡尔纳每天早上 5 时起床，一直伏案写作到晚上 8 时点。在这 15 个小时当中，他只是在吃饭时稍作休息。他的妻子时常关切地说："你写的东西已经不少了，为什么时间还抓得那么紧？"凡尔纳笑着回答："你还记得莎士比亚的一句名言吗？'放弃时间的人，时间也会放弃他。'我怎么能不抓紧呢？"在长达 40 余年的写作生涯中，凡尔纳作了上万册笔记，完成了 104 部科幻小说，总共有七八百万字。一些对此感到惊异的人曾悄悄地询问凡尔纳的妻子，想知道凡尔纳取得如此惊人成就的诀窍。凡尔纳的妻子坦然回答："秘密嘛，就是他从不放弃时间。"

曲包括《格兰特船长的儿女》（1868 年）、《海底两万里》（1870 年）和《神秘岛》（1873 年），是其科幻小说中的精品。

《格兰特船长的儿女》是三部曲的第一部，小说的主要情节是：邓肯号船主格伦纳凡偶然发现一个漂流瓶，瓶中装着一个名叫格兰特的船长发出的求救信。格伦纳凡在格兰特船长的儿女罗伯特和玛丽的请求下，决定驾驶自己的邓肯号出航寻找。同行的还有格伦纳凡的妻子海伦娜、好友麦克那布斯上校和地理学家帕加内尔等人。他们爬冰川，登高山，过沼泽，遭遇到地震、洪水和野兽的侵袭，最后还与匪徒进行了殊死的斗争，终于在一个荒岛上找到了格兰特船长。

三部曲的第二部《海底两万里》叙述了法国生物学家阿龙纳斯乘坐潜水船在海洋深处旅行的故事。这部作品将丰富真实的科学知识和逼真的美妙幻想融为一体，读起来引人入胜，欲罢不能。

三部曲的最后一部是《神秘岛》，讲述的是美国南北战争时期，五个北方人飘落到一个荒岛上，他们运用集体的智慧和辛勤的劳动，在岛上建立起幸福的生活的故事。在小说中，作家着重描写的荒岛上人与自然的斗争、技术上的革新以及从无到有的创造性劳动，都深深地吸引着读者。作品中洋溢着的乐观主义精神，使人们坚信人类无穷的力量必将会建立起一个理想的社会。

奥若什科娃的长篇小说三部曲

艾丽查·奥若什科娃（1841—1910 年），波兰女作家，生于涅曼河畔格罗德诺的一个贵族家庭。她曾在华沙寄宿学校学习。1863 年"一月起义"期间，她还积极从事爱国斗争。早年的经历，对于她日后的创作有着深刻的影响。

奥若什科娃早期的作品主要是批判封建地主冷酷，表达了对于生活在水深火热之中的人民的深切同情，以及妇女在当时的社会背景之下的悲惨命运。19 世纪 80 年代以后，她的作品开始从对社会现象的揭露与批判，过渡到对人物的思想变化和伦理道德的分析上，创作了以下层农村生活为题材的长篇小说三部曲，包括《久尔济一家》（1885 年）、《涅曼河畔》（1887 年）和《乡下佬》（1888 年）。这些作品描写了在沙俄农奴制的长期统治之下农村社会愚昧落后的现实状况，反映了下层农民的悲惨命运。其中尤以《涅曼河

奥若什科娃的斗争经历

奥若什科娃在 16 岁时便与一位波兰贵族结婚。1863 年 1 月，因立陶宛和波兰的青年反抗沙俄长期的民族压迫，遂爆发了"一月起义"。在起义中，奥若什科娃积极参加起义军通信联络、筹办军需物资的工作，并掩护起义领导人罗穆尔德·特罗特，还将他送到边境。

"一月起义"中的行为使得她与思想保守的丈夫产生了分歧。令人意想不到的是，起义失败后，她丈夫被流放到西伯利亚，其领地也被沙皇政府没收。于是，奥若什科娃到格罗德诺城中父亲的领地居住，同时开始接触城市生活，这成为她早期文学创作的主题。

畔》表现得最为突出。小说描绘了地主别涅迪克特·科尔钦斯基一家、缺少土地的贫苦农民安哲里姆·包哈迪罗维奇和他的侄儿扬一家，展示了这些人物所处的社会环境以及当时复杂的社会关系，特别是这一系列的关系在 1863 年"一月起义"前后所发生的变化，反映了在沙俄统治之下，波兰农村各个阶层的面貌，讴歌了以扬为代表的新一代农民的爱国主义精神。因此，这部作品被认为是 19 世纪后期波兰社会的全景画。

显克微支的历史三部曲

亨利克·显克微支（1846—1916 年），波兰 19 世纪著名的批判现实主义作家，生于一个贵族家庭。1882—1887 年，显克微支在华沙《斯多瓦》杂志做编辑。当时的波兰阶级矛盾和民族矛盾日益加剧。面对沙俄的黑暗统治，他创作并出版了以 17 世纪波兰人民与哥萨克、瑞典、土耳其等外族侵略者进行英勇斗争的历史为题材的"三部曲"：《火与剑》（1884 年）、《洪流》（1886 年）、《渥洛杜耶夫斯基先生》（1888 年）。

三部曲的第一部《火与剑》，描写了从 1648 年到 1651 年间，乌克兰贵族赫麦尔尼茨基与克里木汗国互相勾结，发动了哥萨克叛乱。这场在波兰的东部疆域进行的战争，既是一场内战，又是一场血雨腥风的外战。

《洪流》是三部曲中的第二部。显克微支以 1655 年到 1659 年波兰人民抗击瑞典侵略者入侵的历史为题材，向人们展示出一幅幅兵连祸接、风狂雨骤的时代画卷。

三部曲的最后一部《渥洛杜耶夫斯基先生》以 1668 年到 1673 年波兰与土耳其之间的战争为历史背景，着重描写了前两部作品中的英雄人物之一——小个子骑士渥洛杜耶夫斯基——为保卫共和国南部边城卡缅涅茨所进行的艰苦卓绝的斗争。

显克微支历史三部曲以其宏大的规模、

列宾绘的《查波罗什人写信给苏丹王》

磅礴的气势、如诗如画的场景，一波三折、起伏跌宕的故事情节，丰富多彩的人物形象，成为世界文学宝库当中的经典。

高尔斯华绥的《福尔赛世家》三部曲

约翰·高尔斯华绥（1867—1933 年），英国著名小说家、剧作家，出生于伦敦。他曾在牛津大学学习法律，后来放弃律师职业从事文学创作。高尔斯华绥的著名小说《福尔赛世家》三部曲由《有产业的人》（1906 年）、《骑虎》（1920 年）和《出租》（1921 年）组成。

《有产业的人》是《福尔赛世家》三部曲中的第一部。作品以处于由盛到衰转折期的福尔赛家族为描写对象，着重写了家族中第四代索米斯与伊琳之间的婚姻纠葛。在索米斯身上，集中地体现了福尔赛世家的精神特

诺贝尔文学奖得主——高尔斯华绥

1906 年，高尔斯华绥完成了长篇小说《有产业的人》，这部作品获得广泛好评，他也因此跻身英国第一流作家的行列。高尔斯华绥是一位多产作家，他在二十多年的创作生涯当中，几乎每年创作一部小说和一部剧本。1932 年，高尔斯华绥"因其描述的卓越艺术——这种艺术在《福尔赛世家》中达到高峰"而被授予诺贝尔文学奖。以占有欲为主要特征的"福尔赛精神"也随之传遍世界。

质——"财产意识"和对财产强烈的"占有欲"。

第一次世界大战以后，高尔斯华绥又相继完成了《骑虎》《出租》的创作。《骑虎》写的是索米斯和伊琳离婚之后发生的故事。索米斯为了取得财产继承人的地位，与法国女子安耐特结婚，并生下了女儿芙蕾；伊琳则在独居 12 年后，嫁给了索米斯的堂弟乔恩，后来生下儿子乔恩。《出租》延续《骑虎》的故事情节，写了索米斯的女儿芙蕾与伊琳的儿子乔恩之间的感情故事。

小说对资产者加以犀利的讽刺，将高尔斯华绥的进步思想和艺术手法表现得淋漓尽致。《福尔赛世家》三部曲于 1922 年出版，一经问世，就产生了巨大影响，被文学界公认为高尔斯华绥的现实主义杰作。

英国高尔斯华绥的《现代喜剧》三部曲

继《福尔赛世家》之后，高尔斯华绥又创作了《现代喜剧》三部曲。在《出租》中，芙蕾和乔恩相爱，但双方父母对这桩婚事非常反对，于是，乔恩忍痛离开芙蕾，只身前往加拿大；而芙蕾彻底绝望，后来随意嫁给了一个贵族青年马吉尔。

《现代喜剧》三部曲的第一部《白猿》（1924 年）继续叙述他们的故事。一个名叫威弗烈的颓废派诗人爱上了芙蕾，马吉尔让芙蕾自主选择，芙蕾不想背弃丈夫马吉尔，威弗烈于是不得不离开英国。在小说中，相对于新一代资产阶级的空虚、迷惘和堕落，以索米斯为代表的老一代资产阶级显得更具有顽强的性格和坚定的信念。

《现代喜剧》的第二部是《银匙》（1926 年）。小说描写芙蕾与一个女人发生争斗，双方施展阴谋，互相攻讦，最后闹到了法院。而此时，马吉尔正醉心于政治活动，他幻想用乌托邦式的措施来解决社会矛盾，但最终一事无成。

《现代喜剧》的第三部《天鹅之歌》（1928 年）写的是 1926 年的工人总罢工。当时，资产阶级以种种手段镇压工人罢工，芙蕾也参与其中。这时候，乔恩偕妻归国，芙蕾遇见乔恩之后激起旧情，于是引诱乔恩。乔恩因自己背叛了妻子而心生内疚，最后毅然决然地与芙蕾断绝关系。芙蕾在绝望中企图自杀，这时她父亲索米斯家中不慎失火，索米斯为了保护女儿受伤身死。在这部小说中，索米斯已与《有产业的人》中的那个索米斯判若两人，原本对立的"财"与"美"此时达到了和谐的统一。正是作者世界观的改变，支配了索米斯这一人物形象的前后变化。

高尔基的自传体三部曲

高尔基（1868—1936 年），原名阿列克赛·马克西莫维奇·彼什科夫，也叫斯克列夫茨基，是苏联伟大的无产阶级作家，社会主义现实主义文学的奠基人，无产阶级革命文学的伟大导师，苏联文学的创始人。1868 年 3 月 28 日，出生于伏尔加河畔的下诺夫戈罗德城（今高尔基城）。高尔基早年丧父，寄居在外祖父家，11 岁便开始独

高尔基

立谋生，他的童年和少年时代都是在旧社会的最底层度过的。高尔基早年的经历在他的自传体三部曲中有着生动的记述。

高尔基的《童年》（1913 年）是其自传体小说三部曲中的第一部，讲述了孤独的孩童"我"（阿廖沙）的成长经历。作品以一个孩子的视角来审视现实社会及人生，批判了"我"所寄居的充满了仇恨、笼罩着浓厚小市民习气的外祖父的家庭。此外，小说也展示了当时社会的腐败、没落以及趋向毁灭的过程。小说真实地反映了作家童年时代生活的

高尔基与列宁

高尔基曾被苏联政府誉为"无产阶级文学之父"，他跟列宁一直保持着"伟大的友谊"。但是，高尔基与列宁之间多次发生观念和政治冲突，而且几乎闹到决裂的地步。高尔基的立场稍有摇摆，列宁就会严厉地批评他，高尔基则报以诙谐一笑："我知道自己是一个很差的马克思主义者。归根到底，我们这些艺术家都有几分傻劲儿……""十月革命"爆发后，高尔基被事实所震，他在《新生活报》上发表文章，反对布尔什维克夺取政权。于是，列宁在1918年下令关闭了这家报纸。后来，列宁一再要求高尔基移居国外："如果你不离开，那么我就不得不送你走了。"高尔基便于1921年离开苏俄，开始了在欧洲的流亡生涯。

艰难和对光明与真理的不懈追求，同时也向世人展现了19世纪末俄国社会的广阔画卷。

《在人间》（1916年）是三部曲中的第二部，讲述了主人公阿廖沙从1871年到1884年的生活。在小说中，阿廖沙历尽坎坷，与社会下层形形色色的人打交道，他也寻找机会阅读了大量的书籍。生活的阅历和大量的阅读使得阿廖沙的视野得到了扩展，他也因此决心"要做一个坚强的人，不要为环境所屈服"。

《我的大学》（1923年）是三部曲中的第三部，记录了作者青年时代的生活经历。高尔基以自己独特的笔触展现了当时俄国知识分子的生活状态和民粹派反抗沙皇俄国统治的活动，真实地反映了这一历史时期俄国知识分子的精神面貌。

德莱塞的《欲望》三部曲

西奥多·赫曼·阿尔伯特·德莱塞（1871—1945年），一位以探究充满艰辛与磨难的现实生活而著称的美国自然主义作家。

他的长篇小说《欲望》三部曲由《金融家》（1912年）、《巨人》（1914年）和《斯多噶》（于1947年死后完成）组成。小说以垄断资本家法兰克·阿吉龙·柯帕乌一生的经历为主线，集中地记述了他从一个初出茅庐的青年一跃成为拥有上千万财富的铁路、金融资本家的全过程。

这部作品实际上向人们讲述了一部卓越的垄断资产阶级的发家史，柯帕乌一生的经历象征着垄断资产阶级的兴亡。作家以深刻而又细腻的艺术手法，真实地描绘了柯帕乌无法避免的毁灭命运，象征着整个资本主义制度必然要在腐朽没落中走向最后的毁灭。《欲望三部曲》的主题非常鲜明，人物形象的塑造也非常成功。正是由于作家对垄断资产阶级以及资本主义的本质有着深刻的了解，才使得小说具有很高的思想性，因而成为美国20世纪小说创作中不可忽视的一部作品。

当然，由于德莱塞在认识上还有一些局限，小说中也显现出一些不足之处。譬如他以赞赏的口吻来描写柯帕乌在经营上的精明强干和巧取豪夺，对于他在两性关系上的堕落加以过分渲染，对他人生观也缺乏应有的批判，等等。

尤其是在小说的第三部《斯多噶》中，这一倾向更加明显，柯帕乌与白丽莱茜之间的关系被彻底美化了，这也许与德莱塞的妻子的续笔有一些关系。

托尔斯泰的《苦难的历程》三部曲

阿历克赛·尼古拉耶维奇·托尔斯泰（1882—1945年），简称阿·尼·托尔斯泰，俄国著名作家，生于萨马拉一个贵族家庭。1901年，进入彼得堡工学院，后来中途离校，在象征主义文学思潮的影响之下开始了创作生涯。

《苦难的历程》三部曲是阿·尼·托尔斯泰的代表作，从开始构思到最终完成，历时20年。《两姊妹》（1922年）是三部曲中的第

《苦难的历程》之感悟

1943年，阿·尼·托尔斯泰把《苦难的历程》这部史诗的创作经过告诉给了读者："《苦难的历程》就是作者的心灵所经受的一段痛苦、希望、愉悦、失望、沮丧和振奋的历程，这是对于整个大时代的沉淀感受和体会。这个时代从一战初期开始，直到二战初期才宣告结束。"因此，作者在"自传"中明确地指出了《苦难的历程》三部曲的主题是"回家，到祖国之路"。

一部，作品通过对主人公个人的命运的描述，反映了个人对于时代的感受，带有一点"家庭生活"小说的味道。一战前夕到十月革命前夕的俄国社会局势动荡，但此时，作为俄国资产阶级知识分子代表的四位主人公却都沉浸在个人的爱情之中而对如火如荼的社会斗争不闻不问，生活极为空虚。小说的第二部《一九一八年》（1927—1928年）则转移了视角，开始了史诗式的描写。作者把人物的命运放在国内战争的历史背景之下加以展示。在革命浪潮风起云涌的年代里，四位主人公的生活都遭遇了不幸，但在激烈的斗争当中，有的真正找到了革命的真理，有的仍在苦苦探索。小说的最后一部《阴暗的早晨》（1940—1941年）在同样广阔的历史画卷上描写了1919年前后苏联人民与外国干涉者和白匪军进行的英勇无畏的斗争，四位主人公也在经历了一系列考验之后，先后投身于革命。后来，他们在莫斯科重聚，一起倾听了伟大领袖列宁关于电气化计划的报告。小说的结尾预示着"阴暗的早晨"过后必将迎来阳光明媚的晴天。

福克纳的《斯诺普斯》三部曲

威廉·福克纳（1897—1962年），美国现代颇具影响力的小说家，也是1949年诺贝尔文学奖得主。福克纳是南方人，因此他的作品主要是反映南方的社会生活状况，《斯诺普斯》三部曲就是这样一个例子。这部作品由《村子》（1940年）、《小镇》（1957年）和《大宅》（1959年）组成。小说以南方一个虚构的县城约克纳帕塌法为背景，以几个家族的家史以及几代人的命运为主线，通过对这些家庭及家庭中的人物描写，表现了南北战争以后南方贵族世家的衰落和北方商业势力的入侵。作品中除了运用清晰明白的现实主义手法之外，更多的是运用意识流、叙述角度变换、时序颠倒等现代派的创作手法。

《村子》是《斯诺普斯》三部曲中的第一部，同时也可以看成是自成一体的长篇巨作。作品描写了一个叫斯诺普斯的"外来户"来到法国人湾之后如何后来居上逐步控制那里的土地和人民的过程，深刻而生动地展示了美国南北战争之后传统的南方社会向资本主义的转变。通过这部作品，福克纳成功地塑造了阴险狡诈的斯诺普斯这一鲜明的艺术形象，使他成为南方新兴资产阶级的代表。

如今，"斯诺普斯"一词已成为"不择手段、

福克纳的童年

福克纳出身名门望族，他的曾祖父威廉·克拉克·福克纳在密西西比州北部是个非常有名的人物，他既是种植园主，又是军人、作家。

福克纳小说中的"约翰·克托里斯上校"就是以其曾祖为原型的基础上创作出来的。福克纳的母亲意志坚定，自尊心强。还在童年时期，母亲就经常强迫他在"软弱"与"坚强"之中作出选择。福克纳比同龄人长得矮小，因此他在整个童年都希望自己能够长得高大些。福克纳的父亲屡屡失败，与其曾祖和母亲形成了的巨大反差，因此，他把自己看做是曾祖的孩子，从孩童时代起就模仿老上校的生活。他不用父亲的名字，而是把曾祖的名字威廉看成自己真正的名字。9岁时，福克纳就常说："我要像曾祖那样当个作家。"这句话他甚至一再重复，从而几乎变成了口头禅。

无耻的商人或政客"的代名词，以其独特的文化内涵融进了英语的基本词汇之中，这充分反映了这部名著的永恒价值以及作为语言大师的福克纳对于人类的特殊贡献。

诺贝尔文学奖

诺贝尔文学奖是瑞典著名的发明家和化学家阿尔弗雷德·伯恩哈德·诺贝尔所创立的文学奖项。诺贝尔在 1895 年 11 月 27 日立下遗嘱，捐献全部财产 3122 万瑞典克朗设立基金，每年把利息作为奖金，授予"一年来为人类作出最大贡献的人"。其中，诺贝尔文学奖金授予"最近一年来""在文学方面有最佳表现的人"。文学奖金由斯德哥尔摩诺贝尔基金会统一管理，由瑞典文学院评议和决定获奖人选，因此，院内设置了专门机构，并建立了诺贝尔图书馆，收集世界各地的文学作品、百科全书以及报刊文章等。

苏利·普吕多姆

苏利·普吕多姆（1839—1907 年），原名勒内·弗朗索瓦·普吕多姆，法国著名诗人。出生在巴黎，父亲是一位工程师。苏利·普吕多姆自幼聪颖好学，但由于健康原因没能进入大学深造。他最初学习理科，曾做过职员、工程师，后来才专注于诗歌创作。他认为，

普吕多姆

良好的科学素养使他想在诗与科学之间架起沟通的桥梁；而对于哲学的强烈兴趣，则使他更想从哲学思考当中获取灵感，从而提炼出诗的主题。

19 世纪 60 年代前后，苏利·普吕多姆参加了帕尔纳斯派诗歌运动，并成为这一派的代表人物之一。帕尔纳斯派的成员是一些主张"为艺术而艺术"的高蹈派诗人，他们是象征派的先驱。该派诗人在艺术创作方面主张逃避现实，倡导诗歌的印象、客观化，抑制个人感情的直接表达。

1865 年，苏利·普吕多姆出版了他的第一部诗集《韵节与诗篇》，崭露头角，立刻引起了诗坛关注。在 1869 年和 1875 年，他又分别出版了诗集《孤独》和《徒劳的柔情》。这两部抒情气息较浓的作品，主要抒写了孤独寂寞的心境以及失恋的感情，充满了忧郁的情调。他的两部哲理诗集《正义》（1878 年）

诺贝尔奖由来

瑞典科学家诺贝尔于 1895 年 11 月 27 日立下遗嘱，捐献其全部财产 3122 万瑞典克朗设立基金，每年将利息作为奖金，授予"一年来对人类作出最大贡献的人"。按照其遗嘱，瑞典政府在这一年建立了"诺贝尔基金会"，负责把该项基金的年利息按五等份授予：在物理学领域有最重要发现或发明的人；在化学领域有最重要发现或改进的人；在生理学或医学领域有最重要发现的人；在文学领域创作出具有理想倾向的最佳作品的人；为世界各民族间的和睦亲善、废止或裁减军备以及为和平会议的组织和宣传作出最大贡献的人。

其中，物理学奖和化学奖由瑞典皇家科学院颁发，生理学或医学奖由卡罗林外科医学研究院颁发，文学奖由瑞典文学院颁发，和平奖则由挪威国会选出的五人委员会颁发。

和《幸福 12 首诗歌》（1888 年），深入探讨了人类意识与现代社会之间的冲突，比较晦涩难懂。此外，他还创作了《考验》（1866 年）、《法兰西》（1874 年）等多部诗集，以及《诗之遗嘱》（1901 年）、《散文集》（1883 年）等散文著述。1900 年至 1901 年，他编辑并出版了《苏利·普吕多姆诗文集》。

苏利·普吕多姆的诗歌长于揭示人的内心深处隐秘、幽微的独特体验，无论是哲理诗还是灵感诗，都给读者留下了极为深刻的印象。由于在创作上取得了如此辉煌的成就，他在 1881 年被选为法兰西学院院士。1901 年，他以作品《孤独与沉思》获得了第一个诺贝尔文学奖。瑞典文学院所公布的获奖理由是：苏利·普吕多姆的诗作"是高尚的理想、完美的艺术和罕有的心灵与智慧的实证"。

特奥多尔·蒙森

特奥多尔·蒙森（1817—1903 年）是德国著名的历史学家。他的父亲是乡村牧师，母亲是教师。在这种家庭氛围的影响下，蒙森自幼就非常喜欢并熟悉古罗马史。他在 1842 年毕业于丹麦的基尔大学，获得法学博士学位。1843 年，蒙森得到丹麦国王的奖学金，来到意大利，专门从事对古罗马法律的研究工作。1847 年，蒙森返回祖国，在莱比锡大学任法学教授，后来因发表演说攻击俾斯麦，于 1850 年被解聘。后来，他又到多所大学任教，还曾应柏林皇家学院的聘请，主编期刊《文典》。

蒙森最主要的成就是对古罗马史的研究。他从 1854 年到 1885 年，经过 30 年的努力，完成了史学巨著——五卷本《古罗马史》（第四卷未完成）。蒙森以其渊博的学识和坚定的民主主义信念，重新审视了古罗马社会。他在书中热烈颂扬了富于民主精神的恺撒，而把庞培仅仅看成是一个善于练兵的下级军官。这部巨著以百科全书般的广度展示了古罗马

> ### 蒙森的著作
>
> 除《古罗马史》外，蒙森的重要著作还有《意大利南方方言》（1850 年）、《古罗马编年史》（1859 年）、《古罗马铸币史》（1860 年）、《民法集》（1866—1870 年）、《古罗马公法》（1888 年）和《古罗马刑法》（1899 年）等。由蒙森主持编纂的 16 卷《拉丁铭文大全》（1867—1959 年）以其历史与艺术的双重价值而备受世人的关注，他为该书所写的序文也被公认为现代最经典的拉丁散文之一。

社会的政治、经济、文化、军事和风俗习惯等方面。由于作品文笔洗练，叙事生动，人物形象鲜明，所以不仅具有史料价值，还有相当高的文学价值。

1902 年，由于蒙森被认为是"现存的最伟大的历史写作艺术大师，特别要提及他的里程碑著作《古罗马史》"，因而获得诺贝尔文学奖。瑞典文学院认为，他所著的《古罗马史》"既有完整而广泛的学术价值，又有生动有力的文学风格……他的直觉能力与创作能力，沟通了史学家与诗人之间的鸿沟"。

乔祖埃·卡尔杜齐

乔祖埃·卡尔杜齐（1835—1907 年），意大利文艺批评家、诗人。1835 年 7 月 27 日出生于托斯卡纳大区的维尔西利亚镇。他的父亲是一名医生，同时也是秘密革命团体烧炭党的成员。

卡尔杜齐自幼天资聪明，勤奋好学，对古罗马和意大利文学非常熟悉，很小的时候就开始创作诗歌。1856 年，他以优异的成绩毕业于

卡尔杜齐

比萨师范学院，并获得博士学位，之后开始从事教育工作。同时，他还组建了一个反浪漫主义的文学团体。

青年时代的卡尔杜齐深受加里波第、马志尼等资产阶级革命家的影响，他在1857年出版的诗集《声韵集》中就鲜明地表达了对于民族复兴运动的热烈拥护。创作于1863年的著名长诗《撒旦颂》，通过对撒旦叛逆精神的歌颂，无情地抨击了教会势力扼杀理想和自由的罪恶。早期的诗集《青春诗钞》（1871年）和《轻松的诗与严肃的诗》（1861—1871年）歌颂了法国资产阶级革命，严厉地谴责了外来侵略和封建专制，表达了诗人对于民族独立、自由和平等的热切期盼。

1871年，意大利王国成立后，卡尔杜齐的反叛精神逐渐趋于温和，他的诗作也失去了往日的锋芒。这一时期创作的诗集《新诗钞》（1861—1887年）、《蛮歌集》（1877—1889年）等以吟咏自然风光、追忆青春与爱情的欢乐为主要内容，大都逃避现实。在艺术风格上，卡尔杜齐借鉴了古希腊、古罗马诗歌的韵律，更加追求形式上的完美。1906年，卡尔杜齐

烧炭党

"烧炭党"原为意大利资产阶级秘密革命团体，19世纪初在那不勒斯王国成立，由于其成员最初躲避在烧炭山区，故此得名。

这一团体旨在驱除法国（后是奥地利）侵略者，打破封建专制制度，进而谋求国家的统一与独立。烧炭党的成员多为资产阶级、自由派贵族、先进知识分子及士兵等，他们采取秘密的教阶形式，使用假名、暗语，入会前需要经过繁琐的仪式。该党最初在山区及边远的地区活动，1812—1813年拿破仑帝国衰败时期得到迅速发展。1815年，其活动几乎遍布整个意大利半岛。19世纪前期，他们多次发动起义，但因未得到广大人民群众的支持而宣告失败。19世纪30年代，烧炭党被青年意大利党所取代。另外，法国和西班牙也曾有过烧炭党组织。

以他的《青春诗钞》获得了诺贝尔文学奖。瑞典文学院在颁奖公告中阐明了他的获奖理由："不仅由于他渊博的学识和批判性的研究，更因他杰出的市场信息所特有的创造力、清闲的风格和抒情的魅力。"卡尔杜齐由此成为首个获得该奖项的意大利人，同时也被认为是代表了19世纪意大利诗歌顶峰的人物。

获奖之后不久，卡尔杜齐于1907年2月16日在博洛尼亚逝世，身后有《卡尔杜齐全集》20卷。

西尔玛·拉格洛夫

西尔玛·拉格洛夫（1858—1940年），瑞典女作家。1858年11月20日，拉格洛夫出生于瑞典西部伐姆兰省一个贵族地主的家庭。不幸的是，她在三岁半的时候由于双脚麻痹无法行走，所以一生都只能坐在轮椅上度过。

拉格洛夫的童年时代是在家庭教师的陪伴下度过的。1885年，她毕业于斯德哥尔摩罗威尔女子师范学院，此后受聘到伦茨克罗纳斯女子中学执教十年，这段时期，她开始创作第一部文学作品《戈斯泰·贝林的故事》。1891年，该书出版。这部以19世纪20年代一位青年牧师的遭遇为主要内容的小说刚一问世便成为畅销书，使拉格洛夫迅速步入了瑞典著名小说家的行列。此后，她又创作了赞颂宗教慈善事业的小说《假基督的故事》（1897年）、故事集《古代斯堪的纳维亚神话集》（1899年），而以生活在巴勒斯坦的瑞典移民为主要题材的史诗小说《耶路撒冷》（1901—1902年）则被文学界看做是她艺术才华发展到完美境界的表现。

1902年，瑞典国家教师联盟委托拉格洛夫为少年儿童编写一部以故事的形式介绍生物学、地理学、民俗学等方面知识的教科书。四年以后，这部以童话形式创作而成的长篇小说《尼尔斯骑鹅历险记》一经出版，立刻

背父亲的意愿，只身一人来到哥本哈根，在一所理工学院读书，并立志成为一名工程师。后来，由于哥本哈根的艺术氛围与政治形势的影响，他改变了初衷，开始从事文学创作。

彭托皮丹是布兰代斯所倡导的现实主义文学流派的代表人物之一，一生创作了大量的小说和剧本，对丹麦文学具有重大影响。彭托皮丹十分重视研究社会现实问题，他的作品多数以农村生活为背景，以朴素的现实主义手法，真实地展现出丹麦的社会生活场景，以及丹麦人民的精神世界。他早期创作的《农村景象》（1883 年）、《农舍》（1887 年）、《云》（1890 年）等作品反映了作者在 19 世纪80 年代所接触到的农村生活，描绘了当时的穷苦人民遭受压迫和蹂躏的状况，表现了他对社会邪恶势力的愤懑和批判态度。他的现实主义思想倾向在长篇小说《天国》（1891 — 1895 年）、《幸福的彼尔》（1898—1904 年）等作品中反映得尤为鲜明。他通过对各种人物的描写，生动地再现了 19 世纪末 20 世纪初丹麦的社会状况，抨击了当时社会上的虚伪自私、因循守旧以及追求享乐的弊端。其中，《幸福的彼尔》已经成为丹麦文学中的经典之作。

由于彭托皮丹在《天国》中"对当前丹麦生活的忠实描绘"，他与另一位丹麦作家吉勒鲁普同时获得了 1917 年的诺贝尔文学奖。

克努特 · 汉姆生

克努特 · 汉姆生（1859—1952 年），挪威小说家、戏剧家和诗人。他出生在一个农民家庭，童年时期居住在边远的洛福顿群岛，没有受到过正规的教育。15 岁时，便独立谋生，同时也开始了写作。

为生计所迫，年轻的汉姆生曾经两次来到美国。这段时期，他广泛接触了美国作家马克 · 吐温等人的优秀作品，并根据自己的真实感受，于 1889 年出版了《现代美国的精

正义的卫士——拉格洛夫

一战爆发以后，拉格洛夫深居简出，但她整日忧心如焚。出版于 1938 年的最后一部小说《圣诞节的故事》，体现了她对劳动者的同情。

二战爆发后，拉格洛夫将自己的诺贝尔奖章送给了芬兰政府，为政府筹钱进行苏芬战争。芬兰政府为此深受感动，但最后把奖章归还给她。1940 年 3 月 16 日，拉格洛夫在其庄园中去世。在去世前不久，她还以个人的影响力，同德国纳粹政权交涉，从纳粹集中营里救出了犹太女作家，后来获得 1966 年诺贝尔文学奖的奈莉 · 萨克斯及她的母亲。

从 1991 年开始，拉格洛夫的肖像便出现在瑞典货币 20 克朗的钞票上。

西尔玛 · 拉格洛夫

受到广大读者的热烈欢迎。

鉴于拉格洛夫在文学上的突出贡献，尤其是《尼尔斯骑鹅历险记》的创作，1909 年，她凭借"她作品中特有的高贵的理想主义、丰富的想象力、平易而优美的风格"获得了诺贝尔文学奖。拉格洛夫由此成为瑞典第一位获得这一殊荣的作家，同时也是世界上首位获得诺贝尔文学奖的女性。1914 年，她成为瑞典皇家科学院的第一位女性院士。

亨利克 · 彭托皮丹

亨利克 · 彭托皮丹（1857—1943 年），丹麦作家。彭托皮丹出生于丹麦小镇弗雷德利卡一个牧师的家庭，但是他从青年时代开始，便积极接受新思想，主张个性解放，从而成为宗教家庭的反对者。高中毕业后，他违

克努特·汉姆生

长》（1917年）。作为反对新浪漫主义的作家之一，汉姆生倡导极端的自然主义，大力提倡心理文学。在《饥饿》中，他成功地描写了冲动的意识和模糊的、非理性的情感。长篇巨著《大地的成长》是汉姆生在文学创作成熟时期的代表作，这部小说的问世标志着他的创作走向了顶峰。在《大地的成长》中，汉姆生在对自然和劳动大为赞美的同时，也表现了他对自给自足的小农经济的肯定，反映了他的保守观念。

1920年，汉姆生"由于他的里程碑式的作品《大地的成长》"，而获得了诺贝尔文学奖。

乔治·萧伯纳

乔治·萧伯纳（1856—1950年），英国著名剧作家、评论家。萧伯纳出生于爱尔兰都柏林。父亲经商破产之后，酗酒成癖，母亲便带他离家出走，来到伦敦教授音乐。由于受母亲的熏陶，萧伯纳自幼就对音乐和绘画产生了极大的兴趣。中学毕业以后，15岁的萧伯纳便当上了抄写员，后来又任会计，并在报刊写乐评和剧评，从事新闻工作。在

神生活》一书。在这本书中，他首次放弃从马克·吐温那里获取的幽默感，对所谓的"美国生活方式"加以辛辣的嘲讽。

1890年，汉姆生以小说《饥饿》在挪威文坛崭露头角。这部小说的抒情文体对欧洲一些作家产生了很大的影响，汉姆生因此在挪威文学界获得了巨大的声誉。此后，他又发表了一系列作品，比较著名的有《神秘》（1892年）、《牧羊社》（1894年）、《大地的成

智者的误区

克努特·汉姆生这位文学上的巨人，在哲学上却走入了误区。他坚决信奉德国哲学家尼采的哲学，崇尚极端的个人主义。第二次世界大战期间，他曾多次公开发表文章支持纳粹德国的侵略行为，并且在挪威及纳粹统治下的欧洲其他国家广泛游历，以弘扬希特勒的"第三帝国"事业。二战结束以后，他被挪威最高法院以叛国罪判刑，后来因病获释。1952年2月19日，汉姆生在老人院中去世，结束了他辉煌与阴暗并存的一生。

圣女贞德

贞德（1412—1431年）被誉为"奥尔良的少女"，她是法国著名的军事家、民族英雄和天主教会圣女。英法百年战争（1337—1453年）期间，她带领法国军队顽强地抵抗英军的入侵，并支持法王查理七世加冕，为法国的胜利作出巨大贡献。但她最终被俘，被宗教裁判所以异端和女巫的罪名判处火刑。

后来，圣女贞德便在西方文化中扮演着一个重要的角色。从拿破仑开始，法国的很多政治人物都曾以她为形象进行宣传。一些著名的作家和作曲家，包括莎士比亚、伏尔泰、席勒、萧伯纳、威尔第、柴科夫斯基和布莱希特等都创作了大量有关她的作品，而以她为题材的戏剧、音乐和电影也一直持续到今天。

萧伯纳

7000 英镑奖金捐出，作为创立英国瑞典文学基金会之用，这正践行了他的社会理想。

格拉齐亚·黛莱达

此期间，他经常浏览伦敦美术馆和国家画廊，还常到大英博物馆图书室读书，在那里，他读到了马克思的《资本论》。

萧伯纳的文学创作始于小说，但成就最为突出的则是戏剧。1892 年，他发表了第一部剧本《鳏夫的房屋》，以后一发而不可收，前后共创作了 52 个剧本。萧伯纳深受德国哲学家叔本华和尼采的影响，主张艺术应当真实地反映迫切的现实问题，坚决反对"为艺术而艺术"。在这个基础之上创作出来的作品，具有很强的现实意义。萧伯纳控诉了资本主义社会的黑暗以及帝国主义发动侵略战争的不义。他的作品常常凸显出妇女自我奋斗的精神、在社会发展当中的作用以及对陈规陋俗的反叛。

1925 年，萧伯纳以他的代表作《圣女贞德》（1923 年）获得了诺贝尔文学奖，瑞典文学院认为"他那些充满理想主义及人情味的作品——它们那种激动性讽刺，常蕴涵着一种高度的诗意美"，"他的戏剧使他成为我们当代最迷人的作家"。萧伯纳在获奖之后把

格拉齐娅·黛莱达（1875—1936 年），意大利女作家。1871 年 9 月 27 日，黛莱达出生在撒丁岛上的小镇努奥罗城里一个中产阶层家庭。她在完成小学课程之后便凭借刻苦自学走上了文学创作的道路。黛莱达孜孜不倦地阅读了拜伦、海涅、雨果、巴尔扎克、列夫·托尔斯泰、屠格涅夫以及陀思妥耶夫斯基等众多文学大师的经典作品，并从中汲取艺术的养分，为她日后的创作打下了坚实的基础。

黛莱达最初多发表短篇小说，后来逐渐以长篇小说作为主要创作对象。她受到了以维尔加为主要代表的真实主义的影响，其作品都是以撒丁岛的乡村为背景，描写了在快速发展的资本主义生产关系的侵袭下，撒丁岛乡村传统的宗法关系的土崩瓦解、乡村居民在经济上的破产和在精神层面的创伤，以及城市文明与乡村文明之间的对立和冲突。

这类作品如《埃里亚斯·波尔托卢》（1903 年）、《灰烬》（1904 年）、《橄榄园的火灾》（1918 年），在这些作品中，现实主义的力量与宿命论的色彩交织在一起，反映了人在命运面前的无能为力。她长于以富有诗意的笔调和拟人的手法，勾画撒丁岛的自然风貌与社会风俗，文笔婉致纤细，抒情意味较为浓郁。

在小说《邪恶之路》（1896 年）中，黛莱达真实生动地描写了撒丁岛人独特的结婚和葬礼风俗：在举行葬礼时，所有人家都要关上门窗、熄灭炉火，不允许烧菜做饭；雇来的送葬队伍都要悲哀地唱着事先排练好的挽歌。小说对于这种古老习俗的描绘既简朴自然，又栩栩如生，使得很多人称之为荷马史诗之作。

小说《邪恶之路》取得了成功，"为了表扬她由理想主义所激发的作品以及她在洞察人类一般问题上所表现的深度与怜悯"，瑞典文学院将1926年的诺贝尔文学奖授予了黛莱达。

辛克莱·刘易斯

辛克莱·刘易斯（1885—1951年），美国作家，生于美国明尼苏达州的索克森特镇。1908年从耶鲁大学毕业以后，刘易斯曾在几家出版公司工作，并开始了文学创作。后来，他又到纽约从事编辑工作。1914年，他出版了第一部长篇小说《我们的雷恩先生》。两年以后，他辞去了编辑工作，专门从事写作。刘易斯一生出版过二十多部作品，他早期的五部长篇小说都具有浓郁的浪漫气息。20世纪20年代是刘易斯创作最旺盛的时期，1920年，他以小说《大街》一举成名，之后又相继创作了《巴比特》（1922年）和《阿罗史密斯》（1925年）。这三部小说被文学界认为是他最优秀的作品，其中《巴比特》更是被公认为是他的代表作，作者通过房地产经纪人巴比特这一形象，淋漓尽致地描绘了当时历史背景下美国人精神层面上的空虚以及建立在金钱基础之上的资本主义社会关系。此后的《艾尔麦·甘特利》（1927年）《多兹沃思》（1929年）等长篇小说也是刘易斯笔下的杰作。

1930年，以《巴比特》为代表的这五部作品得到了瑞典文学院的高度评价，"由于其描述的刚健有力、栩栩如生和以机智幽默创造新型性格的才能"，刘易斯成为美国第一位获得诺贝尔文学奖的作家。

尤金·奥尼尔

尤金·奥尼尔（1888—1953年），美国著名剧作家。生于纽约的一个演员家庭。从1909年到1911年，奥尼尔曾到南美、非洲等地流浪，淘过金，也做过水手、小职员，甚至无业游民。后来，奥尼尔回到美国，在他父亲的剧团里做临时演员。当时，父亲对他的演出很不满意，而他也不满意剧团里的传统剧目。他向易卜生和斯特林堡学习创作戏剧，1914年，他进入哈佛大学选修戏剧技巧方面的课程，并开始了戏剧创作。

奥尼尔是一位高产作家，一生创作了21部独幕剧、28部多幕剧。1914年，奥尼尔创作了《东航卡迪夫》，有一些评论家认为，该剧的上演可以看成是美国戏剧的诞生。1920年上演的两部多幕剧《天边外》（1918年）和《琼斯皇帝》（1920年），正式奠定了他在美国戏剧界不可动摇的地位。

《天边外》描述了一个美国农民家庭的不幸生活：安德罗与罗伯特兄弟俩同时爱上了邻家女孩露芝，露芝打算和罗伯特结婚。罗伯特原本幻想到天边外去生活，可结婚之后就只得在家中务农；而他的哥哥安德罗本想留在家中务农，后来没办法只好去天边外。罗伯特不善于经营农业，导致家境日益困难，露芝在结婚后不久就与他感情不和。罗伯特

奥尼尔对美国剧坛的影响

奥尼尔对于美国戏剧的发展有着划时代的意义，并产生了深远的影响。19世纪初，美国的戏剧还无法与美国的诗歌和小说相提并论。直到1916年普罗文斯敦剧社上演了奥尼尔的独幕剧《东航卡迪夫》以后，在以奥尼尔为首的美国剧作家的努力下，美国戏剧才逐步取得了足以与诗歌和小说媲美的成绩，并赢得了国际性的赞誉。

1953年12月，美国著名戏剧评论家约翰·加斯纳教授在《泰晤士报》上称："在奥尼尔之前，美国只有剧院；奥尼尔以后，美国才有了自己真正的戏剧。"1976年，马丁·西摩·史密斯在《20世纪文学辞典》中，将奥尼尔与皮兰德娄、布莱希特和辛格并称为20世纪四大剧作家，并称他是美国的超一流作家。

后来死于肺病，临死前，他对安德罗说，他与露芝都是生活的失败者，而安德罗则是他们三个人当中最大的失败者，因为他早早地放弃了他所应该从事的农业，转而去经营商业投机。他们一家人的生活理想就这样被无情的现实所毁灭。

《天边外》被戏剧界看成是一部标准的现代悲剧，作品反映了作者对于现实人生的消极态度。《天边外》继承了古典悲剧的创作传统，为作者赢得了 1936 年诺贝尔文学奖。瑞典文学院所公布的获奖理由是："他剧作中所表现的力量、热忱与深挚的感情——它们完全符合悲剧的原始概念。"

赫尔曼·黑塞

赫尔曼·黑塞

赫尔曼·黑塞（1877—1962 年），德国著名作家。黑塞出生在德国西南部城市卡尔夫的一个牧师家庭，他自幼在浓重的宗教氛围中成长。1891 年，黑塞考入了毛尔布隆神学院，但由于神学院的教育不仅扼杀智慧还残害人性，所以他不久便离开了那里。此后，黑塞四处漫游，做过钟表匠，还当过书店学徒。

1891 年到 1899 年的这段独立谋生的时期，黑塞遍读祖父和父亲的大量藏书以及他在书店当学徒的时候接触到的新旧文学和哲学书籍。黑塞曾说，他在那几年的学习比在正规学校里的学习收获更大。西方一些研究者认为，正是由于黑塞在这一时期所汲取的精神文化，构筑了他的美学世界观，而这种美学观点成了他日后诸多著作的思想源泉。后来有人称黑塞为"德国浪漫派最后的一个骑士"。

黑塞早在 13 岁时就已经决心当诗人，21

多元文化影响下的黑塞

黑塞的家庭有着多国血统，他的父亲是德国人，但生在爱沙尼亚，母亲是法籍瑞士人，黑塞本人可以说混有德国、法国、英国和瑞士血统。这样的家庭背景使他从小就接受了较为广泛的文化和开放的思想。黑塞不仅受欧洲文化熏陶，还受东方，主要是中国和印度的古老文化的影响，这对于他日后的文学创作，起着非常重要的作用。黑塞在晚年所写的一篇回忆录中有着这样的描述："这幢房子里交错着多种世界的光芒。人们在这里祈祷并诵读《圣经》，研习印度哲学，还演奏诸多优美的音乐。这里有熟悉佛陀与老子的人，有来自很多不同国度的客人……这样美妙的家庭是我所喜欢的……"

岁时他自费出版了自己的第一部诗集《浪漫主义之歌》，后来又出版了散文集《午夜后一小时》，但都没有得到公众的认可。直到 1904 年，他的第一部长篇小说《彼得·卡门青》问世，轰动了整个德国，黑塞这个名字才开始为人所知晓。

此后，黑塞与新婚妻子移居到瑞士农村的巴登湖畔，专心从事写作，开始了他长达 10 年的创作鼎盛时期。长篇小说《在轮下》（1906 年）、《罗斯哈尔特》（1914 年）、《克诺尔普》（1915 年）都是黑塞早期重要的作品。第一次世界大战以后，墨塞的创作有了较为明显的变化。这一时期，他倾向于尼采哲学，并向中国的老庄哲学和印度佛教求助，对荣格的精神分析也产生了非常深厚的兴趣。他开始尝试从哲学、宗教以及心理学等方面探索人类精神解放的最佳途径。他在这段时期创作的长篇小说《克努尔普》（1916 年）、《德米尔》（1919 年）、《席特哈尔塔》（1922 年）和《荒原狼》（1927 年）等，深受西方读者的喜爱，得到了广泛的赞誉。其中的《荒原狼》（1927 年）更是轰动欧美，并成为使他获得诺贝尔文学奖的作品。"由于他的富于灵感的作品具有遒劲的气势和洞察力，也为崇高的人道主义理想和高尚风格提供一个范例"，1946年，瑞典文学院将本年度的诺贝尔文学奖授予了黑塞。

拉克斯内斯

赫尔多尔·奇里扬·拉克斯内斯（1902—1998年），冰岛小说家。原名哈尔多·格维兹永松，1902年4月23日出生于冰岛首都雷克雅未克。在他3岁时，全家迁居雷克雅未克附近的乡间，并开办了拉克斯内斯农场。格维兹永松在这里度过了自己的童年，后来便以此作为笔名。

拉克斯内斯在很小的时候就显露出过人的文学才华，7岁时就会编故事、作诗。他只在拉丁学校和当地一所中学接受过几年正规教育，16岁时便离校自学，并开始了自己的文学生涯。1919年，17岁的拉克斯内斯发表了他的首部长篇小说《大自然之子》，作品以恬淡自然的笔触描绘了冰岛的自然景色和乡村生活，充满了乡野之中的浪漫情调。1923年，拉克斯内斯皈依了天主教，并进入卢森堡一所本尼迪克教派修道院进行潜修。此后的两年时间里，他潜心研究神学、哲学和拉丁文，并创作了他的第二部长篇小说《在圣山下》（1924年）。小说描写了作者在这段时间的经历，着重描写了自身信仰的转变过程，并对自己的内心进行了深入的剖析。

由于受斯特林堡、普鲁斯特、弗洛伊德等人的影响，他在1927年完成的长篇小说《来自克什米尔的伟大织工》采用了表现主义和超现实主义的创作手法，描写一个来自克什米尔的青年在各种思潮并起的时代背景下为选择一种信仰而产生的烦恼，同时也反映了作者本人在这一时期内心斗争的经历。

20世纪30年代，拉克斯内斯创作了3部长篇小说：《莎尔卡·伐尔卡》（1931—1932年）、《独立的人们》（1934—1935年）、

《世界之光》（1937—1940年）。这些作品奠定了他在世界文坛上的重要地位。1955年，瑞典文学院"为了他在作品中所流露的生动、史诗般的力量，使冰岛原已十分优秀的叙述文学技巧更加瑰丽多姿"，将诺贝尔文学奖颁发给了拉克斯内斯，他也成为迄今为止冰岛唯一获得该奖项的作家。

圣琼·佩斯

圣琼·佩斯（1887—1975年），法国诗人。出生在法属西印度群岛瓜德罗普群岛。他的父亲是种植园主，1899年，由于地震及经济危机的原因，举家迁回法国。1910年，佩斯毕业于法国波尔多大学。1914年进入法国外交部，历任法国驻中国使馆秘书、外交部秘书长等职。1940年，佩斯因为反对法国政府与法西斯德国妥协而被免职，直到1944年才恢复了在外交部的工作。后来，他多次到世界各地游历，把主要精力放在文学创作上。

早在20世纪初，青年时期的佩斯就开始了诗歌创作。1901年，他出版了第一部诗集《赞歌》，但是受到冷遇。1922年，他发表了长诗《远征》。到了1930年，这首诗被艾略特译成英文，开始引起了英美一些著名诗人的关注。此后又经过一段时间的沉默，1942年出版了《流放》，1950年该作品获得美国学院大奖。同年，著名的《七星笔记》刊物出版了向佩斯致敬的专号。

自此，佩斯声名鹊起。此后，他又相继出版了《雨》《雪》（1944年）《风》（1946年）、《鸟》（1962年）、《荣兴》（1964年）等诗集。佩斯的诗歌宏伟而壮丽，娓娓动人地讲诉着具有深沉历史感的文明社会的奥妙、令人叹为观止的异国风光、强大而又严酷的自然力量，具有史诗般雄浑的气魄，同时也浸润着神秘微妙的宗教情感。他避开当时正在盛行的现代派和超现实主义的艺术潮流，重新采用一种圣书式的抒情诗体，既有古典诗行的

佩斯看中国

在欧美现代著名诗人们当中，如果说与中国的渊源之深，可能任何人都无法与佩斯相比。佩斯驻北京使馆任职的几年里，正是中国近代史上风云变幻的历史时期，他以诗人的敏锐直觉和外交官的远见卓识，以一个西方人的独特身份，为中国这一段时期留下了一份宝贵的历史记录。

佩斯自抵华伊始，就敏锐地意识到中国社会正面临前所未有的大变革。他认为中国传统的农村结构开始瓦解，这将有利于"社会集体主义"的发展，"中国最终将走上集体主义，非常接近教条的列宁式共产主义"。当时中国知识界对于马列主义思想的认识还十分有限，而佩斯的预言为后来的历史发展事实所证实，其高度的预见性确实令人惊叹不已。

严谨，又具有散文诗的潇洒飘逸。

1960 年，"由于他高超的飞越与丰盈的想象，表达了一种关于目前这个时代之富于意象的沉思"，而被授予了诺贝尔文学奖，他的名作《蓝色恋歌》也由此得到了全世界的赞誉。

肖洛霍夫

米哈伊尔·亚历山大罗维奇·肖洛霍夫（1905—1984 年），是 20 世纪苏联文学杰出的代表人物。

肖洛霍夫出生在顿河维辛克镇克鲁日林村一个磨坊主的家庭。1918 年，当时正值第一次世界大战，德军对乌克兰大举进犯，肖洛霍夫因此停止了中学的学业。1923 年，他加入由莫斯科共青团作家和诗人组成的文学团体"青年近卫军"，陆续发表了小品文《考验》《三人》《钦差大臣》等。1924 年，他加入俄罗斯无产阶级作家联合会，并在同年发表了他的第一篇短篇小说《胎记》。1926 年，他

又出版了中短篇小说集《顿河故事》和《浅蓝色的原野》。

《静静的顿河》

此后，他返回故乡，开始了专业写作。从 1926 年起，肖洛霍夫就开始酝酿其长篇巨著《静静的顿河》，经过了长达 14 年的不懈努力，四卷本分别于 1928 年、1929 年、1933 年、1940 年出版。这部作品以及小说中的主人公曾在苏联引起社会各界的争论，但由于它别开生面地描绘了广阔的历史画面，生动逼真地再现了哥萨克民族在动荡岁月中的历史，而获得了广泛的赞誉。此外，肖洛霍夫还发表了《被开垦的处女地》的第一部（1932 年）和第二部（1959 年）。

《静静的顿河》反映了在布尔什维克党的领导下，苏联的个体农民向社会主义集体化道路迈进的全过程，具有浓郁的民族特色和生活气息。肖洛霍夫的作品始终与顿河哥萨克民族的命运紧紧相连。他的作品真实地反映

《青年近卫军》月刊

《青年近卫军》是苏联文学艺术和社会政治月刊，苏联共青团中央的机关刊物，1922 年在莫斯科创刊。该刊积极培养青年作家，尤其是文学小组"青年近卫军"中的共青团员诗人，同时还发表其他流派作家的文学作品。马雅可夫斯基的长诗《好！》，奥斯特洛夫斯基的长篇小说《钢铁是怎样炼成的》，以及别济缅斯基的诗，都曾在这个刊物上发表。

1942—1947 年之间《青年近卫军》停刊。1947—1956 年之间作为《青年作家作品选》复刊。从 1956 年起，该刊作为全苏共青团中央的文学艺术和社会政治月刊再次出刊。自 20 世纪50 年代以后，发表过的重要作品有邦达列夫的《最后的炮轰》、斯塔德纽克的《战争》等。

了处于历史转折期的哥萨克人民生活变迁的轨迹,成功地塑造了许多个性鲜明的人物形象,同时开创了悲剧史诗的艺术风格。1965年,肖洛霍夫因他的《静静的顿河》"在描写俄国人民生活各历史阶段的顿河史诗中所表现出来的艺术力量和正直品格"而被授予诺贝尔文学奖。

辛 格

艾萨克·巴什维斯·辛格(1904—1991年),美国著名小说家。1904年7月14日,辛格出生在沙皇俄国统治下的波兰。由于祖父和父亲都是犹太教的长老,所以他从小便接受了正统犹太教教育,系统学习了古希伯来文和意第绪文,对犹太教经典、宗教仪式以及犹太民族的风俗习惯也颇为熟悉。这方面的优势铸就了他作品的重要特色。后来,由于受到身为作家的哥哥的影响,辛格违背父命,步入了华沙犹太人文学界,并在哥哥的帮助下,于1935年迁居到美国纽约。

辛格15岁时便开始了文学创作,他的三十余部作品,全部用意第绪文写成,其中多数已被译成英文。长篇小说《莫斯卡特一家》(1950年)、《庄园》(1967年)、《农庄》(1969年)等作品主要描写在现代文明与排犹主义

意第绪语

意第绪语属于日耳曼语族中的一支。全世界约有300万人在使用,其中大部分使用者为犹太人。在19世纪20年代的苏联,意第绪语被认为是犹太"无产阶级"的语言而被加以鼓励使用;同时,古希伯来语则被视为"资产阶级"的语言。自从30年代开始,苏联国内日渐增长的反犹太的民族主义倾向以及迫害犹太人的政策迫使意第绪语逐渐退出了文学、教育等多个领域。只有少数几个意第绪语出版物才有幸保存了下来,其中包括文学刊物《苏维埃祖国》(1961—1991年)和报纸《比罗比詹明镜》。

的双重压力之下,波兰犹太社会走向解体的全过程,《庄园》是这一类作品中的杰出代表。他的另一类小说着重写爱情与宗教问题,主要包括《撒旦在戈雷》(1955年)、《卢布林的魔术师》(1960年)、《奴隶》(1962年)和《童爱》(1979年)等。其中,《卢布林的魔术师》最为著名,被西方评论家认为是辛格最佳的长篇小说。

辛格的另一成就体现在短篇小说方面,出版有十多部短篇小说集,其中比较重要的有《傻瓜吉姆佩尔及其他故事》(1957年)、《羽毛的王冠》(1973年)、《短篇小说集》(1982年)、《意象集》(1985年)等。此外,他还有2部剧本、3部回忆录,以及11部儿童故事集。

辛格被文学界誉为"当代最会讲故事的作家"。在文学创作上,他尊重传统,又融入了意第绪文学中的有益成分,从而开创了自己独特的风格。他创作了不少以性爱为题材的作品,但他并不沉溺于色情描写,而侧重于探索和揭示激情对于个人命运的影响。他认为,作家的创作应当起到使读者娱乐的作用,让读者在阅读的同时得到艺术享受。因此,他的小说叙述生动,文笔幽默,作品中经常使用活泼的句法和丰富的成语,因而受到评论界的广泛赞扬。

1978年,由于辛格在《卢布林的魔术师》中"充满激情的叙事艺术,这种艺术既扎根于波兰人的文化传统,又反映了人类的普遍处境",因而荣获了诺贝尔文学奖。

埃利亚斯·卡内蒂

埃利亚斯·卡内蒂(1905—1994年),英国德语作家。出生于保加利亚北部、多瑙河南岸的鲁斯丘克(今鲁塞)。卡内蒂的祖先是在西班牙居住的犹太人,因此,他除了说保加利亚语外,还会讲一种老式的西班牙语——拉迪诺语(一种已废弃的方言)。后来,卡内

蒂一家人迁居至英国曼彻斯特。1912 年父亲去世以后，卡内蒂随母亲搬到了维也纳，并开始了对德语的学习。他的母亲平日里要求他用德文沟通，这为他日后用德文写作打下了坚实的基础。

1924 年，卡内蒂进入维也纳大学攻读化学专业，并于 1929 年获得化学博士学位。但是，这期间他发现自己更热衷于文学、哲学和艺术，因此他后来没有在化学方面发展，而是开始从事文学活动，创作了戏剧《婚礼》（1932 年）和《浮华喜剧》（1934 年）。

后来，卡内蒂结识了一些知名艺术家，便陆续创作了一系列描写人类狂热行为的小说，如 1935 年的《迷惘》，其灵感来自于 20 年代暴民焚烧维也纳正义宫的事件。《迷惘》以这一时期的维也纳作为背景，主人公是一位对中国孔子哲学推崇备至的汉学家基恩。基恩常年专注于他的 25000 册藏书之中，用心研究"学问"，不问世事，长期过着离群索居的生活。后来，基恩为保护这些藏书，娶了粗俗、贪婪而又狠毒的女管家，没有想到，厄运从此降临到了他的头上——他落入了女管家的圈套之中，饱受欺凌，无奈之中只好逃离自己的家，与小偷、妓女、乞丐为伍。在穷困潦倒中，基恩完成了一部学术著作《裤子的心理》，但他最后还是被逼得精神失常，放了一把火使自己的书斋化为灰烬，自己也被烧死在其中。《迷惘》具有很明显的象征意味，主人公的命运暗示着当时欧洲知识分子的悲剧。同时，这部作品也表现出了卡内蒂对于"重智主义"的批判——知识分子如果与生活的土壤相脱离，以"自我"为中心，以"知识"为知识，一味地"重智"，必然会导致毁灭的结局。

《迷惘》一书受到 1929 年诺贝尔文学奖得主保罗·托马斯·曼和英国小说家艾瑞斯·梅铎的高度赞赏。二战期间，卡内蒂的小说被纳粹查封，直到 20 世纪 60 年代才重见天日。1981 年，卡内蒂的《迷惘》获得了诺贝尔文学奖。瑞典文学院公布的获奖理由

智者的怪异性格

出于"智者式"的骄傲，卡内蒂的爱憎观中偏见甚多，他也承认自己心胸狭窄，眼里容不得沙子。当内心深处的不宽容突然爆发时，他就觉得是在释放压抑。在《获救之舌》里，他就详细描写了 5 岁时想用斧子劈死姑妈的女儿劳里卡。长大之后，这个逆子又同母亲决裂，因为"家里大部分事情都体现出专制，我渴望离开这个家"。就连他的红颜知己薇莎也未能幸免，卡内蒂 26 岁时读了 19 世纪"伟大的"德国剧作家毕希纳的作品之后，带着一肚子委屈冲进了薇莎的家里，"我来这里的目的就是要骂你……这六年来，任何美妙的东西我们都谈过，可你却从没有在我面前提起过毕希纳。"

是："作品具有宽广的视野、丰富的思想和艺术力量。"

雅罗斯拉夫·塞弗尔特

雅罗斯拉夫·塞弗尔特（1901—1986 年），是 20 世纪捷克斯洛伐克最重要的诗人之一。

雅罗斯拉夫·塞弗尔特出生在布拉格日什科夫区一个工人阶级家庭。中学还没毕业，他就开始投入到新闻工作之中，同时开始了文学创作。1921 年，塞弗尔特出版了自己的第一部诗集《泪城》。这本诗集与捷克老一辈无产阶级诗人的作品风格大不相同，它并不侧重于对资本主义社会的严厉抨击和控诉，而是表达了诗人对于广大人民的深切同情和无限热爱，诗中讴歌了光明美好的未来，真实反映了诗人心中澎湃的激情以及对诗的理解和追求。

1936 年以后，由于纳粹德国的威胁，捷克时刻处于危难之中。这极大地激发了塞弗尔特的爱国主义热情，他先后创作了《别了，春天》（1937 年）、《把灯熄掉》（1938 年）、《身

雅罗斯拉夫·塞弗尔特

披霞光》（1940 年）和《石桥》（1944 年）等诗集，其中的《祖国之歌》被公认为是最优秀的爱国主义诗作。这些诗集表达了诗人对于祖国、对于捷克民族文化传统的热情赞颂，唱出了当时捷克人民的共同心声，从而极大地鼓舞了人民抗争的勇气。

二战结束之后，塞弗尔特以全新的面貌继续从事创作。20 世纪 60 年代以后出版的《岛上音乐会》（1965 年）、《哈雷彗星》（1967 年）、《皮卡迪利的伞》（1978 年）、《避瘟柱》（1981 年）等后期作品，融汇了诗人饱经沧桑之后对于人生真谛的深沉思考，以及对诗人使命的真实认识。

塞弗尔特一生中总共出版了 39 部诗集，1984 年秋天，塞弗尔特以其作品《紫罗兰》获得了诺贝尔文学奖。瑞典文学院因"他的诗富于独创性、新颖、栩栩如生，表现了人的不屈不挠精神和多才多艺的渴求解放的形象"，将该奖项第一次颁发给了一位捷克人。

约瑟夫·布罗茨基

约瑟夫·布罗茨基（1940—1996 年），美籍苏联诗人，1940 年 5 月 4 日出生在列宁格勒的一个犹太人家庭。布罗茨基从小就酷爱自由，由于不满学校的刻板教育，15 岁便退学步入社会。曾做过烧炉、运尸、地质勘探等多种工作，还曾屡次遭到拘讯。但同时，布罗茨基开始了诗歌创作，他的作品多数发表在由一些青年作家创办的刊物《句法》上，并在社会上广为流传。很快，布罗茨基卓越的诗才就使他崭露头角，被人们称为"街头诗人"，受到了众多文化界人士的赏识。1963 年发表的长诗《悼约翰·邓及其他》是他早期的代表作。这一时期他的主要作品还有诗集《韵文与诗》（1965 年）、《山丘和其他》（1966 年）等。

1972 年，布罗茨基被苏联当局驱逐出境。不久之后，他应邀到美国密执安大学担任住校诗人，从此开始了他在美国的教学、写作生涯。在美国生活期间，布罗茨基以十余种语言出版了他的选集，其中，《诗选》（1973 年）和《言语的一部分》（1980 年）影响最大。另外，他还作有散文集《小于一》（1986 年）、《论悲伤与理智》（1996 年）等。在短短的十几年间，布罗茨基声名鹊起，成为当代最具影响力的诗人之一。他的思想开阔而坦荡，感情真挚而柔和，对生活具有极为敏锐的观察和感受力。他的诗作充满了俄罗斯民族风味，尤其是在侨居国外之后，对故乡的怀念更成为他诗歌的重要主题之一。在艺术风格上，他始终"贴近两位前辈诗人，阿赫玛托娃和奥登"，追求音韵的和谐以及形式上的创新。

1987 年，由于他的诗集《从彼得堡到斯德哥尔摩》"超越时空限制，无论在文学上及敏感问题方面，都充分显示出他广阔的思想和浓郁的诗意"，获得了本年度的诺贝尔文学奖，布罗茨基由此成为继加缪之后又一位年轻的获奖者。

维斯瓦娃·希姆博尔斯卡

维斯瓦娃·希姆博尔斯卡（1923—），

波兰著名女诗人。1923 年 7 月 2 日出生于波兰波兹南省库尔尼克县的布宁村。1931 年，希姆博尔斯卡全家迁到克拉科夫，从此她就一直生活在这里。

二战期间，希姆博尔斯卡为躲避战争，在地下秘密学校里完成了中学学业，然后进入铁路部门工作。1945 年波兰解放以后，她进入克拉科夫雅盖隆大学，主攻波兰语言文学和社会学。这一时期，她也开始了写作，并在 1945 年 3 月 14 日的《波兰日报》青年副刊《战斗》上发表了她的处女诗作《寻找词句》。1952 年，希姆博尔斯卡出版了她的第一部诗集《我们为此而活着》，同年成为波兰作家协会会员。

1953 年，希姆博尔斯卡开始在《文学生活》周刊的编辑部工作，主持该刊的文学部长达二十多年。1954 年，她出版了第二部诗集《向自己提出问题》，获得当年的克拉科夫城市奖。以 1956 年为分界线，希姆博尔斯卡的创作可以分为前后两个时期，前期的诗歌以揭露法西斯战争的残暴和罪行为主要内容，满怀热情地歌颂了祖国波兰的复兴与建设；后期的诗歌在题材、主题、形式以及风格方面都发生了很大的变化，呈现出了多姿多彩的趋势，想象力更加丰富，也更富于哲理性。这一时期诗歌的主题更多地涉及人的生存环境以及人与历史的关系、人在自然环境中的位置等重要问题。希姆博尔斯卡相继出版的

关注现实的希姆博尔斯卡

希姆博尔斯卡十分关心政治，但并不介入政治。她虽然不是一位政治诗人，但其诗作中隐藏的政治内涵随处可见。早期的诗作《然而》是希姆博尔斯卡少数触及二战期间德国的残暴行径的作品之一。该作品不但对纳粹大屠杀的暴行进行了谴责，同时也指出波兰社会某些人士对于犹太人命运漠不关心。

20 世纪 80 年代，在检查制度之下，具有政治性、思想性的作品逐渐敛迹，波兰社会充斥着色情文学。在《对色情文学的看法》一诗中，女诗人虚构了一个支持政府"以思想钳制确保国家安全"政策的说话者，让他义正词严地指陈思想问题的严重性高于色情问题，让他以一连串色情意象来痛斥自由思想的邪恶，从而凸显其对思想大加抨击的荒唐可笑，间接对集权国家的思想监控所造成的生存恐惧提出了坚决的抗议。

诗集《呼唤雪人》(1957 年)、《盐》(1962 年)、《一百种乐趣》)(1967 年)、《桥上的人》(1986 年)和《结束和开始》(1993 年)都可以反映她在这一时期的创作风格。

由于希姆博尔斯卡在诗歌创作上有着如此辉煌的成就，她于 1963 年获得了由波兰文化部颁发的国家文学二等奖，此后又相继获得了德国的歌德奖(1991 年)和赫尔德奖(1995 年)。1996 年，"由于其在诗歌艺术中警辟精妙的反讽，挖掘出了人类一点一滴的现实生活背后历史更迭与生物演化的深意"，希姆博尔斯卡以其作品《我们为此而活着》获得了诺贝尔文学奖。

奥尔罕·帕慕克

奥尔罕·帕慕克（1952—），在国际上享有盛誉的土耳其文坛巨擘。1952 年 6 月 7 日，帕慕克出生于土耳其伊斯坦布尔一个西化程度较高的富裕家庭，从小就被送到伊斯

希姆博尔斯卡

奥尔罕·帕慕克

坦布尔一家私立学校接受英语教育，后来进入伊斯坦布尔科技大学学习建筑学。1974年，帕慕克放弃了建筑学专业，开始了文学生涯。1979年，他完成了第一部作品《塞夫得特州长和他的儿子们》，并于1982年出版。1985年，他的第一本历史小说《白色城堡》出版，这部作品让他在全世界获得了极高的声誉，该书荣获了1990年美国外国小说独立奖。1997年的《新人生》产生了轰动性效应，成为土耳其有史以来最畅销的书籍。2002年出版的《雪》以其深刻的思想性著称，这也是他本人最钟爱的作品。2003年，他出版了《我的名字叫红》，这部关于细密画的小说奠定了他在世界文坛上的地位，他也因此获得了世界上奖金最高的文学奖——都柏林文学奖。2005年，他的新作《伊斯坦布尔》问世，正是这部作品使他获得了诺贝尔文学奖。

2006年10月12日，瑞典文学院宣布将

东西方文化的联结者

帕慕克在其小说中一再描述东西方文化的差别与交流，这使他成为东西方文化交往的名副其实的"中间人"。生活中的帕慕克多数时间都在伊斯坦布尔的一栋公寓中，烟不离手，长时间从事创作。在这栋公寓上，可以俯瞰横跨在博斯普鲁斯海峡上的一座桥梁，这座桥梁连接着欧亚两大洲，这对帕慕克的思想和创作来说，仿佛具有某种象征意味。

本年度的诺贝尔文学奖授予帕慕克，理由是"在追求他故乡忧郁的灵魂时发现了文明之间的冲突和交错的新象征"。

多丽丝·莱辛

多丽丝·莱辛是英国当代女作家，被人们誉为是继伍尔夫之后伟大的女性作家，并多次获得诺贝尔文学奖提名和多项世界级文学奖。

多丽丝·莱辛

多丽丝·莱辛1919年10月22日出生于伊朗，原姓泰勒。父母是英国人。在她5岁时她全家迁往罗得西亚，此后20余年家境贫困。她15岁（又有说是12—13岁）时因眼疾辍学，在家自修。16岁开始工作，先后当过电话接线员、保姆、速记员等。她青年时期积极投身反对殖民主义的左翼政治运动，曾一度参加共产党。1949年她携幼子移居英国，当时两手空空，囊中如洗，全部家当是皮包中的一部小说草稿。该书稿不久以《野

草在歌唱》（1950）为题出版，使莱辛一举成名，它以黑人男仆杀死家境拮据、心态失衡的白人女主人的案件为题材，侧重心理刻画，表现了非洲殖民地的种族压迫与种族矛盾。此后莱辛陆续发表了五部曲《暴力的孩子们》，即《玛莎·奎斯特》（1952年）、《良缘》（1954年）、《风暴的余波》（1958年）、《被陆地围住的》（1965年）以及《四门之城》（1969年）——以诚实细腻的笔触和颇有印象主义色彩的写实风格展示了一位在罗得西亚长大的白人青年妇女的人生求索。这期间她还完成了一般被公认是她的代表作的《金色笔记》（1962年）。

《金色笔记》最为知名。那部小说叙述了青年女性经历做情人和母亲的故事，曾被全球数百万人当成女性独立的教课书。这本书后来成为格劳丽亚·斯坦因（Gloria Stienm）和杰曼·格理尔（Germaine Greer）等激进人物所拥护的女权主义的先锋。

大约从20世纪60年代以来，莱辛对当代心理学及伊斯兰神秘主义思想的兴趣在作品中时有体现，但她仍然关注重大的社会问题。70年代中她撰写了有关个人精神崩溃的《简述下地狱》（1971年）及讨论人类文明前途的《幸存者回忆录》（1974年）。《黑暗前的夏天》（1973年）讲述一位中年家庭主妇的精神危机。此后她另辟蹊径，推出一系列总名为《南船座中的老人星：档案》的所谓"太空小说"，包括《什卡斯塔》（1979年）、《第三、四、五区域间的联姻》（1980年）、《天狼星试验》（1981年）、《八号行星代表的产生》（1982年）等，以科幻小说的形式写出了对人类历史和命运的思考与忧虑。

2007年，莱辛获得2007年诺贝尔文学奖。瑞典文学院颁布的获奖理由是："她以怀疑主义、激情和想象力审视一个分裂的文明，她登上了这方面女性体验的史诗巅峰。"

文学吉尼斯

《吉尼斯世界纪录大全》作为全球纪录的领导者，已经成为家喻户晓的名字。世界上没有哪本书能收集、认证并提供如此丰富、权威的世界纪录。它是世界公认的一本权威书籍，甚至《吉尼斯世界纪录大全》一书本身就打破了一项纪录：《吉尼斯世界纪录大全》以37种语言、在全球100多个国家累计销量已达1亿册的成绩成为了世界上最畅销的版权图书。本节的内容主要是借吉尼斯之名来记录文学上取得突出成就的一系列作品。

第一部科幻小说

玛丽·雪莱（1797—1851年），原名玛丽·高德温，英国著名小说家，浪漫主义诗人雪莱的第二任妻子。由于她在1818年创作出文学史上首部科幻小说《弗兰肯斯坦》（又译作《科学怪人》），而被世人称为"科幻小说之母"。《弗兰肯斯坦》讲述的是物理学家佛兰肯斯坦懂得了制造生命的秘诀，于是用全套人骨组合成人形，然后再赋予它生命，创造出了一个有思想的怪物。但由于这个怪物相貌奇丑无比，人们对它都很厌恶，因此，它感到万分孤独，反而憎恨赋予它生命的人，于是杀死了佛兰肯斯坦的弟弟和弟媳。佛兰肯斯坦为了消灭他制造的这个怪物，一直追踪到北极，但最终被怪物所杀，怪物也从此失踪了。

《弗兰肯斯坦》是不朽的杰作，一经问世，就让玛丽·雪莱名声大震，甚至一度超过她的丈夫。后来，这部作品还被拍成各种影视作品，受到世界各国观众的喜爱。

《弗兰肯斯坦》——非凡的成就

玛丽·雪莱19岁时，一次，拜伦与朋友闲谈时，提议大家各写一篇神怪小说。当时四个人都动了笔，最后三位男士都无法终篇，只有雪莱的妻子玛丽越写越认真，最后完成了一篇杰作，并在伦敦引起很大的轰动。这就是著名的《弗兰肯斯坦》。

1818年，《弗兰肯斯坦》刚一出版便引起当时社会的喧哗，尤其是科学界的广泛争论。该作后来经过多次改编，通过多种艺术形式表现出来，并搬上了银幕，成为科幻影片最早的蓝本之一。《弗兰肯斯坦》除科幻色彩之外，还有浓郁的浪漫气息和深厚的人文关怀，更有令人毛骨悚然的恐怖因素，因此它被人誉为"有史以来最伟大的恐怖作品之一"。这部作品问世伊始便取得了广泛的成功，并为玛丽·雪莱赢得了极大的声誉。

其实，在此之前近二百年，德国天文学家开卜勒就写过一部名为《梦》的小说，其中就有对于宇宙飞行的超重、超低温以及真空状态的详尽描绘。作者还通过想象勾画出月球上巨大的植物和奇异的动物，而这些内容正是后世科幻小说中的典型内容。但遗憾的是，作品中主人公进行月球旅行的方法超出了科学的范畴，而是使用了巫术。因此，玛丽·雪莱的《弗兰肯斯坦》才是世界文学史上第一部科幻小说。

改编成影视剧最多的小说

阿瑟·柯南道尔（1859—1930年），英国小说家。因在其经典侦探小说《福尔摩斯探案集》中成功地塑造了优秀侦探——夏洛克·福尔摩斯，而被誉为"世界侦探小说之父"。

柯南道尔在29岁时写出以福尔摩斯为主角的侦探小说《血字的研究》，发表在《1887

年比顿圣诞年刊》上。两年以后，柯南道尔又出版了《四签名》。从1891年到1894年的三年时间里，柯南道尔相继写出了《波希米亚丑闻》《红发会》《身份案》《博斯科姆伯溪谷的秘密》《五个橘核》《歪嘴男人》《银色马》等24部短篇，并结集出版。1894年年底，柯南道尔在《最后一案》中让福尔摩斯葬身瀑布。可是，这引起了广大读者的不满，于是，他在1903年写出了《空屋》，让福尔摩斯"死而复生"，使其再次与读者见面，以后又先后写出了《归来记》《恐怖谷》《最后致意》《新探案》等侦探故事。

柯南道尔的《福尔摩斯探案集》共有60个关于福尔摩斯的故事，包括56个短篇和4个中篇。这些作品受到了全世界读者的青睐，

柯南道尔爵士

福尔摩斯的"复活"

1890年，柯南道尔到维也纳学习眼科，一年以后回到伦敦做了一名眼科医生。不久之后，他打算结束"福尔摩斯系列"。1891年11月，他在一封给母亲的信中写道："我考虑杀掉福尔摩斯……把他终结，一了百了。他占用了我太多的时间。"1893年12月，柯南道尔在《最后一案》中，让福尔摩斯与他的死对头莫里亚蒂教授一同葬身于莱辛巴赫瀑布。但是，小说的这一结局令广大读者十分不满，在《最后一案》中福尔摩斯"死"掉以后，"福迷"们气愤不已，经常去他家干砸玻璃之类的事。柯南道尔自己也没有预料到他的小说会如此深入人心，于是他最终又让福尔摩斯重新"复活"。1903年，柯南道尔发表了《空屋》，使福尔摩斯死里逃生，再度站在读者面前。

由此改编成的影视剧也数不胜数。仅1975年，根据《福尔摩斯探案集》拍摄的电影就有130部，而迄今为止累计数目则以千数计。可以当之无愧地说，《福尔摩斯探案集》是世界上被改编成影视剧最多的小说。

演出场次最多的剧本

阿加莎·克里斯蒂（1890—1976年），英国小说家、剧作家。克里斯蒂被誉为"侦探推理小说女王"，她创作的《捕鼠器》是目前世界上演出场次最多的剧本。

《捕鼠器》写的是二战结束之后，新婚的拉尔斯顿夫妇继承了伦敦郊区的蒙克斯威尔庄园，并开始招揽房客入住。当时正值暴风雪来临，房客被困在庄园。正在这时，一位警官赶来，因为在一个凶杀案现场，他察觉到凶手下一个复仇的目标就在蒙克斯威尔庄园。警察与凶手的交锋由此展开……1952年10月6日，该剧首次被搬上戏剧舞台，此后连续上演，演出场次之多，创下了世界戏剧史上的纪录。

1955年4月22日，演出第1000场；1958年4月12日，演出第2239场，同时打破了英语舞台剧连续演出时间的最高纪录；1964年12月9日，演出第5000场；1976年12月17日，演出第10000场；1977年8月19日，加拿大多伦多版《捕鼠器》在"卡车剧院"首次亮相，之后连续演出到2004年1月18日，历经26年、超过9000场，创下了加拿大历史上的戏剧演出场次的纪录；1982年5年14日，举办了聋哑人专场；2000年12月16日，演出了第20000场……直到今天，《捕鼠器》仍然保持着世界戏剧史上演出场次最多的纪录。

作品发行量最大的作家

据统计，英国小说家阿加莎·克里斯蒂

阿加莎·克里斯蒂

是有史以来最畅销的作家。阿加莎·克里斯蒂的创作速度非常惊人，虽然她并不擅长用打字机打字，但是她创作一部20万字的小说，只需两个月左右的时间。她平时喜欢躺在浴缸里一边吃苹果一边构思小说，一旦构思成熟，落笔如飞。她曾说过："我写小说的第一步工作就是先构思故事的框架，这件事一直令人担心，我直到把它写出来以后才能安下心来。"

她在英国文学史上的地位，远远超过了柯南道尔。她在66岁时，荣获"不列颠帝国勋章"及埃克塞特大学名誉文学博士学位。法国总统戴高乐对她的小说十分喜爱，自称是"阿加莎·克里斯蒂迷"，英国皇太后玛丽也认为读阿加莎·克里斯蒂的小说是一种最好的享受。在玛丽王后80岁寿辰之时，英国BBC电台为女王贺寿，记者问女王喜欢什么节目，玛丽女王主动要求播出阿加莎·克里斯蒂的作品。

来自上层社会的褒奖极大地提高了阿加莎·克里斯蒂的知名度。她的作品被译成

1950 年，克里斯蒂成为英国皇家文学院会员；1954 年，克里斯蒂获得美国推理作家协会评选的杰出作家奖；1956 年，克里斯蒂荣获 CBE 勋章（不列颠帝国高级勋章，Commander of the British Empire）；1958 年，克里斯蒂被任命为侦探俱乐部会长，并终身连任；1961 年，克里斯蒂被埃克塞特大学授予荣誉文学博士学位；1971 年，克里斯蒂被册封为女爵士（不列颠帝国女爵士勋章 DBE，Dame Commander of the British Empire）。

103 种文字，在 157 个国家出版发行，总销量超过 20 亿本。仅在法国，截至 2003 年，她一共售出 4000 万册法文版的著作，是法国书籍销量最高的纪录保持者，她比第二位——法国大文豪左拉的 2200 万本还要多出近一倍。如果将所有形式的著作加在一起，只有《圣经》与《莎士比亚戏剧集》的总销售量在她之上。

写作速度最快的女作家

芭芭拉·卡特兰是英国著名的浪漫主义小说家、剧作家、历史学家、政治演说家、电视界名流。

这位被文学界公认为世界上第一流的言情小说作家，99 岁高龄时，仍笔耕不辍。她的言情小说已出版了 723 本，总销量超过 10 亿册，并以全球最多产的作家入选吉尼斯世界纪录。同时，她也是世界上写作速度最快的作家。她的写作速度十分惊人，从 1979 年起，她以每年 21—24 本的速度创作。直至去世前三年，她还保持着每 18 天写出一本新书的速度。在她去世以后，另有 160 部小说的手稿在其书房里被发现，这些手稿都以她最喜爱的粉红色丝带精心捆扎。

卡特兰的作品，一般篇幅不是很长，译成中文后也只有十几万字，内容千篇一律，大多是贵族青年爱上了处境困难或出身低微的弱女子，背景一般设在过去时代和异国他乡。在艺术上，其作品语言精练，故事生动有趣，具有浓厚的抒情氛围。因此，她的小说虽然有一个固定的模式，而且几乎都是以"白雪公主与白马王子走进婚姻殿堂，从此过上幸福的生活"这种童话式的结局收尾，但读者却百读不厌。

卡特兰的作品在中国大陆出版过的有《情盗》《神秘的女仆》《土耳其之恋》《圣城奇缘》《爱的复活》《爱的选择》《爱情之光》等，深受读者喜爱。

第一部真实描写第一次世界大战的巨著

世界上第一部真实描写第一次世界大战的长篇小说是法国作家亨利·巴比塞的作品《火线》。

亨利·巴比塞（1873—1935 年），出生在法国巴黎附近的一个小镇。他的父亲是巴黎一家报馆的撰稿人，还创作过戏剧作品，对巴比塞影响很深。后来巴比塞进入马拉美和柏格森任教的罗兰中学，受到教师的影响，他对哲学和文学尤为热爱。18 岁时，巴比塞就获得了文学学士学位。三年后，他又获得了哲学硕士学位。

第一次世界大战爆发之后，巴比塞不顾自己年龄偏大和身体不佳等原因，毅然赶赴了前线，表现得非常勇敢，同时也接触到了广大人民的反战情绪。在此期间，巴比塞的思想和创作都发生了根本性的变化。战前，他主动要求上前线，并屡立战功。经过战争的洗礼，他开始走向革命。1916 年，巴比塞花了半年的时间，完成了他的成名作、长篇反战小说《火线》。这是最早一部反映一战的鸿篇巨著，作品一经问世，就受到广大读者的热烈欢迎，并获得了当年的诺贝尔文学奖。

巴比塞与罗曼·罗兰的论战

　　罗曼·罗兰是法国著名作家，也是一位毕生支持十月革命理想的左翼人士，然而在十月革命之后，他一方面称赞十月革命的伟大意义，另一方面又对苏俄政权钳制思想自由、大肆排除异己的暴行感到非常不安。1919 年 6 月 26 日，他在巴黎的《人道报》上发表了著名的《精神独立宣言》，表达了他对于这方面的疑虑。这一宣言后来遭到了巴比塞的强烈抨击。1921 年 12 月，巴比塞在《光明报》上发表文章，称罗曼·罗兰的"精神独立"主张是资产阶级知识分子的虚无幻想，并敦促他尽快放弃抽象的人道主义立场，站到工人阶级的队伍中来，接受工人阶级的学说和价值观，并且要认识到只有通过无产阶级的暴力，才能使个性获得真正意义上的自由与独立。

　　通过这场战争，巴比塞看清了帝国主义战争的实质，于是带头组织起了法国和国际退伍军人联合会，其宗旨是反对任何形式的帝国主义战争，维护世界和平。1923 年，巴比塞加入了法国共产党，后来还发起并参加了 1932 年、1933 年、1935 年的国际作家反法西斯大会。1935 年，他应邀出席在苏联举行的共产国际第七次代表大会时不幸病逝。

文学史上第一部描写革命领袖的长诗

　　文学史上第一部描写革命领袖的长诗是苏联著名诗人马雅可夫斯基（1893 — 1930 年）创作的《列宁》。

　　马雅可夫斯基出生于格鲁吉亚山区的一个林务官的家庭。他幼年时就十分喜爱文学。1906 年随全家迁至莫斯科，不久之后便开始从事革命活动。马雅可夫斯基早期的诗歌具有未来派的色彩。十月革命以后，马雅可夫斯基创作了短诗《我们的进行曲》（1917 年）、《革命颂》（1918 年）和《向左进行曲》（1918

马雅可夫斯基雕像

年）以及长诗《一亿五千万》（1921 年）等歌颂革命的作品，标志着他的创作进入了一个新的时期。

　　1924 年以后，马雅可夫斯基的创作进入了成熟期，先后发表了著名的长诗《列宁》

马雅可夫斯基之死

　　20 世纪 20 年代末，苏联文艺界内部派别的激烈斗争和个人思想上的矛盾使马雅可夫斯基情绪非常低落，他的剧作不仅屡次遭到攻击，他所筹办的个人创作 20 周年成就展也遭到了冷遇。他后来还患上了喉咙疾病，不能再像从前那样四处去朗诵了。1930 年 4 月 14 日清晨，女演员维罗尼卡一离开马雅可夫斯基的工作室，屋里便传出来一声枪响——马雅可夫斯基用勃朗宁手枪自杀了。他留下一封《致大家》的信："我现在的死亡，不必责怪任何人，也不要制造流言飞语。死者生前对此十分反感。"

（1925 年）和《好！》（1927 年），长诗序曲《放开喉咙歌唱》（1930 年），以及讽刺喜剧《臭虫》（1928 年）和《澡堂》（1929 年）等。《列宁》从正面描写无产阶级伟大领袖列宁光辉的一生，描写了广大人民群众对列宁的深厚感情。马雅可夫斯基在 1924 年创作这部作品时，已经接受了马克思历史唯物主义的观点。他塑造出来的列宁是在激烈的群众斗争中成长起来的领袖，平凡而又伟大，对人民怀着无限的忠诚，没有凌驾于群众之上，而是与人民鱼水情深。马雅可夫斯基还热情歌颂了无产阶级政党在阶级斗争及生产建设中的伟大作用，表达了人民群众对于党、对于领袖的敬爱之情。

长诗《列宁》把概括性的综述与详尽细致的描写结合起来，使叙事与抒情融合为统一的整体，成为社会主义现实主义诗歌的杰作，同时，也是文学史上最早一部描写革命领袖的长诗。

文学并称

文学并称通常是指合并在一起的文学称谓。它既包括文学作品的并称，如莎士比亚四大喜剧、莎士比亚四大悲剧等，又包括文学作家的并称，如美国三大恐怖小说家、世界文坛三大怪杰、勃朗特三姐妹、挪威文坛四杰等。

三个托尔斯泰

在俄罗斯近现代文学史上，有三位叫做托尔斯泰的著名作家，他们是：阿里克赛·康斯坦丁诺维奇·托尔斯泰、列夫·尼古拉耶维奇·托尔斯泰和阿里克赛·尼古拉耶维奇·托尔斯泰。

阿·康·托尔斯泰（1817—1875 年），俄国著名诗人、剧作家。他写有长篇历史小说《谢列勃里亚尼公爵》历史剧三部曲《伊凡雷帝之死》《沙皇费多尔·伊凡诺维奇》和《沙皇鲍里斯》。他的讽刺诗《波波夫的梦》对沙皇官僚制度进行了犀利的讽刺，具有很强的现实意义。

列夫·托尔斯泰（1828—1910 年）是 19 世纪后半期俄国最伟大的作家。他在自己漫长的一生当中，笔耕不辍，付出了辛勤的劳动，登上了当时欧洲批判现实主义文学的最高峰。他的主要代表作《战争与和平》《安娜·卡列尼娜》和《复活》等，通过历史背景、家庭关系以及地主和农民之间的矛盾，真实地描绘了沙皇俄国的社会生活。其作品对欧洲文学有着深远的影响。

阿·尼·托尔斯泰（1883—1945 年）是俄国著名作家。他原本是一个批判现实主义者，经过长时期的探索，最终成为苏联社

"绝圣弃智"的洛夫克拉夫特

洛夫克拉夫特小说中的某些思想不甚可取。在他看来，求知必然会带来人类的毁灭，因此他希望人类能够适可而止。这种说法固然有其可取之处，但他却走向了极端，正如他在其名作《克苏鲁的呼唤》中所写的那样："人类的头脑还不足以将自己的思想融会贯通——我认为，这是世界上最幸运的事情。我们始终生活在无知的岛上，尽管被深不可测的海洋所包围，我们却不必远航。迄今为止，尽管每门科学都在各自领域内不断地扩展，对我们的伤害却微乎其微。但是，人类终有一天会把各门独立知识融会起来，揭开极为可怕的真实前景，将我们暴露在恐怖的境地之中。那时，我们要么因新的发现而精神崩溃，要么逃避真实，躲进安稳的新黑暗时代。"

会主义现实主义文学的杰出代表之一。他用20年的心血完成了《苦难的历程》三部曲（包括《两姊妹》《一九一八年》和《阴暗的早晨》）和历史小说《彼得大帝》，这两部社会主义现实主义巨著，荣获了斯大林奖金。

世界文坛三大怪杰

维加、伏尔泰和科莱特以其在文学界的特殊表现而被并称为世界文坛的"三大怪杰"。维加（1562—1635年）是西班牙戏剧的奠基者、欧洲文艺复兴时期杰出的戏剧家、小说家和诗人。他创立了西班牙巴洛克古典戏剧的准则，其作品至今仍在古典戏剧节里被排演。同时，他也是一位伟大的西班牙语抒情诗人，对于西班牙文化的影响延续至今。他作为西班牙文学黄金时代最重要的作家之一，其作品的广度使其跻身世界文坛多产作家的行列。凭借这些成就，他获得了"西班牙的凤凰""西班牙戏剧之父""天才的怪杰"的美誉。

· 伏尔泰（1694—1778年）是18世纪法国启蒙主义思潮公认的领袖，是当时思想界

伏尔泰

的泰斗，有"科学和艺术共和国的无冕皇帝""一代思想的主宰者""哲学家的家长"等称号。他提出天赋人权的观点，认为人生来就是自由、平等的，所有人都有追求生存、追求幸福的权利，而这种权利是上天赋予的，不能被任何人所剥夺。他创作了大量的文学作品，其中最为著名的有史诗《亨利亚德》和《奥尔良少女》、喜剧《放荡的儿子》、悲剧《欧第伯》、哲理小说《老实人》和《天真汉》等，这些作品一问世，就受到文学界的好评，对欧洲文学产生了巨大的影响。

科莱特（1873—1954年）是20世纪法国文坛巨星、闻名世界的优秀女作家，有"法国文坛怪杰""法兰西的国宝"等誉称。科莱特创作生涯长达五十余年，发表过四十余部作品。她善于描绘人物的心理活动和感觉，对大自然的描写细致、生动而又清新，各种动物在她笔下也具有各种思想感情。她的作品既有泥土的气息，又极具诗意。龚古尔学

科莱特的前卫生活

科莱特生活当中的一些侧面，就是在今天看来也十分前卫。早在20世纪20年代，她就做了面部拉皮，并且终生留着一头狂乱的烫发。她对宗教十分排斥，对大多数社会准则不屑一顾。她的胃口惊人，且从不为此而感到不安，体重曾达到180磅。有一次，她在食物中毒康复以后，为了减轻胃部的痛苦，竟然吞下去一块葡萄干馅饼和一棵卷心菜。

她声称，苗条会让女性有男性化的危险。她还很喜欢香水，并且根据每个房间的布置，喷不同味道的香水。作为最早转向无声电影的一批严肃作家中的一员，她所设计的场景既非小说性，也非戏剧性，而是纯粹的电影化。她对任何事物都持开放的态度。有一次她去看牙医，她问医生道："为什么人不能把所有牙齿都拔出来，而用玉石来代替？"

会在 1944 年选她为主席，她因此成为法国文学史上第一位获得此项荣誉的女作家。

勃朗特三姐妹

19 世纪英国文坛上，出现了三位极其重要的女作家，她们就是勃朗特三姐妹：夏洛蒂·勃朗特、艾米莉·勃朗特和安妮·勃朗特。

夏洛蒂·勃朗特（1816—1855 年），是三姐妹中年龄最大的。她上过教规极其严厉、生活条件十分恶劣的寄宿学校，后来当过家庭教师。由于生活的窘迫和家庭教师境遇的卑微，使她的作品大多写地位低下的小资阶级的孤独、反抗与奋斗。她在 1847 年出版的第一部小说《简·爱》中叙述了一个在恶劣的生存条件下奋斗不息的孤女的故事。在作品中，简·爱是一位新型女性，她改变了英国传统女性温柔贤淑、逆来顺受的形象，而是坚决反对压迫和屈辱，始终捍卫着自己独立的人格。这部小说一经问世，就受到广

勃朗特三姐妹故居

大读者的热烈欢迎，同时也代表了夏洛蒂·勃朗特小说的风格和方向。

艾米莉·勃朗特（1818—1848 年），夏洛蒂·勃朗特之妹。她从少年时就开始写诗，姐妹三人于 1846 年自费出版的一本诗集，以艾米莉为主。她的诗作风格往往是直抒胸臆，感情强烈；景物描写则以荒僻、寂寥为主要基调。

但她的小说《呼啸山庄》却掩盖了她诗歌的光芒。她的小说《呼啸山庄》被认为是英国小说史上最奇特，同时也是最具震撼力的作品之一。这部悲剧性的小说描写了吉卜赛弃儿希克厉被山庄主人收养以后，因受辱和恋爱失败，便外出致富，归来后，对跟凯瑟琳结婚的地主林敦及其子女进行报复的故事。小说蕴涵着强烈的反压迫的抗争精神，所塑造的人物的内心世界具有一种超凡的激情和反叛精神。这部小说的文字被称为"一首完美、动人的叙事诗"。

安妮·勃朗特（1820—1849 年），三姐妹中最小的一个。她的代表作《阿格尼斯·格雷》，讲述了一个自幼受人宠爱的英国少女格雷因家道中落而被迫外出，担任富贵人家的家庭教师，尝尽人间辛酸的故事。

由于勃朗特三姐妹的的代表作几乎在同一时期问世，因而在英国文坛产生了轰动性的影响。虽然三姐妹都不幸早逝，但她们在

勃朗特三姐妹之死

勃朗特三姐妹共同创造了文学史上的一个奇观：三姐妹几乎同时登上文坛且皆以小说名垂史册，而三姐妹又都英年早逝。

很多人对三姐妹之死感到困惑，但是，如果了解了当时英国的社会状况和人民生活水平，就不会感到奇怪了。勃朗特姐妹的故乡——霍沃斯，当时被工业废气所笼罩，而且医疗条件和生活条件都很差，因此霍乱、肺结核、伤寒等传染病广为流行，且为不治之症。据统计，19 世纪中叶以前，当地居民的平均寿命不超过25 岁。勃朗特姐妹虽然逝世很早，但她们的寿命却远高于当地居民的平均水平：夏洛蒂 39 岁，艾米莉 30 岁，安妮 29 岁。可以说，勃朗特姐妹的英年早逝，并不是个别现象，而是有着深刻的社会原因，是维多利亚时期英国的社会悲剧。

英国文坛却光辉耀眼。

美国三大恐怖小说家

爱伦·坡（1809—1849 年）、安布鲁斯·布尔斯（1842—1914 年）和洛夫克拉夫特（1890—1937 年）被文学界称为美国三大恐怖小说家。他们三人的恐怖小说各呈异彩，而且对后世有着深远的影响。

其中，爱伦·坡的作品早已享誉全球。他的恐怖小说、侦探小说都有世界性影响力，无论柯南道尔还是波德莱尔，都曾从他的作品中汲取养分。爱伦·坡的作品把恐怖渗入到骨髓深处。《黑猫》中，一只奇异的黑猫在弥留之际，向警察揭露了一宗令人毛骨悚然的罪案。这部作品和另外一部《泄密的心》都是运用哥特式手法来描写人的精神和思想的病态，探究了主人公内心世界的冲突，达到了恐怖的效果，为文学创作开辟了新的道路。爱伦·坡因此被誉为美国恐怖小说的鼻祖，因为他的作品中充满了"来自内心深处的恐怖"。

安布鲁斯·布尔斯以一部《魔鬼词典》（1906 年）以及大量的中短篇恐怖小说闻名于世，被称为美国 19 世纪最杰出的短篇小说家。安布鲁斯·布尔斯的恐怖小说思想激进，布局巧妙，语言幽默，而且丝丝入扣，毫无赘语。他的作品寓恐怖于悲愤和笑谈，与上乘主流文学作品并无明显的界线。例如，他的小说名篇《鹰溪桥上》（1891 年）曾被各种美国优秀短篇小说选收录，成为美国文学宝库的明珠之一。

洛夫克拉夫特的恐怖小说则将恐怖、梦幻与科幻融为一体。洛夫克拉夫特以他那极具影响力的非凡故事系列彻底改变了恐惧、奇幻与科幻小说的面孔。他那令人毛骨悚然的神话，在已知的宇宙和充满恐怖的外星球的一个古老空间之间打开了一道门户，那里有无法用语言描述的居民和怪异的景观——邪恶的克苏鲁、尤格索斯、疯狂之山——这些已经为他赢得了恐怖小说历史上永恒的一席之地。

这三位恐怖小说家为美国，也为世界的恐怖文学开创了新的天地，也对当今恐怖电影有着意义深远的影响。

挪威文坛四杰

易卜生、比昂松、约纳斯·李和谢朗以其在文学界的重要影响而被并称为 19 世纪挪威文学界"四杰"。

易卜生（1828—1906 年）是一位在挪威文学史上影响深远的剧作家，被文学界看成是现代现实主义戏剧的创始人。易卜生的戏剧创作可分为三个时期。他早期的剧作大多采用挪威古代英雄传奇、历史和歌谣改编创作，属于极具民族色彩的浪漫主义戏剧。这类作品如《凯替莱恩》《英格夫人》等。中期创作主要在 1869 年至 1890 年期间，他的目光从中世纪民间文学转移到当前的现实生活，以现实主义创作风格，从多方面剖析社会问题，直指社会弊端，触及法律、宗教、道德、体制、政党等诸多领域。人们称这些作品为"社会问题剧"。这类剧作主要有《青年同盟》《玩偶之家》《人民公敌》等。易卜生晚期的创作，转向心理描写和精神分析，作品有《野鸭》《建筑师》等。1898 年，易卜生 70 寿辰之时，挪威文化界庆祝他的生日，挪威国家剧院为他塑造了一尊铜像以示敬意。易卜生一生共写过 26 个剧本和许多诗篇。他的剧作对现代戏剧的发展具有深远的影响，故而被誉为"现代戏剧之父"。

比昂松（1832—1910 年）是挪威著名作家，社会活动家。比昂松在文学方面涉猎面很广，他的作品包括小说、诗歌、戏剧等诸多体裁。中篇小说《渔家女》描写了

比昂松

比昂松与诺贝尔文学奖

挪威戏剧家比昂松获得了 1903 年的诺贝尔文学奖，其获奖理由是"颂扬他的高贵、宏伟和才华横溢的作品，它们往往以新颖的灵感和世间少有的纯洁精神而著称"，瑞典文学院认为，比昂松是"当代的写实大师"。这一届诺贝尔文学奖是充满争议的，评委会重点考虑了两位作家，那就是挪威齐名的戏剧家比昂松和易卜生，两人既是很好的朋友，又是儿女亲家，诺贝尔文学奖评委会本想将诺贝尔文学奖平分给二人，但据说易卜生拒绝了，或者说评委会认为比昂松更有资格获得该奖项，因而最终只有比昂松一人获奖。

渔家姑娘走出渔村，最后成为一名演员的故事；抒情诗《是的，我们永远爱此乡土》成为挪威国歌的歌词。比昂松最主要的文学成就是戏剧，他共写了 21 部剧本。19 世纪中期，以历史剧为主，如《战役之间》（1857 年）、《西格尔特恶王》（1862 年）等。70 年代以后转向现实主义，如《破产》（1874 年）、《编辑》（1875 年）、《国王》（1877 年）和《挑战的手套》（1883 年）等。比昂松的戏剧针砭时弊，揭露和批判了资本主义社会种种丑恶现象，具有很强的现实意义。

约纳斯·李（1837—1908 年），原本是一位律师，1868 年，由于经济困难，不得不通过写作增加收入。1870 年出版的小说《梦幻》使他声名大震。在当时政治斗争加剧的情况下，他毅然站在进步的现实主义文学创作立场上，揭露和抨击了社会的种种弊端。其小说多以中产阶级家庭生活为题材，重要的作品包括《引水员和他的妻子》《吉尔伊一家》《指挥官的女儿》等。

谢朗（1849—1906 年），挪威小说家、剧作家。谢朗青年时代攻读法律，后来爱好文艺，并通过文学创作抨击当时的一些社会问题。他的小说语言幽默，以此来讽刺牧师的虚伪，揭露官僚主义，表达对贫苦人民群众的同情。他的小说《卡尔曼和伏尔塞》（1880 年）描写了一个年轻妇女对当时社会习惯势力的坚决反抗。《船主伏尔塞》（1882 年）是《卡尔曼和伏尔塞》的续篇，描写了人们反对国教和牧师，进一步抨击了当时的官吏制度。他的剧本《三对人》（1886 年）、《贝蒂的监护人》（1887 年）、《教授》（1888 年）等在挪威文学史上也具有深远的影响。

格林兄弟

世界文学史上的"格林兄弟"是指雅各布·格林（1785—1863 年）和威廉·格林（1786—1859 年）兄弟两人。

他们是德国 19 世纪著名的语言文化研究者、民间童话搜集家。由于两人经历相似，兴趣相近，又合作研究语言学，搜集、整理民间童话与传说，故并称为"格林兄弟"。格林兄弟出生于哈瑙一个多子女的法学家家庭，他们同在卡塞尔上学，同在马尔堡大学攻读法律，后来又同在卡塞尔图书馆工作。1830 年，两

世界三大著名兄弟作家

在文学史上，格林兄弟与曼氏兄弟、龚古尔兄弟并称为世界三大著名兄弟作家。

亨利希·曼（1871—1950 年）和他的弟弟托马斯·曼（1875—1955 年）是德国著名小说家。人们习惯将这对兄弟合称"曼氏兄弟"。其中，托马斯·曼因作品《魔山》获得了 1929 年诺贝尔文学奖。

爱德蒙·龚古尔（1822—1896 年）和弟弟于勒·龚古尔（1930—1970 年）是法国著名作家。他们两人放弃了一切个人空间，始终生活在一起，共同创作，甚至连结婚都不考虑，直到弟弟于勒去世为止。哥哥为了纪念弟弟，于 1874 年立下遗嘱，用其遗产作为基金，成立龚古尔学院，并指定福楼拜、左拉等 10 位作家为第一届院士。

格林兄弟

人同时担任格丁根大学教授。1837年，因抗议汉诺威国王任意破坏宪法，他们与其他五位教授一起被免去教授职务。1840年起，两人任柏林科学院院士、柏林大学教授，直至去世。

格林兄弟兴趣广泛，涉猎面很广。他们是德国著名的民间文学研究家、历史学家、语言学家。但他们最突出的成就，却是作为童话故事搜集家，以几十年的时间完成的《儿童和家庭童话集》，即现今风靡世界的"格林童话"。它包括200余篇童话和600余篇故事，其中的代表作《青蛙王子》《白雪公主》《灰姑娘》《玫瑰公主》《小红帽》等均脍炙人口。由于这些童话来源于民间故事，格林兄弟又力图保持其原貌，因此其中的篇章大多比较富有原生态特征，非常适合儿童阅读。

格林童话作为经久不衰的传世佳作，已被译成各国文字并多次出版，成为世界儿童文学宝库中的一颗耀眼明珠，受到全世界儿童的喜爱。

莎士比亚四大喜剧

喜剧在莎士比亚早期创作中占有十分重要的地位，其中，《仲夏夜之梦》《威尼斯商人》《皆大欢喜》和《第十二夜》被称为莎士比亚的"四大喜剧"。

《仲夏夜之梦》（1595年）是标志着莎士比亚戏剧创作走向成熟的作品。整部戏剧情调轻松，是一个"乱点鸳鸯谱"的故事。剧中穿插了小闹剧作为笑料，即工匠们为婚礼所排的"风马牛不相及"的喜剧以及排戏过程。这部戏剧并没有深远的社会意义，它所包含的只是纯净的快乐，好像是一部戏剧的狂欢。

《威尼斯商人》（1596年）写正直的商人安东尼奥与贪婪凶残的高利贷商人夏洛克之间斗智斗勇的故事。作者通过安东尼奥这一形象，赞美了伟大的友谊和仁爱的精神，同时，也辛辣地讽刺了当时社会资产阶级贪婪丑恶的嘴脸。

《皆大欢喜》（1599年）讲述了被放逐的公爵女儿罗瑟琳与受到兄长奥列佛虐待的奥兰多相爱的故事。罗瑟琳被自己的叔父——篡位者弗莱德里克放逐，于是她女扮男装逃亡到亚登森林，结果与奥兰多相遇。作品以此为主线，其中穿插了奥兰多以德报怨，拯救了兄长，使其良心发现，并与西莉娅相爱的情节。最后，弗莱德里克受隐士指点，幡然悔悟，归还了权位。作品的结局共有四对恋人喜结良缘，因此"皆大欢喜"。

《第十二夜》（1600年）的主人公孪生

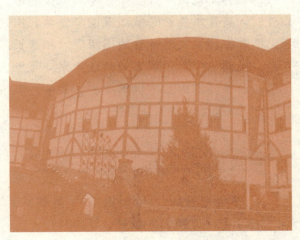

莎士比亚环球剧院

莎士比亚戏剧妙语

《威尼斯商人》:"懦夫在没死之前，就已经死了很多次了；勇士一生中只死一次，在所有的怪事当中，人们的贪生怕死就是最为奇怪的一件事。""事实胜于雄辩，愚人的眼睛比他们的耳朵聪明得多。"

《皆大欢喜》:"赞美倘若从被赞美者自己嘴里发出，是会削弱赞美的价值的；只有从敌人口中发出的赞美才是真正的光荣。"

《哈姆雷特》:"我没有路，因此不需要眼睛；当我能够看见的时候，也会失足跌倒，我们常常因为自恃而失于大意，反不如存在缺陷对我们自己有益。"

《李尔王》:"让一个骄傲的人看清楚他自己的嘴脸，只有用别人的骄傲作为他的镜子；如果向他卑躬屈膝，就会助长他的气焰，白白地自取其辱。"

兄妹西巴斯辛和薇奥拉遭遇海难而失散，作品讲述了他们在伊利里亚遭遇海难而失散后，薇奥拉便投到当地奥西诺公爵的门下当侍童，之后爱上了公爵，但公爵却爱上了伯爵小姐奥丽维娅。可奥丽维娅却爱上了代替公爵向自己求婚的薇奥拉。经过一番非常有趣的波折之后，奥丽维娅与西巴斯辛、薇奥拉与奥西诺双双喜结良缘。

四大喜剧代表了莎士比亚喜剧创作的最高成就，其基本主题是歌颂友谊与爱情。作者无情地批判了封建社会的门阀观念和家长专制，批判了中世纪以来的禁欲主义。莎士比亚在对爱情自由和个性解放的赞美中，表现了自己人文主义的生活理想。

莎士比亚四大悲剧

从 19 世纪开始，《哈姆雷特》《奥塞罗》《李尔王》和《麦克白》就被公认为是莎士比亚的"四大悲剧"。《哈姆雷特》写于 1610 年，代表着莎士比亚戏剧创作的最高成就。剧中描写的是丹麦王子哈姆雷特为父报仇的故事。16 世纪末和 17 世纪初是欧洲文艺复兴时期，先进的资产阶级民主思想已经深入人心，而当时的英国，由于"王位继承权"问题使得政治斗争异常尖锐，人们的进步思想与社会的腐朽现状形成了鲜明的对比。《哈姆雷特》正是在这种社会背景之下，以古丹麦王国的政治斗争来暗示英国社会现实的。《哈姆雷特》不仅反映了英国社会的政治现实，更重要的是通过哈姆雷特这一形象反映了当时先进人物的人文主义主张。《哈姆雷特》因此而成为"魅力永存"的文学珍品。

《奥塞罗》作于 1604 年，讲述了摩尔人贵族奥塞罗由于听信手下伊阿古的谗言，最后被嫉妒所压倒，掐死了无辜的妻子苔丝狄蒙娜，然后自己也悔恨自杀的故事。奥塞罗是个胸怀坦荡、英勇豪爽的战士，苔丝狄蒙娜天真而痴情，不顾社会的歧视，毅然与他结了婚。但是，他们之间的爱情虽然战胜了种族歧视，却没能逃脱伊阿古的陷害。伊阿古外表忠诚，内心奸诈，由于没有晋升副将而对奥塞罗怀恨在心，便千方百计害死奥塞罗夫妇，结果最后自己也没有得到好下场。莎士比亚通过这个形象，对资本原始积累阶段新兴资产阶级中的极端利己主义进行了极为深刻的揭露和批判。

《李尔王》(1605 年)描写了一个专制独裁的君主，由于刚愎自用，最后落得一个悲惨的结局。其悲剧的目的同样在于揭露资本原始积累阶段的利己主义，并批判了对于权势和财富的贪欲。《李尔王》还反映了当时英国广大农民流离失所的社会现实。莎士比亚借李尔之口表达了他对于无家可归的农民的同情，这也是一种调和阶级矛盾的人道主义思想的反映。

《麦克白》(1605 年)叙述了麦克白将军从战场上凯旋，由于自己野心的驱使和妻子的怂恿，麦克白利用国王邓肯到自己家里做客的机会，弑君而自立为王。最后，麦克白被邓肯的儿子和贵族麦克德夫打败而死去。他的妻子也死于精神分裂。这部悲剧深刻地揭示出个人野心对于人所起到的腐蚀作用，是莎士比亚心理描写的杰出作品。

上述四部作品以其浓厚而又深刻的悲剧意味，成为莎士比亚悲剧当中的优秀代表。

人类的艺术门类丰富多彩，其中包括音乐、雕刻、绘画、舞蹈、文学、建筑以及电影等。这些艺术有一个共性，即都是通过艺术形象具体地表达作者的某种思想感情、表现社会生活、反映某种社会意识形态。

文学作为最古老的艺术形式之一，是发展最快、影响最大的一种艺术形式。悠久的历史、丰富的实践、浩如烟海的文学巨著、名贯古今的作家诗人，使文学这门艺术无论在实践方面，还是在理论方面，都积累了极为丰富的经验，在全人类的艺术宝库中熠熠生辉。在历代作家、诗人以及学者的优秀遗产当中，有些理论和经验是为文学所独有的，有些则在整个艺术领域有着普遍的意义。

文学作为艺术中的一个重要分支，与其他各种艺术相互影响、相互渗透，彼此间有着不可分割的天然联系。诸如文学与生活的关系、创作过程中形象思维方法、内容与形式的关系等这些从文学创作中总结出来的经验，对其他艺术门类都有一定的参考价值和指导意义，因此，黑格尔把诗（文学）称作"普遍性的艺术"。本节在文学与音乐的部分包括瓦肯罗德尔的"纯粹的诗"、瓦格纳的乐剧、海涅的抒情诗等；在文学与建筑的部分包括圣埃克苏佩里的《小王子》、卡夫卡的《审判》等小说对于建筑的借鉴；在文学与舞蹈的部分包括文学对芭蕾舞、现代舞的借鉴；在文学与电影的部分包括采用电影表现手法的一些文学名著和被改编成电影的文学经典等。

音 乐

音乐与文学是缪斯女神神殿中最璀璨的明珠。自人类文明产生之时，二者就相依相存，共同推动人类从蒙昧走向文明。西方文化的源头是古希腊文化，而古希腊最为著名的艺术体裁——悲剧中就融汇了音乐与文学两大艺术。在《荷马史诗》中，音乐与文学相结合又形成了一种合力，从而将西方艺术推向了更高峰。进入中世纪，教会规定音乐要为文学服务。1600年，歌剧诞生，从此以后，文学与音乐的关系更为复杂，二者也在越来越高的层次上不断碰撞，最终实现了精神内核上的重新结合。

荷马史诗的音乐艺术特色

荷马史诗所采用的是六音步诗行，虽然不用尾韵，但是具有很强的节奏感，读起来朗朗上口，非常富于艺术表现力。很显然，这种诗体是专门为朗诵或歌吟而创造出来的，在歌吟的同时，大概还要弹琴以加强其节奏效果。据考证，荷马史诗并非一时一人之作，特洛伊战争结束后，古希腊城邦的一些民间歌手和民间艺人将古希腊人在这场战争中的

荷马

素 歌

素歌是中世纪古罗马天主教会的祈祷歌曲，又叫做"格列高利圣咏"，因古罗马教皇格列高利一世（590—604年在位）而得名，据说，这种歌曲就是由他制定的。素歌歌词都是散文，多数出自《旧约·诗篇》，曲调则是用8种教会调式（弗里吉亚、下弗里吉亚、多里亚、下多里亚、密克索吕底亚、下密克索吕底亚、吕底亚、下吕底亚）写成的。今存近三千首素歌，均为单声部自由节奏曲调，歌词中的一个音节有唱一音的，也有唱多音的，还有的唱拖腔。

广义的素歌，泛指古罗马天主教会及其他西方教会的祈祷歌曲，如法国高卢教会的高卢素歌、西班牙的莫萨拉布素歌、米兰的安布罗斯素歌，还包括拜占廷、叙利亚等东方教会的圣歌。

英雄事迹和胜利的经过编成歌词，并在公众集会的场合加以吟唱。荷马在对其进行删定的时候，在很大程度上保留了作品的原貌，史诗也就此定型。由于这种叙事性长诗是通过艺人说唱来达到传播的目的，因此有不少惯用的词句会经常重复，甚至一字不改地整段重复。有时，某些形容词的重复使用，只是为了满足音节上的需要，并不一定对文本意思有所加强。而许多重复词句的反复出现，就像交响乐中一再出现的旋律，给人以一种更深、更美的心理体验。这可能是由于古代的某些艺术手法虽然十分简单原始，但那些有着丰富经验的讲述故事的诗人对艺术技巧的运用非常娴熟，所以才会产生如此成功的

效果。

使用比喻的手法来增强气氛，使得人物形象更加鲜明，是荷马史诗中又一个十分突出的艺术特色。此外，荷马史诗还善于运用简洁的描写手法，仅寥寥数语，就可以表达出很深的感情。

宗教音乐

欧洲中世纪音乐的早期历史是素歌的历史。当时，教会对于人们的精神世界起着统治作用，教会垄断了文化，同时也吸收了各类艺术的精华。

音乐作为宗教生活和宗教文化的重要组成部分，是所有神职人员都必须歌唱的，很多人还学习了从前人那里继承下来的音乐艺术理论知识，并使之成为文科教育的初级科目之一。

8—9 世纪，统一教堂仪式的运动直接导致了教会规定统一的礼拜歌曲曲目，宗教音乐从此便成了历史的中心。教会在音乐的保存和发展上发挥了十分重要的作用。首先是

教堂内部的管风琴

各种不同类型的拉丁文歌曲在 9—13 世纪间广为流传，而且数量越来越多，其中包括大量的古代诗歌、情歌、挽歌、赞美歌、云游歌以及单旋律歌曲。这些歌曲的分类是依据不同的题材和乐曲来源资料所属的类型来确定的，但它们有一个不可忽视的共同特点，那就是都具有极高的文学水平。这应当归功于当时绝无仅有的文化界的杰出人物——教士、俗僧和修道士，甚至还有那些非正式教士。这就是宗教音乐的理论与记谱法得以保存下来的重要原因。但是，对于非宗教音乐，人们却不予重视，而且这种不重视已经到了令人吃惊的程度。因此，在宗教音乐大放异彩的同时，非宗教音乐却面临着极为严峻的危机。这正是欧洲中世纪艺术发展不平衡的一个重要原因。

吟唱诗人与音乐复兴

在中世纪拉丁文歌曲流行的后期，各种民族语言的歌曲也开始流行起来。此类歌曲以 12 世纪初法国普罗旺斯吟唱诗人为先导，其题材以宫廷生活和骑士的爱情为主。普罗旺斯的歌曲后来传到了西班牙和意大利，并迅速在法国北部吟唱诗人和德国恋诗歌手中引起了共鸣。由于法国吟唱诗人的诗歌与各种现代文学的起源有着极为密切的联系，因此它的音乐类型也重新引起了学界的重视。

1250 年以前，世俗歌曲并没有曲谱，这就使得人们认为旋律主要是靠口头流传的，因此旋律与歌词相比，居于次要地位，甚至可有可无。从 14 世纪开始，佛罗伦萨的学者常举某个文学家或艺术家的名字，说他唤醒了某项被"黑暗时代"埋没了的古代艺术。1350 年前后，薄伽丘指出乔托"使得几百年来埋葬在尘垢之中的艺术再现往日的光辉"；1400 年，佛罗伦萨的历史学家维拉尼称但丁"从黑暗的深渊中将诗歌艺术带回到明媚的阳光下"。在音乐理论界，坦克托里率先表达了

吟唱诗人

吟唱诗人，指的是中世纪活跃于法国南部普罗旺斯一带的诗人与作曲家们，这一诗人群体在 12 世纪中叶得到广泛发展，其不少作品流传至今，歌曲多达 4730 余首，大多以爱情及纵欲为题材，但也有部分关于政治、道德和宗教的作品。吟唱诗人的歌曲听起来与民间歌曲十分相像，旋律悠长，音调和美，或是清唱、或是有简单的乐器伴奏。其中最为著名的吟唱诗人有马卡勃鲁、文塔多恩、迪亚伯爵夫人等。而文塔多恩的《我看见云雀扑打着翅膀》是其中最出色的歌曲之一。

埃克锡梅诺认为，梅塔斯塔西奥的"甜美"鼓舞着意大利的作曲家和歌唱家把音乐推向 18 世纪完美的高峰。阿特亚加把歌剧剧本的改革看做"近代"音乐的开端。当时，一些风格迥异的所谓"现代派"作家，诸如哈塞、卢梭、约梅利、格雷特利和帕伊谢洛等都公开声明，梅塔斯塔西奥的诗句是他们艺术灵感的重要源泉。其中最为典型的是，莫扎特磨炼他的作曲技巧就是从为梅塔斯塔西奥的咏叹调配乐开始的，直到创作出《蒂特的仁慈》。伏尔泰认为，这部剧作即使不比古希腊最杰出的作品更为高明，但至少也不相上下。

类似的观点。在其著作《均衡》的序言中，他引用了柏拉图的话来证明古希腊时的艺术观念，认为有关音乐的科学是"至高无上"的，一个不懂音乐的人是不能被认为受过教育的。在他的头脑中，音乐的力量可以感动"众神、亡灵、恶魔、群兽，以及没有生命的万物"。从 15 世纪末到 16 世纪初，复兴的概念更多地从美术和文学中借用过来。到了 16 世纪中叶，中世纪的观念已经彻底改变，音乐不再只是研究音与音之间关系的一门学科。在欧洲人眼中，它是与诗歌、宗教等紧密地联系在一起的表达方式，并进而成为家庭和学校闲暇之中的娱乐方式之一。

梅塔斯塔西奥的"甜美"

1690 年，阿尔卡德学院在意大利的罗马成立，从此便成为了意大利文学界"古典主义"的中心。它对梅塔斯塔西奥和泽诺进行的歌剧剧本改革产生了最为直接的、深远的影响。

为了适合音乐的特殊需要，梅塔斯塔西奥在修辞和炼字等方面下了很大工夫。他把歌剧的体裁分为滑稽和严肃的两种类型，并且将后一种风格提高到空前的高度。他因此被

莫扎特

海顿也把他为梅塔斯塔西奥的《无人岛》所配的乐曲视为最佳作品。

感伤风格

"感伤风格"也被称作"情感风格""激情风格""表现风格"等，是18世纪中叶流行于德国北部的一种美学观点。它所追求的是一种内在的、多感的和主观的表现，"忧郁的泪花"是它最渴望达到的一种反应。

作为欧洲古典主义音乐风格之一，"感伤风格"以德国著名作曲家巴赫的交响曲和键盘奏鸣曲为主要代表。与巴洛克时期追求类型化的情感表现有所不同，"感伤风格"脱胎于"华丽风格"，但较之更注重表现内在的激情，力求避免过多的外在装饰。"感伤风格"于18世纪中叶流行于德国北部，与紧随其后的狂飙突进运动的浪漫精神有着非常密切的联系。

在文学中，"感伤风格"最具影响力的样式是由18世纪德国启蒙运动的杰出代表——克洛普施托克的代表作《救世主》所提供的。《救世主》最初是用散文写成的，后来改用荷马史诗的六步扬抑格，从而改变了17世纪以

巴　赫

来模仿亚历山大体的传统。它对史诗进行了全新的解说，以内在主观事件为主导，而把外在的戏剧只作为一种参照。后来，诗人拉姆勒模仿克洛普施托克的艺术风格，创作了受难康塔塔《耶稣之死》。

1755年，格劳恩为《耶稣之死》谱曲之后，该作品立即成为"感伤风格"最主要、最成功的代表，具有里程碑的意义。

康塔塔

康塔塔是多乐章的大型声乐套曲，原本是指声乐说唱的乐曲，后逐渐演变为独唱、重唱及合唱，有管弦乐队伴奏，各乐章有一定连贯性。1620年，意大利作曲家格兰迪首先使用此名来称呼他所作的与文艺复兴时期单音音乐一脉相承的独唱曲。17世纪40年代以后，在格兰迪的基础之上，形成了独唱康塔塔的体裁，后来这一体裁由抒情性的独唱曲演变成为相当于小型室内歌剧或接近于歌剧中一场的规模，并开始从室内类型向合唱类型转变。德国巴赫的大量教堂康塔塔和世俗康塔塔，对康塔塔的发展产生了重要影响。由于康塔塔与中国大合唱体裁十分相近，因而曾一度被误译为大合唱。

音乐家创作的源泉——海涅的抒情诗

亨利希·海涅是继歌德之后，德国文坛上最优秀的诗人，他的抒情诗内容丰富多彩，有抒写玫瑰、夜莺，充满着炽热感情的爱情诗；有描绘丛林、大海，散发着浓郁自然气息的风景诗；还有意志坚定、富有战斗精神的政治诗等。海涅的诗歌意蕴丰富深厚、音调铿锵有力，描写精致细腻、嘲讽辛辣无情、一针见血。他的诗歌不仅猛烈抨击了当时"神圣同盟"的反动行径和德国腐败的封建主义

柴可夫斯基

所谓"动机"，就是音乐语汇的短小构成部分，长度一般在一到两个小结。但也有更长的动机，称之为主导动机，它可以贯穿到整部音乐作品的始终。如贝多芬《第五交响曲》中命运敲门的动机，就是整个命运的主导动机，整部交响曲即由它构成，它不单单在第一乐章中反复出现，而且在所有乐章中都频繁地变化出现。其中第三乐章扭打的旋律就是由三个命运动机的变形组合而成的。在文学领域里，主导动机就是以一个特定的、反复出现的旋律来表现某一角色的性格特征。

制度，同时也无情地鞭挞了资本主义的罪恶，他不仅讴歌了工人阶级的昂扬斗志，还谱写了最能体现诗人理想的"新的歌"。

海涅的抒情诗韵律优美，其内容与形式都非常适合歌唱。欧洲的许多著名音乐家，如匈牙利的李斯特，奥地利的舒伯特，德国的舒曼、门德尔松，俄国的鲁宾斯坦、柴可夫斯基等，都曾为海涅的抒情诗谱过曲子。据统计，仅在海涅的祖国——德国，为他的诗所谱的歌曲就在5000首以上，而《你好像一朵花》这首质朴无华的八行诗，竟然有250种不同的曲谱。这种现象无论是在诗歌史上还是在音乐史上，都是绝无仅有的。海涅也因此被众多音乐家看成是他们进行音乐创作的源泉。

瓦格纳的乐剧

威廉·理查德·瓦格纳（1813—1883年）是德国歌剧史上一位有着巨大影响力的人物。他前面继承莫扎特、贝多芬的歌剧传统，后面又开启了后浪漫主义歌剧的作曲风

气，著名作曲家理查德·施特劳斯也紧随其后。同时，由于瓦格纳在政治、宗教等方面

瓦格纳

思想的复杂性，使他成为欧洲音乐史上最具争议的人物之一。

瓦格纳最为突出的艺术成就在于，他把文学当中的某些因素引入音乐之中，把西方传统的舞剧改造为乐剧。在他的乐剧中，剧本的文学性和曲谱的音乐性处于同样重要的地位。他使乐剧成为一种综合性的艺术形式，将诗歌、动作、姿态、色彩以及音乐紧密地结合在一起，从而创造出伟大的作品。正因为如此，乐剧的欣赏者也不再是传统歌剧音乐会中的听众，而成为进行综合性审美活动的"观众"与"听众"。

瓦格纳用宏大的"心理体裁"代替了歌剧的传统体裁，乐剧的构成着重强调文学的戏剧性而不是严格的音乐形式规范。他以暗示剧本内容的前奏曲代替了传统歌剧中形式化的序曲。他还废除了传统歌剧中的抒情调和宣叙调，用较为特殊的器乐法和主导动机来代替人物、事物，以简洁的主题——主导动机——来组成旋律的网络，以此来弥补语言上的不足，并通过主导动机的变化来实现结构上的统一。

瓦肯罗德尔的"纯粹的诗"

在所有的艺术门类中，音乐被大多数诗人、画家和哲学家认为是最理想的形式，这种观点在德国颇为盛行。德国作家瓦肯罗德尔在《关于艺术的想象》中，称赞音乐是艺术的艺术，是最先懂得压缩和固持人的情感的艺术，是教导人们"感觉情感本身"的艺术。他把音乐的地位置于诗歌之上，认为音乐的语言是更为丰富的语言。

蒂克在这条道路上走得比瓦肯罗德尔更远，他对器乐十分看重，认为只有用器乐来表现，艺术才能获得真正的自由，才能摆脱外界的一切限制。由于把对音乐和声的热忱转移到文学创作方面，蒂克便把化为和声的"叮咚"之声看做是真正意义上的诗、"纯粹

的诗"。他所作的《美丽的玛格龙的艳史》和《策尔宾诺》就是最好的例证。

在《美丽的玛格龙的艳史》中，连散文部分所写的一切——主人公的情感以及作为背景的风景，都发出音响和回声。伯爵丝毫听不见他周围的声音，就是因为"他内心之中的音乐声淹没了树木的沙沙声和泉水的溅泼声"。但是，这种内心之中的音乐反过来又被真正乐器的甘美音流所淹没。"音乐像一道潺潺流动的小溪，他看见娇媚的公主在银色的溪流上漂浮而来，看见水波亲吻着她衣袍的边缘。音乐现在是唯一的运动，是自然界中独一无二的生命。"然后，音乐便消逝了，"像一道蓝色的光流"，消逝在空旷虚无之中，于是，骑士自己便开始了歌唱。在《策尔宾诺》的"诗歌花园"里，雀鸟和蓝天、喷泉和暴风雨、溪水和精灵都在歌唱。在蒂克的《蓝胡子》里，"花朵互相亲吻，发出优美的声音。"在蒂克的诗歌中，万物都有它自己的音乐。可以看出，浪漫主义诗人对于物质现实不屑一顾，那些固定的造型、明显的实体，甚至感情的具体表现，都是他们所不能接受的。在他们眼中，有形的一切俗不可耐。蒂克在写纯粹的情绪抒情诗的时候，根本没有形式可言，只是大谈语言的音乐性。这也正是"纯粹的诗"的作者的一个共性。

爱德华·杜夏丹《月桂树被砍下了》

法国著名作家爱德华·杜夏丹（1861—1949年）在其小说《月桂树被砍下了》中借鉴并充分利用了音乐的主导动机。他充分地考虑到文学与音乐两种艺术之间的根本区别，同时也充分认识到音乐的某些手法经过改造可以用来丰富文学技巧。主导动机是意识流小说家经常使用的艺术手法。杜夏丹所使用的主导动机，是一些只有两三个词的短语，它们贯穿在《月桂树被砍下了》的男主人公丹尼尔·普林斯的内心独白当中。杜夏丹把主

对位法

对位法是指在音乐创作中使两条或多条独立的旋律同时发声且彼此间保持融洽的技术。对位法作为音乐史上最为古老的音乐技巧之一，是由尼德兰僧侣克巴尔德发明的，最初只是一种复音唱歌法，后来该唱法经过不断改进和复杂化，逐渐形成了"对位法"。15—16世纪的百余年间，是对位法的全盛时期。

对位法不是单独的音符之间的和弦，而是旋律之间的相互作用。它在巴洛克时期的音乐当中得到了最为广泛的应用。

导动机作为一种文体风格的修辞手段，其目的就是把那些短语醒目地穿插到叙述当中去。它们重新唤起了独白者对于过去感受的回忆，这些已被遗忘的情景重新回到他的意识当中，使他曲折迂回的意识流动带有浓厚的感情色彩。

《月桂树被砍下了》自1888年发表以来，一些意识流小说家受其影响，主动结合音乐技巧来描写人物的意识流动。他们首先把音乐的主导动机转化为一种小说技巧，用以暗示反复出现的人物或场景主题，从而营造出一种循环往复的氛围；其次，在小说当中模仿音乐的对位法，形成交叉的复调叙述，以此来表达较为复杂的时空关系；再次，按照音乐曲式学原理，来构筑某一章节或整部作品的结构框架；最后，借鉴音乐的节奏感与旋律美，实现音乐的交响效果。

普鲁斯特的《追忆似水年华》

法国作家普鲁斯特在其小说中，往往在开端部分就使用主导动机来暗示某个主题，在叙述过程中，又不断返回到这个主题上来，给读者一种循环往复的感觉。他的意识流小说《追忆似水年华》的第一卷《在斯旺家那边》

开端部分范德伊奏鸣曲中的小乐句，就是一个最佳例证。斯旺结识了著名的交际花娥岱特，在韦杜兰夫人的沙龙里，听到钢琴家正在演奏作曲家范德伊的奏鸣曲，在乐曲旋律展开的过程中，他凭借敏锐的听觉清晰地分辨出有一个小乐句浮现出来，并且超出其他所有音波的回荡，持续了若干个瞬间，从而在他的心中引起了十分特殊的快感。而这种由音乐引起的超凡的快感，竟然使他对娥岱特的感情发生了变化。在瓦格纳的著名乐剧《尼伯龙根的指环》中，只要那个由号角吹奏出来的主导动机一出现，听众就会立刻联想到齐格飞。而在《追忆似水年华》中，范德伊奏鸣曲中的那个小乐句也是一样，只要它一出现，读者就会自然联想到斯旺以及他和娥岱特之间的爱情。每当作者感到有必要重新渲染斯旺当初和娥岱特在热恋中的那种气氛时，他就反复使用范德伊奏鸣曲中的这一片断。这个小乐句具有其自身的强大生命力。在斯旺逝世以后，这个小乐句在叙述者马塞尔的心中还时时浮现。可以说，文学中的主导动机既是一种结构因素，同时也是一种修辞因素。

艾略特的《四个四重奏》

最早把音乐的因素引入文学当中的是法国象征主义诗人。象征主义运动可看成是诗歌接受音乐影响的运动。艾略特在《论"诗的音乐"》一文中，明确地论述了研究音乐对于诗歌创作的好处："我认为，诗人研究音乐会有很多好处。我相信，音乐与诗人关系最密切的性质是它的节奏感和结构感。使用再现的主题对于诗来讲就像对于音乐一样自然。诗句变化的可能性有点像用不同的几组乐器来发展同一个主题；一首诗当中也有转调的种种可能，好比交响乐或四重奏当中不同的几个乐章；题材也可以作各种对位的安排。"

艾略特的这段论述与他的著名组诗《四

艾略特的家乡

个四重奏》有着密切的联系。《四个四重奏》由四首诗组成，每一首都以一个与人的某一经验相关的地方命名。每首诗都分成具有内在结构的五个乐章。第一乐章包括陈述和反陈述，与严格奏鸣曲式的一个乐章中第一和第二主题类似。第二乐章用两种不同的方式来处理同一主题，就像是听同一旋律用不同的两组乐器演奏，或是配上了不同的和声，或是听见这个旋律变为切分节奏一样。第三乐章与音乐的关系不是很大。第四乐章是一个比较简短的抒情乐章。第五乐章再现诗作的主题，并有对整个主旨的具体发挥，最后达到第一乐章中矛盾的解决。

这组诗的结构明显依照了音乐形式原则，其中意象、象征以及某些词句的重复使其获得了更深的、扩展的意义。在《四个四重奏》中，除了音乐结构以及主题材料的处理外，艾略特还在意象处理中利用了另一点与音乐类似的因素，这些意象就像音乐中一个乐句以变化的形式反复再现一样，在上下文中或在与其他反复出现的意象的联合中，不断地以变化的形式再现。当人们最初接触这些意象和象征的时候，它们或许很普通、明显而且平常，可是，当它们重新出现时，就好像听见一个乐句用另一种乐器来演奏，或是变成另一个调，或是与另一个乐句融合在一起，或是以某种方式转化、变换一样。

艾略特以其诗歌雄辩地证明了音乐与文学相结合的可能性。后来的意识流小说家大量地借鉴音乐技巧，显然是受到象征派诗歌的影响与启发的结果。

艾略特的授奖辞

1948年，艾略特以其诗作《四个四重奏》获得诺贝尔文学奖。瑞典文学院常务秘书安德斯·奥斯特林公布的授奖辞为：在诺贝尔文学奖得主的给人深刻印象的行列之中，托·斯·艾略特显然与那些经常获奖的作家截然不同。他们中的多数代表了一种在大众意识中探求自然联系的文学，为了达到这种目的，他们或多或少地运用了现成的手法。而今年的获奖者却选择了另外一条道路。在一个极端排外和意识到的孤独位置当中，艾略特产生了深远的影响，正是在这一点上，他的事业是非比寻常的。艾略特最初似乎只是为了一个懂诗的小圈子而写作诗歌，然而这个圈子并不以他的主观愿望为转移，慢慢地扩大了。因此，在艾略特的诗歌和散文里，有一种十分特殊的声音，这种声音使我们这一时代不得不予以重新重视，这便是以一种钻石般的锋利切入我们这代人的意识当中的能力。

建 筑

　　建筑师用砖瓦建造苍穹天地，庇护着芸芸众生，文学家用文字描绘大千世界，抒写人生百态。建筑作为"凝固的音乐"，虽然与文学有着各不相同的表现手段，但从美学角度来看，二者又遵循着共同的规律。建筑中产生文学，文学中描写建筑，并给建筑以启发。

　　建筑与文学向来有着密不可分的关系。英文中的"建筑"是"Architecture"，源于古希腊文中的 Archi 和 tekt，Archi 是首要的和第一位的意思，tekt 意为技艺。在西方，几乎所有的艺术史方面的著作都把建筑列为首位。因此，只有加强文学与建筑之间的联系，才能更加深入地阐明建筑本身的意义。

洛可可风格

　　18 世纪初，随着王权制的逐步衰落，法国文坛上的古典主义戏剧虽然仍占据着统治地位，但已显出颓势。大贵族及大资产者效仿宫廷，也纷纷以艺术爱好者自居，网罗文人，附庸风雅。同时，文人沙龙、巴黎街头咖啡馆也成为法国人的文化生活中心。这样，文学逐渐摆脱了王权的控制，开始朝着多元化方向发展。

　　为了迎合上流社会的精神需求和审美趣

洛可可风格的绘画

味，发轫于建筑艺术、以轻巧纤细为主要特征的洛可可风格也在 18 世纪上半叶的法国文学中备受青睐。马里沃（1688—1763 年）和普雷沃（1697—1763 年）是这方面的代表作家。马里沃的喜剧大多写贵族男女的相爱或单恋，经过乔装试探，往往在仆人的帮助下，最后有情人终成眷属，《爱情与命运的游戏》（1730 年）、《假秘密》（1737 年）和《考验》（1740 年）都属于这类作品。马里沃的作品被文学界称做"心理分析喜剧"或"心理分析小说"。普雷沃的《曼侬·莱斯科》（1731 年）

洛可可建筑风格

　　"洛可可风格"是 18 世纪 20 年代在法国兴起的一种建筑风格。洛可可风格的主要特点是：室内用明快的色彩和纤细精巧的装饰，家具精制而偏于烦琐，不像巴洛克风格那样装饰浓艳。洛可可装饰风格以细腻柔美见长，经常采用不对称手法，喜欢用"S"形线和弧线，尤其爱用旋涡、贝壳、山石等作为装饰题材；室内墙面粉刷常用粉红、嫩绿、玫瑰红等色彩鲜艳明丽的浅色调，线脚多用金黄色。

　　洛可可风格充分反映了法国路易十五时代宫廷贵族的生活趣味和审美取向，曾在欧洲风靡一时。凡尔赛宫的王后居室正是这种风格的代表。

写的是一个叫格里厄的贵族青年为了一个出卖肉体的荡妇曼侬·莱斯科而毁掉自己一生的故事，作者在小说中对主人公充满了同情，笔调感伤、忧郁，因此，有"感伤小说"之称。

安托万·圣埃克苏佩里的《小王子》

安托万·圣埃克苏佩里在《小王子》一书中，设计过多个小空间。小王子本人居住的一颗行星就很小，小到只要他向前挪一下凳子就可以再看一次日落的程度。小王子忧郁的时候，非常喜欢看日落。一次他竟连续看了44次日落，以此来说明他的情绪相当低落。

在小说中，圣埃克苏佩里是用时间来衡量空间的，他的空间是理性的。由于小的概念与忧郁联系在一起，因而被渲染上了浪漫色彩。为了确认空间小的极限，作者又设计了掌灯人的行星：在这个行星上，有一盏路灯，掌灯人在黄昏时分把灯点亮，在黎明时熄灭。小王子访问这个星球时与掌灯人交谈。掌灯人每句话的开头或结尾都要道一声早安或晚安，同时熄灯或点灯。在这里，时间是空间的尺度，掌灯人行星的大小就是自转一分钟一圈。按照作者自己画的插图，这颗行星的直径只有一人多高。

其实这颗星球自转如此之快，其尺寸应该更接近一个篮球，只要能放下路灯基座就可以了。掌灯人最好应该趴在灯柱上，这样他就无法走到白天的半球以逃避职责。不过按照书中所说，掌灯人更想待在黑夜的一面睡觉，如果可能的话。

这两个空间虽然只是在文字中存在，但读者稍加想象就会感受到，如果将建筑抽象地定义为由人类创造的时空经验，那么这两个文学空间也只能勉强算作没有建筑的建筑。其中，第一个建筑是物质的，而第二个建筑纯粹是概念上的。圣埃克苏佩里认识到尺寸是构成空间的一个重要因素，于是从尺寸入手限定了人对于空间的基本感受，这一点也很建筑化。

弗兰兹·卡夫卡的《审判》

卡夫卡在其小说《审判》中表现出了对于建筑的浓厚兴趣。卡夫卡所创造的是普通空间的特殊功能关系。在小说中，卡夫卡将审讯庭放进了穷人居住的公寓。公共的市政空间与私密的居住空间混建在一起，于是便有了主人公K在居民楼中上上下下寻找审讯庭的情景。又因为K不愿直接询问审讯庭的所在，更使他在居

卡夫卡

楼内的历程变得扑朔迷离。他一直未能确定自己的位置与目的地到底是接近了还是远离了，就像在一个迷宫里。正如迷宫中的典型遭遇，K每敲开一扇门，看到的情景总是一样的：一间房间，妻子在做饭，丈夫躺在床上。卡夫卡通过这种功能的非常嫁接，创造了这

理解《审判》的钥匙

"在《审判》里，卡夫卡至少为我们留下了两个名词：审判和法庭。""卡夫卡所谓的法庭是一种判决的力量，它的判决源于他的力量；他的力量赋予法庭以合理性；当K看到两个陌生人闯进他的房间时，他突然就承认了这种力量而俯首称臣了。"

——昆德拉《被背叛的遗嘱》

昆德拉的话是我们理解《审判》的钥匙。卡夫卡以司法的腐败隐喻了某种力量对人的控制和扭曲，这种力量或许是社会秩序，也或许是别的什么东西。无论是商人、律师，还是教士、画家都是这种力量的一部分，也即法的一部分。这体现了卡夫卡深刻的"异化"思想。

样一个典型的城市性的垂直迷宫。

从卡夫卡的文字中,可以掌握以下关于这幢住宅楼的情况:第一,非常高大的一幢建筑,至少六层(因为审讯庭在第六层);第二,有四个楼梯,其中一个楼梯相对靠近建筑的入口及街道;第三,房间是连排的;第四,每个房间都有一扇窗,说明房间对外,意味着建筑的深度是可知的;第五,审讯庭紧靠着楼梯;第六,审讯庭是大小中等,有两扇窗。可以说,卡夫卡在《审判》中借助了一定的建筑思维,只不过,这个存在于作者头脑中的建筑图纸可能在不同读者的心中,有着不尽相同的形态。

绘　画

古希腊诗人西摩尼德斯曾说过:"画是无声的诗,诗是有声的画。"不同艺术的关系并非孤立,而是与其他意识领域紧密相连。在文学创作中,文本的韵律和节奏会产生一种形象感。如在阅读古希腊诗歌时,就会在人们眼前呈现出波浪状的形象。当你脱口而出六脚韵诗时,眼前就会立刻呈现出一幅形象的图画或一座生动的雕像,让人禁不住感慨万千。可见,艺术的本质是相通的,绘画对文学的创作更是非常重要的,两者是不可分割的统一体。

先拉斐尔派

"先拉斐尔派"是 19 世纪中期唯美主义比较有影响的流派。先拉斐尔派运动原本是

拉斐尔

先拉斐尔派起因

19 世纪中后期,英国处于维多利亚女王的"繁荣"时代,工业资本主义经济进入蓬勃发展的时期。皇家美术学院的艺术创作和绘画思想主要掌握这个时期的画坛,此时的画家一直将拉斐尔的绘画作为艺术典范,并弘扬学院派的古典主义。

但维多利亚时代的甜俗秀媚和浅薄空虚的匠气艺术也同时在社会上流行,许多有思想的艺术家对这种艺术现状非常不满。

这时的青年画家亨特、罗塞蒂和米莱斯也认为文艺复兴初期的作品能从朴实生动的形象中表现出真挚的情感,这正是他们所向往的艺术风格,他们认为真正的宗教艺术存在于拉斐尔之前,因此想要发扬拉斐尔以前的艺术来挽救英国绘画。1848 年,亨特、罗塞蒂和米莱斯三位画家发起并成立一个了画派,即"先拉斐尔派"。

绘画艺术中的一场革新运动。它崇尚 1508 年拉斐尔离开佛罗伦萨之前率真的画风,反对传统的学院派形式主义艺术,而推崇文艺复兴运动前期的艺术精神。1848 年,"先拉斐尔协会"的成立标志着英国唯美主义运动拉开了序幕。1850 年,"先拉斐尔协会"出版

了专门的刊物《萌芽》，以此来宣扬其美学主张，并将艺术思想延伸到文学领域。

唯美主义作家和艺术家认为：艺术的真正使命在于为人们提供感观上的愉悦，而并不是传递道德或情感上的信息。因此，唯美主义者拒绝接受马修·阿诺德和约翰·罗斯金提出的"艺术是承载道德的实用之物"的功利观点。相反，唯美主义者认为，艺术不应糅合任何说教的因素，而应该追求单纯的美感。他们认为，只有"美"才是艺术的本质，进而主张生活应该模仿艺术。因此，唯美主义运动追求感观享受、追求建议性而非陈述性、对象征手法大量应用、追求事物之间的关联与感应，即探求语汇、色彩与音乐之间的内在联系。

唯美主义艺术家视浪漫主义诗人雪莱和济慈为先驱，深受先拉斐尔派的影响。在英国，唯美主义最杰出的代表人物是阿尔杰农·查尔斯·斯温伯恩和奥斯卡·王尔德，他们两人都受到法国象征主义的影响。和唯美主义运动关系密切的艺术家还有詹姆斯·麦克尼尔·惠斯勒和但丁·加布里埃尔·罗塞蒂等人。唯美主义思潮对室内装潢也产生了巨大影响。唯美主义的室内设计师们喜欢用蓝白相间的中国瓷器以及孔雀羽毛作为装饰。先拉斐尔派的艺术理论与创作实践，为英国唯美主义运动走向高潮阶段奠定了坚实的基础。

莱辛的诗画理论

德国启蒙运动的代表人物莱辛曾提出过著名的诗画理论。他说："我用'画'这个词来指代一般的造型艺术，我也不否认，我用'诗'这个词也或多或少考虑到其他艺术，只要它们的模仿是承续性的。"这里所谓的"其他艺术"，即包括诗歌在内的文学艺术。莱辛认为，造型艺术（雕刻、绘画）和文学艺术（诗歌、戏剧）是有区别的。画描绘的是物体的静态，而诗则是叙述人物的动态；画表

现的是静穆的美，而诗需要真正的表情；绘画的理想不可以移植到诗中，因为诗不能代替画，画也同样无法代替诗。一些形象鲜明、描写深刻的诗超过同样题材的画；同样，一些动人心弦的画也有可能超过同样题材的诗。在表现物体之美时，绘画比诗更为优越，因为绘画可以具体地描绘出物体的细节，并可以使所描绘的各个部分同时并列。而如果诗把物体的各个部分进行并列描述，那么这种诗就绝不会是好诗。诗在描述具体的物体时，必须通过某一典型描写来引起人们想象的效果，以达到其艺术目的。

莱辛还认为，诗与画都是模仿艺术，各有其规律。绘画利用的是空间中的形状与颜色，而诗则运用时间中明确发出的声音。因此，绘画比诗的艺术效果更为生动；而诗为了使物体栩栩如生，它宁可诉诸文字也不诉诸形状和颜色。这是诗与画特有的规律，同时也是莱辛对诗与画画下的界限，从而使造型艺术和语言艺术的区别一目了然。莱辛之所以把文学艺术和造型艺术加以区分，主要是基于两方面的考虑：艺术形式和人们自身的感觉方式。他认为，当人们观赏一幅画的时候，

莱　辛

靠的是画中各种物体的空间关系去理解其整体；而在读一首诗的时候，则是依靠事件的时间顺序来理解诗意。诗人选材自由，但手段很受限制。画家用线条和色彩在空间中表现的内容，用词句在时间中就很难表现，因此诗人不会去描绘人或物，譬如荷马描写了海伦的美貌所起的反应而没有直接去描绘她的美貌。诗人可以从一个时空到另一个时空，从一个思维到另一个思维，描述时间当中的活动，而这一切是画家做不到的。莱辛由此认为，造型艺术局限于空间中的物体，而诗则包括了时间中的运动。

基于对莱辛诗画理论的认识，后来有很多作家在文学创作中都非常注重色调的变化、线条的流畅以及构图的严整，从而使其作品具有图画般的艺术效果。

弗吉尼亚·伍尔夫的小说与印象派绘画

弗吉尼亚·伍尔夫（1882—1941年）是一位具有诗人气质的英国小说家，她的小说创作受绘画的影响最深。

在布卢姆茨伯里这个圈子里，有好几位艺术家。弗吉尼亚的姐姐文尼莎是一位画家，姐夫克莱夫·贝尔是一位美学家，伍尔夫的好友罗杰·弗赖伊是画家兼美术批评家。而且，印象派和后印象派绘画是布卢姆茨伯里集团经常讨论的题目。在这样的环境下，伍尔夫耳濡目染，深受印象派艺术的熏陶。

印象派对于伍尔夫小说的影响主要表现在两方面。首先是致力于对瞬间印象的捕捉。印象派画家善于描绘空气和水光的自然颤动、天光云影的瞬息变幻，借以表现一种稍纵即逝的艺术意境。德国现代绘画史学家瓦尔特·赫斯认为，在印象派画家的手中，"绘画艺术好像发现了一个全新的世界，在这个新的世界里，至今束缚在物体上的色彩，不受阻碍地喷射出它们发光的力量。颜色被分解成一堆

十分细微的分子，越来越纯，越来越接近于'视光分析'，相互间增强着价值。画面形成了一个织物，一个飘荡的、彩色的光幕。这个'幕'基本上不是由物体的诸多特征，而是由'颜色分子'组成的。它是一种流动的、消逝着的美，在飞动中被捕捉；如同现象之流里一个闪耀的波，它的彩色的反光；一个被体验到的世界，在刹那间被翻译成自由的颜色织品。这一偶然性的自然断面和生活零片，形成了一个艺术的统一体，主要就是通过各种颜色分子自身之间细微的关系。"

伍尔夫的小说与印象派的绘画有一个非常奇特的相似之处。印象派的画家们通过视光分析，将颜色分解为原子，构成一个飘荡的光幕。伍尔夫则通过内心分析，将意识分解为"原子"，从而构成一个意识的屏幕。在这个屏幕上映现出来的，也是一种流动的、消逝着的美，也是一个由生活中的偶然片断构成的艺术整体。从现实生活中捕捉具有特殊艺术意味的"典型瞬间"，正是伍尔夫小说与印象派绘画的相通之处。

爱德华·杜夏丹的《月桂树被砍下了》

爱德华·杜夏丹的小说《月桂树被砍下了》中有一段描写内心独白的文字："街道，黑暗，两行煤气灯错落参差；街上没有行人；肃穆的人行道，晴空和明月在人行道上洒下一片乳白；背景、天空的月亮；伸展出去的住宅区，一片乳白，乳白色的月亮；周围是古老的房屋；沉静，肃穆，变黑了的高大窗户，带着铁闩的门，房壁；这些房子里，有人吗？没有，沉寂；沿着这些房子，我独自走着，默默地。"

通过这段人物的内心独白，我们仿佛看见一副巴黎的夜景。在乳白色月光的显映下，一切事物变得皎洁而静谧，孤单的主人公在这种肃穆的气氛中独自沿着街道，默默地向前方走去。这个画面通过文字浮现在我们的意识屏幕上，就如同欣赏一幅印象派绘画。

舞　蹈

　　文学和舞蹈一样属于艺术的范畴。虽然两者具有不同的艺术表现手段，但都是社会生活的现实反映，所以文学和舞蹈有着紧密的联系。古希腊的喜剧、悲剧和讽刺剧，古罗马的哑剧、中世纪民间戏剧和文艺复兴时期的假面剧等都穿插着舞蹈的场面。

　　"舞蹈、音乐、诗歌三种艺术最初是合一的。它们的起源是人体在集体劳动当中的有节奏的运动。这种运动由两个部分构成——身体的和嘴巴的。前者后来发展成为舞蹈，后者发展成为语言。最初是标志节奏的、无意义的呼喊，后来发展成为诗的语言和普通语言。抛弃了口唱，而运用工具来表演，于是无意义的呼喊就成为了器乐的起源。"

女神缪斯

　　在艺术的发展史上，作为艺术家族中一员的舞蹈，是起源最早，同时也最具有广泛群众性的一门古老艺术。舞蹈最初是音乐与诗歌紧密结合的产物。在古希腊，流传着一个关于文艺女神缪斯的神话：宇宙之王宙斯与"记忆"女神摩涅莫辛涅共同生了九个女儿，她们就是掌管文艺和天文、历史的女神缪斯，阿波罗是她们的领袖。这九位女神各有分工：

缪斯女神

七弦琴的由来

　　七弦琴，古希腊时称为诗琴，又称为"里拉"，它是古代欧洲古希腊民间的一种弹拨乐器。

　　根据传说，诗琴是由古希腊的赫尔墨发明的。一天，赫尔墨在野外散步时无意中踩到一个会发音的乌龟壳，壳上面有一条因为受到震动而发出声音的筋。于是，赫尔墨便将蒙上牛皮的乌龟壳作为底座，上面架起两只小牛角，牛角间有一横梁，并架上四根弦或筋，这就成了世界上第一把诗琴。公元前7世纪，脱尔潘德将诗琴的四根弦先后增为五根和七弦，并可以按照符号谱来进行演奏。古希腊人认为诗琴是一种国家乐器，在祭祀太阳神阿波罗时，人们就要演奏它。后来，有人将琴弦从七根增加到十一根弦，琴身的材料也从木质变成金属，音质也变得更加悦耳。

　　头戴桂冠的卡利俄珀掌管叙事诗；手中执琴的爱拉托掌管抒情诗；手执笛子、头戴鲜花环的欧忒耳珀专管音乐；手持短剑与帝杖、头戴金冠的墨尔波墨涅专管悲剧；生有轻盈而敏捷的双脚、手中拿着七弦琴的忒耳西科瑞则专管舞蹈……这九位女神掌管着天上人间的所有文学艺术。天上的诗人和艺术家，因为得到她们的启示，才能写出伟大的作品；人间也因为有了她们的庇佑，才绽放出各种各样绚丽的艺术之花。

　　根据这则神话的说法，人世间之所以产生了舞蹈，是因为天才的舞蹈家得到了文艺女神的启示。也就是说，舞蹈原本是神的创造，人间的舞蹈是神的赐予。不过，古希腊人民对于"神"和"人"这两个概念的理解，并不像现代人一样能够分得清楚。古代人常常把一些具有非凡才能的人、具有超乎常人的力量与智慧的人，或对人类作出巨大贡献的人，都看做是神的化身，或是能够与神沟通的人。

芭蕾舞剧

18世纪，在法国资产阶级革命的前夕，发生了一场为这场革命制造社会舆论的启蒙运动，启蒙主义的文艺思潮也应运而生。启蒙运动在继承文艺复兴运动及人文主义思潮的优良传统的基础上，成为反教会、反封建的重要的思想武器。这些先进思想触动了当时一批进步的舞蹈家，使他们认识到必须要通过自己的艺术来传播其进步思想，即以舞蹈艺术来反映现实生活中人们的思想和行动。

《天鹅湖》

1876年，四幕芭蕾舞剧《天鹅湖》诞生了。《天鹅湖》是一部现实主义经典舞剧。

《天鹅湖》的故事来自于俄罗斯古老的童话，由盖里采尔和别吉切夫编剧，是柴科夫斯基著名的代表作之一。《天鹅湖》大致剧情是：奥杰塔公主被魔法师罗德伯特变成天鹅，她巧遇在湖边游玩的齐格弗里德王子，并向王子倾诉自己的不幸。奥杰塔公主告诉齐格弗里德王子解救她的办法就是忠诚的爱情，王子发誓永远爱她。在王子挑选新娘的舞会上，魔法师变化成武士，并让女儿奥吉莉雅迷惑王子。王子发觉上当后，激动地奔向湖岸去寻找奥杰塔。在奥杰塔和众天鹅的鼓舞和帮助下，王子战胜了魔法师。于是，天鹅们恢复成人形，奥杰塔公主和齐格弗里德王子最终能在一起。

天鹅湖

由于表现的生活内容发生了变化，艺术的表现手段与方法也有了变化。他们撕掉了假面具，使演员的面孔直接展现在观众面前。面孔的解放，极大地提高了舞蹈演员的表现能力，为塑造现实生活中的人物形象和表现人物的思想感情开辟了一条新的道路。也正是在这一基础之上，法国出现了第一部以现实生活为题材的芭蕾舞剧《无益的谨慎》，第一次在芭蕾舞台上展示了农民形象，表现了他们的劳动与爱情。

在欧洲资产阶级革命时期，浪漫主义思潮的兴起，在很大程度上反映了资产阶级上升时期的意识形态与革命精神。浪漫主义反对封建主义，热烈追求理想世界，并以激情的语言、奇幻的想象和夸张的手法来塑造人物形象。浪漫主义文艺思潮直接影响了当时的舞蹈艺术。一大批富有革新精神的舞蹈家，突破了以往芭蕾舞的传统程式，将芭蕾技术提高到一个崭新的高度，如男子的腾空旋转、女子的脚尖技术的高度发展，营造出了翱翔凌空、轻盈自由的氛围。他们还打破陈规，开拓了更为广阔的题材领域。如19世纪40年代前后在法国出现的根据诗人海涅写的日耳曼民间传说中有关维丽斯女鬼的故事改编的芭蕾舞剧《吉赛尔》，根据作家雨果的同名小说改编的芭蕾舞剧《巴黎圣母院》，50年代根据拜伦长诗改编的芭蕾舞剧《海盗》，以及在19世纪后期相继出现的由柴可夫斯基作曲的舞剧《天鹅湖》《睡美人》《胡桃夹子》等，都是浪漫主义芭蕾舞剧中极具代表性的作品。

现代舞剧

产生于20世纪初的现代舞剧是由美国著名舞蹈家伊莎多拉·邓肯开创的。现代舞剧的主要特点是摆脱了传统古典芭蕾舞的程式束缚，用自然的舞蹈动作自由地展示人物的思想感情与生活。后来，许多现代舞蹈家都继承了邓肯的基本观点，又经过各自独特的发展创造，形成了许多不同风格的现代派舞蹈。由于邓肯的自由舞蹈是当时西方社会中进步知识分子追求自由、民主、个性解放的思想在舞蹈艺术上的反映，因此在她所创作和表演的许多作品中，不论是内容上还是形式上，都有很大程度的革新和创造，如她的代表作《马赛曲》《前进吧，奴隶》等舞蹈，都具有很强的进步意义。

但是，在以后兴起的各个不同的现代舞蹈流派中，有的继承并发展了邓肯的进步传统，为舞蹈艺术的发展作出了很大的贡献；有的则受文学思潮当中各种形式主义、颓废主义流派与倾向（如未来主义、达达主义、超现实主义、立体主义、抽象主义等）的影响，以"唯我论"作为其哲学思想的基础，在宣传创造和标新立异的口号之下，破坏了舞蹈的固有形式，否定舞蹈创作的基本规律，有的甚至公开反对以舞蹈作品来反映生活内容。有的舞蹈作品究竟要表现什么，连作者本人也说不明白，这种舞蹈似乎越是看不懂，才显得越高明，故而很难被广大人民群众所接受。这正是西方社会中一些知识分子精神空虚、苦闷仿徨，但又找不到任何出路而陷入逃避现实的境地的一种心态反映。

现代舞之母邓肯

美国女舞蹈家伊莎多拉·邓肯，她是现代舞的先驱。1877年5月26日，伊莎多拉·邓肯出生在圣弗朗西斯科，1927年9月14日她在法国尼斯去世。邓肯从小就反感僵化、刻板的古典芭蕾，她喜欢把舞蹈建立在自然节奏和动作的基础上，来解释和表演音乐家的作品。21岁时，邓肯开始潜心研究古希腊艺术，并从古代雕塑和绘画中找到了理想的舞蹈表现方式，即赤脚，身着长衫，舞蹈动作好像海浪翻腾或树木摇曳。邓肯这种单纯且有力量的舞蹈是具有革命性的，充满新鲜的创意。邓肯把舞蹈提升为创造性艺术，并使舞蹈不受限制，让舞蹈不再依赖空洞与做作的动作技巧。

电　影

19世纪末至20世纪初出现的电影是由活动照相术结合幻灯放映发展起来的一门以视觉形象为主的综合艺术。电影独特的表现手段是"蒙太奇"，即剪辑和组合不同的镜头而形成一定的银幕形象，从而用来表达电影内容和刻画人物内心。电影融汇了建筑、音乐、绘画、雕塑、文学、舞蹈等六大艺术门类，具有广泛的群众性，发展速度非常惊人，这也正是电影这门综合性艺术的魅力所在。

伍尔夫的《达罗威夫人》

伍尔夫在她的小说《达罗威夫人》中，非常成功地借鉴了电影"蒙太奇"的手法，把人物内心和外在世界的各种画面与镜头衔接、组合，实现了一种整体性的艺术效果。由于她在小说中成功地使用了这种电影剪辑手法，使她的叙述与描绘就好像是一架不断变换角度的电影摄影机镜头一样，"不时地扫过人群，

电影蒙太奇

蒙太奇，原为建筑学术语，意思是构成和装配，现在是影视创作的叙述和表现手段之一。蒙太奇包括画面剪辑和画面合成两个方面。画面剪辑，是由许多图样或画面通过并列或叠化的方法，而形成一个统一的图画作品。画面合成，即是制作这种画面组合方式的过程或艺术。电影把在不同地点，以不同的距离和角度，用不同方法进行拍摄的一系列镜头进行排列组合，用以叙述情节和刻画人物。

然后定焦在一个或一批人的身上，时而为一个小场面来个特写，时而对准天空……"关于电影"蒙太奇"的手法，伍尔夫在1962年发表的论文《电影与真实》中这样论述："往昔的事情可以展现，距离可以消除那些使小说脱节的缺口（譬如，当托尔斯泰不得不从列文跳到安娜时，结果故事便突然中断，发生扭曲，从而抑制了我们的同情心），反复使用同一背景、重复某些场面，来加以填平。"

伍尔夫在其小说中，主要运用两种"蒙太奇"手法。一种是"时间蒙太奇"，即空间画面不变，而人物内心独白在时间上则自由流动，脱离了客观时间而跃向遥远的过去或缥缈的未来。例如《达罗威夫人》的开头几页，伍尔夫就使用了"淡入淡出""切入切出""化入化出"等手法，导入了很多"闪回"镜头。小说刚一开始，女主人公克拉丽莎在思考即将到来的晚宴；接着，她的思维又回到了眼前的现实，可是早晨的新鲜空气触发了她的联想，于是镜头"闪回"到二十年前布尔顿乡间的情景；这时，又出现了一个特写镜头，克拉丽莎回想起她和彼得·沃尔什一次谈话的情景；接着，她又想到彼得即将回到伦敦，于是她的思绪又飘向了未来。虽然时间的跳跃和镜头的变换非常频繁，但整个叙述却有条不紊、一气呵成，显得从容自如而无丝毫捉襟见肘之感。可见，伍尔夫是经过了长期的艰苦探索才达到这种炉火纯青的境界的。

伍尔夫使用的另一种手法是空间蒙太奇，即一种时间不变而空间改变的"蒙太奇"。在这种空间蒙太奇中，伍尔夫通过快速的交叉、切割来连续展示不同的视象，从而传达出不同人物在同一时间对某种事物的不同感受。伍尔夫的空间蒙太奇不仅镜头转换流畅自如、非常连贯，而且逻辑极为严密，使其天衣无缝。在蒙太奇的使用方面，伍尔夫可谓独树一帜。

指环王

《指环王》是由英国作家托尔金所作的文学巨著，它以独特的创意和视角影响了几代读者，并不断俘获更多读者的心。艺术是相通的，许多文学作品都相继被搬上了大荧幕，但遇到《指环王》这部文学作品，却让电影导演们头疼。《指环王》曾被公认为是非常难拍的电影，因为作品的宏大构思和经典细节已经深入人心，而现在的电影技术很难将其一一展现，怕用电影对作品的解读有误，不能将其经典的部分展现出来。但任何艺术手法都是有共通性的，经过彼得·杰克逊和他的伙伴们的努力，这部近乎完美的史诗电影诞生了，而且获得全球好评。编剧和导演对原著进行了很大程度的改编，删除了小说中的某些分支情节，调整原著的一部分顺序，主要突出主线的重要性来保证电影的可观赏性。那么是如何将这部经典的文学作品改编成电影的呢？

托尔金

因创作奇幻小说《指环王》三部曲而成名的约翰·罗纳德·鲁埃尔·托尔金（1892—1973年），是英国语言学家和作家。

托尔金生于南非，他在4岁时迁回英格兰。1915年，23岁的托尔金从英国牛津大学毕业。托尔金参加了第一次世界大战，但因为患"战壕热"而住进医院并直到一战结束，这段待在医院的日子成为他写作生涯的开端。一战后，托尔金成为语言学家，成为1918—1920年版《新英语词典》的编委，并以研究盎格鲁—撒克逊语而著称，并对英国以及北欧各地的民间传说和神话进行了广泛的研究。

托尔金

首先，彼得·杰克逊就对原著小说第一部的一开头进行了较大程度的调整，即把某位人物的岁数进行变化以保证影片的节奏，而无拖沓之感。然后，原著第二部内容是起着承前启后的作用，所以不甚精彩。但彼得·杰克逊为了增加影片的戏剧性而对原著中的"树人"性格进行更改，让他们行动变得更加迅速，也让整部影片变得更有趣味性。最后，彼得·杰克逊在影片中又加上了一幕原著所没有的情节，即让塞奥顿在平原上和敌人作战的场面。这样的一种改编不仅突出紧张的战局，还拉出了伊奥温和亚拉刚的一条感情线。

可见，文学作品和影视作品不同的地方就在于文学作品所描写的大都是众生相，具体的个体表现则较少。而电影中则主要描写宏观场面，以及为这个宏观场面作铺垫的细节性描写。

白净草原

电影与诗虽然是不同的艺术载体，但两者都表现出浓郁的情绪性。20世纪30年代，爱森斯坦拍出的《白净草原》表现出鲜明的"俄罗斯忧郁"，在当时的社会，虽然这部影片受到极"左"思想的批判，但它却是爱森斯坦不懈探索电影中的诗意情绪的典型代表。《白净草原》的影片内容是少先队员巴甫立克·莫洛卓夫向苏维埃政权告发父亲及其同伙的罪恶阴谋，最后被他的父亲亲手杀死的故事。

《白净草原》从人道主义的角度，深刻揭示人性的复杂本质，尤其是父杀子的场面刻画得极具人情味。影片没有详细叙述一个故事，而是运用表现主义、超现实主义、象征主义、隐喻、借喻和假定性等表现手法去挖掘影片的内涵。

影片中突出了影像造型，其中环境、布景、照明和明暗对比等因素成为重要的剧作手段，较好地起到了塑造人物和表现影片内容的作用。在该部影片中，"爱森斯坦没有把大自然意识形态化，而是赋予它以灵性。他的仁慈厚道的俄罗斯中部地带并不是冷漠无情的，它发怒、欢乐和悲伤。在那里整个人类世界都是自由自在的。在永恒、回声隆隆的苍穹下，杀子本身就具有奉献牺牲的语言的特征。"

爱森斯坦拍出的其他影片也都成功地运用了诗的语言表现方式，如譬喻、象征、寓意和主观情感性等艺术手法，让影片完美地体现了诗歌的艺术韵味。

《侯爵夫人》银幕再现

1997年，由维拉·贝蒙导演的影片《路易十四的情妇》（又名《侯爵夫人》）被搬上大银幕，这部影片取材于乔治·桑的同名小说《侯爵夫人》。这部影片以17世纪法国的路易十四时代为背景。小镇少女玛奇丝的一次艳舞表演，深深打动了著名剧作家莫里哀和他的剧团，于是，他们便把热爱戏剧的玛奇丝带到巴黎。玛奇丝一心想融入莫里哀的剧团，但她在首场演出中就怯场了，人们便不再让她登台。为了赢得再次演出的机会，玛奇丝不惜付出肉体与心灵。玛奇丝与诗人拉辛结识并相恋，从此便周旋在拉辛与剧团之间。最终，她主演了拉辛的悲剧，获得了

路易十四

路易十四于1638年9月5日在圣日耳曼的王室城堡诞生，他是法王路易十三和王后奥地利的安娜的长子。1643年，年幼的路易继任法兰西国王，共统治法国长达72年之久。他被称为太阳王，堪称世界上执政时间最长的君主之一。

路易十四的出生在当时被看成是一个奇迹，因为他的父母结婚23年以来一直没有生育子女。他4岁时（1643年）就继承了王位，由他的母亲代他执政，后来红衣主教马萨林死后，他才开始亲政。他的执政期被视为欧洲君主专制的典范。

极大的成功，并获得了国王路易十四的青睐。一次，玛奇丝抱病演出，在台上昏倒，她的侍女代替她出场，却博得了观众的喝彩。玛奇丝不能接受这个事实，因为她曾与拉辛有过约定，绝不让第二个人来出演这个角色。如今，她开始怀疑自己存在的意义。于是后来，玛奇丝选择自杀来结束自己的舞台生涯。在《路易十四的情妇》中，演员抛弃了惯常的文雅，以野性的风格塑造了一个醉心于戏剧的女郎形象。她的举手投足，无时无刻不放射出青春的活力。她一出场，便在一片散发着色欲的目光中旁若无人地跳舞，她的袖子就像行云流水般翻转，她的身体像林间的小鹿般轻盈，当她撩起衣裙时，一双交错的玉腿散发着无尽的诱惑。忽然，天降大雨，她高高扬起双臂任凭雨水打湿全身，她旋转着脚步，甩起长发，让水珠向四周飞溅。此时，张扬的是她无双的美貌、性感的身段以及那不羁的青春。

由于小说《侯爵夫人》中有相当多的内容是对舞蹈的描写，因此，当它被搬上银幕后，就具有文学艺术、舞台表演和电影表演三个层面的内涵。电影《路易十四的情妇》正是

路易十四

凭借电影银幕这一多维的媒介，将文学作品中的舞蹈艺术具体化、形象化，从而产生出一种独特的艺术美感。